电竞天使

E-sportsangel

上

紫百合 著

长江出版社

长江·晓风堂书系

目录

扫一扫，更多精彩等着你

第一章 川穹大学

九月的川穹，天空大多数时候是雾蒙蒙的，但是崔莹入学的这一天，天气却特别晴朗，天空一碧如洗，阳光普照大地。

“这所大学，教学楼居然都是新修的呢，比我想象的好多了，超过心理预期。”崔莹的妈妈沈燕燕，一边开车行驶在川穹大学校园的林荫道上，一边不忘对学校的硬件设施评头论足。

“妈，您的心理预期该有多低呀？毕竟是川穹大学，能差到哪里去！”崔莹抬起眼皮，扫了一下车窗外茂密林木掩映下的一幢幢古色古香的大楼。

川穹大学是一所历史悠久的名校，出过不少文学名人，也算是国内数一数二的高等学府了。九月正是新生入学时节，一路上车水马龙，一到道路狭窄之处，车辆就会短暂停留下来。长长的车队，在不太宽阔的马路上密密麻麻地排列着，看起来倒是井然有序。

“我们渝宁有什么不好，你非要跑到川穹来？在我眼里川穹根本不值一提。”沈燕燕有些恨铁不成钢，一开口话匣子就关不住了，“要不是你背着我跟你爸偷偷把志愿改了，你以为我会同意你来这个川穹大学？我们渝宁又不是没有大学！再说了，就算渝宁的大学上不了，魔都的大学也很不错啊，怎么着也比这里好……”

崔莹从小跟随父母生长在渝宁，渝宁的繁华和国际范儿，是国人有目共睹的。渝宁自然也是有大学的，只不过崔莹偏偏不喜欢。也许是从小生长在那里的缘故，崔莹总是希望能到附近的城市去生活、感受一下，看看相同的水土是怎样养出两个截然不同的城市的。

“妈，人多，小心开车。”恰好前面有一群拿着行李的学生路过，崔莹很快将妈妈的话头儿打断，她简直想为自己的机智点个赞。

最美不过九月天，天高云淡，硕果满枝。

校园里来来往往的学生确实很多，沈燕燕聚精会神地开车，崔莹一直在环顾四周，如同贪婪的鸟儿一样，满怀憧憬地欣赏着梦寐以求的学府。透过车窗，可见两边楼房林立，树木苍翠欲滴，荷塘的荷叶亭亭如盖，虽没有夏日的青翠，却不乏英姿傲骨。满校园都种植着桂花树，枝头已泛起一片金黄，微风起处，沁人心脾的桂香就飘了过来。

崔莹伸手掠了一下额前的刘海儿，目光四处游移。

这一路上，她只觉得眼睛不够用，处处都很新鲜，既要留心周围拥挤的人群，又要欣赏大自然的恩赐，顺便还要有效规避妈妈的唠叨，倒也挺有趣。都说川穹大学多美女，这么一路看下来，长腿细腰的学姐们还真不少呢，夏末初秋衣衫单薄，正是女孩们尽情绽放美丽的好时节。

“到了，到了。”沈燕燕把车停在半山腰的女生宿舍楼门口，招呼着崔莹，“你先下车，去拿行李。”

崔莹抬头打量了一下面前这栋建筑，六层高的浅灰色小楼，古朴典雅，建筑年代并不久远，宿舍门口那块“男生止步”的告示牌格外醒目。正对马路的阳台朝南，晾晒着五颜六色的衣物。大门入口处陆续有一些女孩们进进出出，其间夹杂着一些帮忙搬东西的男生，大家都自觉地退在离宿舍大门数米之外。

不远处，有几个女生正在叽叽喳喳地说话。

一个女孩捧着四小碗烤土豆和两瓶果汁跑过来，满脸沮丧，抱怨道：“钱不够，只买了这么一点儿！这家烧烤连锁店的东西好贵，买完土豆剩下的钱都买不到四瓶果汁。我们中学校门口才卖五块一份呢，这里竟然要十块！”

一个短发女孩也很不高兴，不满地大声嚷嚷道：“琦琦你又上当了，这个大学，真是什么东西都贵，真坑爹！”

另一个高个儿女孩接过烤土豆，安慰大家说：“买都已经买了，我们吃吧，果汁就两个人分一瓶好啦！”

崔莹远远地看着她们，知道她们也是刚入学的同学，被美味馋花了眼，却没想到大学的消费水准比高中时代要高出这么多，连小零食的价格都涨了一倍。

她扶了一下头上的棒球帽，正要侧身下车，却被沈燕燕一把给拉住了。

“怎么了？”她一脸诧异。

“你等会儿，你今天怎么背了这个包？”沈燕燕很认真地看着崔莹身上的名牌包。

“这是上个月老爸送我的生日礼物，今天第一天入学，这么重要的日子都不用，什么时候才能用？”崔莹其实说不上有多喜欢这个名贵的包，只不过这是她爸爸崔振东送的，也是她生平第一次收到如此贵重的礼物。

“就算是你爸送的，以后也有的是机会用。今天咱们还是别背了，换一个吧。”沈燕燕说着，从后座随手翻出一个普普通通的白色印花布袋，“这个给你，把你的东西都放进去。”

“妈，这个购物袋……也太丑了吧！”崔莹简直欲哭无泪，这分明就是她妈逛超市买东西用的，空间大，能装，最要命的是上面居然还印着某品牌的宣传语！

“你听我的准没错。”沈燕燕目光扫了扫车前的那几个女孩，声音略低了一些，目光带着警惕之色对女儿说，“刚刚这一路上，我留心看了下这个学校的新生们，穿衣打扮都是比较低调的……你一来就背个名牌包未免太浮夸了，女孩子不要随便露富，也不要炫富，以后你的路会走得安全点。”

“好吧。”崔莹本来就对名牌不是很上心，无所谓地将包换下来，“您说什么就是什么啦。”

崔莹将包里的几样随身物品取出，背着她妈给她的超市购物袋，踏出车门。她绕到车厢尾部，取出两个大行李箱，一左一右地将把手拎住。沈燕燕停车完毕，正要探身下车，腿还没迈进出去，就被崔莹给拦住了。

“老妈，我看您就不要下来了，您这一身行头，只怕比我浮夸十倍还不止吧？”崔莹顽皮地眨了眨眼。虽然她妈妈今天特地开了家里最便宜的一款车，但她这一身的名牌，墨镜、丝巾、手表、套裙，考究精良的程度，怎么看也不像是普通的家庭主妇。

“也好，那你就自己上去吧。”沈燕燕点了点头，看着自己的女儿，将刚从崔莹身上扒下来的名牌包丢到后座，“忙完了去办一张本地电话卡，记得每天给家里打电话！”

“记着啦。再见老妈，祝您回渝宁一路平安！”崔莹微笑着挥了挥手，拖着行李箱走进宿舍楼的大门。

崔莹走进宿舍楼，发现这是一幢古典的褐色木质建筑，地板和楼梯都是纯木质的，看起来温暖舒适。

宿舍的两扇玻璃大门敞开着，仿佛在热情欢迎每一位新生。

崔莹在楼下舍监处登过记，领了门卡钥匙，来来回回跑了两趟，才将自己的两个大皮箱拖进宿舍。每间宿舍都有独立洗手间和阳台，面对面的两个上下铺。

令她惊讶的是，她竟然是第一个来报到的。

崔莹准备收拾皮箱的时候，宿舍门口来了一个女孩，身后还跟着一对中年男女，想必是她的父母。这个女孩非常特别，她脸上化着妆，头发微带浅栗色，梳着两条长长的马尾辫，发尾还打着卷，身上穿着一套非常宫廷风的衣服，高领子蕾丝边蓬蓬裙，一双大眼睛乌溜溜的，又圆又亮，给人的感觉就像是从童话里面走出来的小公主。

但是，可爱归可爱，现实生活中大家并不太能接受这种洛丽塔风格，毕竟是在校园里，又不是Cosplay聚会，穿成这样未免太引人注目了。崔莹想起一位知名造型设计师的话：“很多女孩把自己打扮得太over了”。没错，就是over，本来基础很好，但有点用力过猛，反而过犹不及。

“妈妈，我要住这个床……我们有舍友先来啦！你是崔莹吧？我在班级群里看到过你，你在群里很活跃呀，所以我知道你的名字，嘻嘻。”女孩看到崔莹，很热情地走过来和她聊天。

“你是？”崔莹在班级群里用的是真人头像，利落的短发，清秀的面孔，辨识度还是比较高的。

“我是Star，和你说过话的呀，我叫凌星星，你叫我星星就好啦。”凌星星说起话来娇气十足，也许因为她穿着洛丽塔的衣服，整个人看起来十分低龄，就像初中生小妹妹。

“哦，你就是Star。”崔莹忽然想起来了，班级群里有一个很活跃的Star，那个带着浓浓动漫风格的头像，仔细想想和这个女孩本人真挺像的，难怪看着这女孩有些眼熟。

“对呀。”凌星星扭头看着忙碌收拾的中年男女，对崔莹说道，“这是我爸妈！”

崔莹看了看那对夫妇，凌星星的母亲看起来很贤惠，父亲戴着一副眼镜，很有学识素养的样子，微笑道：“叔叔阿姨好。”

凌星星的妈妈和蔼地打了个招呼，就转头忙着帮凌星星铺床、挂床帘。凌星星在一旁袖手旁观，低头玩着自己的手机，和朋友语音聊天，还不时发出开心的笑声。凌星星的爸爸一时插不上手，独自走到阳台上去看风景。

崔莹顾不上和凌星星说话，她铺好床，放好皮箱，再简单收拾一下书桌，把书和衣服都放得整整齐齐。等她忙完这些，猛一抬头，发现凌星星的爸爸居然在阳台上默默地看着她。

他在看什么呢？难道是觉得别人家的女儿和自己的女儿不一样？

崔莹下意识地看了看自己的着装，白色的T恤，深蓝色的牛仔裤，白色运动鞋，并没有什么不妥。再看旁边的凌星星，时尚可爱，捧着镶嵌水钻、带一个毛茸茸粉色大尾巴吊坠的粉色手机聊天，怎么看，都是凌星星比较招人喜欢一些。

凌星星的妈妈喊凌星星到阳台上去，低声嘱咐她一些事情，俩人的声音渐渐有些低。崔莹怕打扰凌星星一家三口，索性就走出宿舍，准备下楼去看看，顺便给自己办一张手机卡。

正值午饭时分，女生宿舍楼下那片空地上挺热闹，人来人往，不亚于一个小操场。

宿舍楼下，这时候又来了一大拨人。

“我说，许艺学妹啊，我们都帮你把行李扛到这儿了，没有功劳也有苦劳啊！我叫萧莘，我哥们儿叫顾枫，能给个联系方式么？”说话的是个高大俊秀的男孩。

男孩眼角眉梢微微带着一丝玩世不恭，穿着白色的名牌T恤，破洞牛仔裤，发型十分新潮，脖子上挂着一个名牌项链，腕表也十分精致。就连崔莹这种不大认识名牌的人也能看出来他全身上下的行头价值不菲。不用说，是个富家子弟。

萧莘将一个白色行李箱放在宿舍门口，拍了拍手，眼睛里带着光，一脸认真恳切地看着他的学妹。

站在萧莘旁边的男孩放下了另一个行李箱。这个男孩也挺帅的，浓眉大眼，文质彬彬，表情有些严肃，气质也比较高冷一点，穿着月白色暗纹短袖衬衣、黑色西裤，手表是普通的电子表。虽然他穿得十分普通，一副扔进校园就找不到亮点的打扮，但是与萧莘站在一起却毫不逊色，气场之强大可见一斑。

与叽叽喳喳的萧莘相反，这冷静帅气的男孩始终没有说一句话，放好行李就站在一旁。

被萧莘唤作“许艺学妹”的高个儿长发女孩长得非常漂亮，她穿着白色真丝连衣裙，皮肤雪白，脸颊透出红润的苹果色，说话之间轻颦浅笑，十足的美人胚子。

许艺的美丽与凌星星那种刻意的打扮不太一样，她很懂得打扮自己，分寸拿捏得恰到好处，正如宋玉形容东家之子“增之一分则太长，减之一分则太短，著粉则太白，施朱则太赤”，不会让人感觉到做作。

她抬头看着沉默的男孩，仿佛想说点什么，却欲言又止。

那沉默的男孩则根本不与她的目光接触。

许艺有些勉强地笑了一笑，露出一排洁白整齐的牙齿，伸手掠了一下额头微微汗湿的刘海儿，对着萧莘说：“抱歉，我没有电话，刚到学校还没有时间办理呢。”

“如果你不介意的话，我们俩待会儿陪你去办，好不好？”萧莘穷追不舍，继续大献殷勤。

“萧莘，你去就好，我待会儿还有事，之前约好的是十二点半。”叫顾枫的男孩低头看了看手表，又抬眸看了萧莘一眼，眼神似乎是在提醒萧莘应该记得什么。

真是个看脸的时代啊。

崔莹忍不住暗笑，这个萧莘看到美貌学妹，自己撩妹也就算了，还拉着同学一起当陪衬。不过那个顾枫看起来倒是挺聪明，一副挺有主见的样子，不像是个唯唯诺诺的跟班。

“不必了，我不急着今天去办手机号。” 许艺倒是毫不含糊，言辞明确地拒绝了萧莘，“谢谢两位学长帮忙，大家各自散了吧。”

说完她转身拖着自己的行李箱，向宿舍楼门口走去。

崔莹估摸着食堂那边应该有卖手机卡的小店，准备抄小路过去。不料，一个女生冒冒失失地从宿舍楼冲出来。她走得急，崔莹没有留意身后冲过来的人，被她一撞没有把持住，整个人重心不稳，差点被撞翻，还好她眼疾手快稳住了，但手里提着的白色购物袋却摔了出去。这一摔，白色购物袋里竟然摔出一沓钞票，零零散散地撒落在地面上。

“哎呀……”手袋里面飞出的那叠钱，让她挺意外的。

“同学，注意安全。”一个男生的声音从不远处传来，崔莹惊魂未定，小脸微微有点发白，她抬头看了一眼，发现竟然是那个顾枫。他不知道什么时候把那个白色购物袋给捡了回来，身手倒是很敏捷。

“谢谢学长。”崔莹反应过来，下意识地道了一声谢。

不远之处的萧莘见状，也匆忙过来帮忙去捡那些散落的钞票。

“不用谢。”顾枫将钱交给崔莹之后，转身就走。

崔莹看他的性格有些高冷，应该不喜欢人多热闹，今天多半是被萧莘给强拉过来的。

萧莘将捡回的钞票放到崔莹的手里，露齿一笑说：“小学妹，钱可一定要收好啊。”

崔莹抬头对他微笑，感激地说：“谢谢学长，麻烦你们了，真是不好意思。”

面对崔莹的明媚笑容，萧莘简直要乐开花了。

今天是什么日子，竟然能够让他在迎新处接到暗恋已久的女神，还遇见美丽的小学妹……哎呀呀，真是运气！崔莹本来就长得清秀可人，这样的笑脸，更让她看起来简直如同天使一般。刚才他听到崔莹惊叫，回头发现是一个短发高挑的妹子，看上去挺清纯的，立刻同情心泛滥来帮她。虽然他身边不缺妹子，自己也经常去撩妹，但是他活了二十年还真没像今天这样积极帮女生拎包呢！

萧莘美美地想着自己的心事，全然没发现他的死党顾枫早就走开了，这会儿已经无影无踪。

崔莹打开白色购物袋将那些散落的钱重新装了回去，有两千多块，也许是妈妈有意塞进去的。虽然没送女儿到宿舍，但沈燕燕还是挺心疼崔莹的，暗地里多给了她一笔零花钱。

“同学……你的脸好红啊。”崔莹发现萧莘一直木木然地盯着自己看，就差流口水了，不禁觉得奇怪，在他眼前挥了挥手。

“什么同学！叫我学长。”萧苹回过神来，一摸脸，果然烫得跟个炸弹似的，“哎，短发小学妹，你是哪个系的？刚来学校吧，需要我帮忙拿行李什么的吗？”

崔莹正好要找路，料想萧苹知道，就随口问他说：“我是中文系的，你知道哪儿有办理手机卡的吗？”

“啊，有有有，就在食堂门口，要不要我带你过去？”萧苹在许艺那里碰了钉子，失落了好几秒钟，见崔莹和自己说话，表情立刻缓和了许多，又恢复了刚才那副玩世不恭的样子。

“不需要这么麻烦，你告诉我路，我自己过去就好了。”

“怎么现在女生都这样！”萧苹再一次被拒绝，脸上有点不高兴的神色，“我只是想帮你们，你们干吗这么防着我？”

“没有啊，学长，我记得你同伴刚说，你们不是十二点半有事吗？”崔莹连忙解释，她觉得这个萧苹大概是被许艺给刺激了，还没有清醒过来。

“顾枫有事，我没有。”萧苹无所谓地耸了耸肩，“既然没人要我帮忙带路办卡，我就自己去食堂喝杯东西好了。还有顾枫那个家伙，总得给他带点粮食，再牛的电竞高手也需要吃饭吧！”

“那行，一起走吧。你说什么电竞高手？是打游戏的吗？”崔莹第一次听到“电竞高手”这个词，觉得有点新鲜。

“肤浅，电竞可不仅仅是打游戏。”提到电竞，萧苹一下子眼睛发起亮来，“电竞，是一种职业，也是一个体育项目，懂吗？好的选手可以不断晋级、挑战其他选手，就和足球比赛、围棋比赛一样……总之，你们女生不会懂的啦。”

他说完这句话，似乎有些后悔，拍了拍脑门接着说：“我说错了，其实也有特别懂的女生，比如许艺学妹……”

崔莹感觉萧苹只要一提到许艺，目光就变得有些花痴，整个人的思维似乎也不是那么利索了，忍不住问：“你以前就认识许艺吗？”

萧苹耸了耸肩膀说：“算认识吧，反正就是我认识她、她不认识我那种。”

崔莹跟着萧莘一块儿往食堂走，但她很快发现，一路上招来好多惊讶的目光，还不断有些窃窃私语声传入耳中，虽然这些议论的声音不大，但崔莹还是准确无误地听见了。

“那不是萧莘大帅哥吗……怎么没几天身边又换新人了……”

“记得大家都说他喜欢长发细腰软妹子，怎么口味变了……”

“短发也就算了，关键长得也并不怎么样啊，只是略有些清秀而已……”

“什么啊，清秀都算不上，简直就是丑啊……”

……

更有甚者，居然对他们吹口哨，做鬼脸。

崔莹一路听到的几乎都是这样的言论，简直让她连隔年的年夜饭都要呕出来了！

拜托，我们只是偶尔同路而已！

拜托，我们之间真的不熟！

这个萧莘看样子应该是川穹大学的风云人物，否则怎么会有如此高的关注度？看他的样子倒是高高帅帅的，衣着打扮也挺合身得体，气质也挺有范儿的，综合素质并不低，说直白一点，家里非富即贵。和他这样的男生同路，确实是太引人注目了，她可不想也不愿意成为校园内外关注的焦点人物。沈燕燕也曾经告诫过她，做人一定不可以太高调。总之，少和这种人接触总没错。

眼见着食堂快要到了，崔莹立刻加快脚步，越过萧莘，头也不回地往前连续跑了好几步。

“喂，崔莹学妹，你跑那么快干什么？如果我没记错的话，你是中文系的，对吧？喂，你跑什么呀！”萧莘竟然毫不顾忌地追了上去，紧紧地跟在崔莹后面。

崔莹跑得更快了，一转眼便消失在人群里。

“这短发小家伙，真是挺有趣的。”萧莘发觉崔莹不见了，无奈地叹了口气。

第二章 电竞美女

崔莹回到宿舍，发现宿舍又多了一个人，中分的黑长直，皮肤白皙，眼睛黑亮，唇红齿白，不施粉黛也是个十足的气质美女。这个人并不陌生，竟然就是楼下遇到的许艺。

“是你啊！”许艺回过头来，她似乎也很意外。

“我叫崔莹，这么巧啊！”崔莹对许艺友好地微笑，这个新舍友比凌星星看起来接地气得多，“你吃过午饭了吗？我刚从食堂那边办卡回来，食堂已经开饭了，我可以带你过去。”

“我先收拾东西，稍等啊！”许艺点点头。她举手投足动作轻柔，一会儿工夫就把自己的一小块区域整理得干干净净。

崔莹站在一旁看着许艺收拾东西，想起刚才萧莘的话。萧莘应该不是第一次见到许艺，也不仅仅是欣赏她的美貌，但是假如萧莘以前就认识许艺的话，他为什么不知道她的名字呢？她觉得这件事有些奇怪。

许艺用湿纸巾擦干净自己的手，发现崔莹正目不转睛地盯着自己，不由得笑道：“你在想什么呢？”

“啊……”崔莹回过神来，机灵地回应说，“我在想中午我们吃什么，醋熘肉片、水煮鱼、四喜丸子，还是卤鸡爪？”

“想不到你也是个吃货啊。”许艺笑出声来，她低头看了看腕表，提议说，“我们一起吃吧，然后你带我去办张手机卡吧。”

她说话的语气自然又亲切，仿佛天生自带光环。

两个美丽可爱的女生携手在食堂溜达了一圈，轻易就收获了无数人的目光。

崔莹估计那些目光大多数是冲着许艺来的，女神就是女神，即使饿坏了，端着空饭碗在食堂觅食的时候，在粉丝们看来，依旧是那样的优雅大方。

“真不知道吃什么呢……”许艺拿着饭卡在窗口前走来走去，“我想吃面，但是这里都是粗面诶。”

崔莹点了点头：“是啊，这里的面居然都是粗的，没有细的。”

“听你的口音像是苏市的，我也是苏市人啊。”许艺不自觉地拉起了崔莹的手，“我们是老乡吧？”

“我是渝宁的，离苏市很近，所以口音有点像苏市吧。”崔莹解释道。

“渝宁是个好地方。”许艺依然带着明媚的笑容。

崔莹低头在各个窗口走来走去，最后在售卖孜然肉片的窗口停下了。

“我们吃这个吧，虽然热量高点，没胃口的时候吃它最好啦！”崔莹兴致勃勃地将饭碗递给师傅，“给我来两份……不，我忍了，一份就好，给我来一份孜然肉片。”

男生宿舍二栋，顾枫正襟危坐在电脑前。

萧莘从食堂打包了两份孜然肉片回到宿舍，看到顾枫正在专心致志地打比赛。

如果不是因为跟顾枫做了一年多的室友，他真想不到这个低调又低调的死宅男是怎么当上他们川穹大学校学生会主席的。按惯例，能做到校学生会主席，怎么着也得是个开朗机智、八面玲珑的人，顾枫真不像是个当学生领导的材料，可偏偏今年校学生会主席的头衔居然落到他头上。

“后天开学典礼，校学生会主席是要上台给新生致辞的，你做好准备了吗？”萧莘一边将一份孜然肉片盒饭放到顾枫面前，一边啃着苹果。

“没问题。”顾枫淡淡回应了一句。

“多说几个字会死啊？其实我一直都有疑问，你究竟是怎么当上校学生会主席的？有秘诀说说嘛？”萧莘一边吃苹果，一边凑过去问。

顾枫一言不发，继续盯着屏幕。

“莫非有什么我不知道的黑幕？”萧莘示意顾枫吃饭，“特地给你买的，你最爱的孜然肉片饭，赶快吃吧。”

顾枫一言不发，依然继续盯着屏幕。

萧莘凑过去看他的电脑屏幕，发出一声惊讶的尖叫，眼睛发亮地说：“真牛……太牛了……对对对，就是这样削他们……你怎么这么帅……”

等到顾枫一局打完，已经是一个小时以后了，孜然肉片盒饭早就已经凉得透透的了。

“按我对你的了解，你平日里根本不会有这么多话。”顾枫拿着饭走到微波炉面前，“你之前不是说要去陪新来的学妹办手机卡么？为什么回来得这样早？”

萧莘抬头看了顾枫一眼，眼神里充满幽怨之情：“还是兄弟吗？还能为什么？你居然还要来揭穿我！”

顾枫夹起一块孜然肉片吃掉，抬头看了看萧莘，很认真地说：“如果一个女孩连续拒绝你三次以上，我建议你就不要再浪费时间了。我们有那么多事情可以做，你可以复习功课或者跟我练习对战。”

“你不明白的。”萧莘显得有些委屈，“你当我是随便看到女孩就会去为她拎包的那种人吗？很久以前，我看到 Angela 在打比赛的时候……就觉得她是我这辈子永远的女神，而她居然也考上了川穹大学！你不觉得这是命运在给予我机会吗？”

“Angela 早就扬言她的梦想是考上川穹大学中文系，难道你是因为这个才来川穹上学的？你明明有很多更好的选择。”顾枫吃掉一口饭，摇了摇头。

“如果我说是为了和你在一起才来的，你信吗？”萧莘嬉皮笑脸地凑过来，“我也很喜欢你啊！”

“起开。”顾枫吃完了饭，径直去丢盒子和筷子。

崔莹和许艺吃完午餐，一起去校园超市买了些生活必需品，两人回到宿舍，正巧凌星星也在。

“室友们，你们回来啦……”甜甜的嗓音，萌萌的模样，笑眯眯的眼睛。

“是啊，我们下午去买了点东西。”许艺温柔地打了个招呼，将手里提着的一大堆饼干、巧克力、薯片等零食放在桌上，“我们买了很多零食，你们随便拿着吃啊，千万别客气。”

“好啊好啊。”凌星星眉开眼笑地走过来取许艺的零食，丝毫也没有要客气一下的意思。

“咱们宿舍应该是住四个人的吧？”许艺发现还有一个床位空着，指着四号床问道。

“我上午去舍监那里看了下名单，没来的这个人好像叫萧若，不知道她为什么还没来。”崔莹想了想道，“今天是新生报到的最后一天了，明天我们要领军训服，后天开学典礼。川穹校规一向严格，如果在规定时间内没有来报名的话，那就会被视作自动放弃入学资格。难道她不打算来上学了？”

许艺似乎觉得崔莹的分析有道理，也说：“八成是。如果她现在还没来，恐怕就不会来了。”

“不来就算了，以后我们三个人住一大间宿舍不是更宽敞吗？你们也不用去告诉舍监了。既然她不来，我就去住她的下铺了，之前舍监给我安排的上铺真心不方便！”凌星星吃完薯片摊了摊手，打开自己的笔记本电脑，“我要开始看剧了，不陪你们聊天了哦！”

许艺看着凌星星，眼里带着了然于心的神色。

崔莹心想，这个凌星星的性格还真是典型的利己主义。她微笑着没有说话，转身去拿自己的笔记本，听见许艺说：“崔莹，你有多的鼠标没有？我真是健忘，今天出门收拾东西的时候还特意提醒自己，竟然还是忘记带了。”

“我的鼠标也不好使，” 崔莹也觉得自己忘了什么事，“正想买个新的，竟然给忘了！”

“那咱们再出去一趟好了。”许艺提议，“走吧，一起去买。”

崔莹对电脑的依赖并没有特别严重，但看许艺比较心急，就没有反对，跟着许艺出门去买鼠标。

两人逛到川穹市最繁华的百脑汇，在一家品牌店门口看到新款鼠标的广告，崔莹不禁眼睛一亮，那个产品是她最喜欢的韩星代言的。

啥都不说了，必须拿下，这是一个迷妹对爱豆必须履行的责任！

“老板，这个鼠标我要一只！”崔莹不带一丝犹豫，果断地站到收银台前，指着广告牌上的款式。

“两只吧。”许艺凑过来，甩了一下披肩长发，“我也要这个。”

“原来你也是他的粉丝啊，”崔莹挺开心的，这下子又找到和许艺的共同话题，以后在宿舍不愁没得聊了。

“啊，这是L牌新出的限量版，可惜只有一只了。不过这只鼠标的配置非常高，打专业级电竞比赛都没问题的，绝对是好助攻。看不出来，你们两个小姑娘都这么喜欢打游戏啊？”老板笑眯眯地看着崔莹和许艺。

“不不不，我不喜欢玩游戏。”崔莹摇了摇头说道，“许艺你呢？”

她只是觉得这只鼠标很酷炫，而且她最近正好在迷韩星，知道是他代言的，所以就想买，至于什么配置不配置的还真不在她的考虑范围之内。

“嗯……我对韩星没感觉，不过还挺喜欢打游戏的。”许艺轻声说，眼睛盯着那只鼠标。

“这样好了，既然你喜欢，那你买吧。它是一只游戏鼠标，你用更合适。”崔莹甜甜一笑。

“不好吧……”许艺有些不好意思，“你好像挺喜欢这款的？”

“没事，你买，我另外选一个。” 看得出，许艺对这款韩星代言的超级游戏鼠标很心仪。崔莹另外挑了一款普通的无线鼠标，也能解决基本需求，虽然小有遗憾，也没什么大不了的。

“那行，老板我买了。”许艺掏出钱包买单，她抬头看了一眼崔莹，笑着拉起她的手说，“君子不夺人所好，本来是你先看上的，谢谢你忍痛割爱让给我。我请你吃个夜宵吧。”

川穹夜市多美食，虽然渝宁的美食也多，但各地风味特色不同。许艺带着崔莹到了川穹最繁华的夜宵一条街，轻车熟路地找了一家叫“回忆”的小茶座。

茶座两边都是高大的梧桐树，绿叶茂盛，枝头悬挂着五颜六色的小彩灯，闪闪烁烁如同星辰。

“这家的奶茶好喝，火锅好吃，孜然烤串也是一流的。”许艺从包里取出一根橡皮筋，将长发扎成马尾，整张脸都露了出来，越发显得青春可人，“还是短发好啊，不像我，吃个饭都这么麻烦。”

“你留长发好看啊。”崔莹发自内心地赞美。

“只是因为有人希望我这么做。”许艺叹了口气，“毕竟长发的造型多，大家不至于很快就把你看腻。”

崔莹不由得笑道：“原来美女都有偶像包袱啊！其实我也觉得你像明星，如果你不来川穹大学，去考中戏上戏，以你的个人条件和颜值，未必不能当明星，没准还能爆红呢。”

“明星有什么可羡慕的。”许艺拿起一串烤土豆，痛快淋漓地吃着，“这个社会，颜值重要，真本事也重要。不管是哪行哪业，都一样要努力工作，成为那个行业顶级的人，才能得到你想要的一切。”

两人吃饭的时候，附近餐厅外置的LED屏幕上，正在转播一场异常盛大的国际电竞赛事。

崔莹看不懂这些，她看见屏幕上面的人穿着电竞队服，十人两组，分别坐在对战台的两边，还有戴着耳机的解说员、穿着Cosplay服装的女孩在镜头前说话。若干台摄像机对准这些队员，屏幕下角显示的是队员的电脑页面。那是一款非常著名的游戏，她虽然没玩过，但看过那款游戏的电影，认识里面的人物造型。

“他们好认真啊，还真像是在打比赛的样子。那个黑队一号，手按键盘的速度真快！”崔莹只觉得好玩，并不懂这样的赛事场面对于电竞队员们意味着什么。

许艺眼睛里带着淡淡的笑意，她不看屏幕，注意力全在食物上。

突然，崔莹发现屏幕下角的小窗口上，男解说正在以一种煽情的语调介绍说：“今天比赛的精彩程度丝毫不亚于去年 GM 公司组织的 VGA 联赛半决赛！而去年号称‘苍龙世界’（某款网络游戏名）中国区头号种子选手的女选手 Angela，如果碰上今天黑队一号和三号这样强劲的对手，会不会同样铩羽而归呢？我们非常期待，有一天能够看到他们同台竞技……”

男解说眉飞色舞地回忆 Angela 的同时，导播台保留了他的画外音，却不失时机地将镜头切换到另一台电脑屏幕上，那台屏幕上显示的是去年暑假期间““苍龙世界””那场比赛中，一个聚精会神的女队员戴着耳机面对电脑屏幕的特写镜头。

崔莹本是随意瞟了一眼，却再也移不开目光了。

那个叫 Angela 的女队员，尽管身穿着普通的电竞队服，头上戴着弧形耳机，只露出大半张脸，但可以清清楚楚地看出，她就是许艺！只不过，那种时刻的她，全然没有今天的温柔娴雅，眉宇之间全是斗志，眼睛里流露出机智与犀利，简直就是个身经百战的女英雄！

原来，许艺是一个业余电竞选手。

难怪她如此精通挑选鼠标，对所谓的游戏配置了如指掌！崔莹顿时恍然大悟。

许艺竟然已经在电竞圈如此有名气，那么萧莘说自己认识她就合理了，他应该是在网络上见过她，但生活中并不相熟。难怪她觉得萧莘面对许艺的时候神经兮兮的，再莽撞的男生也不可能对一个刚见面的女生花痴到那种大流口水的程度啊，这萧莘肯定是 Angela 的铁杆粉丝。以许艺的才貌，不难想象会被一大票人隔着屏幕暗恋舔屏。

崔莹抬头看许艺，许艺正在向老板要一杯哈根达斯，刚才屏幕下角那个镜头一闪即逝，她应该没有看见。

“对了，”许艺用小勺挖着草莓色的冰激凌，突然看着崔莹的手，笑嘻嘻地说，“你的手指很细长，也很灵活，敲键盘的速度和协调性应该不差，你愿不愿意跟我一起玩电竞？”

“你的意思是你愿意教我，让我也一起去参加电竞比赛吗？”崔莹心直口快，顺嘴就说了出来。

“是的。”许艺的眼睛仿佛在发光，她期待地看着崔莹，同时期待着她的回应，“我们还有四年的时光在一起，只要你愿意，我一定可以把你带出来，变成一个游戏高手！”

“我从来不碰游戏，甚至都不知道该从哪里下手。”崔莹放下筷子看了眼自己的手。她的手先前是用来弹钢琴的，能行吗？而且她可从来不碰游戏，一点都不碰啊。

“只要你愿意学，就可以。”许艺依旧用充满期待的眼神看着崔莹。

本来许艺已经够美的了，这样一看就更美了，美女用这样诱惑的眼神看人，确实让人很难拒绝，即使崔莹是个女孩，也觉得如果这种时候拒绝许艺的热心提议简直就是十恶不赦。

“我能问你一个问题吗？”崔莹欲言又止，不知道该说还是不该说。

“问吧。”许艺笑得更灿烂了。

“其实，我们空闲时间有很多事可以做，是不是？为什么你会去打比赛？初中高中的时候，功课那么忙，你哪来的时间门门兼顾啊？自己考上大学，还能……”

崔莹本来想说“还能变成电竞职业选手”，想想还是不要揭穿得好，也许等到许艺自己承认她就是 Angela 的时候，再明说更好。而且，她也确实想不通，许艺是怎么做到学业电竞两不误的。要知道，川穹大学的要求还是很高的，要进这所大学，怎么说也应该是同龄人当中比较优秀的一拨。

“你问了两个问题，我先回答第二个。”许艺轻轻笑着，“我打比赛的时间并不长，只是每年寒暑假而已。也许更多的是靠天赋吧，真正的高手从来都不是靠时间来积累经验的，而是靠脑子。用你的脑子指挥你的手，准确无误地做你在虚拟世界想要做得事。”

“你说的是用心思考？我懂了。”许艺说的这一点，崔莹很认同。

“至于为什么会打比赛，原因太多了，一时之间恐怕说不清楚，等以后有机会我再和你慢慢说吧。”许艺用指尖有节奏地敲击着玻璃水杯，“起初是为了消遣，后来发现，打比赛能赚钱。”

崔莹忽然觉得，许艺是一个特别真实的人。没有人不喜欢钱，但当时许艺作为一个高中生，竟然就对钱有这样的领悟，也许是有说不出的苦衷，也许是对她这样的新朋友说的一句玩笑话。

“打电竞比赛真的能赚钱吗？”崔莹觉得很好奇。

“当然，既然是职业，就必然有回报，天底下所有的职业不都是这样子的吗？为什么电竞行业就会例外呢？”许艺拍了拍崔莹的肩膀，“你放心吧，我看人很准的，你有天赋，我相信你以后也可以赚钱。”

“别……”崔莹吃了一块冰激凌，差点没被吓噎住，“赚钱就不想了，只求别让我掉坑里，每天花光零用钱就好。”

“当然不是坑，你是被那些网瘾少年的案例给吓到了吧？没有克制力的人做任何事情都一样。世界上所有的事情都有黑白两面，人最重要的是知道自己想要的是什么，然后再去想办法实现这些愿望。”许艺举起水杯，“我的愿望就是做一个站在金字塔尖的人，不管做什么，学习也好，比赛也好，都要尽力而为！”

“你的人生目标好明确，我的愿望比较简单，就是好吃好睡，不给我爸妈添麻烦就好了。”崔莹简直对许艺有些肃然起敬了，“既然你说我有成为电竞高手的潜质，那我就试一试。反正大学这四年，功课之外的空闲时间还挺多的。”

“以后你就跟着我学吧，”许艺抬头扫了扫崔莹的手，“世上本无难事，你不需要有任何压力，只当跟着我一起玩。”

这个晚上，崔莹不但认识了新朋友，更开启了一项前所未有的新技能——学习打游戏。外表女神的舍友许艺居然是一个网络电竞高手，真是人不可貌相，海水不可斗量。

川穹大学久负盛名，如今看来，还真是一个藏龙卧虎之地啊！

第三章 开学典礼

对于新生们来说，开学典礼是一个非常重大的仪式。

按照规定，所有新生都要穿着统一的军训服装，到川穹大学的礼堂集合，一个都不准缺席。

宿舍里，崔莹和许艺、凌星星三个人各自对镜穿军训服。

凌星星穿好衣服，眉头皱了好一阵，脸上全是不满，她转头去看崔莹，发现崔莹的军训服更丑，而且特别肥大，立刻就说："你拿的什么码？你们看看我的，超大，一点都不合身！"

"可能没有小码了。"许艺一早上都听到凌星星在抱怨衣服不好看，"军训服而已，凑合凑合穿吧。"

"发军训服都是看体型给的啊，你看看，我这么瘦也给我 M 号，把我穿成这种样子，简直丑爆……"凌星星满脸都是委屈之色，嘴巴撅得老高。

"我的是 S 号，跟我换吧。"崔莹拿起了自己手里的军训服，递给凌星星。

许艺看了崔莹一眼，其实崔莹的身材和凌星星差不多，只是略高一些而已，凌星星穿着 M 号大，崔莹穿着也不会合身，她竟然肯让给凌星星换。

凌星星见崔莹这么说，总算不抱怨了，开心地接过衣服。她最先打扮完，在许艺身后盯着她化淡妆。

“许艺，你这是什么牌子的粉底啊？为什么是玻璃瓶的？”凌星星好奇地看着许艺桌上的一个淡粉色玻璃瓶，瓶身上还有精美的凹凸花纹，简直就像一件工艺品。

许艺正在涂唇蜜，涂好之后，又去擦阿玛尼防晒粉底液，拍完脸又拍脖子，一时没来得及搭话。

崔莹虽然不化妆，但沈燕燕的梳妆台上，堆满了各种各样琳琅满目的高级化妆品，阿玛尼也是沈燕燕经常使用的品牌，所以她一眼就能认出来，见凌星星发问就说：“高档化妆品通常都是用玻璃瓶的，比较利于保存。”

不料，凌星星听到崔莹这么说，竟然立刻转头去扫了一眼她自己的书桌。

她桌上也有很多彩妆，但都不是大品牌，甚至连国外潮牌都不是，只是普通的不知名的牌子而已，那些彩妆都是普通的塑料包装，虽然看起来也很夺目，但终究不够精致。许艺一瓶粉底液的价格足够买她桌上的一大包。

凌星星的脸色顿时黯淡下来，声音有点变调，说道：“没想到……崔莹你虽然不化妆，懂得倒是蛮多的。”

崔莹并没有察觉什么，诚恳地说：“我是不化妆，可我总见过别人用啊。”

凌星星的脸色顿时又黯淡了一下，她眼珠子转了转，语气幽幽地说：“嗯，你们都是见多识广的……许艺用的这些牌子啊，我也不是买不起，只不过我不喜欢浪费。”

许艺涂完了脸，闻言转过头来对凌星星说道：“学生党原本就不用这么奢侈。而且东西不在价格，适合自己就是最好的。”

这话凌星星一听就开心了，连连点头说：“是呀是呀，所以我买东西从来都是买性价比高的，我的日用品大多数是网购的，我妈都经常夸我呢，我常去的一家网店……”

凌星星开始大聊网购心得，一聊就快收不住了。

崔莹一看手表，集合时间都快过了，连忙催道：“你要聊购物，等咱们回来再说，再不走就要迟到了！”

三个人一路奔跑到大礼堂，还好及时赶到。

川穹大学的硬件不错，礼堂算是省内最大的，所有大一新生坐进去还绰绰有余。

她们几个刚坐下，开学典礼就开始了，各种常规流程完毕之后，只见男主持扶了扶眼镜，热情洋溢地说：“现在，有请我们这一届刚刚选举出来的学生会主席——计算机系三年级的顾枫同学，给各位学弟学妹致辞！”

顾枫学长？

崔莹定睛一看，发现真的就是那个顾枫。他居然是川穹大学的新任学生会主席？

“是他……”许艺似乎也有一点惊讶。

“就是顾枫，前天帮你拿行李的那位学长，你不认识吗？”崔莹脱口而出。

许艺美丽的眼睛里闪过一丝诡异的光，说：“他那么高大上的人物，怎么可能不认识？”

今天顾枫穿着一套比较正式的黑色休闲西装，还系着一个黑蓝色的领结，看起来比第一次见面的时候成熟稳重、开朗健谈许多。他站在讲台前侃侃而谈，面对场下几千名新生竟然毫不紧张，也丝毫看不出平时的冷漠安静。

“原来一个人，真的可以有两面啊。”崔莹不觉叹了口气，她曾经以为顾枫是个孤僻不合群的人，所以才对他居然是学生会主席一事表示诧异，现在看来，顾枫并不是对任何人、任何事都表现得冷漠，他只是对自己不感兴趣的事比较冷淡而已。

顾枫讲话的时候，许艺一直在低头玩手机，聊得热火朝天，看都没有朝讲台上看一眼。

“下面，我要介绍一下我的两位搭档，一位是川穹学生会副主席，沈腾。请沈腾同学上来一下，好吗？”

顾枫讲话接近尾声的时候，点名叫了一名男生上去。

这个男生看起来比顾枫斯文秀气许多，皮肤白皙，身手矫健，几个箭步就窜上了台，看得出是个积极分子。

“另一位是我的同班同学萧莘，他一直很热心学生会的事务，我们准备聘请他为学生会助理主席。川穹大学的学生会以前是没有助理主席的，但是基于萧莘同学的特殊贡献，他将会是川穹大学史上第一届助理主席。有请萧莘同学上台！”

“啪啪啪……”鼓掌声立刻如雷鸣般在整个礼堂里响起。

“别别别……助理主席是什么鬼？”很显然，萧莘是不知道自己这个身份的。顾枫宣布这个消息之后，他整个人都是懵的，他就这么一脸懵地站在台上，一脸懵地听顾枫介绍完新学期的工作计划，一脸懵地合影拍照，最后再一脸懵地被顾枫拉下台。

到了台下，萧莘才回过神来。

“有没有搞错！顾枫！我什么时候成了助理主席的？学校同意了吗？就算学校同意了，你和我商量过吗？川穹大学根本没这个先例好吗？你难道要让我名垂青史？”萧莘有点怒气冲冲，对于这个突如其来又显得非常刻意的学生会干部新头衔，他内心显然是拒绝的。

“就从我刚才宣布的时候开始。” 顾枫笑了笑，他的笑看起来是那么不怀好意。

“No！我不干！”萧莘明确地翻白眼表示抗议，“你分明是……拉我做垫背的！你要找人做事，找沈腾就可以了！”

“沈腾今年要准备考研，没有那么多时间，我是真心需要你的帮助。”顾枫的眼神看起来特别无辜，“你看，我是第一次担任学生会主席，一个人单打独斗肯定是不行的，拉上你就不同了。第一，你性格比我开朗，虽然做事有时候可能没那么靠谱，但总体来说是很棒的；第二，你的人缘极佳，如果有了你，学生会在学校开展工作会轻松得多。”

“狡辩！借口！”萧莘极其不满地哼了一声，“别以为我不知道你脑子里在想什么。论人缘，你顾大才子的名号谁不知道，就算没了我，学生会以前的部长们也会听你的号令干活，根本不缺人手。你今天在台上突然宣布我是你的助理并且根本没问过我，只有一个原因……”

“助理主席，不是主席助理。你不是我的助手，而是随时可以替代我的好兄弟。”顾枫打断了他的话，笑容看起来很坦诚。

“兄弟就是拿来出卖的。”萧莘恨不得一巴掌打烂那个笑脸，“你问过我的意见没有？我觉得，你这么做只有一个原因——你虽然被迫接受了这个学生会主席的位置，但其实你没有那么多精力来管理。比如说，你要去参加‘苍龙世界’联赛的时候，我就可以替你干活……对吧？”

“难道为学生会做贡献不是一件有意义的事吗？”顾枫拍了拍萧莘的肩膀，“我需要你的帮助。”

“别说了，不干。”萧莘坚决抗议。

“真的不干？”顾枫的眼神开始有点诡异了，“你要不要翻开课表看 看，今年咱们高等数学课的老师是谁？”

萧莘知道顾枫的父母都是川穹大学的教授，但是不知道到底是谁。听顾枫这么一说，萧莘的冷汗都要冒出来了。他翻开手机一看课表，高等数学后面赫然出现三个大字——顾朝然！

“怎样？你别告诉我这个挂科王顾朝然是你爸爸！”顾枫腹黑一笑，“还真是。再看看 C++。”

“喂，我听说你妈姓季，那……这次新的 C++ 老师……不会这么巧是你妈吧？”萧莘继续往下翻，翻到 C++，手机里的课表老师果然亮着三个大字——季宁姗。

“What？”萧莘顿时傻了。

“助理主席只需要当一年，如果你在这一年里做得好的话，你的高数和 C++ 是肯定不会挂的。”顾枫回过头微微一笑。

顾枫每次出现这种笑的时候，萧莘就知道自己离危险不远了：“我本来就不会挂！如果我挂了，一定是你利用父母的职权，采取不正当手段黑我！”

“并不会。”顾枫抬起眼皮扫了扫萧莘，“我的意思是，我会教你一些快速又基本的学习方法，因为这两科我早就提前学完了。你哪怕只肯用一份心思，也不会再挂科！你想想，如果你再挂科，你姐姐……”

“好好好，我答应就是了。”萧莘听到顾枫提他姐姐就仿佛听到圣旨一样，立刻妥协，“你说吧，学生会招新什么时候开始？你必须招一个主席助理，我不耐烦干那些鸡毛蒜皮的杂务。”

“招新就在今晚。”顾枫看了看校园北边的二号教学楼，“你现在和我一起去准备材料，今天的招新一定要圆满完成。”

“可是你还没发通知啊……”萧莘鄙视地说。

“所有新生都会在今天上午十点准时收到学生会的招新通知，下午四点开始面试，晚上十点结束，十一点出结果。明天他们就要开始军训了，招新工作结束之后，我们才能在军训期间有条不紊地开展我们的学生会工作。我们的时间很紧张。”顾枫这番话是很认真说的，态度极其严肃，要不是萧莘了解顾枫的为人，真会被他的严肃给吓到。

“死宅，在我面前能不这么严肃么？我还是喜欢你宅游戏的样子，你这么严肃，我还真有点怕怕。”萧莘挑衅的笑容挂在脸上。

“别装了，你萧莘怕过谁呢？”顾枫又是一个迷人的微笑。

上午十点整的时候，所有新生果然都收到川穹大学校会的招新通知，那些进校就立志想进学生会的新生们立马开始紧张起来。

许艺收到短信的第一时间就决定去面试，毕竟川穹大学学生会是个锻炼人的好地方，她向来是个好强的人，当然不会落后。

凌星星也说自己想去文艺部试试。

崔莹本来没有太多兴趣加入学生会，但见两位舍友兴致都很高，也就跟着去了。

三人到了面试的二号教学楼门口，发现等待面试的人早已排了长长的一列，于是她们几个排在队列的最后面。

凌星星环顾一圈，噘着嘴说："队伍那么长，不知道我们要等到什么时候？"

"来都来了，再等等吧。"许艺已经做好了打持久战的准备。

"没想到竟然这么多人，我们未必能面试得上呢。"凌星星看到前面有很多看上去意气风发的新生，不免有些灰心丧气。

"大家的胜出概率是一样的。"许艺冷眼扫了一下前面那些人，"还没面试过，怎么知道没有希望？谁也不是天生就比别人强几分的。"

"我反正也没什么事情，就跟你们一起等吧。你们两个如果想进的话就认真点，我打个酱油就好了。"崔莹揉了揉太阳穴，像没睡醒一样。

负责面试登记第一关的是个高高瘦瘦的男生，叫江晨，胸前挂着校学生会文艺部部长的职务牌。凌星星看到他的职务牌，立刻眼睛一亮，很快就凑了过去。不知道她对那个男生说了些什么，两个人很快就聊起天来，看来那个男孩还挺欣赏凌星星的，指着墙上贴着的导航图，非常耐心地给她讲解面试的流程。

"这次学生会大量吸纳新人，每个部有各自的面试流程，你们对哪个部门和职务感兴趣，就去填那个部门的资料表，做好面试准备。"

"嗯，真的谢谢江晨学长呢。"凌星星做了一个可爱的萌小兔状。

"别客气。"江晨对凌星星的态度特别和蔼热情。

崔莹抬头看向导航图，正在犹豫自己该选哪个部，却发现许艺一眼都没有看图，径直拿了一张应聘主席助理的表填了起来。主席助理这个职务实际上就是打杂，没想到许艺竟然对这个职位有兴趣。

崔莹想了想，觉得外联部比较闲一点，就拿了一张校会外联部的表，填完交给江晨。

许艺先进去面试，她大约待了十几分钟的时间。通常来说，面谈的时间越长就表示成功的概率越大，可是，崔莹看到许艺出来的时候，许艺的表情很奇怪，说不清是开心还是不开心。

"崔莹，到你了。"负责面试点名的江晨和蔼地叫道。

崔莹走进面试教室，面前坐着好几个人，其中有几个校会干部还是认识的，比如沈腾、顾枫和萧莘。

“哈，短发学妹，没想到你也来了！先介绍一下自己吧。”萧莘看到崔莹之后明显很开心，嘴巴就没合上过。

崔莹整理了一下思路，开始简单地自我介绍：“我叫崔莹，来自渝宁，文学院中文系一年级新生，兴趣爱好是看书、打羽毛球……希望能够加入外联部，提升自己的人际交往能力。我觉得自己的优点是做事认真，缺点是……不太积极主动吧。”

“还有呢？”顾枫低沉地问道。

相比之前面试的那些叽叽喳喳、自我表现力很强、能言善辩的女孩，包括许艺在内，崔莹的介绍显得有些潦草和敷衍。敷衍到顾枫都开始皱眉了，他身边的萧莘倒是一直在笑。

“没有了。”崔莹发觉自己有点莫名的紧张，面对着顾枫和萧莘，她竟然不知道自己还应该说什么。

说实话，她真不算是一个能言善辩的人，过往人生经历也非常简单，如同一张白纸，从没有沾染过其他的色彩。除了这次自作主张改志愿报考了川穹大学，她甚至都是在父母安排好的程序里生活，从无越轨，一路坦途。

“真的没了？”顾枫抬眸看了看她。

崔莹觉得他的眼神有些深邃，但一时之间又不知道该怎么应对，她略怔了一下，才带着一丝不自信的语气说：“请问，你们觉得我还需要说什么吗？”

“不用了。”顾枫摇了摇头。

“学妹，留下联系方式，如果通过的话，我们会发短信通知你的。”萧莘终于说话了，语气还算温和，总算不那么尴尬。

崔莹出了教室，发现许艺在走廊里等着她，立刻加快脚步走了过去。她们是最后一拨，走廊里面已经没几个人了，凌星星已不见踪影。她选的文艺部需要进行才艺表演，应该是去了彩排室。

回宿舍的路上，崔莹隐隐约约觉得许艺似乎不太开心的样子，主动问她说："你怎么样了？"

"你呢？"

"感觉自己像个小白，他们应该不会录用我吧。"崔莹回想了一下过程，笑了笑，"重在参与，也算是一次经历吧！"

"看你的样子，就像刚干了坏事，被警察叔叔们审讯过一样，"许艺仰头看了看崔莹的脸色，"有点诚惶诚恐的样子。"

"被顾学长的架势给吓得呗。"崔莹闭上眼睛开始假寐，"他们倒是挺认真的。萧莘走的时候让我留电话那句话，还真像个面试官。"

许艺顿时皱了皱眉，说："电话？他们没让我留啊。"

崔莹觉得不对，疑惑地问："难道这不是例行公事的程序？面试过后留下联系方式不是一般流程吗？怎么可能没留你的电话呢……我知道了，你的电话不是在登记处有吗？江晨那里有就 OK 了。"

"也许吧。"许艺叹了口气，莞尔一笑，"不过进不进都没关系了，你要是进了我一样会很开心。"

崔莹摇头说："算了吧，我怎么可能进？我当时表现得那么差，我感觉顾枫都快要黑脸了，似乎在嫌弃我浪费他们时间。所以啊，重在参与就好，不要想太多。"

两人说着话回到宿舍，果然凌星星已经回来了，隔着床帘隐约看见她躺在床上吃开心果，一只手举着手机看视频，还发出开心的笑声。她们见她专注，就没有打扰她。

"十一点就出通知了，你等等看吧，我先去洗澡了。"许艺拿着衣服进了卫生间。

崔莹去楼下超市买了几杯泡面回来。许艺洗完澡从卫生间出来，凌星星一口面正好挂在叉子上准备吃。

"你晚饭没吃饱吗？"许艺诧异地盯着凌星星。

"人家还在长身体，所以……马上十一点了，就要出结果了诶！"凌星星嘻嘻哈哈地笑，她指着宿舍墙上那只钟，"我看学生会现在的人手不多，他们整理面试结果需要时间，短信来得也是有快有慢的吧。”

果然，凌星星话音刚落，崔莹的手机就响了。

崔莹发现是个陌生来电，但是看得出也是校园号，应该是学校里的人打的。她接起电话，说了一声“喂”，对面马上传来了一个男生的声音：“是崔莹吗？”

“我是，你……”

也许是信号不好，对方的电话竟然在这关键时刻断掉了。

“搞什么嘛？”崔莹瞪眼看着那个号码，心里在犹豫，是等着对方再打过来。还是给他回拨过去？刚才那个声音远远地听起来，有点像是萧莘的。

许艺用粉色的毛巾擦着头发，凌星星也跳下床来，好奇地追问：“现在离十一点还差两分钟呢，是不是通知你被校会录取的电话？”

“不是说短信通知吗？”崔莹觉得诧异，即使被录用也该是短信才对，怎么会是电话呢？

许艺抽了张纸巾递给崔莹：“快擦擦，你鼻尖上全都是汗珠。”

“我也该去洗澡了。”崔莹也觉得奇怪，自己怎么就不知不觉出汗了，难道是因为那个电话？

十一点的指针一过，许艺和凌星星同时收到短信，都是好消息——恭喜许艺成为校会外联部的一分子，恭喜凌星星成为校会文艺部的一分子。

但是，崔莹的手机再也没有任何动静。她低头看了一眼，屏幕上没有显示短信，也没有任何电话再打进来。

“崔莹，你……收到短信了吗？我和许艺都过了。”凌星星盯着崔莹的手机，仿佛那是一块可口的蛋糕。

“你收到校会的短信了吗？给我看看。”许艺一把夺过了崔莹的手机，却发现什么都没有，她的脸色顿时有些诧异，“你没进？”

“是啊……我们都进了，怎么就你没进啊……你面试的哪个部？”凌星星扑闪着大眼睛，有些很失望的样子。

“外联部。本来选外联部就是想补一下自己的短板，所以被淘汰也是意料之中了。”崔莹虽然略有失望，但好在没有抱太多期望，也就没有太大的失落感，并没有明显的不爽。

许艺神情也不太开心，坐在桌前无精打采地将头发挽起来，说：“就算进了，不是自己想要的部门，也不是什么好事。”

第四章 蓝瞳之心

军训三天后，一张大红榜单张贴在食堂门口，写着通过面试得以进校会的新生名单。

第一个出现的名字，文艺部副部长，赫然写着“凌星星”三个大字，许艺虽然进了外联部，但并没有任何职务。

一群人叽叽喳喳地看热闹，想知道这位凌星星究竟是何方神圣。崔莹和许艺吃饭的时候经过那个大红榜单，崔莹忍不住去瞟了一眼，许艺拉着她就走，说：“别看了。”

“凌星星一入会就是文艺部副部长，应该很有才艺吧，我们都没看出来。”崔莹蓦然发觉，看起来天真可爱的这个萌妹子，恐怕没有大家想象的那么简单。

许艺倒是不以为然，说道：“这年头，网红多少都是有些才艺的。”

崔莹觉得奇怪，说：“你说凌星星是个网红？”

许艺眼角微挑，笑道：“你看看她的打扮和做派，普通人哪会这样在意自己的外表？你再看看她 QQ 空间里分享的东西，十有八九是网络直播信息。”

崔莹翻开手机一看，还真是。凌星星的 QQ 名叫“仙儿囡囡”，她随手输了进去，果然出来一大堆资料。正如许艺说的那样，仙儿囡囡是一家网红直播平台的签约艺人，走的是乖萌邻家少女路线，特别擅长跳二次元舞蹈，看搜索指数并不是特别红，但也有一些粉丝，算得上一个不透明网红。原本以为自己身边只有一个深藏不露的电竞高手 Angela，没想到还有凌星星这样的网络女主播。

崔莹把手机给许艺看，笑道："还是你有眼力，这个仙儿囡囡，可不就是凌星星吗！可惜呀可惜，我们天天和她在一起，却不知道她是个小网红，只可惜我们都不是她的粉丝，不然简直太幸福了。"

许艺轻笑了一下说："你不是不知道，只是不关注罢了。"

崔莹想不到到许艺和凌星星二人竟然都有兼职赚钱的本事。她想起那天入学时凌星星父母送她到宿舍的情形，料想她父母对她平时是很溺爱的。既然凌星星自己能赚钱，家里也很宠着她，想必是不缺钱的，但从她平时行事做派来看，却并不大气。她日常用的东西并不是最好的，既然有能力赚钱，又何必那么委屈自己呢？或许，凌星星的父母与沈燕燕一样，不希望自己的女儿过于高调吧。但是，假如说凌星星的家庭希望她低调，又怎么会纵容她每天那样高调地打扮呢？

崔莹心里疑惑，就问许艺说："以仙儿囡囡的知名度和人气，赚够她自己的学费应该绰绰有余了吧？"

"未必。"许艺摇了摇头，"秀场草根艺人，如今能有几个赚钱的？"

崔莹完全不懂这里面的门道，睁大眼睛看着许艺。

许艺就说："我这么说吧，现在国内有很多直播平台，有些是靠主播歌舞才艺表演来吸引用户，我们行内管这些叫'秀场'，凌星星就是混秀场平台的；有些是靠主播的特殊技能来吸引用户的，比如我们这种，在线直播的通常都是电竞比赛实况。电竞圈靠的是真本事，线上线下都能赚钱；秀场就不一样，哪怕是最红的一批主播，也很难和线下的明星经纪公司抗衡，她们没有受过专门的训练，要想分一杯羹，还真挺难的。"

崔莹觉得许艺说得确实有道理，就说："那你们呢？难道你们不怕也有职业选手和你们竞争吗？"

许艺抬头温婉一笑，带着些许自信的傲气说道："电竞职业选手？

我不就是吗？电竞这件事多半是靠天赋的，各领风骚数百年，我们公司那些所谓职业选手，还不是一个个成为我的手下败将！”

“你们公司？你有经纪公司啊？”崔莹简直太好奇了。

“有，是他们主动来找我的。”许艺掠了一下垂在额前的散发，漫不经心地说，“不过是锦上添花的商人而已，有了他们之后，我赚得更多一点。”

崔莹点着头说：“不管怎么说，你们都是有本事的。我是我们宿舍里面最没用的一个了！我要是也有你们那样赚钱的本事就好了。”

许艺很认真地道：“这有什么难的？我说过很多事靠天赋，你如果真有这个心思，未必不能成为高手。我说过带你进电竞圈，你今晚要是有空，我就带你去我经常去的一家网咖，你先去体会体会再说。”

第一次进入网咖，豪华的设备、酷炫的灯光、眼花缭乱的吧台，让崔莹不禁睁大眼睛。

“真没想到，现在的网吧条件这么好。”崔莹看着那一排排顶级电脑设备，即使不认识品牌，也感觉得到是好货。

“拜托，这里不是网吧，你说的网吧已经 out 到上个世纪了。”许艺拉着她找了一个角落坐下，又递给她一个耳机，“戴上。”

崔莹顺从地接受许艺的命令，戴上耳机，看着电脑屏幕上几个硕大的繁体字，那是游戏的名字——苍龙世界。

“苍龙世界”，一个虚拟的游戏世界，它究竟有怎样的魔力，能让那么多人废寝忘食，那么多人力争上游，那么多人念念不忘？

“给自己取个好名字吧，注册一个 ID，”许艺带着女神般的笑容，“然后我就要教你怎么进行基本操作了。”

“你的 ID 是什么？”崔莹刚问出口，忽然发现自己这句话太多余。许艺的名字，那个让她载誉虚拟世界的女神号，还能有别的吗？

许艺没有立刻回答，而是侧过头深深地看了她一眼，眨了一下眼睛说：“我们既然是好朋友，我也不需要瞒着你。我虽然没有凌星星那样的好嗓子和好身段，但总算还有一技之长，在‘苍龙世界’也有一点小成绩。”

她说着话，登录自己的ID，进入“苍龙世界”。

那是一个身姿曼妙、肩披铁甲的女英雄，她静静地站在那里，不说一句话，但瞬间就有无数条评论和私信如同漫天飞舞的雪花一样，淹没了许艺的电脑屏幕。

“Angela，女神，求带！”

“Angela，女神，你终于来了！”

“Angela，女神，加入我们公会吧，条件优厚的！”

……

满屏满框的“女神”，让崔莹深深地震惊了。

这一次，她并不是惊诧于许艺的身份，而是惊诧网络上的那些人，怎么会如此狂热地崇拜Angela。也许在虚拟世界里，人与人之间的关系反而更加简单一些，强者与弱者，一场对决便可见分晓，而且强者一定会因为他的胜利而受到信徒们的追捧与尊敬。虚拟世界的游戏规则可不就是这样吗？甚至，在那里赢得的荣耀，同样可以蔓延渗透到现实社会中来。

比如，萧苹对许艺的迷恋和崇拜。

比如，凌星星以打酱油的心态面试，却能获得学生会干部的头衔。

她们利用网络发挥出自己的优势，也利用这些优势为自己的现实人生作了更好的铺垫。

“许艺，不，应该叫Angela，你说过要收我做徒弟的，现在还算数吗？”崔莹忽然觉得自己有点落伍了。

论读书，她读得还真不错。但是，除了读书，她真的什么都不会。

“废话，如果不算数，我带你来做什么？”许艺侧过身来，将纤细的手指放在她的键盘上，“快，起一个又响亮又好听的名字，我给输进去，你犹豫这么久，系统都在读秒倒计时了！”

“像你那样的英文名肯定早就被人抢注了，起个中文名吧，就叫……莹莹小草，如何？”崔莹第一时间想到自己发表诗歌的笔名。

“真够土的。”许艺无奈地侧目，“拜托，你这是要和人对战，不是要你来无病呻吟！能霸气一点吗？”

“霸气一点的，君临天下？”崔莹脑海中灵光一现。

“算了，你这古典文艺的脑袋，我看是没救了。虽然咱们学的是中文，也不需要这样处处想着老本行。我帮你取一个吧。”

崔莹看到许艺长指如飞，敲击了四个字——蓝瞳之心。

蓝瞳之心，她心里默念了一下，听起来还真不错。蓝瞳，有震慑对手的威力，加上一个心字，又兼具女性的柔美，也不乏意境。许艺能进中文系，毕竟不是浪得虚名。

“好了。Let us begin！”许艺用大拇指做了一个手势，示意崔莹可以开始了。

“我就是蓝瞳之心！”崔莹看着电脑的登录页面，心里泛起一种特别异样的兴奋感，“太棒了！‘苍龙世界’，姑娘来也！”

连续三天下来，崔莹进步飞快，作为一个新手，堪称战绩斐然。当然，前提是有 Angela 这样的顶级高手罩着她玩。

白天忙军训，晚上忙“苍龙”。

崔莹感觉自己的体力不够用了。秋老虎厉害，九月上午的骄阳实在是太烈，班级里体弱的女生昏过去好几个。凌星星更不用提了，直接请了病假，让父母亲接回去了。

崔莹和许艺一起在大太阳底下站半天，也都吃不消，中午吃饭的时候，崔莹根本一点胃口都没有。

“今天还吃孜然肉片吗？”许艺拉着崔莹的手往前走，到了孜然肉片窗口。买完饭，竟然看见也来排队买饭的顾枫和萧莘。

“Hi，女神学妹，短发学妹，我们又见面了！要不要坐一起？我们也是来吃饭的。”萧莘兴奋地打招呼。

许艺丝毫不为所动，说道：“不用了，我们回宿舍去吃。”

许艺说完，没等崔莹开口，就直接拉着她抽身闪人。

萧莘来不及开口，她俩走出几米远，他才忽然说道："那个崔莹同学，我回头给你打电话啊。"

打电话？

崔莹心里顿时一动，想起那天晚上被挂断的来电，那个男生似乎是萧莘，难道真的是他？

萧莘的眼神一直盯着许艺，真是越看越喜欢。即使只是一个远去的背影，也让他恋恋不舍。

"别看那些不该看的，好好排队吃饭。"顾枫敲了敲萧莘的碗。

"她又不理我……"萧莘对着顾枫长吁短叹，"不过，许艺进了外联部……我还以为能经常跟她进行深度交流了，没想到外联部这么闲，都没有什么工作可以做……你为什么不选她做主席助理？这样的话我的机会会多一些……你真是不懂得成人之美。"

"许艺的性格，不适合做助理。"顾枫明确地否定了。

"哪里不适合了？她那么女神……"萧莘又开始想入非非了，"只要有恒心，我才不信她不喜欢我！"

顾枫眼里充满不理解，总之他是无法理解萧莘为什么这么喜欢许艺的。即使萧莘是个电竞直播控，"苍龙世界"的游戏女主播也不少，甚至有些比 Angela 技术更精湛、笑容更甜美。萧莘偏偏这么执着，从线上追到线下，终于打听到许艺竟然也考到苍穹大学。那天在迎新处见到许艺本人的时候，他差点没激动得昏过去。

其实，他原本并不愿意许艺进学生会的。

毕竟她和自己一样，比普通大学生要忙一些，实在没有太多时间来处理学生会的事情。听说今年"苍龙世界"的联赛比去年规模更大，许艺一定会去参加的。类似这样的特殊时段恐怕还需要请假，顾枫自己不在，如果助理也不在，到时候萧莘一个人绝对是 hold 不住的。因此，即使能力不是问题，也万万不能让许艺做这个主席助理。但是，基于萧莘的不断恳求，加上许艺的才华和交际能力，让她去事情不多的外联部，应该是一个不错的安排。

“学长，我可以坐这里吗？”一个甜甜嗓音的女生出现在他们俩对面。

顾枫抬头一看，还以为是崔莹，仔细一看却不是，是一个长相酷似崔莹的女生，也是一头短发，斯斯文文的。

“学妹，你有男朋友吗？”萧莘慢悠悠地开口。

作为川穹大学著名的富二代校草，看到漂亮妹子不撩一下简直就是对不起自己，而且这人还长得这么像崔莹，撩一下又不亏。

没想到这姑娘的小脸唰地一红，吓得立刻拿着饭碗就跑了。

“真不好玩。开个玩笑而已，居然都不理我。”萧莘顿时觉得好无趣，“还是崔莹学妹比较可爱一点，至少不会吓成这个样子。”

“对了，新助理的事让你去沟通，你沟通完了吗？”顾枫放下筷子。

“我给忘了……”萧莘看到顾枫凌厉得像要杀人的眼睛，立刻说，“对不起，我今天一定再找她聊聊，咱们先吃饭，吃饭。”

“先打电话，再吃饭！”顾枫说。

“好好好。”萧莘看到顾枫的凌厉眼神，立刻掏出手机，拨通崔莹的电话。

“喂？你是谁啊？”崔莹刚回到宿舍，电话就响起来，一看，竟然又是那个号码。

“是我，萧莘。”

崔莹深吸了一口气：“学长，上次电话也是你打的吧？找我有什么事吗？”

“我有话和你说，本来想想可说可不说的，但是现在我又想说了。”萧莘吃饱了饭，“要不，等你们下午军训课完了，晚上拉歌之前，我俩找个地方聊聊？”

崔莹见他故弄玄虚，心里更加好奇，就说：“电话里不能说吗？”

“这事啊，说来话长，咱们当面说比较清楚。”萧莘的语气略带狡黠，“你不会是不敢单独见我吧？”

激将法对崔莹这种人还是比较管用的，萧莘约她在学校南教学楼背后的小树林见面。

崔莹想想也无妨，毕竟那里人来人往的，萧莘不敢把她怎样，而且看样子他也不是那种坏人。

“说吧，你那天打电话是为什么？后来又为什么不打了呢？”崔莹直截了当地问。

萧莘看到准备参加拉歌比赛、身穿小白裙的崔莹，可真是清新美少女一枚，顿时心猿意马起来，笑嘻嘻地说：“还能为什么？当然是因为关心你，所以想给你通风报信啊！”

“通风报信？”崔莹一直想不明白，“要么你就别打，打了你就把话说完，吞吞吐吐的算什么。”

“我也想啊，可是那天也是巧了，刚打通电话就没电了，然后，我忙别的就把这事给忘了。”萧莘一副无辜状，“你还记得吧，那天面试，你的表现真够差的。”

“那又怎样？”崔莹想起那天的情景，腮帮子就鼓了起来。

“是这样的，顾枫让我抽空再和你联络一下，我们那天选中的主席助理因为被任命为他们院里的学生会主席，恐怕不能兼任了。这个岗位还有空缺，你是否愿意试一试？”

“你的意思——”崔莹觉得很意外，“让我做学生会主席助理？”

“喂，学妹，这个机会可是很难得的，新生哪个不是挤破头想进入学生会？你有了破格录取的机会，却还问我有没有必要，你难道不觉得自己很奇怪吗？还是说，你根本就不想进校会啊？”萧莘反问道。

崔莹脑子一直在转，这件事堪称峰回路转，未免来得太突然了。如果能够进校会做顾枫的助理，跟着他们一定能够学到很多东西，只不过，他们怎么就从那么多候选人中挑中了她呢？她知道自己的性格平稳低调，说话简明扼要，做事也算利索，这些都是优点，确实可以干一些学生会主席助理的工作。

“顾枫学长呢？他怎么说？”崔莹心里还有一点疑虑，“这是你的意思，还是他的意思？”

“是我们共同商量的结果。”萧莘忍不住翻了个白眼，“虽然你不是我们心目中最优秀的人选，但既然第一人选不能来了，退而求其次，我们就凑合凑合用你了。”

“不要这么打击人好不好！”崔莹立刻瞪大了眼睛，“我不是凑合凑合，你们觉得我可以，我就会尽力去做好的！”

“莹莹同学，开个玩笑而已啦，不要这么认真，我会害怕的。”萧莘做了个滑稽的鬼脸。

“那行，我先做着试一试吧。”崔莹不再推辞，“毕竟我的两位室友，一个在外联部，一个在文艺部，我没有许艺长得漂亮，也没有凌星星能歌善舞，那就专心来做后勤吧。”

“助理可不只是后勤，这个位置很重要的。”萧莘显露出难得的严肃与正派，“我们不需要再面试了，军训完毕以后就来帮忙吧。”

军训很快就要结束了，最后一天，凌星星终于回到宿舍。

这天崔莹有点累，回宿舍午睡，不料一躺到床上就睡过去了，导致下午的军训直接没去。当她醒来的时候已经下午五点，大家都已经结束军训，在往宿舍走。

“完蛋了……”崔莹慌慌张张穿鞋子，想赶紧跑到操场去看看情况，结果迎面而来的一大批人又把她给挤回宿舍。她只好安安静静地等着她的两个室友回来。

“呀，莹莹，你醒了呀。”凌星星跑到崔莹身边，“等会儿我们还有晚训，我继续给你请假？”

“请假？难道我下午请假了？”崔莹一听到“请假”两个字就两眼放光。

“是呀，我给你请假了。”凌星星甜甜地点了点头，“你想吃什么？我给你买。”

“不用了。”崔莹见到久违的凌星星，倒也挺高兴，只不过，凌星星以前有点公主病，一向我行我素，只顾自己不管别人的，今天突然变得和她热络亲密起来，对她如此关心，倒是一件稀奇事。

“对了莹莹，我听说，你也进学生会了，还是主席助理哦。”凌星星神神秘秘地凑过来。

“你听谁说的？他们之前选的助理不能来了，临时补录的我。”崔莹说的都是实情。

“嗯，我想也是呢。”凌星星点头笑道，“我今天和文艺部长江晨聊天，听他们说，主席助理这个职位竞争很激烈，可以近距离接触到很多学校高层……很多部长都恨不得去做呢，所以猜测这次补录你，可能是因为你和学校主席团的某个人认识，又或者家里有些背景，否则……”

凌星星将没说的半截话给吞了进去，崔莹也不好追问。

流言蜚语，捕风捉影，不用想也知道别人会怎么看她特招进学生会这件事。大家议论的无非是，她崔莹如此默默无闻，没凌星星多才多艺，也没许艺漂亮能干，怎么就补录她呢？

总之，不管外人怎样想、怎样看，她都要努力做好学生会那边的工作，不能辜负顾枫和萧莘二人对她的举荐。

第五章　隐藏技能

自从许艺带着崔莹开始进入“苍龙世界”，还真是尽到一个入门师父的职责，就差手把手教她怎么操作了，而且还把自己的小号给崔莹练。大约一个月之后，崔莹的天赋逐渐显露出来，比普通的玩家厉害许多。但毕竟是新手，还是不能够跟那些玩了很久的人比。

“啊！真是的……刚被一个新手给秒了！”崔莹突然叫了一声，然后捶胸顿足地从椅子上站了起来，“一秒钟，不！一秒钟都没到……就把我给秒了！许艺你来瞧瞧，这个新手居然比你徒弟我还厉害呢！”

“也是新手？不可能吧？你的弓箭呢？”许艺不相信，立刻走过来坐到崔莹的位置上。

崔莹的电脑上清清楚楚地显示——暗影杀手秒了蓝瞳之心。

“这……”许艺有些诧异，她蹙着眉头过来看屏幕，““苍龙世界”这款游戏新版本出来还没多久呢，你这种新职业的等级一开始武力值就是最高的，非常容易升级，加上你这段时间的训练，无论从哪方面来看，你的指数都不低啊……这个新手……他选的英雄并不好操作，武力值也不会太高，怎么可能一出现就秒杀了你？”

她认真地分析着崔莹和对手的情况，崔莹虽然听不懂，但大致明白，她是被一个原本可以是手下败将的人给秒了。

凌星星更加听得云里雾里，她凑过来看了看，然后说：“这也不稀奇啊，如果对方确实有实力，你就必输无疑啦。”

“我真是没用啊，都这样了，居然打不过他！”崔莹开始懊恼起来。

“我来替你收拾他。”许艺灵活修长的手指飞快地敲击着键盘，试图把暗影杀手这个新玩家给找出来，但可惜的是，暗影杀手已经离开了蓝瞳之心所在的区域。

“这次就算了，等下次有机会碰到暗影杀手再说吧。不过一般情况下，不太容易碰到的，这个地图里的玩家那么多，除非刻意寻找，再碰见的概率比较小。”许艺说道。

作为一个电竞高手，许艺也觉得对方有些本事，能把一个普通职业角色练到如此厉害的程度也算是凤毛麟角了，她很想研究一下这个人。照说崔莹并不弱，也不是那么容易就能被秒的，假如能够遇到这个暗影杀手，她真有兴趣与他一战。

“如果再碰到这个人的话，我立刻喊你。”崔莹有些无奈地退出游戏。

她低头看了一下放在旁边的手机，发现收到萧莘的一条讯息：“校会有事，速到办公室。”

没想到大晚上的还要被拉到办公室，崔莹觉得纳闷，什么事情这么重要，非要今天晚上办理不可？

崔莹二话没说，换了衣服出了宿舍往教学楼赶。

刚走了一半，路上又收到萧莘的讯息：“可不可以麻烦带一杯开杯乐泡面？海鲜味儿的，感恩。”

海鲜味道的开杯乐，萧莘的口味还真是特别。

崔莹正好顺路经过小超市，买了一杯开杯乐带到学生会办公室，一进办公室，发现不止萧莘一个，顾枫也在，两个人都忙得头都抬不起来。

“Hi，莹莹，你来了，那边有饮水机，帮我泡一下面，我现在脱不开身呢。”萧莘看到崔莹来了之后挤了挤眼，很开心地说道。

崔莹帮萧莘泡了面，见顾枫正在电脑前做表格，他双手敲击键盘的速度迅疾如风，几乎可与许艺媲美，不，应该说比许艺更快更灵活，他的十指也是特别的修长。

“崔莹,你会做EXCEL表格吗？我们还剩下三十张表,可否帮忙？”顾枫根本来不及看崔莹，一边盯着电脑屏幕，一边手里还在高速地敲击着键盘。

“啊？”崔莹吓了一跳，“你们要做这么多？”

“这不算多了，我们今天已经完成了五十张，还剩下三十张。”顾枫微挑了一下眼皮，“你是不是不会做？”

不会做？顾枫未免也太小看她了吧！她可一直都是品学兼优的好学生啊，不过，崔莹隐隐约约感觉到，也许是因为那天面试表现太差的缘故，顾枫对她的能力似乎仍有一丝质疑。他们越是这样不信任她，她就越要努力表现得好一点。崔莹虽然没有做过学生会的表格，但是刚才她站在顾枫后面看到他操作程序，早就明白了整个流程。

她拉开一张椅子，坐在另一个开着电脑的办公桌前，回头说：“顾学长，请把表格发给我，我会做。”

顾枫抬起头看了崔莹一眼，这个女孩确实很特别，她的眼神那样干净清澈，没有一丝抱怨，还透着几分坚定和干劲。他什么都没说，迅速将桌面上的一沓资料递过去。他也想看看，这个面试的时候显得有些紧张和不善言辞的女孩，到底能力如何。

时间一分一秒地过去，崔莹花了不到一个小时就把三十张表格给做完了，甚至比顾枫和萧莘还要快。

她通过QQ讨论组，将打包好的表格传给两人：“我都做完了，这样可以吗？”

“你居然这么快！”萧莘站起来喊了一声，睁大圆眼瞪着崔莹，“手速简直逆天有没有！你不会是打比赛练出来的吧？”

“你猜呢？”崔莹做了个顽皮的表情，然后去看顾枫。

顾枫下载了一张表格，飞快地扫了一眼，崔莹的工作完成得居然比他还细致，内容没出错，格式也没错，一目了然。

“挺好的。”顾枫满意地看了一眼崔莹，事实证明，他们还是没有看错人的。那天面试主席助理的人不下一百个，但唯独崔莹的面试资料表填得干净整齐，每个问题都答得十分认真，答案完整又出色，字迹也很美，看得出是个兰心蕙质的姑娘。

“还真不是盖的。”眼见崔莹过关，萧莘一副开心得不得了的样子，“莹莹帮了我们俩这么大的忙，怎么也要请人家吃个夜宵什么的，对吧？听说你们宿舍还有两个室友也进了校会，不如把她们叫来，大家一起吃夜宵啊？我请客。”

“原来是醉翁之意不在酒啊！你都这么胖了，还吃？”崔莹终于明白，敢情这个萧莘还是对许艺念念不忘呢，之所以对她这么热情洋溢，可不是因为要讨好她，而是因为她的女神室友。

“我不胖！现在还饿着呢！”萧莘端起泡面放在顾枫面前，“就这么愉快地决定了，我们去吃夜宵，顾枫你收下尾就好，这碗泡面留给你。”

“你们去吧，我不去了。”顾枫站起身收拾残局，剩下的工作已经不多了，稍微整理一下资料，就可以离开。

刚刚因为萧莘临时想到要做得表格还没做完，火急火燎地找他帮忙，他才从“苍龙世界”里退出。一想到之前自己秒了一个等级还不错的新手，他就觉得特别开心。

明天是周末，这些事情全部处理完毕，他就能安安心心地继续练手，为今年的“苍龙世界”联赛做准备了。

“莹莹，你等等我。”萧莘跟着崔莹，“走，我请你吃夜宵。”

“不吃了，我要回宿舍了。还有，许艺很少吃夜宵的，所以即使你请我吃东西，我也没有把握能把她叫出来一起吃，所以，你可以省下这笔费用了。”崔莹直接拒绝。

“别这样嘛，莹莹，我们已经是好战友了，对不？本来你就帮了我们很大的忙，请你吃东西也是应该的。好不好？我真的有点饿了。”萧莘怕崔莹不同意，直接开始美食诱惑攻势，“我们去吃烧烤如何？二十串大腰子，二十串脆骨，二十串羊肉，二十串秋刀鱼……”

二十串……二十串……

“拜托，我真的吃不下这么多！”崔莹觉得他的嘴皮子比说相声的还利索，想想又觉得他挺可怜的，“你要真想追许艺，我可以教你一个方法。有句话叫投其所好，你懂吗？”

“当然懂！就知道莹莹你最善解人意了，真是好学妹……”萧莘的笑容带着无限谄媚与希冀，“听君一席话，胜读十年书，快说，快说！”

“你应该知道‘苍龙世界’这个游戏吧？”崔莹笑眯眯地说，她想试探一下萧莘到底对许艺了解多少。

“哈，我太知道了！”萧莘一副捡到宝的表情，“你要是和我说别的，我还真不一定知道，要说‘苍龙世界’，我估计这所学校里面没有几个人能够比我更迷弟的吧。不是吹牛，我从两年前开始知道这款游戏的时候，就……”

“也就是说，你从前就认识许艺，对吗？”崔莹一脸认真，“在她还没有进苍穹大学的时候？”

“没错。”萧莘很痛快地承认了，“我是先知道这款游戏，然后成为粉丝，然后成为她的粉丝，再然后……”他说到这里不禁仰天长叹了一口气，“一入女神门，从此自由快乐是路人！”

“是吗？如果一件事情真的让你这么不快乐，放弃它不就好了？为什么还要这样坚持？”崔莹觉得这个萧莘真的是太萌了，忍不住故意逗他，“你大可以不再进入‘苍龙世界’，也可以不要再去看 Angela 的比赛啊！”

“只是说说罢了，表达一下我的郁闷心情而已。”萧莘做了个夸张的表情，“说实在的，那两年我家里发生了好多事情……在我那么不快乐的时候，还真的是‘苍龙世界’的兄弟们和 Angela 让我快乐起来的。至少，让我没有变成一个忧郁症患者，还能这样开开心心地生活下去。”

崔莹第一次听到萧莘提及自己的家庭，“家里发生了好多事情”让他如此不快乐，想必不是什么好事。

“过去的事就别想了。如果你真的喜欢许艺，那就努力让她知道你的用心。有缘分的人，总会在一起的啦。”崔莹安慰萧莘。

“我也这么想。对了，看样子你也是个游戏玩家呀，居然知道‘苍龙世界’！”萧莘眼睛又亮了起来，“我也告诉你一个秘密，你别看我们顾大主席这么认真学习和工作的样子，其实他……”

“怎样？”崔莹听到顾枫的名字，觉得有点好奇，“我觉得他为人虽然有点高冷，但还是挺谦和的。”

“没错，他这个人真的挺好，真的挺善良的，虽然我持一点点保留意见……”萧莘神神秘秘地接着说，‘苍龙世界’里有个非常厉害的高手，叫潮汐，你可以去搜索一下，我要告诉你的是，这个潮汐，就是顾枫哦！”

“什么？顾枫也玩‘苍龙世界’？”崔莹忽然觉得越来越好玩了，原来不管学霸学渣，都有这种业余爱好啊。

“看你的样子，你应该也会了。不过莹莹，你的能力为什么这么强？我还以为你不会做表，怎么一下子就会了呢？你还真是深藏不露啊，你的做表能力真的一流！除了做表，你是不是还有别的隐藏技能？”萧莘说这话的时候简直像机关炮。

“大家不是都有隐藏技能吗？好像不止我一个啊。”崔莹顽皮地笑了笑，眼看到了女生宿舍楼下，她回头朝萧莘挥了挥手，“好啦，谢谢你送我回宿舍，晚安。”

她步履轻快地进了女生宿舍大门上楼，不禁觉得大学生活真的很有意思。高中的时候大家都只知道认真学习，现在却多了这么多有趣的人和事，比如许艺、凌星星这样的网红偶像，比如“苍龙世界”，比如那个看似冷漠却是电竞高手的顾枫，比如看似没心没肺却比任何人都懂得如何让自己快乐起来的富二代萧莘……

当然还有她自己。

一个原本在母亲训导下循规蹈矩的乖乖女，现在越来越独立与自我，就像“苍龙世界”里她选的那个腰挂弓箭、目光坚韧的女英雄一样，不惧挑战，也不畏未来的艰难路途。

“这么晚才回来，我还以为你要失踪了。”许艺端了杯果汁过来，“要不要来一杯？”

第二天是周末，凌星星家在苍穹市内，应该已经回家去了。此刻宿舍里只剩下她们俩。

崔莹确实渴了，二话没说拿了杯子，许艺将果汁倒了一半给她。

“Angela 真是女神啊，对我这么好。明天是周末，不用军训也不用上课……不如你来继续带我玩‘苍龙世界’，我突然好想玩。”崔莹的电竞之心，仿佛突然被点燃了。

“你怎么突然这么想玩了？”许艺坐在崔莹身旁，“从来没见过你这么积极主动过。”

“也许是因为刚才被人给秒了，有点不甘心吧。”崔莹喝了一口果汁，托着腮帮子看电脑屏幕，“潮汐……”

“你在找谁？”许艺的脸色微微有点变化。

“‘苍龙世界’的顶级高手潮汐啊。”崔莹想起萧莘的话，不禁微笑起来，对着许艺说，“你知道吗？萧莘和我说，学生会的顾枫学长，就是萧莘的死党，是‘苍龙世界’里的潮汐！听说等级超级高。你也来看看，是不是跟你是一个级别的？”

崔莹原本以为棋逢对手是人生大幸事，许艺会非常感兴趣地过来，就像之前她听说有个新手秒了她，立刻寻根究底找那个人的资料一样，不料许艺听完只是淡淡地说：“哦，好像有这个人。你先上线，你玩的时候我顺便看着就好。”

崔莹发现许艺的脸色有点奇怪，但又说不出哪里不对，就指着屏幕说：“哇，你看潮汐！你看看他的等级资料，果然不是一般人啊……”

“好啦，”许艺摸了一下她的头发，“你玩你的吧，羡慕别人是没有意义的。”她蓦然看到崔莹的登录界面，质疑地问，“你怎么又进这个服？这里太难了，不适合你这种新手。你不是说刚被人在这里秒了吗？不如换一个吧。”

崔莹撑着脑袋：“其他服我不适应呀，干脆还是继续这个好了。”

“好吧，我来翻译一下你的潜台词——懒。”许艺毫不留情地戳穿了崔莹。

“哈哈哈，你简直太了解我了，有没有！”说完，崔莹马上兴高采烈地投入到游戏之中。

“你先玩着，我有事要出去一下。”许艺突然说。

“去吧，去吧。”崔莹不疑有他，依旧目不转睛地盯着屏幕，专心致志地看着她的女英雄。

第六章　针锋相对

“滴滴滴……咔嚓……咔嚓……”

教学楼办公室里，顾枫正在进行最后一个流程的工作。虽然他能力很强，但不代表他能搞定所有事，比如说今天晚上，打印机突然出故障之后，他遇到麻烦了。

作为计算机系三年级的学生，遇到问题只有一个解决方式——修。

“你怎么还没回来？”萧莘的电话不失时机地打了过来。

“打印机坏了，我在修。弄好之后打完最后一沓材料，我就回去。”顾枫满头大汗地蹲在坏掉的打印机旁。

“不是吧？我看你先回宿舍，明天再去弄。”萧莘说道。

“明天还有明天的事，应该来不了。再说，这台打印机是学校的，既然坏了，就得负责修好，总不能周一让老师们来修吧？”顾枫口气很严肃，不，应该说是带着一丝自责。

“坏了的话修一下不就行了么，周末喊个售后工程师来嘛……”萧莘忍不住打了个呵欠，“一定要亲力亲为吗？打印机又不是你故意弄坏的，何必呢……”

“我能修好的。”顾枫一边用手撑着打印机，一边用耳朵夹着手机，“这会儿没空和你闲聊了。Bye！”

没想到过了几分钟，手机又“滴滴滴”响了起来。

“我说过了，我能修好的，你不用管我……”顾枫觉得这个萧莘还真是啰唆，“就快修好了！”

然而，手机里传来的却不是萧莘的声音，而是一个温柔却略带冰冷的女声：

“潮汐，我是 Angela。”

居然是她。

顾枫夹在耳朵上的手机以一个弧度滑落到地面上，他左手都是墨，右手拿着打印机的外壳，没有立刻去捡手机。

“你有没有在听？听得见我说话吗？”顾枫的脸色微微凝滞了一瞬，他将右手里的东西放在地面上，然后将手机拿回来，深吸了一口气，才对着手机说，“我在听，请问你有什么事？”

“想问你一个问题，”电话里许艺的声音听起来还算平静，“为什么让我进校会外联部？你明明知道，我面试的是主席助理。”

“因为有更合适的人选了。”

“这不是理由。既然主席助理第一人选有空缺，要选替补，也应该是从被淘汰的主席助理候选人当中来挑选，为什么你们最后会选择崔莹？”许艺稍微停顿了一会儿，“当然，我的意思不是说莹莹不好，我只是觉得，你为什么不优先考虑我？是因为……之前的事情的缘故？”

顾枫稍微沉默了一下，许艺这么晚打电话来，原来是为了这个。

“潮汐，不，应该说顾学长，我和你明示暗示很多次了，我许艺是个恩怨分明的人，即使我们俩在去年的‘苍龙世界’联赛是竞争对手，即使我失败了，即使我觉得你赢得并不光彩，咱们也不需要把这种关系带到生活当中来吧？还是说，你依然将我当作你最可怕的对手，害怕我靠近你的身边，窥视你的训练，影响你的发挥？”许艺的话，有些嗤之以鼻的味道。

“我想你是误会了。”顾枫的眼神掠过一丝淡然，“在虚拟世界里，我们的确是对手；但在现实世界里，你是我的学妹。如果你真的觉得我

扫一扫，更多精彩等着你

是那种人，我也无话可说。我只能解释，我们是根据每一个人的特点，安排她在校会的工作职务的。”

“你不愿意我做主席助理，大概是因为今年‘苍龙世界’联赛的时候我们会一起离开学校吧？到时候校会的事情就没有人做了。”许艺毕竟是冰雪聪明，说话也是咄咄逼人，“谁不知道，副主席和主席助理是最有可能成为下一届学生会主席的人？所以你敢说，你真的完全一点私心都没有？所做得一切都是单纯为公？”

“Angela，是这样的，”顾枫耐心地解释着，“你所说的确实是我考虑的原因之一，但是，我并没有阻挠你成为下一届学生会主席的意图，一点都没有。我再说一次，你是新学妹，我希望有更优秀的人能够接替我的位置。即使是在虚拟世界里，我也永远尊重所有对手。即使你认为去年我是用不光彩的手段才赢了你，我也要说一句，并没有。”

“很好。看起来确实挺公正的，能进川穹大学，又都进了学生会，我们还真的挺有缘的。”许艺闻言笑了起来，听不出那是冷笑，还是开心的笑，只听见她最后幽幽地说了一句，“今年联赛很快就要到了。潮汐，我们到时候再见吧！”

说完她就挂断了电话。

顾枫回到宿舍，疲累了一晚上的他，觉得脑子有些晕沉沉的。

看起来，许艺对他确有成见，而且还能够轻易化解。不管是对手，还是朋友，他其实对任何人都没有成见，只不过女孩的心思更细腻一些，加上去年那场联赛，许艺的网络确实出现了问题，才会失手败给他，也失去了当年联赛冠军高达一百万元的奖金。

当然，奖金或许不是最重要的，胜负才是一个电竞选手最在乎的。

“苍龙世界”，每天上演着多少类似于他和她的故事，又考验着多少人与人之间的关系。

毫无疑问，许艺是很有才华、很有前途的一位职业女选手，或许真的有能力，或许真的值得栽培。听说她已经签约了一家名为 GM 的赛事运营经纪公司。GM 的实力非常强，她看样子是下定决心要在这个行业发展下去了，未来一定前途无量。

而他呢，从始至终都没有把电竞当成一件认真的事在做。

人各有志，他的人生目标是当一个优秀的产品经理，做出一款伟大的、颠覆世界的产品。

顾枫靠在椅子上，想到许艺的态度，不觉笑着摇了摇头。算了，不想这些了，还是照旧努力学习，努力工作，至于“苍龙世界”，如果今年许艺的水准能够继续保持，就算输给她又如何呢。

不过是游戏罢了。他本来就只是为了换换脑子，寻个开心而已。

想到这里，他的唇角不觉微微扬起，今天晚上他刚开的小号，就秒了一个威风凛凛的女英雄，那女英雄的号还很新，水平也很低，分分钟手下败将。虽然那一局速度很快，但顾枫对这个女英雄有着很深的记忆。他记得那个女英雄有个习惯，喜欢在对战的时候发各种有趣的颜文字和语句，可以想象她生活中一定是个有趣的人。

周日一大早，崔莹吃完早餐，开始继续训练。

“啊啊啊……太惊奇了……要不要这么巧……”崔莹看着游戏里面出现的 ID 惊呆了，“怎么又是他！他他他……又出现了！”

“怎么了？一惊一乍的。”许艺还在洗脸敷面膜，见她大声惊叫，立刻走过去看。

“就是上次那个人呀，秒了我的那个人，暗影杀手，他又出现了！”

许艺低头一看，还真是上次那个新手：“你跟这个人倒是挺有缘分的，没过两天居然就又遇上了。”

“谁稀罕看到他，我就想揍他！”崔莹内心真是拒绝的，“上次真是太丢脸了！”

“好吧，我想你不秒杀他一次是不会甘心的。你不要怕，我们且看看，他的套路是什么。”许艺索性搬了一把椅子坐在崔莹身边，连面膜都顾不上敷了，“我帮你看着他！”

有了许艺壮胆，崔莹立刻来了勇气，她唯恐对方看不到自己，就一直跟在暗影杀手的身后，他停哪儿，她就停哪儿；他做什么，她也做什么，不知道的还以为是两个好朋友一起组队。

“叮咚——”一条私信闪来的声音。

“呵呵——他发现我了！”崔莹拍了下额头，“难道是我隐藏得不够好？”

许艺真是被崔莹天真的话语给打败了：“你隐藏过吗？你这明明就是赤裸裸地挑衅好吗？

“他私信我哎……”崔莹有点怕怕的，“你猜他会说什么？”

她心里还是略微有点紧张，嘴唇咬了又咬，都快咬红了。

“看看再说。”许艺莞尔一笑，“我们不怕他。”

“单挑？”崔莹点开了他的私信，“单挑是什么鬼？”

“单挑，就是他想跟你单独对战。下面有邀请，你选吧，是拒绝还是同意？”许艺指着两个亮亮的方块偷笑道，“是你先跟着他的，这样的跟踪太明显了，他大概是以为你要跟他单挑。”

“我能不同意吗……”崔莹忽然有点怯场了。

“随你啊，大不了再死一回。”许艺说着去拿面膜，“我的脸太干了，我去敷个水晶面膜，你先自己对付对付。”

“喂喂喂，你别走啊，你走了我怎么办？”崔莹发现屏幕上两个亮亮的方块还是跳动着，那个人的私信又来了。

语气很是霸道，直接说：“你点同意。”

“不要啊……我能不同意吗……我今天不想打架啊……”崔莹想了想，灵机一动回了个颜文字表情“= 皿 =”，然后果断地——下线了。

对，她就这么下线了！

他说单挑，她就必须同意吗？哼，小样儿，偏偏不搭理你。

顾枫这天上午在宿舍刚进入游戏，登录自己的小号暗影杀手，立刻就发现了上次那个女英雄——蓝瞳之心。

这次他看到蓝瞳之心头上的等级，一个晚上居然升了十五级！要知道前天她下线的时候明明才十五级啊，怎么可能一下子升了十五级？看来这两天她应该很努力在升级，还真挺勤奋的。

他原本没在意她，但是没想到，她竟然一直跟着他！

顾枫觉得奇怪，他开始私信这个蓝瞳之心，问她是不是想对战，但奇怪的是，对方的头像暗了。

“这家伙……居然下线了……”顾枫觉得很好笑，如果他判断没错的话，对方八成是个心智还不成熟的小姑娘，之前被他秒了一局，有点不甘心，但真正邀请她对战的时候，她又没有胆量了。

看着她发来的颜文字表情“= 皿 =”，他忍不住笑了出来。

每次遇到这个女英雄，他总是挺开心，下次如果再遇到她，不管怎样，先加个好友再说吧。

第七章 离奇中暑

周一刚开课，辅导员就召开了中文系第一次班会，并且点名表扬了崔莹、凌星星、许艺等首次加入学生会的新同学。

辅导员发表了热情洋溢的讲话，同时表示，校委办公室预计会在周二或周三下午举办一次新生座谈会，校长将会参加，届时中文系会派出一名代表，电视台也会录制这一次座谈会的实况，并且在川穹卫视新闻联播里播出。

“哇，校长麦叔！”崔莹一听就兴奋了，“他是中国著名作家和学者，我是看着他的作品长大的……真的可以见到他吗？”

“这有什么好兴奋的呀。”许艺并不在意，“他是川穹大学的校长，我们是他的学生，见面的机会又不止这一次。”

“毕竟是第一次新生亮相，我还是挺想去的。”崔莹的眼睛里充满着憧憬之色，“不知道辅导员会选谁去参加这次座谈会呢？”

然而辅导员并没有立刻宣布参加座谈会的代表名单。

崔莹和许艺离开教室的时候，发现凌星星并没有立刻起身，于是问她说：“星星，你回宿舍吗？”

凌星星眼珠子转了转，摇了摇头说：“不啊，我还有一些事情没有处理完呢，你们先回去吧。”

崔莹和许艺一起出了教学楼，走到半路的时候，突然发现自己的门禁卡忘在课桌抽屉里了，于是让许艺稍等片刻，自己回教室去取。刚走到二楼拐角处，听见两个人在教室里说话的声音。

一个是凌星星，另一个是辅导员。

“可不可以啊？就让我代表系里去发言吧，我怎么说也是校会文艺部副部长呀。嗯，作为一名学生干部代表，我一定不会给咱们班丢脸的。”凌星星的样子软萌软萌的，说话的语气带着撒娇的味道。

“凌星星同学，这次座谈会代表是校办安排的，所以，我也只能等通知啦。如果是你，我会立刻通知你的。”辅导员挺和蔼的，笑眯眯地拒绝了她。

“可您毕竟是辅导员呀，您可以向校办建议一下人选吧？”凌星星显然并不甘心，还在恳求，“川穹卫视还是很有影响力的，如果我能够露脸上几个镜头……那就太好了。”

“我们有建议人选啊，是崔莹同学。”辅导员继续笑眯眯的，“好啦，机会有的是，大家轮流来吧！”

凌星星的脸上明显有些失望之色，但还是甜甜地说了一句：“嗯，我知道了，下次您记得推荐我呀。”

崔莹唯恐自己现在过去让凌星星尴尬，闪身去了洗手间，过了十分钟，料想他们都离开了教室，才去取回门禁卡。

周一下午没课，许艺有选修课，崔莹和凌星星都没有选修这门课，就留在宿舍里。

两人各忙各的，预习，查资料，做PPT。凌星星一直嚷着天气太热，说秋老虎厉害，但又说自己腿脚有风湿，不能吹太凉的空调，不让开空调。

崔莹的体质并不耐热，她起身倒了一杯果汁正要喝，却听见凌星星说：“崔莹，你要不要吃冰？我们下楼去买冰吧。这天，可真要把我热死了呢。我一吹空调就腿痛，不过冰还是可以吃的。”

崔莹热得头晕眼花，正好想下楼去一楼小卖部透透气，就说：“我去买，你就不用去了。”

凌星星一听就眉开眼笑地说：“好呀好呀，莹莹你真好，我请你吃冰吧！”说着就给她发了一个电子红包。

买完雪糕回来，崔莹吃了一根，又喝了那杯凉果汁，顿时觉得冰彻心扉。

但是，她刚看完外语的一篇阅读文章，正打算看看《浮生六记》，就觉得头晕胸闷，十分不舒服。她想着萧莘说今天晚上还要去学生会办公室处理一些事情，千万不能晕，以为洗个澡会让自己舒服点，结果洗完澡更晕了，连晚饭都没有胃口吃。

大约五点多的时候，萧莘的催促短信就来了，叫她速去帮忙：“崔莹，你得坚持住，千万不能一开始就给他们留下坏印象啊！”

强撑着貌似中暑的身体，带着昏昏沉沉的脑子，崔莹一个人去了办公室。

顾枫和萧莘就像沉没在文件的海洋里，办公室里到处都是一沓沓的打印资料，彼时那台不好使的打印机早已经被顾枫修好了。

“莹莹，来得正好，快来帮我们把这些资料打印出来，然后归类。今晚一定得做完这些，明天校办开会需要用。”萧莘一见她就吩咐。

“好的。”崔莹点了点头。

“你怎么了？脸色好差。”顾枫觉得有些不对，立马放下手中的工作，看了她一眼。

“谢谢学长关心，我没事的。”崔莹见顾枫主动关心自己，心情顿时轻松了很多。

“文件已经做得差不多了，我们把做好的发你，每个打印一百份。记住，打印机千万不能再弄坏了。”顾枫叮嘱道。

崔莹答应着，坐在电脑桌前开始打印文件，打印倒不是难事，但是这么多文件，确实够他们三个忙一阵的。

“难道只有一台打印机吗？这么多文件要在今晚打印好的话，比较困难，我们还有哪些办公室里有打印机吗？”崔莹问道。

“对哦！”萧莘一拍脑袋，“这么多文件，办公室这一台打印机根本忙不过来。而且万一打印机再出问题的话，就完蛋了。我现在去问管委会那边能不能借一台打印机出来。顾枫，你能不能问问你爸妈的办公室里有没有打印机？这样的话就能凑三台了。”

“原来顾学长的爸妈都是川穹大学的教授啊！”崔莹感觉自己似乎发现了顾枫的秘密，难怪他那么优秀。

“崔莹的建议很好，除了这些，我们还可以去小卖部借，他们那里也有。”顾枫说完就立刻出去了。

他回来的时候，果然成效颇丰，一个人就借了八台打印机。有了这些打印机之后，打印文件的效率明显提高了很多，工作井然有序地进行着。

崔莹继续认真做事，但是不知道为什么，虽然办公室里开着空调，她却觉得周围的温度越来越高，胸口越来越闷，头也越来越晕，她甚至有点担心，自己会不会突然昏过去？

“那个莹莹……你说，许艺这会儿在干什么呢？”花痴萧莘一边干活，居然还一边想着她的女神。

“她啊，我想，大概是和一群男粉丝们在练习‘苍龙世界’吧。昨天我看见好多人喊女神求带呢。”崔莹故意逗他。

神马……萧莘心里真是瞬间难受如猫爪……脑子里又好像爆炸了几百个原子弹。

“哪里来的垃圾男粉丝！”萧莘有点抓狂，“噌”的一声从沙发上站起来，“这些狂蜂浪蝶，都是什么人？配和她组队？”

“你不要激动……”崔莹刚想劝他几句，不料突然心口一闷，两眼一黑，直接昏了过去。

“莹莹！”萧莘的一声呐喊，差点炸了整个教学楼。

“赶紧打 120！算了，我打吧！你今天开车没有？如果开车了，就直接送她去校医院。”顾枫也吓了一跳，赶紧凑了过来。

“没开，我姐给我没收了……”萧莘来不及解释，立刻接通了 120 的电话，“喂，川穹大学，对对，我们在二号教学楼，有同学晕倒了……”

两个大男人跟着 120 的车一直把崔莹送到医院，医生诊断的结果是天热气虚，大约是中暑。

“早知道，我就不喊她来帮忙了，真是越帮越忙。如果我知道她这么不舒服，就该叫她回宿舍休息。”萧莘很是懊恼。

“你不用自责了，大家都没注意到这些。”顾枫无奈地耸了耸肩，“中暑只能说明她自己身体虚，看样子还是要加强体育锻炼。再说了，刚进校会工作就中暑，真算不上是好队友。”

萧莘恨不得一拳打在顾枫的脸上：“有没有同情心啊你？我真不知道你是怎么想的，是不是看不惯她？”

“我只是就事论事而已。”顾枫的脸色还是挺平静的，“大家都是独立的成年人，做力所能及的事，照顾好自己的身体，不给别人添麻烦，有问题应该及时提出，难道不是吗？”

“你说的总是那么有道理。”萧莘从来说不过顾枫。

顾枫低头看了看表：“我打电话给江晨了，他正赶往教学楼呢，我得给他去开门，剩下的资料我们今天得理完。你先在医院看着崔莹，我们弄完了就来换你。”

医院的空调很足很大，萧莘忍不住打了个寒战，他在病房外面的长凳上坐了大约两个小时，崔莹还在昏睡，并没有立刻清醒的迹象。

医生说她并没有什么大问题，只需要休息休息就好了。

“你要不要回去睡？这里我看着。”顾枫不知什么时候又来了，把一件衣服扔给萧莘。

“啊——阿嚏——”才短短两个小时工夫萧莘就感冒了，“那边的事都办完了？”

“是的，你回去吧，崔莹这里我看着。记得跟舍监说一声，我不回去了，别给我留门。你已经快感冒了，就别死撑着了，我可不想你们所有人都挂掉，明天办公室一个帮忙的人都没有。”顾枫套上萧莘的衣服把萧莘给赶走了。

“那你记得控制住你自己，别一看到莹莹醒了就责备她，你那一套理论不是什么女孩都能接受的。”萧莘临走前不忘叮嘱一句。

“我不至于这么冷血吧？”顾枫无奈地摇了摇头，坐在凳子上，披上了一件衣服，放空自己开始打盹。

不知不觉间，他竟然做了一个梦，梦到自己进入“苍龙世界”，还看到那个令他印象深刻的女箭者的真容——她的笑容很甜美，人也很文静，穿着一袭小白裙，仙气飘飘，但是她的脸，却怎么也看不清……

“我在哪儿？”房间里传来一声尖叫。

“谁在叫？”顾枫突然被那尖叫声惊醒，差点被吓了个半死，一看表已是凌晨五点多了。

他立刻推开病房门，走了进去。

“怎么是你……不会是你在这儿陪了我一夜吧？”崔莹觉得脑袋特别沉重，虽然醒来，身体却依然极其不舒服，整个人都觉得软绵绵的，“昨晚跟我在一起的不是萧莘吗？”

她昏昏沉沉的时候，依稀还有印象，是萧莘的大嗓门和医生护士说话，怎么变成了顾枫？

“昨晚陪你的人是萧莘，他可能感冒了，所以我就让他先回去了。”顾枫把另一件厚实些的衣服递给崔莹，“这衣服是他的，你披上吧，这儿挺冷的。”

崔莹披上衣服想从床上跳下来，可能是动作幅度太大，眼前一阵晕眩，眼看就要摔倒在地。

“小心——”顾枫眼疾手快地冲过来扶住她。

“啊——”崔莹以为自己会摔在地上，却只是落在顾枫的胸前，不过，虽然是人肉靠垫，但她并没有感受到柔软，这个顾枫，胸口的肌肉实在是太硬了，靠着完全不舒服啊……

“对不起，对不起！”崔莹立马条件反射般弹开，“撞到你了，是吧？要不要给你揉揉？”

顾枫只是闷哼了一声，说道：“你没事就好。”

“我还是觉得有点晕，估计今天还出不了院。”崔莹有些抱歉地看着顾枫，“没想到我这么弱，有没有耽误你们的工作？”

“还好，我叫了沈腾，还有体育部的几个同学，他们一起帮忙，都整理好了，不会耽误明天校委会的会议。”顾枫忽然想起来，“对了，我看到校委会发来的会议流程，明天校长会参加这次新生代表座谈会，你是中文系的发言代表，可你这个样子，怎么参加？”

“是吗？如果真的是这样，我得赶紧向辅导员请假才行，让他安排其他同学顶替。我现在头还晕着，听说电视台还要来录像，我这副样子怎么能够上得了镜头啊！”崔莹想着，立刻拿过手机，给辅导员发短信。

“可惜了，这次机会还挺好的。”顾枫轻声说。

辅导员发来的回复，果然与顾枫如出一辙，一是要她自己好好休息，二是表示惋惜。

“算了，”崔莹倒是挺乐观的，“机会多得是呢。对了，我的住院费……我是不是要还给你？”

“看来你的脑子还很清晰啊，还惦记着住院费。”顾枫说。

“多少钱啊？我现在还给你。”崔莹拿出钱包。

“不用了，从你的工资里面扣就好。”顾枫唇角微微上扬，“萧莘没有告诉你吗？主席助理有工资拿的，一个月五百块，在所有大学的主席助理中，你的工资算最高的了。”

“什么？当主席助理有工资？其他人呢？”这个意外的好消息，崔莹觉得有点懵，来学生会帮忙还有酬劳？

“有些有，有些没有。你这个职务比较特殊一些，不但是主席助理，还是办公室的助理，杂务会多一些，周末有时候也会安排你在办公室值班接电话之类的工作，多劳多得。”顾枫耐心地解释着。

“哦！”天底下竟有这样的好事，办公室里面可比宿舍宽敞多啦，各种办公设备一应俱全，有免费的沙发和免费的空调。至于如何打发值班时间，玩“苍龙世界”不就好了嘛！简直是一举多得。

她瞬间觉得这个职务简直是一份美差。

“你如果觉得不合适的话，我们就另外招聘一个。”顾枫发现她没有表态，接着说道，“其实你的身份不仅仅是校会主席助理，还是这个办公室的助理。前几天各办公室都在招助理，我没经过你的同意就把你的名字写在了这个办公室的招聘书上，所以你才会有工资。”

崔莹看到顾枫的脸微微有点发红，料想他是怕自己拒绝，或是恼他先斩后奏的霸道。

“不不不……不用另外招聘了，我可以的！反正我现在也需要经常在校会工作，值班而已嘛，值班的时候我可以做很多事呀。”崔莹偷偷笑着，谁要拒绝这种差事才是傻瓜呢！

“那就好，值班时间就是值班，你可以写作业、看书，这些都没问题的。”

“奇怪，你为什么不说，我可以在办公室打比赛呢？我最近用电脑的时候发现那边网速挺快的，看上去内存也够。我没事情干的时候可以去那里打比赛吗？”崔莹忍不住问了一句。

她早先就发现，办公室的一台电脑上是安装了这个游戏的，而且刚才顾枫听到她尖叫冲进来的时候，她发现他的手机壳，就是这个游戏的主题背景。

很明显，他是一个电竞高手，但生活中他却并不主动对人提及这一点，和许艺倒是有共同之处。

顾枫坐在床边沙发上，不动声色地笑了笑，说：“你也喜欢打比赛？你在玩哪一款？”

“是啊。”崔莹点了点头，“我玩的是‘苍龙世界’。”

“是吗？你的游戏ID是什么？有机会看看你打得怎么样。”顾枫听到“苍龙世界”立刻轻笑了一下，露出一口雪白整齐的牙齿，看起来有点玩世不恭，完全没有当学生会主席的那种严肃。

“哈，我很厉害的，我担心你看到我的等级之后会自卑……所以为了不让你自卑，我还是不让你知道我的ID了。”崔莹暗自吐了吐舌头，心想，你这样级别的人物，怎么可能看得上我这种小人物，还是不要自报家门、自取其辱了。与其让顾枫看不起她，倒不如不要让他知道的好。

“是吗？”顾枫依然不动声色，“也许吧。”

“学长啊，其实我没什么大碍了，只是还需要休息一阵子而已，你先回宿舍吧。”崔莹见天边已露出晨曦，而顾枫因陪伴自己几乎整夜没有安睡，觉得有些不好意思，“今天还有那么重要的会议，你要好好准备一下了。”

顾枫站起身来，点头说道：“也好。那我先走了，你安心休息吧。”

顾枫从校医院大门出来，可谓冤家路窄，迎头就碰见许艺。

许艺昨晚一直不见崔莹回来，凌星星照例九点之前是不见踪影的，原本也没放在心上，但奇怪的是，这两人当晚竟然直到熄灯都没有回来。

凌星星还算好，给她发了消息，说自己有点事情，顺路回家了。她原本就是川穹本地人，许艺倒也不担心她。但是崔莹就不同了，她一直是个乖乖女，循规蹈矩可以说是她的作风，别说半夜不归这种事了，就是熄灯迟到都不会有。更离奇的是，崔莹不但没发信息给她，她发的信息，崔莹竟然也没回。

许艺有些着急，但又不好过于干涉室友的事。今天一早她收到崔莹的回复，才知道她在校医院晕了一夜，于是匆忙过来看她。不想竟然一大早的就在医院门口遇见顾枫。

顾枫看起来满脸倦容，显然是昨夜休息得不太好。

“这么巧，你不会也是来看我室友的吧？”许艺挑了一下眉毛，语气不咸不淡。

顾枫就像什么事都没发生一样，微微点了一下头。

“潮汐。”许艺与顾枫擦肩而过的时候，终于还是忍不住叫住他，

“今年的联赛，你还会继续参加吧？”

顾枫没想到她一见面就谈这个问题，他未置可否，反问她说：“你呢？你会参加吗？”

“我当然会参加，而且我所签约的GM公司，也是本次‘苍龙世界’联赛川穹赛区的赛事承办方。”许艺带着一缕高深莫测的淡淡笑意，“我想，今年的赛事，会比去年来得公平。”

“我从来没有认为赛事不公平过。”顾枫依旧很淡定。

“那只是你以为。胜利者是不会追究自己的胜利究竟是如何得到的，只有意外出线的人才会去对一件事进行最深层的探究。”许艺仰望了一下天际的朝霞，那云彩如鳞片分外绚丽，“虽然我败给了你，但是你心知肚明，我的能力，并不输于你。”

“胜败乃兵家常事，过去的事既然都过去了，何必挂怀呢？”顾枫看了许艺一眼，这个女孩和他在联赛上、屏幕上看到的一样傲气。

“是啊，毕竟得到冠军宝座的人是你，你何必继续放在心上呢。”许艺忽然侧过头来，眼睛直勾勾地盯着顾枫，“我没想到的是，你居然也在川穹大学！我一直以为你是一个职业电竞选手，从没认为你是一个大学生……我的确低估你了，潮汐！”

“你在意的究竟是那一百万的奖金，还是联赛冠军的头衔？”顾枫忽然转过来，轻声问她。

“你问这些，有什么意义吗？”

“如果你认为去年只是侥幸败给了我，那么我们今年可以私下定一个赌注。如果我们都能像去年一样进入决赛，如果最后剩下的对战方依然是我和你，那么，无论谁输谁赢，你都可以得到今年的冠军奖金。”顾枫说到这里，稍微停顿了片刻，“听说，今年的奖金是三百万。”

“好啊，一言为定！”许艺从来不惧挑战，她唇角扬起一丝笑容，“我想，只要今年不出现去年那种乌龙事件，这三百万奖金大家都知道，应该是属于谁的！”

“学妹，你太自信了。”顾枫抛下这句话就走了。

第八章　兄弟反目

崔莹在医院里躺了一整天，医生们也都说她没毛病，可她就是打不起精神来，也没胃口吃东西，不得不打氨基酸来补充营养。

她在医院里足足待了三天，才回到宿舍，精神状态基本上恢复了正常。

“哇，莹莹，你可算是出院啦！”凌星星从外面回来，发现崔莹回宿舍了，顿时眼睛一亮，连蹦带跳地过来问候。

她今天打扮得照样无比的卡哇伊，穿着一套浅粉色的套裙，上衣胸口缀满了小草莓，活像一个日本娃娃。

“你今天这一身还真可爱啊，全是草莓，我喜欢。”崔莹望了凌星星一眼，觉得她今天穿的裙子确实不错，据说凌星星入学以来已经收到几十封情书了，比许艺还多。

“是吗？”凌星星得意地转了一个圈儿，“我爸妈也说，昨天晚上在川穹卫视看到我代表中文系发言，好严肃好正经的样子，简直和平时判若两人呢。”

崔莹这才知道原来顶替自己去校长座谈会发言的人是凌星星，她“哦”了一声。

“我听辅导员老师说，原本是打算让你去的，可惜你突然生了急病……就只能临时让我去了。我还说，我从来没见过这么大场面，怕出丑讲不好呢，辅导员非让我去不可……没想到效果还行。”凌星星一边说，一边做出很羞涩的姿态。

拜托！

崔莹差点没惊掉了下巴，辅导员非让她去不可？首先，辅导员李老师可从来不像是喜欢勉强别人的人啊；其次，难道这个顶替不是凌星星你求之不得的吗？

其实，两个礼拜相处下来，崔莹已经完全能够适应凌星星的穿衣风格了，但是对于她的为人处事，实在有些难以接受。她无论把自己打扮成什么样，毕竟还有一张漂亮脸蛋，看着还觉得很可爱，和洋娃娃一样。可是不知道为什么，凌星星说话总喜欢隐瞒一些事情，或者扭曲一些事情，这种隐瞒和扭曲与许艺那种隐藏并不同。

如果说，许艺的隐藏是因为高傲，那么凌星星的隐藏，更像是因为自卑。

“你怎么了，莹莹？是不是我代替你去参加会议，你不开心了呀？”凌星星一副很着急的样子，“我可不是故意的呀！是老师安排的呀！”

“没有没有。”崔莹在腹诽，但并不想表现出来，毕竟是要一起住好几年的舍友，“怎么会呢？谁去都一样能代表中文系，再说你表现那么好，校长满意就行了。”

“嗯嗯。”凌星星听到崔莹夸奖她，甜甜一笑，“你今天还玩游戏吗？我能看看吗？”

“今天没什么精神啊，我先休息几天再说。”崔莹说完，就一头钻进浴室。这几天在医院里灰头土脸的，也该好好收拾一下了。

许艺推门回来了，一仰头就看见花枝招展的凌星星。

许艺今天穿得也挺漂亮，一袭嫩黄色欧根纱七分袖连衣裙，是法国一家轻奢品牌的秋款，刚从国外代购回来，昨天买手快递给她，今天一早就到了。

“哇，艺艺这条裙子好漂亮，得好几百吧。”凌星星一下子冲到许艺面前，赞不绝口。

“也不算贵，不到一千欧，大概折合人民币七千多吧。”许艺顺手将新买的黑色链条包包扔到床上，脸上神情淡淡的，并不太高兴的样子。

“七千多……”凌星星的笑容有点僵了，但还是笑着，“难怪这么漂亮呢。”

崔莹从浴室打开门出来，她还没吹头发，闻言也走过来看许艺的裙子，头发上的水都快滴在了许艺的脸上。

“莹莹，你离我远点！头发上的水都到我脸上去了。”许艺嚷着，语气却并没有责怪的味道，反而显得亲密无间。

崔莹用毛巾擦着自己的头发，打量了一下许艺，还真是赏心悦目啊，这样婀娜多姿的身段，这样完美耀眼的五官，难怪是那么多男生心目中的女神。

“你看什么看？不认识我吗？”许艺瞪了她几眼。

“看美女啊。”崔莹一边擦头发一边哀叹，“作为你们的室友，真是每天都觉得好有压力……”

“你也不要这么说，其实呢，你也是个美人坯子，只不过需要改造改造。”许艺突然来了兴致，她从床上坐起来，饶有兴致地围着崔莹转了好几圈，一边转圈一边看她，还不忘记评头论足。

“真是人不可貌相，海水不可斗量……看你全身上下几乎没什么肉，偏偏胸还不小……脸呢也是个鹅蛋脸……身高一米七不到，有点可惜，不过也能凑合了……缺一的缺点就是……”许艺盯着崔莹的头发，“哎……可惜了……是个短发……”

崔莹差点想掐死许艺，短发怎么就可惜了？那么多好看的明星不都是剪了短发吗，粉丝们照样喜欢得不得了！

“我给你收拾收拾。只要你听我的，我保证今晚上自习大课的时候，你就是川穹大学的校花！”

“我不信。”崔莹翻着白眼。

许艺说干就干，她帮崔莹吹干了头发，顺便帮她用卷发棒卷了两下发尾，再给她化了个淡妆，还从自己的衣柜里拿了一套黑白相间的小香风连衣裙给她穿上，再配上淡淡的珊瑚红色唇彩，整个人的气质立刻不一样了。

“哎呀，莹莹打扮之后，原来这么漂亮呢。”凌星星站在一旁看着崔莹大变样，立刻拍手欢呼。欢呼之余，她眼角余光还不忘去瞟了一眼许艺那个白色简易衣柜，那里面有好多精致的裙子啊！

“你看，整个人都散发着迷人的荷尔蒙。”许艺给了崔莹一面镜子。

崔莹把镜子放下，走到穿衣镜前，一个短发活泼、清纯亮丽的女孩顿时出现在她眼前。

“这是我吗？艺艺，你不去做造型师真是可惜了诶。”崔莹对许艺佩服得五体投地，“你怎么懂得这么多的东西？”

“久病成良医。参加的活动多，见过的造型师多，就略懂了一些而已。”许艺说的都是实话。自从签约 GM 公司以后，公司对她的栽培可谓是全方位的，不但安排一个专门的经纪人负责她的生活琐事，还经常给她机会参加各种娱乐活动。

“艺艺啊，你以后有这种活动，也带我一起去吧。”一直在旁边东看西看的凌星星忽然开口说话了，两只眼睛亮晶晶的，“还有你那么多好看的衣服，都是哪里买来的？下次也带我一起去逛逛呀。”

“好。”许艺的回答简单而冷淡，但也没有拒绝。

崔莹能感觉到，许艺对凌星星明显比对她要冷淡疏远很多。许艺毕竟是聪明女孩，凌星星为人处世的种种行为，或许能够博得远远看她的人的欣赏与疼惜，却未必能够博得身边人的认同。

“该上课了，我们走吧。再晚我可不等你了。”许艺稍微整理了一下，直接把崔莹给拉走了，“这裙子很配你。”

黄昏时分，上晚课的时候，并肩行走在校园里的许艺和崔莹，就像两朵特别耀眼的云彩，又像一对姐妹花。

“站在许艺身旁的那妹子是谁，好漂亮……”

“没想到许艺的朋友也这么好看，真想认识一下！”

……

崔莹猛然想起萧莘与她同去食堂的那一次，也有不少人对她指指点点，但那次参与议论的大部分是女生，说的都是贬义词。这次呢，刚好相反，议论指点的都是男生，说的都是赞誉之词。

这一切，真的要感谢许艺。

“抬头挺胸，整个人才会有气质。你这样猥琐，对得起你身上这条裙子吗？”许艺用力拍了一下崔莹的背。

“好好好，我挺直。”崔莹立刻保持着军训的姿势，“当女神真不是一件容易的事，许艺你这么多年是怎么熬过来的啊……”

她俩说着话，没想到半路杀出个不速之客，在路口把许艺和崔莹两个人拦了下来：“喂，学妹，加个微信吧？”

崔莹抬头一看，来人衣着打扮倒是光鲜，蓝白衬衣，黑裤子，只是眉眼之间略带桀骜之气。此人并不面熟，应该不是本系的人。

“对不起，我不想加你。”许艺似乎对这种人司空见惯，侧身就要过去。

不料对方将手一挡，闪身又挡住许艺的去路，还带着忿忿的神色，语气不善地道：“学妹，这么不给面子？当自己是谁呢？”

“你想干什么？”崔莹下意识地把许艺拦在身后。狭路相逢勇者胜！论胆子，她可一点也不比面前这男生差。

那盛气凌人的男生还没来得及说话，就听见有人从旁边插了一句嘴：“人家都说了不想认识你，还这么恬不知耻？”崔莹一听那腔调，就知道不是别人，又是那个萧莘来了。

“呵，我当是谁，原来是护花二校草啊。”条纹衬衣男语带不屑地说道。

“杜子豪！什么二校草，校草就校草，二校草算是什么意思？再说了，如果我是二校草，难道你还觉得自己是校草不成？别开玩笑了！”萧莘冲上前来，两手插在裤兜里，一脸淡定地看着眼前的人，不失时机地将许艺和崔莹两个人挡在自己的后面。

“萧莘，我和你无冤无仇，你说这一大堆淡话干什么呢？想要单挑？”杜子豪眉毛一挑，“你恐怕不知道我是黑带吧？”

“我管你黑带红带，别惹我的女人。如果你乱来的话，我照样能让你心服口服。别给我来非主流的这一套！”萧莘的语气也够横。

就算别人都怕这个杜子豪，处处让他几分，他萧莘可不怕。

这个杜子豪，也算是川穹大学的风云人物了，为人嚣张跋扈，学的是经济学，据说智商和情商皆为负数，才大二就挂科无数。但因其父亲是江都市一个富商，给川穹大学捐了一座图书馆，所以大家每天进进出出图书馆，想着杜家的慷慨解囊，难免多给杜子豪几分面子，只可惜这家伙因此越发头脑发热，不知进退。

“你才非主流！还真觉得自己是校草了，也不撒泡尿照照！”杜子豪显然气急了。

“学弟，是要比骂人吗？信不信我分分钟喷得你体无完肤？”萧莘说话之间不再客气了，他眼尖见路边有一段被风吹折断的树枝，立刻将树枝捡了起来，做出一个挥舞大刀的动作，“还是你属面巾纸的，欠抽？”

“你……”杜子豪见他要真的，气焰立刻矮了半截，“你想干什么？在校园里斗殴？”

正值晚课高峰期，来来往往的学生越来越多了，早有人跑去学校保卫处喊了校警。

“你们在干什么？你们想干什么？”没过多久，雷厉风行的女保卫员就带着人冲了过来。

“雷老师……”萧莘天不怕地不怕，唯独怕“雷达”。

雷达在川穹大学也是赫赫有名的人，本来已经做到法学院副院长的位置，却偏偏要到保卫处。她连续处理了好多棘手复杂的校园纠纷，学生们一听“雷达”的名字，都乖乖地偃旗息鼓，校园里倒是安宁了不少。

“姨妈……您……您怎么来了……”杜子豪看到雷达手里的警棍，差点吓得趴下了，因为这个雷达是他的姨妈，嫡亲姨妈。

“杜子豪！你又惹是生非了？我让你安分点，好好上完四年大学，才一年你就忍不住了？你现在已经大二了，说真的，还不到两年，每过几天就能看到你在校园里面挑事儿，你就不能让我省点心？还是让你爸爸亲自来管教你？”雷达说话的时候简直就像机关枪。

“不是，姨妈，这事不是我的错，是他要动手先……”杜子豪急着辩解。

萧莘挥舞着手里的树枝，递给雷达看，脸上带着谄媚的笑：“雷老师，我就知道您英明。您看看这树枝，我要打人能用这个？我怎么着也要拿我车里的双节棍出来教训他才对吧？”

雷达横眉瞪了萧莘一眼，疾言厉色地说：“萧莘，你是顾枫推荐的学生会副主席，历届校会的领导班子里，我从来没有见过像你这样的人！不管发生什么事，你都应该制止事端，而不是引起事端！这次的事情你们都有责任，我会向顾枫说的，建议他不要让你做副手！还有，我希望这是最后一次！”

“雷老师，对不起！是萧莘不对，没有尽力做好一个学生会干部的职责，反而和学弟在校园里争执，引发大家围观，这件事我会处分他的。”顾枫匆匆赶来，他一眼就看见崔莹和许艺，还有被人团团围住的萧莘和杜子豪两个。虽然不知道事情起因是什么，但惊动了保卫处的雷达老师，这事如果不压下去，即使萧莘没有责任，也不会有什么好果子吃。

“顾枫，你也来了，跟我一起把杜子豪拎回办公室吧。”雷达的话简明干脆，“咱们一起教育教育他！”

“好的。”顾枫跟着雷达和杜子豪一起走，顺便看了萧莘一眼，示意他赶快闪人。

萧莘也不傻，知道被领回保卫处的后果，立刻闭了嘴。那些围观的人瞬间作鸟兽散了，一场风波就这么平息了。

顾枫回到宿舍的时候，萧莘一个箭步跳过去迎接，作讨好状给他扇扇子，给他递饮料。

这个学期，他们宿舍只剩下他们两个人了。川穹大学的计算机系向来是热门专业，另外两个室友暑假就获得硅谷一所大学的入学通知书，离开了。四个床位少了两个，显得冷冷清清的。

顾枫根本不理他，坐下来打开“苍龙世界”，登录“暗影杀手”小号，进入上次那个服。

“喂，可不可以看到我？你太过分了！”萧莘直接拔了顾枫的电源，“我是个活人诶，我和你说话呢！”

电源被拔掉，没法进行游戏了，顾枫不得不抬起头。

“你一定是想问我，为什么和杜子豪那种人渣起了冲突，其实我只是一时冲动而已。你不知道，杜子豪当时有多么猖狂，我是怕许艺和莹莹受伤害，忍不住冲上去说了他几句。难道我有错吗？难道我应该袖手旁观，看着他欺负两个手无寸铁的女孩？”萧莘说得头头是道，眼神又可怜巴巴。

“那么，你的仗义出手是为了许艺，还是为了崔莹？”顾枫嘴角微翘，抬起头，毫不在意地看着萧莘。

“这，你让我怎么说呢。”萧莘认真地想了一想，“我喜欢的人当然是许艺啊，谁欺负她我就干谁！但是崔莹，嗯，这个学妹还真挺不错的。以前啊，我只觉得她挺优秀的，做事认真勤奋，今天才发现，嘿嘿，她长得也不差啊，平日里不是只穿牛仔裤和大T恤的吗，这摇身一变简直就像公主了耶！打扮打扮跟许艺还有得一比！”

看得出，萧莘是真心夸崔莹的。

“哦？是么？因为你喜欢她，所以什么都不顾了？正所谓情人眼里出西施，我可不觉得你看上的妹子哪里能让我另眼相看的。”

“噗——”萧莘差点一口水喷在了顾枫的脸上，“你一定要这么直接吗？我知道你不喜欢许艺！我也知道，你们俩是竞争对手，在联赛的时候有过节，所以你根本不希望她进校会。但是我喜欢她，我想把她留在身边，多一些机会接触她。她得罪你了吗？碍着你什么事了吗？她的能力明明我们都有目共睹，为什么你偏偏吹毛求疵，总是针对她呢？”

“我没有针对她，只不过我觉得，她也许没有你想象的那么完美。”顾枫懒得跟萧莘解释，跟萧莘这种人解释只会越描越黑。

“哪里不完美？你知道关于她的什么？你对她的了解有我多吗？仅仅因为你对她的印象不好，就得出这么武断的结论？”萧莘可不想轻易放过他。

“没有，请你让开。”此时电脑已经插上电源，顾枫盯着屏幕，重新进入“苍龙世界”的界面。

很可惜，蓝瞳之心又不在线。

“顾枫！”萧莘生气地大叫，捏紧了拳头。

“事不过三。”顾枫平静地看着萧莘，“我知道你心里在想什么，我只能说，你有喜欢一个人的权利，我也有和一个人保持距离的权利。今天的事，你应该知道轻重，雷老师的严厉可不是浪得虚名的。”

萧莘面带愠色：“所以你就觉得许艺是个祸根？你一直对她有成见是吗？既然这样的话，你又何必答应我让她留在学生会？”

“学生会不是谈情说爱的地方，你知道的。”顾枫正色道，“我不能……”

“呸！学生会办公室的电脑也不是用来玩‘苍龙世界’的，顾枫，你自己也并没有完全遵守学生会的规定，不是吗？” 顾枫话还没说完就被萧莘给打断了，“学校根本就没有给校会设立办公室助理的打算，崔莹这个职位是你自己设的，你自己出钱给她发工资，还不是为了有人帮你看着办公室，你随时要去玩‘苍龙世界’更方便？难道你就没有一点私心吗？”

的确，萧莘说得没错。

“萧莘，你如果再这么任性下去，动不动就为了一个女孩这么冲动，你将无法走得更远。学校是个小社会，尤其是在川穹大学，黑暗也好，光明也罢，不是凭你的任性，想怎么样就怎么样的。即使许艺将来成为你的女朋友，你认为她会喜欢你一辈子吗？”顾枫再一次正色道。

萧莘可不喜欢听这些大道理，他现在唯一想做得事情就是追许艺，一定要追到许艺！如果顾枫认为他追许艺是错误的，那么他就没有留在学生会的必要了。

“这个位置是你逼我干的，如果你觉得我不行，我不干就是了！”萧莘一气之下把脖子上挂着的工作证扔在顾枫的电脑桌上，“工作证还给你，最近别找我干活！”

“幼稚。”顾枫毫不生气，也不去看那张工作证。

“是我幼稚，还是你冷血啊？连帮好兄弟泡妹子都不肯，你真当我是兄弟？”萧莘气得一拳打在桌子上。

顾枫深深地吸了一口气，面对萧莘的逼迫，他终于按捺不住了，说道：“你要追的妹子究竟是什么样的人，请你先去她高中就读的南中调查一下，我们再聊不迟。”

“去就去，顾枫，你以为我没本事做调查吗？”萧莘冷哼了一声，“到时候你就会知道，究竟是你错了，还是我错了。”

第九章　超级道具

又是一个周末，顾枫独自在办公室忙完所有的工作。最近这几天，他根本打不通萧莘的电话，也没见他回宿舍。班长说他请病假了。崔莹又是刚刚生过病的人，他就没有喊她。

少了两人的帮忙，他的效率降低了很多，但还能 hold 住。

工作全部完成后，顾枫打开“苍龙世界”的服务器，登录游戏。他忽然想起那个蓝瞳之心，想看看她是否在线。

顾枫进入“苍龙世界”地图的商店，想买一个查看隐身道具。通常情况下，查看隐身道具是专门用来找潜在对手的，他想利用它看看能不能找到那个有趣的蓝瞳之心。

再一看，蓝瞳之心正在商店挂着卖宝石道具呢。

奇怪，她哪来的这么多宝石？顾枫点开详情一看，蓝瞳之心的帖子是这么写的：“关门大甩卖，老板放水啦，所有道具全都清仓大甩卖！”

这是什么意思？难道要退出？顾枫心念一动，立刻用暗影杀手的 ID 给她发了一条私信。

崔莹周末无聊，想试试游戏里面的各种功能，就随便发了个帖子在商店，看看有没有人要她的东西。

“叮咚——”有人发来一条私信。

“你真要退出游戏？以后都不玩了？”哇，竟然是那个暗影杀手！

崔莹看到这条消息，想，到底是回还是不回呢？这人怎么这么关注她的一举一动？再说她不是隐身的吗，他找她想干什么？这人的逻辑好奇怪，谁说清仓大甩卖就一定是不想玩游戏了？商店那么多人打着这种旗号卖了好多年的道具呢！真是的，问问题的时候就不知道动动脑子！

她拒绝回答脑残问题。

“叮咚——”暗影杀手请求对战。

崔莹本来想直接点拒绝的，但她手抖点成了同意。于是，直接切换成对战模式！更要命的是，竟然还有人围观哎！整个服务器的人都知道暗影杀手在跟她对战了！

“搞什么啊！想报复我？”崔莹简直要拍桌了。

漫天的弹幕在她眼前飞来飞去，说的都是如下的话：

ID 联盟战士：如果我没记错的话，蓝瞳之心是好久之前被暗影杀手秒杀的那个女箭者？

ID 我不是卧底：暗影杀手对战蓝瞳之心，Excuse me？听说这两只升级都挺快的，本年度最牛的一场新人互撕大戏啊！

ID 猎人使者：楼上说这话我就不服了，什么本年度最牛的一场好戏，好戏上次已经看过了，蓝瞳之心被暗影杀手秒杀。Word 妈，如果我是那个箭者，我肯定刨个坑把自己给埋了……

ID 行风杀天下：别乱来啊，灭了蓝瞳之心她的道具谁卖给我呀？她还是有几个好道具的，能从“苍龙世界”里弄到宝石，说明本身资质是不差的好吗？我赌十个金币蓝瞳之心赢。

ID 千手观音：哈哈哈……十个金币怎么够，我赌一百个，支持暗影杀手！

……

弹幕简直刷上天，看得崔莹目瞪口呆。

她第一次发现蓝瞳之心竟然引起过这么多人的注意，看来虚拟世界里也满满都是套路啊。这帮人还真有眼力，知道自己卖的道具都来之不易，也有人注意到她曾经一晚上狂升十五级。毕竟曾经输给过暗影杀手，虽然自己的等级上升了，她还是没有勇气跟这个暗影杀手对战，上次一秒钟还没到就被秒了，这次会不会也……

弹幕越来越多，吃瓜群众越来越多，崔莹越来越害怕了，心里阴影面积大幅上升！

她真的很难理解，不就是个对战吗，有什么好看的，至于刷得这么起劲吗？要是这次又被秒了，那岂不是要被所有人看笑话？上次那件事情居然有这么多人记得……

私聊一下。

"我们商量一下吧？上次一秒钟还没到就被你给秒了。"

"想怎样？挑战是你自己接受的。"

"我手滑了。"

"不敢打？"

"没说不敢打啊，只不过是商量一下，你能不能让我撑过五秒？其实我知道，我现在水平一般，你能不能放我一马？"崔莹不知道自己怎么会发出这种服软的话，其实她内心是拒绝的……

"相信你自己。"冷冷的五个字出现在电脑屏幕上。

逼上梁山，没办法了。打就打吧。

崔莹虽然觉得这人太难搞，但想想也就算了。答应许艺做她的徒弟，每天练级也经历过不少事情了，围观群众里面不也有人挺羡慕她的吗？既然她能做出让大家惊讶的成绩，她还怕这次的对战吗？被秒就被秒，怕什么！人固有一死，或重于泰山，或轻于鸿毛，不过是在游戏里死一把而已，没关系！没关系！没关系！！

崔莹做足了心理预设，努力把自己的情绪调整到最好："开始吧！"

崔莹的兵器是新的，看上去蛮好用的样子。不过她以前没有试过，姑且就用这个暗影杀手来试一下吧。

暗影杀手好像也拿到新的武器，整套装备显得挺高大上。

崔莹原本以为自己会输，然而时间一分一秒过去，明明在五秒钟之内就可以结束的对战，硬是活生生地拖了半个小时。在这半个小时里，蓝瞳之心把暗影杀手伤得只剩下一格血；当然，蓝瞳之心自己也没有好到哪里去。暗影杀手把她伤到也只剩下一格血。

那么，接下来就得看谁能坚持得下去了……

“圣战之刃——”游戏界面里突然响起这样一句话。

紧接着，蓝瞳之心直接扑街，暗影杀手则是满血复活。

“什么跟什么？圣战之刃什么鬼？”崔莹顿时傻眼了。刚才，不，不不，她不是眼看一招就要将暗影杀手给干掉了吗？怎么瞬间就大变样了？

弹幕一下子又活跃起来了。

ID 明月之狼：这圣战之刃是什么鬼啊？我怎么从来没有听说过这样的东西……

ID 猎人使者：还记得上次一秒钟还没到就被这个人给秒了，但是这回可是硬生生地撑了半个多小时呢。你们难道不觉得这个蓝瞳之心搞不好是哪个大神的小号么？

ID 联盟战士：蓝瞳之心是小号？我看暗影杀手才是小号吧？等级低于一百的能有那种霸道道具？大号弄来给小号使，当大家都看不出来的？

ID 千手观音：一百个金币到手啦！暗影杀手好样的！

ID 行风杀天下：只会说风凉话的算什么？有本事自己上，菜鸟只能看看别人耍！

……

崔莹虽然输了，但她心里很是欣慰，毕竟这次她足足撑了半个小时啊！虽然不知道暗影杀手使用了什么超级道具，也不管他的道具是从哪里来的，但这次对战极大地增强了她的自信心。如果没有那个超级道具，暗影杀手未必能够赢她。这个超级道具实在太强悍了，不仅能够直接秒了对方，还能给自己加血，甚至直接加到满格。如果没有这项技能的话，现在被秒杀的人就不是她，而是暗影杀手了。

“叮咚——”

这回不是私信，而是请求加好友的验证。崔莹一看，居然是暗影杀手？他已经秒了她两次，怎么还有脸来加她啊？

“这货不会是因为想跟我对战所以才来加我吧？”崔莹有些犹豫。

兴许是申请了很久没有回复的缘故，暗影杀手又发送了一条申请，上面写着：

“我没有恶意，我觉得你素质不错，我能教你怎么更快升级。”

“这么好心，要教我升级秘诀？”崔莹有点搞不懂了，这像什么？感觉像是个骗子……不过看他的确玩得很好，也不像是骗人的样子，反正加了还能删嘛，先加一下试试好了。

“蓝瞳之心已同意您的请求。”

顾枫忽然觉得很开心，这个有趣的蓝瞳之心，终于成为他的好友了。

“许艺许艺！你回来得正好！”崔莹起身去拿果汁，一抬头竟然发现许艺回来了。

“你还真是废寝忘食呢，我这徒弟不错。”许艺甩了甩长发，在电脑前坐下来，“看你样子是打了一个大战而且赢了？”

“不，我输了。我刚刚跟暗影杀手又对战了，这次我撑了半个多小时呢。”崔莹兴奋地把这个消息告诉许艺。

“是吗？”许艺刚进门的时候似乎不太开心的样子，但是看到崔莹的战绩，一下子就集中了注意力，心情也似乎好了很多。

“虽然我最后还是失败了，但是能撑满这半个小时我已经很开心很开心了。对了，本来我和暗影杀手都只剩下一格血，实际上我觉得我们俩已经旗鼓相当了，但是你猜，他用什么把我给打败了呢？”崔莹想考一考许艺，笑眯眯地问她。

“你们俩旗鼓相当？”许艺柳眉一蹙，“不可能吧？”

“不要这样嘛，不信你自己看，当时的情况就是这样。” 崔莹将当时暗影杀手与蓝瞳之心的作战状态详细地讲了一遍。

“我之前就跟你说过了，你选的这个英雄类型比较容易升级，而暗影杀手选的英雄恰恰是最难升级的。这样说吧，你看你现在的等级是三十级……哇，你什么时候升到三十级了？真厉害！不过这不是重点。”许艺继续指着屏幕帮她分析，“暗影杀手的等级也是三十级，从难度上来说，你们俩是不一样的。打个比方吧，实际上暗影杀手的能力是你的两倍，因为难度对比值就在这里。”

“你的意思是，他还是比我强一倍？”崔莹不禁目瞪口呆，“可是，当时我差一点就赢了他啊，如果不是他将超级道具放出来，我差不多就可以……”

“别做梦了。”许艺凑近看了一眼，“咦？这个暗影杀手居然加你好友了？这样就能看到他的等级了。你看，你仔细看，他的类型是特别难升级的那一种，我都不太喜欢，你理解了吗？”

“所以这么说的话，我们那僵持的半个多小时，不会是暗影杀手故意让我的吧？”崔莹顿时恍然大悟。

许艺肯定地点了点头。

“那……那一开始我还以为是他的那个超级道具把我给秒杀的呢，合着他一廾始就在让我，对吧？”

许艺继续点了点头：“恐怕是这样。”

“天哪……”本来崔莹心情还是挺好的，被许艺这样一说，心情就到谷底了，“原来我还是一只菜鸟！”

“那也未必，相比别的新人而言，你已经很不错了，是你的这个对手太厉害了。如果我没猜错的话，也许是哪个大咖练手的小号。”许艺露出安慰的表情，“毕竟，只有到了独孤求败那种境界的人才会选择难度最大的英雄类型来练手。”

“但愿如此。”崔莹撇了撇嘴，“革命尚未成功，同志仍需努力。”

许艺的手机响了起来，她低头接起了电话。

“学妹，我想见你，有非常重要的事情要和你说。我是萧莘。”电话那端的声音很大，也有些急促。

“我现在不太方便。”许艺明确拒绝见面。

“我知道你在宿舍。崔莹在吗？如果你不想单独见我，如果她也在的话，你们一起出来好吗？我没有恶意，真的！”萧莘的语气很迫切。

许艺抬头看了看崔莹。崔莹知道萧莘暗恋许艺的心思，但是开学这段时间以来，约许艺见面的男生实在是太多了，每次她都帮许艺打掩护说她不在。这次萧莘看起来很执着，大有不达目的誓不罢休的味道，不知道许艺怎么应对。

“崔莹，你来接吧。”许艺直接将电话塞到崔莹的手里，对她使了一个眼色。

“我……”崔莹被迫接过许艺的手机，仿佛接过了一个烫手山芋，“我……喂，萧莘学长，我是崔莹。”

“莹莹啊，你在就好了！”萧莘仿佛捞到一根救命稻草一般，“你不要说话，听我说！注意听！学妹，看在我们学生会同事一场的份上，看在咱们的交情份上，你一定要把许艺劝出来啊，只要你能劝他出来，我来日一定当牛做马报答你！”

“没这个必要，”崔莹忍不住笑了，“约个会而已，许艺没说不去啊。你在楼下等着，我们马上下来。”

许艺瞪眼看着她，意思是：闺蜜就这么卖了我？

“艺艺，我觉得，这种可去可不去的局，本来是可以不去，但是萧莘不一样，他上次为了给我们解围得罪了杜子豪，你难道不应该谢谢他？”崔莹吐了吐舌头，“况且，如果你真的那么讨厌他，早就把电话挂了，哪里还肯听他废话？所以，我就替你决定了，咱们走一趟吧。”

“反正闲着也是闲着。”许艺为人倒是豁达，二人收拾一下就下了楼。

“你们想去哪儿吃晚饭？不过回来的时候别太晚，川穹大学对于门禁这一块抓得还是蛮严的。”崔莹和许艺刚下楼，就看到一辆超级夸张的明黄色跑车，萧莘戴着墨镜从里面探出头来。

“富二代鉴定完毕，这辆豪车……你居然敢开到学校来？”崔莹不是吃惊于跑车，而是吃惊他为什么要这么高调地把车开来学校。

“川穹大学有钱的学生很多，如果我不停这里的话，怎么能体现出我的超级有钱呢？有钱人很多，但是像我这样的超级有钱人却不多，尤其是像我这么帅的超级有钱人更加不多，你说是不是？”萧莘倒是毫不谦虚，说话也够直接坦白。

“好啊，那我们就上去。”许艺很大方地坐了进去，毫无不适之意。

萧莘的跑车一路油门轰轰地经过校园，大家都向里张望到底是谁坐在萧莘的车上，从车窗望进去，她们看到许艺和崔莹。

“看到新来的校花就被这么带走了，唉，有钱真好。”一个男生走在路上不断叹气。

“傻了吧，人家不光有钱，长得还很帅呢。你连想想的资格都没有，好吗？美女配帅哥不是天经地义的事情么，有什么好叹气的。”另一个女生鄙视道。

作为一个智商不低的女生，崔莹当然知道自己充当的是电灯泡角色。萧莘费这么九牛二虎之力，又是整跑车接许艺，又是带她们吃高级法式大餐，当然不是为了和她聊心事。

“那个，我看附近有个摩尔城，我去逛逛。”崔莹快速吃完一客牛排后主动提出，“剩下的套餐，你们自己慢慢吃吧，我饱了。”

许艺还没说话，萧莘立刻给她一个“懂事儿”的眼神，忙不迭地说：“莹莹你去逛啊，看中什么东西回来我给你报销啊！”

崔莹拎包起身就撤。

萧莘选的这个位置，是川穹最高档的餐厅之一，位于CBD黄金地段，俯瞰中心广场的人工湖，景色相当优美宜人。

许艺穿着浅蓝色的短袖连衣裙，黑发挽成一个丸子头，配着香奈儿最新一季的粉色山茶花耳环，看上去清纯可人。

“Angela，做我女朋友吧。”

许艺“噗”的一声笑了：“难得今天我心情这么好，你能不能别开玩笑，我刚准备跟你勉为其难做个朋友，你怎么就说胡话了呢？”

“Angela，我是认真的。”萧莘用着一种很认真的表情看着许艺，“你听我说，我和学校里那些男生不一样，我是三年前就认识你了……你可能不相信，第一次看到你的时候，我就觉得你是我想象中女朋友的模样，我一直在 follow 你的比赛，一直在默默为你加油，你的每一场比赛我都有在线观看，有打赏，有……”

“说完了吗？”许艺捧着茶杯，很优雅地看着萧莘。

“说……完了。”萧莘本来觉得自己有一肚子的话要和许艺说，但是到了这一刻，却觉得多少话都表达不出他的心意。

可惜许艺真的对萧莘不感冒啊。

“莫愁前路无知己，天下谁人不识君。所以，川穹大学前方还有这么多花等着你采呢，干吗非盯上我这棵草？”许艺根本不看他，“咕嘟咕嘟”地喝着奶茶。

“Angela，你知不知道，为了你，我连学生会助理主席都不做了！和顾枫也翻脸了！”萧莘义正词严地说道。

许艺放下茶杯，一副黑人问号脸似的看着萧莘：“Excuse me？Are you kidding me？这件事和我有关吗？”

“当然有。”萧莘的表情很决然，“我不知道你和顾枫之间有什么过节，但是我不能容忍任何人对你的怀疑和攻击，哪怕他曾经是我最好的朋友和兄弟。”

“顾枫攻击我又如何？我和他是竞争对手，今年的联赛马上就要开始了，他不喜欢我是情理之中的事。”许艺似乎毫不在意，“不过，你退学生会没必要吧？我本来在他的心目中就没有什么好印象,这样一来，顾枫岂不是更要恨我了？是我把他的好兄弟给拉走了？我并无此意。”

萧莘摇了摇头：“你放心，退会是我自己的决定。他倒不会恨你，顾枫不是这样的人。”

“是吗？”许艺不禁抬头一笑，眼里却高深莫测，“那么，你退学生会关我什么事？你说的那句为了我才退出学生会又是什么意思？你不会真的喜欢我吧？难道说你之前所做得一切都是因为喜欢我？你为什么要喜欢我？”

“我……”萧莘真是要被许艺这番话给镇住了。

她问得好，他喜欢许艺什么呢？且不说别的，他就是喜欢许艺这与生俱来的霸气和直接啊！难道她不知道自己说这话时有多么迷人吗？正是她一本正经地说着这些看似过分的话的样子吸引了他啊！

“说真的，从高中开始，就有不少人追我。”许艺将目光投向不远处波光粼粼的人工湖面，“甚至有人扬言为我自杀过三次，对于这种追求者，我只能骂他神经病，觉得他脑子有问题。不过现在，我觉得你也快进入这种有毒的状态了。今天非常感谢你把我们带出来，也很感谢你之前为我们做得那些事。滴水之恩，必当涌泉相报。至于谈恋爱的事情嘛，我想，我们只能当朋友。”

“你这么说，就是接受我们从朋友开始做起，对不对？你现在不喜欢我，不等于你以后不喜欢我，对不对？”萧莘倒是挺能修补心理创伤的，普通人对于这么明确的拒绝之词都要伤心欲绝了，他倒觉得或许自己还有新的机会来临。两个人能从朋友开始做起也挺不错的了，至少没拒绝得很难看啊，“那我们先做朋友好了。”

“话不能说死。我也不知道明天自己会怎么样，至少现在我不喜欢你。”许艺抬眸扫了他一眼。

“Angela，还有一件事。”萧莘犹豫片刻，终于开口，“我们既然是朋友了，我觉得我有义务帮助你。如果你以后需要钱或者有难处的时候，可以告诉我，不需要跟着那个男人上 W 酒店啊，我们家的生意做得很大，不缺……”

许艺柳眉上挑，本来在挑冰激凌的手也有些僵住了。

“谁告诉你我去过 W 酒店的？”她凝神发问，语气有些冷肃。

“没有人告诉我，是我亲眼看到的。”萧莘顿了一下，还是硬着头皮说了，“我并不知道你去 W 酒店做什么，你上高中的时候就有很多流言……当然漂亮的女孩总是惹人妒忌的，我不会信那些流言。上周我开车路过金融街的时候，在 W 酒店附近等我姐姐，我看见你和一个男人，一起进去了。”

“原来如此。”许艺的嘴角泛起一丝冷峭的笑容，“你所指的流言是什么？顾枫他们那个圈子里面传出来的流言？你知道那个人是谁吗？虽然你没有明说，但是你心里面是不是也认为，我和那个人之间有什么不正当的关系？”

“不不不，”萧莘立刻急了，慌慌张张地解释，“我没有！不但没有，我正是为了这件事和顾枫翻脸的！我不信你是一个唯利是图的人。我认识你这么多年，看过你这么多比赛，我知道你是一个有个性的女孩，我之所以问你，就是因为我要找到证据去反驳他们啊！”

“呵，”许艺站起身来，眼睛里波澜不兴，她甚至还无所谓地微笑了一下，依旧是那副优雅的模样，“外面的传言是越来越有趣了。不过，你可以告诉顾枫，不管他们那些人在圈子里怎么抹黑我，我都不在意。做没做过亏心事，大家自己心里明白。”

“这些流言到底是谁放的，我也不清楚，顾枫应该只是捕风捉影听到一些，你不要怪他。”萧莘心里毕竟觉得顾枫为人不错，那天和他大声吵架，也是有些冲动过头了。

“流言还能是谁放的？不过是那几个人罢了。”许艺冷笑了一下，“今年的‘苍龙世界’联赛是我们GM公司承办，我就不信那些小人还能继续像去年一样耍阴招。GM公司的总裁袁子霄就是和我一起去W酒店的人，我们确实经常去那家酒店，那是因为W酒店里住着……”

“你不用说，我一直都相信你的。”萧莘的眼神里透着坚定，“我不会轻易喜欢一个人，也不会轻易怀疑一个人，我相信我的眼光。其实我还有一件事要告诉你，你知道HG公司吗？我姐姐就是HG公司的大股东，如果你真的喜欢电竞，可以来HG，我会让我姐姐给你最好的条件，绝对超过GM公司！”

“HG公司和GM公司，在电竞圈一直是死对头，互相攻击互相挖坑抢主播抢客户太多年了，不过我还是第一次听说HG是你们家的。据我所知，他们的总裁并不姓萧？”许艺略微有些惊讶。

“总裁是谁不重要，我姐姐一向隐身在幕后的。”萧莘顿了一顿，才说，“其实我问过我姐姐，关于 GM 公司旗下几个主播的流言蜚语，包括你在内，是否是 HG 公司蓄意制造的，我姐姐肯定地告诉我，不是他们做得。”

“就算是，你姐姐也未必知道；就算知道，你姐姐也未必肯实话告诉你，商场如战场。”许艺摇了摇头，“其实我对这些商业斗争没有任何兴趣，谁家能给我带来更多的比赛和利益，谁家能承办更多的联赛，给我更多机会，我就签谁家。我今天能帮袁先生，明天也能帮你们。只不过，目前 GM 公司和我合作还挺愉快的，我没有跳槽的打算。”

“你不要误会，我不是来替 HG 做说客的。”萧莘沉默了片刻，才鼓起勇气又说，“我之所以追你，只不过是因为我真的喜欢你，和我家族的生意、我姐姐的公司没有任何关系。”

“行了，我们不扯这些了。谢谢你，萧莘。”许艺抬眸笑了笑，“说到底我们还是学生，好好完成学业才是最重要的。至于其他的事情，不该我们想的，我们还是少去担忧吧。”

第十章 苍龙联赛

崔莹并没有真的一个人去逛街，她吃完牛排后离开那家法式餐厅，回到宿舍，登录了“苍龙世界”。

“吃饱喝足，这种时候就应该去升升级……啊，对了，上次暗影杀手不是说要教我怎么更快升级吗？我来找找他好了。”崔莹偷偷看了一下，暗影杀手在线！

“在吗？”她发了一条私信过去。

原本以为要等一会儿，结果对方秒回：“在。”

“你上次说可以教我更快升级，还算数吗？”

“当然算数。你有多少时间可以练级？目前是在上学？我从来不教小孩子的。”

崔莹心想，原来是在试探她的身份呢。

“我不是小孩子啊。我刚到新的大学里，每天过得还算开心。只不过，每天也很忙，任何事都不能由我自己掌控，好像被人推着走一样，有时候觉得挺无聊的，所以就跟室友一起学打比赛啊。”

对方立刻发来一句：“原来你在读大学啊，那你读的是什么大学？”

“川穹大学。”崔莹懒得隐藏自己，反正是个网友，说实话他又能怎样。

这边顾枫看到这一句的时候，整个人竟然愣了一下。没想到，这个蓝瞳之心竟然也是川穹大学的学生……而且还是今年刚进学校的大一新生，那么，按正常情况来说，开学典礼那天他代表学生会发言，她应该就在礼堂内……这样算起来倒还是见过的。

顾枫不觉嘴角微微上扬，他真是有些好奇到底蓝瞳之心是川穹大学哪个系哪个班的，但是直接问似乎有点不好，但是他隐隐约约有一种预感，总有一天自己能见到这个蓝瞳之心的真面目。

崔莹见对方半天没回复，以为他掉线了，结果对方又发了一条信息过来："川穹大学是个特别好的大学，在川穹大学当然是会有压力的，但是也没必要给自己太大压力。如果有空余时间可以练级，我来教你怎么升级。我换个号带你，那个 ID 叫'潮汐幻影'。"

潮汐幻影……

潮汐……

崔莹不知为什么心底一动，就说："潮汐幻影，你和那个大神潮汐有关系吗？你是他的粉丝吗？想做他的影子？"

对方竟然立刻"呵呵"了一下，发信息说："真有想象力啊，这只是一个普通 ID，我不想做任何人的影子。"

这个潮汐幻影比暗影杀手更厉害，一路上带着崔莹升级打怪，得到的宝物也全都给她。几个小时下来，崔莹居然一下子升了十级，她现在已经是四十级的英雄了。

崔莹从来没有这样开心过，这种升级套路简直比许艺还要厉害啊！

顾枫看着她满屏都是开心的表情，不知不觉间心情也变好了，他实在忍不住心里的好奇，就说："蓝瞳，我能问下你的专业么？"

崔莹心情正好，爽快地说："我念的是中文，因为我喜欢这个专业，也很庆幸能考上！"

顾枫眼睛一亮，范围又缩小了些，之前推断她是大一学妹，中文系新生就两百人，女生不超过一百人。不过即使这样一个一个排除，猜出蓝瞳之心的身份还是需要些时间。

他正在思忖可能会是谁，崔莹那边却发信息过来了：“喂，大神，我已经告诉你我是川穹大学中文的,那你能告诉我你是什么学校的吗？”

看起来倒是不肯吃亏，顾枫直接回复：“我也是川穹大学的。”

崔莹正在啃苹果，见到这行字顿时来了精神：天哪！暗影杀手居然也是川穹大学的！怎么这么巧！

她放下苹果敲键盘问：“那你是哪个系的！”

“中文系。”顾枫这次终于没说实话。

“哈哈哈，我不信。”崔莹当然不信天底下有这么巧的事情，但是网络交流不就是这样吗，认真你就输了，“那个暗影杀手大神，我能拜你为师吗？有时间还请你多带带我呢。”

顾枫愉快地回复：“正有此意。”

于是蓝瞳之心就这么成为暗影杀手的徒弟。

“师父有什么拜师的规矩或者指示么？弟子洗耳恭听。”崔莹饶有兴致地问。不知道对方的真实身份，哪怕对方是一只阿尔法狗，师父就是师父，这算是必要的尊重吧。

“天将降大任于斯人也，必先苦其心志，劳其筋骨，饿其体肤，空乏其身，行拂乱其所为，所以动心忍性，增益其所不能……”

“就这样？”崔莹不禁倒抽一口凉气，摸着额头说，“师父啊师父，像我这种人，大概一辈子都不能担什么大任了……”

“师父？什么师父？”许艺终于回到宿舍，将手里的拎包挂在架子上，“你这念念有词的，难道是‘苍龙世界’的师父？”

崔莹点了点头：“没错，我拜暗影杀手为师了。”

“你这么有天赋，升级肯定很快。要是双人对战的时候带上一个这么聪明的徒弟在身边，肯定很有面子。可惜啊，我也好想收你为徒。”许艺摆出一副很可惜的模样，“不过，你跟暗影杀手的关系什么时候那么好了？”

“不打不相识啊……先不说我了。”崔莹神秘兮兮地凑到许艺跟前，“说说你和萧莘吧，他跟你表白是不用质疑的了，我想知道的是，你怎么给他发好人卡的呢？”

“一切都是老套路。”许艺揉了揉自己的眼睛，“跟他说话也挺累的。以后我可没有时间跟他耗了，今年的‘苍龙世界’联赛马上就要开始了，我还是抽时间安安静静地练级吧，我要是再不练练手，恐怕今年很多人就要超过我了。”

好像是这样，崔莹还真挺少看到许艺在宿舍打比赛的，就算打，也只有半小时的时间，不会更多。

“‘苍龙世界’联赛什么时候开始啊？”崔莹问道。

“应该不到一个月了。”许艺拿了她的奶白色真丝睡衣，准备去浴室洗澡，“据说，今年冠军的奖金高达三百万现金。只要拿到分赛区的名次，除了现金之外，获奖者还可以得到一套限量版装备，里面有一套绝版服装，还有很多个加血道具和绝版武器。”

“真的？”崔莹作为一个新手，听到这些简直是两眼放光啊！全国总冠军和奖金也就算了，哪怕是得到一个小小分赛区的名次，嗯，这奖品的诱惑力也是大大的呀！

“当然，反正有很多好东西，我也忘了。你有兴趣参加吗？”许艺一边打着哈欠一边问崔莹。

“当然有兴趣啊，只是我……”听到那些东西，崔莹自然是想要的。但是就凭她现在的水平，怎么可能啊。

她点开“苍龙世界”的总排名，每个角色类型的排名都是分开的。这么一看的话，崔莹目前的四十级已经排到五千名以外去了。崔莹点开不分职业的总排名，发现这里面的高手实在太多太多了，看综合实力，许艺的 Angela 倒是还在前十名以内，顾枫的潮汐竟然在前三名。

“这个顾学长，还真是蛮厉害的。”崔莹一脸怨念地看着电脑屏幕，同时点开去年“苍龙世界”联赛的新闻，想看看去年的比赛结果。

去年“苍龙世界”联赛冠军是潮汐，接下来，亚军和季军分别是兽族苦工和布莉丝瑞。

没有 Angela。

“奇怪啊……许艺明明排名这么高，却连奖杯的边边都没摸到，竞争还真是激烈，弄不好顾枫和许艺之间今年要火拼啊……”

萧莘与女神共进晚餐完毕，驾驶豪车回到宿舍，心情好自是不用多说。

他一抬头，看到顾枫在玩“苍龙世界”，理都没理，直接拿了衣服进浴室洗澡。

洗完澡，他就上床睡觉，从头到尾不和顾枫说一句话。

顾枫当然察觉到这一丝丝冰冷又尴尬的气氛，主动开口说：“请病假回来了？明天和我去办公室，校会要开个会。这几天的作业都在你邮箱里，自己去看吧，小心挂科。”

“拜托，”萧莘在上铺探出头来，冷笑几声，“我坚决不干这个助理主席！别老和我提挂科了！这次就算你拿挂科来要挟我，我都不会听你的。再说了，你要是敢挂我的科，我就去院里举报你，看看到底是你的后台比较硬还是我的钱比较厉害！”

顾枫摇了摇头，无可奈何地扭头看着他，问：“我们认识一年多了吧，你还不知道我的为人？你要闹哪样？”

“就是因为我知道你的为人，所以我才不想干了。”萧莘这次同样显得一本正经。

“哦，那你说说看，我到底是个什么样的人？”顾枫靠在墙上，冷静地听萧莘接下来的话。

“对不起大哥，今天不想跟你讲话，我要睡了，晚安。”萧莘把被子一盖，直接蒙着头睡了。

“别任性了，我承认今天我的口气是有点重了，我也承认我对许艺的态度一直都不够好，以后我会注意说话方式，你回来吧。”顾枫的态度还真不错。

萧莘把头从被子里伸出来，哼了一声道：“我没听错吧，顾大才子也服软？我告诉你，许艺的事情我已经查得一清二楚，你不要用脑子，你用你的膝盖想一想，她那种性格的人会不会像传言中那样俗不可耐，为了钱什么都肯做！”

“你喜欢谁与我无关，我只是希望你下次遇事不要再那么冲动。”

“你诬蔑我的女神，我怎么可能不冲动？”萧莘一掀被子坐起来，“我去过你说的高中，确实有关于她的不好传闻，但是这些都是子虚乌有的事！当年关于 Angela 和 GM 公司旗下几个女主播的事情，圈子里传遍的那些，全都是诬蔑！至于那些网络流传的 NP 照片……你知道有一种工具叫 PS 吗？”

“我没有相信那些事。”顾枫的语气波澜不惊，“你既然查清楚了，不是更好吗？”

“我告诉你我查的结果，我不但问过她本人，还跟踪过她几天，跟她在一起的男人就是 GM 公司的袁子霄。袁子霄这种奸商，我不信 Angela 那么聪明的人会看不出来，又岂会轻易上他的当？”

“看出来了又怎样，还不是在他们公司做主播吗？”顾枫站起身来，面朝着萧莘，“GM 公司在圈内的名声并不太好，袁子霄行事向来不留余地，不喜欢他家的大有人在。Angela 当时有很多电竞公司可以选择，她为什么选择 GM？真实原因你知道吗？”

“我不需要知道，反正我也到不了你们的级别，也不会成为你夺冠的阻碍。”萧莘说这话的时候眼神里充满着不屑。

“Angela 能有今天，除了靠自己的天赋，与袁子霄的手段不无关系。而袁子霄向来行事不正，踩着别人上位是家常便饭，我相信有些事 Angela 是知情的，但并不是所有的事。比如说去年‘苍龙世界’联赛，Angela 使用的那台电脑是有问题的，但那台电脑起初并不是分配给她的，”顾枫语气平静，仿佛在说着一个别人的故事，“而是给我的。”

“你的意思是说，袁子霄为了让自己家的选手上位，利用举办比赛的权力，来左右比赛的结果？他本来想算计你的电脑，结果没成功，反而把自己家的 Angela 给害了？”萧莘有点讶异了。

“还有抽签。每一次我和另外几个选手都会进入死亡之组，”顾枫看着手里的键盘和鼠标，“有人是为了荣誉而战，有人是为了兴趣而战，只有 GM 公司，从来都是为了结果而战。”

顾枫从不签任何经纪公司，正因如此，他也是很多电竞公司争相拉拢的对象，而这些人在游说的时候，不难想象会彼此攻讦，揭对方的短。于是，狗咬狗一嘴毛，反而让顾枫洞察了很多真相。

萧莘原本有些佯怒的脸顿时变得凝重起来了，也许顾枫说的是事实，以许艺的实力，能否夺冠确实是未知数，不排除袁子霄采用卑鄙手段让自己家的签约选手获奖的可能性。

“那么，今年的联赛呢？”萧莘不觉脱口而出。

“今年的‘苍龙世界’赛事承办权听说还是 GM 公司的，”顾枫漫不经心地说了一句，“他们已经举办了快三年了吧。”

“袁子霄……”萧莘坐在上铺，嘴里反复念叨着这个人的名字，忽然，他眼睛里闪过一道幽暗的光芒。

次日中午，十二点的下课铃一响，萧莘就如同离弦之箭一样离开川穹大学，开着他那辆黄色的土豪跑车。

川穹的 CBD 中午时分也是人流密集，萧莘一路飞驰到了汇丰大厦的停车场，以最快的速度泊好车，然后以百米冲刺的速度冲上十九楼，冲过永泰公司的前台，在一间半封闭的玻璃门办公室外从容不迫地坐下来。

办公室内显然是在开会。

里面一个挽着发髻、身穿宝蓝色职业套装的二十多岁女子抬头瞥见他，并没有立刻理会，但是会议不久就散了。

宝蓝色套装女子出来，萧莘立刻眼睛一亮奔过去。

“姐姐！”

“干吗？不在学校上课，来公司找我？你上学的机会可来之不易，要好好珍惜！”萧莘的姐姐萧若只比他大一岁，但眉梢眼角之间却有着罕见的老练与成熟。

“现在你们公司食堂人特别多，我们出去下馆子吧，我请你啊。”

萧莘嬉皮笑脸地一手拉着萧若。

萧若甩开萧莘的手："别扯了，没有时间和你吃饭。我中午订了盒饭，正好有给客户留的多一份，到我办公室来吧。"

"你就请我吃盒饭？"萧莘做了个气馁的表情，"这附近有啥？吃碗面总可以吧？"

"CBD 寸土寸金，你觉得这里会有面摊？"萧若把他领到自己的办公室，助理递过来两份盒饭。

"还有，你能不能不要开这么拉风的车，换个低调的不行？"萧若抬头往落地玻璃窗下的停车场指了一指，带着一种不满的神色，"妈一直跟我说劝你不要乱来，你信不信我下周就把你的车钥匙没收了？"

"别这样嘛亲姐，好好好，听你的，下次就换个普通宝马吧。"萧莘捧起盒饭就吃，"哇，你这里的盒饭都这么高级，简直了，是我们食堂黑暗料理的一百倍还不止啊！"

"你不要抱怨，要不，你来管理公司，我去川穹大学读书？"萧若轻哼了一声，"不管什么时候，等我有时间了，我一定要去再读一次中文系。"

"当然，凭我老姐的智商，随便考都能进一流大学啊！谁不知道您是天才少女，在国外早就拿到学位了，这不是为了咱家的公司才被迫提前工作了嘛。"萧莘一脸谄媚的笑容，"不过，有件事我得说说。"

"说吧，你来找我，不会有什么好事。我劝你不要胡闹，好好读你的书。家里这潭水已经够浑浊了，我和妈妈都不希望你参与进来，也不希望经常在公司看到你。"萧若侧身坐在沙发上，抬头看着萧莘，目光如炬，仿佛要将他看透一般。

"我知道，一般情况我不会来。"萧莘用纸巾擦了一下嘴角，抬头说，"这件事比较急，因为'苍龙世界'联赛下个月就要开始了，听说今年的赛事还是 GM 公司承办，姐能想想办法拿到咱家来吗？"

"'苍龙世界'？这个游戏火吗？"萧若皱了一下眉头。

"当然火，火得不得了啊！姐你去打听一下！"萧莘恨不得从沙发上跳起来，“你不玩电竞不知道，我知道啊！咱们旗下的 HG 公司每年承办‘王者天下’，那规模比‘苍龙世界’大多了。论能力，HG 公司的执行团队是可以接得下来的，对吧？”

“‘苍龙世界’没法和‘王者天下’比，对我们来说利润也不高，HG 今年的计划里没有这个项目。”萧若随手打开 iPad，翻阅了一下材料。

“姐，蚊子再小也是肉啊。你别看不起，现在大学生可都在玩‘苍龙世界’。你不要以为‘王者天下’还能火多少年，你总得为公司的将来考虑啊！万一哪天‘王者天下’不行了，玩家不买账了，你们怎么办？再说，GM 公司的名声很不好，今年都是第三年了，让他们办这个大赛，一年不如一年的，也会让很多粉丝，比如你弟弟我这种超级玩家绝望的……”萧莘说着就快哭了。

“你的意思是让我们放弃大项目去抢这个小项目？”萧若反问。

“大项目不用放弃，小项目也拿到呢？”萧莘眨巴眨巴眼睛，“总之，我希望我们的 HG 公司拿下这个项目。”

萧若不置可否，低头思忖了好一阵子。虽然她并不知道自己这个胞弟为什么突然跑来公司告诉她这样一个新的商机，虽然她曾经在 HG 的工作报告里面看到过关于“苍龙世界”的提案而最终否决，但萧莘的一句话，让她不得不认真考虑。

毕竟，“王者天下”太老了。

新一代的电竞游戏将会崛起，而谁会崛起，当然是由年轻用户决定的。现在的“苍龙世界”确实还不成气候，但不意味着它未来不成气候。如果说让 GM 公司将这个项目持续不断地做成他们的当家品牌，从赛事执行到直播、从主办方到签约选手全部一手包揽，做成庞大的产业链，又当裁判又当运动员，以后其他家再想进入分一杯羹，恐怕就难了。

要扼杀一个竞争对手，当然不能等到他羽翼足够丰满的时候。

“听你说只有一个月时间，这个标应该早就被游戏公司放出来了吧？”萧若低头沉吟。

“姐，‘苍龙世界’是大腕公司制作的，大腕。”萧莘立刻凑了过来，“大腕公司和咱们的关系怎么样？”

萧若低头看着办公桌上放着的一个手型雕塑，那是两只紧握在一起——象征着友好合作的手，她无所谓地笑了笑，才说：“什么怎么样？商场上，讲究的不过是利益罢了。”

“那不就结了。”萧莘凑在萧若的身边，声音不大但是很清楚地说，“少赚他们一点……哪怕他们与GM公司的合同已经签了，赔点违约金咱们也给他们出了……”

萧若听到“违约”二字似乎有点犹豫，萧莘不失时机地加了一句：“明年就不一定能有今年的机会了。姐，我说的可不仅仅是商业上的机会。”

萧若当然懂，接项目与投资一样，讲究的是快狠准，机不可失，时不再来。

她回头笑了一笑，伸手拍了拍萧莘的肩膀：“你这脑子好像越来越聪明了啊！吃饱了没有？吃饱了立刻回学校去。”

第十一章　校会谈判

渐渐入秋，一层秋雨一层凉，川穹向来多雨，秋天的雨下起来简直是没完没了。

这天上午崔莹有一堂重要的选修课，她估摸着九点半上课，九点钟从宿舍出发，步行十五分钟到校园西边的六号教学楼，时间是足够的。

她刚从宿舍楼出来不久，雨越下越大，前面山坡上的泥水顺着路面肆意横流，非常湿滑，一不小心就会摔跤。崔莹裹着风衣，只用一只手撑着伞，小心翼翼地走过那条滑溜溜的路。

不料，前面“扑通”一声响，一个穿着雨衣骑自行车的人“哗啦”一下摔倒在地上，自行车也倒在一旁。那人身形十分瘦小，这一下估计摔得不轻，倒在雨中半天都没能爬起来。

崔莹见附近没人，顾不得自己淋雨，立刻将伞放在一边，去扶那个人起来。她这才看清摔倒的是一个文静瘦弱的女孩，戴着一副眼镜，雨水将她的头发都淋湿了。

“同学，快起来，我扶你！”崔莹发现她的头磕到了地上，立刻用力拉起那个女孩，“先别管自行车了，先看看有没有摔到哪里？”

女孩估计是被摔晕了头，扬起头双目茫然地看了看她，又去看自行车，然后慌慌张张语无伦次地说：“我车上的塑料袋里有很重要的材料啊……完蛋了，完蛋了……”

崔莹一看，那个塑料袋早已摔在地上，里面装着很多打印出来的纸张材料，像是试卷，被雨水淋得稀里哗啦。女孩一看，快崩溃了，“哇”地叫着就过去捡东西。

“怎么办啊？怎么办？我好不容易才弄出来的策划案啊……正要给老师送过去呢，这可怎么办哇？”女孩简直就快要哭出来了。

“你别急，可以重新打印一份。”崔莹指了指附近的超市，“你看，那边就有打印室啊。”

瘦瘦小小的女孩似乎受了惊吓，不停地哭，崔莹只好继续安慰她，陪着她捡东西，帮她扶起自行车，又一路撑着伞跟着她到那个小超市。女孩好半天才缓过气来，对着崔莹边哭边说：“谢谢你，你是中文系的吧？我们都住在四号宿舍楼，我以前见过你。”

“是啊，我是中文系大一的新生，我叫崔莹。”崔莹见她终于恢复正常了，才算松了一口气，还好那一摔并没有出大问题。

“我也是大一新生，我是新闻系的，李慕楠。”女孩低头擦了擦自己眼镜上的水珠，戴上后认真看了看她，“你们宿舍有个许艺，一直都是全校男生关注的焦点呢，我经常看到你们在一块儿。”

“是啊，许艺是我室友。”崔莹一看表，坏了，已经九点十八分了，“我要迟到了，你歇一歇再去办事吧，我先去上课啦！”

崔莹冲出超市，以百米冲刺的速度一路狂奔到西边的教学楼。

真不知道当初是谁设计的校园建筑，为什么川穹大学的宿舍离教学楼这么远？崔莹气喘吁吁地飞奔，一进教室上课铃就响了，刚刚好赶在最后一秒钟冲了进去。

前排一个男生笑嘻嘻地低声说：“哎呀，我们这班上还有自带 BGM 的同学啊！”

这堂课是“中国古代文学史”，老教授已经快到退休年纪了，闻言扶了扶眼镜，倒也没批评崔莹。

崔莹松了口气，但课间休息的时候麻烦来了。

“这位同学，请跟我到教务处来一下。”课堂巡检老师语气温和但非常强硬地将崔莹给喊了出来。

“老师，我没有迟到啊，我，刚好赶上了……”崔莹想解释几句，但是看到巡检老师那不爽的表情，只能将剩下的话吞回肚子里。

“九点半的课，睡懒觉也不至于到这个点吧？钟教授可是川穹大学资格最老的教授之一了，他老人家都不迟到，你们有什么资格迟到？故意踩着点来就不算迟到吗？”课堂巡检老师劈头盖脸一顿训，“你还是学生会的助理，有没有一点学生干部以身作则的样子？”

“我……”

崔莹刚想说“老师我错了”，却听见走廊那边有人说：“老师，崔莹今天有点特殊情况，我来解释一下。”

崔莹一抬头，发现竟然是顾枫。

“老师，崔莹是主席助理，今天突然下大雨，宿舍楼那边出了点紧急情况，崔莹刚从那边过来，所以稍微晚了一些，并没有不尊重钟教授的意思，我可以做证，她不是故意迟到的。”

这个理由简直完美！

崔莹抬头看向顾枫，向他做了一个万分感谢的表情，心想，幸亏自己话没说完，不然就真要认罪了。先不管顾枫为什么要挺身而出帮她开脱，这家伙还是很讲义气的嘛！

课堂巡检老师见顾枫出来担保，也不好再说什么，打量了一眼崔莹，才说：“是不是啊？看这样子，崔莹同学还真是为校会工作做出了贡献啊。要不是顾枫同学来做这番解释，我还以为她是没洗脸没刷牙没梳头就来上课了呢？”

崔莹立刻绽放出一个无辜纯洁的笑脸：“怎么可能呢？老师您看，我仪容仪表都整整齐齐的。”

课堂巡检老师想想也就算了，继续去巡视其他教室的出勤情况。

偌大的走廊只剩下顾枫和崔莹两个人，崔莹刚想张口说点什么，顾枫却提前说："你先去上课吧，下课后我们办公室见。"

下课后，崔莹准时出现在顾枫的办公室。

这间办公室里有三张办公桌，顾枫的桌上全是文件，崔莹去找他的时候，发现他在电脑上写程序。

"顾学长，今天真是谢谢你了。"崔莹心里还是很感激他的，"这件事本来我是要吃处分的，但是……因为你的及时解释，就不用了，所以这个人情我会记住的……"

"我说的都是事实啊，如果你不是因为李慕楠的事情耽搁，应该是不会迟到的。"顾枫没有再说下去。

"啊……你怎么知道？你也认识李慕楠啊？"崔莹觉得太神奇了，这个顾枫莫非有千里眼？

"也是凑巧，办公室的打印机又出故障了，我去超市打印文件的时候遇到了她，李慕楠高中和我是同一个学校的，算是学妹吧。"顾枫说话的时候还在专心写程序，"是她告诉我的。"

"还真是挺巧的。"崔莹做了个鬼脸，她抬头看向顾枫的电脑屏幕，"计算机系的这些符号代码，我一个都看不懂。你今天找我来，有什么事要交代我做得吗？"

"稍等一下……"顾枫从椅子上站起来，"我写完了。今天找你是为了萧莘的事情。"

"萧莘学长？"崔莹有点糊涂了，这个萧莘不是顾枫的好朋友吗？

"萧莘最近经常不在学校，也经常请病假。于公于私，我们都应该了解一下他的行踪。"顾枫的两道浓眉蹙了起来，"他开着豪车在校园里招摇过市，还有几次差点撞到了人。昨天因为有人在他的车上划了几道口子，他觉得是杜子豪那帮人做得，去找杜子豪麻烦，两个人又差点打起来，这次学校保卫处打算给他们俩各记一个行政处分。"

"这些事情还真是挺离谱的。"崔莹也觉得有点头疼，被行政处分过的学生是不可能顺利拿到学位的，而且会在档案上留下永久的污点，以后申请读研、读博国内外任何大学都会看档案，影响不小。萧莘本性不坏，以前虽然也有些放浪形骸，但还不至于到逃课打人的地步，照顾枫这样说，看来他的脾气应该是更坏了些。

“你知道他为什么变成这样吗？”顾枫挑眉，扫了崔莹一眼，“我看他对你还挺好的，经常给你打电话。”

“其实不是啦。”崔莹赶紧解释，“他喜欢我的室友许艺，但是许艺经常不理睬他，所以他才曲线救国！”

说完这些，她的脸微微有些红，但是心里又觉得奇怪，她急着和顾枫解释这些干什么？

“总之，他现在还拿你当好朋友，对不对？所以你要想办法劝劝他，不能再让他这样下去了。”顾枫说。

“我的顾大主席，难道你不是他的好朋友吗？你们俩还住同一个宿舍呢！”崔莹就反问了，“那什么，你们不是一对好基友吗？”

“嘣——”

一声巨响，崔莹整个身体被压在了墙上。

“壁咚？ Excuse me？你想干什么？”崔莹吓了一跳，她抬头不屑地看着顾枫，“丑拒好么？”

顾枫虽然从来没有自诩是川穹大学的校草，但也是人尽皆知的大帅哥，这个崔莹竟然用“丑拒”两个字来拒绝他，他内心真是哭笑不得。难怪萧莘这么眼高于顶的人除了许艺之外念念不忘的女生就是她了，她偶尔顽皮的模样还真是挺特别的。

“东西可以乱吃，话不可以乱说的。你知道‘好基友’是什么意思吗？”顾枫挑眉。

这下糟了，玩笑开大了……原来不是每个男生都认为自己的性取向是一件无所谓的事……

想了一会儿，崔莹镇定地看着顾枫，一点也不紧张：“开个玩笑而已啦，所以呢？你想干什么？你总不会因为我说错一句话，就在这里关门揍我吧？顾大主席，不要耍流氓。”

流氓？顾枫紧紧地盯着这个短发少女，说谁是流氓呢？

“还不放开我么？你究竟要壁咚我多久？喂，你不要脸我还要脸呢。”崔莹已经对这个姿势不爽很久了。

顾枫猛然低头，这才意识到这个姿势究竟是有多尴尬，他不自觉地脸红了，立刻向后退了好几步：“我们说正事吧，都不开玩笑了。”

“好啊，那我们就说说。”崔莹重获自由，她跳到一张办公桌后面，和顾枫保持着一个相对安全的距离。

“我希望你能够找萧莘谈谈，让他重新回到学生会来。” 顾枫压低了声音。

“你们之间，是不是发生过一些事情？”崔莹并不笨，顾枫和萧莘之间的关系远远比和她们密切，如果说顾枫需要她来做说客，一定是因为有些话顾枫自己不便说出口。

“是的。”顾枫并不掩饰。

崔莹听顾枫说完与萧莘、许艺那一摊子事，心里顿时像扭了一百个绳结一样难受。

她一直都觉得许艺是个有故事的女孩，但没想到许艺经历的事情远远超过她的想象，而萧莘的家庭环境又是那样特殊。顾枫与许艺天生就是敌人，对萧莘而言，一个是他最好的朋友，一个是他喜欢的女孩，一旦这两个人之间发生冲突，他确实很难办。

“你希望我怎么做呢？”崔莹看着顾枫略带忧郁的面容，知道他心里一定还在担心萧莘。

“你也好，许艺也好，说服他重新回到校会，重新回到这个办公室。”顾枫的眼睛里带着一丝自信，“如果他还是校会的学生干部，只要表现好，行政处分是可以消掉的。萧莘这个人，吃软不吃硬，但我说的话他已经听不进去了。”

“你的意思是，让我去劝他？”崔莹的眼睛亮了一下，“这些话你应该和他说过一遍了吧？既然他不肯听你的,又怎么会听我的？依我看，倒不如以毒攻毒，也许他还肯听话……”

顾枫看着她略带狡黠的眼神，似有所悟。

“正如你所说的，萧莘吃软不吃硬，如果说是为了让他拿到学位证，逼着他回学生会，他会肯吗？”崔莹笑道，“就算他真的因此回来了，你难道不觉得他带着情绪每天在你眼皮底下晃，会很难受吗？”

“可是他没有别的选择。”顾枫摇头叹了一口气，“反正不管怎么样，我不希望他因为和我赌气而自毁前程。”

“我倒有一个办法，或许可以试一试。”崔莹眨了眨眼睛。

崔莹思考了十分钟，酝酿了一下措辞，然后拨通了萧莘的电话。

“喂，莹莹，什么事呀？”萧莘的语气听得出有些懒懒的，但还算是客气，毕竟他和崔莹的关系还是不错的。

“喂，大猩猩，我今天干了件不靠谱的事，落了个把柄在顾枫手里……所以我在学生会的日子很不好过。听说你退会了，我跟你一起退了吧，如果没有你的话，我以后会被顾枫给怼死……”

崔莹一个电话打给了萧莘，假装苦大仇深，一把鼻涕一把泪，她心想，自己的演技还是不错的。

“什么跟什么？你也要退会？顾枫把你怎么了？”接到崔莹的电话，萧莘觉得挺意外的。

“这件事情太复杂了，我怎么今天偏偏就会睡过头呢？怎么今天偏偏就是没有人喊我起床呢？怎么偏偏在教室里吃早餐就被他和巡检老师给发现了呢？怎么这届学生会主席偏偏就是他呢？你知道我现在什么感觉吗？被逼的感觉实在是太差了……没有想到进了大学居然还会被逼。我觉得自己做人实在是太失败了，I want to die……”

崔莹继续进行角色扮演，十分入戏。

“啊喂喂喂，不要这样莹莹，那个混蛋虽然有时候不靠谱，大部分时间还是有点人性的，他这个人并不坏，你不要冲动，等我回去再说！”萧莘一急之下脱口而出。

“你回来？回学生会吗？”崔莹的苦情戏都快要出师了，“我和你说，你如果不回学生会，我肯定要退会，立刻就退，马上！”

“我回去，我不退了。”萧莘那边的语气有点开始急了，“我才走几天怎么你们就内讧了呢？这厮还是只能由我来收拾他。莹莹你转告他一句，我会回来的！看以后谁玩得过谁！”

崔莹挂断电话，冲顾枫做了个“V”的手势。

其实萧莘和顾枫之间本来交情就不差，不过是萧莘缺个台阶，顾枫又好面子，两人之间缺个桥梁罢了。就算当时为了许艺闹了些误会，毕竟只是误会和口舌之争，顾枫也没有对许艺做过什么，萧莘没必要继续跟顾枫僵着。再说他跟顾枫还是一个宿舍的，整天低头不见抬头见，难道真要为了几句话闹僵吗？

“激将法果然有效。”崔莹笑嘻嘻地说。

“那也得他心里重视你才行，如果换作是我，我也……”此话一出，顾枫忽然觉得自己说错话了，他迅速转移话题，将崔莹的值班表递给她，“我知道你们大一课程多，已经尽量减少你的值班时间了，你看看这样可以吗？其余的时间我跟萧莘、江晨他们来分。”

崔莹并没有察觉顾枫的不慎失言，她看了一眼值班表，发现给她排的值班时间确实挺少的，除了星期三上午和星期五下午以外，其余的时间她都不用来这里。

“我的值班时间……会不会太少了？顾学长，我知道你们计算机系课程很多，你忙得过来吗？”不知道为什么，崔莹觉得顾枫其实是个善于为他人着想的人，“其实你可以把我的时间放多点，我可以安排好的。”

“不用了，正因为我们课多，所以才能一直在教学楼里，也很方便。倒是你们，大一是非常好的时间段，川穹的文化底蕴非常深厚，你可以多出校园到外面去走走看看。”

顾枫回了座位，开始处理学生会的一些事情。

崔莹看着他忙碌的身影，心里有种奇异的感觉在渐渐蔓延。她以前总认为，主席这种身份应该是最不忙的，毕竟学生会还有那么多人，顾枫只要一声令下，底下就有一堆人替他干活。可是她目睹的情况却完全不同，这个顾枫整天忙得不亦乐乎，反倒是手下的人个个逍遥自在。

这天恰好是周五，崔莹坐在办公室，清理着一些校会的文件。

她想，反正闲着也是闲着，于是打开面前的电脑，进入“苍龙世界”，把自己的账号挂了上去。

没想到暗影杀手居然也在线，她心里一阵开心，忍不住私信了他一下：“师父！这么早就开始打游戏啊，你不上课吗？”

那边暗影杀手虽然在线，却并无回复。

崔莹等了好一阵，心想：这家伙居然不理我？没想到过了一会儿，对方竟然回信了：“在忙。”

估计是人在上课，电脑手机挂机吧。

崔莹抬头扫了一眼对面的顾枫，发现他在敲键盘，倒是没有发现自己的小动作，不由得偷偷笑了笑。

忽然，崔莹发现弹幕又飞起来了，大家都在议论同一个热门话题：今年“苍龙世界”联赛主办方换人了！不再是GM公司了，而是HG公司！“苍龙世界”联赛主办方一直都是GM公司，怎么一眨眼就变成了HG公司？

崔莹心想，这件事对许艺的影响可能会比较大，立刻给她发了一个消息，问她说：“艺艺，你知道‘苍龙世界’联赛换主办方的事情吗？”

许艺果然立刻就回了：“知道。大家都在议论这件事。你今天晚上有时间没有？我想介绍一个朋友给你认识。”

崔莹回了一个“OK”，再看顾枫，发现他也在看电脑屏幕，飞快地敲着键盘，似乎是在和什么人说着话。

她虽然很想知道顾枫作为去年“苍龙世界”中国区联赛冠军，对这件事有什么看法，但转念一想，这里是校会办公室，顾枫一定不愿意在这里讨论这些事。况且，顾枫从未公开承认自己就是“苍龙世界”的顶级高手潮汐，这样冒冒失失去问不太好。

但是，她可以观察到，顾枫表面上波澜不惊，敲打键盘的手速却是飞快异常。

第十二章　紧急任务

周三上午，崔莹刚到校会办公室不久，就看到顾枫和萧莘两个人一起来了，两人看上去还不错，萧莘没再绷着脸，顾枫眉宇之间的忧郁也不见了，应该是已经和好了。

跟着他们俩进来的，还有学校宣传处的林老师。

"林老师来了，"崔莹赶紧站起来，"有什么事吗？"

"因为有点急，就直接跟你们说了吧。马上就要到国庆节了，我们学校准备举办一台大型晚会，时间就定在这个月的三十号晚上。可能时间有点急，但是学校也是刚接到通知，这次苍穹市所有高校的领导和学生干部都会出席，还有和我们对口交流的美国斯诺登大学也会派人来参加。你们看，正逢国庆，宣传处人手不够，我只能来校会找你们协助工作了。"性急的林老师一口气把前因后果说得清清楚楚。

"九月三十号……"崔莹想了想，抬头看向顾枫和萧莘，"只有不到十天的时间啊！"

"可不是吗，还有十天，所以我们要抓紧啊。不过，我们处里所有老师都会和你们一起完成这项艰巨任务的。记住，这项任务只许成功不许失败啊，不能砸了我们川穹大学的招牌啊。"林老师把问题说得十分严重。

九月三十号，可是，崔莹忽然想起来，“苍龙世界”的预赛也正是那天晚上启动啊！这不是撞车了？且不说顾枫、许艺等人，就是她自己，这次都跃跃欲试。如果说要办晚会，顾枫必须要在现场；因为有国际友人，许艺作为外联部学生干部也不能请假，大家全都走不开！

她内心顿时万马奔腾：撞车了，撞车了！这下该怎么办呢？怎么偏偏就是三十号晚上？这样一来，三十号晚上“苍龙世界”的大赛岂不是去不了？哎……时间太不凑巧了。

“十天确实太紧张了，但是目前除了校会之外，其他院系学生组织恐怕更难……”顾枫犹豫了片刻，说，“我们尽力而为。”

“顾枫啊，你办事我们是放心的。你一定没想到刚上任就遇到这么艰巨的任务吧。说实话，当初我们也想了很久，前任学生会主席出国之后有谁能接替学生会主席的位置，幸亏有你。”林老师见他肯接，立刻松了一口气，“学校对这一次的活动很看重，一定要高质量，资金不是问题，但——希望尽量不要请外援，用自己学校的学生组织一台晚会，才能体现我们川穹大学的水准啊。”

“全靠自己，要高质量，还不让请外援……”崔莹心里直打鼓，觉得这简直就是一个不可能完成的任务。

林老师满意地走了，剩下顾枫等人大眼瞪小眼。

“喂，怎么办？我完全不会搞，我可不是文艺骨干，我哪会办什么晚会……”萧莘瘫在了沙发上，“你们会吗？”

崔莹同样摇了摇头：“我只看过，没办过。顾枫你呢？”

“我也没有办过。不过可以问一下文艺部，以前的大型晚会是怎么弄的，应该没什么大问题。”顾枫的脸色有些凝重。

他其实并不担心这个，他担心的是三十号晚上的比赛。如果要参加三十号晚上的比赛，那今天就要报名了。报名时间只有两天，意味着他只有两天的时间考虑。怎么办呢……如果确定要参加比赛的话，时间呢？时间怎么安排？他是主席，那天肯定要全程在晚会现场，根本无法脱身啊……该怎么办呢?

“莹莹，你的神色怎么看上去如此紧张?你便秘啊?”萧莘潇洒地往崔莹身边一坐。

“你才便秘呢，我本来打算三十号晚上请假的……”崔莹看他们俩谁都不肯说破三十号晚上的事情，自己也懒得说。

顾枫看了崔莹一眼：“你三十号晚上有什么事?”

“私事，很重要的私事，不方便透露。”崔莹担心顾枫不让她走。

“好，我也有很重要的私事。”顾枫拍着萧莘的肩膀，“所以，这次活动现场督导就要靠你了。”

“呸!你们都有事，就不允许我有事?那天我也有很重要的私事，恕不奉陪。”他萧莘虽然看上去是个纨绔子弟，但是他的智商与相貌绝对是成正比的。

顾枫把萧莘逼到墙角：“不和你开玩笑，三十号那天晚上，我得离开几小时，几个小时你盯着没问题吧?”

萧莘坚定地摇了摇头：“Ｎｏ!”

崔莹忍不住跳了起来，说道：“好吧，你们一个个都这样，那刚才你们为什么不直接拒绝林老师?都说自己有事情，到底是什么事情，你们说出来听听?”

萧莘作无辜状，看着顾枫说：“怎么会这样?怎么可能三个人同时没空呢?晚会的时间能改改吗?譬如改到十月一号的晚上，或是提前一天呢?”

崔莹拿起文件夹敲了他一下：“你为什么刚才不提?林老师已经走了，只会在这里纸上谈兵!如果你们的事情真的很重要的话，林老师在的时候就应该说自己有事吧?我是真有事，怎么办啊……”

“怎么办……谁知道呢……”萧莘抓狂地说道。

顾枫皱着眉，盯着萧莘，不说一句话。

“船到桥头自然直，没有摆不平的事情。你们俩自己看着办吧，我先走了，商量出办法通知我，需要我做什么就说，反正我三十号晚上肯定要请假。”崔莹拎着包就走了。

既然顾枫和萧莘都装傻，她为什么不装？

狭路相逢勇者胜，看谁先绷不住，谁就来主持大局吧！

崔莹回到宿舍，立刻打开电脑。

难得看到这时许艺也在宿舍，她趁开电脑的工夫跑到许艺面前。许艺戴着耳机正在练级，她恐怕已经练了好久，早已超过一百级。

崔莹的蓝瞳之心目前刚过五十五级。她发现自己超过五十五级的时候，暗影杀手已经到了六十级。也就是说，即使他选择的英雄难度比崔莹更大，升级的速度也远远超过了她。

崔莹不得不怀疑这个暗影杀手真的是大神的小号了，因为照这样的速度下去，恐怕要不了多久都可以与许艺一战了。

“许艺，‘苍龙世界’联赛你报名了吧？”崔莹试探性地询问道。

“必须的。”许艺带着一丝自信的笑意，“你呢？”

“我也想去报名啊。”崔莹一想到那些奖品就忍不住激动万分，“你知道，官方赠送的道具也好、装备也好，是无论完成什么任务都抽不来的。这次这么好的机会，我当然要试试了！虽然知道自己肯定打不过你们这些人，但是普通级别的人还是有可能打败的。再说了，官方刚公布了参赛条件和最后奖品，只要预赛通过就有奖，一等奖、二等奖和三等奖哇，三等奖是奖品，一等奖和二等奖直接就是钱了……”

“想拿奖金吧？”许艺笑着问她。

“奖金反正我拿不到，所以——”崔莹吐了吐舌头，“我只对装备感兴趣。怎么报名啊？”

“你可以自己登录服务器看看，就在首页。”许艺说道。

“我也挺想参赛的，但是……学生会突然有事情，我可能参加不了了……”

崔莹看到了“苍龙世界”的公告，中国区冠军的奖金是三百万人民币，简直是一笔巨款。

“‘苍龙世界’太有钱了。”崔莹指着自己的电脑屏幕，“看来这游戏很赚钱啊。”

“主办方应该也贴了不少银子。你看看那些商业装备，好的都要好几千，甚至要上万，玩家那么多，奖金当然也多了。很多电竞玩家是专业的，年收入过千万，所以说行行出状元嘛。”

崔莹看许艺敲击键盘和滑动鼠标灵活的程度就知道她的熟练程度，Angela 女神果然不是浪得虚名，这次比赛，她是志在必得，就是冲着前三名去的，不知道自己练到何年何月才能达到许艺这个水准。

许艺练级完毕退出，崔莹手里正好有一局，许艺就站在旁边看。

“自从拜了师，你的技艺真是突飞猛进啊，看来暗影杀手的确是个好师父。可惜……你要是参加大赛的话，岂不是要跟自己的师父正面 PK 了？”许艺忽然笑道。

“是啊。不过我很担心我到时候去不成。你知道吗，今天学校宣传处林老师突然给了校会一个紧急任务，有个大型晚会要举办，正好就在九月三十号的晚上，这个晚会还特别重要，很多外校领导会来，这就很尴尬了啊……你说坑不坑？真是太坑了！”

许艺的脸色果然变得很难看：“真的假的？如果整个学生会都要参与这项工作的话，我肯定也要被拉过去当苦力，我还是请假好了……”

“哼哼哼，如果学校规定不准请假呢？你怎么办？”宿舍全是崔莹的冷笑声。

“什么？”许艺深吸一口气，思忖了片刻，忽然又想起了什么似的，追问道，“顾枫呢？他准备怎么办？”

如果说全学生会都要参加，那顾枫也跑不掉！如果顾枫自己有办法脱身去参加，那他凭什么又阻止其他干部成员不能请假？

“我也不知道他想怎么办，这次大赛他肯定也会参加的吧？”崔莹试探着问许艺。

“当然，他怎么可能轻易放弃这次机会？”许艺的脸色有点冷，“有人暗中费了那么大力气把 GM 公司的主办权给踢掉了，这次比赛还没比就这么精彩，今年还不知道会出什么事呢。”

“上次你带我和星星出去吃饭，我们见到的那位袁先生，不就是GM 公司的吗？我觉得他为人挺精明的啊，怎么煮熟的鸭子会飞了呢？”崔莹想起了那次会面。

“还不是萧莘的姐姐太厉害。”许艺轻挑了一下眉毛，“不过也没什么，谁主办都无所谓，比赛靠的是真本事，我们走一步看一步吧。”

“大赛能改时间就好了，如果不行……那就完蛋了！”崔莹是这么想的，“不过现在公告都出来了，再想改时间肯定不行的对吧？”

许艺不置可否，继续练级。

崔莹是很信奉“船到桥头自然直”这个法则的，虽然这两件事已经成了板上钉钉的事情，但是又能怎么样呢？谁都没权利去更改大赛的比赛时间，不是吗？

这天晚上，所有学生会干部同时接到校会的通知，说是有紧急任务。凌星星破例没有出去直播，回宿舍了。

崔莹想也不用想，应该就是那件事。

果然，能被调动的人全都被调动起来了。黑压压的一群人被安排到了会议厅，差不多有三百人。这里面一百多人是校会的，剩下的是院会和其他学生组织，包括林老师和雷达女士。

“下面我就来讲一下关于九月三十号晚上的具体事宜……”顾枫在主席台上讲完了所有的事情。

顾枫和萧莘趁崔莹不在的那段时间，把所有的人和事情基本上进行了配对，只剩下三个名额的空缺，表面上看上去是没事做得，美其名曰“机动人员”。

机动人员比较特殊，自由度比较大，哪儿忙帮哪儿。

作为校会的主席团成员，这三个机动人员的名额自然落到了顾枫、萧莘和崔莹身上，主要是因为他们三个人之前说过那天有事，而且还都振振有词地说自己脱不开身。

所有的事情安排完毕之后，大家居然没有注意到主席团三个人是机动人员。反正大家都知道主席团的人本就是掌控大局的，无法参与某一项工作，只能统筹全局，因此大家就直接忽略了。

这两只还是挺聪明的嘛，崔莹心想。

等所有人离开之后，会议厅只剩下了顾枫、萧莘和崔莹三个人。

“我说你们背地里搞的什么小九九……怎么我们仨变成机动人员了……”崔莹带着奸笑，“突然觉得当主席助理还是挺好的，在某些方面的确可以享受特权，譬如这种时候……”

顾枫嘴角微翘，轻笑道：“你不会以为我把我们三个人弄成了机动人员，你就可以去做你的私事了吧？恰恰相反，机动人员是最不能离开的。”

“什么？顾枫，你一开始明明不是这么说的！你又骗我！”萧莘显然是被顾枫骗了。

“我都准备放弃我的私事了，大家放弃一下不行吗？就当是为了川穹大学牺牲了。”顾枫话锋一转，“下午我要是不那么说，你会同意我的安排吗？”

“我打死你……当个主席有什么了不起的！”萧莘真是想把顾枫拖出去枪毙五分钟！不，五个小时！不！五天！不！五年！

真是越想越生气。

“不带你这么玩的，我当副主席可不是为你牺牲的！”萧莘强烈反对，“反正我说了，我那天就是不来，你能拿我怎么办！”

“你敢不来试试？”顾枫一把将萧莘推到墙上，“我警告你，别耍小孩子脾气！”

结果顾枫没有萧莘的力气大，萧莘反过来将顾枫推到墙上，恶狠狠地看着顾枫说道：“老子也警告你！老子可没工夫陪你玩！”

这么严肃又凶狠的萧莘，崔莹也是第一次见，看来他三十号晚上真的有急事，不然不会对顾枫这样。

“算了算了，你实在不肯来，那就我和顾枫顶上吧，我那个私事……

不做也罢。”崔莹心里虽然在滴血，咬牙退后一步，“我忍了！你们是好朋友，何必为了个晚会伤了和气？天天低头不见抬头见的，尴不尴尬？”

萧莘哼了一声说：“我不尴尬。”

崔莹歪着头叹了口气说：“反正都来了，我干脆贡献个节目，唱首歌吧。”

“莹莹你还会唱歌啊？”萧莘马上转移了注意力，“既然你都能放下私事不去，那我也不去了！”

“你怎么这么墙头草……刚刚还义正词严地不想来呢，怎么，你的私事不重要了？”崔莹开玩笑道。

“只是觉得相比私事，听你唱歌更重要一些。”萧莘笑道，“好了，回宿舍吧，接着写策划案。我告诉你，顾枫，我早晚有一天会跟你绝交，你给我等着！”

顾枫顿悟了，这世上大概只有崔莹能降得住萧莘了。

当天晚上，顾枫登录游戏后，猛然发现大赛的公告改了。“苍龙世界”联赛的预赛时间提前一天，居然改到二十九号！

他揉了一下眼睛，没有眼花，是真的改了。

这样一来就完全不冲突了，就算要彩排也能暂时让人顶替一下。虽然他想过这种可能性，但是总归不好意思说出口，没想到，那个人真的去做了。

萧莘从卫生间出来看到顾枫高兴的样子，假装毫不在意地问：“怎么了？好像刚刚找到了 BT 种子一样。”

“你知道我不看那些东西。”顾枫的样子看起来非常开心。

“那你高兴个什么劲儿？”

“‘苍龙世界’的预赛时间改到了二十九号，这样就跟学校晚会的时间不冲突了，真是太棒了。”

“瞧你高兴的，不就是个普通的竞技比赛么。”萧莘心知肚明却还要故意装一装，“‘苍龙世界’只能算是国产游戏的后起之秀，这奖金标准也不吓人啊，比‘王者天下’差远了。”

“二十九号我请假去参加预赛，你们盯着点。”顾枫心里还是高兴的，不管萧苹是否在当中起了作用，至少燃眉之急是解决了。

“我的顾大男神什么时候变得这么肤浅了？合着你是为了钱所以一直在纠结啊？”萧苹翻了个白眼，“我二十九号也未必有时间，我要去给 Angela 加油，你不要指望我。”

顾枫淡淡一笑，并不接话。

这件事绝对不是毫无来由，能够更改比赛时间的只有——主办方。“苍龙世界”的举办权突然被 HG 公司冲出来夺走，本来就是一件奇怪的事情，通常情况下各家公司都有自家的游戏阵地，不会无端抢项目。HG 公司抢 GM 公司的“苍龙世界”，袁子霄心里有多痛恨他们，可想而知。以袁子霄的个性，一定不会善罢甘休。

许艺作为 GM 公司的签约主播，GM 公司原本是做好了让她一战成名的准备，但主办权落入竞争对手之手，原定计划肯定泡汤了。

顾枫隐约觉得，今年的“苍龙世界”联赛一定会发生一些事情，但他并不惧怕。

毕竟，每年都会发生很多类似的事，他早已司空见惯、见怪不怪了。不管这些公司总裁们在谋划怎样的商业格局，对于他而言，每年的赛事只是竞技选手崭露头角的竞技场。

除此之外，一切利益争斗都与他无关。

第十三章 结为队友

“苍龙世界”服务器第三区。

暗影杀手与蓝瞳之心同时在线。

暗影杀手私戳蓝瞳之心。

ID 暗影杀手：Hi，二十九号晚上的比赛，你会参加吗？

ID 蓝瞳之心：嗯嗯，当然要参加，听说装备很棒。虽然我知道我很垃圾，但是我还是想试试！ ^_^

ID 暗影杀手：我觉得如果你再用一个礼拜的时间进行突击的话，以你的天分，没准能进西南赛区前三名。

ID 蓝瞳之心：前三我是不指望了，但是我知道师父你肯定是大有希望啊。听说还有几个顶级高手也在西南，你们都很有竞争力啊！

ID 暗影杀手：呵呵，我可能不会参加吧。不过，你很有天赋，虽然现在可能不如我，但是你绝对有机会超过大多数新人。

崔莹听到他说自己不会参加“苍龙世界”联赛，暗自觉得奇怪，不过，人各有志，可能有人真的只是玩玩而已，并不在意名次和奖品吧！不过，暗影杀手的鼓励倒是让她对自己有了不少信心，虽然这几天她观察许艺对战的手速，对她越来越佩服，也越来越觉得自己垃圾，但暗影杀手没有必要刻意奉承她，自己多少应该还是有点实力的吧？

这么一想，她又挺开心的了。

ID 蓝瞳之心：好啊，谢谢师父的鼓励！我有几斤几两自己还是清楚的，不过我会尽最大的努力，不会让师父丢脸的！

ID 暗影杀手：对了，蓝瞳，其实相比当你的师父，我更想跟你在游戏里结成队友。如果可以的话，我们开启的技能会更多。有很多排名五千开外的玩家因为是队友档所以升级特别快。你愿意组队战斗吗？

组队？

崔莹简直高兴到快要跳起来。“苍龙世界”的组队功能是非常特殊的，一旦组队，两个 ID 的所有资源都是可以共用的，同时，一个队友的成绩还会与另一个队友均分，总之，是共产主义就对了，所以相对来说，水平比较差的那个会更占便宜。

ID 暗影杀手：怎么啦？你还需要考虑是吗？

当然不是！

ID 蓝瞳之心：啊啊啊，当然不需要！可以可以，你肯带着我玩当然好啦！不过，你需要我做什么吗？

ID 暗影杀手：跟我来。

暗影杀手显然是老江湖了，他轻车熟路地带着蓝瞳之心，很快完成了虚拟世界里的组队审核程序。

“组队成功，祝贺你们！”系统发来一条这样的消息，他们的队友关系就算成立了。

ID 蓝瞳之心：哇，成功了诶！我们的队叫什么名字？

ID 暗影杀手：我想想……不如就叫川穹传奇？

ID 蓝瞳之心：哇，你想模仿唱歌组合啊。

暗影杀手从背囊里拿出一把弓箭，名为“破晓之弓”，将它扔到蓝瞳之心的装备栏里。

ID 暗影杀手：我这个号不用弓箭，给你吧。

来而不往非礼也，蓝瞳之心也开始翻自己的背囊，看看有什么好东西可以给他的。不过，背囊里好像没剩下什么好东西了，翻了半天终于翻到一个加血药丸，五秒内自动加血到满格，而且不受次数限制，还算可以拿得出手吧。

ID 蓝瞳之心：我没什么好东西给你，只有这个了，希望你不要嫌弃啊！

ID 暗影杀手：不必了，我有很多啊。你不是要参加预赛吗？留一些在身边总有用处，我这里还有不少东西，我再给你一些。

啊啊啊……你为什么对我这么好……崔莹简直要被这家伙给撩到了。

虽然是个游戏，但这个暗影杀手还真是挺慷慨的人啊。她忽然对这个人产生了更大的兴趣，甚至有点想知道，他在真实生活中究竟是怎样的一个人，他长什么样子、性格怎样。

虽然他说自己是川穹大学的学长，但崔莹是有几分不信的。本来只是游戏，她无心探究对方的真实身份，可是这么多天接触下来之后，她和他的交流已经不仅限于游戏，有时候也会涉及一些生活琐事。

比如说，崔莹知道，他的工作似乎挺多，游戏在线的时间并不长，智商、情商都不低，说话也很注意分寸和方法，从他的一些口头禅来看，应该比她大不了几岁。

可是，除此之外，就没有办法探究更多了。

她直接问他是谁，或者约他出来见个面，这样的话交流会更加方便。不过，怎么说她崔莹也是个女孩啊，这样冒冒失失约见一个网友？似乎并不恰当。算了，好奇害死猫，还是不问了。

然而，对方主动说出了他的想法。

ID 暗影杀手：蓝瞳，如果你这次预赛能够能进西南赛区的前三名，HG 公司会有中国区预赛直播，我应该就可以见到你了。

ID 蓝瞳之心：直播……可是即使我进了前三，你见得到我，我也见不到你啊！

ID 暗影杀手：那我们做一个约定吧，如果你能够打进前三名，我保证在你预赛直播的时候去现场给你加油，也是我当师父的荣耀啊！

崔莹的内心此刻还真的是挺激动的，他居然主动提出来见面？虽然是有条件的。其实每次都是这样，她内心在想什么，他似乎能猜到一般，并不是所有的网友都能这样心灵相通吧？

ID 蓝瞳之心：好的师父，我会加油的！

结成队友之后，暗影杀手带着蓝瞳之心解锁了更多新技能，崔莹仿佛突然之间醍醐灌顶，升级的能力和速度都突飞猛进。

对于崔莹来说，遇见暗影杀手真是巧合，她有时候都不敢相信自己作为一只菜鸟居然有这样的幸运，感觉就像做梦一样。暗影杀手究竟是谁？崔莹这么一想，更决心要努力打进前三名了，这样一来，他们就能在现实生活中见面了！

“啊，生活简直太美好了……”崔莹心里高兴，玩着玩着一不小心说了出来。

“怎么了，崔莹？什么太美好了？”许艺摘下耳机，“你遇到什么开心事了？这样喜形于色的。”

“啊，没什么。”崔莹捂住嘴偷笑，“就是觉得这段时间运气有点好！”

“没错，你运气是挺好的。”许艺点了点头，又自嘲地说，“有些人呢，天生就是幸运儿，而有些人总是倒霉。”

虽然和崔莹认识的时间不久，但是仔细想一想，她的运气还真是不错。本来以为进校会没希望，偏偏有人不干留出空缺，让顾枫看上她成了候补的主席助理；本来对电竞游戏一窍不通，是被拉着带着入的圈，没想到在游戏里遇到高人，又收徒弟又组队，天上掉馅饼似的开挂式升级；本来游戏预赛时间和学校晚会时间冲突了，眼看要忍痛割爱不能参加比赛了，却又发现 HG 公司更改了预赛时间。

一个人的运气好到这种程度也是没谁了。也许是因为崔莹天生乐观的缘故吧。正如那句话所说，爱笑的女孩运气不会太差，连老天都会眷顾。

“艺艺，你要加油啊！我也会努力的，我的目标是西南赛区前三名！如果我不幸遇到你，你千万不要让我输得太难看啊！”崔莹忽然发现一个问题：假如她成为预赛前三名，那么下一轮的时候岂不是要和许艺PK？

“好啊。”许艺说这话的时候，还是目不转睛地盯着屏幕，态度既认真又冷肃，跟平日里恬静淡雅的许艺完全不是一个人。

崔莹回到自己的电脑旁，伸了伸胳膊：“看来我还要继续努力才行啊……”

“嘻嘻嘻——”凌星星的床帘里传来了笑声。

“星星，你怎么了？笑得和一朵花儿一样。”崔莹哈气。

“话说你是不是谈恋爱了呀？听说你们部的那个江部长暗地里给你写了不少情书啊？”许艺似乎觉得凌星星有些吵，扭过头去问道。

凌星星带着娇嗔说：“哎呀，你们俩不要乱说了啦，人家和他之间没有什么啦！”

许艺也没空和她开玩笑，转身又投入到新一轮的战斗中去。

崔莹倒是想起了一件事。前几天宣传处的林老师来校会，还带着江晨一起过来，说江晨目前兼任文艺部部长，策划晚会比较专业，有很多好的想法要和人家商量，让顾枫和萧莘两个多听江晨的意见。然而江晨也是校会的人，他本来就在工作人员名单里，林老师这么一说，倒像是把江晨提拔成晚会的主要负责人了，顾枫和萧莘两个反倒成了“不专业的”。

她记得事后萧莘还叽叽咕咕表达过不满，还隐约提起过说江晨为人风流，颇有心计，文艺部的女生们都挺喜欢他的。

凌星星是文艺部新提拔的副部长，与江晨走得近也是人之常情。

因为筹办晚会的缘故，校会办公室最近人来人往，十分忙碌。

顾枫这天正召集了崔莹他们几个在核对晚会嘉宾名单，门外传来一阵热闹的笑声，还伴随着“咚咚咚”的敲门声，顾枫和崔莹都忙得不亦乐乎，萧莘一个箭步冲过去开门。

门一打开，来人并肩而立，正是文艺部部长江晨和副部长凌星星，而且凌星星小鸟依人状跟在江晨的身边，两个人的关系看上去很亲密。

“哎哟，我当是谁，原来是你们俩。”萧莘耸了耸肩，这门开得真是心不甘情不愿，为什么来的不是许艺呢？

“是啊，我是……跟着江学长过来的。”凌星星把自己娇小的身躯藏在江晨的后面。

那神情，娇羞无比，说他们没在谈恋爱只怕连校门口的保安大哥都不信。

“星星你躲什么躲，咱们可是来谈正经事的。”江晨把凌星星从身后拉了出来，“她刚下课，所以我就把她顺便带来了。哦，对了，是林老师让我们来配合你们的，有什么工作尽管说就是。”

崔莹觉得，这个江晨长得还行，算得上清秀挺拔，成绩不差，嘴皮子也利索，但不知道为什么，他身上总有一种阴恻恻的气质，让人不太愿意亲近。凌星星是那种甜美萝莉型的，江晨长得很有书生气，两人看上去还是蛮配的。

“是不是啊？我想我是发现了什么……”崔莹朝着凌星星使了一个眼色，意思是“原来那天在宿舍里许艺开的玩笑竟然成真了”。

“不是你发现了什么，是大家都知道了，你还不知道。”萧莘没好气地翻了个白眼。

“是啊，我们宿舍里终于有人脱单了。不过我没想到，艺艺竟然不是第一个。”崔莹针锋相对地对萧莘挤眼睛。

“喂，打人不打脸，骂人不揭短，你怎么总是哪壶不开提哪壶？”萧莘仿佛又要炸毛了。

“我说什么了吗？是你自己想多了吧？大猩猩！”崔莹一看到萧莘为了许艺抓狂的样子就想笑。

玩笑总归是玩笑，大家呵呵了一阵也就算了。

萧莘趁大家不注意的时候使了个眼色给顾枫，顾枫却像没看见一样。

这个细节又被崔莹给捕捉到了，崔莹隐约觉得萧苹心里好像有点看不起江晨，但又找不到明显的证据。

“我们之前已经给你们文艺部安排好任务了，工作进度表也都发给了大家，你们继续照着那张安排表上的任务做就好了，这儿暂时没有其他事情。不过，如果你有其他的好建议，现在还可以提出来，我们一起商量。”顾枫云淡风轻地说道。

这些话，表面上听起来没毛病。

但是仔细一想，就有些不对劲了。其实顾枫的话，前前后后都在传达一个信息——我们很好，你们最好不要添乱。崔莹不相信以江晨的智商会听不懂。虽然事实上他们并没有顾枫说得那么好，每个人都挺累的，江晨如果真心来帮忙也是一件好事，但顾枫似乎并不太愿意接受他的帮助。

可想而知，顾枫对江晨的态度也好不到哪里去。

江晨果然不傻，闻弦歌而知雅意，他看着顾枫笑了笑说：“那张表格我们都看过了，文艺部的工作我们保证能够完成。其实我只是对林老师提了一些新的想法和建议。现在学校领导们不都是在讲创新吗？所以我希望能够有一些不同的形式来展现我们的风采，而不是生搬硬套过去的老流程……”

他滔滔不绝地讲了一通，崔莹都快被他的三寸不烂之舌给说服了。

“你在林老师面前，估计也是这么说的吧？”萧苹听不下去了，果断开口就打断了他的长篇大论。

“我只是把自己的好建议贡献出来而已，林老师觉得我说得有道理，所以才让我来参与晚会的总策划。”江晨倒是不急不躁，他不看萧苹却盯着顾枫，仿佛在等待他的答复，“顾枫你觉得呢？”

崔莹心想，他还能怎么觉得？晚会时间这么紧、这么急，能按流程不出纰漏就不错了！哪还经得起你们这样反反复复折腾？顾枫为了妥善安排所有的部门工作，连续几天都在校会办公室加班，每天都熬到宿舍熄灯前一刻才回去睡觉，难道因为你一句话就把原有的流程都推翻，再来一遍？想想都不可能啊！这顾枫是好脾气，要是换作萧莘熬夜加班做出来一个方案，你说要他改，他不跳起来嚷嚷就算客气了。

顾枫淡淡地说："你的建议是很好，今年圣诞晚会的时候，就由你来做总策划吧。"

江晨碰了个软钉子，也不敢再和顾枫顶嘴，找了个理由就拉着凌星星走了。

江晨和凌星星两人一走，崔莹顺手关了门。她靠在门上，盯着那两个人：

"说说吧，你们为什么不喜欢他？我记得，当初江晨当副主席，也是顾枫你亲自选的吧？"

顾枫和萧莘对视了一眼。

萧莘双手撑在桌子上，不置可否地说："有这么明显吗？就算有，我也很好奇，你是怎么猜出来的？"

"刚刚江晨带着凌星星走进来的时候，你们的视线几乎都不在他身上，当然，也没有在星星身上。你们两个——"崔莹走到顾枫和萧莘中间，看看这个人，又看看那个人，"从头到尾，你们俩几乎一直在互相看着对方……我不信你们需要这样目不转睛地进行交流！而且，你们俩和他说话的态度还有点差。"

"那又怎样？"顾枫问。

虽然觉得崔莹的话过于直接，但他一直很欣赏崔莹的这份缜密心思。

"如果你们把江晨当朋友的话，算了，不一定要是朋友，当作同班同学就好，你们都不应该这么对江晨。所以我推断，你们俩和他之间一定有什么过节，或是他做了什么让你们看不起的事情。"崔莹大胆地推测。

"啪啪啪……"萧莘忍不住鼓掌，"莹莹，你虽然有时候说话不着调，但我承认，你确实不傻呀。"

"你在夸我吗？你居然还会夸我？太阳从西边出来了吧？"

“我真的在夸你，要知道我很少夸别人的，当然 Angela 除外……莹莹，我终于明白这个大才子为什么当初一眼看中你了。”萧莘拍拍她的肩膀，“你呢，确实是个可造之材，什么时候帮我干件靠谱的事儿……”

“保媒拉纤的事情我真心做不来，你另外想办法。”崔莹摊手，“说说看吧，你们和江晨之间发生了什么？”

“其实我不太愿意告诉你这些事，毕竟江晨现在的女朋友是你们宿舍的，对吧？我不确定你的立场会在哪一边。更何况，有些人就算知道后果也会坚持自己的想法。俗话说得好，不撞南墙不回头，不到黄河心不死。”萧莘脸上挂着不屑的笑容，无所谓地耸了耸肩。

崔莹多多少少也猜到了，江晨应该是对他们俩做过什么不太好的事情。

“那就不用告诉我了，我宁愿自己什么都不知道。不管江晨人品如何，我只希望他对凌星星的感情是认真的。”崔莹说的都是真心话，凌星星虽然有些小自私，但也算是朝夕相处的好同学，“江晨对别人好不好都不重要，只要对凌星星是真心好就行。”

“有句话说得好，物以类聚。”萧莘对为人处世这方面仿佛看得很透，他的脸上露出少有的沧桑。

崔莹点了点头：“所以我一直都不明白，你们俩那么不一样，为什么会成为朋友呢？因为你是二校草，他是校草？”

萧莘翻了个白眼：“肤浅！你怎么这么肤浅！你怎么跟那个黄毛杜子豪一样，什么二校草？我才是川穹大学的校草好吗？论颜值我比不上顾枫？那些喜欢顾枫的女生才是没眼光好吗？就比如你，我看你也快成他的迷妹了！”

“大猩猩！你再胡说一句试试！”崔莹忍不住急了，满脸都是红晕。

什么跟什么？萧莘居然说她是顾枫的迷妹？有没有搞错？她什么时候表现得有那么一点点喜欢他了？她根本没有想过要在学校里谈恋爱好吗？这家伙怎么说话如此不知轻重！再说，顾枫还就在跟前呢，他这么说岂不是让她太难堪了？

“好了，一起吃晚饭吗？时间差不多了，下馆子还是在学校里吃？”顾枫主动出来解围了，他低头看了看手表，“我们去餐厅吃吧，还能讨论一下晚会的事情。”

崔莹没有接话，一双大眼睛瞪着萧莘。

“呃……你们喜欢吃烤串吗？学校附近开了家烤串店，听说挺好吃的，不然我们去试试？”萧莘赶紧躲到顾枫旁边，顺便岔开话题。

“我没意见，崔莹呢？你想吃烤串吗？我请你们吃。”顾枫问道。

崔莹没有拒绝。

算起来，这还是顾枫第一次主动邀请她一起吃饭吧？

三个人沿着校园小径走着去烤串店。那家店离学校不是很远，环境也很是幽静，还没到跟前，一阵阵孜然香气就扑鼻而来。

“像是孜然肉片的味道。”崔莹不禁开心地说。

“你也喜欢吃孜然肉片吗？”顾枫抬头看着她，笑了笑。

“是啊，每次去食堂买孜然肉片，我都忍不住要买两份，但是想到要控制一下体重，就忍了……只买一份解解馋就好。”崔莹左右张望着小店里的招牌，“你们是怎么发现这家店的啊？”

“多逛逛咱们学校的贴吧还是有用的，时不时能翻到这样的美食帖，真是太棒了！”萧莘一坐下就开始看菜单，“老板！我们点十份烤大腰子，再点一份烤鱼。听说这里的烤鱼也很不错。快看，隔壁桌吃的，哇！我口水都要流下来了。我们点个什么饮料呢？啤酒好吗？”

“我不喝啤酒，给我一听可乐吧！”崔莹说。

“可乐！”萧莘露出鄙夷的眼神，“顾枫，你喝什么？”

“我喝雪碧吧。”

萧莘翻了个白眼，继续点菜：“老板，来个蒜蓉黄瓜，我喜欢吃……再来个凉拌海蜇皮、凉拌木耳，再来个盐水毛豆。老板，你这儿有花甲吗？再来一份爆炒花甲！”

“有有有，都有。”老板把所有的菜都记下来，乐呵呵地去做。

“点这么多菜吃得下吗？”崔莹觉得萧莘每次点菜都是按十倍的人数来安排的。

“吃不下，就再找其他人来吃啊，不然可浪费了。比如说，好久没看见 Angela 了，正愁没机会见到她，莹莹你打电话给她……”萧莘立刻提议道。

“不用了。”顾枫和崔莹竟然同时拒绝。

崔莹看了顾枫一眼，发现他的脸色有点尴尬，立刻说：“不用了，这些东西我们能吃得下，不用喊人来了。”

“好啊，那就可劲儿吃呗。”萧莘真的好想翻白眼啊，但是他忍住了，“反正顾枫有钱，去年那一百万……”

“吃你的饭。”顾枫开始动筷，打断了萧莘的话。

崔莹知道他在刻意回避什么，去年“苍龙世界”联赛冠军的一百万奖金，令许艺耿耿于怀的那笔奖金，被顾枫收入囊中。他一个大三学生，会将那笔钱用来干什么呢？反正，不管怎么说，撇开家庭环境不说，顾枫的钱袋子可比他们鼓多了，吃他一顿不用太客气。

“对了，晚会那些设备，我们是向学校借还是怎样？”萧莘打着嗝，“我下周就通知各院系赶紧把节目单报上来，很快就能进行排练筛选了。”

崔莹点了点头：“服装、道具和舞台的布置也要开始了，我先去让林老师把大礼堂借给我们。”

“学校的晚会设备都很陈旧，估计效果不会太好，去外面租吧。”顾枫说。

“资金呢？”崔莹首先考虑的就是资金问题。

“我来出吧。”萧莘无所谓地甩了甩自己的头发，“谁叫我家有钱呢。”

“你家的钱，毕竟不是你的钱。我看，不如花我的钱好了。这些设备的租金，我还是出得起的。”顾枫喝了一口雪碧，轻声说，“办个像样的晚会其实也不需要多少钱，尤其是在不请外援的情况下。全用自己学校的学生是没有多少人力成本的。川穹大学是一所综合性大学，音乐学院人才辈出，美术学院的同学动手能力又强，有这些专业人才在，能省不少事情。”

“随你吧。花你的也行。”萧莘无奈地摊了摊手。

他们一边讨论一边吃饭，很快就把节目海选的方案给定了下来，让崔莹负责通知所有院系的节目单负责人，在明天中午之前做好准备，晚上八点到教学楼一楼礼堂进行海选。

第十四章 心机舍友

回到宿舍，顾枫第一时间就是打开电脑，挂 ID 在线。

他发现蓝瞳之心最近确实成长很快，心里觉得很欣慰，他可以确定她是个很有天赋和耐力的姑娘，也确实很努力，虽然目前等级不高，但临场比赛的时候大家都在同一个起跑线上，未必没有进前三名的希望。

“不错。”顾枫点开了蓝瞳之心最近的记录看了看，对结果显然很满意，他抬头喝了一口咖啡，“我果然没带错人。”

“你带谁玩游戏了？新认识的小妞？我怎么不知道！”萧莘把咖啡放下，双手抓起顾枫的衣领，“你居然也搞网恋？”

“什么网恋？”顾枫排开他的手，“‘苍龙世界’有组队功能，有个队友最近进步很快。”

萧莘盯着电脑屏幕，发现跟着他的那个 ID 叫蓝瞳之心，他一脸的不相信：“名字还挺好听啊，蓝瞳之心……肯定是个小美女吧？你以为我会相信你的鬼话吗？要我说，你肯定是早就看上这姑娘了吧。”

顾枫没搭理他。

“哼哼，默认了吧！”萧莘冷哼一声，“我还不知道你？又是秘密开小号，又是当师徒，还组队呢，一个名不见经传的 ID 蓝瞳之心？真不知道你是怎么想的，要说你心里没鬼，你就自己骗自己吧。”

萧莘抱着自己的电脑上了床铺。他的键盘是定制的，敲击的时候不会发出一点声音。他将电脑插上耳机，把床帘也拉上了，别人根本不知道他在做什么。顾枫当然知道萧莘什么时候最安静，通常他最安静的时候，一定是在看片儿。

“萧莘，少看点，对身体不好。”顾枫低声笑着提醒道。

“网恋你的去吧，你管我！就你话多！”萧莘扔了个枕头下去，“一个号都够难的了，还养俩号，有这个时间和精力还不如泡泡妹子，跟妹子们喝喝茶呢。”

次日一早，崔莹刚睁开眼，就看到许艺从外面进来。

“早啊。”许艺精神抖擞地推门而入，“见你没什么动静，我就先去买个早饭回来了。面包牛奶都放在这里了。”

“艺艺，你怎么起这么早？今天上午没课啊。”崔莹还在揉眼睛。

“我睡不着，就早起了。”许艺回答得云淡风轻。最近一段时间，她确实有些失眠。

崔莹跳下床洗漱完毕，吃了一块面包，想起今天是海选节目的日子，还有一大堆节目单要整理，心想，赶紧去办公室帮忙吧。

“艺艺，我去办公室了，有事打我电话。”崔莹匆忙拿了资料，就离开了宿舍。

凌星星这时候也起床了，她从床上爬起来，头发还很凌乱，嘟囔着：“啊，莹莹又走了。话说莹莹和顾枫、萧莘两位学长的关系还真好啊，我看萧学长对她可亲密了，动不动就勾肩搭背的……好羡慕她这种性格，大大咧咧的，倒是很招男生喜欢呢。”

“你这话是什么意思？崔莹这个人很大大咧咧，性格也很外向，但是绝对不会跟男生们勾肩搭背吧。”许艺并不看凌星星，一边吃面包，一边喝牛奶。

“哎呀，你不知道，那天我去校会办公室的时候，就觉得他们关系挺不正常的，萧学长好像在追莹莹，一直往莹莹身边凑呢。那个热乎劲儿，比谈恋爱还像谈恋爱。”

“那又怎么样？学校又没禁止校会干部之间谈恋爱。”许艺的语气非常冷淡。

同宿舍这么久了，许艺冷眼观察过自己这两个室友，她自认为看人还是很准的。譬如眼前这个凌星星，矫揉造作，心术也有些不正，远远没有崔莹大方直爽。富养和穷养的女孩性格会差很多，眼界也不一样，追求的东西也不一样。所以，凌星星说的话她多半选择一个耳朵进，一个耳朵出，平时也不怎么与她亲近。凌星星说这些话，简直就是赤裸裸地嫉妒崔莹，让她觉得很没意思。

“可是，我觉得崔莹应该和他们保持一点距离才好啊。哎呀，你衣橱里好多衣服……”凌星星见许艺没搭理她，又开始转移话题。

许艺刚从衣柜里拿出一条还没剪吊牌的英国品牌的裙子。

“哇，这条裙子好美，肯定很贵吧？”凌星星一看吊牌，又叫了起来，“英镑……折合人民币三千八百多……这么贵的裙子。真羡慕你，长得好看，身材又好，家庭条件还这么好，给你钱买这么贵的东西。”

“星星，我的家庭条件并不是太好，顶多算是小康吧。”许艺冷冰冰地驳了回去，“我的钱都是自己赚的，花自己的钱买自己喜欢的衣服，我从不考虑价格，也不是因为它贵才买的。”

许艺这番话把凌星星给说懵了，凌星星一直认为许艺是那种很温柔善良、大方得体的人，没想到许艺一开口，居然这么直接辛辣。

“还有，萧莘和崔莹经常一起工作，关系好是难免的。你难道希望他们俩同在一个屋檐下共事还要整天龇牙咧嘴、天天吵架吗？况且，我听说你最近交了个男朋友，也是校会的人？”

许艺说话从来不客气。

这个凌星星还真是能装，明明自己在和江晨谈恋爱，反而在她面前叨叨说萧莘要追崔莹？整个川穹大学谁不知道萧莘在追许艺？别说萧莘那个横劲儿不像是朝三暮四的人，就算他真的对崔莹有意，难道因为人家曾经追过你，你拒绝了人家，还要占着坑不让人家追别的女孩？许艺真是想想都要醉了，凌星星跑来说这种话，究竟想达到什么目的呢？难道你凌星星心里看上的其实不是江晨，而是更有能力的顾枫？或者家里更有钱的萧莘？只不过他们看不上你却和崔莹要好，你才退而求其次接受了江晨的追求？你其实更想跟萧莘或者顾枫在一起，而不是跟现在的江晨？

当然，这些想法只是在许艺的脑子里萦绕，并没有直接对凌星星说出来。作为高中的校花，这种事情她真的见多了。凌星星的这点小心思，她不揭穿，不等于她看不出来。

“你说江晨啊，他还不能算是我男朋友呢。”凌星星忽然害羞起来。

“江晨是校会文艺部部长，看上去挺好的。”许艺懒得再和凌星星废话了，带上电脑、书和笔记本出了门，既然话不投机半句多，那她也没有留在宿舍的必要，还是去星巴克坐一会儿吧。

“拽什么拽？还真当自己是女神啊！有什么了不起的！”凌星星从阳台窗户上望着许艺逐渐远去的背影，恨恨地捶了一下桌子。

趁着许艺和崔莹都不在宿舍，凌星星打开许艺的衣柜，把她里面的裙子都拿了出来，反复欣赏。

这些裙子，每条看起来都价值不菲，也确实非常适合许艺。

花这么多钱买衣服，她的钱都是偷来的吗？还是说，有人在包养她啊……凌星星想起有一次崔莹口快说过许艺是个游戏高手，难道玩游戏还能赚钱？也难说，听说圈子里有几个电竞大神年收入都过千万了，也许我该换个圈子混一混了。

关上许艺的衣柜，凌星星又走到许艺的书桌前，看着她的那些瓶瓶罐罐。

生活真是够奢侈的……用的化妆品居然这么好，才大一就用这些东西啊，不怕烂脸吗？纪梵希，雅诗兰黛，阿玛尼……还有这个 Lamer 贵妇面霜，要不要这么夸张？

凌星星一边看一边鄙夷，没想到一失手，竟然将许艺的那瓶阿玛尼粉底液不小心摔到地上。

瞬间，瓶子碎了，一地都是黏黏的粉底。

“干吗用玻璃瓶装粉底液啊！这下糟了……”凌星星赶紧把地上的东西清理干净，把所有东西放回原位。

“不就一瓶粉底液么，赔给她就是了。”凌星星打开笔记本电脑，搜索了一下网店的价格，发现那瓶粉底液要七百多块。

“七百多块……”凌星星咬了咬牙。最近她签约的那个平台非常不景气，听说那家公司是一个新创业的直播平台，现在人气不高，主播们收入越来越低，有些人甚至要靠走歪路才能吸引粉丝了。最近还有一些不好的传言，说这家平台就快倒闭了。

如果这家平台真的倒了，她得赶快想办法攀上另一个平台才行啊，不然接下去的日子可真的难过了。毕竟自己的父母都是普通人，父亲平时一直对她花钱有所控制，单靠家里给的那点生活费，真不够她花半个月的，且不说像许艺这样吃穿用度都是高档货，就是只买平价货品，一个月也总要添置一些新衣服、鞋子、包包、饰品之类的吧，可钱从哪里来呢？

一想到许艺今天穿的那条将近四千块的裙子，凌星星心里就不舒坦。为什么人与人之间的差别那么大呢？论才艺，论颜值，她并不觉得自己比许艺差多少，为什么许艺能赚大钱，她就不能呢？

凌星星坐在许艺的书桌上托着脑袋想了半天，忽然眼睛一亮，她发现许艺的笔筒里放着一张烟灰色烫金的名片，看起来很是高档，上面写着：“袁子霄，GM 电竞公司总裁。”

GM 电竞公司总裁？这个人似乎很有名啊。记得有一年 GM 公司赞助冠名过我们平台的活动，这个袁子霄看样子是个大咖……凌星星拿着那张名片，大眼睛骨碌碌转动了一下，心里顿时有了主意。

中央商场的星巴克，从来都是熙熙攘攘，非常热闹。

许艺戴着耳机，坐在她习惯的角落，一台笔记本电脑，一大杯咖啡，足够她度过一个没有课的悠闲下午。

很多时候，她都是这样一个人在嘈杂的环境中练手升级的。

越是这样杂乱无章的环境，越能够锻炼她投入游戏的专注程度，她可以不受任何人的干扰，就这样专心致志地练上一下午，一整天，甚至，废寝忘食地连续四十八小时。

“又在星巴克上网？你的日子过得太悠闲了吧。”一个身穿灰色西装、身材高大的男人在许艺对面的木椅上坐了下来。他伸出手端起服务生送来的水杯，中指上戴着一枚铂金戒指。这个人年约二十七八岁，眼睛里有着一种罕见的阴鸷和成熟。

“努力练级，也算是悠闲吗？相比之下，你的日子不太悠闲啊？”许艺眼睛一挑，看着对面的男人。她虽然戴着耳机，听力却不弱。

“煮熟的鸭子都能飞了，你让我怎么悠闲得起来？我已经查过了，HG 公司与萧氏集团有说不清的关系。”来人正是 GM 公司总裁袁子霄。他向后仰躺在沙发上，人看起来有些慵懒，“还有不到十天就是‘苍龙世界’预赛了，今年你有什么打算？”

许艺喝着咖啡，手速很快，漫不经心地说：“我还能有什么打算？努力练级，争取夺冠。”

“就这样？”袁子霄的眼神中闪过一丝诡异的光。

“不然呢？”

“去年你败给了潮汐，你觉得你今年就能赢得了他？”袁子霄环视了一下四周，并无熟人。

“那又怎么样？”一听到潮汐这个名字，许艺立刻变得不淡定了，她停止游戏，抬起头来注视着对面的人，“你别忘了，我可是你们家的签约主播，难道你今天是想告诉我，我打不过他？”

“我没有这么说，但我估计，这很可能就是最终结果，虽然这个结果并不是我想要的。”袁子霄的态度变得冷峻起来，“Angela，你要有自信，但更要有自知之明。GM 公司对你寄予厚望，你是知道的，我们早已是一条船上的蚂蚱，我当然希望你越来越好，越来越厉害。但是，你也不能不看清事实，如果今年潮汐参赛，加上去年的几个高手都在里面，你很可能会落败。”

“你一向都是很直接的人，我不想听你兜圈子，你不如直接说，希望我怎么做？”许艺抬了一下眼帘。

“找个理由，退赛。”袁子霄直截了当地说。

“什么？你让我退赛？”许艺觉得十分诧异，“觉得自己可能会输，就连比赛的勇气都没有了？你觉得这是我的粉丝们想看到的吗？与其这样，我宁可光荣战败，也不能做逃兵！”

“你战败的话，GM 公司对你所做得一切就要付诸东流了。”袁子霄的眼里带着无比的沉痛感，“如果之前我的计划顺利，你是可以去拼一把，即使你能力不足，我也有办法让你拿到那三百万奖金，然后公司与你平分……但是现在！你看看 HG 公司来势汹汹，万一你落败，别人不但会说你没有本事，连你前两年取得的成绩，也会被别人怀疑是 GM 公司在背后做局给你铺路！”

“没有人给我做局。我之所以有今天，都是自己努力拼搏换来的。”许艺抬眸凝望着袁子霄，“就算你这么说，也没人会相信。就像当年你的死对头许总派人在网络上放那些恶心的照片，试图抹黑我们公司的签约主播们，最后还不是被你送进大牢？”

“不，你把事情想得太简单了。”袁子霄冷笑了一下，“当年的事，你还记得吧？你和 Hita、Nina 同时签约在我这里，她们是从许总那边跳槽过来的，许总那样恨我们……我故意带你们几个人和圈里的一流高手们去 S 酒店聚会，又故意让他们知道。本来就是我设的圈套，好引他们对你们下手，然后我才能将他们彻底给弄垮。”

“这些事我不想听，你也不用对我说。你为我们付出了多少，经纪公司与主播之间的关系很简单，能不能让我赚到更多的钱，如果可以，我就听你的；如果不能，我们随时可以解约。”许艺对袁子霄的话并不加以评论，她扬起美丽的脸，“合同上写得清清楚楚，你无权干涉我的私人决定。我要参加这次‘苍龙世界’联赛，我要去拿那三百万奖金，你阻止不了我的。”

“Angela，不要一意孤行，我都是为你好。”袁子霄的笑容渐渐有些凝固，“你似乎变得越来越固执了。你不要忘记，GM 公司还有很多人，不止你一个主播，而且，有些人的成绩并不比你差。”

“如果你今天来这里的目的是劝我退赛的话，我们之间应该没有什么可聊的了吧？”许艺说着又重新戴上了耳机，“袁总，您那么忙，公司的签约主播那么多，不如去操心游说一下别人更好。”

袁子霄见她不再理自己，也就不再多说。

袁子霄走出星巴克大门的时候，手机忽然响起来，是一个陌生的电话号码。

“袁总是吗？您好，我是 XX 直播平台的签约艺人仙儿囡囡，请问贵公司还招收电竞主播吗？”

“我们公司不收秀场艺人，对不起。”袁子霄例行公事地想挂电话。最近想跳槽的秀场主播实在是太多了，但有句话叫隔行如隔山，还真不是她们想象的那样，随便打打游戏就能骗到粉丝浏览量的。

“不要挂电话，我知道你们公司只收电竞主播，能不能给我一个机会呢？我虽然是秀场艺人，但是不代表我没有其他能力啊，对不对？况且，我的粉丝团也会继续支持我的呀……”

“好，来我们公司面谈吧。”袁子霄挂断了电话。

崔莹在校办忙碌了整整一个上午，腿和手都快麻了，一直到中午十二点的时候，萧苹都没有出现。

顾枫见她忙得头都抬不起来，走到她身边说：“你去吃午饭吧，我来就好了。”

“不用，就快完了，前面都是我整理的，我一个人弄比较顺。”崔莹估计大概还有半个小时就差不多了。

“那我去买东西给你吃，你想吃什么？”顾枫的语气异常温柔。

“那给我带个丘尼尔泡芙？我要四个原味的，再来一杯焦糖拿铁，再来两个蛋挞，以及……一个草莓圣代，够了。”崔莹头也不抬就顺着嘴说了一大串，果然人在饿了的时候总是高估自己的战斗力。

如果换作萧莘，肯定要大喊大叫说“你你你一个女孩子怎么吃这么多”，没想到顾枫只是说：“OK，半小时后给你拿来。”

啊，简直真是太棒了，等下就有下午茶喝了！

“那我赶紧把这些表做完。萧莘还没来，这些东西暂时只能我做了。对了，晚上八点跟我去看节目审核，他应该知道的吧。”崔莹抬起手问道。

“那可不一定。”顾枫一脸无奈。

等到顾枫将甜点拿上来，崔莹的活都干完了开始吃东西的时候，萧莘才姗姗来迟。

“对不起啊，二位，昨晚实在太困了，爬不起来，不过今天上午应该没什么事吧，除了今天晚上要海选审核他们的节目之外？”萧莘嬉皮笑脸地出现了，脸上一点愧疚之色都没有。

“你来得还挺早的，晚上的节目还没开始呢。”顾枫说。

“对对，上午确实没什么事，工作我和顾枫都做完了。你脸色看起来不太好啊，要不然你接着回去休息？”崔莹使劲咬了一口泡芙，手里端着焦糖拿铁。

“不不不……不用了。”萧莘感觉气氛有点不对头，立刻摆了摆手，“从小到大我就没生过病，脸色差是因为熬夜看球了，不碍事的，要不我们一起去吃……”

“饭”字还没说出口，萧莘就朝着崔莹扑了过去。

“大猩猩，你想干吗？”吓得崔莹下意识地往后一躲。

她猛然发现，这个萧莘似乎是冲着她手里的泡芙来的！那么大个块头就这么扑过来，很显然是饿坏了的架势。但是萧莘的姿势似乎有些不对、有点失控啊……她眼看着萧莘歪歪倒倒地扑来，只有墙角可以躲，要不然就是顾枫站的那个方位了，但是如果往墙角躲的话，萧莘会正好撞在她面前，那么大个块头万一站不稳，她直接就会被压扁！

“不要不要！”崔莹喊了一声，“会出人命的！”

说时迟那时快，站在一旁的顾枫抢先一步，挡在崔莹的面前，崔莹发觉萧莘不像是扑，而像是非正常地倒，吓坏了。直到顾枫冲过来拉着她的胳膊才惊觉过来，不管三七二十一就往他身后躲。

“莹莹闪开！”顾枫情急之下，直接挡在了崔莹面前，硬生生地用两条胳膊架住了差点就要摔个狗啃泥的萧莘。

怎么他也开始叫我莹莹了……崔莹心里犯嘀咕，这个顾枫平时对她可都是一副公事公办的态度啊，什么时候变得这么亲热了，也许是受了萧莘那个厚脸皮家伙的影响吧。

萧莘半摔在凳子上，顾枫发觉他脸色惨白，将他瘫软的身体拉起来，用自己的肩膀架住了他。

“他这是怎么了？脸色真的很差啊。”崔莹惊魂稍定，顾不得男女有别，凑过来去看萧莘的脸，又翻开他的眼皮看。

“估计是低血糖，突然晕厥吧。你帮我把他放在沙发上，再给他喂点儿热水，对了，我刚买了热巧克力奶，你来喂他喝一点。”顾枫倒是从容不迫，很有临危不乱的大将风度。

“好好好。”崔莹手忙脚乱，她被萧莘给吓着了。

他们一起把萧莘扶到沙发上平躺，又喂他喝了些东西，没过一会儿，也许是热巧克力有效，萧莘就睁眼了。

“今天是周六，食堂没什么人……我们去吃……食堂吧？”萧莘一睁眼就看见了崔莹，顿时眼睛发亮，“莹莹，谢谢你，谢谢你刚才接住了我，简直是大恩大德啊，不过你的胸也太平了吧……太平公主……”

崔莹气得直接把萧莘的手一甩，大喊一声：“大猩猩，是顾枫接住你的！不是我！”

顾枫见她这样发囧，忍不住笑了起来，说：“你又在说胡话吧？要不要我们送你去校医那儿躺一会儿？”

萧莘半闭着眼睛，唉声叹气地说：“你是不是傻？校医是个男的，我躺那儿干什么？再说我也没病。我现在最想见的人，是……”

“我知道，看在你病成狗的份上，我帮你喊许艺来，好吧？再让她帮你带点儿吃的过来？”崔莹实在太懂得萧莘的意思了。

萧莘立刻投来一个感激到五体投地的眼神。

下午三点刚刚到，校办的敲门声就响了。

崔莹知道是许艺，直接去开门，顾枫站在萧莘的沙发旁边，神情依然很淡定。

“莹莹，我正好在星巴克，下午茶给你买好了……”许艺似乎并没有进门的打算，她往里看了一眼，立刻看到顾枫，“你们都在啊，东西你们自己分吧，我先走了。”

她站在门口把一大袋食物给了崔莹，并没有进办公室。

顾枫听到许艺的声音，抬起头看了一眼，他走到门旁边将门彻底打开，轻声说：“萧莘刚才晕倒了，你方便进来坐坐吗？”

崔莹知道他们俩关系尴尬，拉着许艺就说：“你先进来歇会儿再说，我们今天事情实在太多，走不开，所以只好麻烦你帮忙买些吃的了。萧莘他刚刚饿坏了，你帮忙照顾他一下，好不好？”

顾枫不等许艺开口拒绝，跟着说：“这段时间我们都在筹备晚会，外联部的工作到时候就麻烦你们了。”

许艺似乎并不情愿进来，但这样的情形之下也不能直接拒绝，她只好跟着崔莹走进办公室。

“萧莘学长，你看，这是我拜托艺艺给我们买的热奶茶，还有这是我的卡布奇诺，艺艺还给你买了奶油蛋糕。”崔莹把热奶茶递给了萧莘，“你饿坏了，赶紧吃吧。”

“艺艺学妹……谢谢你。”萧莘抱着热奶茶，激动得不得了。

“不用谢我，我只是帮莹莹的忙。既然你喜欢，你就喝吧。”许艺的态度很是冷淡。

“还有卡布奇诺，”崔莹递过来另一杯，“萧莘你喝吗？”

萧莘赶紧摇了摇头，眼睛只看许艺："我不喜欢喝咖啡，热奶茶正好，很好喝，我好喜欢。"

办公室里弥漫着一股咖啡奶茶的味道，实在是太香了，但气氛迷之尴尬。

"好吧，热奶茶就是为了治你低血糖的。那这杯卡普奇诺也不能浪费啊，还是我喝了吧。"崔莹把东西都拿到自己的办公桌上，"我就自己独享了，总之，我们要谢谢艺艺才对！"

"不用谢我，照我说，我们所有人都要感谢萧莘学长，不是吗？"许艺忽然主动打破僵局。

其余三个人顿时都愣住了。

"我看，我们四个人都不用再装了，谁做了什么，都摊开来明说吧。"许艺抬起美丽的眼睛，扫视了一下众人，缓缓开口，"今年的'苍龙世界'联赛，主办方为什么突然从 GM 公司变成 HG 公司，原因是什么，我想萧莘学长你心里最清楚不过了，是吗？"

"Angela，你是不是听说了什么？"萧莘在许艺面前，竟然连戏都演不下去。

"你让你姐姐指使 HG 公司从 GM 公司手里抢到联赛主办权，所以才能更改原本定在九月三十号的预赛时间。如果你们所做得一切，不过是想控制比赛结果，我想劝你们一句，不要低估所有选手的智商。我们要的是公平决斗，不是黑幕。"许艺抬起眼帘扫了一下顾枫，"顾学长，你认为呢？"

顾枫倒是神色平静，点了点头说："我和你的想法一致。"

萧莘一向能言善辩，此刻却有点说不出话来了。崔莹万万没想到许艺竟然如此直接，将错综复杂的关系看得如此透彻。

"艺艺，萧莘对人没有恶意的，你不要怪他。"崔莹不知道该说什么，今天这个屋子里的人，都是她的朋友，她喊许艺来当然并不是为了看到这个奇怪的局面。

"我知道。"许艺接着转向顾枫，语气略带挑衅地说，"我们之前的约定，你可还记得？”

顾枫依旧不动声色，点头说：“我记得。”

“那就好，我们决赛的时候见。希望你能够撑得到那时候。”许艺紧接着又看了一眼萧莘，对他笑了一笑说，“萧学长，如果有机会，我希望你能对你姐姐说，不管是我、潮汐，还是任何人，所谓高手也好，新人也罢，每个电竞选手都希望有一场公平的比赛。我们希望今年的比赛是公平的，也希望 HG 公司能够做好足够的准备，尽量不要出现任何意外状况。”

她的语气虽轻，却意味深长。

顾枫和崔莹对视一眼，各自在心中盘算，顾枫在想蓝瞳之心，崔莹在想暗影杀手，但谁都没料到对方就在眼前。

萧莘不知道哪里来的勇气，一下子坐了起来，看着许艺说：“你放心！我以我的名誉担保，一定不会让去年那种低级错误发生！”

“那就好。”许艺温文尔雅地点头，侧身出门。

“刚才真是吓死我了。虽然不知道你们之间发生过什么事情，但我总觉得艺艺像要吃人一样，全身都是杀气啊。”崔莹倒抽了一口凉气。

“那是电竞选手的职业精神，不是杀气。”顾枫这时候倒是有了点幽默细胞，“都休息一下吧，晚上还有事情要办呢。”

第十五章　海选现场

晚上七点半左右，大礼堂陆续坐满了人。

川穹大学的宣传海报早已贴满校园，各院系都动用了最好的资源选送节目，崔莹六点不到就赶到现场。

“啊……节目了太多了……这么多节目，得海选到什么时候啊？”崔莹非常担心今天审核不完，毕竟海选现场随时可能出现各种突发状况，拖时间的、换人的，等等，这些情况都得考虑在内。

“到几点就算几点，大家这么积极，总要给所有人机会才是。”顾枫看了下时间，“时间差不多了，你去问问文艺部，是否有提前到的团队，我们可以先开始。”

校会其他同学都不敢怠慢，早已紧锣密鼓地开始工作了。安排顺序的、维持秩序的……大家忙碌地工作着。

七点五十的时候，江晨和凌星星两个也到了，凌星星今天打扮得不像是海选，倒像是彩排，头上扎着双马尾辫，穿着黑色的吊带上衣，黑色的水手服短裙，黑白相间的长筒袜，外披一件粉色的半透明外套。

“星星今天准备唱一首日语歌《妖精的尾巴》，效果肯定不错，她的才艺在我们文艺部是拿得出手的。”江晨面带微笑，很自信地介绍。

“好，星星你先去后台准备一下。”崔莹示意凌星星去后台准备。

“崔莹，今天的海选评委都是校会成员吧？星星可是你的舍友，要多多关照一下啊！”江晨凑了过来，去看崔莹手里的评委名单和节目单。

崔莹立刻就明白他是什么意思了，就是要保凌星星的节目绿灯过海选呗。

“你放心吧，我虽然没见过星星跳舞，但是照你说的应该不差，不需要额外关照！”

“是啊。”江晨露出一个亲切的笑容。

参加海选的同学们陆续到场，一个一个按照次序进来表演，崔莹并不是评委，只是在一旁做记录。

轮到凌星星上场的时候，海选进程过了大半。不得不说川穹大学的实力还真是不容小觑，崔莹大概统计了一下，目前可以用的高质量节目应该足够撑满一台大型晚会了。

“如果后半场的节目质量还这么高，我们恐怕还要将海选分数从高到低再排一次，不然节目太多了。”顾枫走到崔莹旁边，低头看了一眼。

“是的，真没想到，川穹大学果然人才济济。连芭蕾舞都有这么专业的人才，刚才广告系的天鹅湖实在是惊艳到我了。”崔莹想想还是挺开心的，“还有钢琴独奏、说相声的，都是有模有样。”

“我和评委们打过招呼了，评审标准可以严格一些。”顾枫看着台上的凌星星，她已经走到舞台中央。

凌星星带来的节目是一首日文歌，听音乐就十分萌萌哒兼小性感，与她现在身上穿的衣服很配。

但是，这首歌非常二次元，在生活中是一支不错的宅舞，在大礼堂的华丽舞台上呈现的时候气场明显就弱了，显得十分小家子气，加上凌星星今天的嗓音条件似乎并不是太好，她虽然很努力地演唱，但评委们依然感觉耳朵都不好使了。

“好了，停！”音乐系的一名老师举牌制止了凌星星的表演。

按照惯例，中途叫停通常都表示会被淘汰。

凌星星一脸不爽地下了台，江晨立刻冲到台后去了，崔莹没注意他们之间的小动作，低头继续看节目单。

“接下来的人是……”她隐约觉得这个名字似乎很熟悉，“李慕楠？”

没错，李慕楠。

一个娇小玲珑的女孩从崔莹身边匆匆忙忙地跑过去，一边跑一边说：“啊，到我了？原来不是按班级排的，是按节目表演类型排的呀……”

崔莹侧目看了她一眼，顿时想起来了，这个李慕楠，可不就是那天下大雨的时候从自行车上摔下来的隔壁班的小姑娘嘛。

一身运动服打扮的李慕楠跑上台，神色有点发囧，她环顾四周，带着些不好意思的表情说：“评委老师们，不好意思，我今天想唱一首日本歌《千本樱》，but 我忘记带伴奏了，那么我就直接清唱了啊！”

崔莹觉得这个小姑娘挺可爱的，原来她也喜欢日本歌。

李慕楠清了清嗓子开始唱。说真的，崔莹对她并没有抱太大希望，毕竟珠玉在前，她连伴奏都没有，就已经输了一大截了。但是！这个李慕楠一开口，立刻就震惊了所有人。

她的声音实在是太美，太清冽，有一种震撼人心的力量。

如果不是亲自监督了整个音响系统的安装，崔莹几乎要以为李慕楠是在假唱。

“天啊，她唱歌的状态好投入，和她说话时完全不一样，真是人不可貌相。”崔莹简直无比佩服。

“你说李慕楠吗？”顾枫微笑着走过来，压低声音说，“她高中时就是我们学校的文艺骨干，她的妈妈是……”

顾枫轻声说出一个名字，崔莹这才明白，原来李慕楠竟然出自音乐世家，难怪她的声音基础这么好。

“看看她的手机放在哪儿？”萧苹也被震撼了，“并没有在放原唱吧？她真的是自己唱的？人才啊！”

“这个妹子唱得太好听了吧？”崔莹笑嘻嘻地道。

“可不是……”萧莘凑过来一拍脑门，“哎呀对了，你不是说你也要唱歌吗？歌呢？”

“什么歌啊？”崔莹似乎完全忘记那档子事儿了。

“你还装，我可是记得清清楚楚的，你说你也会贡献一个节目的！”萧莘很不爽地翻白眼，“还有，顾枫你不露一手吗？我高中的时候参加这样的晚会，当时的主席啊什么的都有节目的，而且还是作为压轴，你难道就在旁边看？”

顾枫看了萧莘一眼：“我不像你，没什么才华，只是个宅男。”

“别扯了，如果你顾大才子仅仅只是个宅男的话，凭什么当校草？就因为脸帅？那现在的女生未免也太肤浅了吧……”

崔莹见萧莘趁机将军让顾枫出节目，心里其实也挺期待的，不知道顾枫有怎样的才艺？听说他们那所高中是德智体美劳全面培养的贵族学校，顾枫的师妹李慕楠都如此亮眼，他想必也不会差。

她趁势点了点头，附和萧莘的话说：“当然不可能，不要以为我们女生评价男生只是看脸，技能也很重要的。顾枫你真的没有什么才艺吗？那你顶着校草的称号就有点说不过去啊！”

“可不是吗，你看，莹莹都看不下去了。”萧莘一脸的小得意。

顾枫的态度倒是很悠闲，交叠着手说：“我没有想过要上台表演，况且今天的优秀节目已经够多了。但是，如果你们觉得我上台这件事很重要的话，我想我也本着娱乐大众的精神，为川穹大学校会成员们牺牲一下。”

“看你的意思，那就上呗？不过，我还真不知道你有什么才艺，可别上去丢脸。”萧莘跟顾枫做了一年室友，还真不知道顾枫有什么特殊才能。

“也不算什么才艺，只是之前弹过几年钢琴，还吹过几年萨克斯，不过，我最喜欢的还是拉二胡。”顾枫说这话的时候有点不好意思，“你们会不会觉得我很老土，没有几个人喜欢拉二胡吧？”

“我就很喜欢拉二胡啊！”崔莹觉得简直太巧了，她从小学习的乐器就是二胡，“既然你愿意上台表演，那就最后拉个二胡作为压轴吧，也算是校学生会代表出了个节目了。”

她想了一想，看着台上的李慕楠，拍手笑着说：“二胡拉一般的曲子不是很出彩，大家也不太容易产生共鸣，不如……你拉个《千本樱》怎么样？如果效果好的话，你和李慕楠还能做个组合呢！”

“《千本樱》是日本的名曲，”萧莘也觉得崔莹这个主意不错，“也行，总不能老让人听《二泉映月》吧！”

“这个曲子有一定难度。”顾枫说。

“可是，越是有难度，用二胡拉的效果会越好，再说这次晚会不是还有外国友人来么？那我们做一个中外合璧的节目不是更好吗？中国的乐器、日本的曲子，更凸显我们川穹大学兼容天下的特色呀。”

“你穿着西装拉二胡吗？天啦噜，谁来拯救我的笑点！”萧莘抱着自己的肚子。

“那就《千本樱》吧。”顾枫倒也爽快，他抬头看了一眼崔莹，“不过我有个条件，你来伴唱。”

崔莹顿时一脸黑线：“有没有搞错？我不会唱歌啊，你可以让李慕楠伴唱啊。”

“系统消息：您又解锁了崔莹的新技能。”萧莘在一旁贼兮兮地说，“别以为我不知道你会唱日文歌，平时在办公室可没少听见你哼哼……他在旁边拉二胡，你唱歌，不是两全其美么？你们俩谁都别怂，表演完了我请你们去吃豪华日料大餐！”

崔莹连连摆手：“《千本樱》好难……歌词真的太快了，我唱不来的，还是让李慕楠唱吧。”

萧莘不管这些，冲着她说：“莹莹，你这是在为川穹大学学生会争光，重在参与！”

顾枫淡淡地说：“好了，不要逼她了，她实在不肯的话，那我一个人上就好。”

崔莹感觉顾枫说这话的时候语气特委屈，像个被人坑了的小孩。毕竟用二胡拉《千本樱》这个节目是她想出来的，顾枫已经很给面子了。加上萧莘在不停敲边鼓，说重在参与，既然他们都这么说了，她如果再拒绝未免显得小气了，大不了就丢一次脸呗！

想了几分钟之后，崔莹决定了：“好，我跟你一起合作这个节目。”

顾枫笑了笑：“合作愉快。”

顾枫走到后台，找乐队的DJ借了一把二胡，随手拉了几个试音。

他的演奏水平自然是无可挑剔的，但崔莹隐隐约约觉得少了点什么。

“怎么了？为什么皱着眉头？”顾枫看着崔莹，“你也是从小就拉二胡的，是不是觉得我哪里有不对的地方？”

“其实挺好的，我只是觉得……你拉二胡好像没什么感情啊，手法呢是拉得不错的，但就像……我这么形容不知道合适不，就像一碗没放味精的番茄蛋花汤，差一点点……”崔莹绞尽脑汁想了半天，才想到这个比喻。

她走到一边摸了摸顾枫手里的二胡：“这把二胡也挺好。”

“嗯——”顾枫微笑了一下，“你会吗？你拉个试试。”

“我其实很久都没有碰它了。”崔莹有些不好意思，“自从小学毕业以后，我就学弹琵琶了，我妈让我学的……不过，我记得教我二胡的老师说，中式乐器尤其讲究注入自己的情感，只有真的喜欢一首曲子，才能将它演奏好。”

“你说得对，今天我对这个曲子确实没什么感觉，不过我会努力酝酿感情的。”顾枫倒是很坦诚，低头看着那把二胡，“我再练练。”

一个一个节目过去，海选差不多快结束的时候，顾枫和崔莹才上台，也算最后的压轴表演了。

他们穿的都是普通的衣服，也没有化妆。

他们俩刚一走上台，下面围观的学生们就开始叽叽喳喳议论开了。

女生 A：快看快看，主席上了！我们男神和崔莹准备表演什么呀？男神居然会拉二胡诶！太有魅力了，不愧是我的男神啊！

女生 B：听前奏，听不出是什么歌啊，不是本国曲子？

女生 C：天哪！天哪！竟然是《千本樱》啊！男神居然和我一样也喜欢日本歌啊……

女生 D：之前在 X 站看到有大神拉过二胡版《千本樱》，没想到居然能在川穹大学听到现场版！太激动了！

……

萧莘一脸妒忌地看着那群女生，如果这帮女的也能花痴自己，啊，那倒是挺好的。可惜了，居然全都花痴顾枫！难道只要顾枫一出现，他这二校草就不是校草了吗？

顾枫从容不迫地拉着二胡，拉了几个开场的调子，随后 DJ 把《千本樱》的曲子放出来，渐渐和顾枫拉的二胡融为一体，几乎毫无破绽。不得不说，顾枫的二胡水准还是不错的。

底下是一片炽热的目光，女生们的议论和喝彩声此起彼伏。

崔莹握着话筒，心里还是有些紧张的，毕竟这首《千本樱》她从来没有认真唱过，歌词倒是能勉强背出来，但不能保证滴水不漏。反正是舍命陪君子给顾枫当陪衬的，只求这次表演不要出错便好。

“别紧张，你一定练过这首曲子对吧？想怎么唱就怎么唱，不要在意任何人的眼光。”顾枫小声地鼓励道。

“我尽量。”崔莹真的很紧张，之前的李慕楠把《千本樱》唱得那么成功，珠玉在前，如果她的《千本樱》唱得不好的话那就很丢脸了。

崔莹深吸了一口气，破音了……顾枫的二胡声也戛然而止。

显然，顾枫也没料到崔莹第一句就破音了。

“没关系，我们重新来一次，反正是海选。”顾枫继续鼓励道，他示意后台 DJ 重新来一次。

崔莹更紧张了，她怕自己根本无法跟顾枫配合好，她竟然不知死活地说顾枫拉二胡不完美，结果她自己呢，连第一句都没唱好……简直是太丢人现眼了。

“我……我唱不出来。”崔莹站在舞台上，感觉自己有些晕，“我……我真的唱不出来。”

“不要这样，之前那个冷静机敏的崔莹去哪儿了？只不过唱一首日文歌而已。你难道不想有机会证明自己吗？”顾枫放下二胡，认真地看着她，“不管怎样，我还在你身边，我都不怕丢脸，你怕什么呢？”

“我……我不怕……”崔莹握着话筒，心里还在犹豫。

“加油，坚持把这首歌唱完，我们就能回去休息了！”顾枫一遍又一遍地鼓励着崔莹。

顾枫把二胡从地上拿起来，弹了几个音，音控重新开始播放伴奏。一瞬间，场下又开始燃起来了。

“你可以的，崔莹！”

前奏一过，崔莹竟然唱出来了！她唱出来了！那么气势恢宏，那么熟练流畅……

今晚来看海选的人很多，崔莹从没在这么多人面前唱过歌，刚才她走音的时候，底下的同学们有很多不看好她的，但是这次她一开口，所有人立刻改变了看法。

崔莹的声音虽然没有李慕楠清澈干净，但她的《千本樱》是有二胡伴奏的，她唱得柔和舒缓，充满深情，和李慕楠的相比是另外一番风味，倒也难说孰高孰低。

台下女生们的议论声又像开锅了一样。

女生 A：幸好没走，真好听诶，和刚才的版本感觉又不一样了，我耳朵都要怀孕了……

女生 B：男神挑人的眼光果然不差！我就知道他不会选一个太差的搭档啦！

女生 C：这个新来的，不鸣则已，一鸣惊人啊！

女生 D：不知道评委老师们怎么看呢，如果让我选一个的话，我肯定选二人组的这个《千本樱》啊！

……

崔莹越唱越投入，胆子也越来越大。川穹大学大礼堂的音响效果实在是太棒了。一曲唱完，下面顿时响起雷鸣般的掌声。

扫一扫，更多精彩等着你

第十六章 积怨愈深

崔莹从礼堂回到宿舍，发现许艺在宿舍，凌星星却不在。

许艺的脸色很奇怪，她翻东翻西，好像在找什么，但是又找不到，所以神情有点不太耐烦。

“找什么呢你？”崔莹很好奇。

“莹莹，看到我那瓶阿玛尼粉底液了吗？我早上还用过呢，怎么突然就不见了？我今天出门的时候，明明记得它在桌子上的啊。”许艺还在不停地找，找完书桌找浴室。

“我帮你找找。”崔莹见许艺很急的样子，就过去帮她一起找。找着找着，突然发现床底下有几块亮晶晶的碎片，碎片上还粘着一些粉底液。崔莹不敢确定，拿起来看了两眼。

许艺看到崔莹手里的东西，低头过来一看。

“这不就是我粉底液的瓶子吗？”许艺皱了皱眉，“谁把我的粉底液打碎了？其他的碎片应该是被清理掉了吧？”

崔莹点了点头说：“恐怕是这样。不过我早上比你走得还早呢，可不是我干的。”

不是自己，也不是崔莹，就只有凌星星了。

许艺不好直接说怀疑谁，她皱着眉头打开自己的柜子，准备重新拿一瓶新的囤货来用，但是，她突然嗅到了一种奇怪的香味，像是一种淡淡的铃兰香水味。她从来只喷CHANEL香水，哪来的这种铃兰花香味？这么一闻，这香味似乎似曾相识？

许艺灵机一动，看到凌星星桌上的香水瓶，拿起来闻了一下，果然，一模一样的气味。

“崔莹，你过来一下。”她大声喊。

“来了来了。”崔莹过去一看，立刻明白了许艺为什么是这副抓狂的表情，“艺艺，你不会是想说……”

“疯了。”许艺一副要崩溃的表情，“这个凌星星！估计是今天趁我不在的时候，把我柜子里的所有衣服都穿了一遍，还把我的粉底液给摔碎了，顺便毁尸灭迹。”

“你确定是她干的？”崔莹有些不敢相信，“星星看上去不是这样的人啊……”

“真受不了，这宿舍简直没法住了。我有洁癖你知道的。”许艺走到衣柜前就开始往外掏东西，“明天再跟你说吧，趁还没关校门，我得把这里面所有的衣服都拿出去干洗。这什么宿舍啊！什么室友！我从来没遇到过这样的情况！”

崔莹看得出来，许艺的确很生气。这件事不太可能是误会，因为凌星星有个习惯，就是每次洗完澡都会喷香水，她认为洗完澡喷香水的话会让身体更香，刚才崔莹也感觉出来了，许艺衣服上遗留的香水味道和凌星星常用的香水确实是同一种。难道谁还会特地跑来她们宿舍把许艺的粉底液打碎、穿许艺的衣服，再喷上凌星星的香水，嫁祸给凌星星吗？

如果真的是凌星星所作所为，就很尴尬了……

许艺前脚出门，凌星星后脚就回来了。

“咦，许艺去哪儿了？”凌星星没看见许艺，随口问崔莹，“她出去了吗？这么晚了还出去？马上要熄灯锁门了诶。”

“她有急事出去一趟，很快就会回来了吧。”崔莹看到凌星星将一个包装很精美的小盒子放在许艺桌上，看样子是个小礼物，也没敢多问，加上今天实在是累了，她上床戴上耳机准备睡觉。

二十分钟之后，许艺回来了，手里还拎着一把新锁。

校门口有一家干洗店，倒也不费事，许艺回来之后看到凌星星已经洗完了澡，当着她的面给自己的柜子上了锁。

“艺艺，你买锁干什么呀？”凌星星下意识地问了一句。

“我听舍监说，最近宿舍里有小偷，我衣柜里的衣服虽然不是什么贵重物品，但我不希望别人随便碰它们。另外啊，我还听说，有人不但喜欢动别人的衣服，还喜欢人家的化妆品。小心驶得万年船，我还是当心点好。”许艺根本不看凌星星，面无表情。

崔莹听见许艺语气不善，转头看凌星星的时候，发现凌星星脸都红了。

凌星星似乎想说什么，许艺却连珠炮似的开口攻击道：“莹莹，我多买了一把锁送给你，我来帮你装上吧。还有，你的护肤品要不要放我这儿？我给你锁起来？”

凌星星尴尬得都不知道说什么好了，她什么话都不说，一头扎进自己的床帘里。

崔莹怕许艺再说下去大家脸面不好看，立刻拿起手机，发私信给她说：“艺艺，私聊吧，不要再说了，我看星星的样子挺难过的。”

许艺拿起手机，回应了一句：“她做得出来，就不怕我说。我说的都是事实，难道我错了吗？”

两个人近在咫尺，却只能手机聊天。

许艺：我想搬出去住了。

崔莹：住宿费都交了，你折腾什么呀？先忍忍，看看情况再说。

许艺：我不喜欢这种心术不正的室友。忍什么？我来川穹大学来可不是为了忍气吞声的。

崔莹：你都上锁了，这事挺打击人的，星星平时那么要面子，看样子今天是真生气了。

许艺：她还有资格生我的气？话说，我明天就去找房子，最迟也要在一个月之内搬出去。

她们两个手机聊天，那边凌星星并没有闲着，心里如同翻江倒海一般。

凌星星从来都是自视甚高的女孩，对许艺和崔莹这么优秀的室友，平时处处抢她风头也就算了，这次她们俩明显就是联合起来针对她。至于这样吗？不就是一瓶粉底液吗？不就试穿了你几件衣服么？至于这么指桑骂槐么？再说，她并没有说不给许艺赔那瓶粉底液啊，东西都已经放在她桌上了，花了她七百多块！可是许艺竟然连道歉的机会都没有给她，就定了她的罪。那个崔莹也不是什么好东西，明明知道是误会，却得意扬扬地坐山观虎斗，连一句劝解的话都不说。相比之下，许艺是因为误会才发脾气，这个崔莹简直就是可恶至极了！

她一开始还以为崔莹是什么小白兔，搞了半天其实是只大灰狼！

凌星星越想越生气，对许艺和崔莹两个人的恨意更深了。

她仰躺在床上看着床顶，几乎是咬牙切齿地暗暗对自己说：崔莹、许艺，你们两个给我等着！有我凌星星在一天，绝对不会让你们好过！”

次日早上，许艺和凌星星几乎是同时起床的。

“不就是瓶粉底液么，赔给你就是了。”凌星星冷冰冰地丢下一句话，指了指许艺的书桌上那个小礼物。

昨天凌星星去兼职的中央广场看了，一瓶阿玛尼粉底液得七百多。要知道她一个月的生活费才一千块，这相当于花了她大半个月的生活费。

该死的，居然这么贵……凌星星还是下手买了，兼职五天才能买一瓶粉底液……

洗完脸之后，凌星星继续用着价格低廉的 BB 霜。

“没打算要你赔，你自己拿回去用吧，”许艺当然没有什么好脸色，

“谁知道是不是正品。”

说实话，她不信凌星星会买这么贵的东西赔给自己，学校门口的化妆品店里不是没有假冒伪劣货，凌星星买的这瓶，真心不敢用。

“好啊，那我就自己用了。”凌星星本来就很想把那瓶粉底液给拿回来，见许艺不肯接受，就顺水推舟拿过来。

毕竟是这么贵的东西，许艺不要就算了。

海选结果的通知是次日中午发放的，结果刚一出来，崔莹和顾枫就一前一后接到了江晨的电话。

内容是相同的，问为什么凌星星的日语歌海选被淘汰了？

“江学长，确实不好意思，因为优秀的节目实在太多了，晚会时间有限，所以我们只能择优录取。”崔莹解释道。

“只是因为这个吗？”江晨不动声色地笑了笑，“你这个理由倒是和顾枫的一样。”

“这本来就是事实啊。”崔莹觉得有些莫名其妙。

“如果你说是，那就算是吧。我不希望有些人因为女生之间的一些个人恩怨而公报私仇。”江晨说了句“没关系”就挂断了电话。

昨天那件事，凌星星早已对江晨添油加醋地说了一遍，在江晨看来，许艺与崔莹关系那么好，崔莹肯定对凌星星有意见，所以故意刷了她的节目。

江晨打电话给顾枫的内容一样，挺婉转地问为什么凌星星的节目被刷了。

顾枫直接说：“凌星星的分数太低了，是评委们集体打分评出来的。”

这就很尴尬了，说得也太直接了。

“这江晨还有脸打电话给你啊？他难道不知道自己女朋友除了脸稍微可以看，嗓子根本不能听啊？我真替江晨的以后担心。”萧莘不屑地笑了，“别理他们，我看他们还能翻出什么花样来？”

最近有个消息让川穹大学的学生们无比兴奋，著名的偶像歌手Z先生要来川穹开个人演唱会了！

崔莹一直很喜欢Z先生，许艺也不例外。

“莹莹，跟我一起去看Z先生演唱会吗？后天开始抢票，下手要趁早哦！”许艺一边吹头发一边和崔莹闲聊。

最近几天凌星星几乎不在宿舍出现，可能是顾忌上次发生的不愉快，回家住了好一阵以免尴尬。她不在也好，许艺和崔莹两个在宿舍里学习功课，聊聊天，讨论电竞心得，过得更自在。许艺甚至有时候也不避嫌，就在宿舍里开电竞直播了。

崔莹有空的时候就来观战，越看越觉得许艺的水平简直是大牛。

“多少钱？我最近手头有点紧啊，太贵的票买不起。”崔莹数了数钱包里的钞票。

“我想坐得离舞台近一点，票务网上的票可能抢不到，如果抢原价票的话也要人民币八千八百八十八块，万一没抢到的话，就只能买黄牛票，至少得一万块以上。现在的黄牛可黑心了。”许艺显得有些无可奈何。

崔莹一听到价格就望而却步了：“一万？太贵了，我妈要是知道我花这么多钱去看Z先生演唱会，肯定不会给我钱的。”

崔莹对Z先生很有兴趣，对票价完全没兴趣。

“你如果真的很想去，也不是没办法，我多买一张票请你看就是了。”许艺认真地说道。

“不用，我不想你破费，一万块还是挺难挣到的。再说后天就要抢票了，我做兼职也来不及呀。”崔莹想想还是算了，这个票价真不是学生党可以承受得起的。虽然她可以找个理由向老妈伸手，但总觉得这钱花得心里有愧。

许艺笑着捋了一下头发说：“做什么兼职呀，又不来钱。我倒有个办法，不如你跟我一起做电竞主播吧。就是把你打‘苍龙世界’游戏的过程进行全程直播，顺便解说一下，跟观众们讲讲话就好。”

“我知道，你每天都会播的，可是你有粉丝团啊，他们都好喜欢你，我这个水平不行的。”崔莹觉得挺异想天开的，她能打个新手游戏就不错了，就她那水平，还直播？会有人看吗？

“我一般都去星巴克直播。我做得比较久了，现在一个月最少一万吧。”许艺继续鼓动她，“你试试呗？试试又不吃亏。”

“这么多？”崔莹简直不敢相信，“做电竞主播这么赚啊？应该是你长得漂亮吧。况且，我的技术也比不上你，没有人要看我的。”

“那也不一定，也许有人要看的就是你作为新手为什么升级那么快。你并不是一无是处啊！你想想 Z 先生演唱会的门票！你可以为了门票先做几天试试，如果可以的话，你就做一个月，一个月就能把钱赚回来了。门票钱我可以先给你垫着，你到时候赚了钱再还我呀！”许艺真是热心，一个劲地给崔莹出主意想办法。

“这可是八千八百八十八块啊，不是八百八十八块，你确定我要是做电竞主播的话，一个月能赚回来一张门票？”崔莹对自己还是没什么信心。

“我什么时候骗过你？我每个月都靠这个兼职，我基本不用我爸妈的生活费，活得很自在。我签了经纪公司，上次请我们吃饭的袁子霄就是我们老板。我听说 GM 公司最近一直在大量招收女主播，我觉得你条件还挺好的，要不你试试？”

崔莹左思右想，觉得这事也不吃亏。毕竟大家都说，一辈子一定要看一场 Z 先生演唱会，否则人生就算白过了。这个诱惑力还是蛮大的。至于电竞主播不主播的，大不了就是没人看，自己也不损失什么。

“你如果觉得我可以，那我就试试吧。”她心里跃跃欲试。

“我和公司说，先让你进我们公会吧。对了，莹莹，你准备用小号直播还是用大号？”

“什么小号大号，我只有一个号。”崔莹不知道许艺为什么这样问，“我看你平时用的都是 Angela 大号啊？”

“我当然用大号啊，不过我一般不露脸，最多露个眼睛，毕竟作为网络公众人物还是要适当保护自己。”

“那是因为，你即使只露出一双眼睛，人家也能看出你是大美女啊。”崔莹由衷地说。

许艺笑着解释道：“如果你不愿泄露身份的话，可以选择隐藏ID，或是直接开个小号。不过，真身更能吸引人过来看你直播，可能会红得比较快。”

“不了，我还是申请个小号好了，我……蓝瞳之心这个号，我还挺喜欢的，就留着慢慢玩吧。”崔莹摇头拒绝了，之后立刻申请了一个小号。

“记住啊，以后做直播的时候不要素颜，尽量带妆，好的颜值能够让你的直播变得妙不可言。虽然大家主要看的是你的技术，但是化妆还是很重要的。今天就不要直播了，明天没课的时候再说吧，我让我的粉丝去看你，这样你就能吸粉了，到时候一传十十传百，你很快就会火起来的。”许艺很认真诚恳地教导着崔莹。

崔莹张开臂弯，一把抱住许艺：“艺艺女神，你为什么对我这么好？一直这么帮我，我真是爱死你了。”

“因为你对我好，所以我对你好啊。”许艺显得很认真。

听完这句话，崔莹都快感动得哭了。现在她在许艺的带领下，终于也要加入电竞女主播的行列了，只要直播打游戏就能日进斗金？

“我把我老板的微信给你，你直接跟他聊吧。他是个不错的人，相信你在他手下也会发展得很好。”许艺说着，就把袁子霄的微信给了崔莹。

和GM公司的袁子霄聊得特别顺利，加上许艺担保、极力推荐，崔莹几乎没有费什么周折就顺利通过电竞直播平台的审核。眼看就要开始第一次直播的时候，崔莹紧张得不行。

崔莹打开自己的衣柜，新买的一套衣服还没穿过。但是穿成这样做电竞直播是不是太奇怪了？而且也太热了啊，纠结。算了，不能因为美丽而委屈自己的身体，还是不穿了吧。

许艺见她来来回回地犹豫，一把把崔莹抓到座位上给她化了妆。

“有隐形眼镜吗？”

崔莹摇了摇头：“我视力很好，从来不戴眼镜。”

“我说的是美瞳，来，戴上美瞳。”

许艺下手超快，不过十几分钟，崔莹的妆就化完了，美瞳也戴好了。

“我有卷发棒，我给你卷一下。我上周末逛商场的时候刚买了一条黑色裙子，挺适合你的，今天你正好可以穿上，就当我送你的礼物了。”说完，许艺把裙子拿了出来，“这条裙子我藏了好久啦，本来想当你的生日礼物送你的，就提前送给你吧，你的生日礼物我再挑就是了。”

“你对我这么好……”崔莹实在觉得自己无以为报。

“别口口声声感谢了，快去换上吧。”许艺催促着她。

白富美的眼光当然是不差的，这条黑裙子穿在崔莹身上果然很好看，显得特别有气质，配上她清秀的五官，俨然就是一个大美女。

“我就说这条裙子适合你。我再帮你弄一下唇彩，这样就更美了……不错，真好看，挺好挺好。”许艺越发觉得自己今天帮崔莹弄的这套造型很成功。

崔莹看着镜子里面的自己：“会不会太过分了？”

“一点都不会。这裙子是金丝绒的，上面的吊带镶着珍珠，你的发色偏黑，我今天给你化的妆是偏黑蓝色调，和你的气质很搭啊。对了，我这里有一副珍珠耳环，你戴着试试，还有鞋子你也试试吧……”许艺忙前忙后，简直比崔莹还兴奋，“你现在不要乱动，因为……你是我的作品。”

“你简直就是天生的造型师啊。”崔莹看着镜子里的自己，有点不敢相信自己的眼睛，“我好像从来没这么美过呢。”

“你只是不喜欢打扮自己，打扮之后真的很美。”许艺站在崔莹身旁，“身高正好，身材也很纤细，不打扮的话真是很浪费呢。给自己一点信心，你一定可以变成很优秀的电竞主播。”

会吗？崔莹不知道许艺为什么对自己这样有信心：“艺艺，真的感谢你，不管我的成绩怎么样，我都会努力的。”

许艺笑着拍了拍她的肩膀：“为了Z先生的演唱会门票加油吧！今天是你第一次开直播，祝你成功！”

顾枫和萧莘每天分头在忙。晚会的工作安排基本就绪，只剩下一些小的灯光道具协调工作。忙了一天，两个人匆忙赶回川穹大学食堂，赶上买最后一份孜然肉片。

“吃饱了吗？”反正萧莘自己是快吃饱了。

“你看看你现在的脸，跟个正圆形有什么区别？能不能少吃点？我就没见过帅哥是没有下巴的。”顾枫开玩笑道。

萧莘翻了个白眼：“晚会的事情咱们都整得差不多了，你还不让我痛快吃一顿？对了，今天出门办事你怎么不喊崔莹？”

“你不是也没喊她吗？”顾枫机智地反击。

萧莘吃完饭，继续把奶茶喝完，才算是真饱了。

“她们最近那么多课，咱们能不打扰她就不打扰吧。”萧莘无奈地耸了耸肩，忽然又神神秘秘地凑过来说，“哎，不过说真的，我觉得你还挺照顾崔莹的，你不会是有点喜欢上她了吧？”

“你少胡说。”顾枫不屑地看着萧莘，“我说过不会在大学期间谈恋爱的，更何况，兔子不吃窝边草，崔莹是校会的助理，我们根本不可能在一起的。”

“呵，还不肯承认，对吧？你们那天晚上表演合作节目，可是天衣无缝呢，真是郎才女貌一对儿。我要是你，我就不怕承认，我就是喜欢崔莹怎么了，我告诉你，你现在说得这么振振有词，万一以后真喜欢上崔莹，看你怎么说？”萧莘的模样很是得意。

“完全不可能的事情。你以为我像你一样见学妹就追？现在学习和校会兼职的时间都不够用，我有谈恋爱的这个空闲，还不如去游戏里练练级。”顾枫的神情看起来挺真诚的。

萧莘吃饱喝足打了个呵欠，又挤挤眼睛：“最好是这样，虽然我觉得你有时候说话挺不靠谱的。”

第十七章　意外走红

崔莹做梦都没有想到，她还没有在电竞圈火起来，倒先在另一个圈里火起来了。

有个很大的用户视频上传网站，叫 X 站。

不知道哪天开始，X 站首页被编辑置顶推荐了一个视频——史无前例的《千本樱》。

没错，就是她和顾枫那天晚上临时上台表演的那个小节目，顾枫拉二胡、崔莹唱歌的场面，竟然被人偷拍了，被传到了 X 站上！谁也不知道为什么这段视频突然就火了，全站的弹幕刷得如同雨点一般密集，更有几个特别有影响力的评论员说，这个女生的《千本樱》是国内翻唱得最好的，既保持了原唱的韵味，还唱出了中国风！这还不说，男生低头鼓励女孩的那个场面也很温馨，甜蜜到虐狗啊。

最先发现崔莹火了的是萧莘，因为他经常逛 X 站。

上传顾枫、崔莹《千本樱》的 UP 主居然很有名气，看来也是川穹大学的学生，不然不可能拍到当晚海选的视频。

“莹莹，你过来看，我们学校居然有个巨巨！”萧莘一通电话把崔莹叫到校会办公室，把电脑给她看，“你看这个 UP 主，混 X 站的都知道他。他几乎录了你们的全程表演，然后传到 X 站上，今天这个视频都被顶到首页了。我的乖乖，都快一百万的点击量了！”

崔莹完全没有任何思想准备，她目不转睛地看着那个视频里的自己，话都说不利索了：“不是吧……有这么夸张吗？”

“你看，弹幕还在发，所有人都在求你和顾枫的真实姓名呢。哎呀，已经有人打上去了，看来我们学校混X站的人很多啊。莹莹，你真的火了……天哪……这个人居然叫黄瓜局长，能不能不要这么污，一看就是个男的，还是个抠脚大汉。”

“被我查出来的话，这个人就死定了，我一定会让他删了视频！”崔莹忍无可忍，立刻打开电脑，登录自己的X站账号，给那人发了一条私信过去：“你好，我是视频里的崔莹，你没有经过我的同意就发布这种视频，侵犯了我的隐私权，请你删除！”

她直接表明自己就是视频里的女主角，让他删了视频。

那人居然在线，而且秒回了！

他问：“我凭什么相信你是崔莹本人？”

崔莹回复：“要不要我给你看学生证？”

他说：“你可能偷别人的证呢？”

崔莹简直无语了：“同学，不带这么玩的，我真不想出名！快删了！”

他说：“删除很简单啊，一句话，如果你能证明自己是崔莹，我就删了，否则你无权要求我删除这个视频，好歹我也是个巨巨。”

崔莹立刻发了自己的学生证过去，然而这人还是不信。

她怒敲：“你想怎样啊？”

他回复：“我刚才说了，你给我看学生证没用，除非你能出来见我。”

“好吧，约哪儿？”

“二食堂吧，把你的电脑带上，我要看是不是你登录的这个ID。”

崔莹一腔悲愤地带着电脑下了楼，在二食堂等了很久，并没有男的出现，反倒是有一个熟悉的身影走过来。

“李慕楠？”她看到那个娇小的女孩，有些不敢相信，“难道是你？黄瓜局长？”

“是啊，我随便起的名字，原来你真的是本人。”李慕楠有些不敢相信地吐了吐舌头，“你那天表现得那么好，我实在太欣赏你了，所以才偷偷录了下来，不过，我上传视频并没有恶意啊……如果你不喜欢，我删了就是了。”

“我知道你没有恶意，但是我真的不想用这种方式爆红啊，”崔莹有些无奈，“还是删了吧。”

“好，我回去就删。我好喜欢你唱歌的样子，我能跟你做个朋友吗？”李慕楠伸出手，“我想我们还是挺有缘分的。”

“没问题。”崔莹如释重负，“记得以后不要再自作主张了啊。”

李慕楠连连点头：“好的好的，不过你也要替我的身份保密哦，我好歹也是 X 站的巨巨。”

“好。”崔莹拍了下李慕楠的肩膀，“有机会咱们再切磋日本歌。”

“好！”李慕楠眼睛一亮，握着崔莹的手不肯松开，笑嘻嘻地说，“说真的，你们那天的表演真的太精彩了，真正有实力的人总会发光的。”

崔莹直播到第三次的时候，GM 公司的老板袁子霄注意到她了。

对于崔莹来说，这次直播和前两次一样，她学着许艺的样子给自己化了个淡妆，戴着美瞳，用的直播名是小号 ID 面具女侠。

第一次开启直播间的时候，在许艺的号召下，她一票粉丝全被拉过来给崔莹助威。

单论技术，崔莹确实不算最突出的，不过好在她口齿伶俐，电竞直播不仅仅是给别人看操作技术，还需要及时解说，亲身示范那些难的关卡怎么过。有一些刚入门的小白玩家渐渐地留在直播间为她加油打气。戴着羽毛面具，只露出一双眼睛的新手崔莹看上去还是挺漂亮的，有些男粉丝要求崔莹把脸全露出来，她没有同意。因为是初开始直播，加上她不太擅长搞气氛，直播间里的人越来越少。

总的来说，观看崔莹直播的人还是很少，跟许艺的直播完全不能比。

今天的气氛有些奇怪，从她一进入直播间开始，直播间里就源源不断地涌进一批人，一进来就开始各种刷屏送礼物。

崔莹觉得奇怪，就趁着休息的间隙，去看那些人的留言。

系统用户A：听说这人长得神似X站千本樱女神，没想到她还打得一手好游戏？

系统用户B：哇，这女主播果然长得好像那个女的，但是她戴着面具呀。主播，主播，把面具摘了！

系统用户C：主播会唱日语歌？唱首歌嘛，主播唱首歌嘛。

系统用户D：没想到主播居然玩的也是“苍龙世界”，看起来好酷啊。但这一看就是个小号啊，主播大大，请问你的大号是什么？

……

围观和留言的人越来越多，崔莹有些懵了。今天这吹的是什么风，这些人显然不是许艺的粉丝，他们是从哪里来的？

过了没一会儿，她发现黄瓜局长进了直播间，给她发了信息说：“Hi，想不到你竟然还会玩游戏呢！”

“慕楠，今天突然来了好多人，你是巨巨，你知道什么情况吗？”

李慕楠很快就回复了：“你还不知道啊？不是你们经纪公司给你在X站花钱打的广告？X站今天置顶了一条消息。”

很快，李慕楠就将那条消息的截图给她发过来了，上面写的话是这样的：

“神秘女子神似川穹大学《千本樱》翻唱者，人美歌甜还会电竞，GM电竞直播间XXXXXXXX，还不快来围观！我们在GM电竞直播间等你哦！”

X站的广告一打，果然对崔莹有兴趣的人一窝蜂出现了。不得不说，袁子霄是个擅长网络借势营销的高手。

短短的半个小时，观看崔莹直播的人居然有十几万人，简直一炮打响。

虽然这个叫面具女侠的女主播只露出一双眼睛，但是信的人就觉得她的眼睛跟《千本樱》翻唱者的眼睛是一模一样的。

李慕楠很开心地一边刷着评论一边给崔莹发私信，简直成就感爆棚。

这天晚上，崔莹直播了两个小时，总计收到价值几十金币的礼物，她的账号不断涨粉，有的人还私信崔莹有没有微博账号。崔莹退出直播的时候，虽然只玩了一会儿，但她的小号迅速地刷了二十几级，围观的粉丝一个个看得热血沸腾。

崔莹刚刚下线，GM 公司袁子霄的电话就打了过来。

“崔莹是吗？我昨天在 X 站上看到了你，你进步很快啊！”袁老板的第一句话就是这个，让崔莹有些受宠若惊。

“您说的那个视频……只是同学随便拍的啦。”崔莹知道这个视频固然是李慕楠无心插柳，但对自己做电竞主播的帮助却是显而易见的。

“虽然是随便拍，但录像效果一级棒呢。崔莹，你的先天条件很不错，如果你能把 X 站的优势好好利用起来，你就赢在起跑线上了，GM 公司的其他女主播当初起步的时候可都没有你这么好的条件呀。”听上去袁子霄心情很不错的样子。

崔莹完全不懂他在说什么，但是她隐约觉得不妙。

她打开 X 站一看，发现“千本樱”虽然是删了，她今天电竞直播的视频却被另一个人传上去了，还配上了《You belong with me》的劲爆 BGM。天哪，X 站果然又爆了！

“你们录了我的直播视频？”崔莹有些目瞪口呆。

“是啊，你没有看过我们签的合约吗？你在直播期间的视频版权都是属于 GM 公司的，我们上传到 X 站是合理合法的，而且还可以帮你进行二次宣传，下次你再开直播的时候，来的粉丝就会更多了。”袁子霄说话的语气非常和蔼可亲，对崔莹的态度那叫一个亲切，“对了，莹莹，你可以直接叫我 Mike，我比你们也大不了多少。”

“哦，这样啊。”崔莹想起当时许艺发给自己的那个GM公司的合约，她没多想就签了。

“是啊，我们公司要把你打造成 X 站女神。下次你直播之前告诉我们时间，我会安排更好的广告位置给你，保证你直播间的人流量会更多，你会红得更快。”袁子霄笑着停顿了一下，“当然，赚的钱也会更多。”

“够我买一张 Z 先生演唱会的门票吗？”崔莹好奇地问，“我不想做什么 X 站女神，兼职费够我付门票钱就够了！”

“岂止一张门票，哈哈。”袁子霄笑得灿烂了，“把你的银行账户给我，我马上就跟你结算今天这场直播的收益。”

今天能有多少收益呢？

崔莹将信将疑地把银行卡号发了过去，没过几分钟，她的手机响了，一看短信提示，是银行发来的，GM 公司给她转账了三万块钱，留言说是她这次直播的税后收入。

三万块？崔莹简直不敢相信自己的眼睛。

她发微信给袁子霄，确认此事是不是他们搞错了。

袁子霄回复说：“没有搞错，我们还扣除了在 X 站的广告费和税费呢，你就安心拿着吧！还有，只要你好好干，公司绝对不会亏待你的。”

许艺回到宿舍的时候，崔莹才回过神来，她大叫一声跑过去抱着许艺说：“艺艺，你猜我今天赚了多少钱！”

“直播完了？”许艺回过头问崔莹。

“是啊。”崔莹伸了个懒腰，“我拿到公司给的第一笔工资啦，你今天想吃什么？我请客。”

“真不错。”许艺也是刚下直播，脖子都要断了，“我刚也直播了一场，你拿到了多少金币？”

“三十几万吧，这个金币是用来兑换工资的吗？袁子霄给我转了三万块，说是今天的工资呢。”崔莹不太懂直播。

“好厉害啊崔莹，第一次直播居然就破三十万！按照现实货币和虚拟货币一比六的比例，你这场直播怎么说都要赚五万多啊。”许艺略带惊讶之色，随即又笑了起来，满意地点了点头，“这下袁子霄可高兴了，没想到我居然推荐给了他这么好的一人人才。”

“都是靠你推荐我才能赚到这些钱啊。”崔莹从心底里感激许艺，“这次演唱会的门票我请你看吧。”

“慢慢来，等你的人气超过我的时候，再请我不迟。”许艺看样子是真为她开心，嘻嘻哈哈地说，“不过我挺诧异的，你是怎么突然拉到这么多人气的？前两次直播的时候我还挺担心。”

人气怎么来的，崔莹自己也分析过。

虽然是GM公司的广告帮的忙，但架不住崔莹在X站的确有人气，袁子霄甚至做好了打算，以后就将崔莹的每一场电竞直播视频都放到X站上去，利用那边的人气为她作铺垫，带火这边的电竞直播。这样看起来，她首先要感谢的人，还是新闻系那个学妹李慕楠。

但是，崔莹想到那天视频弹幕上铺天盖地的人在求她和顾枫的真实身份的事，心里不禁有些不踏实。

“艺艺，其实我有一点顾虑……电竞直播这个事情到底怎么样啊？如果一直能像现在这样隐藏自己的身份，大家不认识我，我就做个电竞小主播，兼兼职，赚点钱，倒也没什么，可我有点担心以后如果学校里的人，比如老师们，比如我爸妈，他们知道我在做这个事情，会不会觉得不太好？”

“那你就不要让他们知道。”许艺一副无所谓的态度。

“做主播安全吗？”崔莹说出了自己内心的忧虑。

“那你觉得，我做得怎么样？”许艺反问崔莹。

“我觉得你做得挺好的，生活中很少有人认识你就是Angela。你呢，在网络上是电竞圈的红人，生活中就好好读书上学，两边都不耽误。可我和你不一样啊……”崔莹摇了摇头，“我今天直播成功，只是因为我从 X 站带来的流量，GM 公司拿这件事当了噱头，实际上我并没有你那样的真本事，大家不过是看个新鲜而已。”

“可你的确就是 X 站上面的那个崔莹啊，就算是利用 X 站那件事情当噱头，那你也成功了呀。况且，你现在用的是小号，根本不用担心什么。其实你最担心的无非是身边的人知道你在做电竞主播，对吗？”许艺冰雪聪明，一眼就看穿了崔莹的心事。

崔莹点了点头：“是，我的确不想让身边的人知道我在做电竞主播。”

许艺拍了拍崔莹的肩膀：“你想错了，其实主播分很多种，我们只是在利用自己的电竞知识、电竞技能以及自己的一点点颜值来使自己独立于社会而已，我们做错了什么吗？”

崔莹摇了摇头。

“所以啊，其实你可以把自己想象成一个解说员，心理压力会少一点。如果下次做直播的时候你能把面具摘下来的话，你的心理压力会减少很多。其实电竞圈子说大不大，说小不小，不会碰到几个熟人的，就算熟人知道你在做电竞主播那又怎样呢？你只不过是个解说员而已呀，又或者说，你是个教大家玩游戏的老师。”

被许艺这么一说，崔莹好像忽然明白了什么：“可是，袁子霄一次就给了我三万块钱，一次直播居然能赚这么多，我总觉得这钱来得有点太容易了。”

“那是因为你这次直播得很成功啊，让 GM 公司的名气大涨，老袁感谢你还来不及呢。三万对他来说根本不算什么，是你应得的。你现在可以买三张 Z 先生演唱会的门票了耶。”许艺笑道，“好了，我饿了，我们去吃饭吧！”

之后的几场直播，就像袁子霄对她承诺的那样，果然粉丝只增不减。

起初大家是为了猎奇而来，但到后来，更多的是因为崔莹的性格和认真的技巧，让大家越来越喜欢她这个人。

网络暴力也不是没有，起初崔莹有些受不了，后来就习惯了，知道了怎样去应对。

许艺告诉她，吃不到葡萄的才会说葡萄酸。子非鱼，安知鱼之乐。

第十八章 代打风波

周末上午，本来不该崔莹值班，她还是去了校会办公室。距离“苍龙世界”联赛西南赛区的预赛时间不到一周了，她还需要抓紧时间练习一下才行。

“今天你来得这么早？”顾枫一进门，就看到崔莹端坐在电脑前。他走到自己的桌前，打开电脑。

“在宿舍闲着也没事，不如来这里练练级。”崔莹一不小心就说了实话。

“‘苍龙世界’确实挺好玩的。”顾枫扫了一眼专心致志的崔莹，“其实你可以不用来，最近学校也没什么任务给我们，晚会的事情都安排好了，分给了各个系的主席。”

“啊，你是不是觉得我在这里打游戏，不是很妥当？”崔莹忽然有点回过神来了。顾枫意思是让她不用在这里了？是看她打游戏不顺眼吧？

“当然不是。”顾枫摇了摇头，“没，我从来没这么想过。不过，我听说你最近在 X 站很红，还做了电竞主播？”

“你看到了？” 崔莹压低了自己的声音。

“看过一次。你为什么去当电竞主播？”顾枫说话的语气很轻，“你是什么时候开始练这款游戏的？”

“是许艺教我的。我进川穹大学之前根本就没接触过游戏。你还记得上次我想请假的事吗？我就是为了参加九月三十号的‘苍龙世界’联赛啊！”崔莹觉得事已至此，不用在顾枫面前隐瞒自己打游戏的事实了，恐怕也瞒不住，毕竟是西南赛区联赛，说不定大家都会拿名次，到时候肯定彼此都会知道的。

“已经改到九月二十九号了。”顾枫纠正说。

“是的，所以我不用请假了。”崔莹开心地用“蓝瞳之心”练着级，丝毫没有注意到顾枫已经靠近她的办公桌。

顾枫低头一看，顿时震惊了……

崔莹电脑上挂着 ID 名——蓝瞳之心，而且她的对话界面上，暗影杀手不久之前正在和她私信。

她就是蓝瞳之心？怎么是她？竟然是她？

这些天来，顾枫几乎每天都会跟蓝瞳之心聊天，虽然时间不长，但是他挺喜欢蓝瞳之心这个徒弟的。现在仔细想来，从聊天风格上看，崔莹跟这个蓝瞳之心还真是挺像的。

“你这样努力练级，是为了去参加‘苍龙世界’联赛吧？”顾枫强自压抑着内心的激动，尽量语气平静地说道。

“是啊，我在游戏里还有师父教我，他给我很多鼓励和帮助，如果没有他的指导和帮忙，我想我应该没这么快就打得这么好。”崔莹见顾枫看到了自己和暗影杀手的聊天页面，毫不隐晦地说，“你看，这就是我师父，虽然他是新号，不过看得出是个大神呢！”

“你知道那个暗影杀手到底是什么人吗？”顾枫试探性地问道。

“他跟我说他是川穹大学的，虽然我不信。”

“你有想过要见这个人吗？”顾枫急切地接着问，眉头隐隐含着担忧之色。

“怎么了？你怎么看上去比我还着急，难道你想和他 PKPK ？”崔莹笑了笑，“其实我早就知道，你也是‘苍龙世界’的高手，对吧？不会是已经到了独孤求败的地步，想找人挑战吧？”

“不，我不会挑战任何人。”顾枫突然深吸了一口气，“你是不是很想参加这次‘苍龙世界’的联赛？你想过没有，假如没有进入预赛，你准备怎么办？”

“尽力而为，实在进不了也只能认命了。”崔莹说着话，看到暗影杀手在线，立刻给他发了好几条私信，不过暗影杀手竟然都没回，她料想他应该正在忙别的事情，却万万没有想到，这个人竟然就在她身边，看着她给网络上自己的小号发消息。

“这个师父，你就没想过要跟她见面？”顾枫试探性地询问。

“有啊，上次‘苍龙世界’的那个大赛，我跟他说如果我进了决赛，他会和我见面。”崔莹发现顾枫去关电脑了，“你要走了吗？”

“没有，电脑死机了。”顾枫按了关机键，“好像突然死机了……”

此刻，他心里有几分紧张，假如就在这一瞬间崔莹发现暗影杀手下线了，然后不久之后他又上线了，会不会想到暗影杀手的真实身份？如果她认出了他，那么他们该怎么面对彼此？

然而，顾枫的顾虑是多余的。

他刚关机，崔莹就边接电话边往外走：“啊，外卖到了，你等一下啊，我马上下来拿……”

还好，她并没有发现他是谁。

“怎么偏偏……崔莹就是蓝瞳之心呢？”顾枫有点头疼了。

不得不承认，他对现实生活中的崔莹很有好感，做事认真细致，思维敏捷机灵，而虚拟世界里的另一个她，又是那样脆弱、执着和好学，时不时还有一些令人开心的萌表情……如果一个人的两面都让他如此喜欢，那么这个人的杀伤力很大啊……

顾枫第一次觉得心里很乱，乱到他连校会办公室都坐不下去了。

崔莹拿完外卖回来，发现顾枫走了，久不回消息的暗影杀手也突然下线了，难道是嫌自己烦了？

过了一会儿，她发现师父又上线了，第一句话就是：

“你一直在线啊，练这么久游戏累不累？”

“不觉得啊，每天练级还挺开心的。对了师父，还有一周就要比赛了呢。”崔莹回到自己的座位上，“话说校会这里的网速还真好。”

ID 暗影杀手：我们带你一起练级吧。

ID 蓝瞳之心：好啊，哎呀，这是什么鬼？有个大神加我了诶！

ID 暗影杀手：哪个大神加你了？

ID 蓝瞳之心：潮汐！你知道吗？就是去年联赛冠军那个潮汐。

ID 暗影杀手：你认识他？

ID 蓝瞳之心：游戏里不认识，不过现实生活中似乎认识……我通过他的请求了，不过他还没有和我说话。

ID 暗影杀手：挺好的，如果你现实生活中就认识他，也可以让他带你啊！还有一件事我要和你说，我接下来一段时间工作特别忙，可能不大会上这个游戏了，如果你有什么需要指点的，正好可以问你认识的人。

ID 蓝瞳之心：……不不不，师父啊，你别想太多，我不是那种会轻易背叛师门的人啊，我没有想过要去巴结潮汐做他的徒弟啊！

ID 暗影杀手：我相信你。不过我真的没有什么时间了。

ID 蓝瞳之心：没关系，等你有时间上线，再回来继续带我吧。

暗影杀手很久都没有再回复，崔莹隐约觉得心底里一阵失落，她仔细想了想，忍不住发私信过去。

ID 蓝瞳之心：师父，我想问下，你现实生活中……有女朋友吗？

ID 暗影杀手：没有。

——他这次竟然秒回了。

ID 蓝瞳之心：那现实生活里你有喜欢的人吗？

不知道为什么，在等待暗影杀手回答的时候，崔莹觉得自己好像脸红了，心跳得也好快。我这是在干什么？网恋吗？崔莹愣了好久才回到游戏上，她在等暗影杀手的回复。

ID 暗影杀手：没有。

崔莹这一刻简直开心到要飞起！太棒了！果然没有！

ID 蓝瞳之心：其实我参加这次比赛，不一定能实现我的梦想。如果我没能进决赛的话，可能见不到你了。不过，我还是想说，我没能达到你的高度，所以我认为自己还不配跟你见面。如果有那么一天，我能跟你比肩，我会主动约你的。相信我，这时间不会太久。

暗影杀手的头像黑掉了。

他没有再答复。

不得不说，凌星星是个很聪明的人。

这些天来，她每天都在外面的网吧偷偷练级，把“苍龙世界”了解得很透彻了，并且她还想起来以前许艺和崔莹在宿舍打游戏的时候说过的话。

GM 公司的袁子霄，终于在她的软磨硬泡之下签了她。

“许艺，崔莹，你们两个一定想不到，以前跟我是舍友，现在和我是竞争对手了吧？”凌星星心里在暗暗发着狠，“我倒要看一看，你们之间的友谊到底有多深厚？”

她的粉丝里面，有个网络黑客叫荆译，一直都对她非常不错，每次她唱歌的时候都毫不吝惜地刷游艇。她利用那个网络黑客之手，查了崔莹和许艺宿舍的 IP 网址，又利用江晨的关系查了校学生会的 IP 网址，发现了一个令人惊异的巧合。

原来，潮汐和暗影杀手都是顾枫，而蓝瞳之心和面具女侠都是崔莹，并且，她还发现萧莘的玩家 ID——鬼马流星。

在“苍龙世界”里，这群人都是存在的。可惜现在他们彼此还不知道对方的身份，如果知道的话，会怎么样呢？

许艺，这回我一定要你身败名裂！崔莹，我同样也不会让你好过！凌星星想了想那个网络黑客和她说过的话，不出得暗自得意地笑了。

许艺也就罢了，就崔莹这种货色，凭什么能够一路顺风顺水？直接进了校会，跟白富美做朋友，整天跟两大男神走在一起，凭什么？凭什么好运都被她占了？唱个歌还能一炮而红到X站？做主播人气比许艺还高？开了挂了吗？自己唱歌凭什么被刷？她唱得明明没有自己好！难道就意因为自己家里穷，所以好运都要被她占了？

此刻，凌星星的电脑上正播放着一段游戏代打视频。

这是她从荆译那里得到的，荆译早已提前买好了代打视频。代打视频里的女主播有点像许艺，但是又不完全像，这就是凌星星要的效果。接下来，只要在许艺直播的时候动动手脚就好了。

九月二十七日，“苍龙世界”联赛开始预热。

HG公司给这次“苍龙世界”大赛取了个高级的名字——Stars War，翻译过来十分接地气——星星的战争。大赛主办方将所有参赛选手都比喻为星星，同时希望借着这个好兆头让玩家们取得好成绩。

这个大赛有萧氏集团的赞助，奖品比之前丰厚太多，不但将冠军奖金提高到人民币五百万，连奖励的游戏装备都厉害好几倍，包括一些大家从未见过的绝版装备，更增加了很多市场上特别好交易的特技装备。因为有了奖金和奖品的诱惑，参赛的人更多了，报名的人几乎挤破了头，是之前比赛的十倍之多，任何人都不敢掉以轻心。

令人惊讶的是，万众瞩目的种子选手，去年“苍龙世界”的冠军获得者潮汐，竟然宣布退赛了。

潮汐决定退赛。

这个消息对所有人来说都是个好消息，意味着他们的强劲对手少了一个，所有人都欢呼雀跃地觉得潮汐真是个好人。

这天晚上，许艺早早地出去了。最近许艺总是去外面打游戏，她说宿舍里没有那种氛围，而且正式比赛那天她也准备在外面。崔莹还是选择待在宿舍，她没去过网吧，一次都没去过。

崔莹觉得宿舍的网速今天特别慢，为了不影响比赛，她决定去校会办公室蹭网。果然，教学楼办公室里的电脑网速实在是太快了，不愧共用的是电脑房的网线。

后天比赛就要开始了，还有几天时间，她必须把自己的精神和手感调整到最佳状态，这样才能保证在比赛不失利。

听说这次“苍龙世界”预赛的赛制跟上次有些不同，前期也是进行淘汰制，接下来进行随机 PK 制。随机 PK 制非常特殊，最后场上只会剩下四个人，跟上次相比减少了两个。然而规则的奇葩之处在于随机，假如按目前的成绩排名 A、B、C、D 四个人，A 是最高的，那么 A 有权利抽取 PK 对象，如果抽到的是 B，那么 A 和 B 就要进行 PK，接下来谁赢了，谁就继续抽取 PK 对象，直到场上只剩下两个人为止，那么总会出现一个第一和一个第二。实际上这个规则也挺讲究运气，毕竟运气和实力总是相辅相成的。

“那么，我今天就在这里练级好了。”崔莹专心致志地驻扎在办公室。

不过，自从那天暗影杀手与她说自己接下来一段时间会很忙之后，他真的就再也没有出现过。

这天晚上，凌星星一个人回了宿舍，她等得精彩时刻终于来了。

她偷偷地打开崔莹的柜子，伸手摸了摸一件连帽衫，脸上带着得意的笑容，与此同时，还将那份代打视频拷贝到了崔莹的笔记本电脑里。做完这一切，她轻轻地吁了一口气。

“是你们俩逼我的，你们俩可别怪我。”凌星星阴狠地看着两人的桌子，脸上带着阴冷的笑，“你们俩实在是太可恶了，对不住了！”

早在前几天，她就开始默默观察着许艺和崔莹二人的行踪。

昨天她在荆泽的帮助下，偷偷潜入许艺常去的那家网吧。而且，她就穿着崔莹的这件衣服，坐在许艺的那个位置上，趁许艺不在的时候把代打视频安装进了她最常使用的那台网吧电脑。这个代打视频正是凌星星之前看到的那一个，而这个页面已经被荆泽改造成了病毒程序，可以篡改直播画面。也就是说，许艺今晚在网吧直播的时候，她看到的页面依然她自己，但是观众们看到的，却只会是那一段代打视频！

显而易见，到时候所有人都会认为许艺一直是在代打，只不过这次不小心被直播了而已！

但事情还没有完，凌星星可不想事情就这么简单了结。

许艺不是省油的灯，一旦她发现被人算计了，肯定会追究是哪里出了问题，肯定会去找源头。

而凌星星现在在宿舍所做得一切，就是为了制造那个“源头”！网吧里有监控，穿着崔莹衣服的人去放病毒，崔莹个人电脑里有病毒代打视频源头，一切证据都清清楚楚，只等公开！

“到时候，不但许艺会被网友们的唾沫星子淹死，崔莹……也跑不掉。”凌星星开心地想着，一切的一切实在是太完美了。

一切就像凌星星想象的那样发展着。

“呵呵，反正我现在也没什么事做，不如等着看许艺直播好了。”凌星星打开手机，点开许艺的直播间。

果然，因为画面中的女生跟许艺是有五分相似的，所以大家目前还看不出其实这人不是许艺，但是要不了多久，大家绝对会发现的。

这天晚上已经有几十万玩家同时在线 PK 了。幸亏“苍龙世界”的游戏服务器够强大，才不至于爆了。几个小时过去，人越聚越多，而这个时候，许艺的直播出现了问题。

系统用户 A：惊天了啊喂，Angela 今天居然代打？这人明明不是她啊！

系统用户 B：是啊，她明明不长这样！怪不得她有段时间是戴面具的，合着就是为了代打做准备啊？

系统用户 C：天哪，到底哪个人是真正的 Angela！难道她不是长那个样子，是个丑女吗？

系统用户 D：炸了炸了！ Angela 女神居然是代打！那么她的成绩

都是假的咯？

系统用户 E：我就说了，哪有女生能打电竞打到这么厉害，说不定她根本就是个男的！

系统用户 F：我也玩“苍龙世界”，Angela 女神之前可渣了，不过的确是一级一级自己打上来的。

系统用户 G：Angela 代打就代打，这已经石锤了，这视频里的根本不是同一个人好吗？你们说这人咋这么搞笑，既然直播就别找代打啊，智商喂狗了吗！

系统用户 H：Angela 真垃圾，她要是这次比赛得了名次，那我就再也不玩这垃圾黑幕游戏了！

……

直播间里炸锅了。

许艺打得太过专注，根本没注意直播评论在拼命地刷她代打的事情，直到萧莘的 ID 鬼马流星不停地反复发送弹窗提示信息过来，她才注意到了直播上的评论。

代打？

谁代打？

自己明明一直是真打，怎么可能是代打呢？

许艺百思不得其解，她觉得有点不可思议，在直播平台上说“我从来不代打，谢谢”，但于事无补，评论愈刷愈烈，甚至言辞越来越难听了。

“滴滴滴”，放在一边的手机响了起来，是 GM 公司的袁子霄打来的。

“Angela，你疯了吗？还是电脑出问题了？马上就要正式比赛了，你居然在这么重要的时间段里代打？”袁子霄的语气简直就像天塌了一般，有点气急败坏的味道。

“什么代打，我这边一切正常。”许艺觉得好冤枉，这些人都在闹什么？

“你不要打了。你在网吧是吧？去旁边的电脑上看看，你的直播间里到底是什么东西？”袁子霄说着发来一张截图。

许艺仔细一看，直播间里的女孩，确实不是自己！

她顿时懵了，这……居然是她的直播间？这个人是她吗？这明明不是她啊！她怎么会突然变成这样了……

“看到没有？你今天直播视频中的人根本不是你！”袁子霄再也忍不住咆哮了起来，“Angela，你是没脑子吧？”

许艺的手有点颤抖，她从未想过竟然会出现这种事情。

当她的私信都快爆了，她点开私信看到满屏幕都是忠诚粉丝们骂她是垃圾的时候，她脑子顿时“轰”的一声，昏了过去。

第十九章 百口莫辩

许艺被送进医院，她睁开眼看到的第一个人是凌星星，凌星星的笑容是那样甜美，对她的照顾简直无微不至。

“是谁害我？查清楚了吗？”许艺清醒之后的第一个问题就是这句话。

“如果不出意外，应该是你身边的人吧。”凌星星看起来很憔悴，似乎也很伤心，但期期艾艾，欲言又止。

“袁子霄呢？我要给他打电话……”许艺抓起电话就要打给袁子霄。

“Angela，不要打了，GM 公司的人这几天正忙着做媒体公关呢，据说这次代打事件的网络影响很恶劣，袁子霄应该是忙着给他的公司洗白，怕别人认为这件事是他们惯用的手法吧！”

许艺不相信，拨通了袁子霄的电话，但是始终都没有人接。

她又打给GM 公司的前台，那边的语气非常冷淡，行政人员只是说：“我们不知道袁总在哪里，我们也联系不上。”

“你是不是知道什么？”许艺回过神来，再问凌星星。

“艺艺，这件事，我也不知道该怎么对你说才好。”凌星星低头打开手机，将一个文件夹打开，递给许艺。

她打开那段视频，点开来一看，跟昨天袁子霄发给她的一模一样。

里面的那个女人跟自己虽有五分相似，却根本不是自己。看来这就是证据，那些幕后黑手陷害自己的证据！

“这就是病毒文件对吧？谁放的？”许艺问。

“这个……”凌星星还是期期艾艾的。

“快说！”许艺一把抓住了凌星星的手，“请你一定要告诉我实话，到底是谁，谁要害我？”

凌星星还没有来得及回答，萧莘就如同一阵旋风似的闯进来，他不由分说冲到许艺的床边，连声问道：“你怎么样？没事吧？你不要担心，所有事情都不是事儿，我会帮你的！”

“星星，你先出去一下，我有话和萧莘私聊。”许艺示意凌星星先离开病房。

“好，我去给你买些吃的东西来啊！”凌星星很乖巧地走了出去。

“萧莘，我知道你一直都很关心我，对我也很好，不管你信或不信，我告诉你一句话，我没有代打。”许艺咬着唇，眼睛里带着几分绝望和坚定，“我一旦查出那个人是谁，绝不会轻易放过她！”

“我相信你，即使全世界的人都代打，你也不会！”萧莘从来没有见过这样温柔的许艺，“只不过网络暴民太厉害了，现在舆论有些不利，而且‘苍龙世界’游戏公司自己也有竞争对手，恐怕有公司在趁机搞事情，才让你成了众矢之的。不过你不要怕，有我在呢！”

萧莘说得如此豪气干云，许艺略微有些感动。她的心情稍微平复了一些，点了点头说：“我不怕任何人，我只是生气，我怎么会轻易着了人家的道儿？这件事太奇怪了。”

“说来也不奇怪，有时候利益会让一个人变得丧心病狂。”萧莘叹了口气，“她平时看起来还真不像是这种人……”

“到底是谁？你说，是我认识的人对不对？”许艺又激动起来。

“Angela，你淡定啊，其实我也觉得这件事有些不可思议，但是我也没有想到啊。”萧莘被逼无奈，也不忍直视许艺快要被怒火燃烧起来的眼神，“目前所有的证据，都证明做这件事的人，是莹莹……”

“哪个莹莹？”许艺逼视着萧莘，虽然心里有些不敢相信，但还是颤抖着声音问。

“还能有几个莹莹，你和我都认识的，最熟悉的那个。”萧莘看到许艺这种魂不守舍的样子，不由得心里难受起来，“崔莹呗！就是她干的！”

“什么？你说什么？”

许艺脑子里顿时又“轰”的一声，枉她推心置腹地对崔莹，把她当作自己最好的朋友，结果……崔莹却在最关键的时候捅她一刀？什么好朋友，什么我对你好你对我好？到如今，一睁眼发现的事实是崔莹竟然害她？

“你有证据吗？给我看！”许艺强忍着心头的恶心感。

“在这儿呢，不过你看了不要生气。”萧莘把电脑递给许艺，“你要上网吗？我可以给你开热点。”

许艺连上了萧莘的热点，还没有来得及看所谓的“证据”，手机第一时间登录“苍龙世界”的服务器，她第一眼就看到一个通红硕大的处罚通告：“Angela 因疑似代打，为保证比赛公平起见，大赛方取消其本次参赛资格。”

好事不出门，坏事传千里。

知名女主播代打的事情对“苍龙世界”联赛的影响很大，连很多新闻机构都开始追踪报道了。短短几天时间里，整个电竞圈都知道电竞女神 Angela 是代打，这桩丑闻已经传遍整个电竞圈。大家宁可相信代打是真，而不愿意再相信 Angela 的能力，网络上全是一片唾骂声。

“怎……怎么会这样……为什么要这么对我？”许艺一下子倒在病床上，原本不太稳定的情绪又崩溃了。

萧莘看着病床上又一次昏过去、半死不活的许艺，心里又急又怒，他抓住了许艺的手，不停安慰着说：“Angela，你不要这样，我一定会替你讨回公道的！”

其实就在许艺出事以后不久，萧莘立刻就给崔莹发了个短信，说自己有话想跟他谈谈。

崔莹还在校会办公室，她起初还不知道许艺出事了，直到萧莘火烧火燎地从宿舍跑过来，她才知道发生了什么。

“没想到你还这么淡定？ Angela 出事了，你知不知道？”萧莘回到办公室，看崔莹正在上网。

“你看看你都在干什么？”萧莘对崔莹说话的分贝高了许多，吓得崔莹一跳。

“你干什么？吓死我了！我刚在这里登游戏账号发现登不上了，就想重新登录一下试试，怎么了，火气这么大？”崔莹完全不知道萧莘为什么这么大声。

“办公室的网是让你用来玩游戏的吗？”萧莘一把抓起崔莹的手，“跟我走，去找人！”

崔莹一脸懵地看着萧莘，她不知道为什么他会突然对自己这样，是她做错了什么事吗？

“到底怎么了？发生了什么啊？”崔莹完全在状况之外，“艺艺她怎么了？你快说啊。”

“这个时候你还关心许艺？你还真是许艺的好姐妹啊！你什么都不要说了！看看这段视频再说吧！”萧莘怒发冲冠地打开了手机。

那是一名网友曝光在“苍龙世界”论坛的一个热帖。

帖子里面有两段视频，其中一段正是那段已经被传得沸沸扬扬的代打直播视频；而另一段，就让人大跌眼镜了，那是一段偷拍视频。偷拍的是一个女孩如何偷偷潜入网吧，将病毒视频植入网吧电脑，又如何瞒天过海地偷溜出来的全过程。

那个女孩穿着连帽的衣服，看得出是短发，而那件衣服正是崔莹本人的。

“我？”崔莹只觉得无限震惊，但不知道这件事从何而起，她一时之间还没有明白过来这究竟是怎么回事。

“自己好好想想吧！莹莹。”萧莘看起来挺生气的，“如果不是看在我们是同学的情分上，你信不信我现在就敢打你？你知不知道你自己有多恶劣？我知道你在X站红了以后就变了，还签约了袁子霄那种人的公司。我不知道袁子霄给了你多少钱，但多少钱都洗不掉你这种卑鄙的手段！你自己摸着良心想想吧，Angela是怎么对你的？你又是怎么对她的？”

“我没有啊……”崔莹的脑子还是晕的，她完全不知道发生了什么事。

一天之前，大家还都是好同学，为什么短短的几个小时之后，所有的事情都变了？

萧莘甩手而去，崔莹也立刻从校会办公室出来。许艺的电话打不通，她回到宿舍的时候，还是舍监告诉她许艺被送进了校医院的消息。

崔莹匆匆忙忙跑到医院的时候，许艺已经清醒了，她一个人默默在坐在病床上，一句话也不说。

“艺艺，你还好吗？”崔莹一个箭步走过去，站在床边，可是许艺并不理会她。

许艺看起来脸色非常不好，被全网封杀了当然不好受。

“艺艺，你代打是怎么回事？你明明很厉害啊！”崔莹还没有明白事情原委，懵懵懂懂地问，“你说话呀，你别不理我……”

“啪！”

一记响亮的耳光抽在了崔莹的脸上。

许艺突然动手，崔莹猛地撞到医院病床的栏杆上，她的脸像火烧一样灼热地痛，许艺也好不到哪里去，那一巴掌她打得特别用力，两人都很疼。

“不要假惺惺地来看我，请你滚开。”许艺突然说道。

“艺艺，到底是为什么呀？我……到底做错了什么？”崔莹真的不知道发生了什么。

“自己看看吧！”许艺指着萧莘留下的电脑，“我当你是这世界上最好的姐妹，你却在背后捅我刀子？现在全网封杀我，GM 公司也不要我了，你开心了？你准备开开心心地实现你的‘苍龙世界’联赛目标，就拿我当垫脚石？崔莹，你扪心自问，你到底亏不亏心？”

崔莹怔了，她不知道电脑上是什么东西，忍着眼泪过去看。

“这……是什么？”崔莹打开来一看，居然是那个代打视频！

“我发誓这不是我干的！”崔莹真的快急哭了，“许艺，请你相信我，我真的没有陷害过你！这东西不可能是我的！”

许艺冷笑了两声：“当然不可能是你的，这是我找的代打，对吧？证据都被人拍到了，你居然也有百密一疏的时候。但是我很好奇啊，你到底是什么时候跟踪我，把这个病毒放在那家网吧电脑上的？”

崔莹懵了，根本不是她做得，她怎么可能知道那玩意儿是什么时候到许艺的电脑上的？

“真的不是，不是我做得，而且我也不知道为什么那东西会在你的电脑上。我为什么要害你……我根本没有动机要陷害你，不是吗？”崔莹的脸好痛，眼泪也止不住了。

许艺的眼神里带着无限的痛恨，也许现在她讲什么，她都不会相信，她所有的解释也都是徒劳。

“谁说你没有动机？你有的是动机！不就为了拿前三名好去见你那个网恋的师父吗？如果不陷害我，你怎么有能力进前三？更何况，你一出名，袁子霄一定给你更多分红啊？害人害到对你最好的朋友身上来了！崔莹，你怎么这么厉害啊！伪装成小白兔，是吧？”许艺的语气从来没有这样冰冷过，每一句话都像是刀子在割裂崔莹的心，让她痛不欲生。

崔莹是那种一遇到急事就会自乱阵脚的人，面对许艺的指责，她除了哭，一时之间还真的没有任何回击之力。

“请你立刻离开这里，我再也不要和你这种人做什么好朋友！宿舍我是不会回去了，之前我还觉得凌星星不招人喜欢，现在我才认清你的真面目。星星比你可爱一万倍！请你走开！”

崔莹强迫自己冷静下来，脑子里开始回忆她知道的一幕幕。

这段时间以来，晚饭后许艺最早离开宿舍，她看许艺走了自己也走了，直接就去教学楼的办公室里，当时宿舍里根本没有人，是谁偷穿了她的衣服？难道是凌星星？

崔莹冷静下来，第一个想的就是这个视频问题。

这画面里放病毒的人分明就是崔莹，穿着一模一样的衣服！

许艺讽刺地说道：“怎么？还在想自己哪里做得不够完美，让人发现了很失败，是不是？”

语气带着强烈的讽刺与厌恶感，崔莹能够理解，毕竟现在被陷害的人是许艺。但……实际上她也被陷害了，不是吗？她一直在提醒自己，许艺不是故意这样对她的，只不过一时之间被蒙蔽了，换谁发生了这种事都接受不了啊。哪怕许艺现在每说一句话都是对她的羞辱，她也要努力忍着，不能再对许艺发脾气，不能再伤害她了。

崔莹想起自己的衣柜，也想起那次凌星星偷穿许艺衣服的事件。

如果说是凌星星干的，那么怎么可能没有凌星星的铃兰香水味？也许是经历了上次的事件之后凌星星这次学乖了。但是指纹呢？她不可能没留下指纹吧？如果没有的话，那么……她全程都戴着手套吗？她仔细看了一下视频的女孩，果然戴着手套……

“许艺。”崔莹眼睛一亮，立刻叫了一声，“我知道了……”

“你别叫我的名字，从现在开始，你不再是我的朋友！就当我许艺从来没认识过你这个人、渣。”许艺话说得很重，“从今往后，你走你的阳关道，我过我的独木桥！”

从校医院出来的时候，崔莹有些失魂落魄的，她在医院附近的一个台阶上抱膝坐下来。

深秋了，夜风吹着她的额发，让她觉得一阵阵透心凉。

许艺是真的很生气，一夜之间，崔莹失去了她最好的朋友。

但是，这事的确不是她做得啊。她要如何跟许艺解释事情不是她干的，是凌星星干的呢？这件事疑点太多，就算她猜到是凌星星干的，实际上也根本没有任何证据，不是吗？

她现在心情很差，真的好想哭，或者找人说说心里的郁闷，可是萧苹是不会理她的，顾枫是从来不太喜欢管人闲事的。

这种时候，她不由得想起了暗影杀手。

如果能够和暗影杀手在现实中见面，或许能让她心情好受一些。但是不管她私信暗影杀手多少次，他就是不回。其实早在几天之前，暗影杀手就从她的好友列表里消失了，准确地说，是暗影杀手这个 ID 从整个服务器消失了。

为什么……为什么……一切会突然之间变成这样……

暗影杀手的突然消失，让她想起了他的另一个 ID——潮汐幻影。可是，那个 ID 也消失了。

崔莹不得不开始思忖，这个暗影杀手和潮汐幻影到底是谁？为什么他突然从服务器消失了呢？

“你怎么了？”一个熟悉的声音突然在耳边响起。

崔莹没有抬头，她知道那个声音是谁，但她并不想在此刻去获得他的任何安慰或帮助。

“没事，我在这里吹吹风，凉快。”她忍着哽咽，想让自己的声音听上去正常一点。

“宿舍已经关门了，难道你准备在这里坐一夜？”顾枫立马说道。

“不怕，学校里很安全的。”

“明天不上课了吗？不要忘了自己的本职是什么，你是个学生。”

“学生又怎么样？还上什么课？反正我也心情不好！好朋友拿我当敌人，萧苹也对我没有好脸色，所有人都觉得坏事是我做得……”不知道为什么，崔莹的眼泪忽然之间就决堤了，情绪也在瞬间崩溃，“我只是来川穹大学上学而已啊。我错了，我不该碰什么该死的‘苍龙世界’……”

崔莹号啕大哭，哭得梨花带雨，什么也顾不得了。

“别哭了。”顾枫温柔地安慰。

崔莹没有理他，却发现他弯腰附身下来，伸出一双有力的臂膀，将她整个人都揽进怀里，伸手摸了摸她的头发。

“哇……”崔莹觉得意识有点混乱，眼泪更加止不住了，“你知道吗？其实直播的时候我是特地开的小号，我的大号叫蓝瞳之心。我跟游戏上我的师父暗影杀手约定好的，只要我这次进前三我们俩就见面，但是还没有开始比赛呢,就出了这些乱七八糟的事情……许艺被诬陷代打，我当时就以为许艺真的代打了，我还在想许艺为什么代打，结果萧莘和许艺他们都告诉我……还拿出了一堆证据，说是我诬陷她代打的……许艺是我最好的朋友，我为什么要诬陷她呢？我这么水的菜鸟，要不是这件事，我连代打是什么都不知道啊……”

崔莹的眼睛和脸都红了，半边脸还肿了起来。

“你的脸怎么回事？”顾枫诧异地问，看着很心疼。

“没什么。”崔莹继续哭，“其实我不是不知道可能是谁干的，她穿着我的衣服去网吧，把病毒放进许艺常用的那台电脑，她也一早就想好了网吧有监控，会被录下来……然后再把这两段视频的原版放在论坛上……我明明什么都猜得到，可是我却没有证据，眼睁睁地看着许艺不理我，误会我，厌恶我，我……我真的好委屈！”

崔莹哭得稀里哗啦，一头栽进顾枫的怀里。

顾枫抱着崔莹，心疼得不知道说什么才好，但是此时此刻，他心里也很矛盾，他该以怎样的身份去安慰她更合适？要不要立刻告诉她，其实自己就是暗影杀手呢？

他反复纠结，崔莹只顾着哭，丝毫没有觉得两个人这样子其实挺暧昧的，不大妥当。顾枫平时的个人形象还是不错的，在校会里面总是以学生领导的形象出现，也算是个正人君子，从没见过他对哪个女生图谋不轨过，总体来说算是个比较安全的大白。

“我到底做错了什么？难道果然像我妈说的那样，低调地在大学才能平安无事吗？人一出名总会出事的，总有人会眼红，总有人会嫉妒……可是……现在这一切都不是我的本意啊……”

崔莹因为太难过而说不下去了。

“你说的那个人是谁？谁在暗地里做这些事情？”顾枫皱着眉头问，“真的就是真的，假的就是假的，我相信总有一天事情会真相大白的。证据一定会有，我们努力去找到，然后帮你和许艺洗清这些委屈。”

天气越来越冷，风越大越大，风中夹杂着一些小雨点淅淅沥沥，隐约似乎要下大雨了。

“我们走吧。”顾枫扶着冻得瑟瑟发抖的崔莹，“你今天应该回不了宿舍了，我先带你去我家吧。”

“你家？”崔莹吓了一跳。

“放心吧，我家不止我一个人，还有保姆阿姨在。宿舍已经关门了，不然你只能住酒店了。”顾枫没有给她反驳的机会，将崔莹带到自己的车上。

顾枫将钥匙一抓，油门一踩，不由分说就把崔莹带回了家。

第二十章 男神现身

顾枫的家看起来挺干净整洁，离学校也不算远。

崔莹第一次到男同学的家里，心里还是忐忑不安的，不过，顾枫看起来很淡定，回家之后立刻喊了阿姨出来。

张阿姨很是和蔼可亲，她打量了一下崔莹，见她脸都肿了，眼睛也肿了，哭得整张脸像花猫一样，身上的衣服也被雨淋湿了，立刻就说：“哎呀，这衣服都湿了，我去给你拿睡袍。你先去洗澡，我给你洗洗衣服再烘干，明天早上你就可以穿了。”

崔莹打量了一下这套房子，看起来明朗简洁又富有现代感。

“你没有和你爸爸妈妈住在一起吗？”她轻声问。

“没有，我妈妈喜欢安静，他们都住在郊区。”顾枫看着张阿姨，“张阿姨是我妈妈的朋友，平时都是她抽空来照看这个房子的。”

崔莹这才放下心来。洗完澡她在张阿姨安排的客房里睡下，因为距离浴室很近，听到隔壁传来一阵阵水声。

过了一会儿，她的手机微信显示有人加好友，ID 叫“枫叶”，留言说“是我，请通过一下”，来源是通过附近的人添加的。

她通过之后，意外地发现，顾枫那个 ID 头像怎么如此熟悉？

——居然也是一个拿着长矛的外星人？和暗影杀手的论坛 ID 头像

一模一样！

“你睡了吗？”那边的人发来微信问。

“啊？还没有……你是谁？你在‘苍龙世界’的ID是不是叫……”这一刻，崔莹觉得自己的心跳有些加速了，手也有些颤抖。

莫非他就是暗影杀手？难道暗影杀手就是……顾枫？！这一刻，她脑子里乱极了。是他吗？怎么会是他呢？为什么偏偏是他？真的有这么巧合的事情吗？

“咚咚咚！”崔莹刚放下手机，立刻就听到自己的房门被人敲响。

她走过去拉开门，顾枫站在门口。

崔莹乌黑的头发刚洗过，披散在肩头上，身上穿着张阿姨的一套半旧灰白色睡衣，极其朴素简洁，可是，她的眼睛却带着异常的光彩，黑得发亮，因为那眼睛里透出的光芒，她整个人似乎成了一个发光体。

顾枫从来没有见过一个女孩激动成这样，她看上去似乎有一肚子的话要说，亮晶晶的眼睛一直盯着他，红嘟嘟的嘴唇看上去超级可爱，与她平时文静低调的性格并不相符。

“刚才的微信是你吗？是你吧？”崔莹有些迫不及待地问，她觉得自己仿佛在努力求证一些什么。

“是我。”顾枫的脸色看起来挺平静，“我的游戏ID叫潮汐。你不知道吗？我以为你早就已经知道了。”

是啊，可不是吗？他的回复看起来那么平静，又那么合理。

“我……我们可以聊聊吗？”崔莹略微有些失望，抬头看着他问，“关于这款游戏的事情。”

“好，到客厅说吧。”顾枫将自己的浴袍带系好，“尽量小声一点，张阿姨应该已经睡下了。”

“其实我知道你就是潮汐，而且你之前还主动退赛了，大家都很意外，因为你是去年的联赛冠军。”崔莹想了好半天，才说出第一句话。

“是的。”顾枫点了点头，“最近事情特别多，功课也忙，我怕耽误太多时间，就退赛了。”

崔莹叹了一口气：“明天就是联赛时间了。没想到突然发生这样的事情，我想我不会再去参加比赛了，以后也不会再碰这个游戏了。”

“账号被注销，你已经无法联系到暗影杀手……”

“账号被注销，你已经无法联系到潮汐幻影……”

她想起了那个消失的师父，心里不觉有些难过，他就这样从虚拟世界消失了，而她，明天不可能也不愿意用这样的状态去参加“苍龙世界”的预赛。所以，这辈子她应该都不再可能知道他是谁了吧？

“为什么要做这样的决定呢？我知道你很在乎许艺的感受，但诬陷许艺代打的事情，我相信不是你做得。虽然你现在也找不到证据证明是凌星星做得，但你没必要为这件事情而自责。”顾枫说道。

崔莹摇了摇头说：“不是自责的问题，而是许艺她竟然宁可相信那些所谓的证据，也不肯相信我……也许是因为我也签约了GM公司，她不再当我是朋友，而是竞争对手。如果说人与人之间的关系因为利益变得这样脆弱，我宁可不要去碰这些与利益有关的东西。”

“人和人是不一样的。如果是我，我会选择相信你，我为什么不去相信我的朋友呢？”顾枫说。

“是啊，连你都相信不是我干的，为什么许艺不信呢？”崔莹想想还是很伤心，神情十分沮丧，“幸亏还有你在，不然我真的不知道这些话还能和谁说……今天萧苹对我的态度也很不好，可能大家都会认为我是一个心肠恶毒、为了排挤别人不择手段的人吧？”

她低头看着手机，看着许艺的微信头像，下面什么信息也没有。她刚才给许艺发的信息，许艺一条也没有回复，而现在已经发不过去了，她尝试发短信，也如同石沉大海。

许艺显然已经拉黑了她。

顾枫看着她摆弄手机，他心里何尝不能理解崔莹此刻的感受？没有人愿意被陷害，这件事的受害人其实并不是许艺一个，还有无辜背锅的崔莹，她也是受害者。

“我好怕回学校，好怕回宿舍。”崔莹咬着嘴唇，“我怕见到许艺，不知道她会怎么对待我。”

再说，回宿舍的话还会碰见凌星星，怎么办呢？也许她应该搬出宿舍，这样的话，许艺和凌星星都会好过一点。

“那就暂时不要回去，我反正也不经常回来，你可以在这里住一段时间。”顾枫看着她左右为难的样子，主动提议说。

“我付不起房租啊。”崔莹说。

“我不要你的房租。”顾枫摇了摇头，“但是你一定要重新振作起来，我不希望你退出比赛，更不希望你从此不再碰‘苍龙世界’。崔莹，你要知道，人生总会遇到很多问题，我们要设法去解决它，而不是一味地躲避。”

“我明白。”崔莹没有再拒绝，毕竟现在回宿舍去住，真的不是一个好的选择。不用想也知道许艺和凌星星会是怎样的态度，与其彼此见面都不开心，倒不如她一个人躲开。

“楼上的大阳台房给你住，我叫张阿姨来帮你把东西都放好。楼上有独立卫浴，很方便。”顾枫从柜子里取出一把钥匙递给崔莹，他犹豫了片刻，才接着说，“这套房子里任何房间你都可以进，我的房间……暂时除外啊。”

“放心吧，我不会乱动你家任何东西的。”崔莹抬头浅笑，“今天真的很感谢你，顾学长。”

俗话说，躲得过初一，躲不过十五。

崔莹尽量避免和许艺见面，却在校会办公室里碰见了萧莘。

萧莘今天是来交辞职报告的，他写了两份书面申请，一份给顾枫，一份给学校。

顾枫在看到这份东西的时候，态度很平静。

“为什么不骂我呢？明明心里很想把我掐死，对不对？”萧莘面如死灰，内心平静得跟湖面似的，“如果不说话，那我就先走了。”

“你是希望我问你为什么这么做吗？”顾枫深吸了一口气。

萧莘转过身，一副毫不畏惧的模样，语气带着鄙夷，盯着顾枫和崔莹二人：“还用得着问吗？你们两个早就是一伙的了。有人做了那么卑鄙龌龊的事情，还有人助纣为虐护着她，这种地方我反正是待不下去了。有种的话去问问你的同居女友，那件事究竟是不是她做得？”

崔莹心里委屈，见萧莘如此讽刺，忍不住说道：“萧莘，你为什么一定要这样说话？是我做得怎么样，不是我做得又怎么样？在你的心里，所有人都是错的，只有许艺是对的。所以你早就认为那件事是我做得，那又何必来质问我呢？明明心里已经有了答案，不是么？”

萧莘哼了一声，注视着崔莹：“我当谁和我说话呢？原来是 X 站新女神啊，GM 公司力捧的新星，我这种人不配和你说话，你还是让我消失在你面前吧。反正我这次决心要退出校会了，你们爱和谁同流合污，就找谁去吧，我不伺候了！”

“萧莘，希望你慎重考虑一下。”顾枫语气平静地开口，“我重申一次，那件事不是崔莹做得，是有人陷害她的。”

“笑话！”萧莘像受了刺激一样冷笑道，“那你又为什么这么相信她呢？因为你喜欢她？只是因为你喜欢她？你难道就不怕喜欢上了一个心机女？”

崔莹瞪大了眼睛，她不敢相信这话是从萧莘嘴里说出来的。

在她的印象里，萧莘虽然有些大大咧咧，但还算公平，一直是那种凭事实、凭真相说话的人，结果如今，因为许艺，他直接选择相信许艺的话，认为那件事就是崔莹干的，对她的态度也一百八十度大转弯。她原本以为自己只是失去了许艺这个朋友，原来连萧莘这样的朋友也要一起失去了。

“萧莘，注意你的措辞。”顾枫发现崔莹紧咬着嘴唇，眼泪都快要涌出来，他再也忍不住了，立刻制止了萧莘，“你以前不是这样的，我觉得你现在简直没救了！”

“你居然这么说我？”萧莘抓住了顾枫衣领，“你为了这个人渣是非不分，还有资格说我？”

“究竟是谁是非不分？你我和崔莹共事那么久，你还不了解她吗？她是那样的人吗？仅凭许艺的一番话，你就把崔莹推入深渊，你是顾虑到许艺的感受了，那么崔莹呢？她会不会哭？会不会绝望？她已经连宿舍都不敢回了，你还想要她怎么样？你难道没发现崔莹刚才跟你交流的时候全程都面无表情吗？她以前是这样的吗？”顾枫气急了，声音也大了许多。

萧莘当然注意到了，几天不见，崔莹瘦了好多，下巴越发尖了，脸色苍白，但是他却故意忽略了。

“你看到的是她的委屈，我看到的是 Angela 有多么可怜。你知不知道，其实她并没有我们想象的那么坚强，她从来不会伪装自己，她昨天一个人在外面喝酒,还没喝几口就醉了,抱着我号啕大哭,最后哭晕了。正所谓酒后吐真言，她跟我说了一切，包括她为什么进入电竞圈，为什么会加入GM公司。试问,许艺那样真心对待她,她是怎么投桃报李的？”萧莘一直在说，说了很多，大声咆哮着。

“你们不要吵了，不要为了我的事情伤害你们的关系。我……我先走了，你们好好说。”崔莹实在听不下去，拿起包迅速离开了办公室。

她不愿意看到顾枫和萧莘吵架，也许她不在现场，这两人还有和解的可能，这样针锋相对地吵下去，只怕他们之间的友谊真的要完了。

“你喜欢许艺大家都知道，但是你能不能不要这样罔顾事实？可以听我说几句话吗？这件事据我分析，应该是有人在明知道网吧有监控的情况下，穿着崔莹的衣服去网吧，同时在许艺的电脑上安装了病毒，导致许艺的直播画面被切换，就出现了所谓的代打事件。如果你真的就这样定了崔莹的罪，你觉得对她公平吗？”顾枫突然说。

“没错，我是喜欢她，那又怎样？爱一个人难道不是应该爱她的一切吗？”萧莘挑了一下眉毛，“我承认我喜欢许艺，她是我第一个真心一见钟情的女孩……而且我不只是喜欢她的脸，喜欢她的性格，更重要的是，我喜欢的是她对任何事都坚强乐观的态度。昨天我看到她崩溃伤心成那个样子，我才发现，原来她并不是那么坚强！”

“你可以选择支持许艺，但没必要退出学生会。”顾枫说。

“留下来又怎样？根本毫无意义。”萧莘抬头笑了笑，“我们之间应该没有什么可说的了。对了，顺便告诉你，我不打算再住学校宿舍了，以后那个宿舍就是你一个人的,如果没有特殊的事情,请你不要来找我。”

许艺最近的状态可谓是江河日下。

代打事件一出，她的粉丝群都变成了黑粉，不但没有了电竞直播的收入，在GM公司袁子霄那边也几乎彻底没了地位。

网络上除了骂声一片，还是骂声一片，不管许艺怎么解释，怎么控诉她没有代打，是别人诬陷的，也根本没有人相信她，毕竟作为一个女性电竞选手，她的成绩确实太耀眼了，更多的人宁可相信长得漂亮的女生靠的不是实力而是黑幕。

她的自媒体平台也因为涌进来的黑粉太多，而被封了号。

一个有着黑案底的电竞选手，通常是很难再翻身的。

Angela因为代打丑闻事件闹得太大，几乎被电竞直播圈封杀了。GM公司的袁子霄本就是见风使舵的人，几乎不见踪影。许艺与GM公司之间的合同本来就很宽泛，这样一来，袁子霄更是不搭理她。

袁子霄最近的心思都在几个新晋女主播身上。比如那个自动找上门来的秀场女主播凌星星，特别地，而且是非常迫切地想做电竞女主播。她的形象气质都不错，毕竟是有秀场直播的经验，稍微培训一下之后，虽然打游戏打得烂，但她的脸还是很吸粉的。

原本人气如日中天的崔莹，却突然之间消失了。袁子霄怎么联系她、催促她出来直播，她都毫不理睬。袁子霄拿她没办法，也只能算了。

GM公司没了许艺，又没了崔莹，也只能更加卖力地培养凌星星这样的新人。

九月二十九日，HG公司承办的这一届“苍龙世界”联赛预赛如期进行，但潮汐、Angela 等高手都没有参加。电竞圈毕竟是新人辈出，赛事还是一样精彩，很多粉丝都纷纷表示很遗憾。

“姐，你能不能再重新考虑一下，让‘苍龙世界’再重新做一个预赛？”萧莘给萧若打了个电话。

电话那边的萧若显然觉得自己这个弟弟又在异想天开，毫不客气地说道：“我说，你每天不好好上学，来搅和这些事干什么？上次因为你，公司把预赛时间提前了一天，这次居然要我们重新举办一次大赛？你当开公司是给你玩的呢？”

萧莘绞尽脑汁地想理由：“我知道啊，可是姐姐，你看这次比赛好几个高手都没有参加，GM 公司可得意了，连去年的冠军潮汐都退赛了，这分明是不给 HG 公司面子呀！”

“人家不来参加，我们有什么办法？”萧若哼了一声。

“你看电视上那些综艺节目，都有复活环节，这次预赛这么仓促，很多人都没有来得及参加呢。要不，我们另外找个理由开一个复活赛，让那些预赛发挥不好的选手和因为各种原因没有来参加预赛的选手再打一次，是不是很特别？而且，大家会觉得比去年的比赛更有趣啊？”

“我觉得，这些都不是重点，你需要告诉我一个真实的理由，你今年一而再再而三地参与这件事，干扰公司决策，究竟是为什么？”萧若不愧是老江湖，直截了当地揭穿了自己弟弟的图谋。

“好吧，姐姐你这么火眼金睛，我就不瞒着你了。”萧莘长叹了一口气，“我看上个姑娘，我真的很喜欢很喜欢她，而且她很好，很适合当老婆……她是个很有前途的电竞选手，可是因为一些事情错过了预赛，我想重新给她一次机会，不然她一定会难过的……”

萧莘说这话的时候，语气激动溢于言表。

“真的？”萧若知道自己弟弟的脾气，虽然她也有些震惊，但她相信萧莘是绝对干得出来的，“那个女孩叫什么名字？让我去查查她的背景。”

“你不要每次搞得像侦察队好吧，人家背景很清白的。”萧莘觉得萧若有时候就是过于神经质，“还有，最近 Angela 原来签约的公司不准备要她了，我想把她弄到 HG 公司来，你相信我的眼光，她一定可以为 HG 公司争光。”

“好了好了，我马上有个会议，没有时间听你这些。如果你觉得这样做复活赛合适，我可以帮你最后一次。不过，我警告你啊，这是最后一次我动用关系帮你，没有下次了！还有那个什么 Angela，如果背景家世不好，就算你再喜欢，妈都不会让你们两个在一起的，别怪我没提醒你，你好自为之！”

萧若说完就“啪”的一声挂断了电话。

这个结果早在萧莘意料之中，他知道姐姐一定会答应他的要求，毕竟在萧家，能够相依为命、互相扶持的人也只有他们姐弟俩而已。虽然萧若每次说话都很不客气，但每次他有了困难找姐姐帮忙，萧若从来都没有拒绝过。

天底下的姐姐毕竟都是疼爱弟弟的。

萧莘打完电话的第二天，HG 公司果然又发布了一个振奋人心的公告，内容是说，由于上次时间与国庆节冲突，很多玩家没有时间做好准备，所以近期准备再进行一场复活赛，上次没有参加和被淘汰的玩家都可以再报名一次，优胜者会和上次比赛的胜出者，同样具备参加全国联赛的资格，届时希望更多的人来参加，同时，奖金和奖项也会更丰厚。

这个公告一出，果然“苍龙世界”玩家们又沸腾了。

第二十一章　贴吧风云

与此同时，川穹大学的贴吧炸了，有人爆料了一条消息。

发帖者匿名，帖子是这么说的："关于网络流传的 Angela 代打事件，我知道真相。电竞圈里有几个女主播，Angela，面具女侠，仙儿囡囡，她们都是川穹大学的学生，而且还是同一个宿舍的舍友！而我呢，是她们的大学同学。Angela 代打的那天，其实这三个人都不在宿舍里，但是有一个人偷偷回过宿舍。这个人穿着面具女侠的衣服去了网吧，在 Angela 的电脑上安装了代打病毒，然后把代打病毒视频原版放在了面具女侠的电脑里，这一切都是为了诬陷 Angela 代打……不过，那个人是谁呢？川穹大学的校友们大家猜猜看……"

帖子很长，爆料的几乎全是许艺、崔莹和凌星星之间的事情。

川穹大学的同学们哗然一片，有人甚至专门抽时间来分析 Angela、面具女侠、仙儿囡囡这三个人的关系，一些喜欢这些女主播的玩家们也开始在川穹大学附近找证据了。

袁子霄倒是挺开心的，这几天有关于三个女生阴谋论的事情让凌星星火了起来，火的程度丝毫不亚于当初的许艺和崔莹。

虽然大家都是来怀疑仙儿囡囡的。

网上的喷子就是多，无论见到什么，不管三七二十一就是喷。凌星星的直播是被喷火的，但凌星星乐在其中。

学校贴吧里的人跟福尔摩斯一样，推理一套一套的，而且根据贴吧里那个匿名人的帖子，他们真的顺藤摸瓜找出来很多能够为崔莹证明没有陷害许艺的证据，譬如教学楼的监控，甚至是办公室里的监控。其他的证据也能指明崔莹并没有做那件事，这一切的一切都指向凌星星，而凌星星一点都不觉得有什么。

还能有什么？只要死不承认，一切都没有问题。

反正这个时候,凌星星的直播人气已经居高不下了！在许艺被冷藏、崔莹无心直播的情况下，凌星星这匹黑马突然冒了出来。

川穹大学贴吧的议论每天都挺热闹。

ID 恶魔芝士：Word 妈，川穹大学怎么会有这样一个毁三观的宿舍啊，难道那个制造阴谋的人不应该被勒令退学吗？这算不算犯罪啊？

ID 勤劳的密封罐：哈哈哈，川穹大学文学院还真是人才辈出啊，搞文学的居然打游戏打得这么溜，我们计算机专业的，跟什么面具女侠、仙儿囡囡和 Angela 完全不能比好么？很难想象她们居然都是女生！

ID 气象万千：中文系女生搞电竞直播了，而且游戏打得也不错，这时代真奇葩！

ID 乌云朵朵：讲真，如果这三个人一起直播“苍龙世界”的话，恐怕人气会更高吧！

ID 风中的梯子：到底谁才是心机女？哈哈，好奇怪的感觉。

ID 玫瑰芍药我爱你：面具女侠干的这件事儿不是已经实锤了吗？怎么她没被批评啊什么的？就这么心安理得地踩着室友的肩膀上位？看这女的挺清纯的，怎么人品这么恶心。

……

川穹大学贴吧里的帖子几乎都在骂崔莹和凌星星，都在为许艺鸣不平。

崔莹现在仿佛变了一个人，她已经不住校了，行踪有些神出鬼没。她根本不碰“苍龙世界”，也不回宿舍，除了上课下课之外，就像一只受伤的鸵鸟一样躲在顾枫的家里。

因此，“苍龙世界”举办复活赛的事，她毫不知情。

“崔莹，我是李慕楠。”

崔莹接到她的电话，有些意外：“是你？有什么事吗？”

“我请你喝咖啡吧，今天下午有时间吗？我好久没看到你了，想和你聊聊天，咱们不是好朋友吗？”李慕楠怕崔莹不答应，加了一句，“不准不来哦，下午两点，我在中央商场的星巴克等你。”

崔莹本来不想去，但李慕楠这么一说，她有些不好意思了，只能答应下来。

下午她按照李慕楠说的时间准时来到星巴克，点了杯咖啡在那儿等她。等了好半天，一杯咖啡都喝完了，蛋糕也吃完了，李慕楠还是没来。

“来了来了！不好意思啊，让你等着急了吧？我看楼下的三明治好吃，就给你买了一个上来，相信我，真的超好吃的呢！”李慕楠把三明治递给崔莹。

“没事，不急，是我来得太早了。你要喝什么？我请你。”崔莹微笑了一下。她不知道李慕楠是何来意，但心里还是有几分戒备，毕竟她是个有网络影响力的人，今天来找她，一定不会毫无理由，或许和许艺代打事件还有关联。

“那就焦糖玛奇朵？”李慕楠不客气地说道。

“好。”崔莹买了一杯咖啡回来。

“最近你变得行踪诡异啊。”李慕楠一边喝着咖啡，一边打开了话匣子，“最近全校的同学都在为那件事频繁地刷微博逛贴吧，甚至连之前根本不感兴趣的电竞圈都开始探索了！”

“是吗？我没想到大家对八卦的关注度远远高于学习。”崔莹深有体会，这段时间以来，她连网络都不大敢碰了。

“说实话，我不信那件事是你做得。我觉得凌星星更可疑一些！你是不是知道这件事的真相，但是没有说出来？”李慕楠是个疾恶如仇的人，看到这种事情之后，尤其是看到凌星星突然在电竞圈火起来之后，她十分气愤。她今天来的目的实际上是想问问崔莹的真实想法，难道就让这件事情继续发酵下去吗？

“没有，过去的事情我不想再提了。”崔莹低头吃着李慕楠给她买的三明治，“真的很好吃啊！”

“你是不是再也不想碰‘苍龙世界’，并且再也不想直播了？”李慕楠微仰着头，看着崔莹的脸，“是因为你的心受伤了么？你自己听，它跳得好微弱。”

“哪有啊。”崔莹忍不住笑了笑。

“当然有啊，曾经的你给我的感觉是，明明想低调地过完大学四年，身上的闪光点却不停地闪烁着把你推向人群的前方；如今的你却变得不像你了，颓废了，懦弱了，泯然众人了。”李慕楠顿了顿，“如果给你一个选择，你是希望带着闪光点过完大学这四年，还是默默无闻地过完这四年呢？”

崔莹抬起头，撩了撩自己的头发，微笑道：“我当然选择默默无闻。”

李慕楠立刻做出一个无比失望的表情说：“崔莹同学，你怎么不按套路出牌？可以配合我一下吗？”

“你没经历过我的事情，怎么能明白我心里是怎么想的。以前的我似乎对任何事都挺有激情，但是现在真的没了，我只想好好学习，除此之外的事情真的和我无关。如果你想劝我重新振作继续做电竞主播的话，我真的没有兴趣。你的三明治很好吃，谢谢你。”崔莹打算和李慕楠告别走人了。

李慕楠拖住崔莹，大叫着说：“不，你不能这样！你再这样颓废下去要完的！你看你现在像什么样子，川穹大学的美女确实一抓一大把，但有闪光点的人却不多，能让我欣赏的人就更少了！崔莹啊，你别这样啊！你振作一点啊！你这样会让很多人失望的！你说世界上能有几个崔莹呢？”

“就说这川穹市，就有三万六千多个吧。”崔莹很认真地回答道，“谢谢你，慕楠。但是你别拉着我了，我真要走了，还有很多作业没做完呢。”

“不不不，除非你答应我重新振作，否则我是不会让你走的。”李慕楠抱紧了崔莹的腰，“听我说，你这样真的不好！”

“我觉得挺好的啊。”崔莹摇了摇头，“我就应该做一个好学生，不是吗？”

“做好学生并不影响你其他方面，比如说继续玩游戏，继续当主播，继续像以前那样每天积极快乐地生活，一起聊天一起玩，就这样。”李慕楠的头摇得和拨浪鼓一样，“不是你现在这样的！”

崔莹轻笑道：“你干吗这么关心我啊？我重新当主播对你来说有什么意义？你又没有开电竞公司？”

“不是所有人都是为了利益才做某些事情的！你别忘了，我可是你的朋友。你还记得我们第一次见面吗？从那时候起，我就认定你是我的朋友！”李慕楠扶了扶眼镜说，眼神里带着天真和恳切。

崔莹怔了，要不是今天李慕楠突然冒出来，她还真忘了有这么个朋友了。也许她是被许艺的价值观给刺激得偏激了，许艺认为她是为了利益才出卖朋友，但李慕楠没有这样认为啊！

“我们是朋友没错。”崔莹站起身，“今天就先这样吧。你也早点回去吧，路上注意安全。”

看着崔莹优雅的背影，李慕楠真的觉得不能让崔莹变成这样。她是因为崔莹的声音喜欢上崔莹的，也知道发生在崔莹身上的事情。跟曾经这么好的朋友扯皮，心里所遭受的打击肯定会很大吧。李慕楠觉得这个时候就需要一个人来安慰崔莹，调整崔莹的心态，帮助崔莹从阴霾中走出来。

李慕楠飞似的冲到了崔莹身后，跟她并肩走在一起：“如果你拿我当朋友，可不可以帮我一个忙？我想参加这次‘苍龙世界’复活赛，我拜你为师父，你教我玩游戏，好吗？”

崔莹吓了一跳，停下脚步看着李慕楠：“你这是怎么了？我说过我不会再碰那个游戏了。”

“我们打个赌，好不好？如果我从这里跳下去不死的话，你就重新振作，顺便教我打游戏，好吗？”李慕楠还真是一脸不依不饶的样子。

崔莹简直哭笑不得：“李慕楠，别闹了，你别这么逼我，赶紧回学校去吧！你空闲时当你的X站巨巨不是很好吗？干吗来弄电竞？”

“我可没有逼你，我只是不想我喜欢的人就此一蹶不振。你明明有毅力、有能力、有天赋、有前途，为什么偏偏要钻死胡同？你的人生不能这样，崔莹，从那天你和顾枫学长一起表演《千本樱》的时候开始，就注定会踏上一条比别人更能成功的路啊！”

说完，李慕楠眼珠转动一下，走到中央广场的栏杆边，二话不说从二楼跳了下去。

“李慕楠！”崔莹想伸手拉她，但是没拉住。

她眼睁睁地看着李慕楠从自己眼前跳了下去，底下发出一声巨响，顿时吓得不轻：“李慕楠！”

这个女孩怎么这样固执啊！

崔莹真的被她的执着给震惊到了，紧张地赶紧跑下去看她，李慕楠一脸笑容地从气球海洋里出来，兴冲冲地告诉她说：“你看，我一点事都没有，所以你要重新振作了！”

中央广场底下是气球海洋，李慕楠跳下去根本一点事情都没有。

“你耍我！”崔莹简直无语了，“可是我并没有答应你啊。”

“我答应了啊，我也已经跳了啊。”李慕楠带着小狐狸一样的狡黠微笑，“怎么样，师父？”

崔莹无奈地看着李慕楠：“求求你，你放弃我吧。”

她正要转身离开的时候，听到李慕楠跺脚踩气球的声音，还有她愤愤不平的大叫声：“崔莹，你这个懦夫！你这个没用的蠢货！别人不知道，你自己不知道吗？就是那个凌星星害你失去了最好的朋友，害了你们两个人！许艺已经被整个电竞圈封杀了！你为什么不想想，你曾经的好朋友许艺被凌星星害成什么样了？那个 GM 公司已经快把凌星星炒作成电竞明星了，还要以她的名字冠名电竞天使比赛啊！你觉得她配吗？如果你什么都不做，让凌星星借着你和许艺炒红自己，那么我告诉你，你就是全天下最傻最傻的一根废柴！”

听着李慕楠这些振聋发聩的话，崔莹只觉得自己的心像被猛然戳进一把刀子，指关节被自己捏得发出“咔嗒咔嗒”的声音。

她怎么可能不恨？真的就这么算了吗？

“你以为你卸载了所有跟网络有关的软件就能一了百了吗？你如果真的把许艺当作朋友，你就应该为她把真相说出来！即使不能，也不能让害你们人这么得意啊！你真正应该怎么做，你自己想想吧！”

李慕楠的这一番话，把崔莹给骂晕了。她没想到看起来这么柔柔弱弱的一个姑娘，骂人竟然骂得这么狠，骂得她根本无招架之力。

但是，李慕楠的话让她无法反驳。

许艺骑着自行车去上晚自习的路上，接到一个陌生电话：“你是许艺吗？我是 HG 电竞直播公司的负责人，我们需要大量像你这样的游戏女主播……我们也不介意你换 ID 从头开始，我们相信你的能力。如果你愿意的话，不妨来HG公司找我们，我们公司的大门永远为你敞开。”

对方友好地说完这些，又说了很多关于加盟 HG 公司的优厚条件，许艺听到对方这样殷勤，觉得有些意外。

新的机会来了。

换一个 ID 重新开始，未尝不是一个好办法。

据说 HG 电竞直播公司跟 GM 电竞直播公司是死对头，其实好几年前许艺刚开始直播的时候就很心仪这家公司了，只是因为当时学业太忙，时间不够稳定，而 HG 公司要求太严格，所以许艺就签约了 GM 公司。在与袁子霄合作的时候她的确很开心，但如今袁子霄完全抛弃了她，而 HG 公司抛出橄榄枝，这让许艺有点动心。

如今的 Angela 就像过街老鼠，人人喊打。虽然川穹大学的帖子传播开来以后，大家渐渐感觉到这件事可能有阴谋，她可能是无辜的，网上的评论逐渐开始正面起来，声援她东山再起的声音越来越多，但是大部分电竞直播公司仍然对她敬而远之，担心许艺再出岔子连累自己的公司，使名声受损。

老东家 GM 公司的袁子霄特别捧凌星星，凌星星最近赚了不少钱，出去租了一间单身公寓，宿舍里反而只剩下许艺一个人了。

“怎么样？考虑一下我们吧！”HG 公司的人声音听起来非常诚恳，似乎是真的很希望她过去。

“好。”许艺从来不是拖泥带水的人，她没有犹豫，立刻答应下来。

川穹大学的校园不大，许艺刚把自行车停在图书馆的楼下，锁好车准备去上自习，一扭头竟然看到顾枫。

他也在停车，还带着一大叠复习资料，显然也是来上晚自习的。

“顾学长，还真是巧啊。”许艺抬起头，略带讥诮地对顾枫说，“好久不见了，看样子最近很专注于学习啊。”

“我一直都是这样的。”顾枫点了一下头。

这段时间崔莹住在他家，他住在宿舍，萧苹离开之后宿舍里只剩下他一个人。他的两个账号都已经删除，唯一剩下的一个大号潮汐，也很久没有碰了。最近校会事情不多，似乎唯一可做得事情只剩下努力学习了。

“我们之间一直都有些误会，到今天还是这样，看来我们注定是不能成为朋友了。”许艺倒是毫不隐晦，抬头看着顾枫，“听萧苹说，你喜欢上崔莹了对吧？从网恋到现实，都喜欢上她了，对吧？”

顾枫没有回答，他低着头想走开。

许艺却不肯放过他，她抱着一沓学习资料，往前一步拦住他的去路，眼神里带着挑衅的神色：“说起来，你还应该感谢我，不是吗？是我带着崔莹学会打游戏的。如果不是因为那个蓝瞳之心，你恐怕没有机会成为她的师父，也没有机会做她的男朋友吧！”

“我们之间的关系，不是你们想的那样。我不确定我到底喜不喜欢崔莹，只是我觉得现在的她比你更可怜。”顾枫冷静地回头说了一句。

“不是我们想的那样？你们不是已经同居了吗？不要以为自己在掩耳盗铃，大家就不知道你们之间的暧昧关系。”许艺冷冷一笑，“我曾经是她的室友，我带她玩‘苍龙世界’，但我最好的好朋友却暗算了我，毁了我所有的努力，并且在某些人的庇护下，心安理得地过着平静的日子。你看到这一切是不是觉得很开心？难道这一切只是崔莹一个人的想法，没有人在背后指使她？”

顾枫觉得现在的许艺比之前似乎更加犀利而偏执，毕竟她也是一个花季年华的女孩，好胜心又是那样强。

“如果你继续这样误会的话，我想我们没有必要再交流了，许艺同学。”顾枫停下了脚步，“我只有一句话回答你——你所想的并非事实。”

“相对于你而言，我的想法的确很幼稚。”许艺嘴角带着一丝讽刺的微笑，“既然事情已经到这步田地了，我们撕破脸又怎样？你当然觉得崔莹是无辜的。一开始入电竞圈的时候，我帮了她；为了买 Z 先生演唱会门票缺钱的时候，我又领她进了直播圈。可我呢？当我想申诉，想证明自己的时候，所有人都不理我，经纪公司封杀我，电竞圈封杀我，直播圈封杀我……我又做错了什么呢？如果说我有错，那么我做得最错的事情就是拿她当朋友！”

“崔莹绝对没有你想的那种心机。”顾枫试图稳住许艺的激动情绪，“你冷静一点，如果你因为我而恨她，我想没有这个必要。如果你是因为她而恨我，我也不想辩解。”

说完这句话，顾枫不再拖延，离开了停车场。

他并没有走出太远，就听到许艺冷冷地丢了一句话过来说：“潮汐，我们之间的事，没有这么容易了结的。你等着吧！”

第二十二章　重整旗鼓

被李慕楠一骂，崔莹忽然感觉自己有点明白过来了。

她为什么要继续颓废下去呢？她这样颓废，到底是在生谁的气呢？

是生气许艺不该那样对自己吗？可是，许艺现在的状况也并不好，从众人追捧的电竞女神跌落到谷底，连兼职收入也没有了，她心里一定很难受。许艺从头到尾都没有对不起她，除了在校医院满含愤怒的一记耳光之外，她从来都是拿自己当好朋友的。

崔莹并不生气许艺的态度，她渐渐开始气自己，为什么没有本事去揭穿某些人的阴谋，帮许艺和自己洗刷冤屈？

难道真的就这么算了吗？

不！不能！

她蓦然清醒，正如李慕楠所说的那样，如果她从此一蹶不振，如果许艺从此销声匿迹，而害她们两个的人却借机一飞冲天，那么这个世界也未免太不公平了。她崔莹在打“苍龙世界”时学到的不仅仅是游戏技能，更深刻体会到了“苍龙世界”的主题——热血与正义。

回到顾枫的家，崔莹立刻打开笔记本电脑，重新注册了一个新号“心之监瞳”。登录“苍龙世界”之后，她几乎用发狠的力气练级，仅仅用了一个小时，就把自己的等级升到了五十级。

“慕楠，你知道凌星星的直播 ID 叫什么吗？”崔莹在线上问黄瓜局长。

黄瓜局长一直在默默地陪着她。

“还不是叫仙儿囡囡，她还舍不得她的那批脑残粉呢，怕人家认不出她来。”李慕楠做了一个要吐的表情，“对了，人民币玩家可以享受直接升级道具，如果不想这么累的话，我建议你用那个。可以直接升到你想升的任意级数，但前提是不能超过一百级。”

“挺贵的。”崔莹看了看商城里的道具，“两万块，太夸张了。”

“是啊！”李慕楠也觉得有点贵。

“不过我买了。”崔莹给自己买这个道具纯粹是为了进入服务器排名，本来崔莹在一个小时内就已经升到五十级了，现在直接升到了一百五十级。

“还不够啊。”电脑那边的李慕楠咬着手指甲帮她算账，“这个道具能够再使用吗？还是只能使用一次？”

“名字只是个代号，重点是等级。接下来的级特别不好升，怎么办呢？”崔莹只是觉得时间不够用。

“这样吧，我跟你 PK 然后你秒杀我，这样经验会比较多，如果有等级比你高的玩家被你秒杀就更好啦，经验会非常多。”李慕楠在给她积极地出主意，“如果能够秒一个大咖的话，你在一个小时之内至少能升三十级，那么两个小时的话估计都能升六十级耶！”

“明天再继续吧。”崔莹扭了扭脖子，短短两个小时能升到一百五十级我已经很满意了，等到二百级以上，应该就可以直接去 PK 自己想 PK 的人了。”

“好啊，我等着看，你把那个仙儿囡囡秒掉！我好想看到她在众人面前丢脸的样子啊！”李慕楠恨不得与崔莹击掌相贺，可惜两人并不在一起，“你恢复状态就好，我真的好开心看到原来的你又回来了。好了，我先去洗澡，你自己玩一会儿。”

黄瓜局长下线了，崔莹坐在客厅里继续练级。

就在她聚精会神的时候，忽然听到大门里钥匙转动的声音。都这么晚了，会是谁呢？

这几天外面又是刮风又是下雨，川穹的天气越来越冷了，顾枫今天是回来拿衣服的。

这天刚好张阿姨不在家，崔莹随便穿了一件珊瑚绒的粉色睡袍，头发扎成一个马尾，伸着胳膊露着腿，很随意地坐在客厅的白色大沙发上抱着笔记本练级。

“啊……你回来啦。你很久都没回来过啦！”崔莹看到顾枫开门，倒是很淡定，这么多天住下来，她没觉得自己像一个客人了。

“我回来拿几件衣服，等下就回学校去了。”顾枫很礼貌地和她打招呼，然后迅速闪身进了自己的房间。

“嗯，那你请自便。”崔莹觉得他们之间的关系怪怪的，有些颠倒过来的感觉，怎么顾枫回自己家倒有点生疏的味道，好像她是主人，他才是客人一样。

“在这里住得还习惯吧？”顾枫拿了衣服出来，随口问道。

“挺习惯的，不过总有一点鸠占鹊巢的感觉。”崔莹心里其实有些不好意思，毕竟她和顾枫只是同学，顶多算是校会的同事，两人非亲非故，却让他如此照顾自己，总觉得有些尴尬。

李慕楠是个小喇叭，崔莹从她的口中也听到不少流言蜚语，听说很多人都在传她和顾枫谈恋爱的消息，甚至有人说他们已经同居了……李慕楠安慰她说这些都是流言不必往心里去，崔莹虽然觉得有些不好，但留在顾枫家里住总比回宿舍去天天面对许艺要好得多。

她会逐渐坚强起来的，这段时间就算是疗伤期吧！

“我都说了没关系，你尽管住，我平时也不会来这里，空着也是白白空着……”顾枫说话的时候轻轻咳嗽了几声。

崔莹看了他一眼，发现他穿得很单薄，都快到几度的天气了，他竟然只穿着一件白衬衣，连外套都没有，看起来也清瘦了不少。也是，这段时间萧莘也离开了学生会，发生了那么多事情，大家心里都不太好过。

“你怎么了？我觉得你的脸色有些不对，是不是发烧了？”崔莹心细，她觉得顾枫的脸色有些奇怪，额头发青，脸颊却又有些发红。

顾枫摸了摸自己的额头，烫烫的，大概是发烧了。

“没事的，可能是昨天受了点凉，我今天拿了衣服多穿几件就没事了。”顾枫的脸色有些苍白，“咳咳咳……”

他准备去房间的柜子里找找备用的感冒药，还没有走过去，崔莹已经抢先一步冲过去，替他找药去了。她找了很久都没找到，翻到后来发现只有一包维生素C片，心想应该勉强也能用，拿着药片就跑了出来。

顾枫竟然没动静了？

崔莹走过去一看，这才发现顾枫软软地倒在沙发上，一摸额头，烫得吓人。她立刻拨打了120。

好在医院不远，救护车把顾枫接走，到医院挂点滴。

医生嘱咐崔莹说：“他是你送来的吧？你是他女朋友吧？我先出去了，挂一瓶水就行了。退烧的药放在这里，等他醒了，就喂他吃。还有啊，等点滴挂完了，你把针拔了扔进垃圾桶，然后给他拿那个创可贴，贴住手上的针孔，记住了没有？”

没办法，因为天气变化，医院伤风感冒的病人特别多，崔莹只能自己照顾顾枫了。

她一动不动地坐在沙发上看着《现代汉语》，偶尔抬头看着点滴瓶里的水。快要打完了，顾枫的眼睛还是闭着，她忍不住自言自语道：“怎么还没睁眼啊……什么时候醒呢？什么时候吃药呢？”

顾枫仿佛听到她的话一样，把眼睛睁开来。

崔莹正低着头看书，这么安静的模样简直像一幅画。

“啊，你醒了？”崔莹把书放下走到顾枫身边，“你渴吗？我去给你拿点水吧？”

“谢谢。”顾枫的声音很微弱。

“这是退烧药，我去给你找点水，你吃了吧。还有啊，你忍着疼啊，我给你拔针……”

她毕竟是第一次干这种护士的活，说是想给顾枫拔针，手却一直在不停发抖，连针头都捏不住。

顾枫摇了摇头，说：“拔针，我自己来吧。”

“好吧，我先去给你找水。” 崔莹怕血，又晕针，拔针这种小事可真是难死她了，好在顾枫善解人意自己动手了！

崔莹准备了水，又准备了药，递给顾枫。

顾枫试着去接水，但因为烧得太厉害，手都快要抬不起来，他有些不好意思地看了崔莹一眼。

“我……喂你吃吧。”崔莹见状，也顾不得男女有别了，坐在他身边把顾枫扶起来，把药放他嘴里，再喂了一口水，“乖，咽下去啊。”

“可不可以给我一点吃的？”顾枫目光恳切地看着她，他的眼里今天似乎有一种奇怪的东西，看得她心里直发毛。

“好，你等着，我去问问医生你可以吃什么……”崔莹有些慌乱，推开门走出去，问医生顾枫这种病人应该吃什么。医生回答两个字——流质。她立刻去外面买了白粥，拎了就回来了。

“医生说你得吃流质，白粥算流质吗？细嚼慢咽应该就行了吧？你现在这种状况应该少食多餐。”崔莹把粥拿出来在一旁放凉，“等凉一点再吃。”

粥凉了，崔莹慢慢地一口一口喂顾枫。

“够了。”顾枫摇了摇头。

顾枫吃了东西，发烧的感觉还是很难受，他额头上全是汗。

“你头痛是吗？要不我给你揉揉？”崔莹说完这句话就后悔了，虽然顾枫现在的样子很可怜，但是她没必要对他这么好吧？虽然顾枫对她确实很不错，但是她也没必要这样牺牲自己吧？虽然……

就在崔莹脑子里萦绕着一百个“虽然……但是……”的时候，她发现自己的手被一只发烫的手掌紧紧握住了。

顾枫把她的手拉进被子，按在他的胸口，她能强烈地感受到他的心脏跳动的感觉。虽然她知道发烧的人多半昏昏沉沉没有多少理智，不明白顾枫这是怎么了。

“你干吗？快放开我。”这个小动作吓了崔莹一跳，她迅速抽回手，绷紧了脸。

崔莹说不清自己心里对他是什么感觉，但是下意识地只是想躲避，他今天这样的神态举止算什么？是脑子烧坏了，还是真的喜欢她？老实说，他是不是发烧脑子受刺激了？

“你这样真的不累吗？”顾枫吐了一口气，“你以前多好看，现在却像个老奶奶一样，整天板着脸。”

“谁像老奶奶啊？”崔莹立刻跳了起来，“你这样不会开玩笑还要硬开，有意思吗？明明不是个会开玩笑的人。”

顾枫只是微笑地看着她，觉得她生气的样子真的很可爱。

“顾大主席，我对你没有任何意思，也希望你不要对我有意思，谢谢。”

“随便你吧。”顾枫又闭上了眼睛，“谢谢你今天照顾我这么久。”

“应该的，你也帮助过我啊，礼尚往来而已。你好好休息一下，应该就没事了。我……我先走了。”

崔莹觉得心里很乱，慌慌张张想逃走的时候，却听到他在病床上轻声说：“我刚忘记了一件重要的事，你明天下午三点到校会办公室去一趟，林老师和陈校长他们在那里等你。”

“林老师和陈校长等我干什么？”崔莹半信半疑。万一是真的呢？要校长等岂不是不好意思？

次日下午，崔莹准时赶到校会办公室，陈校长和林老师果然一起在里面等她。

“呀，崔莹同学，我终于等到你了。”陈校长是个和蔼可亲的中年人，说话特别温和，很有学者风范。

“陈校长您好，请问有什么事吗？”崔莹礼貌地问道。

“还记得你们校会上次举办晚会的事吗？林老师说，你和顾枫那次合作的一个节目非常好，我们打算让你们代表川穹大学去渝宁大学参加联谊晚会，先征求一下你们的意见。”

“可是，我唱得不好啊……”

崔莹话还没说完就被林老师给堵住了。

“没问题的，校长，我们可以去。”热心的林老师已经替她答应了，好像根本不需要问崔莹的意见似的。

“那就好了，具体时间定在十二月十二号，马上就快到了。”陈校长呵呵一笑，“到时候还希望校会的主席团成员都能来，还有林老师。”

说完，陈校长就离开了。

“既然没什么事，那我也先走了。”崔莹准备撤退了。

“慢着，崔莹。”林老师叫住了崔莹，“我还想和你聊聊别的事情呢。”

“哦。”崔莹回过头来，“还有事吗？”

“最近一段时间，我发觉你好像没以前那么开朗积极了。之前学校贴吧的事我也有所耳闻，不过学校宣传处一直没有找你的原因是，这件事属于与学业无关的事，学校层面不能站出来评判是非黑白。所以，就算知道你受了委屈，也不能出来表态，希望你能理解。”林老师的态度很温和，看得出，她是尽量用一种不刺激崔莹的态度说话。

“对不起，林老师，是我们不应该把这些与学业无关的事情带到学校里，是我们给川穹大学丢脸了，不是学校的错。”崔莹低着头，她估计林老师今天是来委婉批评自己的。

“崔莹，你是个好同学，你们都像是我的孩子一样。”林老师轻轻拍了一下崔莹的肩膀，“不过，年轻人谈恋爱这件事，还是要注意一下分寸才好，就说有些孩子吧，分分钟同居……我还是要劝你们凡事不要太过火，恩恩爱爱的小情侣很容易擦枪走火，学校也会担心啊。”

"林老师，我知道了，不过事情不是传说的那样，我真的没有和顾枫……谈恋爱。"崔莹的脸都快红到脖子背后去了。

看来，林老师这番话还真不是空穴来风，她和顾枫之间的事情应该已经成了众人皆知的秘密吧？所有人都以为他们是男女朋友关系，但是她真的没有这个意思啊！

"是吗？"林老师了然于心地笑了笑，也不多说什么了。

林老师前脚走，顾枫后脚就进了校会办公室，看起来医院的点滴还是有效果的，他今天的气色好多了。

"今天你值班，我先回去了。"崔莹左思右想了一下，还是说道，"顾学长，我有件事想和你说，我下周开始还是搬回宿舍来住吧，这段时间打扰你太多，还是回来好。"

"说说你要离开的理由吧。"顾枫将手里的一堆资料放在桌面上，他俊朗的眉目透着一种了然于心的淡漠。

"没有什么，只是不希望再麻烦你了。"崔莹有些抱歉地抬头看着他，微微咬着嘴唇，"顾学长，我知道你对我很好，可是……学校里的流言蜚语真的太多了，我不希望影响到你。真的。你对我已经很好了，我无以为报。"

"你这么做，只是为了避开我，对不对？宁可回去面对许艺也不愿意再留下来？"

崔莹没想到他竟然如此直接，但是她又不能直接说出来，毕竟她并不讨厌顾枫，只不过觉得他们之间再这样下去，很可能……她很可能会真的喜欢上他的。不不不。

她内心总有一个声音是拒绝的，连她自己都说不清这是为什么。

难道是因为她心里早已有了一个让她觉得更温暖的人吗？哪怕这个人只是一个虚妄幻影般的存在？

"如果我告诉你，我就是你要找的那个师父呢？你还是坚持要从我家离开吗？"顾枫突然站了起来，一直走到她的面前，直直地看着她的眼睛，他的眼眸璀璨如晨星，"你不是一直在找暗影杀手吗？"

暗影杀手？顾枫是如何知道的？

“你怎么知道这个ID？”崔莹有些茫然了，“难道你偷看过我的电脑？”

“我没有偷看过任何人的电脑。”顾枫盯着她看了一眼，忽然低头叹了口气，无可奈何地摇了摇头。

“那你怎么知道暗影杀手是我师父……”崔莹脱口而出，但她很快发现了问题所在，立刻愣住了。

那个头像……虽然那天晚上顾枫没有承认他就是暗影杀手，但那个头像真的是一模一样的啊！

——莫非是他？真的是他？

“崔莹，你有时候真的挺笨的。”他说。

这一刻，崔莹感觉自己全身的血液都快要凝固了。她原本以为这个人已经从世界上消失了，自己再也不可能知道他是谁了，他却这样猝不及防地出现在她眼前。

“账号被注销，你已经无法联系到暗影杀手……”

“账号被注销，你已经无法联系到潮汐幻影……”

原来如此！

潮汐、潮汐幻影、暗影杀手，这些网络ID背后，原来都是同一个人！她那样费尽心思想和他见面，想知道他是谁，对他心存感激，为他的突然消失难过那么久，原来他就是顾枫？！

顾枫看着她呆呆地站在那里，忽然扬起一抹高深莫测的浅浅笑意，迈步向她走过来。

“哇……你这个大坏蛋！原来你一直都知道是我！”回过神来的崔莹也不知道自己是怎么了，她欢呼了一声扑到他的怀里。

“以后多吃点饭，长点肉，不要再去想以前的事。是我对不起你，没有及早把所有的事情都告诉你。”顾枫第一次抱着她柔若无骨的身体，“你太瘦了。”

“你为什么不说？”崔莹伏在他的肩头，“我真的以为，我这辈子都不会知道你是谁了……”

“也许我只是想看一看，你对我的感情有多深。如果现实生活中有人对你更好，你会不会很快就忘掉我。虽然很多人告诉我网恋是不靠谱的，我还是抱着一丝希望。”顾枫的语气很温柔，温柔得就像即将要化掉的巧克力慕斯冰激凌一样，“你还记得那次晚会吗？当你站在台上唱《千本樱》那首歌的时候，我好像就喜欢上你了，即使我一直自我否定，但不可避免的我就是喜欢上你了。尤其在得知萧莘也喜欢你之后，我变得敏感，可能一切都是因为你吧……”

“萧莘没有喜欢我，他爱的一直是许艺。”崔莹纠正说。

“是，这样更好，我会少一个竞争对手。”顾枫笑了笑，“如果我早知道你就是蓝瞳之心的话，可能我根本不会拉他进校会来，给他这么多接近你的机会，让我差点就没机会了。”

“所以你喜欢的是蓝瞳之心，对吗？”崔莹抬头问他。

呃，这个问题简直就是必错题啊！顾枫毕竟是顾大才子，当然不会轻易上这个当。

“我喜欢的是你，你是谁，我就喜欢谁。”他说。

“如果我不是蓝瞳之心呢？”崔莹一把推开了顾枫，“你以后要是再敢在游戏里带其他女生，我不管你是谁，直接打到你死信不信？”

顾枫笑了笑：“你不会的。”

“嘭嘭嘭——”她佯装一拳拳打在顾枫的脸颊上，“你还不信么？”

顾枫还是笑了笑：“我只要再也不碰那个游戏，你不就再也没有打我的机会了？”

第二十三章 亦是情敌

最近这段时间里，顾枫还是坐在老位置听课。以前顾枫旁边是萧莘的专座，但是后来萧莘不跟顾枫坐在一起了。顾枫一个人孤孤单单地坐在那一排，看起来形单影只，萧莘却觉得很快活，莫名地快活。

下课的时候，萧莘发现崔莹站在他的豪华跑车旁边，他已经很久没有碰到崔莹了。

她的短发不知不觉已经长了很多，扎了一个亮眼的马尾辫，穿着干净的浅粉色毛衣、蓝色的牛仔裤，还是那副清纯的模样，只不过和开学第一天萧莘见到她的时候相比，清瘦了很多，眉眼之间却洋溢着一种淡淡的喜悦感。

“干吗？好狗不挡路，别占我车位。”萧莘的语气中掩饰不住厌恶，一边开车一边没好气地说道。

“我有事要找你。”崔莹低头取出一份材料，“你退出校会的申请书，学校驳回了，我是送申请书给你的。另外，下周学生会要开会，请你务必准时来参加，不要迟到。”

“我不是已经退出学生会了吗？”萧莘翻了个白眼，“又是顾枫干的好事？你们别整这些幺蛾子，我不吃你们这一套！”

“如果不是因为我，你们之间还会是好朋友，对吗？所以，我觉得你和顾枫之间没必要弄成这样，不值得。”崔莹看了下手表日历，“你已经整整一个月没有来校会值班了。”

“那又怎样？”萧莘双臂交叉，他打量了一下崔莹。

“不怎样，你自己看着办呗。”崔莹也不多说，把那份学校不同意萧莘退出学生会的意见材料丢到他的车前盖上，转身就走。

“喂！你这是什么意思？”萧莘虽然生气，但是崔莹好像天生就能克制他一样，他竟然再也没办法对她发脾气了。

这段时间，功课不算多，校会工作也不多，顾枫正是大三特别忙的时候，崔莹空余时间又开始打游戏了。

她一直有个目标——一定要当众秒一次仙儿囡囡。

因此，她必须在最短的时间内进入这个服务器的前三名，之后才有可能像李慕楠说的那样找人 PK。

崔莹努力奋斗的时候，还发现了一个新手 ID 进步也非常神速，这个名字叫 Medusa。

Medusa，美杜莎，著名的复仇女神。

这个美杜莎排名往上升的速度相当惊人，之前崔莹并没有没注意到她，等崔莹注意到她的时候，她们俩的等级几乎相同了，可见这个人的实力也是不弱的，如果没有猜错，她应该也是用了道具，再加上相当的勤奋才奋起直追的。

大约过了两周时间，心之蓝瞳的级别已经到了一百八十级，用不了多久，她只要再升十级，就可以和仙儿囡囡 PK 了。

她离她的目标越来越近了。

GM 公司在挖掘新人方面向来是有一套的，袁子霄很快又找过来了。

崔莹与袁子霄之间并无恩怨，崔莹也知道，一个毫无背景的女主播在电竞圈是很难立足的。

虽然她明知道GM公司旗下还有凌星星，但她并不介意。

在虚拟世界PK掉凌星星并不是她的目标，要让凌星星这种人痛苦，只有努力毁掉她在现实生活里通过黑暗手段得来的东西。GM公司今天能够力捧仙儿囡囡，明天就能够力捧心之蓝瞳，商人谋求的不就是利益吗？

袁子霄很快就和崔莹签了另一份合同。

这次，崔莹表现得十分配合袁子霄，态度鲜明地表示：自己和袁子霄一定是站在同一阵营的，重新回到GM的怀抱自己是非常开心的。

袁子霄希望崔莹去参加“苍龙世界”复活赛，崔莹表示同意，只有她全面出击，袁子霄才会直接甩了凌星星。既然崔莹已经回来了，又何必再捧凌星星呢？

与此同时，HG公司也在捧新人——他们家最亮眼的新人主播Medusa。

距离复活赛的时间越来越近，“苍龙世界”的玩家们又开始疯狂地买喇叭刷屏了，热情简直空前高涨。

HG的人盯着GM直播，GM的人盯着HG直播。

以前这两家公司的关系不太好，今年更是剑拔弩张，其中的原因，电竞圈几乎传遍了。

大家都在传说，崔莹和许艺原本是最好的朋友，结果闹崩了，如今这两个人分别签约了对立的电竞直播经纪公司，看来态度已经很明确了，完全对立嘛。

今年的比赛不用多想就知道是一幕好戏呀！

心之蓝瞳的级别已经很高了，崔莹也不再是当初那个胆小低调的崔莹了，她直接用新ID心之蓝瞳开了直播。

许艺没有以真面目示人，虽然有人已经认出她就是Angela，但由于那次贴吧爆料事件，有很多人很同情她、觉得她是冤枉的，支持者还是不少，甚至不乏像萧莘那样的铁杆死忠粉，公开叫嚣“即便Angela

是代打，也愿意继续看她代打”。

这段时间以来，萧莘得到不少亲近许艺的机会，渐渐地，许艺似乎没有以前那么排斥他了。

“艺艺，你看，崔莹的等级目前比你高，挺讽刺的吧。其实崔莹可以算得上是你的徒弟了，果然应了那句老话啊，青出于蓝而胜于蓝。不过艺艺，你就是随便打，也不会成为崔莹的手下败将的，我相信你啊！”萧莘在网吧简直就是一个二十四孝男友，一边看着许艺练级，一边将各种零食放在小推车里，连开心果的壳都替她剥好以方便随时取食。

只要看着许艺开心，萧莘赴汤蹈火都在所不惜。

许艺点了点头，眼神却冷冷地道：“教会徒弟饿死师父，这话还真是一点儿也不错。”

“那么接下来的游戏，你一定要好好打。我相信你。”萧莘看上去挺带劲的，“你升级的速度简直太快了，有没有！”

因为心之蓝瞳亮出了 ID 和等级，粉丝们一致起哄要求美杜莎也尽快达到对方的等级。HG 公司和 GM 公司互掐，粉丝们也在互掐。崔莹的人气有增无减，许艺同样如此。

有些粉丝是两边都刷，他们几乎得出了相同的结论——现在心之蓝瞳的电竞技术要比美杜莎好太多。

“快看，美杜莎的直播画面里进了一个男的。”粉丝们起哄道，“莫非是她的男朋友？”

“你去休息吧，看你脸色还是很不好的样子。”许艺盯着电脑说道。

“为什么？你明明一直在看着电脑啊，怎么可能看得到我的脸？”萧莘觉得诧异。

“哦，只是一般的客套话，快去休息吧，你在这儿看着我只会让我分神。”许艺话说得很直接也很伤人。

“好吧，那我闪开一点。”萧莘往后躲了躲。

两天之后，崔莹收到了美杜莎加好友的请求。

这是许艺对她发出的挑战。这一天终于来了。但崔莹不想理会许艺，毕竟她的目标是凌星星，不是她。

然而，没多久许艺又来了，发来的私信语气也很凌厉。

ID Medusa: 怎么？现在觉得自己很牛，所以不屑于跟我PK了吗？我怎么说也是你第一个师父吧？

崔莹心里一阵发痛。许艺已经很久没有和她说话了，即使在教室上课的时候，两人的位置也是离得远远的，许艺不愿意多看她一眼，甚至连她的影子都不想踩到。

ID Medusa：不要以为你会永远站在优胜者的位置，你是我带出来的，我知道你的每个死穴，你信不信？

ID Medusa：明明看得到我的私信，却一直当作看不到，崔莹，你是看不起我，是吗？

ID Medusa：你好像越来越有性格了，崔莹。

……

许艺的私信一条条地发过来，崔莹终于忍不住了，她点了“同意”。

一个两百六十级的女箭者PK一个两百四十级的女箭者，其实还是有等级差的，可能许艺的电竞能力要比崔莹更厉害，毕竟许艺已经玩了好几年的电竞，而崔莹才玩了短短几个月而已。

许艺开了直播，直播与崔莹PK。

这是一场好戏，吸引了几十万人在线观战，许艺的电竞技巧一如既往的出神入化，倒是崔莹，操作起来以守为主，两个人呈现出完全不同的画风——一个猛攻，一个猛守，势均力敌，看上去守的那个人更稳一点。攻的那个人气势非常凌厉，但很可惜，每次都被对方守住了。

两个女箭者正如火如荼地进行着PK，崔莹的防守能力越发厉害，而许艺渐渐失去体力。现在许艺的血只剩下一格，而崔莹还剩下两格。许艺受了刺激，动作更加凌厉与致命，无奈崔莹的防守过于厉害，而且她还找到了许艺的死穴，导致许艺差点就被她杀了。

“你失误了，崔莹明明有机会击杀你的，但是她却没这么做，你说她到底干什么？可怜你吗？”萧莘在一旁看得有些坐不住了，“艺艺，你不要紧张，她玩不过你的……”

“别说了，这一场 PK 我一定会赢的！”许艺铆足了精神，最后以一个超级道具“麒麟之怒”击杀了崔莹，使其无法回血。

心之蓝瞳输了。

“我赢了。”许艺松了一口气，擦了擦额头上的汗。

“这才是我心目中的 Angela 女神啊！我心目中的艺艺可是最强的，全服最强的！你要做得事情就是把你的排名打到全服第一，把崔莹的号顶下来，我相信你可以的。”萧莘高兴得不行，立刻去粉丝群里发了好几个大红包。

看到许艺今天的表现，萧莘终于不再担心了。

之前凌星星给许艺造成的后果是致命的，必须要在最短的时间内让许艺恢复到原来的状态，不，是要比原来更好。

崔莹虽然输了，但她心里很平静。

刚才那一场恶战，许艺确实用尽了全力，但是只有崔莹才能感觉到，在刚才的交战中，许艺的杀气和技术不如从前了。

如果不是崔莹只采取了防守没有进攻，可能许艺早就被她击杀了，许艺根本不会坚持那么久，更不会有出麒麟之怒的机会。

凌星星从来都是不甘寂寞的人。自从崔莹回归 GM 公司之后，她明显感觉到袁子霄对自己的冷落。

“是 HG 公司的沈总吗？”凌星星的电话这次打给了 HG 公司的总裁办公室。

“你好，我是沈南星。”他的嗓音很好听。

“我是 GM 公司的电竞女主播仙儿囡囡。我想和你谈谈，也许我们之间有合作机会？”

“仙儿囡囡？”沈南星了然于心地一笑，“可以，把你的资料发到我邮箱，shennanxing@hg.com，然后明天上午到我们公司办公室来吧。”

他刚放下电话，身边的助理就善意地提醒说：“沈总，您记不记得电竞圈里之前的代打事件？我听说那件事和这个女孩有关。如果真的是她做得，那么这种人是非常可怕的，您不怕她来了公司以后……”

“啊，原来是个萌妹，可惜心术不正。”沈南星打开邮件，看着凌星星的个人资料，“她到底是出于什么目的破坏许艺和崔莹之间的关系呢？这种妒忌心未免也太强了。”

助理带着不屑的语气道：“还能为什么，无非是不甘心。这些女孩住在同一个宿舍里，有人活得很平庸，有人得到鲜花和掌声，这些东西的诱惑力不是她们小小年纪就能抗拒得了的。”

沈南星笑了，摇着头说：“目光短浅这个成语，用在这个女孩身上一点都没错。”

“人和人当然不能比，什么叫含着金汤匙出生？”助理也笑了，“你就看萧家小少爷，一出生就拥有几个亿的资产，家里投资的公司不计其数，其中还有好几家上市公司，目前不过二十岁而已。上辈子拯救了银河系才能投这么好的胎！但是，人穷不可怕，可怕的是没志气啊；人有钱不可怕，可怕的是人有钱还比你努力啊！”

“萧莘可不努力，萧若倒是挺努力的。”沈南星说着又叹了一口气，“咱们这次与‘苍龙世界’的合作，他们可占了大便宜了，说到底还不是萧莘折腾。不过，这次大赛接二连三出了这么多爆点新闻，咱们公司倒也不会亏。”

“GM 公司的袁子霄这次可恨上我们了，只不过，咱们的套路他根本不会懂。”助理眼里带着几分深沉之色，“居然让旗下主播利用自黑来炒作自己。这个仙儿囡囡签约 GM 公司之后的确是火了一段时间，不过大家都是摆着一副看笑话的态度去的。见过不要脸的，没见过这么不要脸的。GM 公司真是颠覆了我的三观。”

“你还别说，我怎么对这个仙儿囡囡这么感兴趣呢？”沈南星凝视着电脑屏幕上凌星星可爱的笑脸，“小小年纪，为了自己的利益不择手段。这种人虽然我看不起，但并非不可用……”

“您的意思是，把她从 GM 挖过来？”助理一看沈南星的表情，就猜到他的心思，大约是对这个凌星星产生了兴趣。

“挖得过来吗？”沈南星露出一个迷人的笑脸。

“没问题。”助理做了个“OK”的手势。

“那就弄过来。电竞圈有了这几个女主播之后，会更热闹的。”沈南星若有所思地盯着手里的咖啡杯，“你稍晚一点再给‘苍龙世界’游戏公司那边打个电话，和他们协商一下，就说我们在‘苍龙世界’联赛之后，还会举办一个专门为女电竞选手准备的赛事——‘电竞天使’选拔赛，还是会请他们公司来冠名。”

“这种好事情，只怕他们做梦都会笑醒了。”助理耸了耸肩，“又不用他们花一分钱，有什么好协商的？‘苍龙世界’那边当然愿意了，几乎是一个月一次大赛，费用还不用他们出，何乐而不为？这个人情他们不卖才怪呢！”

“这次大赛，我要专门为女主播们举办。”沈南星说道。

“沈总高明，捧的是女主播，赚的是男粉丝的钱和媒体的眼球。”助理不由得击掌赞叹。

“那么这次大赛的名字干脆就叫‘Angela 杯’如何？就用许艺以前的 ID。你我都知道许艺是被陷害的，如今被电竞圈封杀。虽然我签了她，但她的知名度还是无法达到以前的高度，现在 GM 公司袁子霄那边还有几个女主播发展势头不错，我不能让她们盖过许艺的风头，让这棵好苗子毁了，所以你懂的。”沈南星向助理使了一个眼色。

次日，凌星星来到 HG 公司，听到的当然是令她喜出望外的好消息。

助理传达了沈南星的意思，凌星星高兴得差点飞起来。

“今天我们能顺便签约吗？我保证我会乖乖听话的！GM 公司那边同意我解约呢！”凌星星的态度十分诚恳。

助理笑道："那是，那是，我们公司也正有这个打算。你的排名也很高啊，人气也积累得很不错。我们公司会举办一次电竞天使大赛，到时候就看你的表现了。如果表现好，公司还会加大力度培养你，不过，万一你表现不好的话……"

"老板放心，不会表现不好的，您就等着看吧！"凌星星一脸兴奋之色，激动地离开了沈南星的办公室。

助理回到沈南星的办公室："老板，一切都按原订计划进行，这个女孩看起来还真是挺呆萌的啊，怎么就把另外两个那么聪明的女孩耍得团团转呢？她还真是挺有心机的啊。您看我们什么时候开始启动电竞天使大赛？"

沈南星坐在柔软的皮沙发上，笑了笑："很好，让我们静静地等待着 Angela 大赛的到来吧。"

"苍龙世界"又要举办大赛了，对象只针对"苍龙世界"的女玩家，而且大赛的名字直接叫 Angela。

"崔莹你一定得参加这个。"李慕楠拿着手机给崔莹看，"都已经开始报名了！"

崔莹接过手机一看，果然已经开始报名了。

而且这次实行的是即时公布报名选手制度，报名人按时间顺序排名，排在第一位的是 Medusa，也就是许艺。

"许艺报名了，就排在第一个呢！"李慕楠在一旁叽叽歪歪，"我就说，许艺不可能不报名，这么好的机会证明自己。如果她这次在比赛中取得很好的名次的话，相当于重出江湖了。我和你说，我为了你可看了不少电竞资料啊，我连看课本都没这么认真。"

崔莹微微一笑："所以你觉得我应该报名，去跟许艺 PK 吗？过不了几天就要开始'苍龙世界'复活赛了，我还是先担心复活赛的事情吧，我答应了袁子霄争取拿到一个好名次。"

"可是我听说昨天许艺找你单挑，然后你输了，对吧？"李慕楠神神秘秘地凑到崔莹身旁。

崔莹暗想，李慕楠要说什么鼓励她的话？

结果李慕楠却说："听说最近顾学长和你关系很暧昧啊，你们是在谈恋爱了吧？嗯嗯嗯？"

崔莹听了真的要翻白眼："你今天来的重点就是这个？"

"这当然不是重点。"李慕楠发出一阵"嘿嘿"的笑声，不过很快就停了，"你们俩还是挺配的。不过，有个秘密我想让你知道，我和顾学长以前都是北中的，许艺以前是南中的。"

崔莹吃了一口苹果泥："这个我知道，你继续说。"

"许艺高一的时候，来我们北中借读过一段时间，那段时间我们学校英语外教都是上大课啊，她和顾学长是同桌。"李慕楠的小眼神里带着些许奇异，让人不禁浮想联翩，"顾学长在那段时间里，每天下课都送她到回家的公交站呢。后来我听人家说，许艺是暗恋过顾学长的……"

什么？崔莹差点没被一口苹果泥给噎死。

许艺暗恋过顾枫？还是在他们俩高中的时候？难怪她总觉得许艺对顾枫的态度有点奇奇怪怪的。如果说只是为了电竞排名之争，似乎不至于到那样的地步；如果说许艺对顾枫是因爱不成而产生恨，很多事情倒是可以解释得通了。但是，顾枫居然从来没有提起过他和许艺之间这段往事啊？

这家伙，嘴巴还真是挺严的。

"你说的这些，真的假的？"她瞪大眼睛问李慕楠。

"什么真的假的，当然是真的，我从来不说没根据的话呀。"李慕楠有些不满意地哼了一声，"你居然不信我！"

"不不不，我相信你，你说的我都信。"崔莹赶紧表态。

"这还差不多哦。"李慕楠这才满意，然后接着说，"所以呢，我觉得无论如何你都不能输给许艺。你们俩的关系大家不是不知道，所以肯定会有更多的人期待你们俩的比赛。你去参加吧，我在背后支持你！"

“我参加的比赛太多了，这次就不参加了，而且，我怕又输了。”崔莹摸了摸李慕楠的脑袋，“所以呢，我就不去了。”

李慕楠拿她没有办法，只有沮丧地摇头说：“真可惜，说不动你。不过顾学长和许艺的事情，你不要往心里去啊，我就是顺便告诉你一下而已，我看得出来，顾学长他是真心喜欢你的！”

“知道了，忙你的去吧，我不会在意这些陈芝麻烂谷子的事的。”崔莹朝着远去的李慕楠挥了挥手。

第二十四章 复活之战

“苍龙世界”复活赛终于开始了。

规则依然是淘汰制，自由分组抽签 PK，每组留下前四名。当每组只剩下最后四个人的时候，当时组里的第一名可以点名 PK 组里的任何一个人，剩下三个人再与其他组 PK。

好几轮下来，西南赛区第二组的队员只剩下心之蓝瞳、哈利路亚、仙儿囡囡和轻松熊二。

崔莹刻意挑选仙儿囡囡那一组，她从一开始就盯着凌星星。

从目前的情况来看，这个组里她的人气和技术无疑都是最高的，而且今天她还特地开了直播。围观群众觉得这样车轮战的情况下，第一名通常会选择 PK 与自己实力相差不远的第二名，当众灭掉最强劲的对手，好对粉丝们显示出自己的高水准和挑战精神。

GM 公司的袁子霄和 HG 公司的沈南星等人都在观战，大家以为崔莹要单挑哈利路亚时，她却偏偏挑了仙儿囡囡。

PK 刚一开始，崔莹的攻势就毫不客气，直接放大招把仙儿囡囡打得几乎没有还手之力。更令人惊讶的是，她不知道从哪里弄来一个游戏绝版道具“小手掌”不停地扇仙儿囡囡的耳光。

“不是不报，时候未到。”崔莹发出这么一句话。

一瞬间，所有被淘汰的玩家全都刷起了弹幕，崔莹的直播间里也是人头攒动，喧嚣一片。

ID 绝命天师：心之蓝瞳和仙儿囡囡有仇吧？这绝对是在报复，对吧？这耳光打得也太精彩啦！

ID 风中的玫瑰：简直奇观……她明明有更好的攻击技能，怎么偏偏要扇耳光啊？不过这小巴掌扇起来血掉得太慢了，一个小时一格，难道她们这场比赛准备打好几个小时？

ID 烈焰公主：到一定程度后，小巴掌掉血的能力可是超厉害的，各位看官，等着看呗～

ID 火锅大人：我还真没见过 PK 比赛像打架的，哈哈哈！

ID 七上八下的蜘蛛：慢慢打吧，反正蓝瞳肯定稳赢啊，我就不懂了，下一次如果她遇见哈利路亚怎么办！

……

这一天，李慕楠站在崔莹旁边，看着她比赛。

她真没想到崔莹竟然想出这么好的办法，在游戏直播里羞辱凌星星，简直大快人心！

“棒棒哒！加油加油！”李慕楠拍手叫好，“再多上几个道具，直接打脸！”

“我在直播呢，”崔莹提醒道，“你的脸和声音都出镜了。”

李慕楠赶紧跑到镜头之外，不过，她看到崔莹这样羞辱凌星星，简直开心得要飞起来。

“莹莹，你这是干吗啊？”凌星星终于绷不住了，发来一条私信。

“我们在比赛，你看不出来吗？”崔莹回复。

“打比赛是没错，你这样做弄得我很被动啊！我们目前还都是 GM 公司的人，你何必呢？”凌星星发来一个哭泣的萌表情，“最近你都不搭理我了，但是，许艺她恨你，跟我并没有任何关系啊，我对你还是不错的，你何必赶尽杀绝？”

“是吗？”崔莹听到凌星星说许艺恨自己，心里泛起一阵酸楚的感觉，但是她很快将这种情绪给压制下去了，“你呢，看到这种局面是不是很开心？”

“没有啊，我一直在帮你说好话，可是许艺她不听啊，怎么能怪我？”装无辜一向是凌星星的拿手好戏。

崔莹实在不想再听了，直截了当地说：“凌星星，不要再和我说话了，你做过什么，你知道，我也知道！送你一句话：不是不报，时候未到。请你好自为之！”

说完这句话，她就拉黑了对方。

游戏里的仙儿囡囡不断地掉血，就在她快要被 PK 掉的前一刻，仙儿囡囡的直播突然黑屏了，游戏也突然掉线了。如果排除停电、电脑故障崩溃等客观原因，那么应该是她自己退出游戏的。

游戏里的弹幕立刻又铺天盖地地刷起来了。

ID 烈焰公主：啊啊啊，仙儿囡囡跑路了？

ID 暗黑之眼：就算打不过人家也不能跑吧！太没品了！

ID 翡翠少年：终于等到心之蓝瞳和仙儿囡囡这两个大美女主播的 PK 了，听说之前她们私下的 PK 也很精彩，不过好可惜，怎么就这样草草了事？

ID 万人迷梯：没劲，真没劲，呸！

……

第二组 PK 完毕，心之蓝瞳完爆仙儿囡囡之后，她和哈利路亚、轻松熊二都进入了组级对决。

崔莹知道，这次组级对决会选出西南赛区的前十名。按照比赛规则，五个小组的冠军是一定会出线的，但还是要象征性地打一个排名。

这个排名赛是积分制的，两两捉对 PK。Medusa 是第五组的冠军，崔莹一定会在某一场比赛与许艺再次狭路相逢。

抽签结果很快就出来了，真是无巧不成书，第一个抽到捉对 PK 的，竟然就是崔莹和许艺。

比赛开始之前，崔莹左思右想，给许艺发了一条私信过去：“许艺，这段时间我想了很多事情，不管你是否还在怪我，我还是那句话，我没有害过你，那件事不是我做得。我们可不可以下一个赌注？如果这次比赛我赢了你，之前的事情就一笔勾销？”

许艺似乎并没有原谅她的意思，冷冷地回了一句说：“手下败将而已，你有什么资格和我谈条件？”

比赛开始了，她们两人都开了直播，直播间里热闹非凡。

ID 烈焰公主：说实话，以前看心之蓝瞳 PK 的时候并没有觉得她的技术很好，但是今天跟仙儿囡囡一对比，我发现她的技术真的不错啊……

ID 黄瓜少年：我也这么觉得，我没想到跟我一样想的人居然还有……

ID 风中的玫瑰：我赌五毛 Medusa 赢，看两人的直播状态就知道了，Medusa 气定神闲的，蓝瞳一副坐立不安的样子，虽然技术是很重要，但是状态更重要啊，一看蓝瞳今天的状态就不行啊，之前听说她输过……

ID 带刺的玫瑰：哈哈哈，赶上直播了！

ID 黄瓜少年：怎么今年叫玫瑰的特别多，玫瑰是丰收了还是怎的。

ID 翡翠黄瓜：楼上，叫黄瓜的也很多啊，你看到我，看到我！

……

直播间里说什么的都有，崔莹并不在意他们在说些什么。这次比赛对她和许艺来说，其实就是一场友谊赛，她们参加全国赛区联赛肯定是没问题了，但是，她更希望与许艺之间能够一战泯恩仇，即使不能再回到当初的好朋友关系，至少许艺不要再痛恨她了。

比赛正式开始。

崔莹依然采取防守策略，跟之前那次一样。许艺的技能输出还是那么凌厉，但是破绽也还是那么大，一点都不曾改变。之前崔莹故意让了许艺，她原以为许艺赢了之后会研究自己的技术，但是并没有，许艺被仇恨冲昏了头，依然使用着自己漏洞百出的技能在这儿张牙舞爪。

顾枫没有参赛，此刻，他正在宿舍里观战。

其实他也看出了许艺的很多技术破绽，她最近状态确实不佳，很有可能会输给崔莹。

崔莹前半场几乎一直都在防守，许艺一直都在进攻。但防守强于进攻，许艺掉了一格血，崔莹还是满格。时间拖得越久对双方越不利，尤其是对许艺而言，进攻消耗的能量太大了，许艺的状态又不是很好，再这么下去她绝对会受不了。该怎么办呢？慢慢地让她掉血还是一下子让她掉血？

崔莹思考着，一击必杀相比慢慢磨血，应该会输得更体面一些吧？

既然这样的话，就只能使用“龙吟之声”了！

崔莹的龙吟之声和许艺的麒麟之怒相比其实差不了多少，但综合比起来，龙吟之声更强一些。

游戏系统消息：“心之蓝瞳对 Medusa 使用龙吟之声，Medusa 被击杀。”

这局结束了，许艺输了。

击杀许艺，崔莹并不觉得多么开心，反倒是击杀仙儿囡囡的时候，她心里的兴奋感更多一些。

比赛结束后，李慕楠嚷着要给崔莹庆功，要去校外吃烤串。

崔莹不好意思不给面子，就和李慕楠两个人往学校外的夜市走去。时近初冬，天气已经有些冷了。

通往校园外的林荫道上铺满了黄色的落叶，被冷雨淋湿了，加上昏黄路灯的照射，让人感觉有点阴森森的。

“要不，我们别吃了吧，早点回去好了。”崔莹觉得后背一阵发凉。

“马上就到了呀，就在前面……我带你走的这条路是小路，很快的，相信我没错。你今天连干掉了两个强劲对手，粉丝们估计对你佩服得五体投地呢，当然要庆祝一下才行！”李慕楠扶了一下眼镜，还是那么开心。

崔莹蓦然发现，前方小路上出现了两个奇怪的黑影。

“你看……”李慕楠也发觉有点不对劲了。

李慕楠还没来得及回过神来，就被两个从前面的黑色面包车上下来的人敲了一记闷棍，她根本不知道发生了什么，便直接昏了过去。

崔莹没有挨打，但她心知不妙，这里距离学校还有一段距离，即使报警或者喊保卫处，也是需要时间的。

陌生的环境，陌生的人，她脑子飞快地转动着，该怎么对付他们？

“你们想干什么？”崔莹冷静地开口，她看着倒在地上、不省人事的李慕楠，表现得很镇定。

“干什么？拿人钱财，替人消灾。”高大的黑衣男扫了她一眼，“是一个叫许艺的女孩叫我们来的。既然你得罪了人，我就不能不收拾你一下了，就这么简单。”

崔莹抬起头平静地看着黑衣男：“我得罪的人并不多，能用这种暴力手段来报复的人，除了她之外还会是谁？”

“不用废话了，你自己选吧，是修理你的胳膊和腿，还是划花你的脸？”黑衣男在狞笑。

“是么？就凭你们两个？”崔莹将肩上挂着的双肩直接甩到地上，她昂起头，动了动自己的筋骨，“进大学之后好久都没活动筋骨了，想当年高三暑假那会儿，我妈怕我遭受校园暴力，特地送我去少林寺办的一个武术班学了两个月的女子防身术，虽然学的不是什么高端武功吧，但是少林寺的拳脚功夫还真是挺不错的。”

“还敢吓唬我们？那就试试吧。”黑衣男挥着手里的双节棍就朝着崔莹的面部打过来。

“扑通……”

说时迟那时快，黑衣男被一脚踢到了墙边。

“你别说，这一踢倒是让我踢上了瘾。”崔莹觉得自己今天穿的实在是太明智了，弹力裤和运动鞋呢。

“一起上！”黑衣男没想到崔莹竟然还会几招防身术，他从地上爬起来一声令下，“赶紧给我把人撂倒！往死里打，别客气了！”

面包车里又下来了几个人，这些人全部都是来打崔莹的。崔莹见势不妙，料想她一个人是打不过这些人的，但跑路没问题。不过只有一个问题，李慕楠还晕倒在附近呢，如果她跑了，他们对李慕楠下手可怎么办？

毕竟，李慕楠现在昏迷不醒，根本没有反抗的能力。

赌一把，这里毕竟是学校附近，料想他们还不敢绑架李慕楠吧？没事的没事的，慕楠放心，我一定会来救你的啊！

崔莹一念至此，也不再恋战，做出一个要还击的架势之后，以百米冲刺的速度掉头就跑。

“你们这帮废物，有种来追我呀！”她一边跑还一边喊。

人的潜能是无限的，尤其是在遇到危险的时候，崔莹撒腿就跑，一口气跑到学校保卫处，看到那边还亮着灯，顿时松了口气。

“老师，不好了！小树林那边，有……有打劫的，我同学，被他们打晕了，在那边呢！”崔莹跑得上气不接下气，一边喘气一边赶紧报告。

“什么？有这种事？”这天正好是雷达老师值班，她一听就炸了，“保安队的人呢？都跟我过来！”

雷达老师的效率果然挺高的，他们冲到黑色面包车附近的时候，那些人才刚刚发动汽车。

崔莹赶紧看地上，还好，李慕楠还躺在那里。她赶紧冲过去将李慕楠扶了起来，看看她头部是否受伤。

“给我拦下来！”雷达老师一声怒吼。

那些人还没意识到发生了什么，就已经被保卫队给围住了。

“快走——”黑衣人见势不妙，强行发动了面包车，车子如同离弦之箭一般从林荫道上冲了出去。

“慕楠……你有没有事？”崔莹把揉着头的李慕楠从地上扶起来，“你别怕，我送你去校医院！”

雷达老师打了 120 电话，让他们赶紧派车过来救人。

李慕楠的头部有一个伤口，受了一些惊吓，那一棍还让她的内脏有些损伤，需要在医院住院很久。

崔莹坐在头部缠满白色绷带的李慕楠病床旁，看着她伤痕累累的模样，她想起那个黑衣人的话。

“拿人钱财，替人消灾，是一个叫许艺的女孩叫我们来的。既然你得罪了人，我就不能不收拾你一下了！”

是许艺吗？真的是许艺派人来“教训”她们的吗？她确实变了很多，似乎已经不是以前那个许艺了。

“崔莹，他们还真是挺狠毒的啊……”李慕楠呻吟着，她试着去摸自己的头，眼泪都吓得停不住了，“这件事，是许艺指使的，对吧？我们是不是要报警啊？我，我真的好害怕啊！”

“没事了，以后我们不要乱走小路，准时上课下课就好了，川穹大学的治安条件还是有保障的，别怕别怕。”崔莹赶紧安慰李慕楠。

“他们是想要我们的命啊！这群黑社会有什么事做不出来？不过幸亏你有功夫。”李慕楠被吓得不轻，但同时又很佩服崔莹，“许艺竟然这么对你，她一定是输了比赛，又没办法替自己出口气，所以才不择手段！她跟你之间肯定有很深的误会，所以才会这么做。你相信我，一定是这样，一定是的！”

虽然李慕楠很激动，但崔莹还是强迫自己要冷静下来，不能因为这件事就被仇恨冲昏了头脑。

“你好好休息，别想这么多了。”崔莹深吸一口气，“许艺本质是不坏的，即使这件事真的是她指使，我也不会怪她的。”

顾枫在宿舍里收拾学习资料的时候，萧莘竟然推门进来，他已经很久都没有回这间宿舍了。

“回来拿点东西。”萧莘倒是主动和顾枫说起话来，“最近发的几套课外案例在哪里？”

“在你书架上第二排靠左边。”顾枫仿佛什么都没发生过一样，继续低头做自己的事情，“你去拿吧。”

“喂，臭木头，可以聊聊吗？”萧莘取了资料，本来打算要走，但转身又走了回来了。

“好，你说吧。”顾枫终于不看作业了，他将椅子转过来，抱着双臂，淡定地看着萧莘，等待他开口说话。

“我想说的是 Angela 的事……你完全想不到，她在代打那件事后就像完全变了一个人一样，整天都很不开心，虽然她答应做我的女朋友、跟我在一起了，但我们从未体验过一次情侣该做得事。我试着开导她，根本无济于事。我想，也许你说得是对的，她从来就没喜欢过我。”萧莘很艰难地说完这一段话，表情看起来有点沮丧。

“除此之外呢，你还发现了什么？”顾枫觉得萧莘可能是憋了一肚子的话，实在是想找人倾诉一下。

“其实我都清楚，她不过是在敷衍我，但是我想也许她会变的，总有一天她也会对我很好的，可是……从前段时间开始，我总是能收到一些照片，这些照片，都是她在 W 酒店和别人在一起的。”萧莘的样子确实很苦恼，他拿出手机递给顾枫，“给你看看。”

顾枫没有接手机，只是低头扫了一眼。

照片上的女孩确实是许艺，她坐在一个男人的身边，那个男人的年纪看起来不小了，大约三十多岁，头戴着一顶灰白色的鸭舌帽，穿着一件很普通的 T 恤衫，两个人的神态看起来很亲密。还有一些照片是他们一起坐在电脑前打游戏的，男人似乎在指点她一些什么。

“这是雷霆。”顾枫又仔细看了一眼，笃定地说。

“你说是谁？”萧莘狐疑地看顾枫。

“雷霆，圈内著名的电竞高手，早在‘苍龙世界’火起来之前，他就已经很出名了。”顾枫解释了一下，“雷霆应该已经改行当教练了吧？如果我没猜错的话，许艺应该是拜他为师了。”

“哦，原来如此。”萧莘一拍脑门，露出一个释然的笑容，“还好还好，我还以为是她前男友。看来 Angela 并没有放弃电竞啊，这次预赛她也过了，我们就等着看她决赛时候的表现就好了！”

“现在她能相信的人应该就只有你了吧。”顾枫好意提醒了一下，“我劝你，没事不要去拍这些照片。”

“你怎么知道照片是我……找人拍的？”萧莘有些做贼心虚的样子。

“感情是不能算计的。”顾枫抬头看着萧莘，“无论她喜欢你，或者不喜欢你，你都要尊重人家的隐私。这些事对你对她，其实没有任何意义。”

时间一天天过去，李慕楠渐渐好起来。

女生宿舍的舍监打电话来说，崔莹她们原本住的那间宿舍空了，因为凌星星已经出去租了单身公寓，许艺也退了宿舍说是出去住，问崔莹是否介意有新舍友来住。崔莹和李慕楠商量了一下，李慕楠正好愿意来，于是写了申请要求搬到四楼和崔莹一起住。舍监倒也不反对，李慕楠就住了进去。

冬天的川穹大学渐渐变冷，期末考试的时间快要到了。

“苍龙世界”联赛的全国决赛将在寒假举办，目前对崔莹来说，最重要的事情莫过于应付期末考试复习了。

难得这个上午天气晴朗，阳光普照，崔莹坐在学校附近的星巴克咖啡店里，一只手翻着书，一只手拿着荧光笔，面前是她的电脑。

她一双修长的手指在阳光下显得特别白皙，整个人也透着不健康的白。这学期以来，她除了更瘦之外，似乎没有什么特别大的变化。至少她还爱学习，还会为考试而拿起书本。

顾枫走进咖啡店，悄悄地坐在她面前，笑容和冬日阳光一样温暖：“需要我帮你划重点吗？”

“是你啊。”崔莹抬起头发现了顾枫，她咬着笔头笑了笑，“你今天这么闲？上午没课吗？”

“我们的课都结束了，所以来看看你在干什么。”顾枫发现崔莹身边有一本笔记，上面写着李慕楠的名字。

崔莹现在跟李慕楠是最好的朋友。幸亏有这个李慕楠，当所有人都唾弃她、觉得她人品有问题的时候，只有李慕楠一直那么相信她支持她。

“搬回宿舍的感觉怎么样？如果觉得不习惯的话，其实你还可以住我家的。”顾枫的眼睛里带着微笑。

崔莹离开的这段时间，顾枫回家的时候总觉得家里少了些什么，甚至觉得有些孤独，哪怕张阿姨在家的时候也是如此。

“很好啊，学校里更有学习氛围。我和慕楠在一起挺好的，中午我们一起吃饭吧！对了，上次打劫的事你可不要刺激她啊，我好不容易把她的心情调整过来。”崔莹紧张地说道。

“好，知道了。”顾枫想了一想，又说，“寒假的时候，我会带你去一个地方，我想，我应该让你知道……更多关于我的事情。”

崔莹抬起头，发现他的眼神是那样深邃，宛如一潭深水，又像是两颗黑色的宝石，似乎隐藏着无穷无尽的秘密。

（上卷完）

电竞天使

E-sports angel

下

紫百合 著

长江出版社

长江·晓风堂书系

目录

第二十五章 战队

“往左，守住中路……”

“后面跟上，一直往前攻击，不对，方向错了。”

“再加大火力，对，Go on……”

“ANGELA 这边压上去，要快！”

……

川穹郊外，一幢精致的三层别墅会所中，在装潢高雅的二层客厅内，此刻正聚集着一群人，他们的表情几乎都是一样的专注。

一名头戴着灰白色鸭舌帽的男子，像一个指挥若定的军事家一样，指导着他们正在参加一场激烈的电竞比赛。

“oh！耶！”

突然之间，几个电竞队员都露出了如释重负的神情，队员们忍不住爆发出此起彼伏的欢呼声。

“赢了！我们赢了！”

旁边，一个表情淡漠的白衣长发女孩什么都没说，她伸手摘掉头上戴着的多声道耳麦，顺便用手拨弄了一下被弄乱的头发，眼里并没有太多喜悦的神色，似乎今天的胜利对她而言，并不是什么具有冲击力的事情。

“如你所愿，我们赢了。”头戴着灰白色鸭舌帽的男子转过头，走到白衣女孩身前，“你的状态似乎比之前好了很多啊！”

“有吗？”一身白衣的许艺露出淡淡一笑，“长江后浪推前浪，自从被《苍龙世界》连续淘汰，我都快觉得自己是电竞圈该退休的人了。”

“所以你不能再单打独斗了，不是还有我们吗？”一个浓眉大眼、身材魁梧的男队员走过来，眉目之间有三分傲气和几分不屑的意味，“苍龙世界算什么，一个小公司开发的小游戏而已，生命力没有几年了。真正的电竞选手，就应该一起打‘胜者为王’。有雷霆老师加持，我们战队一定能所向披靡！不过咱们还是得好好训练，以万全的准备参加下一季的比赛！”

“得了，林翻译官，你的时间那么宝贵，我们一周能抽点时间，聚在一起练习一下就不错了。”一个身材惹火的成熟美女也摘下了耳机，“真没想到你这样的大忙人，竟然也对电竞有兴趣，倒是出乎我的意料啊！”

高大的男子叫林涵，职业确实是翻译，工作繁忙自不必说。

然而对林涵而言，电竞更像是一项放松自己的个人爱好，对于现在动不动就是真人组队对战的电子竞技来说，互相之间比拼的已经不仅仅是游戏战斗技巧和传统的操控模式了，更多的是体力与脑力的结合、队员们相互之间的默契度与意识融合度。

“你要打理咖啡店，理论上应该比我更忙才是。”林涵看着大美女，“连 MOBO COFFEE 的老板娘都被我们拉下了水，可见雷霆教练的人格魅力之大啊！”

“你们聊，我先走了。”许艺取过挂在衣架上的白色大衣，戴好围巾和帽子，打开二楼大厅的房间门，快步走了出去。

“男朋友又来接她了，真是准时男友啊！”美女 MOBO 捂着嘴吃吃地笑了起来，顺手拉开了窗帘，指了指停在别墅门口附近的一辆黄色跑车，“听说是萧氏集团的二世祖公子，ANGELA 的死忠粉？”

林涵打开一瓶矿泉水喝着，开玩笑道：“怎么，你羡慕？”

MOBO 无所谓地摇了摇头，嬉皮笑脸地说：“我还真不羡慕这样的……我看 ANGELA 并不是很乐意看他每次都这样蹲守，要不我们打个赌，看今天 ANGELA 会不会坐他的豪车回家？”

“我看根本不用赌，这萧家少爷没戏。”林涵看着窗外纷纷扬扬的大雪，“不过，今天雪下得太大，没准会有奇迹出现。”

“你们打比赛的水平一般般，八卦队友的本事倒是一流啊。”一直没吭声的另一个身形瘦小的队员，仿佛是突然从角落里出现的一样，语气幽幽地插了一句话，倒把众人吓了一跳。

林涵和 MOBO 还没来得及接话，只见他已经身形矫健地抓起自己的背包和帽子，沿着许艺走的方向蹿了出去。

“嗨，这小弟弟，挺有意思的。”MOBO 看向戴着灰白色鸭舌帽的雷霆，“师傅你从哪里找来的活宝？小小年纪懂得倒挺多，看他年纪不过二十出头，居然说自己是研究生毕业，八成是撒谎吧？”

“还真不是撒谎。”林涵嘴快地回答，“我查过他的毕业证，真是名校高才生，一个字都不带骗人的。”

“都走吧，今天的比赛情况我总结完问题之后会发给你们每个人，下次训练时间，一月二十七号。老地方，风雨无阻。”雷霆说。

几个人并肩走出别墅大门的时候，只见朔风阵阵，鹅毛大雪漫天飞舞，许艺和那辆明黄色跑车已不知去向。

第二十六章　怀旧之旅

川穹大学考试季终于结束了。

寒假如期而至，校门口这几天又开始变得热闹起来，都是络绎不绝来接子女们回家的各种车辆。

崔莹和李慕楠如今同住一个宿舍，按理考完试之后，崔莹妈妈就该来川穹接她回家过年。

“喂？”崔莹看到手机上来电人的名字，嘴角立刻扬起了一抹甜蜜的笑意。

“你们考试结束了吗？”电话另一端，传来她的男朋友顾枫的声音，语气依旧那样温暖。

“嗯，结束了，一切顺利。”崔莹伸了一下胳膊，考试完毕，有一种如释重负的爽感！

“那就好，我们这边也考完了。还记得之前我和你提过的事儿吗？明天如果你有时间的话，我带你去一个地方。”

“好啊！”崔莹心里满怀期待，其实她很希望能够有机会和顾枫多接触，多了解他一些。

当然，恐怕每个恋爱中的女孩都是这样想的吧？

“那好，明天宿舍楼下见，我八点半来接你。”顾枫说完，还特地叮嘱了一句，“记得早点睡觉，明天需要早起，我们还有一段路程要走。”

崔莹开心地挂了电话，没想到另一通电话又打了进来。她看了一眼来电，顿时纠结了。

竟然是老妈……

真是怕什么来什么，看样子老妈明天要来接人了！

“莹莹，考完试了吧，东西收拾好没有？明天妈开车去接你啊。”崔莹接通了电话，还没来得及开口，电话另一边的沈燕燕女士已经自顾自地说了起来，丝毫没有征求女儿意见的意思。

崔莹一听就急了，忙说：“妈！我还有点事情没办完，明天你不要过来接我了，我自己回去。总之我保证，后天晚上之前，一定会到家！”

“有什么事非要等到明天去做不可？今天不能做完吗？”沈燕燕不解地反问，在电话那边继续唠叨，“你这孩子！妈都好几个月没见你了，你爸也挺想你的，还是让妈去接你吧，安全一点。”

“不用了，妈，真的不用！”崔莹慌忙道，“也不是什么大事……您也知道我的脾气，有什么事儿就想尽快办完，不喜欢拖着。您放心吧，办完事后我就和同学一起坐车回家去。”

崔莹使出浑身解数，好说歹说总算说服了老妈。

她挂了电话，擦了一把额头上的汗，便看到李慕楠在她的床上摆了一个大字，看着她挑衅地笑道：“不错啊，和你妈妈斗智斗勇完胜，明天应该不妨碍你和顾枫私奔啦！”

“拜托，只是出去一趟而已。”崔莹吐了吐舌头，“你怎么这么闲？东西都收拾好了吗？”

“我的东西都已经打包，不信你往上面看。”说着，李慕楠双手举起，指向自己的床。

崔莹笑着走了过去，双手抓住李慕楠的脚腕，用力向床下拉，说：“你这个小猴子，快给我下来，你还没脱鞋哪！我管你有没有打包，这是我的床，谁让你没经我的同意，就霸占我的地盘！”

“喂，你不要这么用力好不好。”李慕楠没想到崔莹来真的，她差点就被拖到了地上，还好她眼疾手快，双手紧紧地抓住了床头大喊道，“崔莹我告诉你，不管你用什么手段，我就是不走，就要和你同床共枕……”

两个女孩嘻嘻哈哈地闹了一阵，最后李慕楠的半个身体挂在床外，崔莹则整个人坐在地上，大口大口地喘着气，指着李慕楠一句话也说不出来，半晌自己却忍不住先哈哈笑了起来。

李慕楠也跟着笑了起来，趁着崔莹松开了自己的脚腕，一个翻身又重新躺回到她床上，得逞地笑道：“哼，想赶我走，没门儿！”

崔莹见她确实将铺盖卷儿都收好了，只能让李慕楠躺在身边。

熄灯之后，崔莹翻身对着墙躺着，心里有些好奇。不知道明天顾枫会带她去什么地方呢？考试之前她一直忙着复习，没来得及问。

“喂。”李慕楠轻手推了一下她的胳膊，喊了一声，“崔莹，你睡了没有？”

“就算睡着了，也被推醒了，你怎么还没睡？”崔莹打了个呵欠，翻身看着黑暗中的李慕楠。

“我有点兴奋啊，长这么大还是第一次和知名网红电竞美女同床共枕，你说我要把这个消息公布在网上，会让多少男生羡慕嫉妒恨呢？”李慕楠眨着眼，像闪烁的星星一样。

崔莹哭笑不得，捏了一下她的鼻子说：“对不起，我还不够资格成为你口中的知名网红电竞美女。”

“你不够资格，谁还够资格？难道是那个一肚子坏水的凌星星？”

崔莹不说话，心里忽然有点难过，她此刻脑子里竟然不可控制地出现了许艺的面孔。她想起她们当初一起吃饭、一起打游戏、一起逛街，甚至和李慕楠一样，亲密地说悄悄话的情形。

然而现在，许艺早已与她形同陌路，怕是再也不愿意搭理她了吧。

“我明天要早起，睡吧。”崔莹闷闷地说道。

“别啊，再聊会儿。”看到崔莹合上了眼睛，李慕楠的表情有些失望，嘟着嘴说道，“真是有异性没人性……你明天几点走？要不要我送你？”

“不用了……”

次日，大雪终于停了，暖融融的太阳将积雪渐渐消融。

顾枫早已等在楼下，崔莹手疾眼快地上了车，她转头看着窗外，顾枫一脚油门发车，熟悉的街道被抛在后面，陌生的郊外景色渐渐地展现在她眼前。

大雪初晴，蓝天碧透，阳光明媚，皑皑白雪反射着暖和的日光，显得格外的明亮。崔莹一路左顾右盼，只觉得高速公路一直延伸向远方，虽然她并不知道顾枫要带她去什么地方，但这样又何尝不好，留白总是给人无限的想象。

顾枫扭头看了一眼崔莹，笑着问：“为什么你一直不问我要带你去哪里？”

“你迟早会说的。”崔莹笑着转过头，调皮地看着顾枫，“你又不可能卖掉我，何必问那么多？”

顾枫轻笑一声，伸手摸了一下她的头，眼神却不自觉地流露出一丝伤感。

崔莹猜不透他为什么感伤，只是突然感觉这一刻自己离他好远，她忽然有些心急，想早点到达目的地，看看顾枫今天要揭开的到底是怎样的秘密。

汽车终于停了下来，崔莹好奇地看向车外，这是一条网吧街，街道两边大大小小数十家网吧。

网吧大多开着门，门外停满了自行车，其中一家靠门坐着个小孩儿，腰杆挺得笔直，眼睛一动不动地盯着前面的屏幕，一只手在键盘上按键，一只手来回地摆动着鼠标。或许是快输了的缘故，崔莹看到那个小孩儿急得不行，满脸涨得通红，一双手正在用力拍打着键盘。

“没想到几年没来了，这条街竟然多了这么多网吧。”顾枫站在街口，他的目光扫过每一家网吧的招牌，仿佛在寻找着什么。

忽然，他的目光停留在角落里一家叫作“飞虎网吧”的店铺上。

他拉着崔莹的手，向飞虎网吧的方向指了指说，“走，我带你去见一个人。”

崔莹和顾枫拉着手走进了网吧，前台小姑娘听到脚步声，头也不抬地双手在键盘上熟练地敲打着，语气机械地说：“身份证。”

“我是来找你们老板的。”顾枫环顾网吧，并没有看到他要找的那人。

“老板出去了。”小姑娘停下手，歪头看了一眼顾枫，不耐烦地催促道，“排队排队！不玩就到一边站着啊，不要挡着后面的人！”

崔莹拉着顾枫站到旁边，轻轻推了他一下，好奇地问：“你认识这里的老板？”

顾枫点了一下头，刚要说什么，抬头却看到一个熟悉的人影闪了进来，他脱口喊了一声，“飞哥！”

那个人影顿了一下，猛地转头，看到顾枫立刻吃惊地大步走过来，用力地拍了一下他的肩膀，笑着说：“阿枫，你小子上高中以后，就再也没有回来过，飞哥还以为你已经忘了这里，忘了我呢！”

“怎么会，这里还有你们。”顾枫说着，用力地和飞哥拥抱了一下。

“走，里边聊。”飞哥说着，拉着顾枫向里面走去，“越来越帅了啊兄弟！还记得你小时候的样子，成天被人欺负也不吭声，哥还给你打走了好几个小混混……那群小崽子们啊，就是妒忌你天生的本事，输个比赛就恨不得从别处找回来……”

崔莹听着一头雾水，顾枫不是顾教授夫妇的宝贝独子吗？他应该是在川穹大学那象牙塔一般的环境里长大的才对，怎么会沦落到一个郊区小镇里被小混混们欺负？是不是搞错了？

他们刚进包间，飞哥就听到外面响起一阵嘈杂声，他朝外面看了一眼，皱眉说道：“外面有点事儿，你们俩先坐着，我出去处理一下。”

崔莹抬头打量着这个破旧的小网吧，看样子，这里应该承载了很多顾枫小时候的记忆吧？

顾枫笑了一下，说：“是不是很意外？我上高中以前，一直都生活在这个小镇上。”

崔莹毫不掩饰地点了点头，迟疑着说道：“有一点儿，你……是留守儿童？”

如今的社会，很多人都不会跟着爸爸妈妈一起长大，而是由外公外婆或者爷爷奶奶在老家带大。

顾枫沉默了一会儿，声音低沉地开口道：“其实，我是个孤儿，我并不是顾教授夫妇的亲生儿子。”

“什么？”崔莹震惊地瞪大了眼。

“没想到吧？”顾枫扯了扯嘴，佯装无所谓地笑着，可是崔莹还是一眼就看出了他眸子里淡淡的哀伤，还有一抹不易察觉的苦涩，这些情绪虽然渺小，却深深地映在了她眼中。

“怎么回事，能跟我说说吗？”崔莹伸出手和顾枫相握，静静地听他说下去。

“我亲生父亲是一名赛车手，在一次赛车活动中发生意外去世，四岁那年母亲又扔下我一个人离开了家，再也没有回来……我不知道她去了哪里，爷爷奶奶也没有提过一句。”顾枫说到这里，仰头看向天花板，双手紧紧地握成拳头。

“记得有一次，我实在太想妈妈了，就去问奶奶，妈妈去了哪里？没想到奶奶却哭着打我，说我没有妈妈，我妈已经不要我了，让我忘了她……”顾枫苦涩地说道，“从那以后我再也没有提过这件事，邻居的小朋友都不愿意和我玩，他们总是欺负我，骂我是野孩子，每天我都要和他们打架，打得鼻青脸肿地回家。”

崔莹不禁倒吸了一口凉气：“你打得过他们吗？”

顾枫笑了笑，握紧了崔莹的手，继续说：“当然打不过。但是我很幸运，有一天我被一群小混混围着打，飞哥不知道从哪里跑了过来将那群人赶走，还把我从地上拉了起来，他骂我没用，说打不过就该跑啊！”

“对啊，我也准备这么告诉你。”崔莹想起前不久自己遇到的那次“意外事件”，连忙说道，“好汉不吃眼前亏，打不过就跑当然是比较靠谱的！”

顾枫忍不住笑了起来，脸上的阴霾一扫而空。

门突然被推开了，飞哥笑眯眯地走了进来。

“没事儿，两个客人抢位子打了起来，我已经摆平了，你们坐。”飞哥说着，拉着顾枫坐了下来，上下打量着顾枫，“你小子比以前结实多了，记得我第一次见你的时候，你还不到一米高呢！你这小子脾气倔，打不过人家，还死撑着被人打……时间过得真快，你现在都成大学生了。”

飞哥感慨地看着顾枫，懊悔地继续说：“早知道你是一个读书的料，当年说什么也不带你进网吧……跟着顾教授走了以后，你有没有把游戏戒掉？”

“为什么要戒掉？游戏并没有影响我学习，我年年都拿一等奖学金。”顾枫微笑着说道，“您为什么不好好装修一下网吧呢？我差点都找不到这里了。”

崔莹趁着他们二人叙旧之际，起身站在门口往外面看，只见好几排电脑桌整齐地摆满了房间，桌上的电脑有一部分换成了液晶屏，不过还有几台是老式大块头，摆在那里也没人玩，环境确实是不怎么好。

她默默地看着这个充满了怀旧气息的小网吧，心想，不知道顾枫当年坐在哪个位置呢？靠墙那边吗？

虽然只是一瞬间，崔莹却隐约感觉自己和顾枫离得更近了一些。之前那种微弱的距离感，也在不知不觉中消失不见了。

“阿枫，吃过饭再走吧。”飞哥看着顾枫和崔莹，一再挽留，“哥真的想请你们吃顿饭。”

“下次还有机会的。我只是想这里了，所以回来看看，打扰您半天时间，就不麻烦您管饭了。”顾枫语气也很诚恳，“有时间来川穹，记得给我打电话。”

“好，那我就不留你们了。”飞哥拍了一下顾枫的肩膀，目送两人上车离开。

“我直接送你回家吧？”顾枫侧头看了一眼沉默的崔莹，问道。

“好啊。”崔莹点了一下头，“昨晚和我妈说了老半天，才请了一天假，能够尽快回去当然好，只是要辛苦你啦！”

“能和你多待一会儿，一点儿也不辛苦。”顾枫看到崔莹一脸孩子气，不由笑道：“苍龙世界的全国总决赛会在寒假期间举行，你在家里能抽出时间练习吗？”

“这还真是一个问题啊……”崔莹说到这里，不禁有些愁眉苦脸，“我爸妈的思想超级保守，什么打游戏啊交男朋友啊之类的，在他们眼里那都是叛逆和不听话的行为……就我妈那脾气，还指不定要怎么干涉我呢。”

顾枫有些惋惜，但还是点头说：“我懂了。放心好了，你回家之后，我不会冒冒失失给你打电话的。”

他停顿了一下又问：“你今天知道了我的一些事情，对我有什么新的看法吗？”

“有。”崔莹抬头看着他，眸子里闪着亮晶晶的神采，“虽然我不知道你为什么要让我知道这些，但是我想要多了解你一点，所以我很开心能知道你小时候的经历。另外，我并不介意你小时候经历了什么，相反我还挺佩服你的，你不畏苦难让自己变得很好，很坚强，这一点我不如你。”

“我只是想让你知道，我的一切对你来说都是透明的，我不会骗你任何事儿。”顾枫微微一笑，俊朗的笑容如同绽放的阳光，“无论经历了什么，我们都要开心生活，希望你能有一个快乐的寒假。”

“好。”崔莹笑靥如花，下车后挥手目送顾枫离开，再拎着包往家走。

崔莹没走几步，抬头就看到老妈站在小区门口看着她。

崔莹愣了一下，笑容顿时收敛了，甚至还做贼心虚地回头看了一下，见顾枫的车已经离开，才悄悄地松了一口气。

她笑着跑到妈妈身边撒娇：“妈，你什么时候出来的？”

沈燕燕瞟了一眼崔莹，狐疑地向远处张望着：“刚才是谁送你回来的？大门在这里，为什么要距离那么远让你下车？”

“是同学送我回来的，门口不方便停车。”崔莹一脸无辜地看着沈燕燕，“妈，你要不要进去？你不进去我可进去了，包这么重你也不帮我提一下，反而关心起是谁送我回来的！”

沈燕燕看到女儿自顾自往里面走，忙跟了上去，唠叨却一直没停。

“妈这不是为你好嘛……虽说已经上了大学，可也不能太放松了，该努力学习还得努力，不要耗费时间搞那些有的没的……尤其是不要随便耍男女朋友，毕竟谁也不知道毕业之后会到哪里工作，到时候劳燕分飞的多了去……既伤神又耽误了学习，毕业还不好找工作，到时候我看你找谁哭去！听妈的准没错，大学期间不要想着谈恋爱……”

崔莹无奈地摇了摇头，大步向楼上走，留下沈燕燕在身后絮絮叨叨个没完。她抬头看到女儿已经上了楼，急得在后面追，“崔莹，你等等我啊，我还没说完呢，你这丫头越大越没礼貌了……”

天气虽然寒冷，家毕竟还是温馨的。

这是崔莹人生中第一个大学寒假，即使上个学期经历了那么多曲折离奇的事，但她依旧睡得很安稳。

毕竟，她还是有收获的。

顾枫，顾枫……

她默念着这个名字，带着甜蜜的微笑沉沉入梦。

第二十七章 秘密恋爱

在沈燕燕的唠叨声中，崔莹看似与往常一样，四平八稳地度过了寒假的第一天。

但是，她的心情却在不断起伏，总是在不停地想：顾枫现在在做什么呢？他的小号在线吗？他也会和自己一样，在挂念着对方吗？她越想越觉得心神不定，终于有点明白古人所说的“一日不见如隔三秋”的感觉了……

晚饭后，崔莹起身向自己屋里走去。

沈燕燕从厨房出来，看了一眼客厅里的电视机，不解地问道：“这么早睡觉？这不是你平时最爱看的娱乐节目吗？今天怎么不抢着看了？”

“我……看书嘛。”崔莹心虚地看了一眼母亲大人，感觉她应该只是随口一问后，松了一口气道，“妈，您不是教育我，即使上了大学也不能放松学习吗？我这是听您的话，回屋温习功课去了，电视就让给你了啊！”

沈燕燕果然没再吭声。

崔莹加快脚步跑进自己房间，关门之后靠在上面暗叫一声“好险”，她吐了吐舌头，带着愉快的心情坐到电脑前，登上了自己的游戏账号。

仿佛是心有灵犀一点通，她上线之后发现“暗影杀手”也在，这是顾枫重新创建的账号，用的是和崔莹在游戏里第一次见面的名字。

看样子，顾枫是早就在等她了。

崔莹忍不住一阵欣喜，噼里啪啦地敲起键盘和他聊了起来。

ID 暗影杀手：莹莹，你来了？

ID 心之蓝瞳：嗯，你是不是在等我？要带我练习么？

ID 暗影杀手：是啊。

ID 心之蓝瞳：等很久了吧？

ID 暗影杀手：没关系，我也是刚上来，开始吧。

二人简单地聊了几句，顾枫便带着崔莹畅游在游戏的世界中，两人玩得正酣畅时，崔莹忽然听到一声“叮咚”的提示音。

她习惯性地低头扫了一眼，看到电脑右下角弹出一个小提示，“仙儿囡囡上线了”。

自从上学期凌星星搬出宿舍以后，她们之间几乎很少交流，却并没有删除对方的好友号。崔莹今晚突然看到她上线，料想她一定是为了苍龙世界决赛做准备，看起来凌星星并没有打算就此认输。

凌星星上了线之后，不过十分钟又下线了。

崔莹大约玩了不到半个小时，就蓦然听见了“咚咚咚”的敲门声，紧接着妈妈的声音在门外响起，“莹莹，你在干吗呢？我进来了啊。”

崔莹还没来得及说话，就听到门即将被推开的声音，匆忙之间她根本来不及隐藏游戏界面，慌乱之下只好狠心拔掉了电源！

看到黑下来的屏幕，她稍微定了定神，转身看向大摇大摆走进来的沈燕燕，不高兴地埋怨：“妈，我还没说让您进来，您怎么擅自推门进来呢？您知不知道，这样做已经侵犯我的隐私权了？我已经满十八岁了！”

沈燕燕打量着女儿，又看了一眼她身后的电脑，狐疑地瞅着显示器说：“你是不是在和别人聊天？看看你这说话的态度，简直是此地无银三百两！我侵犯你什么隐私？人小鬼大了还！刚刚吃完饭，你就急匆匆地跑进屋里玩电脑，难道是有人在等着你？”

“才没有呢！”崔莹心虚地起身，坐到床上看着沈燕燕，“妈，我真希望您能尊重我一下，我已经成年了，应该有自己的空间了！”

沈燕燕看着女儿依旧稚气未脱的脸，猜测她应该只是有点儿突如其来的小脾气，因此摸了摸她的头说：“好好好，牛奶给你放桌上了啊，你记得喝了，不要学习得太晚，早点休息！”

沈燕燕说完就关上门出去了，崔莹松了一口气，连忙拿起手机，果然看到有顾枫发来的微信消息。

“怎么回事？突然断电了吗？”

“我妈突然不敲门就进来啦，被抓了个正着。不过还好，没有被发现！”

“我建议，你可以找个时间和你妈妈坦白想参加电竞比赛的事情，如果她依旧不理解你，我可以帮你解释。”

“那可不行……而且，我妈并不是怀疑我在玩游戏……”崔莹赶忙制止了顾枫，心想，你和我妈解释？这不明摆着告诉妈妈我在谈恋爱吗？想到这里，崔莹就觉得一阵头痛。

然而纸是包不住火的，以沈燕燕的精明，她和顾枫在秘密交往这件事只怕迟早会穿帮，不难想象，到时候老妈会是怎样的反应……

崔莹将手机扔到一边，趴在枕头上想着对策。

正在这时，客厅里传来了沈燕燕接电话的声音，如果没猜错的话，应该是她老爸打来的电话。

崔莹已经好久没看到爸爸了，立刻竖起了耳朵听听他们在说什么。

“……老崔，我强烈怀疑你闺女在大学早恋……”

崔莹听到这句话，顿时就无奈了。

早恋？她都多大了？早过了早恋的年纪了吧？都上大学了，早恋也不是什么稀奇的事啊！

“……总之，就是不行。”沈燕燕大声地继续讲电话，“她可是你亲闺女，万一遇人不淑，那就是害了她，你这个当爸的怎么这么漠不关心呢？难道就不担心你女儿吗？你一天到晚总说自己忙，究竟在忙什么……”

随着沈燕燕的声音越来越大，客厅里忽然沉默了一段时间。

此刻，崔莹隐约感觉到了父母之间的关系似乎有一丝不和谐的音符存在，但是没等她细究，就突然听到沈燕燕果断的声音，“我不管你怎么忙，女儿的事你一定要管！我就是不支持她这么早谈恋爱！你不要给我上教育课！”

随后她掐断了电话。

崔莹看到老妈这样疾言厉色，不禁倒抽了一口凉气，心知自己和顾枫的事，绝对不能过早地向老爸老妈摊牌了，否则后果不可预料！

次日清晨，崔莹揉着惺忪睡眼起床，第一件事就是打开电脑。

然而，电脑自动连接了半天，竟然上不了网？！

崔莹定睛一看，电脑显示网线是断开的，她顿时欲哭无泪地坐在地上，心里不住地哀号。

老妈，您可真是煞费苦心啊！

崔莹坐了半晌，依旧不甘心，趿着拖鞋跑到客厅找到了入户网线，她暗自欣喜，正准备手动接上路由器时，却发现家里竟然怎么也找不到路由器了……

她彻底绝望了，惨叫一声倒在床上，“妈，您可真够狠的，出门还要带着路由器啊！”

不过转念一想，不是还有手机吗？总不能让顾枫以为她从此失联了吧！

崔莹快速地拿出手机按了几下，发了一条微信出去。

“顾枫，我妈为了不让我上网，把路由器带出去了……现在怎么办？我去网吧还是拿着笔记本去邻居家蹭网？”

片刻之后，崔莹收到了回复。

“别说我教坏你啊，这事很简单，你自己再买一个路由器藏起来，不要告诉阿姨。你若是老往外面跑，只怕阿姨又要怀疑了。”

遇到这么奇葩的老妈，电脑那端的顾枫此刻想必要笑掉大牙了吧！

但是崔莹也顾不得那么多了，顾枫的办法还真不失为一个好计策！游击战谁不会？兵来将挡水来土掩，就这么办！

她拎着包一溜烟儿跑了出去，在附近超市买了一个路由器后跑回家，哼着歌儿把路由器装好后，登上了账号。

登陆成功！

崔莹发出一声欢呼，当她看到顾枫头像的那一刻，高兴得几乎要跳起来了。这一刻，她才忽然觉得，不管遇到什么阻碍，也不能削弱她和顾枫在一起的决心！

“叮叮叮……滴滴滴……”

她的手机惊天动地地响了起来。

崔莹眼睛没有离开电脑屏幕，左手接起了电话。

“谁呀？”

“我是你妈！丫头你怎么有气无力的，还没睡醒吗？！”沈燕燕在电话那边不高兴地质问，“起床没有？早饭吃过了没？中午我不回家，自己出去买点吃的吧！”

崔莹猛然之间听到老妈的声音，吓了一大跳，连忙点头应着：“知道知道，您就放心吧，我都这么大人了，还不会照顾自己吗？放心吧，我不可能会饿肚子的！”

然而，就在她准备挂电话的时候，电脑突然发出了“叮咚”的声音，新消息来了！

“喂？刚才是什么声音？崔莹，你是不是又在上网？跟谁聊天呢？不对呀，家里明明没网了……好呀我明白了，你不在家里对不对？现在在哪里？”

“妈,你听错了,刚才是我手机发出的声音！我不在家里能在哪里?要不要 Face Time 证明一下啊？”崔莹机智地主动回击。

电话那头，沈燕燕沉吟了一会儿，半晌才说道：“好吧，妈相信你一次，你自己注意点啊！”

崔莹挂断电话，长松了一口气。

ID 心之蓝瞳: 刚才老妈突然来了电话,吓死我了。不玩了,该吃饭了,下午再联系。

ID 暗影杀手：好，不过下午我们不练电竞了，你需要复习，不然下学期你的成绩落下来，阿姨更要起疑心。

崔莹听话地关了游戏，将新买的路由器藏起来后，哼着歌儿出门觅食去了。

吃饱喝足后，崔莹回到家，却发现门是半掩的。

她顿时感觉头皮发麻，不敢再往前走一步，嘴里嚼着的东西都忘了吞咽。

她想打电话给老爸，可是在身上摸了半天也没找到手机，这才恍然想起自己出门时忘了带手机。

崔莹定了定神，悄悄地走到门边朝里面看了一眼，倒是没有看到所谓的贼人。

她轻手轻脚地进了屋子，看了一眼厨房确定里面没人之后，才蹑手蹑脚地走了进去。她拿起菜刀看着上面锋利的刀刃，结果发现没吓到别人，倒先把自己给吓着了……

她忙放下菜刀，看了一眼水果刀，也觉得太危险，最后目光落在拖把上。

崔莹走过去拿起拖把，手攥得很紧，慢慢地出了厨房。

她不敢肯定贼人在哪里，父母的房间关着门，而她的房间却是半掩的。崔莹也想不起来，自己走之前到底有没有关门。

她悄悄地走过去，朝里面看了一眼，正好一个身影走了出来，崔莹顿时吓得大叫一声，闭上眼睛大喊道：“有贼啊！”

“死丫头，你往哪打呢。”沈燕燕也没想到崔莹在这时回来了，她刚要出门，结果迎面就撞上女儿闭着眼睛拿着拖把四处乱打。

她吓了一跳，忙退到屋里大喊：“我是你妈，哪来的贼！”

“妈？！”崔莹听到熟悉的声音停下手，睁开一只眼睛看过去，见果然是老妈，顿时身体一软靠在了门框上，带着哭腔埋怨道：“妈，你不是中午不回来了吗？回来也不提前通知一声！你知不知道，突然有人闯进来我也会害怕的？！”

“我怎么没打电话？你出门倒是带手机呀！”沈燕燕没好气地白了她一眼，将崔莹的手机扔到床上，“我都快要把你的手机打爆了，愣是没人接，还以为你是故意不接我电话呢！我怎么着也得回来看看，你到底在干什么吧？”

沈燕燕说着把崔莹拉回客厅，又问：“莹莹刚才你在哪里上的网？邻居家还是外面的网吧？网吧很乱的，你一个女孩子家，不准再去那种地方了！”

“妈。”崔莹头疼地躺在沙发上，连眼睛都不想睁了，“您拿走路由器干什么？家里不能上网，我不得想办法吗？我现在是在上大学，不是高中，就算是以前上高中的时候，有些题不也得从网上找资料吗？您把网给我断了，让我怎么学习呢？我的小心脏现在可难受了，有可能被您吓出心脏病了。”

“少给我来这一套。”沈燕燕没好气地白了她一眼，“老实说，刚才到底在哪里上的网？”

“朋友家。”崔莹看到老妈一点儿都不关心自己的身体，也没心情再装病了，坐起来一脸严肃地看着老妈，“妈，我也知道在网吧上网不安全，要不您就把路由器给我放下吧，怎么样？”

说完，她眨着眼装可爱地看着老妈。

沈燕燕却一改刚才的神情，不知道从哪里拿出一个信封放到桌上，一脸严肃地说道：“别装蒜，看看这封信，给我好好解释一下吧！”

“什么信？”崔莹奇怪地看了一眼老妈，伸手拿过信封看了起来，信封上什么也没写，她一边翻过去看背面，一边疑惑地问道：“妈，您是不是拿错了？匿名信？现在都什么年代了，谁还玩这个？会不会是别人误放到咱们家的信箱了？还是赶紧给人家送回去吧，免得人家着急。”

沈燕燕的脸色越发阴沉了，她冷哼一声道：“丫头，你别在我面前装无辜。你是我生的，我还能不了解你？！我倒是希望弄错了，但是你先看看里面的内容，再来判定是不是别人放错了吧！”

崔莹看到她的脸色这么难看，应该不像是在和自己开玩笑，于是拿出了信纸，从头看了起来。

沈燕燕沉着脸看她，一句话也不说。

片刻之后，崔莹看完了信，却像是被浇了一桶冰水，浑身都冷透了。

她低着头不敢直视母亲，猜测是谁这么无聊给家里寄这样的信？难道是许艺？不可能，许艺不是这样的人，就算她真的恨自己，也不会在背后搞这种小动作！那还有谁？难道是凌星星？

这封信揭发了她在学校的各种“不轨行为”，比如旷课玩游戏、交了一个更喜欢玩游戏的男朋友，还在外面夜不归宿……

里面的每一条都是沈燕燕不想看到的，崔莹简直怀疑这人是不是跟她有八辈子的血仇，要这样来坑她！

“啪”的一声，吓得崔莹打了一个冷战。

沈燕燕眼神阴沉地看着崔莹，冷哼了一声问：“现在可以肯定不是放错信箱了吧？崔莹，这位同学说，你在校期间玩游戏、谈恋爱，还时常逃课和男朋友约会，更过分的是，你居然还不要脸地跑去和人家同居？！这些到底是不是真的？你是不是想气死我？你知不知道自己在干什么啊？！”

“都是胡说八道！”崔莹犹如五雷轰顶，脸一下子涨得通红，辩解道，“妈，事实绝对不是信上所说的那样，这完全是添油加醋、歪曲事实！我……我确实学会玩游戏了，但是我从来没有耽误过功课，更不可能逃课去玩游戏！还有，我是有一个男生朋友，但我并没有和他同居，那是因为当时宿舍突发状况，所以我才到他家借住了几天……他家有很多房间，还有负责打扫卫生的阿姨，我们根本没有住到一起！”

“简直乱来！”沈燕燕听到崔莹说的这些，气得浑身发抖，心里的火气越来越大，“你知不知道羞耻啊？居然还和他住在一起？你们才认识多长时间？你到底有多了解他？你是不是疯了啊？”

“妈，事情没有您想象的那么严重……”崔莹企图证明自己的清白。

“还死不认错！”沈燕燕实在按捺不住，给了女儿一个响亮的耳光，脸色难看地吼道，“我真是白教育了你那么多年！从小到大我说了这么多，你是不是一句都没有听进去？！我告诉你，你马上把那小子的联系方式交出来，我现在就找他谈谈！什么没家教的小混蛋，竟然敢勾引我女儿，他也不拿镜子照照，看看自己到底有几斤几两！”

“妈……”崔莹捂着脸，委屈地哭了起来，“你居然不相信我说的话，选择去相信一封匿名信？你一点都不怀疑这封信的真假吗？”

沈燕燕看着她，冷冷地说道：“你真的以为我没有核实过事情的真相吗？我已经和你们宿舍的管理员联系过了，也给你同宿舍的室友打了电话，那个小姑娘吞吞吐吐地说了半天，最后证明了这些事都是真的！还有，我警告你，不许再参加那个什么竞赛和直播，从今以后都不许再碰游戏！”

“妈！”崔莹突然站了起来，“你给谁打的电话？她叫李慕楠吗？”

“你不用管她叫什么！你玩游戏的那些装备我全部都要没收，至于那个男同学，你也不准再和他来往！”沈燕燕气愤地下了通牒，“从今天开始，你给我在家里待着，哪儿都不许去！”

崔莹看到母亲摔门而去，知道她肯定是铁了心不会再让自己玩游戏了，她越想心里越难过，忍不住趴在床上痛哭了起来。

第二十八章　智斗崔母

深更半夜。

崔莹不敢开灯，摸黑躲在被子里给顾枫发消息。

“顾枫，出大事了……今天有人给我妈寄了封匿名信，把我们的事添油加醋地告诉了她……现在我被老妈软禁在家了，怎么办呀？这样下去，我根本没机会参加苍龙的决赛……我该怎么办？”

顾枫每次回消息都很及时，他迅速回复过来。

“不要着急，总会想到办法的，好好和阿姨解释。”

“解释过了，但我妈完全听不进去，而且她还说有我的室友作证，那些事情都是真的。我在想，这个室友究竟是谁？是许艺，还是凌星星？无论如何，这个人都不会是李慕楠，我不知道那个人为什么要这么做？”

“很简单，她的目的无非是让你无法参加苍龙世界的决赛。”顾枫一语惊醒梦中人。

原来如此！

崔莹立刻明白过来，如果真是这样，那么写匿名信的这个人，还真是挺有心机的。

她随便写了一封信，就让自己被母亲软禁，不但没有机会练习电竞，更没有机会再出门，那么苍龙世界的决赛她肯定没机会参加。

她不费吹灰之力，就不动声色地折损了一个强劲的对手。

这个人，到底是许艺，还是凌星星呢……

“我想我大概知道那封信是谁写的了……”崔莹默默地思忖了片刻，“其实对我来说，电竞比赛完全是兴趣，我没有那么强的好胜心，如果实在不行，那就退出吧，希望如她们所愿之后，那个人可以不再针对我了。”

崔莹虽然没有说话，全是文字交流，但是看得出来，她的心情已经沮丧到了极点。

“莹莹，你把阿姨的联系方式给我，我来和她解释一下，或许我们能获得她的理解和支持。”

崔莹看完顾枫的信息，心里有些胆怯，想到老妈对待自己谈恋爱的态度，她一时半会儿还真不敢让他去面对老妈。万一老妈对顾枫也不客气，说出一些伤人的话，她以后还怎么面对他呢？所以还是拒绝这个提议比较好。

“还是不要了……我担心她在气头上会说一些伤害你的话。”

“傻瓜，我可是川大的高才生，怎么会在文字上吃亏呢？放心吧，你把联系方式给我，我保证能说服阿姨。”

崔莹犹豫再三，最终还是把老妈的电话发了过去，她不是不相信顾枫有这个能力，只是怕老妈口不择言导致他自尊心受创，一怒之下再也不理自己了。

次日，沈燕燕不在家。

崔莹又登上了游戏，看到顾枫照旧在线，心里顿时有一种甜丝丝的感觉。她特意戴上了耳麦，以防声音再漏出。

两人开心地聊了一会儿，崔莹似乎隔着耳机听到了外面有人敲门的声音。

“咚咚咚！”

崔莹回头看了一眼反锁的房门，心想，老妈不可能这么快回来的，或许是她听错了？

她转回头开玩笑地说道：“顾枫，我产生幻觉了，居然听到有人在敲门，一定是被我妈给吓傻了。”

顾枫在电脑另一边笑得那叫一个开心，崔莹虽看不到他现在的样子，不过仅凭他的这几声笑，就能猜到顾枫现在的样子。

“你还笑呢，我妈现在一定认为我们两个都是游手好闲、天天只知道玩游戏的坏学生，其实你应该算是一个职业电竞选手吧？”

“职业电竞选手？挺符合我以前的身份，现在更确切地说，应该是职业教练，专门训练你这个新手的。”顾枫在那边开心地调侃。

“少臭美了。”崔莹忍不住笑了，虽然昨天被打的脸颊依旧火辣辣的，可是听到顾枫的声音，她心里的难受却已烟消云散，变得开心起来了，“你确定要和我妈妈聊一聊？”

“当然。相信我，我一定能说服阿姨的。”顾枫安慰她道。

“咚咚咚！”

敲门声更响亮了。

这一次崔莹确认自己没有听错，她清清楚楚地听到了敲门声。

她连忙回头，心虚地看了一眼反锁的门，然后眼疾手快地放下耳麦，将游戏界面缩小，再将显示器关掉。

完事之后，她还将甜蜜开心的笑意藏了起来，走到门边努力肃了肃脸色，最后仍旧不放心地低头打量了一眼自己，感觉没什么异常之后，才深呼吸一口气拉开了门。

“爸爸！”

打开门看到是老爸崔国强之后，崔莹这才放下心来。

还好，是爹不是妈。

她转身坐到床上，甜甜地说道：“爸，是妈妈让您今天回来的？”

“老爸自己来的不行吗？”崔国强说着坐到女儿身边，问，“听你妈说出大事儿了，我还真得亲自回来问一问，你和那个玩游戏的男同学，真的住到了一起？”

“爸，根本就不是信上写的那样，是发生了点意外，我才不得不暂时在他那儿借住。况且，在他家的时候，我和照顾他的阿姨住在一起，根本就没有和他住一块儿！是妈宁愿相信别人的话，也不相信她亲生女儿说的话。”崔莹委屈极了。

崔国强点了一下头，说：“没有最好，我和你妈也是担心你，女孩子一定要自重自爱，不过爸爸相信你。只是这玩游戏，又是怎么回事？你以前从不碰这些东西的？是不是那小子拉你下水、带着你玩的？”

崔莹摇了摇头说：“不是他，是我们宿舍的一个姐妹教我的。我只是娱乐消遣而已，绝对不会沉迷于其中的，爸，您放心吧。”

崔国强点了点头，他没有责怪崔莹，反而安慰她道：“爸自然是相信你的，不过你妈现在还在气头上，这几天你乖一些，不要再惹她，等她气消了应该就没事了。”

“还是老爸最疼我啦！”崔莹开心地吐了吐舌头。

不过，沈燕燕的脾气和手段还真不是盖的。

她说到做到，每天出门前都要先到崔莹屋里转一圈儿，看看电脑有没有打开，如果碰巧电脑开着，沈燕燕就要检查电脑上面都有什么。

崔莹看起来也特别乖巧听话，老妈想检查什么，她都乖乖地接受检查，有时候她还没起床，也要坐起来，等老妈在屋里转一圈儿离开后，才继续躺下睡觉。

另外，沈燕燕只要出门，每隔一个小时就必定会打来一个电话，检查崔莹在家干什么，还要让她开视频，看看电脑是不是开着，主机是不是开着……

崔莹也没有表现出一点不耐烦的样子，一一照着老妈的要求做了，直到沈燕燕满意地挂断电话为止。

嘿嘿，迷惑对手的能力，她还是有一点儿的！

上午，沈燕燕前脚出门下了楼，崔莹后脚就从床上爬起来坐到电脑前，她早就等不及上游戏了，可是为了不让老妈生气，只好克制着自己。

奇怪的是，今天她登录上《苍龙世界》的时候，顾枫竟然不在。

她等了好一阵儿，他依然没有上线，崔莹心里有点担心，左思右想还是拿起手机，拨通了顾枫的电话。

“顾枫，你在哪呢？是不是出了什么事？我看你不在线。”

“没有，今天有点小事，不过已经解决了，你等我一下，我马上来。”顾枫笑着说，“我是担心你这几天没办法上网，所以没有上线找你。阿姨不在家里吗？”

“她很忙的，每天早上出门晚上才回家，不过中途是要电话查岗的，所以我得保持十二分的警惕，不能让她老人家发现破绽！”崔莹狡黠地笑了笑。

崔莹挂断电话没多久，顾枫的头像果然亮了。

中午的时候，沈燕燕准时打来电话，先关心了崔莹有没有吃饭，然后才开始质问，“莹莹，你在干什么呢？刚才是在和谁笑？”

崔莹紧张地放下耳麦，故作轻松地解释道，“妈，我不是说了嘛，正在看电影呢！喜剧片，太搞笑了，哈哈哈。”

“这么夸张。”沈燕燕没好气地说，“对了，这几天一直有个人加我微信，说是你们校会的干部，叫顾枫，你认识吗？”

崔莹顿时坐直身体，心提到了嗓子眼儿上，试探地说道：“妈，顾枫是我们这一届的校会主席，他有没有和你说什么？”

“哦，是好孩子就行。他倒没有说什么，当时我在忙，简单地问了两句就没理他。”沈燕燕没放在心上，“也许是通知我开家长会吧。”

“妈……”崔莹简直哭笑不得，心想你还当我是幼儿园的小朋友？学校还让校会主席通知您开家长会？

不过顾枫这招还是挺聪明的，先用学生会干部的身份博取好感，再来图谋其他事儿，否则沈燕燕绝对不会理睬他。

沈燕燕挂断电话后，崔莹松了一口气，又拨通了顾枫的电话。

“莹莹，抱歉，我这边有点事先出门了，一会儿不能陪你打游戏了。”顾枫接到电话的时候已经在外面，他知道崔莹心里挂念着决赛的事情，可是他也知道，自己不能天天陪着她打游戏，否则，他也担心崔莹会沉迷于游戏中。

崔莹忙说：“不，不是玩游戏的事，你加我妈的微信，怎么也不提前和我说一声呢？”

顾枫笑了一下，说：“放心吧，我会解决这件事的，好了，我这边还有点事，先挂了。”

“好吧。”崔莹无奈地应着，挂断了电话。

窗外的雪，将整座城市洗涤得无比纯净，积雪开始融化的时候，是这个城市最寒冷的时期，但是马上新日就要升起，寒冷也会随这轮新日远去。

记得有位诗人说过：冬天来了，春天还会远吗？

那么，积雪远去了，晚冬还会冷吗？

寒假即将过去，崔莹有些窃喜。

寒假结束后她就自由了，到时就可以天天见到顾枫，老妈也管不着她了。

“莹莹，今天有空上线吗？”顾枫给崔莹打了通电话，这几天他几乎每天都要问一遍这个问题，而崔莹几乎每次的回答都是没空。

“没有。”这一次也不例外，崔莹一如既往地回答，这几天老妈管得太严，查岗的次数太过频繁，她根本没什么时间上线玩游戏。

“这都快开学了，阿姨不给你放几天假吗？”顾枫好笑地问。

“我妈一直这样。”崔莹无可奈何，谁让自己倒霉被人写信举报了，现在想脱身都难。

“阿姨其实挺好说话的，人也挺亲切。”顾枫低笑着说道，这是他几天来和崔莹的妈妈聊微信得出的结论。

“你这么夸我妈，我妈知道吗？”崔莹有些不太相信，她妈妈为人是挺善良，但绝对不像顾枫说的那样好说话，这是身为沈燕燕的亲生女儿得来的结论。

“她一会儿就知道了，哈哈哈。”顾枫在电话里笑了起来。

崔莹这才想起，顾枫这几天一直在跟老妈聊微信，她还没有问过顾枫情况如何。不过现在看样子，他们应该聊得挺不错。

“呃，看样子你跟我妈聊得挺好啊，还瞒着我不说。”崔莹嗔怪道，她并不介意顾枫跟她妈妈聊微信，只是好奇他们的聊天内容，万一沈燕燕聊起自己以前的糗事儿，她可就要尴尬死了！

“只是简单聊了几句你在校会的工作情况而已。”顾枫轻描淡写地说。

事实上，他跟沈燕燕可不止聊了几句，而是几乎每天都聊。有这么一个品学兼优的男生“阿姨长、阿姨短”地叫，还能了解自己女儿在学生会的工作情况，沈燕燕对顾枫的印象还是挺不错的。

“那你们两个好好聊，我妈对你的好印象可来之不易啊！”崔莹笑嘻嘻地说，心里有些得意。

嗯，顾枫还是挺机灵的，不愧是她男朋友。

“明白。”顾枫含笑说道。

他知道崔莹的幸福就把握在自己手里，这件事非他去做不可。

“其实，这个寒假我过得还算蛮精彩的，每天和我妈就像猫捉老鼠一样，那叫一个刺激……”崔莹忍不住叹了口气，“苍龙的决赛不能去参加……多少有些遗憾。”

“来日方长，别让阿姨太担心你，未来有的是机会。”顾枫安慰道。

“上次我们一起去的那个网吧，应该就是你最初打游戏的地方吧？”崔莹有些疑惑，“你游戏为什么打得那么好？”

“我很小就开始玩游戏了，是一个大哥哥教我的。”顾枫平静地说。

“是飞哥吗？”

“不是他，是另一个人，只可惜那个人已经不在了，我还没来得及感谢他。”顾枫的声音有些低沉，带着些许惋惜。

“你小时候的生活是不是很无趣？那么小就打游戏，一点儿童年乐趣都没有。”崔莹感叹道，想想她小时候，生活可比顾枫有趣多了。

“当然无聊了，不过好在那个大哥哥会陪着我，不然整个童年都只有我一个人。”想起那个人，顾枫不禁有些怅然若失。

“原来你小时候的性格这么孤僻啊？”崔莹有些震惊，没想到这个打游戏这么厉害的少年，小时候竟然这么孤独。

不过，这似乎也挺正常，高手都是孤独的，顾枫这么厉害，所以独来独往也不稀奇！

“这个点阿姨该回来了吧？”顾枫不想再聊这个话题，转移她的注意力道。

“啊，对的！一会儿她回来肯定得查我手机，我得抓紧时间清理通话记录，先挂了啊！”崔莹手忙脚乱地说道。

“好。”顾枫挂了电话，站在原地怔忡良久。

他不是不愿意和崔莹谈这个话题，而是那些孤独，常人是不会懂的。他不知道该如何告诉她那些过去的事情，他的孤独以及性情孤僻的原因。

其实并不是游戏造就了他这样的性格，而是他这样的性格，才造就了他游戏玩得这么棒。然而就算有游戏为伴，顾枫依旧是孤独的，他的生命依旧是黑白的，直到崔莹出现，他才看见了人生中有许多亮丽的颜色。

崔莹这么天真爽朗，就像是天空里最耀眼的阳光，带给了他点点滴滴无数的温暖。

第二十九章 小别重逢

春节过后，积雪都渐渐融化得差不多了，乍暖还寒的时节，万物都在期待春天的到来。

对于崔莹来说，这个寒假过得非常特殊。因为有了和顾枫之间的“小秘密”，以及和老妈斗智斗勇的各种糗事儿，简直堪称惊险万分。她长这么大还是头一次将假期过得如此精彩，虽然借助网络的力量，几乎每天都与顾枫有联系，让两人并没有因此产生距离感，但她还是忍不住想马上返校见到他本人。

想到即将见面，崔莹心里忍不住乐开了花。

从视频里面看，顾枫还是那么帅气，不知道真人是不是一样？

不得不说，这真是崔莹有生之年头一次这么期待开学。

和上学期一样，沈燕燕亲自送崔莹返回川穹大学，一路上她不知疲倦地各种唠叨，完全没停下来的迹象。

“你呢，到了学校之后一定要按时吃饭按时睡觉，妈妈不在身边，管不了你这么多……至于打游戏的事情，我听你们那个校会主席说，现在国家还在大学里设立了什么电竞专业？不管怎么样，我觉得这都不是什么好事情，熬夜打游戏伤身体不说，还毁容！你自己注意点儿……还有，钱不够了就给妈打电话。”

沈燕燕一口气麻溜儿地说了一大串儿，熟练得好像她已经练习了无数遍一样。

“妈，我知道了。你也别老惦记着我，多关心关心爸爸，我看老爸这几年怎么好像越来越忙了，公司有这么大压力吗？”

说实话，崔莹以前可是崔国强的掌上明珠，然而这个寒假崔莹和他却连面儿都没见着几次，不是出国，就是出差，要么就是加班。

都说男人有钱就变坏，崔家的公司虽然是小本生意，但这几年倒是挺红火的，难保老爸不会出问题……

崔莹觉得这事儿还是不能忽略，索性旁敲侧击地让妈妈多留意一下。

“哟，女儿果然长大了，还想着关心起我和你爸的事情来了。”沈燕燕不动声色地回了一句，继续开车。

崔莹原本以为妈妈会趁机抱怨几句，没想到她除此之外并无别的话。她暗自疑惑，为什么她总觉得妈妈话里有话？按照她的性格，妈妈应该会顺嘴说一下爸爸的不是才对，然而她却什么都没有说。

都说吵架的夫妻才是稳定的夫妻，相互之间越无话可说，关系恐怕就越危险。

崔莹隐约觉得父母之间的感情似乎越来越差，但又说不出个所以然，虽然父母二人谁都没有做出什么出格的事儿，可崔莹心里还是十分不安。只是为人子女，自己的感情问题都尚且处理不清楚，又怎能轻易干涉长辈的事情？

手机屏幕闪了一下，是顾枫发来的微信，她已经告诉过他自己今天返校的消息。

“莹莹，你到学校了吗？”

崔莹扫了沈燕燕一眼，趁她不注意，眼疾手快地打下回复：“我在妈妈的车上，过会儿才能到。”

“到了宿舍楼下给我打电话，我帮你搬东西。”

“好。”崔莹开心地回复。

不得不说，顾枫还是很细心体贴的，他不像某些男生那般过于自我，尤其是沉浸在游戏中时，很多男生会完全不顾女朋友的感受。

也许正是因为他的理智与克制，才造就了他独特的个性吧！

到了川穹大学门口，崔莹发现这里车水马龙，早已堵得水泄不通。

小别一个多月，川穹大学的大门竟然重新修建了一次，看上去更加堂皇气派，一副名牌学府的恢宏大气。但伴随着高大上的新校门，也立了很多新规矩，例如门口保安处赫然立着的那块硕大牌子，上面写着：私家车辆一律不准入内。

那些接送学生的车辆都被挡在校门之外，学生只能自己扛着大包小包，走向校门口后面的校园通勤车。

“妈，学校有规定，我们车子进不去了，我就这里下车吧。”

“行。”沈燕燕点了一下头。

崔莹拖着行李箱，与母亲挥手告别，她上了校内巴士，放好行李箱之后，安静地坐在座位上。

从校门口到中文系女生宿舍大约有十五分钟的车程，她原本在悠闲地看着窗外的校园风光，不料眼角余光却瞥见车上有点儿不对劲。

有一个打扮衣冠楚楚，看上去似乎也是学生的人，居然在掏一个男同学的背包？

是小偷？！

崔莹刚想出声提醒那个男生，却见那个小偷似乎已经得手，眼看车门打开，那人就要趁机会蹿下车去。她来不及多想，蓦然从座位上站了起来，直接一脚就向那人的后腰踢了过去！

那个小偷被她这一脚踢得晕头转向，忍不住大怒。

“你有病啊！”那个小偷转过身来，指着崔莹怒骂，“信不信我打死你？”

车上乘客的目光都聚集在崔莹和这个被踢的男生身上，崔莹不知道除自己之外还有没有人看到这个男生的小动作，很多人对着他们指指点点、议论纷纷，她看着那个被掏口袋的男生，大声说道：“快看看你的钱包和手机有没有丢？”

那戴眼镜的小男生疑惑地看了一眼崔莹，又看了一眼小偷，摸了摸包后抬起头道：“没有丢啊。”

“我@# ￥%……”小偷这下可得意了，张嘴就是一句国骂，气势汹汹地看着崔莹，“你是哪根筋抽错了？”

“没偷着不等于没偷过，别说我没证据，有种跟我一起去看车内录像！”崔莹挥了挥自己的小拳头，“我劝你在学校里还是收起你的小动作，不然下次就不是踢你这么简单了！”

司机这时也停了车，回过头来看他们，语气严肃地说：“同学，要不要去保卫处？”

“算了，看你是个女的，爷不跟你计较。”那个小偷自知理亏，给了自己一个台阶，然后一溜烟儿蹿下去溜走了。

崔莹见小男生也没有丢东西，她也不是那种得理不饶人的人，也就没搭理他的落荒而逃，而是对司机说道：“师傅，他是偷盗未遂，肯定不敢去保卫处，咱们就不耽误大家回宿舍的时间了，走吧。”

司机似乎也不想节外生枝，踩脚油门就继续开。

车上很快恢复了原样，没有人再关心刚才发生的小插曲。

崔莹刚回座位上坐好，却发现有人拍了拍自己的肩膀，一抬头，却见是那个刚才被偷的小男生。

她笑了笑：“那个人刚刚想对你下手，你有没有丢东西？”

“谢谢你，我确实没有丢东西。”男生礼貌地回答崔莹，朝她点头笑道，“你是哪个系的？我是数学系研二的余雕雕，认识一下吧？”

余雕雕？

哈，这个名字真有趣，这个小男生虽然看上去年纪挺小，没想到竟然是研究生师兄啊！但是看他年纪似乎和自己差不多，应该是跳级录取的。

“中文大一，崔莹。”她同样点头微笑示意。

“这年头，见义勇为的人不多了。你胆子可真大，对着人过去就是一脚。”那个男生看着她，嘴角上扬地说道。

“路见不平一声吼啊。”崔莹随意地回了句，露出了一个顽皮的笑容，“其实我当时也没想那么多，就怕他得手之后就下车跑掉了。”

“你宿舍在哪，我帮你把东西搬过去吧。”余雕雕热情地提议道。

“不用啦，”崔莹微笑着拒绝，“我有朋友在宿舍门口等我，他会帮我拿行李。”

余雕雕伸出去的手顿时停在半空中，然后尴尬地收了回去。

“那好吧，我先下车回宿舍了。”他提起自己的行李箱，从崔莹身边擦肩而过，在她手臂上扬起一阵风，“有机会再见！”

“再见。”

到了女生宿舍楼附近，崔莹一眼就看到了顾枫的身影。

他站在公告栏旁边，身穿一件黑色的羽绒服，寒风拂过他年轻的脸，额前扬起的刘海微微荡漾，露出了他那双清澈而坚定的眼睛。

顾枫将双手插在口袋里，淡定地站在风中，微风吹过他羽绒服领口上的风毛，远远看着像是一幅人物肖像画。

顾枫真的是个很帅很帅的男生。

崔莹不否认自己或许是情人眼里出西施，但顾枫的帅气确实是大家有目共睹的。

她下了校车，并没有立刻走过去，而是躲在公告栏后，偷偷拨通了顾枫的电话。

“喂……顾枫啊，嗯嗯……是我，我到学校了，快到宿舍了哦，你过来接我啊。”崔莹的声音很甜，脸上挂着狡黠的笑容。

“我就在楼下，你下车就能看到我。”顾枫一边抬头张望校车的踪影，一边告诉崔莹不要乱走。

崔莹没有挂电话，一直和顾枫保持通话状态，然后绕过公告栏，轻手轻脚地来到他身后，此时两人只隔着一个广告牌。

“怎么不说话了？莹莹？你到了？我怎么没看见你呢？”顾枫听到

电话里一片静默却没有挂断，而附近也没有校车的影子，显然有点着急了。

“你回头！”崔莹忍不住笑。

顾枫下意识地回头，这才发现崔莹拿着手机就站在他身后。

她像一只小狐狸般露出狡黠的笑容，眉眼弯弯笑得特别开心，似乎是看到了他眉宇之间露出的焦急情绪，她的笑容越发甜蜜了。

顾枫看到她的模样，心里蓦然一动，突然低头做出了一个崔莹意想不到的动作——他低头亲了她一下。

“啊？呃……”

崔莹完全没料到这个场景，顾枫离她太近了，她丝毫没有防备，被他亲了个正着。

一开始她还没反应过来，等过了几秒钟以后，她才意识过来发生了什么事。

她的脸顷刻间被羞得通红，一直蔓延到脖子那里。

“你的脸怎么红了？”顾枫看着窘迫的崔莹，似笑非笑地问道。

“哪、哪有……可能是太热了！”崔莹结结巴巴地找了个借口，但显然这个理由在寒风中的二月是不成立的，她随即也意识到了这个问题，脸上的红晕扩散得更快了。

“你的脖子都红了。”顾枫不依不饶地逗着崔莹，久别重逢的喜悦弥漫在他的心上，从他眼里的笑意可以看出他此刻很开心。

“顾枫！”崔莹羞怒地跺了跺脚，故作凶狠地瞪着他。

顾枫知道不能过火，否则小猫儿就要挠人了，于是绝口不再提她脸红的事情，而是微笑着从崔莹手里接过行李箱，帮她把行李箱搬上楼。

宿舍里堆积了整个寒假的灰尘，显得到处脏兮兮的，崔莹花了很长时间才把它重新整理干净，床铺、地面擦得一尘不染。

她刚收拾完没多久，李慕楠就到学校了。

闺蜜见面，免不了一阵嬉笑打闹，互相调侃“吃胖了没有……”“胸大了没有……”“寒假去了哪里玩……”“春节走亲戚好玩不好玩……”之类的话题。

“莹莹，你这么早就来学校收拾东西，还把宿舍弄得这么干净，和你做舍友我真是太幸福了！”李慕楠铺好床，整个人呈大字形往上面一躺，惬意得不得了。

“我说，你就不能起来帮忙干点活儿吗？”崔莹放下手上的拖把，无可奈何地看着李慕楠。

“这次你干，下次我干。我妈都说了，要我干家务活啊，除非太阳从西边出来了，好在傻人有傻福，我跟着你这么好的室友，才不至于睡狗窝！”李慕楠笑嘻嘻地说道，“对了莹莹，我还有事情要问你哪，寒假你怎么没有参加苍龙世界的决赛啊？我还在 QQ 给你留言来着，结果你就回了我一句‘见面再说’，害我纳闷了好久。”

“这件事说来就心塞，不聊也罢，就当是一个遗憾忘了吧。”崔莹把拖把放到一旁，长叹了一口气。

“怎么了？快说说。”李慕楠感觉事出有因，表情也变得严肃了。

“不知道谁写了一封匿名信给我妈，说我在学校表现极其不好……各种有的没的扯了一大堆，我妈居然也信了！”崔莹特别憋屈，她为这次比赛准备了那么久，结果硬生生地折在了那封匿名信上。

“匿名信？谁这么无聊，写这个给你妈告状？”李慕楠听得一头雾水，匿名信这种过时的东西竟然神奇地出现在了崔莹家里，还害得她无法参加比赛？“谁这么无聊啊？！你没参加比赛真的太可惜了！”

“如果知道是谁，就不叫匿名信了。”崔莹想到那封信就想叹息，然而事已至此，她只能认栽。

“其实倒也不难猜……你知道那次决赛里，谁最出风头吗？”李慕楠郑重其事地问道。

“谁？许艺吗？”崔莹迟疑了一下。

“凌星星啊！”李慕楠吐出这个名字，“许艺哪有她这么嘚瑟？当时决赛直播的时候我看了一下，许艺对苍龙世界似乎越来越生疏了，操作的时候连续出了好多 BUG，真不知道她是准备放弃电竞呢，还是改练别的游戏去了。你还记得去年她高调签约 HG 公司的事情吧？那时候我记得萧莘学长还到处宣扬说，HG 公司要在一月份联合苍龙世界游戏公司，为许艺举办一场名为‘ANGELA 杯’的比赛，结果后来也无声无息了。”

“是啊，好像一月份并没有举办这次比赛啊？难道是推迟了？”崔莹也记得萧莘确实有一阵子很高调地说过这件事。

那时候他刚刚成为许艺的男朋友，恨不得让所有人都知道他的女朋友有多么优秀，几乎每天都在自己的微信朋友圈 PO 各种关于许艺的消息。

“我觉得应该不是推迟……你是没注意，许艺已经很久不玩苍龙世界了，她的排名掉得非常厉害。我在想，她是不是已经玩腻这个游戏了，所以根本不想参加那个什么 ANGELA 杯。”李慕楠说着扶了一下眼镜，又叹了口气，“真是可惜了。”

“这么看来，倒很有可能是许艺自己放弃了，确实可惜。”崔莹觉得应该是许艺自己放弃，阻止了萧莘去说服 HG 公司办这件事。

否则，以萧莘的性格，对许艺做出的承诺一定是言出必行的。

“你们两个就不说啦，倒是凌星星，因为身后有她的经纪公司撑腰，粉丝对她各种热情，她也各种炫耀，真是大大地风光了一把呢！记得之前苍龙世界预赛的时候，她是你的手下败将，你没来她就出人头地啦！”

“其实游戏不过是游戏而已，这样争得你死我活，没多大意思。”崔莹心里早有准备，所以一点儿也不意外。

“你是这么想，有些人可不一定了，我总觉得凌星星哪里怪怪的，明明看起来挺萌的一个人，但是眼神总让我感觉阴恻恻的，而且这种感觉很强烈！”李慕楠撇了撇嘴，说了些听起来有些不着调的话。

“你要改行当算命先生吗？”崔莹啼笑皆非，“一个寒假不见长进了啊，都学会给人看相了？”

“我是为你好，总之你小心点这个人，她很棘手的。”李慕楠说。

“反正以后不会有什么交集，她的目的也达到了，由她去吧。”崔莹毫不在意地笑笑，低头看了看手机，上面有顾枫发来的微信：

“快中午了，去哪儿吃午饭啊？”

崔莹不禁失笑，与顾枫交往久了她才发现，其实他跟大家所认为的高冷学霸一点儿也不像。他并不是整天只知道学习和处理学生会的工作，他还喜欢打游戏和找好吃的，这一点倒是和萧莘有点儿像。

萧莘……

崔莹猛然想起这个人，心里突然有些难过。自从许艺误会她之后，他选择站边喜欢的女生，所以他们好久都没联系了……

这段时间他应该是和很多富家子弟一样，陪着家人去海外过春节度假，或者在马尔代夫的海边晒太阳吧？不知道他追许艺的成果如何了，倒是希望他们能有一个好结果……

“我们去吃麻辣烫吧，好久没吃了，很想念后街那个小店的味道呢。”崔莹给顾枫回复道。

那家麻辣烫店是之前萧莘带他们去的，味道挺不错。

没过一会儿，顾枫发来了回复：“我在楼下等你。”

崔莹闻言跑过去推开窗户，果然看见他正站在楼下向自己招手，她脸上顿时漾起了幸福的笑容。

“真是虐死单身狗了！”李慕楠看到她的表情，躺在床上长吁短叹。

“慕楠，我先出去跟顾枫吃饭了，要不要给你带些吃的回来？”崔莹笑吟吟地问道，“或者你和我们一起去？”

“不去。”李慕楠这点机灵劲儿还是有的，“你俩小别胜新婚卿卿我我，我就不去当电灯泡了。不过我知道你这个人最仗义了，自然不会忍心让我饿肚子的，所以回来的时候给我带一包好吃的就行了！”

“好。”崔莹朝她眨了眨眼睛，拿起包包出了门。

第三十章　飞来横祸

学校对面的麻辣烫店，生意火爆到不行。

崔莹和顾枫并肩走进店里，结果一眼就看见了凌星星。

她看上去神采飞扬，也更漂亮成熟了，身穿着一件灰粉色的人造狐狸毛大衣，涂着最新潮的黑色猫眼指甲油，巧笑倩兮地坐在靠窗的那个位置喝奶茶。

她对面坐着一个男孩，却不是江晨。

顾枫仿佛没看到凌星星一样，特意往里面走了几步，回头说道："莹莹，这边空位比较多，过来坐吧。"

崔莹坐下没多久，无意间对上了凌星星的眼神，竟然发现她在瞪自己。虽然隔着好几排桌子，但她的眼神依然充满了凌厉之气，凛冽得似乎想隔空杀人一样，而且就像李慕楠说的，有一种阴恻恻的感觉。

崔莹惊愕之下感觉无比纳闷，这个凌星星为什么要用这种眼神瞪着自己？难道是因为之前苍龙世界预赛时，自己故意羞辱她，让她败给了自己，所以她至今怀恨在心？

可是，这都是因为她先陷害许艺，然后嫁祸给自己，她才会给了她一点小小的教训啊！

寒假的时候，苍龙世界的决赛自己并没有参加，按理说，凌星星出了那么大的风头，应该对之前的事情早就释怀了才对啊，现在至于用那种仇恨的眼神看自己吗？

崔莹想到这里，心里隐约有点儿不安，但又说不出个所以然，美味的麻辣烫到了嘴里，似乎也失去了鲜美的味道。

“你在想什么呢？一片土豆吃了快五分钟。”顾枫注意到崔莹的神情不太对劲，关心地问道。

“啊……没什么，我们吃饭。”崔莹回过神来说道。

她不再看凌星星，因为有顾枫在身边，自己其实不需要害怕她。

凌星星吃完饭离开的时候，还不忘绕路过来，故意在崔莹和顾枫面前晃悠了一下，却并不和他们打招呼。

凌星星是在向自己宣战，还是有别的意思？崔莹不明其意。

顾枫看着凌星星和那个男生远去的背影，见崔莹的表情有些若有所思，于是说道：“那些事已经过去，没必要再多想了。”

崔莹点头一笑，说道：“你说得对。不管怎么样，我和她毕竟是同班同学，每天抬头不见低头见，她放不下是她的事，我没必要和她计较。倒是许艺那边……”

说到这里，她的神色不禁有点儿黯然。

“我们毕竟曾经是好姐妹，如果没有她，也不会有今天的我……我和她之间的误会变得这么深，想起来总是有点儿难过。”

顾枫了解这种感受，崔莹从来没有忘记过许艺曾经对她的照顾和关怀，这件事情都快成为她心里的一根刺了。

但是，他了解许艺，她这个人虽然心高气傲，但绝非智商低下之人。去年发生了那么多事，她不可能不明白是有人在故意从中作梗，制造事端来离间她和崔莹的关系。可是，直到今天为止，她并没有表露出一点愿意与崔莹和解的意思，也就是说，无论如何，许艺都不愿意再与崔莹成为朋友了。

可这究竟是为什么呢？

如果有机会见到许艺，他或许可以问一问，若是能够让这两个女孩重新恢复友谊，崔莹脸上的笑容一定会更加灿烂吧！

新学期开学之后，一切如初。

熟悉的课程表，熟悉的教室，熟悉的同学们。

只不过，许艺和凌星星、崔莹之间的关系却非常微妙。

许艺每次上课都来得特别晚，一个人默默地坐在教室最后一排，走得又特别早，普通的班级活动也大多是告假不参加。不要说崔莹了，班上其他的同学也很难有和她搭话的机会。

凌星星呢，看起来还是那样活泼，周围总是围着一大群人，她没有时间也没有机会搭理崔莹。两人若是猝不及防地在门口或者洗手间里偶遇，凌星星也会挤出一个惯常有的笑容，但眼睛却从不直视崔莹，一看就是“我不愿意搭理你”的那种态度。

崔莹并不介意。

萧莘和顾枫之间的关系也有了一些变化，萧莘借口要实习，很少回宿舍住，也彻底地退出了校会的工作。

崔莹偶尔会在学校里看到他的黄色跑车疾驰而过，甚至有一次路过自己身侧，但萧莘却一次都没有停下来和她打过招呼。

总之，人还是那些人，事情还是那些事情。

但是因为错过，或者说是刻意回避，大家再也回不到刚进川穹大学时，那种无忧无虑的状态了。

但平静的日子并不常有。

周末，崔莹刚从洗衣房出来，就听见手机发出了一阵急促的响铃声，她忙走过去接通了电话。

“妈？出什么事了？”崔莹感觉到母亲的情绪有些反常，电话那边也不像以前的叽叽喳喳，反倒有些沉闷的气息。

“莹莹……家里出事了……”沈燕燕在电话里哭了，哭得很悲恸。

“什么？谁出事了？”崔莹听说家里出事，脑袋立刻炸了，接着她听到老妈的哭声，更是吓了一大跳。

究竟发生什么事了？老妈平时那么彪悍的一个女人，若不是真的遇到大事，是不会轻易给自己打电话的。

“莹莹，电话里一句两句说不清楚……”

“妈，慢慢说，你先别哭。”崔莹一边放下衣服，一边问沈燕燕家里的情况。

电话那头，沈燕燕抑制住情绪，哽咽着说道：“女儿啊，你赶紧回来，等你回家再说吧。”

“好，妈你别慌啊，我马上就打车回去！”崔莹急忙安慰道。

她心头一阵慌乱，也顾不上给李慕楠留言打招呼，直接抓起手提包用手机叫了一个车，然后火急火燎地出了宿舍。

她刚跑到宿舍楼下，迎头就撞见了从外面买零食回来的李慕楠。

李慕楠两手拎着好几大包吃的，又重又累，见到崔莹顿时眼睛一亮，开心地叫道：“哎呀，你来得正好，我快累死了，帮我拎一袋上去吧！我买了好多好吃的，有你最喜欢的蛋黄酥、小鱼干，还有各种……”

“慕楠，我现在急着回家，你让隔壁宿舍的妙妙她们帮你吧。”崔莹虽然很想帮忙，但是时间不允许，司机已经发了定位信息，告诉她在校门口等她呢。

“回家？莹莹，才开学没几天哎，你又回去干吗啊？”李慕楠好奇地问。

“我家出事了，我要回去看看。”崔莹咬了一下嘴唇说。

“是什么事啊？”李慕楠见崔莹神色慌张，感觉有点儿不放心，于是提议道，“我不放心你一个人，要不我陪你一起回去？”

“不用。”崔莹拒绝了她，“我过几天就回来，你安心在学校待着吧。没事不要随便请假，你这请假的理由也不充分啊。”

“那你注意安全。”李慕楠没办法，只能叮嘱一句，“有需要就给我打电话。”

崔莹坐上车，心里一直在想，家里到底出了什么事呢？

沈燕燕一向很重视她的学习，这次居然要求她回家，实在有点反常。而且，老妈竟然还哭了……

这么多年来，崔莹几乎就没有见她哭过，即使遇到了什么难处，她也从来都是冷静自持的模样。

上车没多久，崔莹和司机就遇到了堵车。

周末节假日加交通高峰期，出城的快速路被彻头彻尾地堵了个水泄不通。

“师傅，这得堵多久啊？”崔莹看了一眼窗外，焦急地问道。

“一两个小时左右吧。”司机师傅无奈地回答。

“可是我有急事啊！”崔莹急得脸都红了，皱着眉头说。

“我们开车的比你更急，可是姑娘，这上了大马路的事可急不得，对吧？早上结冰太严重，路上打滑呢，安全第一，咱们还是安心等着吧。”司机师傅说。

他说的确实是实情，崔莹也没办法，只能坐在那儿干等。

等待的间隙，沈燕燕的电话又来了。

“莹莹，你到哪儿了？回来了没有？”她急切地追问。

“妈……”崔莹想告诉老妈自己已经在回来的途中，只是出城的时候遇上了大堵车，估计要晚一些才能到家，然而就在她刚说出一个字的时候，只听“轰——”的一声巨响，后面一辆硕大的八轮货车猛地向他们这辆出租车撞了过来。

路面确实很滑，崔莹坐的车排在堵车队形的最末尾，因为天气不好，路上逐渐起了雾气，那辆大货车的司机因此视线受阻，没看清楚前面堵车的状况，等发现时已经来不及了，于是就这么直直地撞了过来。

这一撞使崔莹所坐的出租车受到了强大的冲击，又向前撞上了前面的一辆私家车，紧接着只听见接二连三的“砰砰”声，竟然连环追尾了七八辆车。整条马路上的车都损失惨重，最严重的还是崔莹所在的出租车，以及附近挨着他们的那几辆车。

大货车经过撞击之后，终于停了下来。

“莹莹，怎么了？发生了什么事儿？你那边什么情况啊？”沈燕燕听到手机里传来的“砰砰”声，已经慌了神。

她能听出来，那是撞车的声音。

“啪嗒——”

崔莹倒在座位上失去了意识，手机也顺着抛物线规律落在地上。附近还有一辆小巴士也撞了，乘客们发出一阵惶恐的尖叫声，一时之间车厢里人头攒动，大家一窝蜂似的到处乱跑，寻找出口。

“莹莹，你那边什么情况啊？女儿？女儿……”沈燕燕在电话那头没有听到崔莹的回应，只听见无数慌乱的脚步声和求救的呼喊声。

她整个人像傻掉了一样，捂着嘴坐在沙发上，眼泪拼命地往外流。

过了一会儿，她忽然反应过来，抓起旁边的电话打了 110。

车祸，是车祸！就这么真真切切地发生在了她女儿崔莹身上！

这个时候顾枫正好在学校里打开手机，结果就看到朋友圈都在转发一条新闻：川穹高速因为天寒导致路面结冰，再加上大雾笼罩，结果发生了一起严重的追尾车祸，有一辆客车被撞得很惨，有不少人因此遭殃，据说还有重大伤亡。

顾枫看到这则新闻愣了一下，但意外经常有，他没有太放在心上，然而没过多久来的一通电话，却让他彻底慌了神。

“顾枫，我是李慕楠，你能联系上崔莹吗？”

“早上刚打过电话，怎么了？”不知道为何，顾枫心里忽然隐约感到有些不安。

“今天川穹高速那起车祸的事情，你听说了吧？”李慕楠匆匆忙忙地将原委叙述了一遍，“……我打不通她电话，微信也没回我。”

“我试试，先挂了！”顾枫早已惊出了一身冷汗，挂了电话之后立刻开始拨打崔莹的电话。

然而电话里传来的却是一阵阵机械的女声。

“对不起，您所拨打的用户正在通话中……对不起，您所拨打的用户正在通话中……对不起，您所拨打的用户正在通话中……”

难道崔莹真的在车祸现场？

顾枫握着手机的拳头青筋都暴起了，他心里焦灼无比，崔莹在跟谁通话？是沈阿姨吗？可是怎么会通话这么久？

不祥的预感越来越重，仿佛有一个声音在隐约提醒顾枫，崔莹出事了！

他不再犹豫，立刻冲了出去。

一路上，顾枫不停地在拨打崔莹的手机，但是每次得到的依然只是机械的女声。

顾枫的心一阵阵发紧，拳头也紧握着，不安的感觉越发严重了。

等他赶到事故现场的时候，堵车的问题已经被警察疏通好，现场只有一辆货车、一辆客车和几辆损伤惨烈的小轿车残骸，地上还有一摊刺眼的血迹。救护车在旁边，医护人员扛着担架把伤者一个一个地从车里抬出来。

顾枫穿过人群挤到前排，目不转睛地将那些伤员们一个一个看得仔仔细细，他并没有在其中看到崔莹，但是却看到了她的手机壳！

崔莹的手机壳上有一个毛茸茸的兔耳朵，顾枫一眼就认出来了，那个手机壳正静静地躺在高速公路的隔离带里，而手机已不知去向。

崔莹一定出事了。

“请问，这次事件有多少人受伤？”顾枫没办法再沉住气，向旁边的警察打听了起来。

“应该有几十个吧，都送去医院了。”那个警察回答。

“那请问，你们有没有看到伤员里有一个长发的女孩，大概这么高，十八九岁的样子，是一个大学生？”顾枫用手比画着。

“这个啊……好像是有一个，那个女孩伤得还挺重的。”警察说。

顾枫一听，没来得及多想就立刻掉头往医院跑去。

费尽周折，顾枫总算找到了崔莹所住的病房。

她躺在白色的病床上，头上缠裹着一层层白色的纱布，手臂绑着石膏板，脸上还贴了几块纱布，看样子血是止住了，此刻她正睁着眼睛看天花板。

顾枫看到这个情景忍不住心下一紧，下意识地喊道：“莹莹！”

崔莹听到熟悉的声音，动了动身子想扭过头来，但是头刚转了一下就感觉钻心地疼，她顿时龇牙咧嘴地叫了一声。

“别动了，你还好吗？”顾枫心疼地走过去，观察着她的伤口。

“还好，都是皮外伤，加上一点儿轻微脑震荡。”崔莹脸上挂着笑容，不想让他太担心自己。

“阿姨知道你在这吗？”顾枫看到她受伤的样子，忍不住蹙眉。

“哎呀……估计还不知道呢。她一定急坏了，怎么办？我手机呢？”崔莹着急地伸向自己的口袋，结果摸了个空，表情顿时更加无措了。

“应该是丢在车祸现场了，用我的打吧。”顾枫拿出自己的手机递给她。

“你的手机居然不设密码？”崔莹笑嘻嘻地说。

“都什么时候了还有心情开玩笑，快给阿姨打电话报个平安，她一定很担心你。”顾枫无奈地说。

崔莹点了点头，拨通了沈燕燕的电话：“喂，妈？我是莹莹。”

“莹莹！你在哪呢？”沈燕燕的声音带着哭腔，听起来还有些疲倦，夹着有气无力的感觉，“女儿啊，你吓死妈妈了……电话里你一句话都没说，我只听到“砰”的一声巨响，就知道你出事了……妈妈联系不到你，差点就崩溃了……我好怕，害怕连你也离开我……你要是有个好歹，你让你妈怎么活……”

沈燕燕在电话那头哭得一把鼻涕一把泪，话都说得断断续续的。

“妈，我在医院，已经没事了，等我恢复了就回家看你。”崔莹忍住心头的难过，安慰着母亲。

“莹莹，你千万要好好照顾自己，妈妈不能失去你！”沈燕燕听到女儿安慰的话，终于忍不住放声大哭。

崔莹听到她这么伤心的哭声，心里也不好受，为了转移老妈的注意力，她只好扯开话题说道：“妈，你别哭了，我也爱你。你现在方便和我说说，家里发生了什么事吗？”

“没什么，妈现在才知道，人最宝贵的东西是什么。和你的平安比起来，其他的事儿都不叫事儿！你先好好养病，明天一早妈就到医院去看你。”沈燕燕收敛着情绪，擦了一下眼泪道。

也许，只有到了危急的时刻，人才会醒悟，什么才是最重要的。

与沈燕燕结束通话后，崔莹把手机还给了顾枫，她有点儿不好意思面对他，因为老妈之前在电话里不停抽抽噎噎，顾枫离得近肯定都听见了，这让她感觉有点儿尴尬。

“你跟沈阿姨的感情真好，表达情绪如此直白。”顾枫颇有兴趣地说道。

“哪个女儿会跟自己的妈感情不好啊？”崔莹听到顾枫这么说，抿唇笑了笑。

“也对。”顾枫的唇角勾起一抹笑容，“那你对我呢？可以同样直白地表达一下你对我的感情吗？”

“才不！你在想什么啊？”崔莹被他反常的行为吓了一跳，忍不住满脸通红地抗议起来。

“难道你不喜欢我？”顾枫垂下眼睑，看上去似乎有些黯然。

“我……当然也喜欢啦。”崔莹看到他失落的模样，心里顿时难受起来，她犹豫了一会儿，总算支支吾吾地承认了一句，但是声音小得像蚊子哼哼一般。

顾枫得到了自己想要的回答，马上收起了黯然失落的表情，抬眼露出里面狡黠和得意的笑意。

崔莹被他脸上的笑意羞红了脸，移开视线轻声哼道：“你今天怎么了，看上去有点反常啊……”

顾枫没有说话，在心里默默地叹了口气。

今天崔莹出事的事情发生得猝不及防，在没有丝毫防备的情况下听到她出车祸的消息，他感觉自己的心脏几乎都要停跳了，所以此刻他急需听到她的声音，确认她还活着，还能好端端地在自己面前说着他爱听的情话。

看着崔莹疑惑的眼神，他的眼神微微柔和了一些，低声说道："没什么。我现在去帮你买个新手机，再补办一张卡，不然之后联系你不方便。"

"去吧，等你回来。"崔莹挥了挥手，让他快去，"躺在病床上这么无聊，没有手机怎么过日子啊……我手机卡里还有那么多联系人，很重要的。"

"放心吧，我去解决。我的手机你先用着，但是不许玩太久，对眼睛不好。"顾枫不放心地叮嘱。

"知道啦，你真是贴心 Boy！"崔莹腻歪了一句。

"好好休息，手机不是给你玩游戏的，是用来当联系工具的。"顾枫宠溺地笑了笑，关上门走了出去。

崔莹睡得太久脑袋疼，百无聊赖地玩起了顾枫的手机。

就在她兴致勃勃地玩消消乐时，突然有一个电话打了进来。

"接还是不接？"崔莹有些为难。

正犹豫的时候，对方却锲而不舍地打了好久，崔莹没办法，只好替顾枫接通了电话。

"喂！大帅哥，你怎么回事嘛，不是说好今天陪我一起练习电竞的吗？怎么又失约了啊？"电话里传来一个嗲声嗲气的女声，听起来很甜美。

"呃……"崔莹这下尴尬了，心里后悔不已，早知道就不该接这个电话。

"喂？你是谁？快说话哈！"女孩也听出了不对劲，一个劲地追问崔莹是谁。

“呃，不好意思，不是本人，你晚点儿再打过来吧。”崔莹无奈地说了句，然后挂断了电话。

对方倒是很识趣，没有再打过来。

但是崔莹心里却开始不舒服了，虽然她知道顾枫肯定没什么见不得人的事，不然也不会放心地把手机交给自己，但还是按捺不住产生了一股醋意。

她早已没了心情玩游戏，心里不断地在想，那个女孩是谁？她给顾枫打电话的语气为什么如此亲密？他们之间到底是什么关系，才能理直气壮地要求顾枫陪她打电竞？

崔莹左思右想，问题没想明白也就算了，结果还闹得无比心烦意乱。

等顾枫回来，要不要告诉他这件事？如果说了，顾枫会怎么回答自己呢？其实她挺害怕的，怕他的回答会让自己失望。

“滴滴滴……”

顾枫的手机又响了，屏幕上显示了一条刚刚收到的微信消息。

崔莹并不是有意偷看，但那条消息毫无遮挡地显示在屏幕上，直接肆无忌惮地扑入她的眼睛，她看到顾枫给那个女孩的备注是“小丫头”。

小丫头的微信内容是这样的：“刚刚给你打电话，是个女孩接的，她说不是本人？你什么意思啊？以前每次有事都会提前告诉我一声，今天是怎么了嘛，害人家等了你好久……”

崔莹有点看不下去了，俗话说眼不见心不烦，她直接按了关机键。

顾枫带着新买的手机回来时，看到崔莹正在睡觉，他没有吵醒她，而是坐在一旁静静地看着她的睡颜。

崔莹醒来的时候，已经是晚上，她看着新手机，仿佛将之前的事情都忘记了一般，只字不提那个女孩的事。

她开开心心地与顾枫一起试用新手机，登陆了自己的 QQ 和微信，然后发现未读消息都快几百条了。

她看到那么多人给自己发消息问候情况，还真的有些震惊，自己的人缘什么时候这么好了？

崔莹大致浏览了一下，大多数都是关心她车祸这件事的，甚至还有人发来了现场图片给她比对，她还在一张照片里找到了手臂全是血的自己。

“哇……看起来好恐怖，怎么那么多血？”崔莹看到照片，都快吓坏了。

“知道就好，一定要好好休息，伤筋动骨可不是闹着玩儿的。”顾枫皱着眉头，叹了口气。

崔莹当时晕倒了，所以根本不知道这场车祸有多惨烈。

“大难不死，必有后福。”崔莹看着同学们给她发的照片，突然觉得自己好幸运，竟然没有死在那里。

第三十一章 出轨事件

第二天，沈燕燕匆匆忙忙地赶了过来，崔莹看到老妈发信息说快到医院门口之后，就不断地催促顾枫赶紧回避。

“我妈马上就到，你赶紧回学校吧，一会儿我妈看见了，又得解释好半天。”崔莹苦着脸说。

虽然她也希望顾枫陪在身边，但是为了避免节外生枝，还是不要让他与老妈见面比较好。

“那好吧，我就不陪你了，你和阿姨好好聊聊。回学校的时候记得和我说一声，我来接你。”顾枫无奈地叮嘱道，又摸了摸她的头。

不知道从什么时候开始，顾枫已经习惯了对崔莹来这一手“摸头杀”，平时两人并肩站着的时候，他们的最萌身高差优势就会凸显出来，顾枫一伸手就能摸到崔莹的头。

“知道了。”崔莹推开他，催促道，“走吧走吧！”

顾枫前脚出门，沈燕燕后脚就进来了，中间间隔不到三分钟。

崔莹简直大大地松了一口气，感到庆幸不已。

幸好顾枫走得快，老妈才没有撞见他，只要不是在病房里看到他，那一切都好说。

“莹莹你怎么样啊？妈妈快要吓死了呀！”沈燕燕拎着一兜吃的东

西走进来，看到手臂缠着密密麻麻白色绷带的崔莹，眼眶又红了。

“妈，我没事儿，一点皮外擦伤而已，已经不疼了。你不要哭了，看你最近这几天怎么老是哭。”崔莹伸手把沈燕燕脸颊上的泪水抹干，然后抱了抱她。

这是崔莹能给老妈的最大安慰，希望能让她增加一点儿安全感。

“你不知道，家里出事了……你爸他……他不要我了，也不要你了！”沈燕燕再也忍不住呜呜大哭起来，跟个孩子似的，哭得肆无忌惮。

“你说什么？”崔莹一瞬间觉得头有点儿发蒙，老爸不要她们了？什么情况？这到底是怎么回事？开学的时候父母还好好的，不过才一个星期，怎么会变成这样？看老妈的样子，这事又不像假的。

“什么叫爸爸不要你了，他又为什么不要我了？”崔莹看着哭成泪人儿的老妈，愕然地问道。

“你爸……他在外面有别的女人了……”沈燕燕的语气虽然委屈，但神情却有些咬牙切齿。

老爸出轨了？！

崔莹惊愕之余突然想起，寒假的时候爸爸确实借口出差很少回家，但当时自己并没有在意，只当他是因为工作忙。都说男人有钱就变坏，爸爸的生意越做越大，难道他真的也和其他男人一样在外面乱搞男女关系？

“不可能吧，妈你是不是搞错了？”崔莹犹如五雷轰顶，脑子里一阵嗡嗡作响，她怎么也不敢相信，一向疼爱自己的老爸会做出这种事情。

要知道老爸在她心中形象一向高大，她从小就热爱且崇拜这个男人，她从未想过他竟然会背叛家庭和老妈，还打算不要她这个女儿？人怎么可能变得这么快？这一定是误会！

“什么搞错了？！人家都给我寄照片来了，一大沓！”沈燕燕恨恨地说，“那个狐狸精千姿百媚的样子真让人恶心！”

“这个不重要，关键是老爸他承认了吗？你还记得吗，寒假时我们家收到的那封匿名信，里面全是一派胡言，可是你却相信了！凭什么人家说什么你就信啊？我觉得爸爸不是这样的人，所以你不要被奸诈小人给蒙骗了！”崔莹据理力争，不断地告诉自己要冷静。

俗话说眼见为实，这年头PS技术如此发达，一沓照片能证明什么？

“照片肯定是真的，你爸做出这种恶心的事情，又怎么会承认？我还没跟他说呢！”沈燕燕越想越气，忍不住又哭了起来，“莹莹，你是不知道，当年妈妈家里的条件比你爸家好太多了！论学历、论长相，我哪点配不上你爸？当年结婚之前他追我的那鼓劲儿，如今全没了……你妈我这么大年纪了，还得受外面一个小狐狸精的气！”

“你不肯和我爸对质，就自己认定这个事，你到底想怎么着啊？”崔莹很无奈，她知道老妈脾气不小，而且一向心高气傲。她不肯直接向老爸摊牌对质，只顾着自己生闷气哭哭啼啼，这对于解决事情来说完全于事无补。

“还能怎么办？离婚呗，不过了！”沈燕燕擦了一下眼泪，用笃定的语气说道。

“妈……其实是这样。”崔莹努力让自己镇定一些，然后绞尽脑汁地想着该怎么安慰老妈，以平息她的怒气。

不管老爸出轨这件事是真是假，至少那些照片里的女人是客观存在的。这些照片是谁拍的？又是谁寄给沈燕燕的？她的真实目的又是什么？这一切都需要冷静地想清楚，才能做出准确的判断。

“我呢，最爱的人就是你了。所以不管你做什么样的决定，我都会支持你。如果爸爸他是真的不爱你了，也不爱我了，那咱们就和他一拍两散，自己过自己的！反正再过两年我就能找工作了，大不了我养你呗。”

“莹莹，你终于懂事了……”沈燕燕听到她说的话，感动之下果然没有再哭。

崔莹知道，这个时候自己应该坚强地为老妈撑起一片天。别看沈燕燕平时很强悍，其实她的内心也很脆弱，只是她作为一个母亲，为了努力支撑起这个家和自己的事业，才一直没有表现出她作为女人的脆弱。

但是崔莹明白，没有人是无坚不摧的，再坚强的人也会有弱点。也许家庭就是支撑母亲的精神支柱，但此刻却被爸爸扼杀得一点儿都不剩了。

“我们离婚以后，你跟谁过都可以。你爸比我有钱，如果你选择你爸，我也没意见……”沈燕燕泪眼婆娑地说，表情很倔强。

“我当然跟你啊！”崔莹脱口而出，“但是我不希望你们俩真的分开。”

“莹莹，妈妈的能力，给不了你更好的生活，你跟着我不如跟着你爸……”沈燕燕感动极了，她心里当然不希望女儿离开自己，可是莹莹跟着自己肯定会吃苦，跟着她爸则能过衣食无忧的日子。

“妈，我不怕吃苦，只要跟你在一起生活就好。”崔莹说。

“好，养了快 20 年的女儿，真是没有白养。妈妈有你就够了。”沈燕燕忍不住抱住崔莹，像小时候哄她睡觉一样拍着她的后背。

“这样，妈你先冷静几天，什么也别说，也不要跟爸爸闹。就当什么事都没发生，等出院之后我去跟爸爸谈一下。”崔莹想了想说道。

“你去干什么啊？”沈燕燕不解地问。

“调查真相啊。”崔莹抬头笑了笑，“这大半年来，我学到了很多，不要冲动，不要轻易相信任何人，不经调查就没有发言权。”

“调查了又能怎样，事情肯定是真的。”沈燕燕还是掩藏不住眼底的落寞与绝望，“莹莹，妈妈知道你不相信这是事实，起初我也不相信，但是有些事你们小孩子是不会懂的……妈妈也希望这不是真的，但是，我们要接受事实……”

“等核实之后再说吧。”崔莹看到母亲悲伤的眼神，心里不禁有些害怕起来。

多年夫妻，母亲是最了解父亲的人，事情的真相恐怕真的不如自己想的这么乐观……

不过，她已经成年，不再是小孩子了。无论生活中遇到什么困难，都应该学会面对。人生本来就是一段旅程，只有在挫折中不断学习、不断成长，才能让自己变得强大。

“对了，你的手受伤了，住在学校里不方便，妈妈来的时候已经在你们学校附近定了一个月的短租公寓，这段时间妈来照顾你，你就别住宿舍了。伤筋动骨一百天，我多弄点汤汤水水给你喝，这样你才能恢复得快。”沈燕燕抹了抹眼泪，“反正你爸也不回家，我一个人住哪儿都没关系。”

“那怎么行啊？您的店子怎么办？”崔莹问。

沈燕燕是开连锁美容院的，而且有好几家店面，生意都还不错。

“有店长看着问题不大，大不了损失一点儿钱，再多钱也没有我女儿重要！”沈燕燕长吁短叹道，“钱能买来家庭幸福吗？”

崔莹看着母亲若有所思的脸，青春朝气的脸庞上也不觉地笼罩了一层轻愁。

人是世界上最复杂的动物，他们最多变的就是感情，得到与失去，拥有与离开，总是在不断地变化。

崔莹出院那天，阳光明媚。

沈燕燕在女儿学校附近的小区租了一套公寓，崔莹下课之后就会直接回家，享受老妈做的营养大餐。李慕楠有时候也会和她一起回去，见到沈燕燕就阿姨长、阿姨短地叫，很博得她的欢心。

崔莹知道李慕楠最怕寂寞，平时不喜欢一个人待在冷冷清清的宿舍，所以每到周末，她都会带她回家吃饭。

“莹莹，今天晚上回家吃饭吗？妈妈给你做了好吃的。”沈燕燕给崔莹打电话，听得出来她很开心。

“我和慕楠一起回去，多做点菜啊。”崔莹说。

“好！”沈燕燕语气轻快地挂了电话。

出了学校，李慕楠拉着崔莹非要去逛街，后者无奈只好陪她去了。

离学校最近的一家SHOPPING MALL里，李慕楠看中了一款钱包，这个钱包质量很好，看起来既时尚又结实耐用。

“我看阿姨最近挺累的样子，都说包治百病，我这次就给她带个小礼物让她开心一下。在你们家白吃白喝了这么久，怪不好意思的！”李慕楠朝崔莹挤眉弄眼地说道。

“不用客气了，我妈什么都有。”崔莹一看价格不菲，赶紧阻止她。

“一个小礼物罢了，这是给阿姨的一点儿心意，你就别拦着了。柜姐，这款钱包，我要了啊。”李慕楠笑嘻嘻地指着那个钱包说。

“好呀，你们眼光真好，这个限量版小钱包，就只剩一个了呢。”柜姐笑眯眯地说道。

“这款钱包还有吗？我也要一个。”忽然，旁边多了一个熟悉的声音，带着几分甜腻的味道，却又有点儿来者不善的意味。

崔莹回头一看，柜台旁边有个熟悉的身影，竟然是凌星星。

难道她也看上了这款钱包？

“服务员，这个钱包我也要。”凌星星瞪了她们一眼，趾高气扬地说道，“除了这个钱包，我还要买同系列的那个大手袋，你看看多少钱，我一起结算。不过，我买这个钱包是为了配这个大手袋，如果钱包没货了，那大手袋我也不买了！”

“你！”李慕楠一听差点儿气炸了。

凌星星这是几个意思？利用买大包的条件诱惑柜姐，让人家把这个小钱包和大手袋一起卖给她？！这不是赤裸裸的挑衅吗？

“哎呀，我就说你们有眼光吧！今年这个款式卖得特别好，进一个就走一个。”柜姐还是很聪明的，一眼就看出了这几个女孩在暗地里较劲儿，她不动声色地扫了她们一眼，赔着笑脸说，“这个钱包我们店现在虽然只有一个，但是附近的 MALL 还有存货，我可以帮你们立刻调货过来。不过就是要麻烦哪位妹妹稍微等一会儿，我马上打电话让公司同事调货过来，你们看可以吗？”

“不可以，我时间很紧，没办法等。”凌星星抬高下巴，“我再说一次，我要同系列的手袋和钱包，现在就要买走，你们卖吗？”

“卖，卖！”柜姐立刻答应下来，同时示意旁边的同事过来接待李慕楠这一边，她则立刻转头给凌星星开票去了。

“您好，要不您看看这边的款式怎么样？”另一位柜姐热情地凑过来。

“真让人讨厌！”李慕楠厌恶地扫了一眼凌星星，这个看似可爱却心机无限的女孩，着实无法让人产生好感。

她最讨厌的就是这种仗势欺人的人，明明是她们先说要买的，结果凌星星却用利益诱惑了柜姐，让她把钱包先卖给她了！

“不好意思，钱包我们不要了。”崔莹对柜姐说完，转身去拉李慕楠的手，“我们走吧。”

她本来就不赞同李慕楠给妈妈买礼物，既然凌星星非要抢，那就让给她得了。

“为什么要走？”李慕楠偏偏不肯服输，抬头看着崔莹说，“我看中的东西为什么不买？买！不但要买，还要买两个，我也要那个大手袋！”

“没必要这样吧，那个钱包也没那么好看啊。”崔莹没想到她竟然是这种脾气，顿时有点儿哭笑不得。

“我觉得非常有必要。”李慕楠走到那位在开票的柜姐旁边，盯着她说，“我不但要那个大手袋和小钱包，还要你们柜台最顶上那个白色的鳄鱼皮包，听清楚了吗？现在，你们还是决定不卖给我，而是要卖给比我后来的人？”

哇，竟然加码了！看来这两个小姑娘是杠上了，买得一个比一个多，这样的好事简直恨不得能天天有！

柜姐眼睛又亮了，带着笑脸说：“我只是在开票，可没说一定要卖给那位后来的小姑娘啊。”

“那你的意思是要卖给我咯？”李慕楠故意抬高下巴问。

“慕楠，别闹了。”崔莹上前拉了她一把，站在柜台前说，“我们不要，您另外卖吧。”

她觉得这样做完全没必要，何必与凌星星赌这口气儿？

凌星星站在一边，连卡都掏出来了，听到柜姐和李慕楠的对话她的脸色很难看，催促道：“还卖不卖了？票开好了没有？”

“好了好了。”柜姐笑着将开好的小票递给凌星星。

凌星星马上露出了一个胜利者的笑容，用得意扬扬的姿态买单去了。

“您看，不是我不卖给您，而是您的朋友说不要了，我才卖给那个姑娘的。”柜姐的笑容比蜜糖还甜，嘴里说出的每句话都充满了诱惑，“不过你们也不用失望，这个钱包有一个白色的同款还在，而且是最后一个，本来我们是留着做展示的，如果您要的话我们可以卖给您。而且我们这个月正好有活动，如果您购买满 5000 元的话，就可以免费送一个钱包呢……”

“我们买不了那么多东西。”崔莹一口就拒绝了。

“那这样好不好？我这里还有其他款式的钱包，你们随便买一个，然后我再送一个钱包给您的朋友？希望你们以后可以再来惠顾。”柜姐的态度依然很诚恳，“今天这个情况我们确实很少遇到，但是我们希望顾客们都能满意，现在正好有一个带朋友来购物就买一赠一的会员礼，这个优惠我能做主送给你们，你们看怎么样？”

李慕楠眼珠子乱转了一会儿，然后对崔莹使了使眼色。

“挺好的，我正好带了朋友来。其实我刚才也看中了白色的，比刚才那个更漂亮。”李慕楠笑着走向柜台，“那就麻烦你把那款白色的钱包取出来给我吧。”

“没问题！另外，您再看看其他款式的钱包，只要是您看上的我们就免费送给您的朋友。”柜姐的脸上还是挂着笑。

李慕楠点了点头，指着柜台里的其他产品，认真地说：“莹莹你去挑一个吧，正好你和你妈一人一个！”

崔莹没办法，只好去挑了一个粉色的钱包，这时正好凌星星付完款，向柜台走了过来。

“莹莹，这款粉色的钱包很适合你，要谢谢柜台小姐啦！”李慕楠故意笑着道。

凌星星果然被吸引了目光，看到她们开心地取到了两只钱包。

“怎么，今天还有赠品吗？”凌星星狐疑地问道。

“是的，今天我们有带朋友来购物就买一赠一的会员礼。如果您今天带了朋友来的话，也是可以享受这个待遇的。”柜姐笑吟吟地指着柜台旁边的海报宣传，“您看，这个活动一共持续三天，今天是最后一天了。”

凌星星嚣张的气焰顿时熄灭了一半，她咬牙切齿地看了一眼崔莹和李慕楠，却一点儿办法都没有，只能愤愤然地交了小票，从柜姐手里接过自己刚买的两个包，然后气愤地踩着高跟鞋走了。

崔莹和李慕楠都看得出来，凌星星很不爽，但是不爽也没有办法，柜姐的做法合情合理，要怪就怪凌星星孤家寡人一个，身边连个要好的闺蜜都没有。

“这款钱包送给你们，用得好再来啊。”柜姐把粉色的钱包打包好递给崔莹。

她精通人情世故，早就看出是谁在故意挑事情，只能怪凌星星没有带朋友来，而错过了这个好机会。

“谢谢您啦。”崔莹和李慕楠向机灵的柜姐道过谢，一起离开了百货大楼。

满载而归的李慕楠别提多高兴了。

“这个柜姐人真好，我还以为她只会巴结凌星星呢。”李慕楠说。

“这你就不懂了吧。”崔莹笑了笑，“做生意呢，最讲究的是和气生财，来者都是客，她为什么要为了凌星星得罪你？”

“为什么啊？卖给凌星星不就好了？这样挣得更多啊。”李慕楠不解地问。

“她们又不傻，凌星星不是真心喜欢那个钱包，估计没几天就扔在一边不用了，根本不会再做回头客。但是卖给我们就不一样了，我们是真喜欢这个款式，给一点儿优惠就获得了我们的好感，以后我们再回头购买，生意不就来了吗？再加上你刚才的架势明摆着是个土豪，购买力未必比凌星星差多少。所以她们也是为了让生意越做越好，才给了我们一点儿优惠啦！你说，她们是不是很会做生意？”崔莹说得头头是道。

“哎呀，说得好有道理，莹莹你怎么知道这么多啊？我还以为今天捡了个大便宜呢！”李慕楠有些泄气。

“瞧你这样子，明明就是得了便宜还卖乖！”崔莹捏了一下她的鼻子取笑道。

“嘻嘻……还是你懂我。好啦好啦，不闹了，快回家吃饭吧，我饿了。一想到阿姨做的美食，我就想流口水！”李慕楠做了个鬼脸说道。

今天的运气真不赖，既拿到了赠品，又让凌星星吃了个哑巴亏，真是太开心啦！

第三十二章　恶人再现

从百货大楼到沈燕燕租住的房子那儿，走路大概需要二十分钟。

一路上，李慕楠心情大好，不停地与崔莹说长道短。

因为天色有些晚了，所以路上的行人和车辆渐渐变得稀少，崔莹经历过上学期被小混混们突然袭击的事件之后，平时走路更加警惕了。

不知道为什么，她最近总觉得有点儿心神不定，好像不远处总有一双眼睛在盯着自己，但是她再三扭头去看，却什么都没发现。

崔莹不确定是否真的有人在跟踪自己，所以并没有和李慕楠说。

好在两人顺利地抵达小区了。

“妈，我回来了。慕楠也来了！”崔莹打开门，冲着屋里喊了句。

“来了？等你们好久了。”沈燕燕一听女儿到家了，赶紧从房间里走出来笑道。

“阿姨，我给您买了礼物。”李慕楠把装有钱包的盒子递了过去，嘴甜地说道，“您看看喜欢吗？”

“喜欢，喜欢！这孩子怎么这么客气，下次别乱花钱了啊，阿姨什么都不缺！”沈燕燕没有矫情地推辞，而是接受了她的一番心意。

“您喜欢就好。”李慕楠笑嘻嘻地说道，“我还等着蹭您做的美食呢！”

“对了，妈，门口的包裹是你的快递吗？”崔莹刚才上楼的时候，看见门口有一个褐色的纸箱子，她猜想应该是快递，但是上面又没有收件人和快递单，所以才会去问老妈。

“好像是，你不说我倒忘了，下午有个快递敲门我懒得开，就让他扔在门口了，你去看看是不是？”沈燕燕在厨房里忙东忙西。

“我去看看。”崔莹说道。

她上周在一个网站上买了一批书，照这么说的话，有可能那箱子就是她网购的书。

“怎么没有写名字？”崔莹心里有点儿纳闷，但还是把纸箱抱进了屋里。

崔莹利落地拆开快递，开箱子的时候，她隐约嗅到了一股恶臭的味道，心里头顿时感觉有点儿不妥，但还是硬着头皮打开了箱子。

“啊啊啊！”

等打开箱子看清楚里面的东西之后，崔莹忍不住大声地尖叫了起来。

在沙发上看电视的李慕楠也被吓到了，她立刻冲过来去看那个纸箱。不看不要紧，一看她也跟着尖叫起来：“啊啊啊啊！老鼠啊！”

纸箱里，竟是一箱死老鼠！

一箱子的死老鼠，又臭又恶心，还被肢解了。各种零碎的尾巴、手、脚、头歪七倒八地躺在箱子里，画面非常的血腥和残忍，还散发着难闻的恶臭味。

李慕楠实在忍受不了，冲到洗手间就是一阵呕吐。

“莹莹，发生什么事儿了？”沈燕燕听到尖叫声，赶紧过来看看。

“妈，这死老鼠是谁放咱家门口的？”崔莹捂住鼻子问，她被那恶心的画面和臭味刺激得眼泪都快掉出来了。

“我的天啊！这谁干的缺德事儿？是谁把这个放咱们家门口的？有没有搞错啊！”沈燕燕看到那一箱死老鼠也很震惊，捂着口鼻厌恶地说道。

崔莹捂着鼻子，低下头仔细看了看箱子，发现箱子内壁用黑色水笔写着“崔莹”两个大字，还在名字上打了两个大叉叉。

“妈，你看这箱子里写了我的名字，说明送这个东西的人一定认识我，而且你看这个字迹，和上次的匿名信是一样的，我觉得这两件事情是同一个人干的！”崔莹观察得很仔细，也记得很清楚。

“莹莹啊，到底是什么人要这么害你？连死老鼠都寄过来了！”沈燕燕又急又气，急忙追问。

“去找物业，让他们查一下电梯监控就知道了。”崔莹想了想，拨通了物业的电话。

她将来意说明，物业公司表示查清楚后会给她回电话。

很快电话就回过来了，物业那边的人说，摄像头只看到一个身穿黑色羽绒夹克衫的男人，个子不太高，因为像素的原因，监控画面看不清他的脸，他应该是下午三点多的时候将这一箱死老鼠送到沈燕燕家门口来的。

李慕楠的鼻子塞满了卫生纸，还用毛巾缠裹着大半张脸，从洗手间里出来后，她掏出手机对着那个恶心肮脏的箱子不停地拍着照片。

“拍什么呀，你不嫌恶心？”崔莹不理解她的行为。

“我要记住这个字迹，然后群发给大家看，一定要查出来是谁干的，不能就这么不明不白地被人家欺负到头上！”

“好了，先吃饭吧。”崔莹把箱子封好扔进了垃圾桶。

次日，李慕楠因为有课，一大早就独自返回了学校。

傍晚的时候，崔莹接到了李慕楠的电话，她的声音听起来有点儿不对劲。

“莹莹，你还是回来吧，我一个人在宿舍好害怕！”李慕楠带着哭腔说道。

“怎么了，慕楠？你害怕什么啊？”崔莹很疑惑。

“我刚下课回到宿舍，不知道是谁寄了个包裹过来，上面写的是我的名字，我打开一看，里面全是死老鼠，而且还被肢解了，死状相当恐怖……就跟昨天我们在你家看到的一模一样！”李慕楠哭着说道。

“又是死老鼠？我马上回宿舍，你别怕啊！”崔莹听到李慕楠的话，顿时又气又急。

她本来打算给李慕楠打完电话就去陪沈燕燕到外面走走的，现在看来没办法了，她不得不回宿舍。

“妈，我要回宿舍，今天晚上不住家里了。”崔莹顾不得其他，收拾好东西就出门了，“我下个星期再过来陪你，宿舍那边有点事。”

“好吧，你注意安全。”沈燕燕勉为其难地答应了。

崔莹一边下楼一边给顾枫打电话。

“顾枫，我现在在回宿舍的路上，发生了一点事儿，你现在能过来接我吗？”崔莹想到接二连三出现的死老鼠就忍不住毛骨悚然，内心的脆弱暴露无遗。

“好，你在楼下等我，我马上过来。”顾枫答应了。

十五分钟后顾枫到了楼下，这就是腿长的优势，崔莹她们走路需要二十分钟时间的路程，而顾枫只要十五分钟。

“这么晚了还急着回宿舍，真不让人省心。”顾枫无奈地揉了揉她的头发，语气很是宠溺。

他很会照顾人，而且对崔莹从来都不马虎。

“昨天有人寄了一箱子死老鼠到我家，箱子里面还写了我的名字。”崔莹尽量用平静的语气陈述事实，“刚刚，李慕楠在宿舍里也收到了一份同样的东西。”

“怎么回事，谁干的？”顾枫一听，眉头立刻皱了起来。

“不知道……”崔莹迟疑了一下，“箱子上的字迹和寒假里给我妈寄的匿名信是一样的，这肯定是同一个人做的。”

“你觉得是谁？”顾枫看着崔莹问，他知道她心里应该有数了。

“凌星星。”崔莹不再犹豫，脱口而出。

“她？那些事不是都已经过去了吗？”顾枫有些诧异。

“她好像还在记恨我，对我的敌意依旧很深，看样子并没有罢手的意思。就比如昨天，我和李慕楠去逛街看中了一个钱包，正打算买的时候她却出来捣乱……”崔莹一五一十地把在百货大楼发生的事情告诉顾枫。

“那上次匿名信的事怎么说？”顾枫又问。

“上次正是因为那封匿名信，所以我才没能参加苍龙世界的决赛！我认为有可能是之前凌星星在游戏里输给了我，出于嫉妒或竞争关系，所以就写了一封匿名信给我妈，让我妈禁止我参加比赛。后来李慕楠也告诉我，凌星星在比赛的时候大出风头。”崔莹有条有理地说道。

“你分析得没错，凌星星的嫌疑的确很大。如果真的是她，你以后要加倍小心才是，最好能够抓到真凭实据向学校举报，让政教处给她警告。”顾枫沉思了一会儿，赞同她的观点说道。

“怎么抓到真凭实据？物业那边查了监控说，送箱子的是个男人，不是凌星星本人。”崔莹很纠结，这个问题可难倒她了。

“我来想想，一定会有办法的。到宿舍了，你先回去，这几天自己小心一点儿。”顾枫摸了摸崔莹的头。

原来不知不觉间，顾枫已经陪她走到女生宿舍楼下了。

“好。”崔莹点点头，“那我上去了。”

407 宿舍内。

“慕楠，我回来了！”崔莹生怕李慕楠害怕，故意大声喊道。

“可算把你等来了。”李慕楠从被窝里爬出来，她被闷得满头大汗，因为紧张连衣服都没脱，直接吓得钻进被窝里了。

“那个箱子你扔了没？”崔莹问。

“还没有，我不敢扔，碰都不想碰，恶心死我了！要不，你去扔了吧……”李慕楠弱弱地说。

“大姐，你这是要我命。”崔莹无奈地看着她。

大晚上抱着一箱死老鼠去宿舍楼外几百米远的垃圾桶？她也怕呀！

“那今天晚上怎么办？这宿舍就咱们两个人住，还有一箱子死老鼠……”李慕楠都快哭了，“我仿佛看到无数冤魂在向我们招手……”

“好了别说了，起来，我们一起去把箱子扔了。”崔莹只能坚强起来。

“行，有你在我就不怕了。”李慕楠鼓起勇气，从被窝里爬了出来。

但是，最恐怖的事情还不止如此，就在她们去搬那箱死老鼠的时候，宿舍突然一片漆黑。

停电了！

空气仿佛突然静止了，一瞬间的寂静之后，李慕楠和崔莹同时尖叫出声。

“啊——”

早不停晚不停，偏偏在她们俩把箱子提起来的时候突然停电。这下倒好，她们被吓得手一抖，箱子直接跌在地上，被肢解的死老鼠散落了一地，宿舍的地面想必已是一片狼藉。

好在停电了，她们什么都看不清。

“怎么突然停电了？”崔莹强迫自己冷静下来，压抑着快速的心跳问。

“不对啊，好像隔壁和对面都有电，难道……只有我们407宿舍停电了？”李慕楠看着其他亮着灯的宿舍，忽然哀叫起来，“靠，我今天怎么这么惨……被人送了一箱子死老鼠不说，回宿舍还停电！这一箱死老鼠还没扔出去呢，现在就跟我们同处一室……啊啊啊！”

“别叫了，小心招来老鼠的冤魂。”崔莹头疼极了。

“你别吓我啊。”李慕楠颤着声音说，“啊——我好像踩到什么了，不会是死老鼠吧……啊啊啊！”

整个407宿舍都快被她的尖叫声淹没了。

“别怕，有我在呢。”崔莹虽然也害怕，但现在不是惊恐的时候，她暗自庆幸自己幸好回来了，不然李慕楠一个人碰到这种情况不得哭死？

“呜呜呜……我好怕……怎么办哪，莹莹……我们在学校为人友善，不打架不斗殴，怎么会跟人结仇呢？到底是谁想整我们，太过分了！”李慕楠带着哭腔说道。

崔莹也不知道该如何安慰她，想了想只好拿出手机给顾枫打了电话，现在能帮忙出主意的，估计也只有他了。

“顾枫，我们宿舍突然停电了，宿舍里还有一箱子死老鼠，看样子又是那个人在搞恶作剧。”崔莹一口气讲完所有的事情。

“怎么会突然停电？女生宿舍楼没有停电啊。”顾枫皱眉看了眼对面，只看到一个窗户没有灯，“只有你们宿舍停电了？”

“好像是。”崔莹说。

“顾学长，顾主席，快来救命啊！我和崔莹好像被人整了，而且是接二连三地被整，你赶快过来帮忙啊！”李慕楠将头凑过去，对着电话大声喊道。

“我现在过来，你们别怕。”顾枫说完，电话那头便传来跑步的声音。

“好，我们等你。”崔莹听到他要过来，心神总算安稳了一些。李慕楠早已吓得将自己紧紧地抱成一团，一动不动地蹲在原地等待。

没过多久顾枫就过来了，他还贴心地带了个手电筒。

407 宿舍明亮了起来，不再置身于黑暗之中。崔莹看向举着手电筒的顾枫，感觉心里暖暖的。

李慕楠渐渐有了安全感，她站起来躲在崔莹身后，发现顾枫手电筒照着的地方，有一堆死老鼠。

顾枫迅速将满地的死老鼠处理干净，还去楼下帮忙修复了电闸。

“终于来电了！”李慕楠有惊无险地擦了一把冷汗，“还好有顾学长在。”

有男朋友就是不一样，而且这个男朋友还是万能的。

“这是有人故意整我们呢。”崔莹蹙着眉头说道。

“你们想想，谁要整你们？”顾枫看着崔莹，“楼下的电闸有人动过，摄像头应该拍下来了。明天我们去找校长请示一下，把录像调出来看看。”

“楼下那个摄像头早就坏了。”李慕楠叹了口气说。

“那可怎么办，现在唯一的线索也断了。”崔莹感觉头疼死了。

今天发生的事联系在一起本来很好调查，可是摄像头坏了，导致所有的联系都断了，这可是唯一的纽带啊……

“我们去楼下看看吧，或许会有什么发现。”李慕楠想了想说道。

“不用看了，电闸那里一切正常，什么都没有。”顾枫迎头就给他们泼了一瓢凉水，紧接着又说，“不过我捡到了这个。”

他亮出手心里的东西让崔莹和李慕楠看，那是一个小饼干的形状的黄色钥匙扣，看上去像是女生会随身带的东西。

“这种东西女生宿舍里差不多人人都有，我也有一个差不多的。”李慕楠凑过去一看，顿时大失所望，“我还以为是什么犯罪证据呢。”

“不对，你仔细看。”崔莹从顾枫手里拿过那个钥匙扣，发现钥匙扣上还贴着一点残余的不干胶。

通常情况下，因为随身佩戴的钥匙太多，女孩子们都会有给钥匙扣贴标签纸的习惯。那枚黄色钥匙扣上的不干胶只被撕掉了一半，上面还有残余的字迹，依稀可辨写着“302”。

“302？”

“这钥匙扣应该是女生的，上面贴着 302 的号码，应该是挂过 302 宿舍的钥匙。”崔莹分析道。

“我们去广播站发一下失物招领，到时候或许会有人来认领？”李慕楠出了个主意。

“我们不如直接去 302。”崔莹想了想说道。

毕竟钥匙扣是个小物件，未必有人会来领，倒不如直接找上门去看个究竟。

302 宿舍的门倒是很快就被她们敲开了。

原来这个宿舍真的有一个丢了钥匙扣的女生，但是这个女生却不认识崔莹，跟她们也从无瓜葛，她看到自己的钥匙扣被还回来之后，一个劲地给崔莹道谢。

“我还以为丢在宿舍里了，找了一晚上都没找到，谢谢你们啦！”女孩接过小饼干钥匙扣，开心地道谢。

“这个钥匙扣，是我们在楼下电闸那边捡到的，你今天去过那边吗？”崔莹试探地问道。

“我可不会弄电闸，太危险啦。”那个女生仔细地想了想，“不过我今天下晚自习的时候，倒是在那里被一个男生撞了一下，包也因此掉到了地上，估计钥匙扣就是在那个时候弄丢的吧。”

“那个男生长什么样？是不是个子不高，穿着黑色羽绒夹克？”崔莹心中一动，立刻追问。

“好像是……我没太多印象了，那个男生很奇怪，我没看清他的脸，他撞倒了我却一句对不起都不说，真的很没礼貌。”女生撇了撇嘴道。

一个男生，看不清脸？

崔莹想起物业描述的送死老鼠的那个人，这两个人会是同一个人吗？如果是，他应该就是凌星星找来的帮手吧？

“好的，谢谢你。”顾枫对这个女生道过谢，扭头对崔莹她们又道，“这几天我会去学校保卫处，请他们帮忙多留意校园里这种奇怪的男生。你们先什么都不要说，这种恶作剧不用理会，如果他们更过分，就直接拨打 110。”

“依我看，她的胆子应该不至于那么大，我跟她之间的仇怨也没到那样的地步。现在只不过是一些恶意的玩笑，我们不会介意的。但如果他们敢触犯法律，我们一定会捍卫自己的权益！”

说实话，崔莹觉得这些龌龊手段倒是和凌星星很般配，低级下流而杀伤力不大，但足够恶心人就是了。

“谁说没有？莹莹你忘记了，去年你和我在校外不是差点儿被一群小混混打了吗？”李慕楠想起那件事就心有余悸。

“去年企图暗算你们的人，和这个恶作剧的人未必是同一个人，你们多加小心就是了。总有一天，事情的真相会浮出水面。”顾枫的眼神依然波澜不惊，但心里的思绪却如潮水一般翻江倒海。

天真的崔莹和李慕楠当然想象不到，电竞圈里的竞争有多激烈。她们所经历的这些不过是校园生活的一些调味品罢了，女孩子们之间的明争暗斗，并未涉及真正的大利益，对某些人来说不过是蝇头小利。但有时候，对某些人来说，他们会为了利益而不择手段。

第三十三章 各显神通

自从许艺答应两人开始交往之后，这段时间萧莘过得还是很开心的。

为了心目中的女神 ANGELA，他付出了很多时间和精力去讨她的欢心，比如说经常接送许艺去郊外的小别墅里进行团队练习、在 HG 公司各种打点安排照顾等，而平时吃饭、送礼物、送鲜花这些更是必修课。

然而许艺对萧莘，却总是有些冷冷的。

萧莘却不在乎，他只希望许艺能够继续做网络上那个万人崇拜的电竞女神，那既是他的梦想和精神寄托，也是许艺的粉丝们共同的精神寄托。

所以，他打从内心里希望许艺能够在 HG 公司，继续她在电竞圈的登顶之路。

许艺签约 HG 公司，并不是因为 HG 公司背景雄厚、平台强大或者提成高。

一开始她也认为自己是为了钱才做这件事的，但自从雷霆介绍她加入了“雷神”战队之后，她才发现自己原来是打从心底里喜欢这个行业的。

唯有天赋和热爱叠加在一起，才能出现真正的高手。

雷霆，原本是个电竞行业的退役队员。

袁子霄聘请他来为GM公司的主播们当教练，许艺在与他逐渐接触的过程中，被雷霆认定为可造之才，于是邀请她加入自己的“雷神荣耀”战队。

当然，能够进入这个战队的成员，必须都是顶级高手，所以她还要通过一次又一次的考核。

雷神战队考核的那天，萧莘陪着许艺一起来到现场。

萧莘并不认识雷霆，他来不过是为了给许艺捧场。他根本不在乎许艺打哪款游戏、进哪个战队，只要能在电竞圈看见她便好。

不过令人惊讶的是，他竟然在这里遇到了一个故人。

“萧莘？”个子小小的、背着一个帆布包的余雕雕惊讶地抬起了头。

“余雕雕？”萧莘也有些吃惊。

他们俩本来是小学同学，余雕雕是有名的天才少年，早在萧莘上高中的时候就跳级上了大学，现在已经是研究生师兄了，没想到竟然在这里不期而遇。

“你来做什么？”余雕雕打量着萧莘，“该不会也是来参加考核的吧？想打比赛？”

“才不是，我是陪女朋友来的，她叫许艺，我来给她加油。”萧莘说到女友，忍不住露出了与有荣焉的神情，还带着几分得意之色。

“呵，还真是个好男友啊！”余雕雕忍不住笑了起来，“你还是只看不玩儿？”

“是啊，没你们技术好，又懒得练，倒不如在台下做个欣赏的人。再说，你们这些人不是也需要粉丝和观众吗？”萧莘嬉皮笑脸地说。

“也对，你的性格很适合干这种事。”余雕雕笑了，又语重心长地提醒他，“雷霆战队的要求很高，考核非常严峻，不能有一点儿差池，你让你女朋友认真对待。”

萧莘看到余雕雕严阵以待的面孔，笑着谢过他的好意。

等余雕雕离开之后，他不觉对着他的背影吹了个口哨。

说实话，许艺玩电竞这么久，参加过这么多的比赛，经验还是累积了一些的。但不知道为什么，也许是因为雷霆的威名，也许是因为慕名而来参加考核的人太多，她心里多多少少还是有点儿紧张。

她向往做雷霆的嫡传徒弟很久了，如果今天不能进雷神战队，她会很失望。

考核毕竟是考核，不会很难，最多会出一些别具匠心的考试内容，可是再怎么别具匠心，最后拼的也还是个人实力。

对面有一个将头发染成淡金色的高挑美女，许艺听见有人叫她MOBO，那个美女似乎一点儿也不紧张，轻松地和一个高个子男人在聊天。

“……考核这种事啊，无非就是面试和笔试。面试就是问你几个问题，你回答清晰一点，给考官留下一个深刻的印象就可以了。像那种大出风头的人，太高调了反而显得不谦虚，考官并不喜欢。所以，不能矫揉造作，要低调而不失内涵。这对于选手来说，还是颇有难度的。”

“……笔试大概就是，考官出题给你做，你按照自己所学的把题目解答出来就行。对于这点来说，我们已经非常有经验了，从小到大不都是这么过来的吗？周考月考期末考，有什么好怕的？”

许艺在一边听着他们两人谈笑风生，一边深呼吸让自己放轻松。

她挺喜欢这个叫 MOBO 的女孩子，个性爽朗，但这种越是看起来玩世不恭的人，往往实力越不可小觑。

萧莘是个天生的自来熟，许艺他们等待的时候，他就凑过去和 MOBO 她们一起聊了起来，这几个人性格都挺外向，很快就聊得不亦乐乎。

“旁边那个女孩是不是你的女朋友？”MOBO 看了眼许艺，笑嘻嘻地问萧莘，“她也是来参加考核的？”

“对，她叫 ANGELA。”萧莘大方承认，一脸自豪的表情。

MOBO 豪爽地伸出手向许艺示好，后者犹豫了一下，半天才把自己的手也伸了出去。

“怎么称呼？”许艺问。

“马冰，开咖啡店的，你可以像我的朋友一样，叫我 MOBO。这位帅哥叫林涵，同声翻译官。”美女 MOBO 热情地自我介绍。

“你们叫我 ANGELA 就好。”许艺淡淡地说。

她的自我介绍听上去没有MOBO那么热情，但MOBO并没有介意。

这就算正式认识了。

慕名而来参加雷霆战队的人有很多，电竞高手更多。

凌星星自然也知道这个战队在举行考核活动，但是她并没有参加，因为她的心思从来都不在练习电竞技术上。对于一个走马观花全靠脸蛋儿吃饭的电竞女主播来说，参加这种真正的战队对她来说反而没有吸引力。

与其来这里和雷霆苦练技术，还不如去美容院做做脸蛋儿、对着镜子练习怎样卖萌微笑能得到粉丝的认可来得更实际。

自从她和许艺都签约了 HG 公司以后，凌星星就知道自己的目标是什么：努力成为 HG 公司的一姐，坐稳明星女主播的位置，赚到更多的钱。

在 HG 公司的女主播里面，她和许艺算得上是其中的佼佼者，但长江后浪推前浪，新人永远在一茬接一茬地成长，她们必须付出更多的努力才能苦心维持现在的地位。

“凌星星，你一定要做 HG 公司最棒的女主播！你一定不能输给别人，你永远比别人强！”凌星星看着镜子里的自己，神色坚定地说。

没错，从小到大她都是这样的性格。她好胜，想做的就一定要做到，她不会轻易失败，认为自己不能平凡地过完这一生。

有人觉得女生长得漂亮就行，没必要这么努力。但凌星星觉得，这种人生太过平庸，完全没有意义。尽管平庸有平庸的好处，至少它能让自己过得安稳，不用患得患失。可是凌星星却偏偏不喜欢安稳，她就喜欢刺激，乐意没事找出点事来。说到底就是好胜心在作祟，或者说，是嫉妒心在作祟。

人一旦有了嫉妒的人，就会看她做什么都不顺眼。连你平时不在意的事情，也会没有缘由地慢慢变得介意。

所以，凌星星讨厌崔莹，也讨厌许艺。随着时间的推移，这种厌恶之心有增无减，让她的内心更加阴暗。

借用一封匿名信，就断送了崔莹参加苍龙世界决赛的路，一颗原本冉冉升起的新星就此夭折……真好，没有人能挡住她取得胜利的脚步！

许艺虽然久负盛名，但圈里的人一眼就能看出来，她如今的斗志和水准已完全不能与半年前同日而语。正如古语云，强弩之末不能穿鲁缟，她在 HG 公司走下坡路已是必然之事！

对于凌星星来说，HG 公司的地位她非争取不可。

她会让自己更加光彩照人，万众瞩目，许艺与崔莹之流都不足以成为她的对手！

坐上机位的时候，许艺比之前更紧张了，她不知道雷霆还会有怎样别出心裁的考核。

不过，这样的战队，倒是让许艺格外有兴趣。

放眼望去，来参加考核的女孩并不多，大约是整体人数的四分之一，而且她们都和自己一样严阵以待。

“这……大家怎么都一副高冷的表情？”萧莘摸着头，不解地喃喃自语。

在场的队员们除了 MOBO 和林涵，几乎没有人会互相说话，看屏幕的看屏幕，看手机的看手机。

“唉，我想问一下，这个考核什么时候开始？”萧莘随便挑了一个女生问，结果那个女生非但没有回答她，还回头瞪了他一眼。

萧莘被吓得不轻，他还没有这么近距离地被女孩子瞪过，感觉整个人都不好了。

好凶啊……

他心有戚戚焉地拍了拍胸口，不经意间转头，竟然发现那个女孩旁边的男生也一直在盯着自己看，好像在说：再看就把你眼珠子挖下来！

那种像被危险动物盯着的感觉让萧莘起了一身鸡皮疙瘩，浑身都颤抖了一下。

许艺这时不知道为什么，也转头瞪了自己一眼。

萧莘顿时觉得，这个雷霆战队，真不是普通人可以待的，都是一群牛人，只是不知道牛人 PK 牛人，最后会是个什么样的结果？

等了很久，终于有人出来说话了。

“公司考虑到女士优先，在场的男生是否同意让女生们先考核？”这个人扫了一眼全场问道。

考核者们的眼神顿时齐刷刷地看向他，但这个人还是很镇定，没有任何慌乱的表现。

“我们不需要。”许艺冷冷地开口，“比赛规则公平就好，我们女生不需要特殊照顾，大家的时间都很宝贵，早点开始吧。”

许艺在 HG 公司考核的时候，崔莹和顾枫二人正在一起练习电竞，崔莹玩得很开心，两人联手打比赛，情况如火如荼。

虽然崔莹很遗憾没有参加到苍龙世界的决赛，但她并没有就此放弃，依旧会花费时间练习电竞技术。

顾枫也陪着她练，在一旁指导她。

相比去年，崔莹的技术有了很大的提升，连顾枫都忍不住要表扬她，然而崔莹对此却只是谦虚一笑。她只是喜欢电竞，练习也只是为了玩得更好，电竞对她来说，还不具备上瘾的条件。

“你这个礼拜练得太勤了，周末记得回家陪陪阿姨。”顾枫体贴地提醒她，“如果方便的话，我跟你一起去。”

现在不仅崔莹会记挂老妈，顾枫在知道他们家发生的事情之后，也会担心沈燕燕。

“你要去见我妈？”崔莹被他吓了一跳。

“是阿姨邀请的，她昨天给我发了消息。”顾枫微笑着说。

“什么情况啊？你跟我妈说什么了，她怎么会邀请你到家里去？”崔莹有些迷茫，顾枫这个人太高深莫测，总是做什么都不让自己知道。

她记得寒假时顾枫加了老妈的微信，但是后面发生的事情比较多，所以她就把这个事情给忘了。没想到顾枫真的可以啊，这才多久就把老妈搞定了？！

崔莹真的没想到顾枫当说客的本事这么好，竟然还能被老妈邀请回家吃饭。

想到这一点，崔莹就忍不住露出了开心的笑容。

毕竟妈妈和男友都是很重要的人，只有他们互相认可对方，她才能真的开心。

“我就每天跟她聊一会儿天，也没说什么。”顾枫看到她可爱的笑容，神色温柔地伸手揉了揉她的头发，“尤其是你的事情，我们从来都不聊你。”

“真的？这么简单？”崔莹觉得很不可思议，顾枫真的能这么轻而易举地搞定了老妈？她有点儿不相信，可是看到他一脸自信的样子，她又由不得自己不相信。

“真的，我说过要让你安安心心地跟我在一起。”顾枫靠近崔莹，跟她四目相对时，忍不住在她唇上蜻蜓点水地吻了一下。

虽然只有短短的几秒钟，但他这个动作还是让崔莹有些措手不及，她忍不住羞红了脸，眼神闪烁着幸福的笑意。

雷霆战队的考核地点。

“马冰！”之前宣布考核开始的那个人喊道，“可以了，录取。”

许艺清楚地听见了这个名字，她记得这个人，没想到她竟然是女生里面第一个被雷霆选中的人。

竟然是她……

许艺动了动唇，没有出声，但内心久久不能平静。

为什么是 MOBO 而不是她呢？难道她真的已经平庸到连雷霆都看不上的地步了？

“好紧张啊……拜托拜托，千万要让许艺过啊……”萧莘在原地不住地转圈儿，看上去比许艺还紧张。

“许艺。”那个人又喊道，“可以了，录取。”

“哦也！”萧莘差点儿就要蹦跶起来，简直比自己被录取还要高兴，“ANGELA 是最棒的！太牛了！”

同样的时刻，凌星星走进了 HG 公司的办公室，站在总经理沈南星的面前。

“你费了这么大劲来找我，到底有什么事？”沈南星漠然地看着面前这个看似清纯可爱的女孩。

“沈总，我觉得公司分配资源的方式有些不公平。”凌星星眨着大眼睛说道，“比如许艺，她得到的资源凭什么比我们多？”

“呵……”沈南星眼里闪过一丝嘲讽，“公司对待旗下女主播的原则一向是有多大能力，就享有多大资源。你认为自己的能力比得上许艺？”

“当然，我不认为自己比许艺差！”凌星星语气坚定地说道。

“那就向我证明，你有多大的能力？”沈南星的面容很冷酷。

“证明自己的能力？指的是电竞技术还是其他能力？可是这个办公室里没有电竞设备啊，这该怎么证明？”凌星星眨着眼睛，满脸无辜地问道。

“这是你的问题。”沈南星的语气也很冷酷，只丢下这么一句话。

“我只是一个玩电竞的，在办公室里没有电竞设备的情况下，我无法证明这个能力。但是，我可以证明自己其他的能力。”凌星星带着娇柔可爱的笑容，逐渐靠近了他。

“那你证明吧。”还是很简单的回答。

凌星星慢慢地走过去，弯腰脱下了高跟鞋，带着一点儿委屈的语气低头说："好疼，这是我第一次穿这么高的高跟鞋呢……刚才我的鞋跟断了，脚还崴到了……"

"对不起，我只希望你证明你有我们公司所需要的能力，至于这种能力，我不需要，也没兴趣。听懂了吗？"沈南星的眼里闪过一丝厌恶，语气更为冷淡了。

"好吧。"凌星星碰了个软钉子，脸色有些难看。

她不再说话，径直走出了门口，顺手把门带上了。

走出 HG 公司，凌星星一把将穿着的高跟鞋撸了下来。

"混蛋！"凌星星咬牙骂了一句。

她平时确实不穿高跟鞋，只是考虑到沈南星也许会喜欢这样成熟的打扮，今天才特地穿了一身职业装，还配了双高跟鞋。本来是想和他示个好，博个公司力捧出位的机会，没想到他竟然毫不领情，一板一眼地假装正人君子，果然是萧若手底下的一条好狗！

凌星星在心里暗骂了一会儿，最后也只能无奈地把高跟鞋提在手里，走到站台那边打了一辆出租车。

"姑娘，你这是？"出租车司机看到她的样子有些惊讶。

"打车回家。"凌星星直接说。

"你男朋友怎么不来接你？"出租车司机好奇地问。

"没有男朋友！喂，你到底走不走？哪来这么多废话！"凌星星有些不耐烦，她最不喜欢跟别人磨叽了。

"走，上车吧。"出租车司机啧了一声，现在的女孩真是一个比一个凶，看起来这么乖巧呆萌的小姑娘，说起话来竟然这么冲。

凌星星光着脚坐在出租车后座，心里越想越觉得窝火，偏偏手机还有一个人不停地打电话来。

是她名义上的男朋友江晨。

对于江晨，凌星星多多少少还是有一点儿感情的，毕竟两人是自由恋爱，也曾有过如胶似漆的日子。但是随着两人在一起的时间越来越长，凌星星就越来越觉得江晨这个人很无趣，不管做什么事情都很中庸，总是无法成为最优秀的那个，和顾枫这样的学霸一比简直差太远了。而且长得也只能算清秀，谈不上特别帅气！

再看看别人的男朋友，崔莹身边有顾枫加持，许艺身边有富二代萧莘做跟班……

她呢？只有这个上不了台面的江晨，这怎么可以？她凌星星的男朋友怎么着也不能太差啊！

但是，在没有找到更好的替补之前，江晨还是个挺有用的备胎，所以她暂时不打算和他翻脸。

凌星星调整了一下心态，接起电话。

电话一通，江晨一连串的关心扑面而来："星星，今天你到 HG 公司训练得怎么样啊？累不累？要不要我去接你？"

"不用啦，我已经在回学校的路上了。"凌星星若无其事地用甜甜的语气说道。

"今天心情怎么样？"江晨一边收拾东西准备上图书馆，一边问她。

"不怎么样。"凌星星的声音听起来依旧很软萌，但是有些有气无力。

"这样啊……"江晨想了想说，"你现在在哪？我请你吃饭去，本来打算去上自习的，今天就不上了，陪你出去走走如何？"

"也可以，吃完饭之后正好陪我去练练手。"两人说好之后，凌星星挂了电话。

反正闲着也是闲着，不如让江晨陪她去网吧练习一下游戏技巧。毕竟她对自己的水平心里有数，有机会总要练练的，就拿江晨当个玩伴吧！

第三十四章 新晋主播

许艺如愿以偿地进入了雷霆的战队，和当天的另外三名优胜者余雕雕、林涵以及 MOBO 一起成为了战队成员。

不得不说，雷霆的眼光非常精准。

许艺很快就发现，这些人虽然看上去并不起眼，各自的背景、性格也是五花八门，但确实各有各的长处。比如余雕雕胜在智商过人，经常能抢占先机；林涵作为一名职业同声传译官，他的反应速度比一般人要快许多，还能一心多用；而看上去像个大花瓶的咖啡店小老板娘 MOBO，眼光精准，手速则是一流的。

许艺自己呢，也并不是全无特色。除了天生的美貌之外，她超乎常人的冷静头脑也是她最大的优势之一，很多时候即使陷入了危局，也能迅速找到突破困境的方法，所以她才能在那么多的比赛中稳操胜券。

雷霆觉得，这段时间以来，许艺的这种特色丧失了不少，好像变得不再那么冷静自持了，很明显，她的心被一些事情给扰乱了。

但，这并不是不可恢复。

所以雷霆依然很看好许艺，也将她列入了自己的四人亲训营。

在 HG 公司方面，沈南星毕竟是个精明的商人，虽然他不像 GM

公司的袁子霄一样毫无底线，但也不肯轻易吃亏。

在这一批签约的新晋女主播当中，沈南星知道许艺的实力是最强的，整个公司团队都很看好她的优势。所以，公司不遗余力地为她做各种宣传，为了打响她的名声，公司还为她安排了一场又一场足够让她风光无限、稳定会赢的比赛。

签约 HG 公司之后，许艺几乎每天都是在比赛中度过的。

刚开始，许艺还能服从和配合公司的安排，每场比赛都应对自如，可是接连几场比赛下来，沈南星发现，许艺似乎有点儿沉不住气了。

比如昨天那一场电竞比赛，对手其实和她的实力相差甚远，许艺完全可以没有任何压力地完胜对手。但是不知道为什么，也许是她太轻敌，也许是她太累，接下来的几次交锋，许艺都吃了亏。

人都是这样，越吃亏就越想赢回来，可是越这样，她的表现就越差，到最后，竟然出乎意料地败给了别人。

如果说这个对手是比较棘手的人，沈南星倒也能够理解，然而事实是，这个对手没有任何难缠的可能性。而且许艺这个月输掉的比赛还不止这一场，再加上之前那几场明明可以赢却输掉的比赛，她的表现简直可以用“不争气”来形容。

沈南星想到这一点，不禁愁眉深锁，神色有些烦恼。

他很苦恼，为什么许艺这段时间总是发挥失常，她的水平明明不止这样，完全可以发挥得更好的，但不知道为什么，却总是一直失败……

难道说，许艺真的已经成为明日黄花，信心和能力都已崩盘、变成了再也扶不起的阿斗？如果真是这样，那么 HG 公司签了她这一票，岂不是做了亏本生意？

而且这要是被许艺的前经纪公司，GM 的总裁袁子霄知道了，恐怕会开心得不得了吧？ HG 公司高价挖人，却挖到了一个已经没有价值的人。

沈南星越想越觉得，自己有必要找许艺聊一聊。

HG 公司的豪华办公室内。

许艺姗姗来迟，本来约的是九点钟到公司，她却九点半才来。

“许艺,你最近的状态似乎有点儿不好……是遇到什么事情了吗？”沈南星心平气和地开口问道。

许艺今天的穿着很随便，身上随意地套着黑色大衣，素着一张脸，连淡妆都懒得化。虽然正值青春年华的女孩子怎么样都是好看的，且人本身又是个大美人，但依然看得出她肌肤的黯淡无光与厚重的黑眼圈。

这女孩，难道是一夜没睡吗？！

沈南星看着慵懒的许艺，有些关心地问道：“你看起来脸色不好，是怎么了？”

许艺头都没抬，懒懒地答道：“没什么事，沈总你有什么事就直说吧。”

沈南星强忍着心头的不满，继续和颜悦色地说：“那我就直接说了啊，公司当初是看你实力不凡才签你过来的，对你的期望值也很高，但是最近你让大家有点儿失望了。”

许艺略微抬了一下头，像是回应沈南星的抱怨。

毕竟 HG 公司是她的经纪方，拿着对方的高薪却屡屡失利，对 HG 公司来说确实有些不公平。

“我这几天不太舒服。”许艺伸手掠了一下额前的碎发，用了一个很老套的理由搪塞过去。

“只是这几天吗？我想，你这种心不在焉的态度应该持续了有一阵子了吧？”沈南星并没有轻易被糊弄过去，“苍龙世界是你最擅长的游戏，但是明眼人都看得出来，你似乎越来越生疏了，粉丝们的弹幕和抱怨难道你都视而不见？”

“我没有心不在焉。”许艺眼睛直视沈南星，声音不大却很坚定，“我是一个职业选手，绝对不会故意输掉任何一场比赛！只能说，每一次比赛我都已经尽力而为，虽然结果不如人意，但你们不能因此否定我的人品。”

“我并没有否定你的意思，”沈南星迅速解释，避重就轻地说，“我们今天谈话，并不是公司要找你兴师问罪，毕竟我们只是合作关系，对不对？你的职业生涯由你自己掌控并负责，我们只能做一个善意的提醒。所以，请千万不要误会我们对你的关心。”

“所以，你们的关心我已经知道了。”许艺忍不住打了一个哈欠，“今天是周末，我想好好睡一觉，如果可以的话，今天我可以请假吗？”

“当然可以，你的状态确实不好，多注意休息。”沈南星看上去神色平静，说出来的话却绵里藏针，“不过，明后天可能还有一场比赛，我希望你能尽力打赢。如果这次你还是输了，可能要停赛一段时间，让你好好休息。”

“意思是，如果下一次我还表现不好，公司就要雪藏我吗？”许艺淡淡地笑了。

按照她与 HG 公司签署的经纪约条款，这一年内她只能与 HG 公司合作，如果 HG 公司不同意她参加其他比赛，那么她就没有自由露脸的机会。当然，如果她有非打不可的比赛，邀约方又愿意支付违约金或佣金给 HG 公司的话，那就另当别论了。

“虽然我不愿意这么说，但是你也清楚，公司的资源是有限的，还有那么多的女主播在等待机会，不是吗？”沈南星并不隐瞒自己的真实想法，痛快地承认了。

“了解，我会好好表现的。”

说完这句话，许艺拎起包，起身离开了沈南星的办公室。

周末的写字楼没有开暖气，春寒料峭，许艺下了电梯，来到了一楼的洗手间。

她站在大玻璃镜子前，看着脸色暗淡、眉目憔悴的自己，心情比来的时候更加沉重。

“真的只能这样了吗？”

许艺看着镜子里的自己，心情低落到谷底。

这是她第一次处于人生的低谷期，她根本不知道怎么从这个状态中走出来。

许艺一直都是个很要强的人，今天沈南星的那席话，分明是觉得她不行，给予她的警告和提醒，他希望自己能尽快恢复状态。

说实话，她何尝不想赢？

自从去年和崔莹打比赛输掉之后，她在苍龙世界里就再也表现不出自己真正的实力了。

崔莹曾经是她的徒弟，而她的技术却突飞猛进到能够轻易打败自己，这对许艺的打击和伤害不言而喻，让她始终无法释怀的同时，也彻底动摇了她在电竞圈多年来的信心。

师傅被徒弟打败，这是多么大的耻辱。

她之所以跟着雷霆战队，也是想重新找到自己的一方天地，然后重拾信心，回到当年 ANGELA 女神在电竞圈叱咤风云的时代。

或许是最近跟着雷霆练得太猛，以至于松懈了对苍龙世界的练习，才会导致自己在并不强大的对手面前接连失利。

明后天还有一场比赛，这应该是 HG 公司给予自己的最后一次表现机会。如果她的表现仍旧平平无奇，公司就会取消对她的力捧，这样的先扬后抑，肯定会被很多人取笑……

对于这场比赛，许艺会尽自己最大的努力去完成，作为一个职业电竞选手，这既是给自己的尊重，也是给对手的尊重。

只是，假如最后获胜的人不是她……

许艺站了片刻，觉得呼吸有点儿困难，像是喘不上气来的感觉，她觉得或许是内衣有点儿勒着胸口了，于是转身进了独立更衣室，准备重新整理一下肩带。

她刚刚关上门，外面就传来一阵脚步声，还有几个女孩说话的声音。

许艺没有在意，继续脱衣服整理肩带，低头想着心事。

几个女孩一边说说笑笑，一边走了进来。

今天是周末，这一层都是 HG 公司的办公区域，所以不用说，这些都是 HG 公司签约的新晋女主播。

“LINDA，今天沈总把你叫去办公室，说什么啦？我看你们谈了好久呢。”其中一个女孩好奇地问。

那个叫 LINDA 的女孩带着几分开心的语气，娇嗔地说：“哎呀，我们都是谈工作啦，沈总也没别的意思，大概就是说，可能下个月开始就会陆续给新人一些机会，要我们好好表现啦。”

“他总算想起我们了！前一阵子你们看看他有多宠那个 ANGELA，各种机会各种推荐，大家都是公司的签约主播，凭什么还分三六九等啊！”同行还有一个声音尖尖的女孩，带着几分不满的语气说道。

“经纪公司就是这么现实，你们又不是今天才知道。”LINDA 说，“谁不想出人头地？我前几天还听到一个大八卦，说我们公司有人为了得到推荐机会，不惜去爬沈总的床，只可惜没爬上去呢。”

“有这种事儿，是谁呀？”听到这种桃色八卦，几个新人女主播开始议论纷纷。

“是不是 ANGELA 啊？其实我真没觉得她有多厉害，进了公司之后比赛的表现都很差，真不知道她当初是怎么进 HG 公司的？莫非……是搞定了高层？”

“搞定了高层又怎样，还不是输了一场又输一场？真搞笑，越捧越红不起来，沈总的脸‘啪啪’地都快被打肿了。”另一个新人女主播接着说，“她已经输了那么多场比赛，你们觉得，HG 公司还会让她继续直播吗？”

“她让公司损失惨重，公司恐怕近期不会让她参加任何比赛了。”女孩们各抒己见。

许艺在更衣室内听得一清二楚，她觉得自己的指尖都在颤抖。

这就是竞争，如此残酷，如此现实。你不行，别人就会嘲笑你，甚至取代你的地位。同样是 HG 公司的新晋女主播，她们的目光都会聚焦在最受公司力捧的人身上，就等着她出丑，从宝座上跌下来，然后机会就会落在自己身上。

然而，谁都有风光的时候，也都有落魄的时候。

这些女主播们为了利益现在对她落井下石，趁机抹黑她，到了以后，她们也难免会品尝到这种滋味。

每个人的人生都会有高峰期和低谷期，也许有一天，她们也会被其他新人泼脏水，就像今天她们议论自己一样。

风水轮流转的道理，她们总有一天会明白的。

更衣室外，各种议论肆无忌惮，声声入耳。这种感觉很难受，就像哑巴吃黄连，有苦说不出。

许艺面红耳赤地听着她们议论自己，却又无力反驳。

勾引沈南星的事，她没做过，所以她根本不必介怀，况且她们说的人也未必是自己。

但是，她要成为 HG 公司的弃子，这却是即将到来的事实，而且始作俑者就是她自己，不管别人怎么说，这点她是心知肚明的。

女孩们陆续离开了洗手间，许艺觉得自己难受得不行，那种喘不上气来的感觉越发明显了。

她捂住胸口，拉开洗手间的大门，一个箭步就冲了出去。

虽然是春天，天气依然很潮湿、很冷。

许艺在一家叫“沸点”的酒吧里待了整整一天，这期间萧莘打来无数个电话，她都没有接。

萧莘在家里急得乱跳，但是毫无办法。

毕竟许艺不接他的电话本来就是家常便饭，他也不知道该去哪里找她。其实萧莘知道许艺不会做出什么出格的事，但她一个女孩子，还是很不安全。

晚上九点多，酒吧里有点乱，气氛也渐渐变得有些迷离。

许艺喝了很多酒，虽然没有酩酊大醉，但是看上去也不太清醒了。在这样的环境里，一个发型有点儿乱，眼角还带着泪痕的妙龄姑娘，谁看了都难免想搭讪几句。

“小姑娘，怎么一个人在这里喝闷酒？有什么心事可以和我说说啊……”有个猥琐的中年男人拿着一瓶酒凑了过来，眼睛滴溜溜地盯着许艺的脸，意图十分明显，就差直接对她动手动脚了。

“你管我，走开！”许艺甩开那个男人的手，瞪了他一眼。

“别闹了，我陪你聊聊天，请你喝酒，好不好？”那个男人的力气很大，嬉皮笑脸地捉住许艺的手腕，她一个女孩子，根本甩不掉。

“给我滚！”许艺虽然喝了酒，脑子却是清醒的，她抬手怒扇了那个男人一巴掌，然后拿着包站起来，摇摇晃晃地向前走了几步。

那个男人竟然毫不生气，又追上来拉住她，恬不知耻地接着调戏许艺。

“我就喜欢你这种有个性的女孩子，要不要我送你回酒店啊？”

许艺从来都不怕这些，拿起包就砸向他的脑袋，那个男人被她包上的铆钉给刺得“哇哇”叫，额头上还留下了几缕血痕，他捂着脑门疼得跪在地上。

“臭女人，你够狠。”那个男人痛苦地挣扎着，“不许走，赔我医药费！”

“滚，别再让我看见你。”许艺从包里随便掏出几张百元人民币，扔在那个男人的脸上。

那个男人拿了钱，竟然真的没有再追上来。

许艺一个人沿着长长的街道往回走，脑海里全是各种让她难受的画面：输给崔莹的现场、沈南星绵里藏针的警告和几个新晋女主播的冷嘲热讽，还有粉丝们对她说的话、留的言……

今晚，她知道是自己趁机把委屈发泄到了那个男人身上，一个出来勾搭女孩子，看看能否占点小便宜的男人能有多大错呢？

打了也就罢了，问题是，她打完了人，心情还是很不好。

也是，压抑了那么久的坏情绪，哪是一时半会儿就能发泄完的……

许艺一个人坐在林荫大道的长椅旁，眼泪沿着脸颊不停地往下流，丝毫没有意识到，这里距离川穹大学已经不远了。

“真的很过分呢……”许艺喃喃自语着，想哭，也想笑。

顾枫开着车返回学校，路上，他隐约看到街边的长椅上坐着一个人，她身穿黑色大衣，头发非常凌乱，看样子不太好。

顾枫放慢车速，看清了那个人的样子，发现竟然是许艺！

她似乎独自在这里坐了很久，也哭了很久，此刻眼神有些涣散无光，眼眶里也满满都是泪水。

“ANGELA？”

顾枫有些惊愕，也觉得有些奇怪，但是没有靠近，而是将车停在距离她较远的地方，然后摇下车窗静静地观察她。

从他认识许艺以来，她就像出淤泥而不染的白莲，总是那样坚强高傲。她高高在上，是所有男粉丝们心中的女神，她似乎从来都不会认输，当然更不会哭。

可是，他现在千真万确地看到了她在流泪，而且是很伤心地在哭泣。

到底发生了什么事，以至于让她难过到这样的地步？她不是正在和萧莘谈恋爱吗？难道是两个人发生了什么不愉快的事，闹矛盾不开心了？

顾枫这么一想，旋即又觉得不太可能。

以萧莘那种对许艺百依百顺的二十四孝男友性格，不可能会让她难过到这种地步，应该是发生了其他事情。

看许艺的样子似乎是喝醉了酒，一个人这么晚坐在路边哭，总是不太安全……

顾枫想了想，决定让萧莘来接她回去。

他拿出手机给萧莘打电话，结果那边竟然关机了。

寒风瑟瑟，许艺似乎有点儿累了，她哭了一阵子，也不管周围是什么样的环境，直接靠在长椅上就准备躺下来。

顾枫实在看不下去了，不得不打开车门，朝她走了过去。

“许艺，我送你回学校吧。”他站在她面前说。

“不回去，很丢人。”许艺似乎并没有认出他是谁，径自往长椅上倒去，顾枫看到她的眼泪还在一直掉。

“不要睡这里，很脏的，也不安全。”顾枫没有办法，只能伸出胳膊扶住她，让她不至于躺倒在那脏兮兮的、铺满了灰尘柳絮的长椅上。

“我说了不回去，回去让你们看我笑话吗？！”许艺醉眼蒙胧地推开他，语气很冲。

“许艺，你别这样。你喝醉了，先回家再说，这是在大街上，这样很不安全。”顾枫按住意识模糊的许艺。

“呜呜呜——”许艺到底没忍住，大哭了起来。

她隐约感觉到有个人在安慰自己，这个人似乎并无恶意，她也就没想那么多，直接就趴在他怀里，哭得撕心裂肺起来。

顾枫的身体有点儿僵硬，他并没有回抱她，手一直顿在半空中，不知道该往哪里放，但是好像不管放不放，都显得很尴尬。

“……我不是没有能力，我有这个能力！我进 HG 公司是靠自己的实力进去的，没有用任何不正当的手段……在电竞圈这么多年，我靠的从来都是自己的本事，只是这段时间我太过急于求成，才会发挥失常……”许艺不断哽咽，哭得像个小孩子一样。

顾枫看着她哭，一句话也没说。

这是他第一次见许艺哭得这么伤心，她看上去那么坚强，其实却很脆弱。或许是她心里压抑了太多的悲伤，而这种情绪却在今天不清醒的时候，以哭泣的方式释放出来了。

“在这个圈子里，在 GM 公司也好，在 HG 公司也好……电竞圈从来都不是交朋友的地方，而是争个你死我活的地方……什么给我最后一次机会，如果我再失败就要彻底雪藏我……呵呵，真是够现实、够可以的！所有人都觉得我不可能再恢复原来的状态了，是吗？”

许艺承受了很多其他女孩所不能承受的东西，她的心里有很多委屈，但是没有人可以诉说，也没人能够理解她、安慰她。

“我知道，你的人品和能力都很好，没有人说你不行。”顾枫顺着她说。

“你知道什么……你什么都不知道！”许艺的情绪又开始激动。

“一个人有能力的时候，别人才会嫉妒你。”顾枫轻轻地说。

许艺所经历的这些，又何尝不是他曾经经历过的。他们有学业未完成，还是职业电竞选手，在学业与职业之间，他们注定要比其他人付出更多，才能收获更多。

“她们个个都想看我笑话，都在等着我出纰漏，想看我从高处跌下来，这样就能取而代之……为什么你不这样看我呢？”许艺的眼角挂着泪水，不断地喃喃自语。

“不说了，我先送你回去。崔莹说你没有住在学校，你现在住在哪里？”天色渐晚，顾枫有些急了。

“崔莹……”许艺听到这个名字，眼睛突然睁大了一些，酒也醒得差不多了，她终于看清了眼前的人是顾枫，抱着他的手也渐渐地放开了。

“原来是你。”她说。

顾枫见她认出自己，反而松了一口气：“还能认识人，说明醉得不厉害。我送你回去吧，休息一下就没事了。”

“好啊，”许艺大方地站了起来，虽然脚步还有些不稳，声音也有点儿颤抖，“顾学长，为什么你总是在我需要帮助的时候出现……可是你知道么，我现在最不想让你看到的，就是我的脆弱……”

“我不会告诉别人的。”顾枫见她脚步不稳，扶着她往车那边走。

路灯下，两人的背影重叠在一起，看起来倒像是一对恩爱情侣，互相依偎着回家的模样。

第三十五章　意外邂逅

转眼之间，周末就到了。

对于崔莹来说，这个周末不太寻常，因为顾枫说过，老妈让他这周和自己一起回家吃饭。

她心里非常忐忑，虽然她相信顾枫已经搞定了老妈，但是沈燕燕的性格她非常了解，老妈这个人还是比较有城府的，虽然电话里对顾枫十分客气，然而见面之后双方会是一个怎样的情形，她还真的没有底。

正当她在犹豫是否要给顾枫打电话的时候，电话铃声响了。

是沈燕燕。

“妈。”崔莹料想她应该是要催自己回家，因此接起来就说，“我这就回去。”

“不，莹莹，你不要回来了，我今天不在川穹。”沈燕燕的语气有点急促，仿佛还带着一点儿咬牙切齿，“我在定远温泉这边，没有时间给你做饭，你在外面吃点东西再回家，然后等我回来！”

“您在定远温泉干什么？”崔莹觉得疑惑，那是一个川穹郊区的著名疗养区，冬季游人如织，记得前几年老爸曾经带全家去住过一段时间。

“这你就不要管了，我有事儿。哦对了，你和你那位顾枫同学也说一下，这次真的不好意思，下次再请他来我们家吃饭吧。”沈燕燕说完就挂断了电话，虽然只是简单几句话，但崔莹却听得出她的情绪非常不好。

她怔怔地看着挂断了的电话，半晌没有动作。

过了好一会儿，她才给顾枫发了一条信息说明情况，然而她此刻却并没有回家的心情，脑子里反复萦绕的是老妈刚才急促的语调。

她不禁怀疑，是不是家里又发生了什么事？

凭直觉，崔莹感觉这件事一定关系到父母之间的冷战。

沈燕燕搬来川穹大学附近都快一个月了，老爸却一次都没来看过她们母女，电话倒是给自己打过几次，但都是短短几句话就挂了。崔莹给他发微信，也多半是有去无回。

即便是公司事务繁忙，也不会忙成这样，连老婆女儿都不顾了吧？

最大的可能性，就是父母之间真的出问题了。

崔莹知道自己已经长大了，只是父母的感情问题，却不是她长大就能干涉的，而且即使干涉也未必有用。但不管怎么说，家庭毕竟是自己的大后方，万一父母真的到了这把年纪还要闹离婚，不管怎样她都要努力一把，争取不让这个家散掉。

如果老爸老妈执意要分开，她就打定主意要跟着妈妈生活。

崔莹左思右想，总觉得心神不定，索性做了一个大胆的决定：打车去定远温泉看看！

反正也就半个多小时的车程而已。

崔莹叫了一辆 TAXI 赶到定远温泉的时候，已经夜幕低垂，整个山庄弥漫着一种氤氲的气息。

定远温泉依山傍水，附近翠竹葱茏茂盛，景区里面一路都悬挂着红色的灯笼。

TAXI 停在笔直干净的柏油马路上，一位身穿着白色套装、黑色大衣的服务生给她拉开了车门。

崔莹下车之后就径直进入温泉酒店的大门，直接杀到了前台。

整座景区只有这一家温泉酒店，如果沈燕燕在定远温泉，前台一定能查到记录。

“这是我的身份证，你们查一下沈燕燕女士的房间号，她是我妈，我跟她住一起的。”崔莹从包包里掏出自己的身份证，递给前台小姐。

“对不起，没有沈燕燕女士的入住信息呢。”前台小姐看了一眼电脑，带着笑容说，“您确定是用这个名字预订的吗？”

“呃……居然不是？”这下崔莹懵了，老妈明明说自己在定远温泉的呀，难道她是用别人的名字预订的？这下麻烦了……

她立刻低头去翻手机，给老妈打电话，然而打了半天，对方竟然都是关机！

怎么办？

着急之下，崔莹忽然灵机一动，又对前台小姐说：“那这样，你给我查一下有没有我爸的预订信息？他叫崔国强。”

前台小姐低头查了一阵子，然后笑眯眯地抬头说：“这位崔先生是有的。他在 2808 总统套房，这样，我帮您给他房间打个电话，如果他确认可以，我就给您房卡，好吗？”

“好，快打！”崔莹点了点头，暗想自己刚才还真蠢，没有老妈的名字还有老爸的啊，差点今晚就要露宿荒郊野外了呢。

“嘟嘟嘟……”

前台小姐打了很久，房间里的电话都没人接。

“客人可能出去了，要不您在沙发那边坐着等一会儿？”前台小姐带着歉意说道。

“这样啊，好吧……”崔莹也没有再坚持，她抱着小背包在大厅沙发坐了好一会儿，然后开始给父母打电话。

崔国强的电话倒是打通了，但同样没有人接，沈燕燕则依然是关机。

“真是坑爹……不能说坑爹，应该说爹妈坑女儿吧……”崔莹抱着小背包，饿得饥肠辘辘。

这一瞬间她真的有点儿后悔了，怎么着刚才也该在学校食堂吃碗面再过来的，这下好了，找不着爹妈，只能坐在这里干等！

就在这时，崔莹看到了一个身穿白色温泉服的客人从自己面前走过去，她眼珠子一转，便起身跟着那人走了。

那人进电梯之后刷了一下房卡，崔莹惊喜地发现，恰好是自己要去的二十八楼。

“叮咚！”

二十八楼到了。

崔莹为自己的机智暗暗得意，蹭完电梯之后她直接奔往 2808，这个房间非常特殊，因为在转角处，所以比较隐蔽。

她走过去之后才发现，这个套间的外面房门虚掩着并没有关紧，里面似乎有人在说话，还听见了麻将碰撞的声音。

崔莹心生警觉，放慢了脚步走过去，结果竟然听到了父亲崔国强的声音。

“崔总，您可真会说笑，这一局您一定是玩大的吧？我们都已经输了这么多了，您就不能稍微让着我们点儿呀！”有个娇滴滴的女声说道。

“就是啊，今晚老崔一直赢，这牌简直没法打！”另一个男人抱怨道。

“只是手气好一点儿而已，我也很久没赢过你们的钱了。”这是崔国强的声音，听语气似乎很开心。

原来老爸是在聚众打麻将啊！难怪不接电话也不接手机，估计是玩得太高兴，没有注意到电话铃声响了。

崔莹往里面张望了一下，结果却愣住了。

打麻将的是四个人没错，三男一女，但是，为什么老爸身边坐着一个看上去才二十多岁的女人？看牌就看牌，她为什么要靠老爸那么近，还一个劲儿地往他身上蹭？！

“老公，快听牌，快快快！”那个女人催促着，还不甘寂寞地伸手去帮他捉牌。

“小宝贝，别闹。”崔国强笑着对那个女人说。

崔莹在门外看到这一幕，瞬间就感觉脑袋要炸掉了。

这是什么跟什么啊？什么老公？什么宝贝？那个女人竟然称呼自己的老爸为“老公”？他们之间到底是什么关系？！

这种甜言蜜语，爸爸好像从来没有对妈妈说过！以前她还总觉得老爸古板木讷，现在才知道原来不是这样，只是他不愿意说而已！这样看起来，他究竟是有多不爱妈妈，才会连这么简单的情话都不愿意施舍给她呢？！

崔莹只觉得一股热血往头顶上涌，她努力让自己冷静下来，然后伸出手，“咚咚”两声敲响了门。

室内的声音霎时间停了下来，崔莹的耳朵顿时清净了。

“谁啊？不是说了今天晚上不需要送餐，也别来打扰我们吗？”崔国强带着一丝不悦的气息转过头来，“有什么事？”

“咚咚咚！咚咚咚！”

崔莹却不说话，压着一股愤怒拼命地敲打房门。

“谁这么无聊？”另一个打麻将的男人听见敲门声不断，忍不住在里面破口大骂。

“爸爸，是我！”崔莹再也忍不住，走进去对着老爸扯开嗓子说道，声音里压抑着怒火。

一屋子的人看到她都吃了一惊，尤其是听到她喊崔国强“爸爸”的时候，所有人都安静了。

崔莹人长得美，父亲也不差，她的鼻子和脸型就跟崔国强如出一辙，不用问就知道是亲生父女。

“莹莹？你怎么到这里来了？”崔国强有些惊讶，但很快就恢复了镇定，“对了，今天是周末，想到这里来玩一玩是吧？怎么不早点和爸爸说呢？我好给你留房间。”

与父亲四目相对的时候，崔莹清清楚楚地看到，崔国强衬衣领口有个红色的唇印，和他身边那个女人嘴上涂的唇膏颜色一样。

也是在此时她看清了那个女人的脸，年纪大概在二十五六岁的样子，长得略带妖艳之气，还有一点儿无辜的模样，穿着打扮还算讲究，五官却未必有多美，甚至远远不如沈燕燕年轻的时候好看。

但，胜在确实年轻。

“原来是崔总的女儿啊，长得真漂亮。”那女人竟然笑了，带着谄媚讨好的意味。

绿茶 X。

崔莹在心里暗骂一声，强忍住想抽人的冲动，盯着崔国强说：“我来找妈妈，听说她今天也来了这里。”

崔国强和那女人的脸色都有些微变，他旋即说道：“莹莹，听爸爸说啊，第一，人人的事情你不要掺和，我不知道是谁让你来的，如果是你妈妈，我觉得她这样做太没底线和道德了；第二，爸爸在外面工作有应酬是很正常的，无论你看见了什么，都不要胡思乱想，听见了没有？”

“是吗？”崔莹看着眼前的父亲，觉得有点儿不可思议，这些话真的是从老爸嘴里说出来的吗？这个从小到大都那么疼她、宠她、爱家庭的爸爸说的？

“我没有胡思乱想，如果您不想让我误会，那么就告诉我，这个女人是谁？还有为什么这么多天你都没有回家看过妈妈？”崔莹倔强地看着父亲。

“莹莹，我说过了，大人的事情你不要掺和。”崔国强的脸色有点儿暗沉，“我不希望你妈妈将你当作和我博弈的工具，也不希望你对心心有什么误会，我和你妈的事情我们会自己解决，爸爸不会不要你。”

原来那个女人叫“心心”，那一次妈妈收到的照片应该就是她吧？爸爸变得不再像爸爸，原来都是被这个女人迷住了……

这个女人明明没有妈妈好看、没有妈妈温柔、没有妈妈勤奋、没有妈妈贤惠、没有妈妈的各种优点……但是她却将爸爸的感情夺走了。不知道她有没有想过，爸爸今天能这么对妈妈，等到她自己年老色衰的那一天，爸爸也会这么对她？！

“这么说，您是真的准备要离婚了？为什么？为什么你们相互扶持了这么多年，却说分开就分开？为什么你突然就不要妈妈了？！她对你这么好,你为什么会忍心抛弃她？她把最宝贵的青春年华都奉献给了你，献给了我们这个家，结果却换来你的抛弃！”崔莹声嘶力竭地冲爸爸喊道。

“莹莹，不要在这里乱说话，会让叔叔阿姨们笑话你没家教！”崔国强似乎有些生气了，他站起来，向崔莹走过去。

“不要过来，我再也不想见到你！”崔莹没有等到父亲走到面前，已经掉头跑了。

崔莹一口气跑出了温泉酒店，然后继续沿着景区的大路一直跑，一边跑还一边哭，跑得体力衰竭，哭得泪流满面。

她的世界好像在突然之间崩塌了。

家不再是那个家，爸爸不再是那个爸爸，成了别人的“老公”，剩下一个支离破碎的家庭和冷冰冰的房子。

她原本不信老爸是这样的人，但是今天见到的事实证明，他的心早已不在妈妈身上，甚至也不在乎自己的感受，难怪老妈会对他失望透顶了……

崔莹没有留意老爸有没有追自己，只是一个劲儿地往前跑，到实在跑不动的时候，她就在路边的一个石头椅子上坐了下来，抱着头继续哭。

哭得正伤心的时候，她的手机铃声响了，是顾枫的来电。

“顾枫……”崔莹擦干眼泪，吸了吸鼻子。

“莹莹，阿姨刚才给我打电话说，今天临时有事去温泉接一个客户，还要送他们去机场，所以不能请我吃饭了。”顾枫的声音听起来很温暖，“阿姨还亲自给我打电话道歉呢，真是太客气了。对了，她说你还没回家，你在哪儿？怎么听你的声音好像不大对劲？”

崔莹顿时懵了，沈燕燕竟然在家里？原来她不是去温泉捉奸，而是去接客户顺便送人去机场就折回家了？！

这叫什么事儿啊？自己的运气到底是好还是不好，竟然亲眼撞见了父亲和他的新欢在一起 HAPPY ？

“哇……”崔莹越想越觉得难过，忍不住大哭起来。

“莹莹，你怎么了，好好地哭什么？”顾枫听到她的哭声，立刻慌了，“你在哪儿，遇到什么事了？快给我发个定位，我马上来接你。”

“顾枫……我不知道该怎么说，我家出事了，很大的事……我爸爸他有别的女人了……他不要我和妈妈，要跟另外一个女人在一起了……”崔莹不断地抽泣，断断续续地哭诉着。

虽然这些事很丢人，但她实在没办法再憋在心里了。

爸爸——她曾经那样敬爱的男人，今天竟然让她如此失望透顶。

“莹莹，你先别难过，我现在就去找你，等我过来再说。”顾枫不知道该说什么，只能先安抚她。

其实崔莹所遇到的家庭变故，和他曾经经历的家庭变故比起来真的不算什么，只是很少有人知道，幼时的他到底经历了什么。

“不用了，我自己打车回去……你让我先冷静一下再说。”崔莹擦了一下眼泪，哽咽着说道。

此时的她心里非常乱，乱得犹如一团解不开的麻线，她不需要顾枫的安慰，只需要想明白，男人到底是一种什么样的动物？

这么多年的感情，竟然比不过一场出轨的诱惑，难道男人真的都是喜新厌旧的生物吗？如果说父母离婚已成定局，现在最伤心的人应该是妈妈吧……

她明明承受着那么大的痛苦，却很少在她面前表露出脆弱的样子。自从上次老妈哭着打电话让她回家，结果却导致自己在路上发生车祸之后，老妈就一直非常自责，自那之后，她几乎再也没有在自己面前失态过。

“妈妈……”崔莹喃喃地叫了一声。

她忽然想到，这个时候，妈妈应该很需要她的陪伴和安慰吧，她得立刻回家。

进门之后，依然是温暖的氛围，客厅里还满溢着饭菜的香气。

“莹莹回来了啊，妈妈给你炖了排骨汤当夜宵呢。”沈燕燕笑眯眯地迎了出来，手里还拿着两个苹果。

“妈……”崔莹看到母亲，顿时不顾一切地扑到她的怀里，眼眶霎时间又红了。

幸好，还有妈妈在，有妈妈的地方就永远是她的家。

“这是怎么了？这么黏黏糊糊的？”沈燕燕忍不住笑了。

“就是一周没见，突然特别想你。”崔莹咬牙忍住即将夺眶而出的眼泪，尽量让自己语气变得平静，“下课后慕楠让我陪她去看了一场电影，所以回来晚了，中间给你打过电话，你关机了。”

“我送客户去机场呢，半途没电了，还真没注意。”沈燕燕毕竟不傻，看出了女儿的异样，试探着说，“你怎么好像不太开心啊？眼睛还红红的？你刚哭过吗？”

“电影太感人了。”崔莹说。

“好吧，来喝汤，周末回家了就得好好补补。”沈燕燕说着进了厨房，端出来一锅热气腾腾的汤，还有切好的水果。

崔莹喝着味道鲜美的汤，想了想，抬头认真地说：“妈，不管将来怎么样，我一定会好好孝敬你的，就像你现在照顾我一样。我保证，你以后一定会越来越幸福的！”

“是吗？莹莹真的是长大了。”沈燕燕听到女儿这么说，幸福感直线上升，眼角的皱纹都洋溢着喜悦。

第三十六章 夏赛风云

今天是 HG 公司给予许艺的最后一次比赛机会。

沈南星已经说得很清楚，如果许艺能够赢得这场比赛，她就能重新获得公司重用，回到一线女主播的地位。如果依旧状态不佳，那么以后就再也得不到露脸的机会了。

许艺从来都是一个要强的人。

尽管她进入了雷霆的战队，但她依然不希望自己从此在苍龙世界的老粉丝们的视线里消失。曾经活在镁光灯下的人，需要更多的掌声来肯定自己不仅仅是为了钱，更多的是为了自己的尊严。

假如今天她能够赢得比赛，那天在洗手间里嘲笑她的人，自然会默默地把话收回去。

“小艺，我看到通告说你今天又有一场苍龙世界的比赛，不过这次的对手好像非常厉害，你准备得怎么样了？”萧莘兴致勃勃地打电话来问，他已经看到了通知，今天晚上许艺会和知名电竞选手“伏地魔”进行一场比试。

“准备得差不多了，应该不会再发挥失常。”许艺的声音听起来很平静，“之前是我太急于求成，现在不会了。”

“那就好。”萧莘开心地说，“好好加油，等着我给你刷礼物支持啊！”

晚上六点半，许艺准时出现在 HG 公司的训练室。

那群女主播照样嘀嘀咕咕，只不过这次没有让许艺听见。

“听说今晚又给她安排了首页直播对战？之前出丑不够，这次来继续吗？”有人故意这么问。

“不知道她的电脑键盘好不好用？就怕她自己没本事，到时候反而怪公司的硬件不给力啊！”还有女主播掩着嘴吃吃地笑了起来。

凌星星从旁边走过去，正巧听到她们的对话，顿时不屑地撇了撇嘴。

这些人平时没事儿就喜欢嚼舌根，真的很无聊，平时她们背地里也没少说自己的坏话，只不过她都装不知道罢了。

“星星啊，你今天怎么也来了？今天有你的直播吗？”一个女孩凑过来问。

“当然有啊，公司的一线女主播又不止某人一个。”凌星星微笑了一下，“不过，我们这种公司靠的都是实力，我劝你们以后还是不要在别人背后说长道短了，这对你们并没有任何好处。”

那些女主播闻言，脸上顿时就有些挂不住了。

刚才和她搭话的女孩笑容有些僵硬，偷偷用不屑的眼神瞟了凌星星一眼，然后给旁边的女孩发微信说：“切，什么玩意，不过是过期的新捧而已，有什么资格说这些？现在还不是和我们一样毫不起眼！”

“看别人笑话可以，但是风水轮流转，小心有一天会还到你们身上。”凌星星对着镜子补妆，趁机敲打一下这群人，“你们不服气的话，就等着看吧。”

许艺已经带上了耳机，严阵以待接下来的比赛。

这次，她一定会把自己的颜面赢回来，赢得漂漂亮亮！

记得上次比赛时，她的电脑出了一点儿故障，这种情况不是偶然，也不是意外。职业电竞选手对于电脑的要求很高，一般来说不会轻易出现电脑故障这种事情。所以上次比赛发生的情况一定是有人故意而为之，可那个人是谁呢？

HG 公司里的明争暗斗非常多，许艺并不好奇那人是谁，因为不管是谁，他都不是什么好人。

忽然，她看到右下角有个头像在闪动，有人发来了对话消息。

许艺低头点开看了看，顿时有点儿惊诧，竟然是他——潮汐？

几分钟后，许艺和对手都上场了。

这一次，几乎所有人都惊呆了，ANGELA 宛如开了挂一样，在战场上叱咤风云，将对手杀得几乎毫无还手之力。

距离上次比赛不过才一个星期的时间，那时候她的状态还非常差，今天的表现却亮瞎了所有人的眼睛，原本就优秀的许艺终于再次惊艳全场！

这对许艺来说，其实并不难，只要调整好心态就可以了。

因为之前她失败的真正原因，其实都是因为心魔。

观战的粉丝们都兴奋不已，尤其是萧莘这种死忠粉，更是 HIGH 得不行，各种礼物和爱心刷得飞起。

“哇，ANGELA 果然还是有实力的！”

“废话，要不然你以为 HG 公司怎么会选中她呢？听说是花了大价钱将她挖过来的哎！”

“要我看，之前那几场比赛之所以会输，都是因为她想博得眼球关注而选择故意失败吧？以她的技术不可能会输啊，我觉得应该是经纪公司在炒作！”

“对啊，她上次比赛本来快赢的时候，结果电脑却突然死机了，这个不像是意外，倒像是人为的，哪有电竞选手会犯这种低级错误？”

“说到底 ANGELA 还是女神哇，总是不断地给我们带来惊喜！”

“HG 公司应该可以捧红 ANGELA 吧！”

“她现在风头这么足，就算没人捧也风光无限……”

所有人都在议论纷纷，之前嘲笑她的女主播们，也被许艺今天所展现的实力惊得一句话都说不出来，此时此刻自然是灰溜溜地哑口无言了。

其实她们并不是故意针对许艺，而是这个圈子就是这样，只要有人出丑，其他人就会莫名地开心和得意。

人一旦得势，谁也不敢小瞧你，一旦失意了，她们就会出来嘲讽你，让你更加难堪。

这次比赛结束后，许艺人气大涨，又重新回到了一线女主播的位置。

HG 公司里再也没有人敢议论她了。

沈南星显得十分开心。

“许艺你太棒了！你知道吗？这是公司专门为你设计的比赛，就是想让你抓住机会重新开始，赢得更多的粉丝。”他说。

“是，沈总，我要感谢你鞭策我的那些话，让我重新振作了起来。其实我也明白，公司不会因为几次发挥失常就放弃我，只是想让我把心态调整好再直播。”许艺淡淡地笑了一下。

这些冠冕堂皇的客气话，她也懂得说。

“我一直认为你有这个能力，只是心态没调整好。”沈南星告诉她，“你这次大出风头，之前那些流言蜚语也不攻自破，所以你不必和她们一般见识。公司最近打算多安排一些比赛机会给你，都是奖金可观的项目。”

“谢谢。”许艺说。

“谢什么，我们是一条船上的人，你赚得多，公司也赚得多。”沈南星笑道，他的嘴角始终挂着一抹笑容，“希望你能一直保持这样的好状态。”

许艺淡笑了一下，没有再多说什么。

此刻，她心里在想另一个人，是他，及时给了自己那么多信息。

FLORENCE 酒吧。

夜幕低垂，天气越来越暖和了，学校附近的酒吧街也日渐变得热闹起来。

许艺身穿着一套纯白色的羊毛套裙，头上戴着G家新款的珍珠发箍，脸上化着清纯的妆容。

她等了没多久，顾枫就来了。

顾枫的打扮还是那样朴素，白色衬衫、黑色外套和蓝色牛仔裤，没有任何名牌加身，但整个人看起来就是气质超群，开朗阳光又帅气。

“找我有什么事儿吗？”顾枫坐下来，第一句话就问。

“当面向你道谢。”许艺端起桌面上的咖啡，啜饮了一口后轻轻放下，“感谢你在那场比赛之前，告诉我伏地魔常用的招数。伏地魔是苍龙世界的资深老玩家，如果不是你，我不可能赢得这么轻松。”

“不用客气，我只是把我知道的告诉你而已。”顾枫轻描淡写地说道，“伏地魔也算是我的老对手了，我希望你能够打败他，不只是因为你，也算是为了我自己。”

“是吗？可是据我所知，你并不是他的老对手，而算是老搭档吧？”许艺的眼神带着一丝质疑，“你们经常一起练习，所以你熟知他的套路，正如他也熟知你的套路一样。你俩根本不是对手，而是应该为知己！”

顾枫有些诧异，没想到她竟然知道得这么清楚，他沉默着没有再说话。

“那么，其实你是出卖了自己的朋友，将他的优势和劣势都告诉了我，让我提前有了应对他的办法……”许艺接着说道，“所以，这一次我赢得其实并不如表面那么光鲜，说直接一点儿，就是你帮我赢了他。”

顾枫语气淡漠地说：“如果你认为我这么做是为了羞辱你，那么你想多了。”

许艺的自尊心一向很高，他这么做恐怕又让她多想了。

然而许艺却微微抬起头，目光直视顾枫道：“不，我想知道的是，你为什么要帮我？”

“举手之劳而已，我并没有考虑那么多。”顾枫无奈地说。

“我不这么认为，潮汐从来都不是一个多管闲事的人。你之所以帮我，到底是因为我，还是因为你的女朋友？你是把我当朋友，还是因为你觉得对我有所亏欠，所以想做一些弥补？”许艺喝了一口不加糖的咖啡，苦涩的味道从舌尖一直蔓延到心里，那种感觉仿佛深深地种植在了她的心里，持久发酵，变得极其不是滋味。

“真的没有那么复杂。”顾枫看着许艺，“我确实想帮你，因为伏地魔毕竟是一个可怕的对手，他没有那么容易被打败。而我不希望看到你被 HG 公司雪藏，甚至从此退出苍龙世界这个游戏，那不仅仅是你的损失，还是那些对你抱有很大期待的粉丝们的损失。但是，这些都与个人感情无关……”

“真的无关吗？”许艺抬眸看着他，眼神带着一丝欲语还休的意味，“潮汐，你不要忘了，我们其实认识很多年了。不管你怎么隐藏自己，你是什么样子的人，以及你曾经和我说过的那些话，我永远都不会忘记……”

说着，她忽然伸出手，将素白而纤细的手指压在他的手腕上，仿佛回忆着什么，语气幽幽地说道：“就算你能忘记，我也不会忘记那一年的快乐时光……那时候每天下了晚自习，你和我就一起回家，我们还一起等公交车……”

时光荏苒，转眼已经过去了四年多。

那一年，他们还都是高二的学生。

那一年，她只是单纯地喜欢过他。甚至因为他，而喜欢上了电竞游戏这种东西。

那一年，他送她回家的时候，也是一个料峭春寒的夜晚，他第一次牵着她的手，就像她现在对他做的这样……

顾枫全然没有心情回忆过去的青葱往事，他的心里只有崔莹。

他迅速抽回手，站起身来说：“我还有很多功课要做，先回学校了。伏地魔的事情不必谢我，你本来就很优秀，就算没有我的消息你也能打败他，所以不必放在心上。就这样吧，我走了。”

顾枫起身，说走就走。

许艺没有挽留，她端着已经变冷的咖啡，默默地注视着他离开的背影，眼里是说不出的复杂情绪。

有些生气，有些无可奈何，甚至还有一丝隐藏极深的……恋慕。

顾枫已经三天联系不上崔莹了。

虽然学校这几天课多，但是她再忙也不至于不回微信，也不接电话啊！

顾枫心里很着急，不得不给李慕楠打电话，问问崔莹的情况。

“李慕楠，莹莹最近是怎么了？”顾枫问。

“顾学长，是你呀，我也不知道为什么哎，莹莹这几天也不接我的电话……前天晚上还一个人哭着从外面跑回来，连晚饭都没吃。”李慕楠仔细地回想了一下，表情颇有些苦恼。

“她在宿舍吗？”

“她去图书馆还书了，应该马上就回来。”李慕楠翻了翻日历，“但今天是周末，不知道她一会儿会不会回家。”

“知道了，我马上过来。”顾枫说。

他迅速下楼，在超市给崔莹买了很多她爱吃的零食，快到女生宿舍楼下的时候，他再给李慕楠打了个电话，确定崔莹还在宿舍。

过了很久，顾枫才看到崔莹下楼来。

“你这几天是不是特别忙？人也瘦了不少。”顾枫将手里的零食递给她，“是不是功课太多了？”

然而崔莹的表情却有点儿怪怪的，也没有接他的东西。

“你怎么了？是不是这几天我没来看你，生气了？”顾枫愣了一下，马上解释道，“我们最近在定实习的事情，所以比较忙，你别生气，以后我一定找时间多陪陪你。”

“我没说这个。”崔莹终于忍不住开口了。

顾枫见她肯说话，这才松了一口气，问道：“那是为什么？是我做错什么事情了吗？”

看着崔莹面无表情的脸，他觉得这样的她实在太陌生了，让他忍不住有些慌乱，她到底发生了什么事情呢？

顾枫越是着急，崔莹越是什么都不肯说。

“你……是不是阿姨说了什么？上次她让我去你家吃饭，后来因故没有去成，是因为这件事生我气了吗？还是你妈妈不让我们继续交往了？到底为什么，你说出来啊！”面对崔莹的沉默，顾枫有些崩溃了。

此时的他也根本没有了平时冷静自持的样子，而是自己一个劲儿地在那胡乱猜测着。

“一定要说吗？好，那我们就来说说许艺吧！”崔莹不是个喜欢憋话的人，也不想看到顾枫急坏的模样。

“许艺最近的状态还不错，重新开直播了。”顾枫不知道她为什么好端端地会提起许艺，但是为了搞清楚崔莹的内心想法，他还是顺着她的话说了一句。

然而他这话一出来，崔莹立刻就怒了。

“是吗？原来你一直以来都在关心她的事情啊！你不是要我说吗？好，那你先说，你跟她高中的时候到底发生过什么，你为什么都不肯告诉我？”崔莹也不掩饰自己的不满了，竹筒倒豆子一样都说了出来。

有些事儿，还真是就那么凑巧。

前几天李慕楠跟她说，班上有人在嘀嘀咕咕，说有人看到中文系的女神许艺和学生会主席顾枫一起开车回家，现在都纷纷传说这两人之间是不是有什么暧昧关系。

李慕楠是个毫无心机的女孩，当时也只是拿这件事当笑话讲，因为她不止一次见过顾枫对崔莹那种全心全意的好，所以根本不会去怀疑顾枫和许艺之间会有什么事。

但是，崔莹心里其实还是挺介意的。

毕竟，顾枫是个很优秀的男生，而且相当受欢迎。

她还记得上次在医院里时，顾枫的手机里有个备注名为“丫头”的女孩，给他发过很亲密的短信，当时她假装什么都没看见，可是已经有一些心存芥蒂了。

而李慕楠说的学校传言，又是和顾枫有关的花边消息，而且这次还和许艺有关。崔莹一直告诉自己不要多想，也许他们只是顺路，也许是那些人眼花看错了。

她认为，自己不应该疑神疑鬼。既然喜欢顾枫，就应该相信他的人品，不要轻易地被流言蜚语和一些不知道真假的花边信息打败。

但是，前天晚上她回家看沈燕燕，路过学校酒吧街的时候，竟然亲眼看到了令她不可置信的一幕！

——打扮得跟仙女一样美丽的许艺，正和顾枫双手紧握，两人一起喝咖啡！

——两个人看起来还真是特别般配！

这算什么？

有了女朋友还和前女友搞暧昧？如果他们高中时期确实有过一段朦胧青涩的感情，那么许艺应该算是顾枫的前女友吧？

那么，他的这种行为，和自己的老爸婚内出轨又有什么区别？！

所以，崔莹这次是真的生气了，气得连解释都不想听！

但是她除了默默地哭一场和连续三餐没有吃饭，也不知道还能怎么办，所以只能逃避。

“莹莹，你想多了。我和许艺高中的时候的确在同一所学校，也发生过一些事情，但不是你想的那样，我跟她什么都没有！”顾枫试图解释。

“既然没有什么，那你为什么不肯告诉我？你到现在都还非常关注她，你承不承认这一点？”崔莹不依不饶地追问。

“我没有关注许艺！我知道你误会了我和她的关系，但是我和她之间真的没有什么，只是普通同学的关系。”

顾枫犹豫了片刻，最后还是没有把他和许艺的往事说出来，这毕竟是她的隐私，所以他不能说。

“真的没有什么吗？没有什么她会和你约会、会喝得醉醺醺地上你的车、会和你手牵手一起喝咖啡？这些还是我巧合碰见的，没撞见的谁知道还有多少！”崔莹一股脑儿把之前的事都说了，顾枫一时有些意外，却根本无力解释。

“莹莹，你为什么非要把这几件事联系在一起呢，我跟她明明没有什么，我要是和她有什么，现在还会回来找你吗？”顾枫一着急，说的话都有些变了味儿。

“那你不要来找我啊，我又没求着你回来找我！”崔莹听到顾枫这样说，心里更加不舒服了。

她只是想知道他和许艺高中的时候发生过什么，可是他却什么都不告诉自己，这才是崔莹最难受的原因，但顾枫却丝毫不能体会！

“莹莹，你能不能不要这样？”顾枫没辙了。吵架不是学霸的强项，他也不愿意和崔莹进行伤感情的辩驳，只能无奈地求饶。

“那你要我怎样？看着你们继续暧昧下去？顾枫，如果你心里还惦记着她，就不要来招惹我，我不喜欢这样的人。”崔莹说完这些话之后，就咬着嘴唇不再吭声了。

她担心自己会控制不住自己，越说越过分，索性不再开口。

崔莹转身上了楼，留下顾枫独自提着一大袋零食，孤零零地站在女生宿舍楼下。

第三十七章 冷战开始

之后的几天，顾枫再打电话给崔莹，她都拒接了。

以前顾枫几乎每天都会给崔莹打电话，两人经常聊聊天，互相问候关心对方的日常起居状态，就像所有甜蜜的小情侣一样。

但是这次，崔莹是真的生气了，顾枫怎么也找不到她，在宿舍楼守株待兔也没有用。

大约冷战了一个星期之后，顾枫总算打通了崔莹的电话。

“莹莹，你这几天有没有按时吃饭？”顾枫试图缓解两人的气氛，关心地问道。

“当然有。”崔莹倒是回答了，但是不难听出，她的语气和以前完全不一样。

“那你最近还在练习电竞吗？”顾枫又问。

“不想练习。”崔莹说。

“莹莹，你真的生我气了？”顾枫感到头疼极了。

“没有。”崔莹冷冰冰地说。

“你一个星期都没理过我，还不是生气？莹莹，你说的那些事真的都是误会，我可以给你解释。”顾枫耐着性子，尽量将语气放平和，“我最近只和许艺见过两次面。第一次碰到她，她喝醉了，精神状态也不好，似乎受了很大的打击，所以我就把她送回家了。还有你看到的那次，是她约我出来没错，但是聊了不到十分钟，我就走了。”

“她受了打击，所以找你安慰？然后你带着她上了你的车，还送她回家？再然后，你们就公开约会？”崔莹讽刺道。

说实话，送一个喝醉酒的漂亮女孩回家，之后会发生什么事情谁也不知道，这完全超出了她的心理承受范围！

崔莹根本不敢去想他们之后会发生什么事情，因为怕自己会联想到一些不可描述的事情。

她本来都打算原谅顾枫了，但是听他这么一说，心里反倒更加不舒服了。

“莹莹，你听我解释。”顾枫急了，“她当时喝醉了酒，意识不清楚……”

“什么？她意识不清楚，那你是怎么把她弄回家的？你们是不是还亲密地肢体接触过了？”顾枫解释的越多，崔莹觉得漏洞就越多，简直是越描越黑。

她能感觉到自己有点无理取闹，但是她却控制不了自己。

崔莹以前不会这样的，可是她今天实在忍不了。

顾枫竟然给她这样的解释？！这算什么低智商的解释？她要听的可不是这个呀！他怎么就这么蠢？！

“不是你想象的那样，莹莹。这么说吧，你才是我女朋友，在我心里只有你最重要。”顾枫赶紧哄她。

“那我问你，你跟许艺在高中的时候发生过什么事情？”崔莹问。

“我们就是普通朋友，哪能发生什么事情啊。”顾枫的回答依然滴水不漏。

“你是一定不说了，对不对？”。

“不是，我是真觉得没什么好说的。”

“顾枫，你可以啊。”崔莹这下是真的火大了，“你就守着你们俩共同的小秘密，跟许艺去练习苍龙世界吧，不要管我了！”

说完就把电话挂断了。

顾枫听着话筒里的传来的忙音，心里有一种茫然的感觉。

男生的脑回路都很短，他是真的不知道崔莹这是生哪门子的气，甚至都不知道自己到底是怎么惹她生气的？

当然，他知道导火索是许艺。因为他和许艺的几次交往，所以她生气；因为他没有告诉她自己和许艺的高中往事，所以她生气。

可是，顾枫却不觉得自己有做错什么，高中时发生的事情，他是绝对不会说的。不是不想说，而是不能说。

关于那段往事，还是越少人知道越好。

“是可忍，孰不可忍。为什么男人都喜欢脚踏两只船！”崔莹挂完电话之后，委屈地红了眼睛，泪珠儿也在眼眶里打着转。

她觉得自己以前可能太过天真了，顾枫和许艺之间的关系，远比她想象的要复杂。但这还不是最可怕的，最可怕的是，万一许艺真的喜欢顾枫呢？

凭借女人的第六感和直觉，崔莹隐约觉得这件事可能是真的。

如果许艺真的要来抢顾枫，崔莹觉得自己并没有多少胜算。她其实不是个容易自卑的女孩，但是许艺身上的光芒实在太耀眼，耀眼到连她都觉得许艺是个很好的姑娘，忍不住想要去亲近她，哪怕她现在视自己为死敌。

然而担心也没办法，现在她只能让自己冷静下来，让时间去验证顾枫的爱。除此之外，已经没有更好的办法了。

再说萧莘这边。

萧莘最近特别忙，他和顾枫都进入了大三下学期，对于计算机系的学生来说，很多人都可以参与实习项目了。

萧莘也不例外，他的姐姐萧若早就联系好了几位 IT 公司的 CEO 朋友，让萧莘随便挑一家进入里面的项目组去实习。

萧莘的成绩并不好，算是勉强不挂科而已，所以就算他毕业于名牌大学，真正要进入项目组去跟别人合作，还是挺吃力的。但好在他人够聪明，所以学得也快。只是苦于笨鸟先飞，他每天的空余时间就变少了。

空余时间一少，对许艺就没有以前那么殷勤和面面俱到了。

许艺自然也没空搭理萧莘，因此这段感情就被冷落了，久而久之，两个人就根本没有谈恋爱的感觉了。

虽然许艺有空的时候会找他，关心一下对方过得怎么样，但其实在她心里，萧莘这个男朋友早就名存实亡了。

许艺仔细考虑了很久，觉得自己有必要找个时间，好好跟萧莘聊聊他们之间的事情。

这一天，萧莘正在实习的公司里忙碌成狗，却突然收到了许艺的微信。

他本来还挺开心的，点开一看之后却懵了。

“萧莘，我觉得，我们两个并不合适。”这是许艺简明扼要的信息内容。

“什么？”萧莘顿时觉得脑袋都要炸了，立刻回拨了一个电话过去，他没办法接受这样的分手告白，甚至有些气恼。

而许艺也知道按照萧莘的性格，一定会打电话过来，所以她从容地接起了电话。

“我们两个并不合适？所以你想说什么？要分手吗？”萧莘的语气有点儿气急败坏，还带着一丝莫名其妙的委屈。

“对，就是你理解的那样。”许艺早已做好了思想准备，今天必须要把这段感情给处理掉。

“我有哪里对不起你吗？还是你觉得我哪里不好？小艺，一直以来，我对你可都是真心的！当时你答应做我女朋友，我那么开心，以为你是因为也喜欢我才同意交往，我认为这是你慎重考虑之后的选择！然而现在，我们才交往了几个月，你就说不喜欢我要分手了？我对你一直都挺好的，但你不要太过分了！难道说，你从头到尾都是在玩我？拿我当猴子耍？”萧莘在电话里简直怒不可遏。

因为隔着电话线，许艺无法判断他究竟有多生气，但肯定心情不会好，她没有立刻说话，而是以沉默应对他的咆哮。

“难道，你是另结新欢了，所以决定甩了我？是不是？”萧莘胡乱猜测着，自说自话道，“我萧莘哪里不如别的男人，是对你不好，还是实力不够？”

“好了，别胡说八道了。”许艺有点儿听不下去了，萧莘这个飞醋吃得不仅毫无道理，而且无异于给她泼脏水。

如果不是隔着屏幕，她一定会给萧莘一个耳光。这个耳光是告诉他，不要自以为是，不要胡乱猜测别人。

“你需要一个理由是吗？好，那么我问你，派人跟踪我、让人尾随偷拍我的照片，看看我有没有和其他男人在暗中交往，这些事情是不是你做的？”许艺觉得没有必要再给他留面子了，于是干脆利落地质问道。

“这不是重点，重点是你有没有拿我当你的男朋友？”萧莘也质问她。

“你不相信我，我还需要跟你解释什么？你派人跟踪我就已经足够说明一切了！人与人之间应该互相尊重，我最注重的就是个人隐私，既然你触犯了这条底线，那么我们继续在一起也没什么意思。”许艺撂下这句话后，就把电话挂断了。

其实，真正要分手的时候，不需要任何理由，不爱才是最主要的原因。

萧莘知道正是因为这样，所以许艺才什么都不想解释，只是他心有不甘，不愿意就这样分手，所以才一再追问分手的理由。

电话又一次打了进来，响了几声后就被许艺挂掉了，她顺手关掉了手机，这样萧莘就再也打不进来了。

她并不想在这件事上耗费太多时间，也许是自己当时太萎靡、太寂寞、太需要有人来关心自己，所以才会接受萧莘的追求。但她打心底里明白，自己其实从未真正接受过他。

对于萧莘，她早就不在乎了，也可以说，从来就没有在乎过。所以，与其误人误己，倒不如干脆地做个了断。

“她根本就不爱我，她对我的感情都是假的！我真是世界第一大傻缺！”萧莘一拳砸在桌子上，痛苦地喊道。

懊恼、沮丧和痛苦的情绪一波又一波地涌上心头。

他不是不明白许艺一直以来的勉强，也有预感，两人分手是迟早的事。

但人都有侥幸心理，总会觉得，我这样努力地对你好，或许总有一天你会感动，也会爱上我。

萧莘已经完全没有心思工作了，发现许艺的电话打不通之后，他又给她发了个短信，内容只有五个字：“我不想分手。”

许艺的态度真的很决绝，也很伤人。她似乎已经拉黑了自己，萧莘等了很久，都没收到她的任何回复。

换卡再发！

萧莘换了一张卡，又发了一个短信过去，内容如下：

“许艺，我再说一遍，我不同意分手！就算你单方面不理我，我还是会继续关心你，你能拿我有办法吗？我不会就这么放弃的，因为我要保护你。”

不得不说，许艺看到这里，心里还是挺暖的。

只是，她不爱他，所以不应该再接受他的任何关怀。她也不喜欢别人用这种方式关心她，就算是因为喜欢自己也不行。

许艺没有回萧莘的短信，想了想，她拨通了顾枫的电话。

“顾枫，我和萧莘分手了。”许艺开门见山地说。

“哦。”顾枫依旧惜字如金。

他实在不知道自己该怎么回答，包括接许艺的这通电话，他都犹豫了许久才接通。他不知道是否还应该和她保持联系，因为莹莹对他们之间的误会已经很深了。

他不知道许艺此刻找自己，说已经与萧莘分手有什么目的，但直觉告诉他，这对他和崔莹此刻的状态来说，肯定算不上什么好事。

“是这样，我想跟他分手，他不同意，看样子还会一直纠缠我……他说会派人保护我，说难听一点，或许就是跟踪偷拍吧。”不知道为什么，许艺觉得这些话都可以如实告诉顾枫，“虽然他的出发点是想保护我，可是我受不了他的这种保护，太让人窒息了。”

“哦。”顾枫不知道该怎么接这些话。

“你为什么不问我，我为什么要和你说这些？”许艺忽然笑了一下，“萧苹也算是你的好兄弟吧？你居然对他的事情如此漠不关心？”

“直接说吧，你希望我怎么做？”顾枫沉默了一下，突然开口道，“如果你真的想好了要跟他分手，我可以帮你去劝他好聚好散。”

“你猜得没错，我希望你能帮这个忙，也算是帮萧苹一个忙，让他尽快从这段感情走出来，别在我身上继续浪费时间。”许艺说道。

“我可以帮你，但是我现在的情况也不是很好，如果方便，我希望你也能帮我一个忙。”顾枫想了想，说道。

“作为交换条件是吗？可以，你说说看。你帮过我好几次，只要是力所能及的事情，我一定尽力而为。”许艺顿了顿，说道。

她有些疑惑，顾枫很少开口求人帮忙，如今他竟然开了口，那想必是件很棘手的事儿。

“是这样的……”顾枫深吸了一口气，“我喜欢崔莹，你应该知道。”

“哦，那又怎样。”许艺的眼神微微有些冷。

“这段时间，我跟莹莹的关系有点儿僵，她可能对我有些误解，现在不肯理我，而这些误解与你有关。”

常言说，解铃还须系铃人。

顾枫觉得，崔莹的心结恐怕还得从许艺这个源头来解决，否则这场冷战不知道还要持续多久。

“你们之间怎么了？”许艺问。

“有点儿误会在里面，很难解释。”顾枫想起来就觉得十分纠结，“因为她误会了我和你之间的关系。”

“误会？”许艺很聪明，一猜便猜到了，“难道她是认为，你和我之间有暧昧关系？是我在倒追你，还是你想追我呢？”

“不要开玩笑了，因为这件事情真的令我很痛苦。”顾枫的语气很严肃。

“明白了，不是多大的事，我去替你解释。”许艺淡淡地说。

顾枫吞吞吐吐地说了这么多，已经足够让她明白发生什么事了。

“你去？我怕她对你误会更深。”顾枫有些担心，“其实你们俩之间也有一些误会，去年的那些事情，我想你心里也很清楚，那都与莹莹无关。她本性很单纯，也从未想过要去害谁，所以当初那件事，你只要稍微思考一下就能明白，陷害你的人根本就不是她。”

“我知道。”许艺的声音有些冷，“是不是她都没有什么关系。她能够在战场上对我毫不留情，一点儿余地都不留给我，我们之间的情分就到头了。即使她没有害过我，我也不愿意和她再做所谓的朋友。”

她停顿了片刻，又说：“我本来是不愿意再和她有任何交集的，但是我对萧莘有一些亏欠，你愿意去帮我开导他，我很感谢。所以，作为交换条件，我会跟她澄清真相，保证不再因为我而影响你们的关系，可以吧？”

大家都是冰雪聪明的人，沟通起来简直不是一般的顺畅。

顾枫要说的话、希望许艺做的事，她都一股脑儿地说清楚了，他甚至觉得，这个女孩的思维逻辑和自己简直如出一辙。

“那么，我先谢谢你了。”顾枫松了一口气，“你愿意出面解释当然再好不过，只是你见到莹莹的时候，希望你对她的态度稍微温柔一点，不管你怎样，她对你其实始终还是有一份感情在的。”

“毫无意义，我也不需要。”许艺打断顾枫的话，“既然谈好了条件，那么我们就各自去做自己该做的事情吧。”

第三十八章 一团乱麻

许艺拨打了崔莹的电话。

崔莹的手机依然保留着许艺的电话号码，当看到来电显示为“许艺”时，她足足愣了有好几秒的时间。

自从那次让许艺颜面尽失的决战之后，她们之间就几乎没有任何交流了。

如果说在游戏中斗得你死我活也算是一种交流，那么很明显，她们的友情也因为那次交流早就终结了。

她和许艺在教室里的位置是一前一后，从无交集，偶尔两人在教学楼碰见，许艺也从来不搭理她，甚至远远地看到自己的身影就避开走。

然而，许艺现在竟然主动给她打电话？她想说些什么呢？

崔莹犹豫再三，终于还是接了电话，尽管她的手有些颤抖。

“下午第三节课后有时间吗？来教学楼旁边的水吧，我有话和你说。不会耽误太久，大概十几分钟就足够了。”许艺开门见山地说。

“好……我没问题。”崔莹没想到她竟然要求见面谈，虽然有些意外，但还是接受了邀请。

“那么待会儿见。”许艺的声音还是那样温柔，但听不出有任何的感情色彩。

教学楼旁边有一个小超市，二楼就是水吧，有各种咖啡、奶茶和甜点供应。

以前许艺和崔莹下课之后，经常会来这里买小蛋糕，顺便喝一杯香甜的奶茶再回宿舍。

崔莹拿着书包上了二楼，一眼就看见了许艺。

“这里。”许艺举了一下手，和崔莹打招呼。

崔莹走过来，轻轻地坐下了。

“我找你有事。”桌上有一杯奶茶和一杯咖啡，许艺将奶茶推到她面前，“先喝点东西吧。”

“你说吧，是什么事？”崔莹拿起奶茶喝了一口。

“我是受人之托，来和你澄清一件事。关于你男朋友顾枫和我的事情，我想明确告诉你，我和他之间只是普通朋友的关系，这就是全部事实。他不希望你误会并和他冷战，所以请我亲自来和你解释清楚。”许艺的表情还是那样恬淡，说这番话的时候，她的情绪也很平静，眼神几乎没有一丝波澜。

“是顾枫让你来找我的？”崔莹有些惊讶。

“作为交换条件，他也会帮我去和萧莘说清楚，我们已经分手了，请他不要再纠缠我。”许艺将咖啡杯放下，美丽的眉眼微挑了一下。

“你……和萧莘要分手？”崔莹又怔了一下。

她早就知道此番来见许艺，不可能是一件会让人心平气和的事，但她没想到，许艺今天带给她的竟然是这么意外的消息。

萧莘那么喜欢许艺，暗恋她许多年才将人追到手，这才几天，就要被无情抛弃了？如果真的是这样，他现在一定特别难过吧……

“这件事和我们要说的事情无关。”许艺似乎不想耽误太多时间，已经站起身来，“我要告诉你的事已经说完了，我跟顾枫之间没有任何关系。”

“等等！”崔莹的心神有些恍惚，眼看许艺拎起包包就要转身离去，她急忙站起来说道，“我还想问一件事，你和顾枫……高中的时候是什么关系？我指的不是现在，而是以前。”

许艺一听崔莹问她高中时候发生的事情，脸色登时就变了。

“知道那些过去的事情，对你来说有意义吗？”许艺的脸色有些阴郁，语气也有些发凉，“崔莹，你不是个笨人，追究男朋友的过去对你并没有什么好处，我觉得自己也没有必要告诉你。”

“好吧，我确实不应该强迫你告诉我这些。”崔莹沉默了一下，目光清澈地看向许艺，“我们之间的事情，应该早就过去了吧？我相信你现在应该知道事情的真相了，我并没有害过你。”

“我知道，这些都不重要了。”许艺点了点头，脸上浮现出一缕礼貌而客气的微笑，“崔莹，有些事不必强求。我不恨你，但也不想和你再成为朋友。”

她的声音还是那样温柔，表情还是那样恬静柔美，但语气却是决绝的。

“你的意思是，大家再也回不到原来的时候了，对吗？”崔莹听到这个回答，却长舒了一口气。

过去的已经过去了，原来许艺没有再怨恨自己，她早已放下。

“对。”许艺并不想再刺激崔莹，“彼此理解就好。”

“我明白，希望你一切都好。”崔莹点了点头，真诚地说。

两人就这样一前一后地离开了咖啡厅，不再像以往那样有说有笑，就连下楼梯的时候，两个人都像陌生人一样，一个走阶梯的左边，一个走阶梯的右边。

崔莹一个人走在学校的林荫大道上，心里像翻江倒海一样，十分不是滋味。

萧莘和许艺就这么分手了。

原来感情是一个这么脆弱的东西，恋人之间的关系其实也是需要维护的，在一起的时候不好好珍惜，等到真的分手了，好像说什么都来不及了。

事实上，她已经好多天没有和顾枫联系了，心里还真的有点想念他。

又有电话打进来了，崔莹低头看见来电人姓名，顿时心里一动。

竟然是顾枫……莫非真的是心有灵犀一点通？

“莹莹。”这一次，顾枫终于打通了崔莹的电话。

“你这几天还好吗？”崔莹沉默了一下，问道。

“你终于肯理我了，不生气了？”顾枫听到她的问话，心里总算放下了一块大石头，微笑着问。

“不生气了……”崔莹抿了抿唇，露出了一点儿笑容。

“一会儿去看电影吗？我买了两张电影票，是你喜欢看的类型。”顾枫趁机发出了约会邀请。

“几点？”崔莹问。

“六点。”顾枫说。

“好，那么一会儿见。”崔莹说。

挂断电话，崔莹的心情也好了许多。她想通了，恋爱就应该是这样，两个人在一起不就是要快快乐乐的吗？

到了电影院门口，顾枫早已等在那里。

多日不见，他看上去有点憔悴，外表还是那样清爽整齐，只是精神状态略差，似乎有一些疲惫。

“莹莹，以后别不理我了，好吗？”顾枫见到崔莹，放软了语气说。

他不喜欢这种冷战的感觉，虐死人了都要。

“我没有不理你啊。”崔莹否认。

“你要相信我，我跟许艺真的没有什么。”顾枫又说，眼神里是显而易见的焦急。

“我知道，你不用解释了，许艺找过我，她都和我说了。”崔莹仰起头，微笑了一下。

其实，刚才在前往电影院的路上，她想了很多很多。不管是顾枫的解释还是许艺的解释，又或者那些明里暗里的流言，其实本质上都属于外界干扰因素。每个人都有不能说的故事，顾枫的过去没有自己而是有许艺的参与，这是改变不了的事实，她为什么要坚持给自己找不痛快呢？

崔莹对许艺的感情是复杂的。

因为顾枫，她现在开始对许艺有所戒备，她隐隐觉得，这个多才多艺的许艺，就像一颗安置在顾枫身边的定时炸弹，随时都有爆炸的可能，把他们的关系炸成四分五裂。

或许，究其原因，还是因为她对自己和顾枫之间的感情没有信心。

但是，经过了这次发生的事情，崔莹看得出来，顾枫是真的在乎她，喜欢的人也是自己。所以，崔莹选择相信他，只要顾枫的心里有她就够了，过去的事情她不想再追究。

“莹莹，我会一直一直喜欢你，你也要一直一直相信我。”顾枫望着崔莹，眼神格外真诚。

“好，那么就请你以后，不要再做会让我误会的事情了。”崔莹被他的眼神感动，咬着唇说道。

两个人就这么和好了，一起开开心心地看电影、吃饭，彼此坦诚相待，就像顾枫所希望的那样。

萧莘这边，却像天快塌了一样。

因为许艺要分手的事，他整个人都不好了。

他不停地换手机给许艺打电话，然而却统统都被拉黑了，他没有办法，就想到学校去堵人，但是许艺请假了。

幸好，他想到许艺和HG公司还有直播合约，因此就通过内部关系，拿到了她的直播时间表，到了点就去HG公司找她。

许艺是晚上七点的直播，萧莘六点半就稳坐在HG公司的接待室，准备守株待兔。

然而，他却一直等到了七点半，也没有看到许艺的影子。

萧莘顿时就傻眼了，逮住一个工作人员问道：“ANGELA呢？不是说好今天晚上七点直播吗？”

工作人员点点头说：“是啊，原定是在公司的直播间，但是 ANGELA 说她今天在外地赶不回来，所以不来公司了。”

萧莘气得直想撞墙，看来许艺是故意在躲自己，但是不管怎样，他是绝对不会轻易放弃的！

他一个人在 HG 公司瞎转悠的时候，打扮得花枝招展的凌星星恰好来上班，她一眼就看到了萧莘，那股机灵劲儿立刻就上来了。

“哇，萧学长，你来我们公司做什么呢？”凌星星眉开眼笑地走过去，还顺手给他塞了颗巧克力

“找许艺，她不在公司吗？”萧莘闷闷地说了一句，坐冷板凳的滋味并不好受，他本来早就该走了，但是他不知道离开这里之后，还能去哪儿找她。

反正到哪儿都是一个人，在哪儿都是心情不好，索性他就坐在原地生闷气了。

“哦，我听说她不在川穹，有事去苏城了。”凌星星乖巧地回答。

“那她什么时候回来？”萧莘赶紧问，没想到这个女生还挺有用，他总算得到一点有关许艺的消息了，现在这种时刻，哪怕是一丁点儿也好啊！

“这个啊，我也不是很清楚。”凌星星笑眯眯地说。

“好吧。”萧莘的神情十分落寞，看得出他明显带着沮丧和不甘心。

连续几天，萧莘都准时来 HG 公司站岗，目的是为了守株待兔。

凌星星知道这几天萧莘都会等在公司门口，也知道萧莘是为了找许艺，然而她还是动起了心里的小算盘。

萧莘和萧若的关系，萧氏集团和 HG 公司的关系，凌星星还是略知一二的。从某种意义上来说，萧莘也算是她们的老板，虽然名义上确实没有什么关系，但是，只要能撬动 HG 公司的资源就行了。

其实相比之下，HG 的总经理沈南星要比萧莘更有利用价值，但他软硬不吃，她只能退而求其次和萧莘搞好关系了。

曲线救国，也是一条路。

“萧学长，你又来了啊！”凌星星还是一脸乖巧的模样，温柔地和他打招呼。

“许艺还没有回公司吗？”萧莘问她。

“没有啊，她几天都没有来了。”凌星星回答。

“你们没有给她打过电话？她毕竟是公司的当红主播啊，经常不见人，你们都不管的？”萧莘气呼呼地问。

“昨天经纪部有人给她打了电话，她说这几天都不回公司了，让我们帮她代班，顺便应付一下老板。”凌星星眼珠子一转，笑眯眯地说，“不过，过两天是 HG 公司的周年庆典，我们要开大 PARTY 的，我猜她到时候应该会出现。”

萧莘一听眼睛倏然发亮，抓着凌星星就问：“是吗？你确定她会参加？”

“理论上应该会，但是不知道她会不会带舞伴来，这次的聚会是聚餐加舞会……”凌星星说着做出一副忧郁状，“我还没有舞伴呢。”

“舞伴？”萧莘挺好奇。

“对啊，年会要舞伴的，我还没有找到合适的舞伴呢。就算不是公司员工，只要是舞伴都可以拿到入场邀请函呢。”凌星星有意说道。

果然，萧莘十分感兴趣，凑过去主动说：“星星同学，这样，我们来商量一下，我可以做你的舞伴参加你们公司的年会吗？”

HG 公司的年会只能内部人员参加，除了公司员工和他们带来的舞伴，其他人都没办法进入年会现场。

许艺现在几乎断绝了与萧莘的联系，他想见许艺的话，只能用这种办法了。

然而萧莘的性格太过直率，从小在温室里长大的他，并没有经历过太多风雨，因此很轻易就中了凌星星的套路。

“好啊。”凌星星大方地答应了，还甜美地笑了笑，“正好，我要去选舞会的衣服，要不你和我一起去？你开车了吗？”

“开了，我带你去。”萧莘想到有机会见到许艺，立刻开心地站了起来。

坐进黄色跑车，跟着萧莘去了高级服装店选衣服的凌星星，此时心里的幸福感简直爆棚。

不得不说，萧莘还是挺大方的，他自己买了一套衣服，还顺便给凌星星也买了一套，两套衣服都非常精致昂贵。

买好衣服，凌星星又主动提出要请萧莘吃饭，但萧莘是个男人，又怎么会让女士掏腰包，更何况他还有求于人，于是请客的人又变成了萧莘。

这一顿饭，足足吃了三个小时。

萧莘吃得索然无味，心不在焉，凌星星倒是开心极了。

这是一家有名的米其林三星餐厅，红葡萄酒配法式大餐，她是第一次吃。

萧莘吃不下去，只好一杯接一杯地喝酒，到最后付账的时候已经醉眼迷蒙，整个人都不太清醒了。

“你不能开车啦，我们打车回去吧，我先送你回家。”凌星星关切地扶着他说，看上去很是温柔体贴。

“不用，你自己回去，我要去找许艺。”萧莘一挥手甩开了凌星星，“你自己注意安全，我走了。”

凌星星打量了一下醉醺醺的萧莘，也不勉强，先给他叫了一辆车，然后再自己打车离开。

坐在出租车上，她为自己今天的小成果感到非常得意。

“老天一定不会辜负有心人的。”凌星星看着街道两边五颜六色的灯火，想起那次被沈南星拒绝之后的狼狈情景，心里涌起了一阵报复的快感，“你姓沈的算什么东西？不过是萧家的高级打工仔而已，有什么好拽的？等有一天我成了萧氏集团的老板娘，立刻就让你卷铺盖走人！”

她沉浸在自己幻想的美梦中，忍不住面露喜色，但眉目之间却隐藏着一缕狰狞。

萧莘意识模糊地来到许艺家门口，拼命地按门铃，但是没有人回应。

其实，许艺是在家的，只是不想见他。

“许艺，你出来，我有话要说……”萧莘在门外痛苦地喊道。

许艺不理他，假装家里没人，继续睡觉。

“许艺，你理我一下行不行？”萧莘没有放弃，也不管屋子里有人还是没人，自顾自地说，“之前确实是我不对，我不应该派人跟踪你，也不应该偷拍你……这些都是我不对，你原谅我好吗？我以后不会再这么做了，也不会再惹你生气了……许艺，你再给我一次机会好不好？”

许艺却戴上了耳机，让外面的一切喧嚣都被音乐掩埋。

顾枫答应她会去劝萧莘，但是看萧莘如今这种状态，多半是连顾枫的话都听不进去了，甚至可能根本不会给人劝解他的机会。

萧莘对她的感情和执着程度，远远超出了她的预料。

但不爱就是不爱，不管萧莘怎么认错，她都没有办法勉强自己再回头和他在一起。

萧莘独自在外面倾诉了很久，但是屋子里一直毫无动静，他在接到一通电话之后，默默地望着大门半晌，最终还是黯然地离开了。

第三十九章　周年庆典

但萧莘从来没打算就这么放弃，他仍旧不死心，想方设法地想找到许艺，让她回心转意。

“许艺，许艺……你开门……”萧莘努力地拍打着门。

他手里拿着酒瓶，看样子已经喝得酩酊大醉了。

顾枫本来已经上床休息了，但是他听见有人在撞宿舍的门，还听见了萧莘的声音，因此又快速地起来打开门，将喝醉的萧莘扶到了床上。

萧莘睁开朦胧的双眼，看见是顾枫，下意识地推开了他，叫他走。

“走开，我不想见到你……谁让你来的？我要见的人不是你，是许艺……去叫许艺来，许艺呢？”萧莘横七竖八地躺在床上，哼哼着说。

“我说，你别这样行吗？你是想我把你轰出门去？还是打电话给楼下的管理员，让他们把你拉出去？”顾枫抱着双臂，站在床前看着他。

他当然知道萧莘为什么会变成这幅鬼样子，也答应过要帮许艺开解他，然而这段时间他给萧莘打过无数电话，发过许多信息都得不到他的任何回应。

萧莘其实早就不怎么回宿舍了，今天也许是喝得太多，才会循着习惯回到这间生活过两年多的男生宿舍。

“她不要我了……许艺你怎么可以这样啊……你怎么可以说分手就

分手，你怎么可以这样对我……”萧莘翻来覆去就是这几句话。

“事情已经发生了，你还能怎么办？”顾枫给他端来一杯水，托着萧莘的头，顺着他的喉咙里灌了进去。

“许艺……”萧莘躺在宿舍的床上，嘴里还在不老实地碎碎念。

“人家都不理你了，你还记着她？她哪里好了，值得你这么惦记？”顾枫看着这样的萧莘，感到万分无奈。

虽然他能体会萧莘的心情，但是事已成定局，喝成这样实在没有意义。

“我不分手！我不要！”萧莘完全听不进去，依旧痛苦地各种闹腾，哭得一把鼻涕一把泪的样子，让人看了也跟着难受。

“你能不能别这么怂？大丈夫何患无妻，不过是失恋而已，振作起来！就算你要挽回，也不是以这样的方式啊！”顾枫看到这样没出息的萧莘，实在忍不住敲他几句。

“她都不要我了，我还能怎么办？”萧莘眼巴巴地看着顾枫，满脸委屈的表情。

顾枫懒得看他，给他搭上一条厚被子，转身离开了床前。

“许艺，别离开我……”萧莘醉倒在床上，嘴里不停地说着胡话。

顾枫听得一清二楚，但也只能看着他痛苦，毕竟感情的事只能自己走出来，别人帮不了他。

萧莘渐渐地不说话了，这些日子他过得很辛苦，都说一醉解千愁，他不想清醒地面对许艺的冷漠与绝情，所以一直都在借酒消愁。如今他折腾累了，就这样昏昏沉沉地睡了过去。

这么晚了，许艺却收到了顾枫的来电，她略感意外，接通了电话。

“有什么事吗？”她问顾枫。

“萧莘现在的状态你知道吗？他过得很不好，今天这么晚了，还在外面喝得酩酊大醉，刚刚才回到我们宿舍。”

许艺深吸了一口气，这是失恋的男生常有的反应，她倒不是没见过。

“现在人呢？”她问。

“在宿舍里睡着了。”顾枫停顿了一下，想了想才继续说，“他半醉半醒的时候，一直在喊你的名字……萧莘的问题比我想象的要麻烦，实在不好意思，我或许帮不上什么忙了。”

许艺轻轻地“哦”了一声，说道：“你这么晚给我打电话，就是想说你并不是不愿意帮我，而是萧莘太难搞定了？是这个意思吗？”

“算是吧。”顾枫倒是很坦诚，“毕竟交往一场，我想，你是不是应该帮帮萧莘，让他不要再这样痛苦下去了。”

“好，我明白了。这件事不怪你，萧莘自己不醒悟，就没有人能够劝得了他。”许艺低头沉思了一会儿，接着说，“长痛不如短痛，通常情况下，要治疗一个人的失恋伤痛，莫过于开始一段新恋情。或者……让他彻底绝望，只有我和别人开始了新恋情，他或许才会甘心放弃我。”

“如果一定要用这个方法，你需要演一场戏给他看。”顾枫说。

“这个不难，我听 HG 公司的人说，萧莘每天都去公司报到，都快成为那里的坐班人员了，再这样下去公司的其他人都会非议。正好过几天就是公司庆典，我会想办法让他看到一些东西。”许艺也为这件事感到颇为头痛，萧莘的毅力和恒心确实不是一般男人可比，这件事必须得尽快解决才行，以免引发更大的风波。

“如果他能就此放弃，当然最好。”顾枫思来想去，也觉得确实没有比这更好的办法了。

HG 公司的周年庆典派对上，青春靓丽的女主播们云集，很多知名电竞选手和主播都打扮得花枝招展。

虽然都是一些网红，但也堪称美女如云、姹紫嫣红了。

萧莘和凌星星早就赶到了会场，萧莘作为凌星星的男伴，两人看起来倒是十分般配。凌星星看上去满面春风，身上的礼服与萧莘的礼服款式非常相似，简直就是情侣装，俊男配靓女，倒是十分养眼。

沈南星也早就到了，与宾客们觥筹交错，眼角的余光却在观察全场动静。

“沈总，出了点事情。”突然，沈南星的助理匆忙跑了过来。

“怎么了？”沈南星预感不是好事。

果然，助理焦急地开口说道：“酒店门口我们放置的那些女主播的广告牌，有一个被人泼满了狗血，连脸都看不见了，染得一塌糊涂。”

“泼了谁的？查出是谁干的没？”沈南星顿时就急了。

“是许艺主播的。谁干的目前还不清楚，酒店方面已经在查录像，争取快点找出肇事者。但是我估计那些人既然有心搞破坏，肯定是有备而来，不知道他们后面还会有什么招数。”助理也是急得满头汗。

“有别的牌子可以换吗？”

“没有备用的，现在做恐怕来不及了。”助理愁眉苦脸地说，“现在最好的方案是将许艺的广告牌撤了，不要让事情闹大，最重要的是不能让许艺的粉丝们拍到……只要这件事不扩散，没放上网络社交媒体，应该就问题不大。”

“还不赶快去办？”沈南星压低声音，训斥道，“还浪费什么时间？一秒钟也不能耽搁，撤了就是了。”

“我这就去。”助理急得手忙脚乱。

许艺到达晚会现场的时候，身边跟着一个高大帅气的男人——林涵。

她仔细想过，没有人比林涵更适合这个场合了。他也懂得电竞，不至于和圈内人没有话题，而且，他还单身，不用担心闹绯闻或被女朋友误会，是一个很适合扮演男朋友的对象。

林涵也是雷霆战队的一员，经过几个月的磨合与训练，他们四个人目前已经很有默契。按照雷霆的安排，他们下个月就准备开始出场打比赛了。

许艺和林涵一出现，很多粉丝就涌了过来，有举手机拍照的、有要合影的、有要签名的，更有甚者还有要抱抱的……简直是热闹得不得了。

许艺好脾气地一一满足粉丝们的要求，林涵则好整以暇地左顾右盼。

突然，林涵觉得有点儿不对劲，疑惑地问许艺说：“奇怪啊，怎么没有你的牌子？”

许艺这才注意到旁边有一排广告牌，上面全部都是 HG 公司女主播的美照，但是唯独缺了自己的。

“也许他们摆漏了吧，没关系。”许艺并不介意，继续微笑着和粉丝们聊天。

“据我所知，还真不是漏了。”不知道什么时候，打扮得花枝招展的凌星星凑了过来，假装好心地说，“我刚刚看到陈助理他们慌慌张张地将一个广告牌扔到后面的垃圾桶去了，那个好像是许艺的照片。”

她的声音不大不小，刚好让围着许艺的那些粉丝们听得见。

“什么？ HG 公司这是什么意思呀？”果然，立刻就有粉丝不依不饶了，“ANGELA 是少给他们挣钱了还是不红了？这么不厚道？我们看看去！”

一个粉丝带头往后面跑，几个好事者纷纷跟了上去。

果然，他们很快在垃圾桶附近发现了那个被泼了狗血、看起来十分狼狈不堪的广告牌，上面确实是许艺的照片。

再然后，有人立刻就拍照给发到了微信群。

事情瞬间就闹大了。

“这是怎么回事？”沈南星看到直播软件上一排排的弹幕留言，顿时一个头两个大，今天这场派对是现场直播的。

“我们也不知道，许艺的粉丝们突然闹起来了，还发了照片。”助理慌忙解释。

“始作俑者是什么人查到了没？酒店不是禁止外面的人随便进来吗？你们怎么回事？”沈南星转头训斥那些酒店安保人员，这事是他们负责的，没有安排好，就是他们的责任。

“对不起，我们也不知道怎么回事，那个人现在跑了。”其中一个保安经理连连表示歉意。

“你们知不知道，这个女主播对我们公司很重要，如果她有什么事，

HG 公司绝不会就这么算了，这个我回头再跟你们追究！”沈南星生气地说完这句话就走了。

几个保安经理脸色都有点难看，如果酒店把责任追究下来，他们的饭碗肯定会丢。

电竞圈从来不缺好事之徒，这件事很快就上了新闻。

崔莹恰好也看见了，她好奇地点了进去，发现又是许艺遭殃。

看样子她的粉丝们确实因此心里受伤了，有对 HG 公司不满的，有对幕后黑手嗤之以鼻的，总之一个个都义愤填膺。

“到底是谁想对她下手？”崔莹心想。

这事看似偶然，实际上仔细想想并不是，因为它明目张胆地就是冲许艺来的。

沈南星这边也焦头烂额，事实上不只是活动现场的广告牌被泼了狗血，就连挂在公司门口的许艺的海报，也被人涂鸦了。

现在网上都挂着她被涂鸦的海报，以及她被泼了狗血的广告牌，粉丝们纷纷讨伐，影响十分恶劣。

这一看就是蓄意报复。

沈南星看到公司那边发来的照片图，气得一句话都说不出。

“赶紧都撤了，再发公关稿澄清，周年庆典发生这样的烂事儿，你们到底是怎么办事的！”他只能生气地拍桌子，斥责手下办事不力。

网上还在议论纷纷。

有人说是许艺的手下败将不服气找人干的，也有人说是 HG 公司里有人因为嫉妒而故意为之，为的就是逼走许艺，让她一姐的位置不保云云。

只有崔莹心里隐隐觉得，这件事恐怕与之前那个用下流手段对付自己的人脱不了干系，没准就是同一个人干的，而且绝对是故意为之。

网上乱也就罢了，但 HG 公司的晚会还在继续，现场更是乱成一团。

因为萧莘终于见到许艺了。

许艺好不容易甩脱了粉丝，刚回休息室准备歇一歇，萧莘就不顾一切地闯了进来。

他来势汹汹的样子吓到了公司的其他女主播，她们见状都低眉顺眼，大气不敢出。

“许艺，你这几天都不见人，去哪里了？”萧莘凑过来说。

“没去哪里。”许艺冷冰冰地说。

“今天发生的这些事你知道是谁干的吗？这个人跟你有仇？这分明就是故意打压你！你放心，我一定让他们查清楚这件事，给你一个公道，好不好？”萧莘试探着说。

“这件事与你无关，又不是你干的，你慌什么？”许艺实在没忍住，回呛了一句，“HG 公司的事情，你有什么资格参与？”

“我……”萧莘一时语塞，不知道该怎么回答。

那些女主播们在一边看好戏，顿时就有人吃吃地笑了起来。

“有什么好笑的？我和许艺说话，关你们什么事？我姐姐是 HG 公司的大股东，我怎么没有资格管？”萧莘一时情急就脱口而出，“你们的工资都是用我们家的钱发的，我作为股东身份，就可以管！”

哼，这些女主播，自己不发威恐怕真的就要被她们看扁了！面对这种人，这点脾气还是得有的，不然谁给你面子？

“那你管吧，我要走了。”许艺丢下一句话，起身就走，完全不搭理萧莘。

她走到门口的时候，林涵恰到好处地闪了过来，许艺给他使了一个眼色，将手伸进他的臂弯，两人亲亲密密地跟着礼仪小姐上楼去了。

萧莘亲眼目睹了这一幕，顿时呆若木鸡。

过了好半天，他才似恍然大悟一般，瞪大了眼睛什么也不说，一个人浑浑噩噩地走到吧台那边，拿起一杯香槟就往嘴里灌。

“喝慢点儿，你这样喝会醉的！”凌星星不知道从哪个角落里钻了出来，不失时机地坐在他旁边，一脸关心的样子。

“来，陪我一起喝酒，不醉不休！”萧莘大吼一句，他的眼眶有些发红，拉着凌星星就喝酒。

萧莘在吧台一直不停地喝酒，喝得很醉。

这一次，他不仅失望，而且很心寒。

那个高大帅气的男人是谁？他作为许艺的舞伴，公然出席HG公司的年会庆典现场，这不是活生生地在打他萧莘的脸吗？

许艺的样子好像在说，“没有你，我也不缺乏追求者”，虽然事实上本来就是这样，但萧莘还是没办法接受自己已经和许艺分手的事实。

尤其是那个男人脸上的笑容，以及他对许艺表现出来的关心和体贴，简直就是在故意对自己挑衅。如果不是从小受到的良好教养，萧莘觉得自己一定会冲上去暴打那个奸夫一顿……

许艺没多久就借口身体不舒服离开了，今天这样的场面，她确实一刻都不愿意多待。尤其是看到萧莘那种不理智的样子，她很怕后面会惹出更麻烦的事，所以不如趁早离开。

舞会结束的时候，萧莘又醉得快趴下了，他的头枕着凌星星的胳膊，半个身子倒在了她的肩膀上，嘴里还在不停地喃喃。

“许艺，别离开我……”

“你喝醉啦，我送你回家吧！”凌星星伸手扶住萧莘，当着几位女主播的面将萧莘带走，还对她们得意地笑了笑。

走出酒店，凌星星拦了一辆车，直接吩咐司机开往川穹市中心的一家五星级酒店。

今晚这一切她计划了很久，萧莘与许艺的见面比她预想的更加精彩。

她毕竟曾是许艺的室友，对她的了解也够深。她知道许艺会想办法让萧莘死心，面对他的纠缠，她也一定会毫不留情地拒绝，绝不会回心转意。

但是对一个男人来说，私下里的拒绝和当众的拒绝，所承受的压力是不一样的，所以萧莘今天晚上一定会受到刺激，然后继续借酒消愁。

至于那些诡异的寄老鼠、泼狗血事件……

凌星星想到这里忍不住笑了。

总有一些对她死心塌地、肯相信她、为她打抱不平的傻瓜，会替她去惩罚那些自己嘴里的“恶人”。

对于这些事，凌星星自认没有指使过谁，只是他要做，她也懒得阻止，所以就假装不知道罢了。

说起来，泼狗血这件事情做得还真不错，这肯定会加深许艺和 HG 公司之间的嫌隙，对许艺的形象也没有任何好处。

凌星星坐在出租车上，让萧莘的头枕着自己的大腿，想到自己蓄谋已久的计划即将得逞，内心就有些抑制不住激动。

“许艺，如果连死心塌地爱着你的萧莘也将背叛你，你该有多难受呢……”凌星星对着窗外的霓虹灯诡异地微笑，喃喃自语着。

第四十章 乘虚而入

萧莘醒来是第二天早上。

他一睁眼发现自己身处的环境是酒店，顿时就傻眼了，再低头一看，身上虽然盖着被子，但却什么都没穿！

再一转头，愕然发现旁边躺着的是穿着白色睡裙的凌星星。

她披散着一头长发，脸上罕见地没有化妆，露出一张清新的素颜。

不得不说，凌星星长得其实还算有点儿姿色。毕竟是正当青春年华，五官也清秀耐看，去掉了脂粉和那些夸张的造型，看起来也是清纯小妞一枚。

“凌星星？我怎么在这里？”萧莘劈头问道。

“你还问我？”凌星星露出委屈的样子，说话时还故意将睡裙露开一角，让萧莘看到她和他一样，里面也是什么都没穿。

“轰隆隆”！

萧莘看到赤裸的凌星星，顿时产生了一种五雷轰顶的感觉，他心里闪过一丝不好的预感。

“这……是我干的？”萧莘不敢置信地问。

“你这是几个意思？不是你，难不成是我自己干的啊？”凌星星满脸委屈，一副快要哭出来的表情。

萧莘顿时沉默了，即使到了这一刻，他发现自己心里想着的人依然是许艺，而不是眼前的这个谁。

“我昨晚可能喝多了，没别的意思。”萧莘说。

“什么？喝多了？你一句喝多了就可以当作什么都没发生吗？那我呢，我这算什么？！”凌星星涨红了脸，不管三七二十一，不依不饶地哭了起来。

“我不爱你，我爱的人是许艺。”萧莘根本不怕她哭，执着地说出心里话。

“那又怎么样！许艺又不爱你啊。”凌星星一边哭，一边说着让萧莘无比伤心的话，“许艺是许艺，我是我，我现在问你，你准备把我怎么办？！”

“我不可能对你负责的，你走吧。”萧莘一边起身穿衣服，一边毫不留情地说道。

他穿好衣服，然后走到沙发边上，把凌星星的衣服扔给了她。

“萧莘！我跟你说，这是我的第一次，如果你不对我负责，我就死在这里！”凌星星的眼眶都红了，“你毁了我的清白，却这样对我？我不活了……”

她说闹就闹，从床上跳起来就往窗台上爬。

“酒店有护栏，跳不下去的。”萧莘皱眉看着凌星星，这个女人看起来有点儿难搞。

“那我就吃安眠药，或者割腕！总之，我有一万种死的办法……”凌星星哭得梨花带雨，“你要真的这么对我，你就等着看……”

“随你。”萧莘不耐烦地说，然后转身准备走人。

“萧莘！你站住！”

凌星星见状立刻不哭了，她从窗台上跳了下来，飞快地跑到他背后，从后面抱住他的身体将头靠上去，语气变弱了许多。

“萧莘，我知道你喜欢谁……可是，我不明白她到底有什么好，值得你这么对她？你不知道吗？她一点儿也不在乎你，她已经喜欢上别人了！你再怎么痴情她也不会回心转意的，你就死了这条心吧……”凌星星呜咽着说，“再说，我们都已经这样了，你就一点儿都不考虑我的感受？我也是个女孩子啊！”

“所以，你到底想说什么？”萧莘没有回头，僵着身体问道。

“所以，你要对我负责啊。”凌星星一针见血地说。

“如果我不呢？”萧莘哼了一声，语气有些儿冷，“难道你要去告我强奸？”

“我才不会这么做，这种事完全是自毁前程。”凌星星放开萧莘，她看上去冷静了许多，走到他面前先拦住去路，防止萧莘突然从酒店冲出去，然后才说，“但是对付你，我有更好的办法。”

“什么办法？”萧莘愣了一下，他想不出以凌星星的身份，还能有什么办法对付自己。

“这是我昨晚发给许艺的照片……所以，她已经知道我们昨天发生的事情了，你觉得你现在再去找她，她还会理你吗？”

凌星星将手机打开展示给他看，上面显示着她与许艺的微信对话记录。

她给许艺发了一张非常清晰的床照，照片上她和萧莘两人头挨着头、上半身赤裸地躺在一起。

而许艺并没有回复。

“你！”萧莘气得话都说不出来了。

“我怎么样？身为男人，你连自己做的事都不敢承认吗？！”凌星星索性将手机一把摔在厚厚的地毯上，“你要是有担当，就不要这样对我！”

萧莘被她逼得无计可施，有些烦躁地抓了抓头，几乎无奈地看着她说：“凌星星，你别这样行吗？我错了还不行吗？我不是故意的。”

“事情已经发生了，你认错又能怎么办？”凌星星不依不饶地说。

“对不起。”萧莘除了道歉也不知道该说什么了。

“道歉没有用，太晚了……”凌星星哭得一把鼻涕一把泪，十分惹人心疼。

她冲上前去一把抱住萧莘，后者却毫不留情地推开了她。

“说吧，你想要什么？是钱还是其他的，我看看能不能满足你的要求？或者，我帮你去和你的男朋友江晨解释一下？”

萧莘虽然觉得自己有点冤，但事已至此，他也没有更好的办法了。唯一值得庆幸的是，凌星星有男朋友，所以自己大不了给她一点儿补偿就行。

“你在说什么啊？”凌星星震惊过后，有点生气了，“你能不能像个男人一样担起自己的责任？把我推给别人算什么事啊？我现在最需要的人明明是你啊！我们都这样了，你还把我当成江晨的女朋友？”

“是啊。”萧莘看着满脸泪水的凌星星，一字一顿地说，“我不会负责的，我说过，我喜欢的人不是你。”

“你混蛋！”凌星星抓起一个枕头扔了过去，“我不会就这么算了的，萧莘，你不能这么对我！”

萧莘看了她一眼，没再说什么，转身离开了。

一路上，他都在想凌星星所说的话，她说已经将那些照片发给了许艺的话，又回荡在他耳边。

他很生气，但又不知道该生谁的气。

为什么许艺不回复凌星星的任何话呢……

说到底，应该是不在乎，所以才无所谓他跟谁睡了吧？

如果许艺不是那么无情，如果她昨天肯再给自己一个机会，那他就不会喝得不省人事，以至于被凌星星带上了床。

萧莘现在心里很迷惘。

说真的，他也是个有自尊心的人，面对许艺的冷眼和一次又一次的伤害，他也不想再去自讨没趣。但是他也不想为昨天的事情对凌星星负责，因为不管如何，他打从心底喜欢的人也还是许艺。

他不会把感情放在凌星星身上，但是作为一个男人，他还是会尽量对她好一点儿。因为凌星星毕竟没有错，错的人是自己。

许艺虽然冷傲，但智商并不低，也并非不谙世事，更不是对恶人完全没有反抗能力的圣母。

凌星星的挑衅，她并非没有察觉。在 HG 公司这么久，她不难看出凌星星的表里不一，她表面和暗地里怎样对自己，许艺心里都有数。

就说周年庆典那件事，如果没有凌星星在一旁煽风点火，故意让粉丝们知道她的海报被泼了狗血，这件事也不会闹上网络。

对于一个女主播来说，这种事总会引发别人不好的联想，再加上谣言捕风捉影、网络人心难测，更多人愿意相信这件事的背后不简单，都在猜测她许艺是不是做了什么不好的事情，才会招致如此报复。

相比之下，崔莹的性格虽然不服输，但至少做事光明磊落。不像凌星星，总是做一些让人匪夷所思的下流事。

因此，凌星星发给她的照片，她一个字都没有回复，却非常迅速地转发给了另一个人——凌星星此时名义上的男朋友江晨。

自从开学以来，凌星星就对江晨开始疏远起来，也不能说她不喜欢江晨了，只能说她更欣赏外面的花花世界。

她的心没有放在江晨身上，甚至对他产生了一丝厌烦，这个时候刚好出来了一个萧莘，一个无论身份、地位、容貌都胜过他许多的男生，所以她毫不犹豫地舍弃了江晨，将目标定在了萧莘身上。

接到江晨要求在咖啡厅见面的电话时，凌星星还没有做好摊牌的思想准备，所以，当她一如既往地扮演小公主在江晨对面坐下时，对他的突然暴怒几乎是毫无防备的。

“凌星星，你这个贱人竟然敢背叛我！你自己看看这些东西，好好想想该怎么解释吧！”江晨被怒火冲昏了头脑，已经顾不了那么多，直接甩出一张照片到她面前怒气冲冲地骂道。

凌星星被吓了一跳，但是很快就恢复了镇定，瞅了一眼自己和萧莘躺在床上的那张床照，撇了撇嘴说道：“我当你这么着急地喊我出来干什么呢，原来是这件事啊。”

“凌星星你太过分了，简直不要脸！我才是你男朋友，你却跟别的男人上床，你考虑过我的感受吗？！”江晨看起来斯斯文文，骂起人来却十分厉害。

他这些话确实不好听，但事实上就是凌星星绿了他，换谁谁受得了？

“分手呗，你要是受不了，就别受了。”凌星星不屑地说。

她已经不在乎江晨怎么看她了，随他怎么想，反正他说的也是事实，她也没有否认的意思。

“分手就分手，你这种女人，我绝对不会再要！”江晨语气坚决地说，虽然他很喜欢凌星星，但这件事关乎原则问题，没有男人可以忍受。

江晨怒气冲冲地离开了咖啡厅。

但是，此刻他的心和却萧莘一样难受。

同样是失去了深爱的人，这种锥心刺骨的疼痛，只有他们两个最懂，要不然萧莘也不会一而再、再而三地喝得烂醉。

江晨在校园广场上，独自坐了很久很久。

他心里嘴里都在暗骂凌星星，可是他心里还是照样喜欢她。

说实话，遇见凌星星之前，江晨身边也没少有女孩追求，毕竟他有才华，长相也挺帅气。但，或许命中注定凌星星是那个能吃定他的女生，自从她出现以后，因为她的娇气和管束，江晨竟然收敛了以前喜欢玩的习气，开始认认真真地对待这份感情。

两人相恋的那段时间里，他看过凌星星很多的样子，好的、坏的他都见过，有时候她真的很坏，坏得连他都忍不住想骂她。

可是他又哪里舍得？心疼都来不及呢！

那个时候的凌星星，还只是个有点任性的萝莉，顶多就是嫉妒心有点强罢了，并没有伤害任何人的想法。可是现在，看看她所说的话、所做的事，还有那无所谓的态度，这一切都令江晨失望至极。

“何必去嫉妒得不到的，而选择失去自己拥有的……”

江晨觉得，嫉妒归嫉妒，但是没有必要因为嫉妒而去祸害别人。

大家都知道许艺和萧莘是一对，凌星星这样做，实在太过分了。许艺昨晚将这张照片发给他时，想必内心也很痛苦吧？

说起来这个萧莘也很可恶，平时在学校里和女生说说笑笑各种撩妹子也就算了，现在明明有了许艺这样优秀的女朋友却不好好珍惜，依然死性不改跑去勾搭别人的女朋友！难怪最近听说许艺要和他分手，真是罪有应得！

江晨想到这里，不禁捏紧了拳头。

“萧莘，我会记住的。是你……是你抢走了我的女朋友，我会让你后悔的！一定会！”

校园昏黄的路灯映照着江晨咬牙切齿的年轻脸庞，那坚定的表情仿佛宣示着某种暗下的决心。

树欲静而风不止。

“萧莘，你在哪儿呢？我有事要找你。”凌星星和江晨分手后，立刻给萧莘打了电话。

“酒吧。”萧莘接到凌星星的电话，只冷冷地回了两个字。

“怎么又去酒吧了？你如果有空可以来找我啊，难道你就不能陪我说说话吗？你的心里就一点儿都没有我？那我到底算什么？我让你对我负责，你就是这么负责的啊？”凌星星在电话里哭哭啼啼。

“你有话就说，不用反复提醒我这些事。”萧莘的语气有些不耐烦。

他不禁想，女人和女人真是不一样，凌星星虽然有些黏人，但是她却会直截了当地表达自己的想法。如果许艺也能够这样，让他早点察觉她心里的想法，他们之间或许不会走到现在这种地步。

可惜的是，许艺从来都是冷静而沉默的人，她只会一味地隐藏自己的情绪，直到最后一刻才爆发。

“江晨已经知道我们的事情了，他要和我分手……”凌星星抽抽搭搭地哭了一阵，“你知道是谁告诉他这件事的吗？是许艺说的！我本来想自己去和江晨提分手，但是却被他占先了，他还打了我一个耳光……搞得好像是我有意劈腿一样，我心里很难受……”

“许艺说的？我不信！”萧莘冷笑道。

不会有谁比他更了解许艺，她向来不屑掺和这种事情，所以凌星星说的话他一个字都不会信！

“她心里不服气，所以就把这件事告诉江晨了。”凌星星闻言气结不已，对许艺更是怀恨在心。

都这个时候了，萧莘竟然还这样维护许艺？

“所以你打电话给我是什么意思？因为你失去了一个男朋友，所以希望我替补上去？”萧莘反问一句，接着冷笑道，“凌星星，我早就说过，我不可能对你负责，即使你失去了江晨。所以你还是认命吧，不要再说许艺的坏话了，你不是她，我也不会因为你而放弃对她的感情，就这样。”

“你！你怎么可以这样！”凌星星被他逼得无可奈何，再也忍不住大叫了起来，“你别逼我做一些不理智的事情！”

“你本来就没少干，别以为我不知道。”萧莘说。

“我干什么了？我能干什么？”凌星星立刻否认。

“一定要我说出来吗？”萧莘问。

“有本事你就说，我倒是想听听。”凌星星自信满满。

“去年诬陷许艺代打，然后陷害崔莹是幕后黑手的事，你还记得吧？究竟是不是崔莹做的，我就不明说了，给你留点面子，你自己心知肚明。”萧莘一条一条地列出来。

“你的意思都是我干的？”凌星星错愕的同时，也心虚不已。

她突然觉得电话另一头的男人有些可怕，那件事他竟然都能查到自己头上，那么自己最近干的这些事，他会不会也知道……

“是不是你做的，你心里不清楚吗？”萧莘问。

“那你是心疼了吗？你还是忘不了她，对不对？”凌星星不予正面回答，反而扯开话题，因为她毕竟心虚。

“我就是心疼许艺，不喜欢你，江晨跟你分手，也是你自己造成的。”萧莘毫不留情地说。

“闭嘴！你心疼她我没办法，但我才是你的女朋友，你居然为了她跟我发脾气？还有酒店那件事……你居然说是我造成的？”凌星星感觉自己都快崩溃了。

“那天在周年庆典上，你明知道我喝醉了还故意接近我，带我去酒店，这些事一问就全明白了。如果你对我没有动机和图谋，干吗要接近我？并且我不妨明白告诉你，这几天我查了很多事情，也知道了你干的其他事。所以你最好给我老实点，别总想着拿那件事反复威胁我，这对你没有好处！我可不是那么容易被套路的人，明白了吗？”萧莘索性也不隐藏了，直截了当地警告她。

凌星星一听，心里顿时没底了，气焰也有些萎靡下来。

“没有人要套路你，明明是你占了我的便宜，还这样对我，你究竟是不是男人啊？”

萧莘这种人向来说一不二，他既然都开口了，那一定是掌握了自己暗中陷害许艺的证据。不过既然他没有挑破，她也没必要不顺着台阶下。

“我是，但我不是烂好人，也不是任人欺负的人。”萧莘冷笑着回答，“对于喜欢的人我可以无限度地对她好，但可惜你不是。所以你最好安分一些，有点儿自知之明，否则不会给自己带来任何好处！”

凌星星彻底绝望了，她气得立刻挂断了电话。

第四十一章　冰释前嫌

“我要解约。”

许艺来到 HG 公司，将一封律师出具的解约函放在沈南星面前。

沈南星抬头看了她一眼，自从许艺来到 HG 公司之后，她的发展并不是很顺畅，也远远没有达到 HG 公司对她的期望值，几乎就没有赚到什么钱。但好在前不久打了个翻身仗，公司正期待下一波捞点钱，没想到她现在竟然选择辞职。

“哦。”他好整以暇地点头应了一声，拿过那份解约函扫了一眼，“是找到更好的公司了？违约金可不便宜，你愿意付吗？”

许艺没有说话，从随身的包包里取出一张支票放在他面前。

“钱都准备好了……看来你是有备而来。”沈南星看了一下支票的真伪和金额，随即十分客气地笑了笑，“既然你都已经下了决定，连违约金都已带来，我就没有必要再挽留你了。不过说心里话，我们是不希望你离开 HG 公司的。”

“既然你没有意见，那就签字盖章吧。”许艺不想浪费时间。

“没问题。”沈南星打电话喊来助理，将支票和合同一起交给他，“速度拿去办理一下 ANGELA 的解约手续。”

他无可奈何地做了个惋惜的表情，然后看着许艺问，“方便告诉我，你要去哪里高就吗？”

“没有高就，只是以后更自由了。至于我业余时间会做什么，我想，你们很快就会知道的，现在恕我不方便说。”

许艺莞尔一笑，依旧是潇洒的女神态度。

“那就好，本来还担心你会从此退出这个圈子，令你的粉丝们伤心，也会成为我们西南电竞圈的一大损失。”

沈南星的这些话还真不是客套，虽然许艺最近的状态不佳，但粉丝们对她的热情却依旧不减。

“退圈？暂时不可能，我从来没有这样的想法。”许艺摇摇头。

“那么，我来猜一猜你接下来会做什么。”沈南星饶有兴趣地看着她，“GM 公司，你估计是不会去的。苍龙世界这款游戏气数已尽，你也应该不会再回去了。所以最大的可能，你应该会转战其他游戏吧？比如铁炉传说？ DOMA ？还是胜者巅峰？听说胜者巅峰这款游戏最近很火爆，推广力度非常大，还组织了一个奖金十分可观的全国联赛，超越了以往所有的游戏公司，简直大手笔呢……”

“不用猜了，你们很快就会知道。”许艺淡淡地笑了笑。

HG 公司的职员办事效率一向很高，沈南星的助理很快就回来了。

许艺笑吟吟地接过解约函，朝他点了点头道：“沈总，谢谢关照，再见了。”

她像一团云一样快乐地飘出了沈南星的办公室。

助理看了看沈南星的脸色，忍不住小声问：“她要求解约，您就这么轻易答应了？”

沈南星凝视着桌面的小摆件，用中指扣了扣桌面，发出了几声清脆的声音，平静地说道：“答不答应都一样，强扭的瓜不甜，与其勉强一个心不在公司的人，不如再去寻找新人。”

雷霆战队又在聚集训练了。

这段时间，许艺进步飞快。

萧莘没有再来找她，顾枫也因为崔莹的事和她十分疏远，所以她可以心无旁骛地专心练习。

每天三点一线的生活，学习、训练、睡觉……这就是她每天要干的事情，虽然日子充实，但是过得很乏味。

其实许艺很害怕这种单调而枯燥的生活，但是，却又不得不适应这种生活。

以前她也是这么过来的，只是后来萧莘出现了。虽然她不喜欢他，但不得不说，有萧莘在，她永远都不会无聊。

而现在，恢复单身的许艺必须重新适应这种一个人的生活。

雷霆战队第一次集体亮相的比赛时间到了，许艺选择了一座大型咖啡厅作为比赛地点。

周围安静，没有嘈杂的吵闹声，有的只是粉丝们欢呼鼓舞的留言，这是许艺理想中的比赛环境。

崔莹带着笔记本来这家咖啡厅时，一眼就看到了戴着耳机坐在角落里的许艺，她一个人坐在那里，冷静的样子看上去是在准备比赛。

“许艺。”崔莹本不想打扰她，但顾及之前的感情，她还是忍不住主动问候了一声。

许艺抬起头看了她一眼，轻轻“嗯”了一下，就不再说话。

“你怎么也在这儿？今天是有比赛吗？”崔莹感觉她似乎没有之前那么深的敌意了，于是多问了一句。

许艺没有回答，她全神贯注地盯着自己的电脑，脸上却露出了一点焦躁的神情。

“你的电脑怎么了？”崔莹一眼就发现了她的不对劲。

“键盘出问题了，好像有个键不灵活。”许艺觉得自己的电脑还真是不争气，总在关键时刻出现各种故障，莫非真的是人品问题？

“这个品牌的电脑确实会有这样的毛病，我的也是这样。”崔莹说。

“搞什么？这个时候坏，我比赛怎么办？”许艺烦躁极了，为什么越是关键时刻，出现的问题就越多呢？

今天是雷霆战队第一次集体亮相，雷霆对他们寄予了很高的期望值，这种时候千万不能掉链子。自己输了不要紧，若是连累其他三位队友，就真的是罪大恶极了。

“我这是走的什么霉运啊？都怪我当时没有好好检查，才会出现这种 BUG。”许艺摆弄着电脑，低声埋怨道。

崔莹没有说话，她知道这个时候自己不能说话。

因为不管她说什么，许艺都会觉得她在讽刺自己，如果她真的想帮她，那就什么都不用说，用实际行动来证明。

至于许艺领不领情，那是她的事，崔莹只要对得起自己的良心就行了。

许艺又检查了一遍电脑，确定自己的电脑是真的坏了，她有些欲哭无泪，却又束手无策。

现在该怎么办？马上就要比赛了，如果不能准时上场就算弃权啊！

比赛只有 60 分钟，30 分钟内选手没有上场的话，就算弃权。

眼看着时间就要到了，许艺还是没有办法解决电脑的问题，于是崔莹把电脑递给了她。

“你拿去用吧。”她说。

许艺愣了，沉默了片刻，问：“为什么帮我？”

“因为你。”崔莹只说了这三个字，没有继续往下说。

——因为你曾经帮过我，因为你曾经是我最好的朋友，因为我还是把你当朋友，不管你如何对我。

许艺什么也没有说，她抬头深深地看了崔莹一眼，双眸犹如湖水一般清澈，却又带着一丝说不清道不明的意味。

一般自己能解决的事情，她都不会要别人帮忙，这是许艺的原则。

但是现在，她别无选择。

接过崔莹电脑的那一刻，她的脑子始终在反思，自己为什么会变成这样？

她明明知道崔莹不是那种小人，以前陷害自己的事根本不可能是她做的，而自己却因为面子而迁怒她，甚至将她彻底赶出了自己的交际圈，把往日的闺蜜之情弃之不顾……

“谢谢。”许艺最终轻声说道。

许艺拿着崔莹的电脑开始比赛，这场比赛她很投入，也很认真。而结果也不负众望，雷霆战队毫无悬念地大获全胜。

许艺找到崔莹，把电脑还给了她。

“比完了，感觉怎么样？”崔莹问她。

“还行吧。”许艺说着，抬头看了眼崔莹，“一起喝杯咖啡吧？我有些话想对你说。”

两个人各自捧着一杯拿铁，在小方桌对面坐下，这一次的气氛，与上次两人在学校水吧里的见面已经截然不同。

“顾枫跟我说，因为我，你们吵了一架。”许艺说。

“上次你找我之前，我们的关系确实有点儿僵。”崔莹点头说，“那是因为，他不肯将你们的过往告诉我，只是语言苍白地让我相信他。”

“是吗？他真的没有告诉你？”许艺听到这句话有些震惊，从那天顾枫的表现看来，他明明非常在乎崔莹，但他却终究没有用她的秘密去换取崔莹的原谅。

“没有，他和我聊了很多，却唯独不肯告诉我你们之间的事情。但是，我已经不在乎了，以前是我太小心眼，才会误会你们。”崔莹有些羞涩，她觉得有些对不住许艺。

她之所以跟顾枫生气闹别扭，源头还是因为许艺太过优秀，让她没有安全感。

“他不能说的，我可以告诉你。”许艺喝了一口咖啡，脸色平静地说，“其实也没有什么不可告人的。”

“不，如果真的是秘密，你可以不用告诉我，不必勉强自己。”崔莹发现许艺的眼神里有些怅惘之色，她真诚地说道，“我不会再怀疑你们之间有什么了。”

许艺无所谓地摇了摇头，说道：“没关系，我可以都告诉你。其实我是个孤儿，从小就没有爸爸妈妈，也不知道他们是谁。我生活在养父养母家，他们从小供我读书，对我也很好……后来我遇见了一个人，他教会了我玩游戏，让我慢慢地开始离不开游戏，也慢慢地离不开他了……当然，只是心理上的依赖，他也并不知道这些。”

“那个人是顾枫，对吗？”崔莹震惊地问道。

她没想到，许艺竟然和顾枫一样，都是孤儿。

“对。这些情况我只对顾枫一个人说过，所以很少有人知道，也不想被别人知道，因为这会影响到我现在的家庭。我的养父母很爱我，我也很爱他们，所以我假装什么都不记得，但其实我记得所有的事。”

许艺记得很清楚，被领养回家的那天，许家父母对她说：以后，你的亲生父母就是我们，一定不能对别人说你不是我们亲生的哦，这对我们的影响很不好！

“原来，你竟然有这样的身世……我一直以为你家庭幸福，没想到你竟然也是孤儿。”崔莹忽然有点儿心疼许艺了。

与她相识这么久，她给人的形象一直都是温柔开朗的，像女神一样，见过许艺的人都会感觉她应该从小就生活在特别幸福的家庭，才会养出这样的个性。

“所以，或许是因为同情，高中的时候顾枫经常和我一起回家，引起了不少人误会。那时还有个隔壁班的男生在拼命追我，比萧苹疯狂了十倍不止，而且为人素质也不高，顾枫把我从他手里救出来过好几次……为了不让别人说闲话，我就声称顾枫是我的男朋友，那个男生还因为这件事，暗中派人打过顾枫。”

“原来如此……”

听到许艺吐露的这些事，崔莹才知道，原来老天爷是公平的，外表光鲜的人也并不一定快乐。世界上的每个人都在坚强地生活，哪怕环境不如意，也会通过自己的不断努力蜕变成天鹅。

就像许艺，哪怕亲生父母抛弃了她，她也能过得很酷，这是崔莹羡慕不来的。

“所以，你能理解我和顾枫的关系吗？我很感激他，也希望他是我的男朋友，可是他心里根本没有我，从头到尾，一丝一毫都没有。无论我怎么对他，故意表现、故意亲近，又或者故意疏远，他都完全体会不到，全部都是无用功……”许艺苦笑着说。

“我懂了……”崔莹忽然之间明白了一切。

这就是为什么她第一次见到许艺与顾枫之时，他们两人的表现会那么尴尬的原因。

这也是为什么在加入校会时，许艺执意要做校会主席助理的原因。她是为了去顾枫身边，增加与他接触的机会，但可惜的是，那个机会落到了崔莹头上。

还有，许艺那么努力地练习电竞技巧，为的也不仅仅是赚钱，更多的是为了投其所好，能够让苍龙世界里的“潮汐”多关注自己一点儿，最好能够有与他匹配、做他女朋友的资本。

原来爱一个人，可以这么深，这么久。

“所以，我已经把心里最大的秘密告诉你了。”许艺抬起眸，看着崔莹，“你会不会觉得，我还是从前的许艺？”

崔莹从心底感到了一种深深的触动。

一个人肯将自己的秘密全部告诉另一个人，如果这还不是信任，那什么才是信任？如果许艺还将自己视为敌人，又怎么会这样推心置腹？

在这个校园里，曾经最懂她心思的人是许艺，但反过来，她又为许艺做过什么呢？

崔莹什么都没说，握住了她的手。

“我对你的看法，其实从来都没有变过。我永远都不会忘记，你曾经是对我最好的人。这段时间以来，我一直在自我怀疑，怀疑是不是我做人太失败，才会导致连你都不关心我了……面对你的优秀，我更是对自己失去了信心，才会因此引发和顾枫的冷战。许艺，我错了。”崔莹的目光真诚无比。

许艺站起身来，抱住了她。

这是她第一次主动拥抱崔莹，而她们已经很久很久，没有嗅到过彼此身上的气息了。

第四十二章　意外身故

这段时间以来，电竞圈颇为不安静，因为经济形势不好，上游资本角逐，对各家公司的业绩要求都有增加，于是各家电竞经纪公司与直播平台之间的明争暗斗愈加激烈，几乎每天都有各种奇葩新闻冒出来，而普通的商战更是司空见惯了。

“A 公司故意跑到 B 公司楼下举办新闻发布会。”

“B 公司高价挖走 C 公司的女主播。”

“C 公司和 D 公司的主播们在酒吧遇见互相斗殴。”

“……”

崔莹所签约的 GM 公司因为比较资深，也是众多公司挖角的对象，袁子霄行事为人又没有底线，经常以牙还牙，所以更是首当其冲，天天都有新闻爆出。

许艺早料到崔莹签约到这样的公司去，不会有好日子过，自己当初就是前车之鉴，所以在这样的非常时期，她总觉得 GM 公司不是久留之地，甚至想过劝崔莹解约离开。

但是，崔莹目前的成绩还不错，无论是在 GM 的女主播梯队里，还是苍龙世界的排名里，都算得上是后起之秀。

而且她的男朋友顾枫，也就是潮汐，一直都是苍龙世界的大牛。

许艺担心，假如自己去劝崔莹离开GM公司，放弃苍龙世界这款游戏，她恐怕不会轻易答应，或许还会怀疑自己另有目的。

俩人的友谊恢复得来之不易，多一事不如少一事，许艺想了想，最后还是决定先把这事放一边，回头再找机会说服崔莹。

但是她没想到，自己还没有找崔莹，她却先找上了自己。

萧莘出事了。

是非常严重的翻车事故。

据目击者说，当时那辆车朝着高速环线的栏杆直直地撞了过去，因为速度极快，所以几乎没有任何悬念地冲出了围栏，跌下了旁边的坡地，车身被撞得一塌糊涂，而车内的萧莘也受了极其严重的内伤。

顾枫和崔莹赶到医院的时候，看到的已经不是活蹦乱跳的萧莘，而是他的遗体。

萧莘死于脾脏破裂，送到医院的时候，身体内部正在不断大出血。医生拼尽全力抢救，但是于事无补，一个年轻鲜活的生命就这样永远逝去了。

他离开了这个世界，带着青春的痕迹，带着他对许艺那从来不计回报的爱情。

许艺知道这个消息的时候，正在雷霆战队进行训练。

“许艺，你在哪里？我有急事要和你说……”崔莹的声音听起来有些不对劲，她一向是稳重的人，但此刻却明显带着焦急和慌乱。

“你怎么了？”许艺第一反应是崔莹自己出事了。

崔莹抑制着即将夺眶而出的泪水，尽量让自己的情绪平稳一些，但还是忍不住哽咽道：“不是我，是萧莘……他昨天晚上出车祸了。”

“人没事儿吧？”许艺没想到又是关于萧莘的事，随口问了一句。

“有事儿……车祸很严重……”崔莹又哽咽得说不下去了。

“严重到什么程度？不会成植物人了吧？”许艺脱口问道。

她心里隐约感觉不妙，已经做好了最坏的打算。然而，事实证明没有最坏，只有更坏，情况远远超出了她的预期。

“我也希望他能像你说的那样，至少，还有醒来的机会……可是、可是……”崔莹忍不住哭了出来，“许艺，你赶快过来吧，我们都在普渡医院……我想，他应该会希望再见你最后一面的……”

最后一面？

许艺吓了一跳，心顿时往下一沉。

虽然她和萧莘已经分手，两人之间什么关系都没有了，但是，这不代表她已经把萧莘当成了陌生人，对他的生死置之不理了。

崔莹的反常让许艺察觉到了不妙，萧莘的情况一定非常不好。

她匆忙说道：“你在医院等我一下，我马上就来！”

普渡医院的病房里，萧莘静静地躺在病床上，身体覆盖着白色的布。

他的面容经过了入殓师的整理，看上去依然那样阳光而帅气，只是没有了光泽和活力，看上去就像疲惫过度而睡着了一般。

“萧莘！”许艺看到眼前的情景，惊得呆住了。

他真的就这样走了？

再也不会回来了？

一瞬间，许艺忽然有了一种天崩地裂的感觉。

在和萧莘分手之前，她从来不觉得他对自己来说有多么重要。因为他总是那样积极主动地哄着她、讨她欢心，有事没事就来各种关心体贴，经常问她喜欢吃什么，不喜欢吃什么……

萧莘几乎倾尽了所有努力，只为了让她开心。

而这一切，她并没有珍惜过。

直到这一刻，许艺才突然意识到，原来这个人的存在，竟然让她感受过那么多温暖。他给予过她许多开心的回忆，而她却从来没有回报过他哪怕一点点。

可是现在，她后悔已经无济于事了，她再也没有了弥补的机会，萧莘已经永远离开了她。

许艺再也控制不住，扑过去抓住萧莘冰冷而僵硬的手，眼泪止不住地往下掉。

平时看起来高冷孤傲的女神ANGELA，终于对着已经逝去的、曾经那么爱她的那个大男孩，失控地放声大哭起来。

崔莹看到许艺不停哭泣，自己也忍不住泪流满面。顾枫轻轻地走过去，拍了拍她的肩膀，示意她和自己一起出去。

“留一点儿空间给他们吧，”顾枫微微垂着头，他的眼睛也是通红的，但没有泪水，“都说人在死去的头七天，灵魂会围绕着尸体不会离开，萧莘会看见这一切的。能够看到许艺对他的真情流露，应该是他最期盼的事情。”

“可是，人都不在了，就算他看到了又有什么意义？”崔莹趴在顾枫的肩头上不断呜咽，“我不相信萧莘就这么走了！他为什么这么傻，为什么要开得那么快！”

“萧莘的事情其实很可疑，我觉得没有那么简单，当年我父亲也是这么死的。”顾枫皱着眉头说道。

经历了两次同样的遭遇，他的心情格外沉重。

记得当年他听到父亲死讯的时候，因为整个人情绪失控，所以错过了很多细节。但是事后的这么多年来，他心里却一直充斥着各种怀疑。

一个性格乐观的人突然自杀性地撞车，而且撞得如此严重，直接毙命。这究竟是意外还是自杀，抑或是谋杀？

“你父亲？”崔莹诧异地抬起头来，带着泪水问道。

“对，我亲生父亲，他叫林飞。”顾枫没有任何遮掩，“他生前是一名赛车手，在赛车的时候因为意外离开了人世，我记得自己告诉过你。”

崔莹当然记得这件事，她不理解的是，为什么他会把萧莘的事情和他父亲的意外联系在一起。

“我总觉得，这件事不是意外。”顾枫犹豫了一下，还是说出了心里的怀疑。

“你说得对，萧莘是绝对不会自杀的，他不是这样的人！以他的韧性，绝对不会因为许艺暂时不理他就去绝望寻死，只要许艺一天没有嫁人，他就一天不会放弃的！不，我觉得即使许艺嫁人了，他也依然不会放弃。”崔莹仔细回想了一下，分析道，“所以，这件事情要么是意外，要么是有人在故意策划？但是人命关天，这可是谋杀啊！”

崔莹想到这里，不敢再想往下想了。

如果真的不是意外，而是谋杀，那么幕后黑手的心肠该有多么狠毒阴暗啊？如果真的是这样，那事情就太可怕了。

“车祸意外，是最容易掩盖事实真相的方法。”顾枫说。

“你的意思是，也许是有人故意设计，在萧莘的车上动了手脚，或者，在他本人身上动了手脚，目的就是要置他于死地？”

“这只是我的猜测，我也没有确切的证据。当年父亲出事的时候，我还太小，所以我很遗憾没能为此做些什么。现在我的好朋友也遭遇了这种事情，我希望能找出事情的真相，让他安心地离开这个世界。”

顾枫的语气和表情都很坚定，看得出他的决心之重。

“你说得对，这些事也许不是偶然，不管如何都要调查清楚。如果真的是谋杀，我们一定要还萧莘一个公道！”崔莹擦了一下眼泪，沉吟了片刻说道，“这不是一个小事情，要从哪里查起我们根本没有头绪。没有确凿的证据之前，即使报案警察也管不了。但是……我想萧莘的姐姐一定不会对这件事情袖手旁观，我们可以去找她，把我们的想法告诉她，看看她是否愿意查这件事。”

“好。”顾枫并不反对。

萧莘若是真的被人暗算，萧若自然不会袖手旁观，这可是她的亲弟弟，怎么可能被人害了还无动于衷？

萧莘出事的消息，医院早已通知了他的家人。

萧家有钱有产业，家里人口也不少，除了他的父母和姐姐萧若之外，还有一个异母哥哥萧逸。但是，萧家这几个人之间，前妻后妻、继母继子、异母兄弟之间的关系十分错综复杂。

萧莘突然出事，对于萧家父母和他的亲姐姐萧若而言，无异于晴天霹雳，说天塌了都不为过。

萧母赶到医院，一见到萧莘的遗体立刻就哭得死去活来，后来直接昏了过去，至今不省人事。萧父老泪纵横，也当即心脏病发，被送进了同一家医院的重症监护病房。

美女总裁萧若和萧莘的姐弟关系很好是众人皆知的事，萧若也伤心，也流泪，但她毕竟不像父母那么脆弱。始终要有人冷静下来处理事情，她再伤心也只能坚强起来。

“萧总，节哀顺变。”沈南星带着助理也匆忙赶到了医院，看到失魂落魄的萧若，立刻上前安慰。

萧若此刻正身穿一套黑色制服，一头长发用黑色发圈扎成一个马尾，不施脂粉的脸上满是泪痕。

见到沈南星等人，她伸手擦了一下眼泪，勉强维持平静：“你们来了，有什么事吗？”

“是关于萧莘的事。我想，有些情况我们需要报备给您知道。”沈南星唯恐萧若受刺激，小心翼翼地把握着措辞，并将一个放置了不少资料的 IPAD 递过去。

来之前，他已经秘密做了很多功课，调查了最近以来萧莘发生的所有事情，以备萧若查问。

这段时间因为公司事务繁忙，所以萧若对萧莘不像以前那么关心，而萧莘也不怎么主动和姐姐沟通，以至于姐弟俩的关系比之前疏远了不少。

直到看见沈南星递上来的这些资料，萧若才如梦初醒，她这才知道，萧莘经历了一场失恋。

她甚至都不知道，萧莘竟然连续谈了两场恋爱，对象还都是 HG 公司的女主播。看样子，她是真的已经很久没有好好了解过弟弟的感情生活了。

“都是我的错，都是我没有好好关心萧莘，都是我的疏忽！”萧若懊悔不已，紧咬着嘴唇哽咽道，“我之前忘记和你们说，要密切注意萧莘的行踪和发生的事情……我没有照顾好我的弟弟，才会造成今天的事情，我对不起萧莘，也对不起爸爸妈妈！我真该死！”

萧若失声痛哭。

“萧总，您先不要哭，这件事我们觉得有些不对劲。陈助理，你说一说吧。”出了这种事，沈南星心里也不好过，毕竟都是萧家的合伙人，同气连枝，一荣俱荣一损俱损。

他的助理站在一旁，见沈南星使眼色，赶紧汇报了这几天的发现。

“萧总，是这样的。我调查了萧先生最近的行踪，的确有不少发现。”陈助理一五一十地汇报道，“萧先生和 HG 公司的女主播许艺之前谈过一场恋爱，这场恋爱维持的时间还挺久，只是后来他们因为一些原因分手了。最近他又和我们公司另一位女主播凌星星在谈恋爱，但是萧先生好像并不喜欢她，对她很冷淡，两个人经常吵架。有主播和我们说，就在萧莘先生出事的那天，凌星星还和他大吵了一架。”

“凌星星？是什么来历？”萧若皱着眉头问。

“她也是川穹大学的学生，前不久签约的 HG 公司，人气还不错，但比许艺要差一些。”沈南星说。

“你们和我说这些，意思是我弟弟花心，把他前女友甩了然后又找了个新女友？还是你们认为这跟他的车祸有关系？”萧若抬起头，不动声色地问道。

“可能会有关系。”陈助理小声补充道，“因为他的新女友凌星星在和萧先生交往时，还有一个叫江晨的男朋友，他知道凌星星劈腿后就和她分了手。但是我们查了江晨的家庭背景，发现他家里是开汽车修理厂的。”

“继续说。”萧若柳眉一挑。

“江晨有这个背景，自然也略懂汽车构造，如果他对谁怀恨在心，想进行暗中报复的话，应该会使用自己最熟悉的手段。”

“直接说你们的猜测。”萧若听到这里，脸色已经苍白了。

“我们怀疑那辆车有问题。”沈南星直截了当地说。

“那么，这件事就交给你帮忙调查了，我弟弟一定不能死得不明不白。”萧若目光凶狠，咬着牙一字一顿地说，“警察管不了的事，我们萧家自己来管，不管花多大的代价，我都要把那个幕后黑手找出来给我弟弟偿命！”

“收到，我现在马上去进一步调查。”沈南星说。

顾枫去找萧若的时候，沈南星正好从走廊尽头过来。

“你们是？”萧若问。

这些人她都不认识，但是既然他们会来医院看望萧莘，应该是关系比较好的朋友。

“我叫顾枫，这是崔莹。”顾枫自我介绍道，“我们和萧莘都是川穹大学校会的成员。”

萧若仔细打量了一下崔莹，她曾经听萧莘提起过这个女孩，看上去她还不错，人挺温柔稳重的。

她打心底看好这个女孩子，不仅在电竞圈混得风生水起，看她对顾枫的态度，感觉也是真心的。

只可惜，萧莘怎么就没有这么好的恋爱运呢？

“你们是来看萧莘的吧？”萧若问，“我是他的姐姐萧若。谢谢你们，有心了。”

“姐姐好。”崔莹立刻问候了一句。

“你们叫我名字就行，不用客气。”萧若大方地说。

“好，萧若姐，我们正好有事情要和你说。”顾枫直言不讳。

彼此不需要太多寒暄，双方立刻发现，对方的想法和自己竟然是一致的，于是事情也就变得非常简单。

沈南星与顾枫一起去公安局，拿到了当时的录像。

顾枫认真地观察事发经过，当看到萧莘的车猛烈撞向栏杆的那一幕，父亲林飞死时的样子又浮现在他的脑海中。

顾枫不由自主地握紧了拳头，极力控制着自己的情绪，好一会儿才平静了下来。

萧莘的出事看起来好像真的是意外，但是这个意外太巧了。仿佛一切都经过精心安排，在那个时间、那个地点，撞上栏杆再坠入坡地，绝无生还的可能性，就像顾枫的父亲林飞一样。

这真的只是意外吗？

“你们看出什么了吗？”沈南星问陈助理、顾枫和崔莹等人。

“没有，一切似乎正常，什么破绽都没有。”陈助理说。

崔莹眉头紧锁，什么都没有说。

顾枫知道，她一向心思缜密，或许能看出点什么。

“你们说，这件事会不会和凌星星或者江晨有关？”崔莹说了一句让大家都觉得诧异的话。

“为什么这么说？”顾枫问。

“凌星星、江晨、许艺这三个人中，许艺是最不可能会对萧莘下手的，她不是这种人，更何况萧莘对她一往情深，她没有动机这么做；而凌星星用尽手段想要得到萧莘的心，一定是别有居心，当她发现不管自己怎么做都是徒劳无功之后，会不会因此产生报复的想法？”崔莹顿了顿，继续说，“至于江晨，凌星星为了萧莘和他分手，不排除他会怀恨在心进行报复，而且江晨家里还是开汽车修理厂的……”

“你凭什么这么判断？”沈南星看着这个看上去柔弱不起眼的小女生，心里不由而然产生了一股佩服之情。

这件事确实和江晨脱不了关系，但是他不明白这个看上去很单纯的女生是怎么发现的。

“因为和这件事相关的所有人，我很熟悉并了解他们，也知道女生心里都会想什么。”崔莹想了想，继续说，“目前，我们了解的情况还不够多，还有很多事需要慢慢探究，但是我们不能着急，因为越急情况只会越糟。我们要冷静，不管怎么样，真相总有一天会水落石出的。”

顾枫的目光带着欣赏，深深地看了崔莹一眼。

她现在变得越来越成熟，也越来越沉得住气了，能沉得住气，就是一种智慧，当然除了智慧之外，崔莹依旧很单纯，很可爱。

第四十三章　情敌相见

许艺沿着台阶一步步往上走，她站在医院顶楼的平台上，看着阴霾的天空，心就像被压着一块沉重的铅，几乎喘不过气来。

春天已经来了，迎春花也开过了，川穹大学的荷塘里甚至已经露出了荷叶尖尖角。繁花似锦的盛夏就要来临，可是，萧莘却再也看不到了。

许艺失神地望着天空，想想这么多年，她过得真的很酷。几乎是独来独往，除了高中时代的顾枫，萧莘几乎是对她最好的人了。

然而直到现在，她才惊觉自己心里竟然是有他的，只是她接受不了他过分炽热的感情，以及无处不在的监视。像是雇人跟踪她、拍摄她的行踪之类的行为，哪怕他是出于关心和爱，她也同样没法接受。

他们分手之后，凌星星发来她和萧莘同床共枕的合影，当时许艺心里虽然震惊，却并没有怪他，因为显然这一切都是凌星星设计的，萧莘不过是着了她的套路罢了。

萧莘不会主动去勾引其他女生，更不会为了刺激她和别的女生上床，最多只会出于本性撩撩妹子，稍微暧昧一下，但他骨子里是个有分寸的人。

这样一个大男孩，为什么会突然死于非命？

许艺心里十分难过，脑子里乱哄哄的。

就在这时，电话铃声响起，她低头看了一眼，是顾枫打来的。

顾枫此刻心里也同样难受，他到达医院的时候，萧莘已经没有了呼吸。他的头部受了重创，包着一层层的纱布，遗容和当年的父亲简直一模一样。

那一瞬间，幼时的痛苦再一次袭来，让他几乎不能自已。

“许艺，萧莘的事你要理智对待，我们都觉得这事比较蹊跷，很可能不是意外，但是暂时还无法说清原委。所以，你最近出门一定要多加小心。”

顾枫打电话来，就是为了告诉她事情的反常和诡异，请她务必注意自己的安全。

“知道了。”许艺的心情十分灰暗，不太想说话。

“多保重自己，节哀顺变。我们的心情都一样，都失去了一个很重要的人。”顾枫忍着悲痛说道。

“你们今天在医院见到凌星星了吗？”许艺突然问。

“没有，她不在医院。”顾枫说。

“那我过去再看看他吧，陪他最后一晚上，明天就要送殡仪馆了。”许艺轻声说。

此时此刻，这是她唯一能够为萧莘做的事了。

许艺刚到萧莘的房间不久，凌星星就从门口走了进来，她看到满脸泪痕、伤心欲绝的许艺，竟然露出了一丝诡异的微笑。

“许艺？原来是你啊……话说，你现在这个表情做给谁看呢？你有这么在乎萧莘？可惜他死了，他永远都不会知道了！他一直以为你不爱他，所以才会和我在一起……许艺，你心里难受吗？他最终还是没有和你在一起，就这样与你天人永隔了！”

凌星星咬牙切齿地说着，谁都看不懂她脸上隐藏的情绪。

她的心也很疼，萧莘没了，她的如意算盘也彻底落空了。

要说难过，此刻最难过的人不应该是许艺这个前女友，而应该是她这个萧莘的事实女友！

其实，她的心也很小，也真的很容易满足，可为什么总是没有人会真心爱她呢？好不容易费尽心机得到的，竟然又这么轻易地失去了。

许艺冷冷地看着她，语气漠然：“你觉得玩弄别人的感情，是一件值得炫耀的事情？萧莘他从来都没有爱过你，哪怕他和你是男女朋友的关系，他心里装着的人也一直都是我，你并没有赢什么，最后赢的人还是我。”

“那又如何？他会不会醒过来？如果不能，他再爱你又有什么用？他已经永远醒不过来了！如果你觉得获得一个死人的爱情也值得炫耀，那我无话可说，反正我想做的事已经做完了。”凌星星看到许艺冷静而自信的模样就感觉恼火，她最讨厌的就是对方那副自以为是的表情。

“在我心里，他没有死。而有些人，在我心里早就跟死人没什么区别。”许艺语气冰冷地说，“这种人从来都不知道什么是底线，什么是适可而止。有人一直对她很好，她却不知足，吃着碗里的瞧着锅里的，费尽心思地去勾引别人，最后却什么都没得到。萧莘是个聪明人，他看得出什么是真爱，什么是利用。”

“是吗？那么你呢，你对他又有几分真心？”凌星星突然笑了，“你从头到尾当他是什么？一个执着蠢笨的富二代？还是为你牺牲却得不到回应的炮灰……”

“啪”！

凌星星的话还没有说完，一记响亮的耳光突然抽在了她粉嫩的脸颊上。

萧若走进来的时候，正好听到了凌星星高谈阔论，她毫不客气，马上当众甩了她一个耳光。

“你！你敢打我？”

凌星星被打的那边脸已经红透了，她怒不可遏地瞪了萧若一眼，反手也想给她一耳光，但是却被对方身边的男助理抓住了手。她挣扎了很久都没有办法脱离对方的桎梏，反而因为体力的消耗而在原地喘着粗气。

凌星星一向不是软弱的人，不管是谁欺负她，她都会选择还手。只是这次对方太强大，她实在无力抵抗。

她当然能感觉到萧若的不平凡，那种富家千金加霸道女总裁的气势像与生俱来的一般，在她身上发挥得淋漓尽致，这是凌星星一直羡慕而没办法拥有的东西。

“你想干吗？”她忍住脾气问。

“这一巴掌，是替萧莘打的，打你自私自利，口不择言！”萧若怒目而视，目光如刀子一样锐利。

“你是萧莘的谁？”凌星星的内心其实很害怕，但是依旧在强装镇定。

“我是萧莘的亲姐姐——萧若。打的就是你，你不服？”萧若高声说道。

“你就是萧若……你凭什么打我？”凌星星恼怒地问。

“打的就是你这种绿茶婊！”萧若冷笑一声，抬手想再给她一巴掌，想想又忍住了，她今天没打算闹事，只想调查萧莘出事的原因，“你最好老实告诉我，你和萧莘之间到底是什么关系，是你主动追的他，对吧？”

“是又怎样，不是又怎样？”凌星星还在嘴硬，她觉得自己不能在气势上输给萧若。

“你最好老实回答，不要给我耍嘴皮子，说 YES OR NO 就行！”萧若扭着手腕，用凛冽的眼神看着她，威胁的意味非常明显，“我问你，萧莘出事的前一天晚上，你是不是和他吵了一架？”

凌星星自认倒霉，点点头不说话。

这是她第一次吃这种哑巴亏，以前都是她这么对别人。

“你为什么要和他吵架，害得他开车时情绪失控？！如果不是你惹到他，他怎么会连车都开不好？！我告诉你，这一切都是你的错！是你害得萧莘现在躺在医院里醒不来！”萧若突然发狂地喊道，眼泪抑制不住地往下掉。

她再坚强，毕竟也才二十岁不到，她疼爱自己的弟弟之深，让她到了此时此刻，仍然坚持认为萧莘只是睡着了，他没有死，总有一天还会醒过来。

“我也不想啊……他是我男朋友，我怎么可能希望他出事？他死了对我有什么好处？如果知道他会出事，我就不会和他吵架了……但是他车祸这件事和我有什么关系，你凭什么把责任怪在我头上？”凌星星受不了这种委屈，反驳道。

“别给我狡辩，信不信我再甩你几个耳光？”萧若目光狠厉地盯着凌星星，看到她一脸无辜的样子就感觉恼火，恨不得再抽她几巴掌，想当初她应该就是用这副模样去勾引的萧莘吧？

她恨恨地说道：“萧莘出事前你天天黏着他，出事之后就说与你无关？你这种女人真不要脸！”

“你太高看我了……”凌星星忍不住哭了起来，“你以为萧莘有多爱我？我们吵架每次都是他占上风！从来都是他骂我，侮辱我，我根本伤害不了他！因为他的心里根本没有我，也不在乎我的感受，更不会因为我们吵架而影响到他的情绪！”

“那又怎样？所以你就对他没有任何愧疚之心？如果你不去招惹他，他会变成这样？你这种心术不正、只想着祸害人的东西，自己先反省反省吧！”

“……”凌星星被萧若骂得回不了嘴，也不敢回嘴。

她知道像萧若这种女人泼辣起来的厉害，她跟崔莹、许艺可不一样，什么事都做得出来，这不是自己能惹得起的人物。

萧若完全失去了平时的冷静，不停地哭，身边的助理不断地给她递纸巾，萧若却全然不顾，仿佛要将心里的痛苦和委屈全部发泄出来，哭得天昏地暗，一发不可收拾。

男助理和一干人等好不容易劝住了萧若，带着她离开。

许艺一直站在原地，仿佛透明人一样，面无表情地看着发生的一切。

其实萧若刚进门的时候，也注意到了这个像冰雪女神一样的女孩，她也很想冲上去抽她一个耳光，替自己的弟弟出口气。

但是，许艺就站在那里，却自有一股无形的气势。她那清冷的气质、傲然的态度，就像凌霜开放的梅花一样，姿态美好得不可方物。

萧若瞬间就明白了，这样的女孩，她一定不屑于做任何肮脏的事情，她也明白了为什么自己的弟弟到死都还是那么喜欢她。即使是那么任性的萧若，那么想替萧莘出口恶气的姐姐，也还是没办法狠心对她下手。

所以萧若最后只打了凌星星。

只是，凌星星受了这么大的气，又怎么会轻易罢休。

“看什么看？都给我走开。”凌星星冲着人群大吼一声，众人散去。

凌星星没想到，萧莘的姐姐年龄与自己相差不远，却脾气这么大。更想不到的是，萧若的手段竟然这么霸道强横。

早知道结局会变成这样，当初她无论如何也不会去招惹萧莘，无端惹上了一场大麻烦，让自己受了这么多委屈。

许艺也是萧莘的女朋友，萧莘的各种好处她许艺全都享受过，而自己和萧莘交往一场却什么都没得到，反而被萧若狠狠地教训了一顿！

萧莘出事和许艺脱得了关系吗？凭什么萧若把所有事情都怪罪到自己头上？！

凌星星看着许艺那副淡定的模样，再想想自己今天受的气，心里恨得牙痒痒的，她发誓要让许艺好看。

萧若回到家，喝了几杯温水，渐渐冷静了下来。她皱着眉头在思索，觉得罪魁祸首应该另有其人。

今天她这么对凌星星，其实只是为了给她一个教训，这种女人活该被打，但她应该不是谋害萧莘的幕后黑手。

“爸爸，我在调查弟弟的事情。”萧若给父亲打电话。

“这话怎么说？”萧父问。

“我今天找了凌星星，感觉她不会故意害萧莘，这对她没有好处。

虽然她有意接近萧莘是事实，他们吵架也是事实，但这都只是巧合。”萧若分析道。

“那你觉得是谁？”萧父问。

“这个，我还没有准确的判断。”其实萧若心里并不是没有怀疑的人，只是还没有确切的证据。

她怀疑的人是他们同父异母的哥哥——萧逸。

萧逸是萧父前妻的儿子，总觉得父亲偏心萧若和萧莘，然而，他名下的公司却是三兄妹当中最多的。

或许人类就是不知满足的动物，他对萧若姐弟俩的嫉恨，如同他亲生母亲对萧母的嫉恨一样，从来就没有停止过。

萧莘是个简单的人，并没有想过要和萧逸争夺什么，只是一心想着他的电竞圈和追求女神 ANGELA，萧若怎么说他都没有用。

但是萧逸不同，这个人喜怒无常、城府极深，很难说他会不会为了利益做出什么事情来。

萧若从小就很能干，萧父对她很信任，交给了她不少核心生意及事业，也正是因为这点，萧逸和萧莘姐弟的关系才会不和。

因为萧莘一直不成器，所以萧逸以前主要的打击对象是萧若，但是这并不能保证他不会突然改变目标，对萧莘发起攻击。所以，对于萧莘的死，萧若十分怀疑是萧逸搞的鬼，只是她现在没有证据，还不能打草惊蛇。

当然，不管萧莘这件事情是不是萧逸做的，萧若都不会放过他。她早已布下了局，会趁着萧逸放松警惕的时候，给予他致命的一击，让他一败涂地！

当然，这些事情是不能让萧父知道的。

萧若不确定是不是萧逸对萧莘下的手，而且是下死手。但有一点她可以确定，那就是一旦确认是萧逸干的，那么她会连本带利地还给他，绝对不会顾及任何脸面和后果。

因为他们都是萧家的孩子。

她了解哥哥萧逸，更了解自己。

因为一起处理萧莘的后事，许艺和崔莹接触的机会越来越多，两人的友情正在逐渐恢复中，基本上算是和好如初了。

但是，两个人如今都是知名女主播，总会有人将她们有意无意地做比较，所以，她们两人在电竞圈的斗争还在以各种方式继续。

除此以外，她们两人背后的粉丝团也在偷偷地进行较量。

许艺已经与 HG 公司解约，选择了雷霆战队，并且逐渐退出了苍龙世界的排位赛，全力以赴地参加“胜者为王”的比赛。

“胜者为王”的联赛很快就要来了。

GM 公司也在组织战队，挑选主播们一起训练迎战“胜者为王”。崔莹作为 GM 公司的主力，也是众望所归的得奖热门主播，呼声特别高。

虽然崔莹觉得有难度，但她生来就喜欢有挑战的事物，而且这毕竟是她的兴趣爱好所在，所以这次的比赛她也想参加试试。

只是，她并不熟悉这款游戏，所有的一切都要从头开始。

还有一点，如果她选择加入 GM 的胜者战队，那么势必又要与许艺她们的雷霆战队短兵相接。

GM 公司的光景不错，毕竟是老牌的圈内公司，崔莹在里面也挺受照顾。毕竟她也算个人才，公司再怎么样也会好好培养她，绝对不比当时许艺的待遇差。

而且，因为袁子霄为人精明厉害，旗下的女主播都畏惧他，相对来说就安分很多，不敢过分内斗，不像许艺当初在 HG 公司那样，隔三岔五就被人暗算。

所以总的来说，崔莹在 GM 公司的日子过得还算比较轻松，因此她并不想离开 GM 公司。

“看来我们在电竞圈注定要做对手，而不是队友了……要不，我也跟你去雷霆战队吧？”崔莹发出一声叹息。

电竞圈的竞争太过激烈，她不想与许艺再做敌人。

她们两个人，不管谁实力更强，对对方来说都不算一件好事，若是被有心人利用了，只会更加难办。

对许艺来说，崔莹这个人也是够头疼的，既是失而复得的闺蜜，也是电竞圈内强而有力的对手，却偏偏总是阴差阳错，做不了队友。

“雷霆那边非常严苛，你不一定能够适应。而且，你在 GM 公司貌似过得挺潇洒？”许艺微笑着挑眉。

“GM 公司对我确实挺好的，过得也挺轻松。而且，虽然我很仰慕雷霆老大，但是估计他也不会要我。”崔莹吐了吐舌头，如实说道。

“我在雷霆战队每天都是魔鬼训练，还是 GM 公司清闲自在。”许艺笑着说，“其实公司怎么样，对个人来说没什么影响，主要还是要靠自己努力，公司只是提供一个平台而已，每家公司都有每家公司的好处，既来之则安之吧。”

崔莹知道许艺想说的到底是什么，清闲又怎样，忙碌又怎样？只要技术过硬，在哪里都会发光，在哪里都会有人欣赏。

许艺就是这样，总是能说出一些很有深意的话，让人听了觉得很有道理。

“你说得对，既来之则安之。”崔莹认可道。

“这样吧，我们来做一个约定，如果我们在战场上碰到，彼此都不要客气，像以前一样。如果你能赢我，我愿赌服输，绝不怪你。换你对我也一样，好不？”许艺说。

“嗯，好吧。”崔莹想了想，抬头对着许艺笑了起来，“不管我们在战场上杀成什么样子，场下我们永远都是好朋友。如果你答应，我就答应。”

许艺握了握她的手，说道：“一言为定。”

每次崔莹直播的时候，顾枫都会陪在她身边；而许艺每次直播，心里都会想起某个人，然后好一阵惆怅。

她总是不由自主地想起萧莘，想起以前自己每一次直播，他都从未错过，有时候在旁边还会感叹几句。

“ANGELA 的电竞技术越来越好了。”萧莘说。

“这场根本没有发挥好嘛。”萧莘说。

“遇到对手了吧？看你还放松警惕。”萧莘说。

……

只可惜，斯人已故。

萧莘，那个活泼痞气又可爱的男孩，再也回不来了。

许艺不知道自己是怎么了，脑子里竟然满满都是关于萧莘的回忆，她戴着耳机，对着屏幕忍不住泪流满面。

第四十四章　胜者为王

崔莹自从进入 GM 公司以后，名气和实力都在稳步上升，原因有很多，既有她自己的天赋和努力，也有顾枫的全力支持与训练，当然，GM 公司袁子霄这个电竞圈老推手也功不可没。

因此，不只是 GM 公司，很多电竞公司都很看好她。

“胜者为王”即将替代“苍龙世界”成为市场上最火热的游戏，已经毫无悬念。

GM 公司要求主播们都开始组队练习“胜者为王”，崔莹暗自训练了一段时间，然后在几次直播的时候，与公司的其他几位主播一起小试牛刀，竟然获得了极大的好评，所以在这个各家都缺人的时间段，前来挖角的人堪称络绎不绝。

这其中，当然少不了 HG 公司的沈南星。

“崔小姐，不知道您有没有兴趣与我们公司签约？我先介绍一下我们公司的优势吧，HG 公司最大的股东是萧氏集团。在房地产业，我们是西南地区数一数二的大品牌，简单来说就是不差钱……和其他经纪公司比起来，我们集团化的产业链式运作，会让每一个主播都有更广阔的前途，当然，也包括钱途。还有，我们会保证每一个主播的法务安全，比如说，即使您与前公司有合约，我们也能保证在合法合规的情况下，对所有跳槽的主播承担责任，这个责任不仅仅是法律上的，当然也包括经济上的……”HG 公司艺人部的负责人 LINDA 口若悬河，滔滔不绝地说服着崔莹。

这个年龄三十开外的貌美女经理，带着极富亲和力的笑容以及诚意满满的合约，约了她在一家咖啡厅见面。

“这……你们明知道我和 GM 公司有合约，还过来挖人，是不是不太好啊？”崔莹干笑着说。

她也不是完全不想和 HG 公司合作，只是面对他们这种行为感觉有些意外。

其实从心理上说，她觉得 HG 公司更亲切，因为那是萧莘的家族企业，也是许艺曾经所在的地方。

“有什么不好的？良禽择木而栖，而我们公司现在也迫切需要你这种人才，至于你以前在哪家公司，对我们来说一点儿也不重要。”LINDA 不以为意地说。

“这个事情我需要慎重考虑，你们给我一点儿时间吧，一周后答复你们，如何？”崔莹觉得，自己毕竟还是个学生，过早地卷入这些商业斗争并不合适。她起初加入电竞圈也并不是为了钱，所以即使 HG 公司能给她更多的钱和机会，那又如何？

“嗯，可以，你什么时候考虑好了，或者说还有什么疑问，可以随时给我打电话。”美女 LINDA 笑眯眯地给她塞了一张名片，然后离开了咖啡厅。

崔莹喝着奶茶，继续待在咖啡厅里等顾枫。

她嘴里咬着一根吸管，脑子不断地思考，自己的下一步究竟该怎么走。

电竞公司之间的斗争永无休止，难怪顾枫会让“潮汐”彻底退隐江湖。记得当年，新闻里曾经报道说，GM 公司高价挖走了 HG 公司的当红女主播，GM 公司则回击说这是无稽之谈，真正卑鄙挖角的是 HG 公司。如果她这时选择跳槽，会不会因此激化了 HG 公司与 GM 公司的矛盾呢？

而且现在电竞圈的斗争这么激烈，有点儿小动静就会闹到人尽皆知，她真的能在HG公司与GM公司之间保持中立，不被卷入任何斗争吗？

这一年来发生的事情，已经完全超出了她作为一个普通大学生能承受的范围，尤其是萧莘出事以后，崔莹觉得自己心里的信念正在逐渐崩塌，她觉得这一切都是因为他们多多少少都介入了电竞圈商战所引起的。

金钱和利益会让人迷失方向，而大学校园，这座曾经在她们心目中神圣无比的象牙塔，真的应该被这些东西污染吗？

“今天怎么有空约我出来？”顾枫很快就到了，他看到崔莹的样子很开朗，心就放下了一半。

自从萧莘离开大家以后，崔莹一直很伤心，他已经很久没有见她开心地笑过了。

“顾枫，我有件事不知道该怎么处理，想听听你的意见。”崔莹目光依赖地看着他，不管发生了什么事，顾枫总是陪在她身边，总会指引她找到正确的方向。

“什么事？说说看。”顾枫喝了一口咖啡，温柔地看着她。

“今天HG公司的人来邀请我跳槽到他们公司，开出的条件很优厚，也不需要我承担任何违约后果。”崔莹带着几分纠结的表情，将事情的原委叙述了一遍，“你怎么看？你觉得我有必要过去吗？”

“关键还是看你自己。”顾枫说。

“我？我怎么知道啊，这不是喊你来商量嘛。”崔莹说。

“如果你想去的话就去吧。”顾枫沉吟了一下，接着说，“如果你不打算将电竞当作未来的职业发展方向，那么对你来说，其实在哪家公司都没有区别，抱着玩玩的心态就好。既然是玩玩，又何必在乎和谁一起玩呢？再说，其实不管是哪家公司，本质都差不多，谁也不比谁干净多少。”

“是啊，我现在终于明白，你为什么要离开这个圈子了。”崔莹看着顾枫，心里感慨万千，“你的个性并不适合电竞圈，如果你不走，势必要顺着电竞圈的发展做出改变，否则很容易吃亏。所以，倒不如干净彻底地走人。”

顾枫点了点头，神情凝重地说：“确实如此。这些游戏和电竞公司之间，一直都在暗中较量，若是两家公司实力相当，竞争就愈加激烈。其实你现在签约的GM 公司还可以，虽然没有 HG 公司那么多人才，但是胜在你在里面没吃什么亏。不像其他公司里外都是黑幕，主播之间钩心斗角，隔三岔五就互相暗算，这样的公司就完全没有待下去的必要。”

这种事对崔莹来说，确实有够头疼的，不仅要兼顾比赛，还要防止身边的人害她。

但问题是，身在漩涡中心的她，根本就没办法抽身离开。她和 GM 公司的合约还没到期，解约要付出的代价太大，如果她想从 GM 公司全身而退，势必就要跳槽到和 GM 旗鼓相当的 HG 公司，但是不管在哪里，她都是这场商业战争的武器。

记得有一次，袁子霄曾经老奸巨猾地用无奈的语气对她们说：

“崔莹啊，你也知道，HG 公司跟咱们杠上了……你们几个呢，是我们公司最有实力的女主播，绝对不会比 HG 公司的许艺差！也正是因为这一点，他们 HG 才到处说我们公司去他们公司挖人，你自己凭良心说说，是不是这么一回事儿？虽然我们公司没有他们HG 那么土豪，但是，不能因为我们公司有一批实力女主播，就说我们去 HG 公司挖人吧？你们哪个不是我辛辛苦苦培养出来的？人总要讲道理的呀，对不对？”

他每天苦口婆心地对每个主播这样说，就好像公司把所有的希望都寄予在了她们身上，GM 公司的生死存亡就看她们这批人的表现一样。

“我们会尽力的，让粉丝们知道 GM 公司的实力并不比 HG 公司差。”崔莹记得当时自己觉得袁子霄挺不容易，于是和其他女主播一样回答他。

崔莹永远都有这样的自信，这就是她为什么在哪里都能发光的原因，自信本身就是闪闪发光的。

“对了，最近的新闻崔莹你应该也有看……你看看许艺，她曾经是你的手下败将，可是最近人家的直播质量总是比你好，技术也比你高，你可不要再偷懒了哦！还有那个凌星星，也是咱们GM公司过去的，现在人气也挺高的……总之，最近你的表现要好一些，因为你的一举一动都关系着公司的声望，不能让别人盖过了你的风头！”

不知道为什么，袁子霄总喜欢表现出一副语重心长的模样拿许艺和崔莹相提并论。虽然他的担心不是空穴来风，但是崔莹还是不喜欢这样被比较，更何况她根本就不想与许艺为敌。

“知道，我会尽全力的。”崔莹说。

其实，这一年多来，她在不断提高的过程中，也对许艺的优劣势更为了解了。许艺虽然有一定的天赋，但她很容易受到外界因素的影响，两人若是交手，胜负还是难以预料；至于凌星星，崔莹知道她并没有什么实力和天赋，不管她如何努力，都比不过许艺和自己。

要想成为优胜者，努力和天赋缺一不可。

事实上，对于这一点，凌星星也不是没有自知之明。

不管她再怎么讨厌许艺和崔莹，也无法否认，她们的实力的确比自己强得多。这也是凌星星最无奈的事，她只有不断地努力，不断地练习电竞提升自己的技术，才能勉强维持一点儿颜面，不被其他真正有天赋的女主播们甩开太远。

崔莹想想这些，又想想顾枫说的话，心里已经有了决定。

“莹莹，我知道你现在的压力很大，但是，电竞的真正含义是快乐，而不是斗争，电竞带给玩家的就应该是放松和快乐，也只应该是这些。”顾枫告诉崔莹，“所以，不要管公司对你说了什么，你只要好好努力练习电竞技术就行了。”

“嗯……我只是在想，如果不练习电竞，你陪我的时间会不会就少了很多？”崔莹傻乎乎地问。

“怎么会？我是你的男朋友，当然会一直陪着你啊。”顾枫忍不住笑了，“原来你一直在担心这个问题吗？”

“一直以来，只要有你在，我就不用为了其他事情而烦恼，只要努力就可以了。所以有时候我也会担心，如果有一天，你要离开我该怎么办……”崔莹低声说道，“而我们两个在一起，大多数时间都是在练习电竞，所以我很怕，如果有一天我放弃了电竞，那么我们之间会不会再也没有共同话题……”

“傻瓜，你怎么会这么想？”顾枫用宠溺的眼神看看她，“你一定要明白，因为你是崔莹，因为我喜欢你，所以不管你做什么我都会陪着你。你喜欢练习电竞，我就陪你练习。但是，如果你不喜欢了，我们也可以一起做些别的事情。”

“我明白了，我玩电竞，不是为了和许艺或者任何人竞争，只是因为喜欢。而你是因为我喜欢，所以才指导我练习，我懂啦！”崔莹听到这些话，终于露出了如释重负的表情，脸上也浮现出了久违的笑意。

许艺与 HG 公司解约加入雷霆战队的事情，早已不是新闻。但是在 HG 公司，她的流言蜚语依旧没少，主播们还在私底下议论纷纷。

“你们听说没有，许艺去了一个非常厉害的战队，听说是之前圈子里一个大牛组建的！有这么重量级的人物出马带队，不难预料，许艺以后在电竞圈里一定是横着走了……”

“许艺走了不是好事吗？平时就看她那副清高的样子很不顺眼，走了就走了，给大家腾个地方呗。”

“你们不懂就不要瞎说，许艺去雷霆战队肯定比留在公司有前途啊！但是她若是留在公司，就会把所有人的机会压下去。她留下，倒霉的就是我们。她去了雷霆战队，只怕倒霉的就是公司了……”

她们议论的时候，正好凌星星来到公司，她站在人群后面没有说话，企图降低自己的存在感。

萧莘出事后，她故意回避了很长一段时间，HG 公司的主播们很久都没有见过她了。她看起来憔悴了一些，不再有前些时候那种天真无邪的模样。

其实凌星星心里很抗拒来 HG 公司，她害怕公司的人会看自己的笑话，可是她却不得不来，因为她要做直播。

这是她最无奈的事情，也是她最害怕的事情，结果这一切，终于还是发生了。

一群女孩子看见了她，说话的刻薄劲儿当然有增无减。

“哎呀，我当是谁呢？原来是一心想攀高枝的凌星星啊……嘻嘻，也不撒泡尿照照自己配不配，竟然跑去勾搭萧公子，结果鸡飞蛋打了吧？这就叫现实版的‘赔了夫人又折兵呢’！”一个以前就与凌星星有过节的女主播掩着嘴，吃吃笑了起来，语气满是轻蔑的味道。

凌星星假装什么都没听见，径直走进自己的直播间，迅速戴上了耳机，以抵御那些恶意满满的攻击。

她们对自己没有善意，目的就是想赶自己离开 HG 公司，这样就少一个人分走她们的资源、挡住她们的财路。可是，凌星星偏偏不如她们的愿。

她的性格就是这样，别人越不让她做，她就偏要做。原本她还有一点想和 HG 公司解约的念头，现在这个想法也烟消云散了。不管是谁想逼她离开 HG 公司，都休想得逞！

听说许艺去了雷霆战队，崔莹也成了 GM 公司的头牌女主播，这些她迟早也都能做到！

她们不是都在练习“胜者为王”吗？听说沈南星最近也要组战队打这个比赛，她不会放过这个机会，她必须得参加！因为她不能就这么屈服，她的能力不应该就此埋没！

至于许艺和崔莹，她有的是办法去对付她们。

无论是用什么样的办法。

凌星星盯着漆黑一片的液晶屏幕，上面倒映出她狰狞中带着不甘心的笑意。

崔莹照常来到GM公司，在众目睽睽之下，昂首挺胸地走进了属于自己的练习室。

现在的她，看上去比当年的许艺还要自信。

“原来她就是崔莹，难道这些人都这么高傲吗？”GM公司的一些新主播悄悄地交头接耳道。

“人家有这个本事高傲，我们羡慕又能怎么样呢？”一个老实的女主播说。

“唉，公司现在最不待见的就是咱们这些没有利用价值的主播了。”一位默默无名的主播叹了口气说。她在HG公司待了好几年，也没能像许艺和崔莹那样大红大紫。说不羡慕，其实都是自欺欺人的。

越有能力的主播，越容易被排斥，在哪里都是一样的道理。

那些新主播和老主播没什么事儿，就在一旁看热闹、聊八卦。当然，聊的都是许艺和崔莹这两位大人物的八卦。

“听说，许艺和崔莹的男朋友顾枫在高中的时候有过一段呢，要我说，这崔莹的脾气还真好，受得了他们这样。”有人说。

“脾气再好，也有受不了的一天。崔莹要是受得了，怎么会偏偏选择到GM公司来抢许艺的位置？你们说是不是？”另一个人说。

“不对吧，许艺是有男朋友的，只不过遭遇了车祸而已。而且，听说顾枫和崔莹的感情也挺好的，经常陪她练习电竞技术，所以崔莹根本没必要这么做啊……再说了，我听说当初是咱们公司的袁总专门去挖她过来的！”也有人出来说公道话。

“就你清楚！”那些人白了一眼那个人，却不好反驳什么，因为她说的是事实，只是她们不想就这么被揭穿。

这个点公司里除了崔莹，也就剩下那些无处可去的新人主播了，她们被公司忽略，每天过得清闲，现场直播也不受人关注。

“你看她真会装，老板都下班回去了，她还在练习室，装给谁看啊？”那些人朝练习室瞟了一眼，讽刺道。

“人家大红大紫也不是天上掉下来的，不努力一点，怎么能走到今天呢？”也有人讽刺那个嘲讽崔莹的人。

只是这句话，话里有话，既讽刺了那个讽刺崔莹的人，也讽刺了崔莹本人。那个讽刺崔莹的人，听着倒也不好说什么了。

“没劲。”那个人自嘲地说了句，然后各自散去。

其实这些聊八卦的人，心里比谁都清楚公司的规则，也根本无法否认别人比自己强，她们只是嘴上不服气罢了。每个公司都是这样的，谁有实力老板就会捧谁，哪家公司出了有实力的主播，他们都会默默地记在心里，等到一定的时机，就会试图挖来自己的公司。

许艺在雷霆战队那边，也是毫不松懈地勤加练习。

“胜者为王的全国联赛快到了，你准备好了吗？”同在雷霆教练战队的天才少年余雕雕问她。

他一向眼高于顶，不大瞧得起其他人，许艺听着这话似乎有些挑衅的意味。

“当然准备好了，你呢？”许艺说，即使没有准备好，她也不会露怯，不然会被眼前这个少年看扁。

这是电竞圈的潜规则，所有人都能明白。

“那我去练习室了，你也好好练习吧。”余雕雕向她挥挥手，又指了指她的练习室。

两个人的练习室隔得并不远，许艺看到他进去之后，也进了自己的练习室。她很重视这次的比赛，所以最近都把心思放在这上面了。许艺总觉得自己不如另外几个小伙伴有天赋，所以总是一个人默默地在努力，唯恐自己会拖队伍的后腿。

第四十五章 天使折翼

许艺作为众望所归的得奖热门主播，呼声特别高。在雷霆战队的练习日渐得心应手，许艺感觉自己的状态正在逐渐恢复中。

虽然训练很艰苦，但在学校的功课也不能落下。

大概晚上九点左右，许艺从图书馆出来，一个人走在回女生宿舍的路上。不知道为什么，她感觉今天特别冷，心里还有些莫名的慌乱，仿佛身后有人在跟着自己一样。

不远之处，确实有两个面带凶相的男人在跟着她。

“是她吗？”其中一个人问。

“好像是。”另一个人问。

“什么叫好像是？你能不能给我个确定的答案？”那个人说。

“是是是，就是她了。”另一个人又说。

许艺隐约听见了他们的话，整个人的神经顿时紧绷了起来，她急忙从包里拿出手机，刚点开联系人，就被人拖进了校园树林里的一个角落。

许艺不断地挣扎，可是抓住她的人力气很大，她根本挣脱不开。她不知道这两个男人要对她做什么，眼看着他们拿出木锤，她的心里害怕极了。

“你们想干什么？如果要钱，我都可以给你们，只要你们放过我！”

许艺大声喊叫，希望外面有人能听到。

那两人把她拖到一旁，其中一个人从口袋里掏出一只怀表。

“看着这块怀表，你会觉得很困……”那人不怀好意地笑着，然后慢慢地晃动着手里的怀表，以诡异的语气轻声说，“记住，你的手已经废了，你的手被人用锤子锤伤过，很疼很疼，不能再碰鼠标，也不能再碰键盘……”

随着他的声音，许艺感觉头脑愈来愈混沌，意识也逐渐模糊。

另一个男人拿着锤子，带着一丝狞笑走了过来，然后，他毫不留情地举起锤子，用力地对着许艺那双洁白纤细的玉手锤了下去。

一声凄厉的尖叫划破夜空，整个世界仿佛只剩下了她痛苦的哭泣声。

顾枫接到许艺的电话时，是在午夜两点。

她反反复复地拨打自己的号码，但接通之后却不说话，不管顾枫怎么问，那边都是一片静默。

反复拨打，静音，再挂断，然后又拨打……

如此循环往复，不像是恶作剧，许艺也不是那种喜欢玩的女生。

顾枫突然意识到，她可能出事了。

他赶紧出门，顺着教学楼、图书馆到女生宿舍的路线一直找过去，经过一片小树林时，他心中一动，循着感觉往里走，还打开了手机的照明灯四处查看，结果真的发现地上有一个遗落的手机。

那是一个粉红色的手机，上面还挂着一个小玩偶，长发长裙，和许艺的形象很相似。

顾枫弯腰拾起那个手机，按亮屏幕后看到上面还显示着自己的名字，再往旁边看，顿时被吓了一跳。地上还有一个木锤，上面沾着许多血迹，紧接着映入眼帘的就是双手鲜血淋漓的许艺。

“许艺？你还好吗？”顾枫一个箭步走过去，急忙扶起她问道。

“我好痛……我的手，还在吗？”许艺虚弱地说。

“没事，你别怕，我现在就送你去医院。”顾枫连忙安慰道。

许艺的手血肉模糊，他不敢轻易触碰，而且她的意识似乎还有些模糊，正在喃喃自语却听不清她说的是什么。

“你坚持一下，我们立刻去医院。”顾枫情急之下，抱起许艺就往小树林外面冲。

虽然她没有生命危险，可是她伤到的是手，对于一个电竞选手来说，她的手就和生命一样重要。

顾枫抱着许艺赶到校医院时，她的意识却似乎清醒了很多，至少眼神已经不再迷蒙。

“她的手怎么受伤的？”医生也不管顾枫有多急，依旧不紧不慢地问。

“应该是被锤子击伤的。”顾枫脱口而出。

“先检查一下，拍个片子。”医生镇定地说，“皮外伤肯定是有，不排除骨折的可能性，要等检查结果出来再做结论。”

“我们马上去。”这个时候，顾枫只能听医生的安排。

“等下，先做个测试。”医生喊住他们，招手叫他们过去，指了指自己桌面上的键盘，对许艺说，“看看你的手指关节怎样了，小姑娘，你试试能不能按下去？”

顾枫原本以为许艺会遵循医生的建议去做，可是她的手还没接触到键盘，人就变得有点儿不对劲了。

“不！”许艺坚决地摇头，仿佛那个键盘是洪水猛兽一般，立刻缩回了手。

“你怎么了？”医生诧异地问。

“好疼，我不想碰了。”许艺倔强而冰冷地说。

“哪里疼？是骨头疼还是手疼？”医生问。

“我不知道，我只觉得……好疼。”许艺说。

“你都没有试过，怎么知道疼不疼？要配合治疗，你再试一次。”医生把键盘放在许艺面前，叫她再碰一次。

“疼！”许艺鼓起勇气去摸那个键盘，但依然和上次一样，还没有碰到键盘的边缘，她的眼里已经溢出了抗拒的泪水。

顾枫在一旁看到她疼得额头都冒了冷汗，心里十分诧异。

“疼也要按，快点。”医生继续稳如泰山地催促。

许艺必须配合医生。

她闭了闭眼，又一次鼓起勇气把手往键盘上放，但是她再一次清晰无比地感觉到了十指连心的痛，痛得她几乎在瞬间就把手缩回来了。

“还是好疼……我不想试了！我不想试了！我再也不想碰这种东西了！”许艺的情绪有些崩溃，她的眼泪虽然没有掉出来，但是睫毛已经被泪水打湿。

“不试了，不试了。”看到许艺疼成这样，顾枫忍不住心软了，转向医生说，“我们先去做检查。”

“既然这样，那就先去拍 X 光片吧。”医生说。

拍 X 光片的时候，顾枫一直陪在许艺身边，生怕她一不小心磕着碰着，会让双手受伤更重。

重新回到门诊室的时候，顾枫特地让许艺在外面等候，自己单独拿着报告单进去了。

“这……”医生看着 X 光片，眉头皱得像个川字，久久说不出话来。

顾枫看到医生这般表情，顿时紧张起来，“她的手伤得很严重吗？”

“不不不，这倒不是，她的伤其实不算很严重，也没有骨折。但奇怪的是，为什么她按键盘的时候会疼成那样，甚至无法按下去？这不像是我们外科的问题啊……”医生感觉有些不可思议，百思不得其解地说道。

“再好好检查一下吧？检查仔细一点。”顾枫有些无语，这个医生是不是太不敬业了？许艺伤得那么重，连键盘都没法碰，他居然说没事？

“不需要，我保证她的手没什么大碍，给她好好包扎一下，再吃点药，过几天就能痊愈了。都是些皮外伤，不会留下后遗症的，你们可以放心。”医生摇了摇头说。

“那她为什么连键盘都没法触碰？”顾枫忍不住质问。

“这个，恐怕已经超出了我们外科的门诊范畴。”医生欲言又止，期期艾艾地说，“如果你们有时间，等她的手恢复得差不多了，可以带她去看看心理医生。”

“心理医生？”顾枫愣了一下才反应过来，他的意思是说，许艺的问题或许是由于心理障碍导致的？

“我知道了，谢谢医生。”顾枫毕竟是聪明人，也没说破。

医生给他们开了一大堆不知名的药，许艺的手也被包扎得奇形怪状，十个指头全都缠上了白色的绷带，看上去有些滑稽。

医生离开之后，许艺的表情还是很凝重，或者说，是呆滞。

“我的手，还能拿得起键盘吗？”许艺神色恍惚地问道。

“能！医生说了，你的手没事，现在最重要的是赶快养伤，养好了就没事了。”顾枫坚定地说。

“但愿如此，希望我的手不要从此废了……”许艺受到的刺激显然不小，她的脸上带着苦涩的味道，说出来的话也都是负能量。

这天晚上，女生宿舍也不平静。

李慕楠从下午出去之后，一直都没有回宿舍。崔莹给她打电话也打不接，等到快睡着的时候，她才终于回了电话。

“喂？慕楠，你在哪儿啊？准备夜不归宿吗？”崔莹揉了揉惺忪的睡眼，看了一眼桌上的小闹钟，现在已经半夜三点了。

“莹莹，我们家出事了……”李慕楠在电话里号啕大哭，哭得声嘶力竭。

“啊？”崔莹瞬间蒙了，随即赶紧说道，“你慢慢说，不要哭，也不要急。”

“我妈被人打伤了，打人的那些人说，如果一周内还不了钱，我爸就会被他们弄死……我妈现在躺在医院里，我爸不知去向，我该怎么办啊莹莹……”李慕楠呜咽着说。

“什么钱？多少钱？要钱干什么？”崔莹听到她没头没脑的哭诉，着急地追问道。

“我爸做生意亏了，借了一笔高利贷，现在到期了，连本带息大概三百万，但是我们还不起……那些人还说，我爸在他们手里，必须立刻带着钱去赎人，否则、否则我就别想再见到爸爸了！”

崔莹听李慕楠哭了好半天，才算弄清了事情的原委。

原来是李慕楠的爸爸借了高利贷到期没有能力偿还，被人威胁了。三百万，这对她来说无疑是一笔巨款。

李慕楠一个女大学生，平时虽然勤工俭学，但是身上的存款连三万都没有，更遑论三百万了。她不知道该到哪里去弄这笔钱，也没办法狠下心来不去管爸爸，而她的妈妈此刻进了医院，又是一笔不小的开销，对于他们的家庭来说，更是雪上加霜。

“莹莹，我该怎么办啊？”李慕楠握着手机，眼泪都快流干了，如果没有钱，爸爸就会被他们打死。

闺蜜家里突然发生这样的变故，是崔莹始料未及的。

“别慌，我们一起想办法。你现在先好好照顾你妈妈，我和顾枫商量一下，明天我们给你答复，看看该怎么办。”崔莹安慰她说，虽然她现在也不知道该到哪里去弄这笔钱。

次日上午，崔莹左思右想，终于拨通了一个人的电话。

“爸爸。”她很不情愿地叫了一声。

崔国强接到女儿的电话，是非常意外且惊喜的，此前他给崔莹打了很多次电话，问她什么时候回家，但她总是态度冷淡，甚至有时候根本不接电话。

“莹莹，你最近还好吗？乖女儿？”崔国强的声音听起来挺激动的。

“爸，我今天想见你。”崔莹深吸了一口气，“能不能来我们学校一趟？我请你吃饭，我们已经很久没有聊过天了。”

“好好好，我马上结束会议让司机开车送我过去，你等着我！”崔国强一迭连声地答应着。

下午课结束之后，崔莹果然在教学楼外见到了父亲。

崔国强风度翩翩，看上去依旧是意气风发的样子，只是崔莹发现，他的头发竟然白了许多，已经完全没有当年的精神和锐气了。

难道和妈妈分居以后，他过得并不是那么好？

崔莹停下脚步，远远地看着爸爸。

看来，当初抛弃妈妈的爸爸，现在也终于尝到报应了。

“莹莹。”崔国强走过来，提着一大包零食，“好久没见到你了，我女儿好像又长高了。”

“爸爸……”崔莹叫了一句，欲言又止，有些不知道该说什么。

崔国强听到这个熟悉的叫声，顿时热泪盈眶，不由自主地喊道：“莹莹啊！”

“爸爸。”崔莹走上前去，擦了擦他脸上的汗珠，“天气越来越热了，您还穿这么厚的羽绒服。”

“还是莹莹最疼爸爸……”崔国强终于还是没忍住，哽咽了一下之后，再也说不出一句话来。

崔莹见状也有些恍惚。她想，爸爸大概也是后悔的吧……

“女儿啊，爸爸觉得自己好像做错了……我对不起你，也对不起你妈妈。”许久，他才带着最真实的忏悔之情，吐出这么一句话。

短短的几个月时间，这个男人好像苍老了几十岁。他以前很少白发，就算有，也会立刻去理发店染回来，可是现在他几乎满头白发，人也衰老了不少。

“是吗？您真的这么认为？”崔莹看到这样的爸爸，忍不住心软了。

她并没有忘记，当初他是如何为了那个叫“心心”的女人伤害妈妈、伤害自己的，但是此刻他品尝到了同样的滋味，他已经后悔了。

“莹莹，你能原谅爸爸吗？这几个月以来，你们对我不理不睬，我觉得很痛苦，感觉自己以前做的很多事实在都不应该……”崔国强叹了口气，语气中透露着满满的无奈，“我每天晚上都在想，我的亲生女儿是不是特别讨厌我，特别恨我……”

早知今日，何必当初？他现在很后悔。

“爸爸，我没有恨过你。至于妈妈，她一个人过得很不容易……你就没想过去看看她吗？”崔莹敛下眼睑，沉默了半晌说道。

“她又怎么会想见到我呢？”崔国强想到妻子，声音越来越没底气。

“我有办法让你们和好，如果你真心悔改的话，妈妈会原谅你的。”崔莹说。

她知道，妈妈很爱爸爸，如果她看到这样萎靡不振的爸爸，以她的性格一定会选择原谅他。

“真的？”崔国强听到这话激动不已，连手都在颤抖，紧张地盯着女儿追问。

“是的。不过，我想请您也帮我一个忙。”崔莹看到爸爸的表情，知道有些话不用说出口，也能心照不宣。

“你说！”崔国强连忙点头，“只要爸爸办得到的，你随便开口就是。”

“我想要您借我同学三百万，他们家遇到大难了。我这个同学很有才华，自己也在做电竞兼职，您可以让她打借条，她一定会还的。”崔莹觉得时机差不多了，于是直截了当地说。

“原来是借钱。”崔国强听到这个条件松了口气，露出了如释重负的笑容，“我还以为是什么呢……什么时候要？你给我账号，我让财务立刻去办。”

“谢谢爸爸！”崔莹看到他如此爽快，想到李慕楠的问题即将解决，压在心里的那块大石也终于放下了。

李慕楠请了一天假，在医院照顾妈妈。

妈妈的状态开始慢慢变好，气色也好了很多，看着她现在的状况，李慕楠总算松了一口气。

现在唯一让她放不下心的，就是父亲了，他还在危险的地方孤立无援。

崔莹一直没有给她任何回音，所以现在李慕楠忐忑不安。

“李慕楠，时间到了，钱呢？你到底还想不想让你爸爸活着了，他现在的状态可不怎么好哪！”催款电话又来了。

“昨天不是同你们说好了，给我一周的时间筹款吗？怎么又突然变卦？”李慕楠在电话里怒斥。

“反正我只要看到钱，没有钱，你爸爸就没好日子过！一天和一周有什么区别？如果你今天没弄到钱，我相信你以后也弄不到钱，劝你赶快想办法！”

“我妈妈还躺在医院里，你们再多宽限几天行不行？说好了一周的，我一定会弄到。”李慕楠哭着求那个男人。

“那好，还有六天，你赶紧筹钱，否则就等着替你爸爸收尸吧！但是，今天你得先打三十万过来。”男人冷酷无情地说道。

“我求求你了……”李慕楠实在没有办法，只能不断地哭泣。

男人不理会她，“啪”的一声撂下了电话。

六天，她去哪里筹这么多钱？这不是摆明了要爸爸的命吗？崔莹和顾枫就算愿意帮助自己，也不过是两个学生，他们哪有三百万呢？

李慕楠觉得自己快要绝望了，她强迫自己冷静下来，认真地思索了一下，最后尝试着给一家电竞公司的老板打了电话。

她之前一直在那家公司做兼职，老板平时对她还不错，这是她最后的希望。

“老板，你能不能借我点钱，我有急用，您可以从我的工资里面扣。”李慕楠带着哭腔说。

“借多少？”老板问。

“三十万。”李慕楠毫不迟疑地说道，她知道三十万不算少，可是她没有办法，只能张这个口。

“李慕楠，三十万我肯定是有的，只是我不太放心就这么借给你，万一你跑了怎么办？”老板也不转弯抹角，直接说道。

“我可以写欠条给您的。”李慕楠说。

“欠条什么的，我可不稀罕。”老板在电话那头嗤笑了一声，语气隐含不屑。

“你相信我，我一定会还的。”李慕楠着急地说。

“不是我信不信你的问题。”老板又说。

“那你要怎么样才肯借给我？”李慕楠有些绝望了。

“这钱对我来说其实不算多，你要是实在没钱，我甚至可以不用你还，但是你要答应我一件事。”老板有些暧昧地说。

李慕楠听出了他语气的不对劲。

“什么事？”李慕楠小心翼翼地问。

“陪我喝一场酒。”老板说。

“就这么简单？”李慕楠觉得有些不可思议。

“对，就这么简单，那得看你愿不愿意了。”老板慢悠悠地说。

“好，我答应你。”李慕楠毫不犹豫地同意了。

她一点儿也不傻，也知道老板话里潜藏的意思，可是她现在没有时间犹豫了，她只有答应老板的要求，才能顺利借到钱。

“您可以先把钱打到我的银行卡里吗？”她问。

“没问题，晚上七点酒店见。”老板爽快地说。

没过多久，李慕楠手机上就收到短信，三十万已经到账了。她立刻给那个催债的男人打电话，告诉他自己会先将今天这三十万汇过去。

她正要汇款的时候，崔莹的电话来了。

“慕楠？我爸答应借你三百万，你快把银行账号发过来，他马上就去汇款。”

“真的？莹莹，太感谢你了，我一定做牛做马报答你！谢谢你，谢谢叔叔……”李慕楠激动得都快说不出话来了。

“别傻了，先过了这关再说，赶紧处理这件事吧。”崔莹催着她赶紧给账号。

“马上！”

李慕楠欣喜若狂，她和高利贷公司协商完毕之后，马上又给兼职公司的老板打了电话。

“老板，我把钱还给你，晚上我就不来了。”李慕楠说。

“啥？我不需要你的钱，只要你陪我喝酒。咱们不是说好了吗！你怎么说变就变呢？”老板开始耍赖。

“我不借了行吗？”李慕楠问。

“你觉得可能吗？”老板反问道。

她哪里知道，他垂涎她的清纯姿色已经很久了，好不容易逮到机会，又怎么会轻易放弃呢。

“可是，我已经把钱还到你账户了啊。”李慕楠很是为难，她知道老板的意思，不管这钱她借不借，今天晚上都必须去陪他喝酒。

“那又怎样？做人要讲信用！你妈还躺在医院呢，如果你不来，可别怪我像那些人一样对你们啊。你要不要试试？”老板威胁她。

“不，不要，我来！”李慕楠惊慌地说，她毕竟还是个软性子的姑娘，最终还是因为害怕而决定赴约。

晚上七点，李慕楠准时去酒店赴约。

她还是一贯的作风，穿得很保守，连口红都没有涂。比起化妆的她，素颜的她反而更显得清纯。

老板正是看上了她这一点。

“来了啊？”老板见到李慕楠，打了声招呼。

“你想干什么？”李慕楠坐得远远地问。

“不想干什么，只是想让你陪我喝酒而已。”老板说得冠冕堂皇。

李慕楠没有再说话，安静地坐在位子上。

老板叫服务员拿了很多红酒过来，他取出一瓶，倒进了高脚杯里。

“喝了它。”老板命令道。

“什么酒？”李慕楠打量了一眼杯子里的红酒，警惕地问。

“普通红酒而已，不敢吗？”老板说。

老板其实年纪并不大，而且长相还挺英俊的，但是现在的他却让李慕楠十分反感，她只觉得这个人猥琐恶心。

李慕楠看看他，又看看杯子里的红酒，最后咬牙接过来一饮而尽。喝完之后，她明显感到脑袋开始发晕。

“不错。”老板赞了她一句。

李慕楠沉默不语，这个时候的赞美，对她来说可不是一件好事。

老板又倒了一杯，叫她喝下去。

李慕楠知道自己的酒量很差，再喝肯定会醉，可是她脱不了身，只能硬着头皮继续喝。

一杯饮尽，一杯又来。

李慕楠一连喝了三杯，脸上渐渐泛起了绯红，整个人已经明显有了醉意。而这时老板脸上也露出不怀好意的笑容，他果然是有目的的。

接着是第四杯，李慕楠已经感觉头脑发昏，几乎醉得不成样子了。

“我先去下洗手间。”李慕楠把持着最后一丝清醒，借口去洗手想暂时摆脱老板。

“快点回来。”老板说。

李慕楠没有回答，拼命往洗手间里跑。她此时只剩最后一点儿意识了，再喝下去只怕要不省人事……

她该怎么办？绝对不能让老板得逞……

稀里糊涂之间，她给崔莹打了电话。

“莹莹，我……现在在酒店……”

“什么情况？慕楠，你喝酒了吗？要我过去接你吗？”崔莹感觉李慕楠十分不对劲，她说话的时候舌头都大了。

“莹莹，我干了件很二的事情……你说我现在该怎么办？我好怕……”李慕楠顾不得许多了，含含糊糊地把事情经过简短说了。

“你已经去那个酒店了？你傻呀？别等我接你了，马上按照我说的去做，现在你立刻从洗手间出门，能跑多远跑多远！”崔莹的声音很大，唯恐李慕楠脑子不清醒，真的上当了。

幸好李慕楠没有真的醉糊涂，听到崔莹的话，她撑着最后一丝清醒赶紧往外跑，出了酒店之后，又按照崔莹所说的，直接打了一辆计程车回学校。

李慕楠一进宿舍，就被崔莹劈头盖脸地吼了一顿。

“你是不是傻？想成为别人眼中那种不正经的女孩？”

崔莹又气又急，简直要暴跳起来了。

她怎么也没想到，平时那么认真学习、认真工作的李慕楠会这么傻，居然为了借钱跟有钱男人去喝酒，她怎么就不想想后果呢？！

“莹莹，你听我解释……当时我、我真的是走投无路了，才会找他借钱的……”李慕楠抱着头哭了起来，如果不是迫不得已，她又怎么会答应别人这种事情。

“所以你就可以随便出卖自己？为了三十万？再说了，你已经还钱了，还去酒店干吗？你脑子进水了吗？”崔莹诘问道。

“我……害怕……”李慕楠抽泣着说。

“那你一个人去酒店就不怕了？不怕你给我打电话干什么？”崔莹气急了，一边无奈地叱她，一边给她弄水果茶醒酒。

“因为你是我的好朋友啊。”李慕楠又哭又笑道。

崔莹无奈极了，把水果茶递过去让她喝掉，说：“好了，这件事就到此为止，把它忘了再好好休息一下，明天去处理你爸爸妈妈的事情。”

崔莹看着渐渐睡着的李慕楠，感觉真是好险。

李慕楠还是那样单纯可爱，但是单纯和愚蠢，往往只有一线之隔，她差一点儿就毁了自己的人生。

第四十六章　幕后真凶

许艺受伤住院的消息，很快在川穹大学的校园里传播开来。

崔莹知道这件事是在三天之后，她匆忙赶到校医院的时候，发现还有一个男孩竟然也在看望许艺。

这个男孩崔莹并不陌生，她曾经与他有过一面之缘，正是那个天才优等生余雕雕。

许艺惨遭横祸，雷霆战队没法继续联合训练，雷霆早已心急如焚。余雕雕作为许艺的同门师兄以及亲密队友，因为同在川穹大学的关系，所以义不容辞地担起了照顾她的责任。

这些天来，余雕雕几乎每天都守在许艺旁边，盯着她吃饭睡觉以及换药。他和雷霆战队的所有伙伴一样，都期盼她能在胜者为王的联赛前恢复正常。

余雕雕见到崔莹，礼貌地点了个头。

“许艺，你怎么样？”崔莹看到她缠满白色绷带的双手，心里顿时涌起一阵不妙的预感，受了这么重的伤，许艺的手还能像以前一样灵活吗？

“就是你看见的这样了。”许艺静静地躺在病床上，脸上几乎没有血色。

“雷霆战队马上就要参加联赛了，你要快点好起来啊。到时候我会发动所有粉丝后援团，以及顾枫一起给你加油鼓劲。”崔莹看着许艺憔悴的脸，轻声地鼓励她。

余雕雕也附和说：“对啊，你可是咱们战队所有人都关注的特别保护对象，一定要早日恢复过来，才对得起我这些日子以来的照顾啊。”

许艺没有说话，只是看着崔莹勉强地笑了一下。

“打扰一下，病人需要做复检了。”这时，护士小姐走过来和蔼可亲地提醒道。

崔莹和余雕雕送许艺去了复检室，然后两人一起坐在外面等着，这一等得要好几个小时，两人本来就认识，于是索性趁机聊了起来。

“她好好的，怎么会突然出这种事？”余雕雕问崔莹。

“不知道啊，我也是刚得到的消息。”崔莹也很不解，但她隐约觉得，一直以来都有一双狠毒的眼睛在盯着她们。

“这种手段未免太过卑鄙了，为了利益去伤害一个电竞职业选手的手，简直是丧心病狂。”余雕雕语气不屑地说道，犀利的眼神仿佛已经洞悉了一切。

“所以你也认为，可能是同行或者嫉妒许艺的人做的？”崔莹看到许艺受伤的部位之后，就产生了这个怀疑。

许艺一直都是知名女主播，加上性格清高孤傲，得罪的人估计不会少，眼红她的人更不会少。

“这个圈子总有一些害群之马，好好的娱乐活动却弄得战火纷飞。我不喜欢这种无聊的黑暗斗争，太LOW！”余雕雕说。

“我也这么觉得。”崔莹越来越觉得电竞圈确实残酷可怕，到底是哪些幕后黑手在策划这些狠毒的阴谋呢？

“其实我担心的是另外一件事……”余雕雕看着崔莹，压低了声音说，“许艺的手只是皮外伤，但是她现在却完全不能碰键盘，只能看着别人玩……这恐怕不是简单的皮肉之苦的问题。”

被弄得精神崩溃半死不活，他很怕崔莹再出点什么事情。

“不管怎么样，我一定要让她们受到应有的惩罚！”崔莹下定决心说道。

面对接踵而来的阴谋，她不可能心无芥蒂，尤其是在许艺受伤之后，她一直以来的忍耐仿佛都成了笑话。以前的种种她们选择了谅解，然而却被对方认为是软弱可欺，于是行事越来越肆无忌惮。

“莹莹，你别这样，事情是急不来的，别让我担心你。许艺这件事已经属于恶意伤人，再加上萧莘的死，已经足够将他们绳之以法了。”顾枫叹了口气说道。

提起萧莘，崔莹心里又是一阵痛惜，“他的事情，萧若姐那边有进展了吗？”

“我们一直在调查，真相迟早会出来的。”顾枫说。

“你说，我是不是不该参加比赛，不该走上电竞这条路？”崔莹沉默了一会儿突然问他，也像是在问自己，“因为电竞，当初我才会失去许艺这个好朋友；因为电竞，爸爸妈妈才会对我时时刻刻耳提面命，才会发生这么多乱七八糟的事……我是不是真的错了？”

“事情本身没有错，错的是人，而这个人不是你。电竞是你的兴趣爱好，怎么能轻易放弃？”顾枫说。

“喜欢又怎么样？我累了，太累了……”崔莹有种想哭的感觉。

“别这样，莹莹。我会尽我所能去调查，真相一定会水落石出的，相信我！”顾枫的声音不大，但是语气非常坚定。

其实，从去年崔莹与许艺的代打纠纷事件之后，他就一直在暗中调查，策划这一切的人究竟是谁，是她们身边的熟人，还是另有其人？

这个学期开学以来发生的所有事情，从崔莹家的匿名信和死老鼠、许艺的肖像被泼狗血、萧莘的离奇车祸身亡，到许艺双手遭受重创……这些事情，真的毫无关联吗？

当然不是。

所有事件的疑点，都指向了同一个人——那个口蜜腹剑的凌星星。

许艺离开 HG 公司以后，凌星星的地位明显上升了不少。

许艺受伤的事情，HG 公司上上下下都在议论，但是凌星星实在太忙了，根本无暇顾及，看样子她似乎是最后一个知道这件事的人。

“你们说什么呢？许艺又出事儿了？”凌星星走到咖啡间，好整以暇地理了理头发，然后给自己冲了一杯咖啡。

“哎呀，星星姐。”新来的小主播赶紧凑过来，她对凌星星还是很崇拜和巴结的，“你还不知道呀？就是那个……”

小主播巴拉巴拉地说完一通，凌星星喝了一口咖啡，嫣然一笑道：“怎么说呢？这事儿要我说，明显是仇家报复嘛！许艺的遭遇太不幸了，看来胜者为王的联赛她是没办法再参加咯，真是白白辜负了雷霆教练那么卖力的训练！”

“我说这许艺也是活该，谁叫她平时这么目中无人，得到报应了吧！这种人，就是要同类人才治得住。”小主播讨好卖乖地说，“对了星星姐，你好像知道什么内幕呢？许艺她有仇家吗？”

凌星星满脸无辜地说：“要说仇家，不知道崔莹算不算呢？现在谁都知道，崔莹比许艺厉害，她算是把两家公司主播的风头都抢了。今天对这个公司一套，明天对那个公司又是一套，真的够可以啊。你说这 GM 公司的老板怎么受得了她呢？还有咱们公司，当初怎么会看上这种人？”

“恶心的绿茶。”小主播做呕吐状。

“人家能让那么多家公司都看上她，就有这个资本横着走，如果你和她一样有本事，你也可以啊。”凌星星吃吃地笑。

“我才不会学那种人呢。”

“嗯，我也不想学，我们就等着看戏好了。”凌星星笑得很大声。

许艺出院那天，崔莹去接她，两人漫步在校园的林荫小道上。

许艺请了很久的假，网上没有她的直播，粉丝们都特别想她。可是她们不知道，许艺的手根本碰不了键盘，一碰就钻心般地疼。

“崔莹，我们在这里坐一会儿吧。”路过一个花坛的时候，许艺叫住了崔莹，“看这些玫瑰花，开得多美。”

春天来了，蝴蝶飞舞，百花盛开，花圃里五颜六色的玫瑰正在盛放。

“嗯，好啊。”崔莹不忍心拂了许艺的兴致，在她身边坐了下来。

“莹莹，其实一直以来，我都欠你一个道歉。我很后悔当初误解了你，对不起。”许艺惭愧地说。

崔莹摇了摇头，觉得她的道歉是多余的，因为她从来都没有怪过许艺，一丝一毫都没有，哪怕当初被她盛怒之下扇了耳光。

“勿以小怨，忘人大恩。你对我的好，我永远都记得。所以，以后不要再说这种话了。”崔莹伸手握住了许艺的手，抚摸着她手指上凸起的创可贴。

“莹莹，我知道，我的手……也许再也碰不了键盘了。”许艺带着淡淡的笑意，但是眉宇间却洋溢着无奈与哀愁。

“别乱说，你好好休息几天就会康复了！”崔莹很怕看到她这种沮丧的眼神，于是扭过头去看玫瑰。

“不用安慰我了，我都知道。”许艺苦笑一声，又诚恳地看着崔莹说，“起初我并不知道，这一切都是凌星星干的，直到最近才渐渐察觉出来。以前，我对你的态度虽然不好，但是我从来没想过要害你。就算当初误会是你在诬陷我时，我也没有想过要报复你……现在想想，还好那个时候我没有冲动，而是保持了理智，没有选择去报复你。”

“你也认为这一切都是凌星星干的，她在算计我们？”崔莹问。

“对，我们被她算计了，她的目的就是要离间我们。”许艺说着，眼睛涌出一点儿泪光，“崔莹，以前都是我心态不好，我不应该怀疑你的，都是我的错……我怕教会徒弟饿死师傅，怕你越来优秀，怕你会超越我，所以才选择和你绝交……然而如今我却发现，事实本来就是这样，现在的我根本没法和你比。因为害怕我疏远你，然而却让凌星星小人得志了。”

“过去的事情就不要再提了，我从来都没放在心上。”崔莹第一次听到许艺这么诚恳地说肺腑之言，心里也有些触动，“但是凌星星为什么要这么害我们？从匿名信开始，她一直在算计我，而我还傻傻地以为她不至于这么坏。”

“或许天性使然吧，有些人生来就心理阴暗。你要好好打起精神来，想想该怎么还击回去，我们不能这么一直被她欺负下去。”许艺说。

“嗯。”崔莹点点头。

“另外，我想让你代替我去参加雷霆战队的比赛，你愿意吗？”许艺目光真诚地看着她。

“我？你觉得我可以吗？”

实话说，崔莹几乎都想放弃电竞了。

“是的，只要你愿意，就可以代替我为雷霆战队出战。我相信你的能力不比我差，一定会赢得这场比赛的！”许艺眼里带着期盼的光芒，“你不知道，雷霆教练为了这个赛事付出了多少汗水，还有我的队友们，我不希望因为自己而让大家失去胜利的机会。而我认识的所有人里，你是最适合顶替我的人。”

“你真的对我有信心吗？”崔莹仍然有些不自信。

“当然，别忘了，你可是我的徒弟啊！”许艺忽然笑了，像往常一样明媚动人。

崔莹忍不住抬起头来，看着许艺温暖的笑容，她心里忽然又有了奋斗的勇气。

也许这就是宿命吧，在她最绝望的时候，许艺又重新给了她希望，让她有勇气去面对生活、面对电竞、面对全新的自己。

第四十七章　萧氏兄妹

晚上九点半左右，位于繁华地带的萧氏集团里依旧灯火通明。

年轻的女总裁萧若此刻正在办公室里，蹙着眉头一边看手里的资料，一边与面前的两个人交谈。

这两个人是一男一女，男的看起来十分沉稳，女的打扮得很潮，像是那种没心没肺的女人，但是她一开口，立刻就暴露了他们俩的真实职业身份——商业侦探。

“萧逸最近的举动十分反常，频繁出入香港，并且不断地投资各种新型公司。”女子如数家珍地将最近打探到的情况一一汇报给萧若，“我没有确凿的证据证明他在转移个人资产，但是不排除他有这种打算，同时利用投资的方式将公司的现金流洗出去。”

“你们立刻把萧逸最近投资的所有公司都给我调查清楚。”萧若抬了一下头，对那个男人说。

“是。”那个男人回答。

“他投资的公司有很多，很多都是巨额投资，这些公司看起来都很奇怪，完全不符合投资逻辑。”女子补充说。

“巨额投资又怎么样，我照样搞垮他。”萧若冷哼了一声说。

萧逸在密谋什么，她只需要稍微动动脑子就明白，无非是要萧父一方面看到他的能力，一方面不得不来填补他留下的大窟窿。

但是，萧若是不会心疼这些钱的。

只要这一仗赢了，萧氏家族就不会再有与她竞争的人，萧逸留下的漏洞，她都会一一补起来。

当然，并不是现在。

她有这个能力，而且说到就会做到。

半个月以后，萧逸投资的很多公司都出现了或大或小的问题。

更离奇的是，有些公司的业务看起来风生水起，却在一夜之间突然宣告破产，让人匪夷所思。如此一来，萧氏集团投资部门的人都有点像惊弓之鸟，纷纷在私底下揣测，究竟是谁可以在短短半个月内把那么多公司搞垮？

这不得不让他们居安思危，背地里开始议论纷纷。

当然，他们最后也并没有议论出什么结果，该投资的还是继续投资，这种事他们早就司空见惯了。

在这一行混，难免会遇到公司破产这种事，最近世界经济大环境太差，出现一波公司倒闭潮也不足为奇。

但是，萧父有点坐不住了，他喊回了萧逸这个长子，和他进行了一次严肃的谈话。

“听说，你最近投资一直失利？亏损的数字十分庞大，能和爸爸解释一下，这是怎么回事吗？”萧父问。

“爸爸，这些情况我也很诧异。您知道，我行事一向是很谨慎的，但是不知道为什么，这些公司说破产就破产，一点苗头都没有，我也损失惨重啊！”萧逸的样子也有些憔悴，他毫不掩饰自己的痛苦，拼命解释道。

“你啊，果然不适合经商。”萧父摇了摇头。

萧逸听到这句话，只觉得打从心底冒出一阵寒意。

他并不认同父亲的话，相反，他觉得自己完全有能力经商。

他之前的投资一直都很顺利，最近却突然接二连三地失利，当中一定有人搞鬼，他觉得很不公平，凭什么只因为一次失手，父亲就认定他不适合经商？

“爸爸，您可不可以对我公平一点儿？”萧逸忍不住说出了自己一直以来想说的话。

“我哪里不公平了？”萧父反问。

“其实我本来不想说的，但是这么多年来，您从来都没有真正信任过我！我之前花的钱，都是我母亲和您离婚时得到的财产，只有这一次我才花了您的钱，给公司造成了一些损失，您就这么说我……”萧逸只觉得寒心，“这难道都是我的错吗？”

这些年来，父亲对萧若姐弟俩的爱，远远超过对自己的。但他只敢在心里有怨言，从来不敢当面与父亲对峙。

萧逸想不通，为什么父亲永远不看好他，难道他连一个女人和一个只会混吃混喝的弟弟都不如吗？今天还说出这样让他特别寒心的话来！

“你还敢提不公平？”萧父气得手指都在发抖，“是谁给公司造成了这么大的亏损？是你，不是我！”

“我也是为了公司好，我是想赚钱的……”萧逸勉强替自己辩白了一句，但说完他就立刻意识到，在一个久经沉浮的商人眼里，这种辩白是多么苍白无力。

“你出去吧，好好想想自己的所作所为。”萧父不再继续谈话，下了逐客令。

事实上，萧逸才是 GM 公司的幕后老板。

因为萧父一直不信任萧逸，觉得他没有能力管理公司，就把 HG 公司交给了萧若和萧莘管理，萧若也没有让老爷子失望，把公司打理得井井有条。而萧逸为此感到不服，于是就用母亲离婚时得到的财产投资了一些公司，其中就有 GM 公司。

萧逸所有的行动，都落在了萧若的眼里。

唯有一件事，她还不能完全确定是否萧逸所为，如果真的是他，那么杀弟之仇不共戴天，她对他所采取的措施，就不仅仅是商业打击这么简单了。

而在今天，这件事情萧若终于确定了。

她看着面前堆积的证据，沉吟了一会儿后，给顾枫打了个电话。

“萧若姐，有什么事？”电话很快就接通了。

“到我公司来一趟，我这边有些东西要给你看。我想，这些事情对你来说应该挺重要的。另外，这段时间辛苦你了。”萧若说。

“好的，我不辛苦，只是想为萧莘求一个公道而已。”顾枫说。

“难得有你这样的朋友，到现在还记着他。”萧若欣慰地说，“你赶紧过来吧。”

大概二十分钟后，顾枫赶到了萧若的办公室。

“所以这一切都是萧逸干的？可是，他不是你们的亲哥哥吗？就算是同父异母，但毕竟是有血缘关系的啊，他怎么下得去手？”顾枫有点不敢相信自己的眼睛，“就算有再多的怨恨，也不至于在萧莘的跑车上动手脚，置他于死地吧？”

“没错的，萧莘出事的原因就如报告上所说，是有人在他的跑车上动了手脚，而幕后指使的人，就是我们同父异母的哥哥。”萧若将另一份材料放在顾枫面前，“另外，这个受萧逸指使的人，他有前科。”

“前科？”顾枫听到这两个字，心跳有一瞬间的加速。

车祸、事故、前科……萧若为什么突然叫自己过来？她到底想说什么？

“仔细看看吧。但是不要激动，你和我其实是一样的，越是如此，我们就越需要冷静，然后为自己的亲人讨回公道。”

顾枫颤着双手看完那份材料，心中百感交集。

原来，这就是真相！

当年，顾枫的亲生父亲林飞也在赛车比赛时出了事故，当场死亡，警察没有过多的调查，就直接认定是事故。而顾枫虽然一直不相信，但毕竟没有萧若这般手眼通天的本事，时至今日，他才终于通过萧莘的死，间接找到了当年的真相。

只是现在知道真相，还有意义吗？

顾枫苦笑。

父亲死了之后，母亲不知去向，他就这样变成了一个孤儿，而当年害死他父亲的人现在过得也不好，否则又怎么会再接这种伤天害理的买卖，然后被萧若抓到把柄，直接走向死亡之路。

一个杀人凶手，即使逍遥法外数年，心灵上也必然会遭受谴责，这种惩罚，比法律的惩戒来得更残酷。

“顾枫，不要难过了，这种人不会有好下场的。”萧若轻声说，她理解顾枫此刻的心情，她和他一样沉痛。

“我知道。”顾枫说，“至少，我知道父亲是怎么死的了。”

他谁都不想责怪，只能怪当年自己太小，没有能力保护好家人。现在，他长大了，有能力了，他绝对不会再允许自己在乎的人出事。

“那个人说了，他对不起萧莘，也对不起你，他会去自首接受法律的制裁。”萧若面无表情地陈述道，眼睛却露出凌厉的光芒，“不过，有些人我是不会轻易放过的！”

顾枫知道她说的是谁。

他在一旁静静地听着，没有发表任何言论。这是萧家的家事，这种事他不方便插手，只能由他们自己去处理，有冤报冤，有仇报仇。

“我一定会让萧逸付出代价的。”萧若化悲痛为力量，用坚毅的语气说道，“我要让他一败涂地！”

凌星星最近过得还算不错，在电竞圈里出足了风头，收益也是盆丰钵满大丰收，所以她特别开心。

这个世界，没有钱做不到的事情。在凌星星看来，这简直就是真理。

有钱可以办更多的事，除掉更多看不顺眼的人，只要肯动脑子，在法律允许范围之内，一定有人可以替她解决任何麻烦。

她觉得，钱唯一办不成的事，就是挽回生死，萧莘就是最好的例子。

她亲眼看见了那一场生离死别，在萧莘死去的那一天，萧若那悲痛欲绝的模样她至今历历在目，萧家再有钱又如何？照样救不活萧莘的性命。

从 SHOPPING MALL 购物出来，拎着大包小包的凌星星正准备叫车，一辆崭新的小跑车却突然停在她面前。

江晨？

凌星星看到里面的人有些诧异，她知道他家有个修理厂，但这辆车只怕未必是他的。

“星星，上来吧。这是我新买的车，不是借的。”江晨似乎看出了她的轻视，立刻主动表明车辆身份。

“是吗？看来你最近赚了不少啊。”凌星星挑了一下眉毛。

“上车吧，我送你回学校。这车虽然比不上兰博基尼，但也是不错的品牌了，我想应该配得上你。”江晨说着，侧身过去打开了车门。

“好啊。”凌星星知道附近不好打车，也就顺水推舟地坐进了副驾驶，看了江晨一眼说道，“你来干什么？不是已经分手了吗？还来找我干什么？”

凌星星对他的态度一直就是这样，从来没有变过。以前是这样，现在也依然这样。

“来帮你赚钱啊，不然你以为你最近怎么这么火，还不是因为我。”江晨轻描淡写地说。

“那又怎样？我又没让你帮我，都是你自愿的。”凌星星嗤笑一声，漫不经心地把玩着自己的手指。

“对，都是我自愿的。”江晨自嘲地笑了一下。

“为什么？”凌星星停下动作，有些意外地看着他。

“因为，我还爱着你。”江晨说。

“你爱我，那为什么还要跟我分手？”凌星星嘟起了嘴巴。

“因为我无法忍受，我爱的人心里装着别的男人。”江晨回答。

“那好吧，我也和你说实话好了。其实我和萧莘之间什么事都没有，那天晚上我只是为了报复许艺，所以才灌醉萧莘拍下那样的照片，我根本没有和他上床。”凌星星说出了实话。

萧莘一觉醒来看到的场景都是她设计好的，为的就是逼他就范做自己的男朋友。

“我相信你，而且我也不介意这些了。你或许不知道，我一直在背后关注着你，看着你做坏事，帮着你做坏事。”江晨说。

因为爱，所以选择原谅，反正萧莘已经死了，过去的事情是真是假都无所谓了。

“什么意思？”凌星星问。

“你干的那些坏事漏洞百出，哪一件不是我帮忙收拾残局的？你以为靠你自己，能斗得过许艺和崔莹那些人？”江晨说。

“哈，是吗？原来是这样，我说自己怎么隐藏得这么好！”凌星星忍不住笑了，带着一点小得意的神情，在江晨看来实在可爱。

“星星，做回我的女朋友吧，好吗？”看到她的样子，江晨的语气软和了很多，并说出了自己此行的目的。

“好啊。”凌星星点头答应了。

现在的她虽然粉丝不少，但是也没有男朋友，难得遇到江晨这样对她不离不弃的男人，她也不想再拒绝。

她变坏，他就陪着变坏，对于江晨这种男人，除了感动，凌星星不知道该说什么了。

凌星星问自己，她对他有爱吗？也许早就没有了，只剩下这少得可怜的一点感动而已。而且除了江晨，她没有更好的选择。

女人若是没有备胎，就只能一个人单打独斗。

所以，爱与不爱都不重要。她和崔莹以及许艺不一样，她不甘寂寞如初，不愿形同陌路。

“星星啊，你有没有喜欢的城市，等毕业以后，我带你离开这里，我们可以出国去啊。”江晨忽然说。

“为什么要出国？我最喜欢的还是这里。”凌星星打开跑车的敞篷，抬头看着天空。

这里的天空，是最蓝的，也是最纯净的。

凌星星从很小的时候就发现了这片天空，也是从那个时候开始，喜欢上了这个城市，她会安心地待在这个城市发展。

“那我就陪你一直待在这个城市，不管结局如何。”江晨说。

“好啊。”凌星星笑了。

一直以来，她都很羡慕崔莹和许艺，她们能轻而易举地获得优秀男生的垂青，拥有他们的爱情，而她始终是一个人，总是得不到她想要的东西。上天好像总是不偏爱她，什么都不给她。

如今，她终于拥有了一个对自己不离不弃的男人。

“江晨，问你一个问题，我这么坏，你还愿意陪着我，不怕受牵连吗？”凌星星突然转过头，认真地问他。

“只要你肯留在我身边，我不怕牵连。”江晨说，“就像从前一样，看着你犯错，我却阻止不了，只好陪你一起犯错。”

“你为什么要对我这么好？”凌星星眼眶一红，突然就哭了出来，而且哭得很伤心。

江晨紧紧地抱住她，给她最好的安慰。

“因为我喜欢你。我见过你最漂亮的时候，也见过你最善良的时候，都不如这个时候的你。”江晨目光真诚地说。

凌星星已经忘了，自己什么时候善良过，这大概是很久很久以前的事了吧？她已经记不得了。

“什么时候的事啊，你怎么还记得？”凌星星停住了哭泣，好奇地问道。

“也许你已经忘了，可是我一直记在心里。那天，我见你送一个走丢的小孩回家，最后还被人骂，真的很傻……”江晨回忆的时候，眼神里带着一丝柔软。

也许就是那个时候开始，他喜欢上了她。

在他看来，凌星星其实本质不坏，只是嫉妒心比较强，所以有些走火入魔，行事也越来越不择手段。但是他无论如何也记得，当初她也曾经那么善良过，她的本性并不是这样的。

“有这件事吗？我确实不记得了。”经他这么一提，凌星星其实已经想起来了，只是不好意思承认。

“以后不管你做什么，我都陪着你。我会努力赚钱，别的女孩们有的，你也会有，所以你不要再傻傻地去嫉妒她们了。”江晨认真地做出承诺。

凌星星没有说话。

她只知道，她一直想比别人优秀，比别人过得好，却一直未能如愿以偿。

江晨真的能给她这一切吗？

她有点儿不相信。

第四十八章 恶人受困

崔莹这个月都很忙，忙着练习“胜者为王”，因为再过一个月就到联赛开始的时间了，她必须抓紧时间练习。

顾枫想见她，只能见缝插针地找机会，约她一起出来喝个咖啡了。

“对不起，顾枫，我最近特别忙……”崔莹似乎忙得连水都喝不上了，坐下来之后一口气喝掉了大半杯柠檬水。

“我知道，许艺要你替她去参加比赛，为了不掉队太远，你正在抓紧每一点空闲的时间练习，对吧？”顾枫看着她脸上疲惫的神色，不禁有些心疼。

“是啊。”崔莹知道许艺心里很重视这场比赛，所以她不想拖了队伍的后腿。

“那你也不要太累了，要注意劳逸结合，这样训练的效率才会高。”顾枫顿了一下，突然问道，“莹莹，还记得我跟你说过的那件事吗？”

“哪件？”崔莹听得一头雾水。

“是我父亲林飞的事，他死于赛车比赛。”顾枫垂下眼帘，神情有些沉重，“当年警察并没有认真调查，给我留下了很多遗憾。我本来以为，过了这么多年不会有人记得他了，该有的证据也都消失了。”

“是不是你查到什么了？”崔莹紧张地问，“顾枫，不管你想做什么，我都支持你！”

当年就是因为这场事故，害得顾枫成为一个孤儿，这是他一辈子都不会忘记的事情，崔莹能够明白他的心情。

“查到了，只是知道真相之后，忽然有些失落。过去了这么久，就算找到了凶手又如何，其实已经毫无意义了。萧莘也一样，即使萧若姐找到了真凶，也换不回他的命了。”顾枫的眼神有些悲伤，把萧若调查到的事情告诉她。

崔莹听到萧莘的死亡真相，感觉实在不可思议。

“那么，萧若姐她打算怎么办？萧莘不能这么无缘无故地被害。”崔莹想到萧莘死时的样子，不由自主地握紧了拳头，连说话的声音都是颤抖的。

“杀人者偿命，暗地图谋者更可恨。”顾枫轻声说。

“没错。”崔莹想了想，还是决定把这件事告诉许艺。

接到崔莹的电话，听她讲述完事情的经过，许艺整个人显得很平静，但是太过平静，却显得有点反常了。

“艺艺，艺艺？”崔莹吓得赶紧不停地叫她。

“没事，我刚刚在想事情。”许艺仿佛回过神来了，淡淡地回应了一句，然而她的内心却远不如表面上那么波澜不惊。

这段时间以来，她无时无刻不在思念萧莘。她以为自己对萧莘毫无感情，但是细细想来，他对她来说却一直是个特别的存在。

萧莘是对她最好的一个人。

在她扬言要考上川穹大学的时候，比她大两岁的萧莘毅然填报了该学校；当她在电竞圈里驰骋纵横的时候，他从未错过她的任何一场直播；在代打事件爆发时，他不离不弃地守在她身边，甚至动用私人关系积极促成她和 HG 公司签约……

她因为萧莘派人偷拍自己一事而恼火，但是当她得知萧莘与凌星星在一起时，她却比那时还要愤怒上百倍……

这种种的一切，都证明了萧莘在她心里并非没有位置，而她以前却总是忽略他，把他对自己的好当作理所当然。现在，她比所有人都希望他能够醒过来，对着她嬉皮笑脸地贫嘴……

然而，这一切都已成过眼云烟了。

“你在想什么，能告诉我吗？”崔莹担心许艺想不开，毕竟，她所遭受的打击，不是普通女孩子能够承受的。

“我在想，过去的事就让它过去吧。萧莘的死既然已经找出了真相，那么自会有人替他报仇，坏人终究会得到惩罚，而我们需要做的是展望未来。别忘了，我们还有一个藏在暗处的敌人。我们该好好想想，凌星星为了利益，还会做出什么丧心病狂的事情。”许艺说。

崔莹被她提醒，点头说道：“我也不知道她下一步会做什么，但是她的目的很清楚，就是想让我们反目成仇，然后再可以坐收渔翁之利。没有我和你，她就可以在西南电竞圈里混得很轻松，所以，我们不能再上她的当了！”

给崔莹家里写匿名信，是为了让崔莹无法参加苍龙世界的决赛。

许艺在 HG 公司屡次电脑故障，是为了让她下不了台，在比赛中丢脸。

设计萧莘，是为了恶心许艺，让她对比赛失去兴趣。许艺的手被人用锤子击伤，是为了让她无法参加“胜者为王”的联赛。

李慕楠家破人亡，虽然没有直接的证据指向凌星星，但是听说有人暗中给高利贷公司打过电话，说她爸爸还不起钱准备跑路，才会酿成双方误会，追债公司最终对李爸爸大打出手。

……

而这一切受害最多的，就是崔莹和许艺两个人。

“连李慕楠都说我们太软弱了……我想，是时候反击凌星星了。这种人简直不可理喻，你说，我们该怎么办？”崔莹咬牙切齿地说。

许艺闻言却沉思起来。

马上就是胜者为王的联赛了，听说 HG 公司准备派遣凌星星在内的战队参加，那么，崔莹与凌星星将又要面临一场恶战。

她担心的是，凌星星的计谋被拆穿，一定还会再采取措施。崔莹代替自己参赛这件事情已经不是秘密，在这段时间里，自己肯定是安全的，但是对崔莹而言，却相对比较危险。

以凌星星那偏执的个性，她知道崔莹即将成为她的对手之后，一定会再次下手对付崔莹，但这次会用什么招数，谁都无法预料。

“她最擅长使用的就是离间计，我们不妨也对她用一条计策。”许艺想了想，说道。

“什么计？美男计吗？”崔莹随口开了一句玩笑。

“美男计？如果我说让顾枫去和凌星星谈恋爱，你会同意吗？”许艺忍不住笑了，“这种馊主意你也想得出来。”

“那是什么？”崔莹在拼命地动着脑筋。

“借刀杀人。”许艺淡淡地吐出这四个字，接着道，“多行不义必自毙，你等着看好戏就是了。”

连续几天，凌星星都没有去 HG 公司露面，经纪人给她打电话，她也不接。

其实经纪人平时对她们这些女主播管的并不多，因为知道她们还是学生，正常时间要上课，无暇顾及太多的工作。但是经纪人还是会经常给她们打电话，关心一下她们的生活。

以前凌星星还算听话，哪怕没接到电话也会给她回电，然而最近不管她怎么打电话，那边不是打不通，就是无人接听。

这种情况着实有些诡异，经纪人不禁觉得奇怪，难道凌星星又去酒吧喝酒了？

她想了想，觉得自己应该去酒吧找找看，毕竟凌星星还是个小姑娘，不能一直待在酒吧。喝酒伤身，而且环境还那么乱，指不定会不会被人占便宜呢。

经纪人去了凌星星常去的那间酒吧，然而酒吧里却没有她的身影。

她又去前台询问，把凌星星的外貌描述出来，希望酒吧的人会对她有印象。

“你形容的那个姑娘之前是来过，连续来了几天，每次都喝好多酒，不过这几天我们已经没看到她来了。”酒吧的侍者告诉她。

经纪人有些慌，又打了一次凌星星的电话。

“对不起，您所拨打的电话暂时无人接听。”电话里传来机械的女声，听得经纪人心里发麻。“这个凌星星到底去哪了，真是急死人了！”

经纪人没办法，只好给沈南星打了电话。

她知道沈南星不待见凌星星，两个人相处得也并不愉快，但是手下的女主播出事了，他总归不能视而不见吧？

“沈总，凌星星不见了！我到处找过了，她不在学校，常去的地方也都问过了，他们都说这几天没见到她！”经纪人的语气有些急促，听得出她还是很关心凌星星的。

“哦，不用急着找她。”沈南星倒是很淡定。

“什么？您不怕……”经纪人有点儿瞠目结舌。

“她不是请假了吗？”沈南星突然说。

“啊？”经纪人更是意外，凌星星请假了？怎么从来就没有听人提起过呢？

“我是前天接到她的电话，说她临时有急事要请假一段时间，我还以为她和你们都报备过了。所以不用担心了，等着她回来就是了。”沈南星说完就要挂电话。

“沈总，我们都没有听说她请假的事情啊，也许她只是随口一说呢？现在人不见了，总归是要找找的……”经纪人还想再说，但是沈南星已经不耐烦地挂了电话。

经纪人踌躇了半天，不知道该怎么办。

她觉得这事儿挺诡异的，但是沈南星不想多说，她也不便打听太多。

经纪人想了想，最后还是觉得不对，于是就给江晨打了个电话。

凌星星最近又开始秀恩爱了，作为她的男朋友，江晨总该知道她的去向吧！

不料，江晨竟然说，他也在找凌星星。

“这样，我们约个地方见面谈吧！”江晨主动邀她见面。

几分钟后，江晨出现在凌星星常去的那个酒吧里。酒吧离学校很近，所以没用多久他就到了。

“你好。”江晨看到经纪人，礼貌地问候。

“现在凌星星不知道跑哪去了，怎么办啊？后面的比赛怎么办？真不让人省心。”经纪人十分不悦地问，“你是她男朋友，总该知道她平时会去哪里吧？”

“不是很清楚。”江晨回答。

凌星星平时轻易不会出门，也没有什么特别喜欢的地方，一般就宅在家里化妆玩电竞，顶多就是逛逛商场。所以，经纪人问他凌星星平时会去哪里，他真的回答不上来。

对此回答，经纪人也是很无语的，这是男朋友吗？却连这个问题都回答不上来。

“她住在哪儿？”经纪人问道。

“对，我们应该先去她家看看。”江晨也突然开窍了。

“那赶快去看看啊！”经纪人站起身来，脚步急促地跟着他离开了。

但是，凌星星租住的房子里也没有她的身影。

她家很乱，客厅里都是各种乱七八糟的杂物，还有一些零食糕点、红酒瓶子什么的，看起来非常杂乱无章。

“家里没人，这下怎么办？”经纪人惊呆了，她心里隐约有种预感，凌星星一定出事了。

像她这种抛头露面的当红女主播，出事的概率会比一般的女孩要高一些。

“报警吧？”江晨也急了，甚至声音都有些颤抖。

这几天联系不上凌星星，他还以为是自己哪里惹她不高兴，她又闹脾气不理自己了，现在看来应该不是。

莫名其妙地失踪了几天，这可不是一件小事，如果不报警，万一她真的出事了，后果不堪设想。

“不能报警，凌星星是 HG 公司的女主播，万一她是去参加粉丝聚会什么的，你这么做会毁了她的名声！如果有危险，也早就出事了，现在报警非但没用，还会毁了她的前途。”经纪人想到这点，立刻阻止江晨。

“会不会是绑架？不行，我感觉她一定有危险，再不报警就来不及了！”江晨着急地说。

男人和女人的想法，有时候就是截然不同。比起名声，江晨更担心的是女朋友的安全。虽然从理论上说，凌星星不是富豪，也不是被人绑架的好对象，但他就是无法冷静下来，眼睁睁地看着她失踪而置之不理。

“如果是绑架，总要有勒索目标才对。”经纪人无奈地翻了个白眼，“但是你看，现在有绑匪联系过我们吗？”

“那现在怎么办？”江晨很为难，一时之间也不知道该如何做了。

“我也没办法，现在只能等她自己回来，或者主动打电话回来。”经纪人叹了口气，“如果有消息的话，我们就随时联络对方。没准她就是贪玩，跑什么地方玩去了也不一定。”

郊外，一间阴暗的小屋里。

凌星星被人绑在凳子上，双手和双脚都不得动弹，只能用嘴求救。但是她并不想这么做，因为这里周围的环境太过安静，根本没有人烟，呼叫非但没有用，还会浪费体力。

“别乱动。”貌似是绑匪的人捏住她的下巴，强迫她对上自己的眼神。

他的眼睛很可怕，全是血丝。

凌星星的手机上有二十多个未接来电，都是经纪人和江晨打来的。

“叔叔，你放了我吧？如果你想要钱，我可以给你，你开个价吧！”凌星星本来以为绑匪这么做无非是为了赎金，但是等了很久，那人就是一言不发，连她都等得有些不耐烦了。

“别废话。”绑匪根本不鸟她。

“臭绑匪，你到底想干什么！”凌星星生气了，忍不住骂他。

“找打吗？也不看看你现在什么处境，还敢骂我？给你脸了是不？”绑匪一听凌星星骂人，立刻甩了她一巴掌。她的脸上随即浮现出五个手指印，嘴角也溢出了鲜血。

“有本事杀了我啊？打女人算什么本事！”凌星星忍不住哭了。

“你以为我不敢吗？”绑匪眯着眼，把刀架在她的脖子上，威胁的意味不言而喻。

凌星星感受到了刀锋的冰冷，顿时倒吸了一口气。

但是她知道，绑匪并没有动手的意思，否则他早就动手了，不必等到现在。这个人看样子顶多就是吓唬吓唬她，闹出人命的事情他应该是不敢做的。

“动手啊？不敢吗？”凌星星继续说。

绑匪把刀放下，白了她一眼。

“你算什么玩意儿，杀你脏了我的刀。”绑匪哼了一声说。

“你到底想干什么啊？要关我多久？放我出去，放我出去！”凌星星看到手机又响了，而绑匪又挂掉了电话，不由激动地叫了起来。

“闭嘴！给我老实点。”绑匪吼道。

“呸！”凌星星知道他不敢动她，所以嘴上就是不服软。

“吃吧。”绑匪端出一碗饭给凌星星。

凌星星看了一眼那碗饭，很脏，而且里面似乎还有蠕动的虫子……且不说伙食多差，光从卫生上看就没法下口啊。

“这是人吃的吗？”凌星星做了一个呕吐的表情。

“爱吃不吃。”绑匪嗤笑了一声，他才没那么多闲工夫跟这个女人耗。

“饿死我，你也没有好下场。”凌星星脸色苍白，但气势依旧不弱，“我猜指使你的人一定没打算伤害我，而是想绑架我几天对吧，是谁要你这么干的？”

“这么几天，饿不死你的。”那个绑匪说。

“我已经几天没吃饭了，连水都喝不上，出了事你也要给我垫背。”凌星星发狠威胁道。

那个绑匪看到凌星星的嘴唇已经干到起皮，脸色苍白无比，就连说话也有点有气无力了。他转眼想了想，觉得她说的对，他必须确保她的安全。

“想吃什么，老子给你买去。”绑匪极不情愿地说道。

“蛋糕，矿泉水，还要吃肉……”凌星星说了一大堆。

“你他妈真厉害，被绑了还要老子来伺候你。伺候你也就罢了，还那么难伺候。这么偏僻的地方去哪里买肉？连蔬菜都没有，要跑很远的地方。”那个绑匪抱怨了好几句。

“谁叫你要绑架我？我本来在家过得那么舒服，你要把我弄到这里，就必须对我的生命安全负责……”凌星星奄奄一息地说。

她的身体已经严重缺水，再这么下去，会被活活渴死的。

那个男人出门前，舀了 点水给凌星星，让她喝下去，然后就骑着摩托出去了。

没过多久，凌星星的手机又响了。

她的手机就放在桌子上，绑匪忘了带走，凌星星可以看到上面的来电显示，又是江晨打来的电话。

凌星星想接，可是她距离桌子很远，手脚又被捆住了，根本没办法接通电话。

她挣扎了好久，才挪动到桌子旁边。这费了她很大力气，因为她好几天没有进食，所以手脚根本没有力气。

凌星星艰难地用下巴去推动桌子上的手机，让它掉落在自己脚上。成功完成这一步之后，她终于松了一口气，然后窃喜地把手机放到地上，用脚去点接听的按键，可是电话却在这时挂断了，她只能再等下一个来电。

这时，那个绑匪却突然回来了，凌星星吓得赶紧把手机踩在脚下。

“你给我老实点，要是被我发现不老实，有你好看！”绑匪凶神恶煞地恐吓她。

凌星星不敢说话，在心里暗暗祈祷着，现在可千万不要有人打电话进来，否则她就死定了……

幸运的是，那个绑匪很快又出去了。

凌星星松了一口气，发现在刚才那短短的时间里，自己的背部竟然已经被冷汗浸湿了。

她知道这次应该安全了，绑匪不会这么快回来，于是不断尝试用脚丫子点开屏幕，终于打通了江晨的电话。

无人接听。

凌星星不死心，继续锲而不舍地拨打，这可是她唯一的求救机会。

终于，电话接通了，里面传来了江晨的声音！

“喂？星星，你在哪儿呢？”江晨连声问道，声音很是着急。

“江晨，我在松江路这边的小房子里，有人绑架了我，现在绑匪出去了，这里只有我一个人，你快点来救我呀！”凌星星如抓到救命稻草一样，哭喊着说道。

“好好好，你等着，我马上过来！”江晨挂了电话，紧接着就报警了。

他可不傻，救人这种事靠他一个人未必能行，还是带上警察一起营救会安全一些。

有了警察加持，救人的步骤就简单多了。

“星星，星星？”江晨一进屋子，就看见了被绑在凳子上的女朋友。

凌星星看到救兵来了，顿时哇哇大哭起来，叫道：“江晨，救命啊，救我……”

江晨连忙上去解开她身上的绳索，然后抱住她安慰道：“好了好了，没事了！”

或许是太虚弱的缘故，又或许是因为惊吓过度，凌星星在得救之后竟然晕过去了，幸而江晨一直抱着她，才没有让她摔倒在地上。

第四十九章 正面交火

江晨将昏迷的凌星星带到医院做检查，医生诊断过后认为没有大碍，做输液治疗就行。

凌星星的身体素质还不错，只是因为没吃东西而有点营养不良，输液之后很快就恢复了体力，她睁开眼就看到坐在床边的江晨，立刻抓紧了他的胳膊。

“绑匪抓到了吗？”她一迭连声地追问。

“没有，他根本就没有回去。”江晨也很失望，本来警察都布好了局，只等绑匪回来自投罗网，然而奇怪的是，那个绑匪出去之后就再也没有回来，就这么消失得无影无踪了。

因为凌星星并没有受伤，对方也没有恶意伤人，所以这个案件就不了了之了。

“该死的混蛋！”凌星星余怒未消地骂了一句。

“好了，别生气了。恢复身体要紧，你们公司的经纪人还急得到处找你呢。”江晨好言好语地安慰着她，“依我看，你没事就是最大的幸运，这件事就让它过去吧，不要多想，也别给自己留下心里阴影。”

“江晨，你说，是谁要谋害我呢？”凌星星的眼神有些暗沉。

“其实也算不上谋害吧，毕竟绑匪没有伤害你，这看起来倒像是个恶作剧。”江晨觉得从凌星星的描述来看，那个“绑匪”并不是真正的绑匪。

“我觉得不是许艺，就是崔莹。”凌星星没理他，继续自言自语地猜测，“都说女人的第六感最准，我觉得一定是她们！”

傍晚时分，李慕楠正在寝室准备上晚自习，突然听到宿舍楼有人闯了进来。

“崔莹，你给我出来！”

凌星星一进女生宿舍楼就大声地叫嚷着崔莹，声音之大惊动了整栋女生宿舍。

“崔莹！你给我出来！我有话要问你！”凌星星怒气冲冲地站在崔莹寝室门口，对着里面大声说。

宿舍里的女生们都齐刷刷地跑出来准备看好戏，因为凌星星在川穹大学也算是人尽皆知的风云人物，大家对她都印象深刻。

“这不是凌星星吗？”

“不是说她和一个特别有钱的学长在谈恋爱，已经出去租房子了？现在她跑回来干什么呀？”

“谁知道呢！你看她凶巴巴的样子，这么急着找崔莹，准没什么好事！”

“嘻嘻……等着看吧，一会儿肯定有好戏上演……”

大家议论纷纷，都等着看好戏，李慕楠也闻声出门，正好看到气势汹汹的凌星星堵在宿舍门口。

“你找崔莹干吗？”李慕楠问。

“不关你的事！崔莹呢？！”凌星星瞪了她一眼，质问道。

“崔莹在哪，我怎么知道？”李慕楠摊了摊手，“你看呗，反正不在宿舍。再说，你为什么找她啊？”

“我前天被人绑架了，一定是她干的！”凌星星气愤地说。

“What？绑架？你胡说什么？太可笑了！”李慕楠满脸不可思议

地笑了，“你在和我讲笑话？还是你发烧了？崔莹绑架你？”

“崔莹去哪里了？”凌星星不理会她的话，又问了一遍。

“我都说了不在宿舍，你瞎吗？”李慕楠翻了个白眼，然后“啪”的一声摔上了门，直接来了个眼不见为净。

凌星星吃了个闭门羹，气得要死却又无计可施，最后只能跺了跺脚，恼怒地离开了女生宿舍。

那些叽叽喳喳的女生们又开始八卦。

“真想不到原来电竞圈这么乱，竟然还有绑架这种事情，我们是在看警匪片吗……”

“崔莹平时看上去那么老实，没想到心里这么恶毒……但是我总觉得那个凌星星也不是什么好货色……”

“这电竞圈真是越来越乱了。”

“这事儿传到校长的耳朵里，她们还能在学校待下去吗？哈哈哈哈哈哈……”

人群里永远不缺好事者，她们事不关己高高挂起，有时候非但不帮忙，还要落井下石。

找不到崔莹，凌星星竟然跑去找许艺了。

许艺最近一直在家休养，正常情况下她不会来学校上晚自习，但是今天情况特殊，晚上有她选修的艺术鉴赏大课。

许艺骑着自行车到了教学楼，刚停好车，迎头就见凌星星气势汹汹地走了过来。

“许艺，找人绑架我的人是你吧？”凌星星大声质问道。

因为她咽不下被绑架的这口气，所以决定豁出去了。她今天就是算好了许艺的大课时间，来找她对质的。

许艺面无表情地看着凌星星，一言不发。

“很意外我怎么会知道，是吗？”凌星星问。

“不是我干的。”许艺拿着书本走过去，依旧是云淡风轻的样子，

“让一让，别挡路。”

“那你紧张什么？”凌星星又问。

“我有紧张吗？”许艺挑眉问道。

“你别装了，我知道你对我有误会，我来就是要和你说清楚，害你的人是崔莹，不是我！所以，你不能把你的事情怪罪到我头上。还有萧莘的事……”凌星星咬牙切齿地说，“萧莘死了，这和我没有关系，而且你才是他的女朋友，他的姐姐萧若却一直在怪我，这算什么？就算要人负责任，也该先轮到你啊！”

“那是你自找的，活该。”许艺冷冷地说道。

“我活该，那你呢？你是不是也活该？暗恋顾枫这么多年，最后却被你的好徒弟崔莹抢走了？”凌星星眼神一闪，突然扯出这个茬。

许艺脸色微变，眼神更加冷漠了：“别拿我和你对比，我和你不一样！”

她也曾问过自己，萧莘喜欢她，她喜欢顾枫，因此她一直忽略萧莘的真心，直到他再也回不来的时候才懂得珍惜，这是不是自己活该。

但是不管怎么样，萧莘已经走了，不管她再怎么后悔都无济于事，还不如放下过去，为了萧莘好好地继续生活。

而每次想起萧莘，她的心里都会泛起波澜，这恐怕就是凌星星故意提起萧莘的目的吧？

拿已故的人来揭开她的伤疤，凌星星的手段还真是一如既往地令人恶心。

“不一样？呵呵，都是可怜人，有哪里不一样！”凌星星恶意地往许艺心底最柔软的地方攻击，“或者你认为，萧莘哪怕到死都喜欢你，你觉得这点比我强？”

“跟你有什么关系？我跟你又不是一路人，你也不是我，你凭什么随便揣测别人的心思？”许艺有些生气了。

“我说中了你的心思，所以你恼羞成怒了，对不对？”凌星星说。

“你是我谁啊，我怎么想关你什么事，你有什么资格对我说三道四？”许艺终于忍不住了，也不想再隐藏自己的情绪，她直面凌星星，盯着她说道，“因为嫉妒，你干了这么多伤天害理的事，真是可笑又可悲！”

“那只是你觉得而已，我可不这么认为。”凌星星哼笑了一声说道。

比起吵架骂人的心理承受能力，凌星星显然要比许艺强太多，她可不会因为别人的几句话而心情不好。

“你害得我拿不起键盘，现在心里很得意是吗？我告诉你，你会有报应的！”许艺毫不掩饰眼里的厌恶。

“是谁害的我不清楚，但是你的手再也没办法碰键盘，那简直是再好不过了，这样我在电竞圈里又少了一个强大的对手。”凌星星恶毒地说，“再说了，你又比我高贵多少？你不是也一直嫉妒崔莹比你厉害吗？！”

“你做了那么多事，无非就是想让我无法参加比赛罢了，但是我告诉你，崔莹是个有天赋的人，她的能力远超过你，也比我强，所以，你的阴谋根本不会得逞。”许艺冷笑道。

“那就走着瞧。”凌星星说，“我看看你们能得意多久，你觉得崔莹能够在联赛里面赢我吗？别做梦了……”

“贱人！”许艺再也没有耐心听她耀武扬威，直接甩了她一巴掌。

凌星星错愕地看着许艺，一向冷静高贵矜持的女神，居然也会打人？

“凌星星，我已经忍你很久了！你所做的每一件事情都让我刷新三观，我从来没有见过像你这么无耻的人！有能耐你光明正大地冲我们来啊，躲在阴暗的角落里算计别人算什么本事？丧尽了天良，还摆出一副无辜的样子，你自己不觉得恶心吗？”许艺皱着眉头厌恶地说道。

“那你说，我干什么了？”凌星星捂着脸，不甘地问她。

凌星星向来不见棺材不落泪，而且尤其喜欢狡辩。她不像许艺，没做的事情被误会了，都不愿跟别人解释。

“还给脸不要脸了？非要我费口舌给你说一遍？”许艺真的生气了，“凌星星，我警告你，你如果再不知收敛，你的下场会远比这几天经历的事情更惨！我干的事我会承认，绝对不像你那样龌龊，见不得光！”

“你承认是你绑架我了吗？”凌星星问。

“你有资格问吗？你和萧逸一样，都设计了萧莘，总有人会让你们付出代价的。我不想为难你，但你也别犯贱，以后要是再让我知道你想害崔莹，我会让你输得一无所有！”许艺说完这些话，转身就离开了。

凌星星被她的一席话惊得目瞪口呆，连准备还手的事情都忘记了，等她反应过来之后顿时恨得牙痒痒，可是她又拿许艺没辙。

实话说，她心里其实还是有点儿畏惧许艺的，她明斗不过她，所以只能把这些愤恨都转移到善良无辜的崔莹身上。

许艺和崔莹，在电竞圈都混得很好，而凌星星至今都是不温不火。

凌星星很嫉妒她们，嫉妒到想要摧毁。她得不到的，别人也休想得到。

“你们给我等着，这笔账我迟早会算回来的！”凌星星看着许艺的背影自言自语，眼神里充溢着满满的杀气。

联赛即将到来，这是公司与公司之间实力的较量，更是旗下女主播与女主播之间的较量。

虽然许艺希望崔莹能完全代替她，赢得这次比赛的胜利，但是看着崔莹练习得这么辛苦，她心里还是有些没底。

“莹莹，这几天练习得怎么样了？”许艺关心地问。

“挺好的，应该能坚持到比赛结束。”崔莹如实回答。

她们两个人的友谊如今很牢固，没什么需要跟对方隐瞒的。

“那就好。”许艺松了一口气。

“你也要加油啊。”崔莹鼓励她，“艺艺，你不能让凌星星小人得志，你要振作起来，让她知道，就算她费尽心思也不能打倒我们！”

“随她去吧，我不在乎了。”许艺淡淡地说。

“你不能不在乎啊！你忘记自己的初心了吗？电竞是你最喜欢的事情，你真的要放弃吗？你那么有天赋，为什么要为了这种小人做这种不值得的事情？”崔莹有点儿急了。

“你真的希望我重回电竞圈吗？”许艺微笑着问。

“当然是真的，我希望你能更加强大，强大到没人可以欺负你。你一定要重新拿起键盘，变回以前那个 ANGELA 女神！”崔莹真诚地看着她说。

“那我试试吧。”许艺勉强答应了。

许艺坐在电脑旁，看着键盘心里在发怵。光想想，她就觉得够呛，更何况是伸手触摸呢？

她心里还是后怕的，那次被人锤伤手的情景还历历在目，她忘不了那种痛彻心扉的感觉。

但是在崔莹的目光注视下，她还是闭上眼睛，缓缓地把手放在了键盘上。

疼，很疼。

疼到她立马把手缩了回来。

“艺艺，你忍着点，慢慢按下去看看。”崔莹说。

“不行啊，还是好痛。”许艺额头沁出了冷汗，痛苦地说道。

她也觉得很奇怪，摸别的东西都没事，为什么一摸键盘她的手就那么疼。

“你再试试，不要放弃。”崔莹鼓励她道。

“我不想试了。”许艺打起了退堂鼓。

“你就想象这不是键盘，而是其他的一些东西。这都是心理作用导致的，你千万不能逃避，否则你这辈子就完了！”崔莹着急地说。

许艺闻言不说话了，也不愿再碰键盘。

气氛变得很尴尬，沉默了几分钟后，许艺又开口了，“那我过几天再试试。”

“不行，你不可以逃避，你必须现在就正视它。”崔莹坚持说。

“给我倒杯水吧，我想喝水。”许艺扯开话题。

崔莹迅速给她端来一杯水，盯着她说：“喝完就不许逃避了。”

“我去下洗手间。”许艺喝完水又说。

“快点，一次性把这些琐事做完行不行？”崔莹有些不耐烦了。

“我真的不想试了。”许艺终于说道。

每次一碰键盘，她就想起自己的手被人捶打的场景，那画面让她战栗，让她觉得自己的手像断了一样，钻心地疼。

“你的手只是之前受过伤，它已经好了，你为什么还停留在过去出不来呢？你这样让凌星星看到，她该会有多开心？她最想看的就是你永远都站不起来，变成一个只会逃避的懦夫！她为什么要害你？因为她自卑，她不如你，所以才会这么做，而你绝对不能如她所愿，懂吗？”崔莹大声说道，明明是许艺的事，她却比她还急。

说完这一番话之后，她又担心自己说得太重，于是软和了语气鼓励她道：“艺艺，加油。”

过了几秒钟，许艺终于咬紧牙关，果断地按下去了。

“如果实在很疼，就休息一下，一会儿再继续。”崔莹看到许艺长时间地按着键盘，头发都被汗水浸湿了，不禁有些担心。

“疼……可是我得坚持下去，一定不能松手，我要适应这种疼痛。”许艺皱着眉头说。

从她隐忍的表情里可以看出，她正在承受着指尖传来的巨大疼痛，但她仍旧在努力坚持着。

“记得有人说过，如果你制止不了疼痛，那就尝试习惯它，把这种感觉融入心里。就像失恋一样，刚开始很疼，慢慢地就不疼了，不是因为它真的不疼了，而是因为适应了，所以就不觉得疼了。”

“这打的是什么比方……”许艺无奈地苦笑一声，“你还真是会安慰人啊！”

“啊，你别一直按着了，试着玩游戏吧。”崔莹也觉得自己的比喻不太恰当，赶紧岔开话题。

许艺点开熟悉的苍龙世界网页，登陆进去。

她已经很久没看到这个熟悉的界面了，自从手受伤之后，她就很少点开这个网页。现在看到这久违的画面，她的内心居然有些小激动。

因为太久没玩的原因，许艺的手指有些不灵活，当然，也有可能是因为手指还觉得疼。但是高手就是高手，几分钟下来，她已经完全适应了，操作起来和以前一样运转自如。

“我的手好像恢复了一些。”许艺转过头看崔莹。

“你可以的，放心吧，只要坚持你迟早会完全康复。”崔莹安慰她说。

崔莹能感觉出来，许艺的技术和以前相比有一些退步，大概是因为她的手还很疼的原因，但是这又有什么关系呢？毕竟她终于可以再摸键盘了。

人最难战胜的对手，其实一直都是自己，而不是别人。

“我们一起玩一局？”许艺主动提议说。

“好啊！”崔莹爽快地答应了。

其实她心里明白，即使许艺重新回到电竞圈，可能也无法再回到原来的状态了。所以她能做的，就是做好许艺的队友，给她最好的尊重。

第五十章　丧心病狂

萧宅里，此刻正在经历一场家庭战争的暴风雨。

“爸爸，对不起……请您原谅我！”

萧逸痛哭流涕地跪在萧父的面前，哭得和泪人一样。

“原谅？你在自己亲弟弟的跑车上动手脚的时候，怎么不想想你在做什么？你要置他于死地的时候，有没有想过他是你亲弟弟？现在才来请求原谅？谁会原谅你？是我，你妹妹，还是法律？”萧父指着他破口大骂。

而萧若一言不发，冷静地坐在一旁，桌子上放着她收集到的所有证据。

“不，我没有，这不是我干的。”萧逸死不承认。

他自认做得天衣无缝，萧若应该不会发现的，她不过是在诈自己罢了！

“不是你干的，那也是你指使别人替你干的！你到现在还不承认，实在是太让我失望了，若不是看在你母亲的分上，你早就被人起诉一百次了。”萧父气得咬牙切齿。

“萧逸，我劝你别再演戏了，我手上的这些证据已经足以送你进牢狱。”萧若眼神冰冷地看着他，仿佛在看一只蝼蚁，“现在才开始认错，已经太晚了，想想萧莘躺在太平间的样子，你以为自己这辈子难道还能安心地过下去？”

“滚开！”萧父转身，用力甩开抱着自己大腿的萧逸。

萧逸跪在地上，感到了前所未有的绝望，他崩溃地喊道：“不不，我没有想让他死！我只是、只是将他跑车的油门刹车改装了一下……他的车是顶级安全装置，市内也开不出高速，所以即使发生车祸，也不可能会死啊，顶多是残废……”

“你这个畜生！竟然想让你弟弟残废……”萧父已经气得说不出话来。

坐在一旁的萧若神情却微微一变，她当然知道弟弟的车都是顶级配置，只要安全装置不出问题，在市区内限速的情况下，萧莘不可能因为车祸丧失性命。她一直以为萧莘之所以会死，是因为安全装置被萧逸破坏了，但如今听他的意思竟是，他只改了油门刹车，并没有动萧莘的安全装置？

可是，她记得当时报告上显示，萧莘的跑车在出事的时候，安全气囊等一系列安全装置统统失灵了！

萧若的脸色顿时难看起来，上前一步追问道：“你确定只动了油门刹车，没动过其他的？”

“没有，真的没有！”萧逸绝望地抬头，“我是很讨厌萧莘，讨厌他不学无术却得到了那么多，但我真的没打算让他死……我真正的对手不是他，是你萧若，你明不明白？”

“我当然明白。”萧若眼波微动，却不带一丝感情色彩，“可惜了，我的哥哥，你再也无法成为我的对手了，因为……我要先送你进牢房了。”

“胜者为王”的联赛如期来临。

雷霆战队虽然失去了许艺，但是有崔莹的顶替，表现也十分不俗，他们四人小组一路过关斩将，终于到了决赛前夕。

崔莹从电竞馆出来，没想到竟然看见了凌星星。

“崔莹，我们谈谈吧。”凌星星开门见山地说。

“我们没什么好谈的。”崔莹心生戒备，准备随时离开，“我不可能会在比赛中放过你，你还是早点儿退出吧，电竞圈不适合你。”

“凭什么？你凭什么认定我不适合？难道电竞圈生来就是适合你的吗？我哪里不如你了？”凌星星听到她这么说，像受到刺激一样尖叫了起来。

“继续待在电竞圈，只会毁了你。”崔莹发自内心地说。

“那我就先毁了你，再毁了我自己。我得不到的，你们也休想得到！”凌星星的眼神突变，凶狠地盯着她。

说完，她倏然从口袋里拿出一把匕首，像疯了一样地往崔莹身上扎了过去。

事情变化得太快，崔莹根本没有反应过来，等她意识到凌星星的行为时，鲜血已经从她的胸口喷涌出来。

崔莹感觉胸口一阵剧痛，紧接着脑袋一阵晕眩，整个人倒在了地上。

顾枫在电竞场馆的大门口等崔莹，见她迟迟不出来，忍不住进来找她，不料正好看到了这令他心脏几乎骤停的一幕。

他顿时大惊失色地冲过去抱起崔莹，甚至来不及管凌星星这个杀人未遂的凶手，直接先拨打了 120 求救，等救护车到达后，他也跟着上车一起前往医院。

“莹莹，你撑住，先别睡。”顾枫抱着崔莹跟她搭话，声音有些颤抖。

“我胸口好痛……”崔莹奄奄一息地说。

“我给你唱歌，你不许睡着了。”顾枫的眼眶红了，他现在觉得特别害怕，一种前所未有的恐惧感袭上心头。

“我才不听你唱歌……”崔莹的语气很虚弱，声音轻得几乎听不见。

“那我叫你的名字，我叫一句，你应一句好不好？”顾枫说着，眼泪突然流了下来，滴到了崔莹的嘴唇上。

“好咸……”崔莹下意识地抿了一下，有些迷糊地说道。

“那是我的眼泪，当然咸了。”听到她说的话，顾枫有些哭笑不得。

“你哭什么啊……我还没死呢……”崔莹断断续续地说。

“我怕你睡着了，然后再也醒不来了，那我该怎么办？”顾枫的声音微颤。

“傻瓜，我不想离开你……”崔莹虚弱地笑了一下。

“你流了这么多血，疼不疼？”顾枫心里酸涩得很，明明受伤的是崔莹，他的心口却也很疼。

“不疼。”崔莹半睁着眼，又笑了一下。

看到她这么勉强的笑容，顾枫心里又是一阵疼。

“撒谎。”他又流出一行泪。

崔莹不再说话，顾枫彻底慌了。

“莹莹别睡了，马上就到医院了。”顾枫小心翼翼地喊她。

崔莹没有回应。

“莹莹，是不是太累了？如果太累了，就稍微眯一会儿，但是你一定要醒过来……”顾枫紧紧地握住她的手，喃喃自语着。

崔莹被推进急救室的时候，脸上还带着微笑。

顾枫独自坐在急诊室外，默默地流着眼泪，脸上的神情很是绝望。

“莹莹，你不能丢下我一个人，我只剩你了……”他颤抖着身体，一个人在自言自语。

许艺得知消息之后马上报了警，凌星星迅速被拘留。

“顾枫，莹莹怎么样了？”许艺解决完那边的事，立刻跑到医院关心崔莹的状况。她听说崔莹流了很多血，心里也很害怕。

但她知道，现在最伤心的人其实是顾枫。

“还在急救室里。”顾枫哑声回答，他的眼里布满了红血丝。

“病人失血过多，需要输血。”有个护士从急救室里出来，急匆匆地说道。

“我去联系她父母，你们赶紧准备。”许艺冷静地说，紧接着她打通了沈燕燕的电话，“阿姨，莹莹出事了，需要输血，您赶紧过来一趟。”

“什么？出什么事了？”沈燕燕一听崔莹出事，立刻就急了。

“比赛结束后，被人用刀刺伤了。”许艺简单地解释了几句，“您先赶紧过来再说吧。”

她们和凌星星之间的恩恩怨怨，又岂是一两句话能解释清楚的？

“我马上过来。”沈燕燕挂了电话，赶紧往医院跑。

沈燕燕的血型和崔莹一样，因此匹配很成功，崔莹也终于脱离了生命危险。

得知这个消息之后，顾枫总算松了一口气。崔莹刚刚流了那么多血，整个人都失去了生气，他差点以为她挺不过去了。

“幸好没有伤到要害，否则凶多吉少。”医生说。

沈燕燕看到女儿受伤这么重，心里真是又气又急，还伴随着一阵心疼。崔莹是她的心头肉，从小就没受过这么严重的伤，现在却被人害得这么惨。

“顾枫，这是怎么回事啊？莹莹怎么会被人捅伤呢？”沈燕燕带着哭腔问。

“说来话长，行凶的人现在被拘留了。”顾枫只能这么说，崔莹和凌星星之间的事情太复杂，沈燕燕听了只会更担心。

许艺告诉顾枫，凌星星不仅被他们告发，还将被萧若起诉。因为凌星星作恶多端，甚至连累萧莘送了性命，所以萧若决定聘请律师起诉，让凌星星接受法律的制裁。

“我们要准备打官司了。”许艺说。

“这些事情要辛苦你处理了。”顾枫说，“我现在不想管凌星星的事，她会受到惩罚的，我只想好好保护莹莹，不要再让她受伤。”

他现在对凌星星也是恨之入骨，但是比起让她受到惩罚，他更希望崔莹能快点好起来。

“我知道，你安心照顾她吧。”许艺说。

“莹莹，你要快点好起来。”顾枫抚摸着崔莹的脸，温柔地说。

“她的情况已经算是被上天眷顾了，总比阴阳永隔幸运得多……”许艺淡淡地说，语气里带着一丝怅然若失。

顾枫明白她的惆怅，在另一个世界里，有许艺的心上人。

崔莹整整昏迷了三天三夜，她安安静静地躺在医院里，像睡着了一样。

顾枫一直在等她，不管多久他都会不离不弃。

因为，他绝不允许许艺和萧莘的悲剧，再发生在自己和崔莹身上。

崔莹的病房外，许艺和萧若都在等候着她醒来。

“不说这些有的没的了。”萧若说，“关于萧莘的死，我想现在是真相大白的时候了。”

“怎么说？”许艺有些惊愕，萧莘不是萧逸害死的吗，难道还有什么隐藏的内幕？

“萧莘的死并没有那么简单，萧逸是主谋，但还有人也参与了其中，那个人是江晨。”萧若咬牙切齿地说道。

“江晨？那不是凌星星的前男友吗？”许艺问道。

“对，本来是前男友，而现在他们复合了。”萧若的眼神闪过一抹嘲讽，语气冰冷地说道。

由此可见，萧若对江晨和凌星星的动向也是了如指掌。

“这个我知道，但是我不知道萧莘的死，他也参与了一手。”许艺说。

“你们当然不知道，江晨隐藏得太深，我也是后来才发现的。”萧若说，“我弟弟的死，不是一个人导致的。而是江晨和萧逸，还有凌星星一起害了他。”

“怎么说？”许艺有些诧异。

“出事那天，凌星星和萧莘又吵架了，他情绪不太好，就开车出去兜风散心，但是萧逸却改装了他的油门和刹车，而那个江晨……”萧若说到这里，双眼充满了恨意，“他私自拆毁了萧莘车里的安全装置，令他出事的时候……没有任何安全措施保护！”

萧若说到这里，已经是泣不成声，几乎说不下去了。

“太可怕了……没想到江晨才是罪魁祸首，他为什么要这么做？难道，他认为是萧莘抢走了凌星星，所以才这样报复吗？”许艺满眼震惊。

“如果我没猜错的话，应该是这样。”萧若擦了把眼泪，咬着牙说，“为了那种贱人，白白送了我弟弟一条性命，真是太不值得了！”

“两个都不是好东西。”许艺忍不住叹了一句。

凌星星和江晨真的是物以类聚，一个祸害崔莹，一个害死萧莘，许艺如今对他们真的是厌恶无比。

“的确都不是什么好东西，不过江晨的本性不坏，只是爱上了不该爱的女人，受到了她的影响才会变成这样。”萧若苦笑着说。

爱情，能毁了一个人，也能改变一个人，这取决于你爱的那个人是天使还是恶魔。

就像江晨，他爱上了凌星星，所以宁愿为了她丧失人性，干出这种伤天害理的事情。

许艺沉默不语。

她禁不住在想，如果自己当初不和萧莘提分手，那他就不会因为借酒消愁而被凌星星算计，而江晨也不会因为嫉妒而对萧莘下黑手了。所有的一切，都是因自己而起，都是她对不起萧莘……

许艺想到这里，突然觉得有些难以呼吸，她急忙调整自己的思绪，让自己不要再想这些过去的事情。

不管是因谁而起，萧莘已经死了，人死不能复活，她总不能一直活在过去。过去的事情就让它过去，凶手会为萧莘的死付出代价，而她在未来的日子也要承受内心的煎熬，在思念中度过余生……

许久，许艺回过神来问道：“那你打算怎么办？”

“起诉他们，让江晨如愿以偿，进监狱陪他心爱的凌星星！”萧若冷笑，“萧逸、江晨和凌星星，这三个人我和他们没完，一个都不会放过！”

许艺凝神道："按照这样分析，江晨很可能一直在暗中帮助她，所以她才会干什么都这么顺利？"

"很有可能，我还在搜集更多证据，等到开庭之后，他们就会为自己所做过的事情付出代价。"萧若冷冷地说道。

许艺闻言，深深地觉得还是萧若的手段厉害。

对付萧逸、江晨和凌星星这样的人，硬碰硬是没有用的，只有深思熟虑，才能一步步将真相挖掘出来，最后将他们绳之以法。

第五十一章　法庭相见

沈燕燕坐在病房外面，眼泪止不住地往下流。

“顾枫，你给我说说，为什么我女儿会受这么重的伤？”顾枫简单的解释显然不能让她释怀，沈燕燕还是想知道，崔莹为什么会受伤。

顾枫没办法，只好把来龙去脉跟她说了。

“又是因为凌星星啊，那个女生老是害她，还害许艺。”听完事情的经过，沈燕燕不禁有些烦躁。

因为这几天许艺经常到访，所以沈燕燕也认识了她，一来二往也知道了一些她们女生之间的钩心斗角。

“照你这么说，这个凌星星以前都是因为嫉妒，所以才搞出了这么多事？能做出这么歹毒的事情,真不知道她的父母是怎么管教孩子的！”沈燕燕生气地说道。

“是的阿姨，不管出于什么原因，害人就是不对的。”顾枫一向好脾气，但是因为崔莹受伤的事情，他对凌星星的忍耐度变成了负数。

“听说许艺帮忙请了律师？你跟她说，这个律师费我们来出，这个姑娘也挺不容易的。”沈燕燕说着叹了口气，这时她包包里的电话突然响了起来。

“你好，哪位？”她接通了电话。

“是我，崔国强！我换手机号了，你和女儿最近还好吧？”电话那边的男人问。

沈燕燕深呼吸了一口气，才故作冷淡地说：“挺好的。”

“最近我打电话给女儿，她都不接，而且我这几天总是失眠，心慌得厉害，莹莹她是不是出事儿了？”崔国强问。

“你还记得自己有个女儿吗？承蒙你的关照，莹莹她很好，不需要你关心。无事不登三宝殿，有啥事你电话里先跟我说，我会转告她。”沈燕燕不咸不淡地说。

“她是我的女儿，我当然关心她，莹莹到底怎么样了？她为什么不接我电话？你是不是和她在一起？”听声音，崔国强似乎是真的有些急了，“我总觉得哪里不对，你说实话吧！”

“崔国强，那我就直说了吧，你要真想知道你女儿怎么样了，就赶快到医院来，来晚了，可能连最后一面都见不着了！”沈燕燕说完，忍着泪水直接掐断了电话。

顾枫看着这一幕，只觉得百感交集。

他听崔莹说过父母之间的感情问题，但不管怎样，只要人在，很多事情都有回旋的余地，不是吗？

崔国强赶到医院的时候，许艺聘请的金律师恰好也刚到，两人在崔莹的病房门口打了个照面。

“金律师，别来无恙。”崔国强看见熟人，跟老朋友打了个招呼。

“老崔，好久不见了啊。”金律师说，“我来医院处理个案子，你来看病人吗？”

两人说话的时候，顾枫和沈燕燕走了出来。

“金律师，您好，我就是顾枫。我的女朋友崔莹被人蓄意伤害，这场官司好打吗？”顾枫一见面，就单刀直入地问了起来。

“莹莹？她是谁的女朋友？被人蓄意伤害？”崔国强一听就蒙了，还想再问却被沈燕燕拉到了一旁，两人单独聊了起来。

金律师回答顾枫的话："这种案子，说难也不难，但也不是那么好打。具体要看当时的情况，以及有没有掌握相关证据，出事的地方有没有摄像头？"

顾枫回忆了下说道："事发现场没有摄像头，但是有目击证人，我亲眼看见了行凶过程。"

"有人证的话会相对好一点，我今天先替你把资料准备齐全，然后明天咱们再详谈。"金律师点头说道。

"行凶的人肯定会狡辩，我担心如果没有充足的证据，只有我的证词会不够力度。"顾枫皱着眉头道。

"我知道她一定会狡辩，所以，我们现在只能竭尽全力寻找更多证据，争取让她接受更多的惩罚。"金律师毕竟是老江湖，经验老到地说道。

那边崔国强听到沈燕燕说的话之后，整个人都快崩溃了，不等沈燕燕说完，就立刻往病房里面冲。

没过多久，他又满眼泪花地冲了出来。

"老金！"崔国强一把抓住金律师的衣袖，"受害人是我女儿！咱们好好商量一下，过几天就开庭了，我们作为原告出庭有没有把握赢？"

"我没有把握让对方受重刑，但是进监狱肯定可以。"金律师拍了拍崔国强的肩膀，"当然最终还是要看你们的意见。"

"得饶人处且饶人吧，判得轻点，以后出来不至于找咱们莹莹的麻烦。"沈燕燕想了想，擦着眼泪说道。

"好什么好？女人家就是没见识！你的脑子里在想什么？莹莹就是太软弱了，才会接连几次被人欺负，现在女儿都差点被谋杀了，你还想着退让？咱们不能一直被人当软柿子捏！"崔国强听到她这么说，顿时替自己的女儿抱不平。

"那你想看莹莹以后又和她杠上吗？莹莹那么善良，怎么斗得过她？"沈燕燕急了，"我跟你说老崔，女儿若是没事也就罢了，若是有事，你也脱不了干系！当初要不是你……"

“说事就说事，别扯这些有的没的！那人对莹莹行凶的时候，有没有想过我们为人父母的感受？她在谋杀你的女儿，你却还在替她考虑？！”崔国强也急了。

“我这不是替莹莹的将来考虑吗？我就希望她以后能过得安稳点，不要像现在这样，老被人暗算。”沈燕燕委屈地说。

“叔叔阿姨别吵了，你们的想法都没错，等过几天出庭的时候再看结果，不管是什么结果，我们都应该接受。”顾枫在一旁只觉得尴尬无比，崔莹还在昏迷当中，她的父母却在病房外吵得脸红脖子粗，实在让人看不下去。

被后生晚辈出面制止，崔沈二人都不说话了，气氛顿时沉默下来。

正在此时，崔国强的电话响了，他看了一眼，并没有接。

“你接电话啊？”沈燕燕不屑地瞟了他一眼，“老情人给你打电话了，还不赶紧和她叙叙旧？”

“你不要没事找事。”崔国强怒瞪了沈燕燕一眼，但还是接了电话，他“嗯嗯啊啊”了半天，然后挂了电话，对众人说，“我先走了，要去处理一件事。”

“去吧，外面的女人永远都比我们母女重要，哪怕女儿昏迷不醒，仍然不能阻止你去见老情人，对吧老崔？”沈燕燕眼神冷漠地说。

崔国强似乎想说什么，但是忍住了。

沈燕燕看着他匆匆离去的背影，眼神里流露出复杂的情绪，有落寞、有无奈、有不甘……但唯独没有仇恨。

这一切都落在顾枫的眼里。

凌星星被江晨临时保释出来，没过多久就收到了法院的传票。

另外，她已经被“胜者为王”的主办方取消了参赛资格，但是详细情况并没有对外公开。

凌星星只觉得人生无常，刚刚得到的幸福，又要离她远去了。

在她决定放下一切和江晨在一起的时候，崔莹在“胜者为王”的比赛却战绩辉煌，即将再次重临巅峰，这一切又让她心理失衡，最终把自己逼上了绝路。

她好恨啊……恨崔莹，恨这个不公平的世界，所以才会做出那样疯狂的举动。

哪怕是与她同归于尽，她也不要看到崔莹在万众瞩目之下露出开心的笑颜，还有许艺那冷淡而高傲的脸庞。

“难道这一切，都是我的错吗？”凌星星目光呆滞地问江晨。

“不是，这是别人的错，和你没关系。”看到她的样子，江晨很是心疼。

“我想放下一切，不顾一切地和你在一起好好生活，可是现在我做不到了。”凌星星知道，崔莹那里有她的证据，虽然不足以判死刑，却足以消磨她所有的青春年华。

“我会请最好的律师给你打官司,我们一定会赢的。”江晨安慰她说。

“可是她们手里有证据啊，我肯定要坐牢了。”凌星星神色恍惚，突然对未来充满了恐惧。

“没事的，我会护你周全。”江晨急忙保证。

“如果我进监狱了，你会怎么办？”凌星星看向他，突然问道。

她从小就知道，监狱是个可怕的地方，她宁愿死掉，也不想过那种生不如死的生活。

“你放心好了，有钱能使鬼推磨。”江晨似乎毫不担心。

他认为自己很了解这个世界的潜规则，钱是万能的，只要有钱，什么事都好办。

“你就待在家里好好休息，不要担心那些有的没的。我现在去给律师打电话，跟他好好商量。”江晨说。

“你一定要给我请最好的律师啊！一定要救我！”凌星星慌乱地说，她还是很怕死的，更怕自己不能活得光彩照人。

江晨上前去抱住她，给了她无声的安慰之后，拿出手机开始翻通讯录，最后确定了一个人。

电话接通之后，江晨率先开口道：“喂，王律师吗？”

“我是，你是哪位？”王律师问。

“我是朋友介绍来的，想找你打一场官司，价格好商量。”江晨爽快地说。

“那就见面详谈吧。”王律师也很爽快。

“没问题，约个时间地点吧。”江晨说。

“下午三点，律师事务所见。”王律师说。

“好的。”江晨说。

联系好了律师，凌星星心里还是很忐忑，她担心自己这次恐怕在劫难逃。

“王律师是西南法律界声望很高的律师，他一定不会让我们失望的。”江晨希望凌星星能安心一些，不要露出这种彷徨的神情，让他也跟着心痛。

“真的吗？”凌星星眼含希望地看着他。

“嗯，三点我要去律师事务所，你和我一起去吧，把事情的原委都说一下，顺便准备一点资料，这样胜算会更高一些。”江晨想了想说道。

凌星星点了点头，现在她能做的就是听江晨的安排。

下午三点，律师事务所。

“江先生吗？来，请坐。”王律师见到来人起身打着招呼，又看向凌星星问道，“这位是？”

“当事人，我的女朋友凌星星。”江晨拿出起诉状副本递给王律师看。

“被起诉故意伤人是吗？”王律师看了一眼起诉状，“那么事情的真实情况是什么样的？我必须要知道全部情况。”

“星星确实不小心伤人了，现在那个人在医院里躺着，您看怎么解决好呢？”江晨对王律师使了使眼色。

王律师心领神会，问道：“人还活着吗？她们有没有证据？”

“应该不会出人命，至于证据……”江晨想了想说，“理论上应该是没有，事发现场没有摄像头，只有目击者。”

“这就好办了嘛。”王律师眼含暗示地笑了笑。

“怎么破？”江晨挑眉问。

王律师但笑不语，朝他露出了个意味深长的笑容，江晨立刻明白了。

王律师是属于没有职业道德的那种人，他的意思很简单，就是要钱。只要给钱，黑的他都能帮你说成白的。

“钱的事情你放心，我不会亏待你的，只要你能解决这件事。”江晨爽快地说。

王律师闻言，当即笑眯眯地说：“这件事情解决起来也不难，你可以制造一个证据，证明事情不是你女朋友做的，这个很简单啊。”

“你的意思是，制造不在场证明？但是法官那边怎么说？”江晨说。

“有钱能使鬼推磨，你懂的。”王律师又说。

“明白明白。”江晨连忙给了一个心领神会的表情。

王律师也会心一笑，说道：“那接下来的文件和资料我来准备吧。”

“你办事我放心，事成之后，我会把钱打到你银行卡里的。”江晨笑了笑。

江晨带着凌星星满意地离开了律师事务所。

“明白了吧？”出门之后，江晨扭头看向凌星星问道。

“明白什么？”凌星星不明所以。

“我和王律师的谈话，你听懂了吗？”江晨提示她。

“听懂了。”凌星星答道。

“所以不要担心了。”江晨说。

“嗯。”凌星星露出了一个轻松的笑容，从律师事务所出来的时候，她就已经松了一口气，因为她知道，王律师和他们是一路人。

今天是开庭的日子，凌星星作为被告方出席法庭，而崔莹方面，代替她出庭的是许艺。

法庭上，许艺和凌星星各站一侧，两个女孩的表情都显得比同龄人要成熟很多。其他相关的人则在观众席坐着，他们的视线都在凌星星和许艺身上徘徊。

“开庭。”法官把锤子往桌子上一敲。

“原告，你将被告告上法庭的原因是什么？”法官问许艺。

“她用刀刺伤我的朋友崔莹，伤者现在还躺在医院里，您问我为什么告她？”许艺义正词严地说。

“被告，你可有什么要说？”法官看向凌星星问。

“我没有刺伤她。”凌星星一开口就推得一干二净，振振有词地说。

“敢做不敢当？你要脸吗？”许艺听到她的回答，当即开口讥讽。

“这是法庭，不是你随便骂人的地方，请注意你的言辞！”凌星星也不是吃素的，立刻反击了回去。

“凌星星！你不要太过分！”许艺咬了一下嘴唇，“做人可以无耻，但是无耻到你这个地步的，我第一次见！”

“肃静，肃静！”法官又用锤子敲了一下桌面。

观众席人满为患，两位律师看着场面上严峻的局势，还没有发表任何言论。

“原告，你可有证据指证被告故意伤害你的朋友崔莹？”法官问。

“我有人证。”许艺指了指身后的顾枫。

“请到人证席发言。”法官说。

顾枫走到人证席上，按照程序将证词提供完毕，那边凌星星的律师就不紧不慢地开腔了。

“我反对！法官，人证不成立，他和原告有亲密关系，不排除做假证的可能。”

凌星星也在这时向法官表示，自己有话要说。

“被告，你要说什么？”法官看了一眼凌星星问道。

“嗯，我要说的是，我根本没有伤害别人，崔莹的伤是她自己不小心造成的，她想诬告我。”凌星星说。

“你有什么证据？”法官问。

“我有，崔莹被刺伤的时候我在和男朋友江晨约会，有人拍到了。”凌星星志得意满地说道，“我有人证和物证。”

“请把你的人证和物证带上来。”法官说。

王律师呈上去一张照片，法官看过之后命人传到了原告席。

上面的确是江晨和凌星星的约会照片，不过只有一个背影，和一个时间日期。

“这张照片，足以证明一切了吧？”王律师问。

“看不清脸的照片也算物证？”金律师突然开口。

“只要能确定照片上的人是凌星星就行了，她有不在场证明。”王律师说。

“许艺手里有一段录音，是凌星星承认恶意损坏她的电脑，造成她比赛失利的谈话过程，你的当事人害过他们很多次，对不对？”金律师说。

“你们绑架凌星星，才是侵犯了她的人身自由权。”王律师淡定地反击。

“王律师，没有证据的诬陷都是诽谤，请注意你的言辞。”金律师说。

“你手上的录音就能确保不是合成的？若说诽谤，金律师，此刻你和原告一起诬告我的当事人故意伤害崔莹，才是真的诽谤！”王律师说。

“肃静。”法官第四次敲桌子，“双方都不要做没有证据的猜测。”

这场官司，双方律师唇枪舌剑，吵得天昏地暗，法官足足开庭审理了四个小时，然而却没有得出结果。

“金律师，谢谢您。如果不是您机智，法官恐怕会做“证据不足，罪名不成立的”判决，那样她就如愿以偿地逍遥法外了。”顾枫真诚地说道。

“还好我留了一手，没让法官当场宣判，否则就要让王律师得逞了。主动提出押后再审，给我们争取一点儿时间找到他们作伪证的漏洞，然后再一举击破。我相信真相最后一定会水落石出的。”

“我觉得没这么简单，凌星星他们肯定还做了别的打算。”许艺的眼神有些担忧。

“不要担心，这个世界会公平地对待所有人。”金律师微笑了一下，“而且假的就是假的，他们一定有破绽，我们只要尽快找到这个破绽就行。”

“对。”顾枫认同地点头。

第五十二章　是非曲直

距离上次开庭，大概过了半个多月，凌星星又被起诉了，罪名依然是故意伤害，只不过受害人变成了萧莘。

被告人里面也有江晨，但是没有萧逸。

萧若不是不想起诉萧逸，只是萧父不允许。怎么说萧逸也是萧家的骨肉，真坐了牢，萧家的颜面也过不去。萧父向来重视家族的名声，因此哪怕对萧逸失望透顶，也从来没想过交给警察处理。因为他觉得这是萧家的私事，最好不要宣传出去，否则对萧家的影响十分恶劣。

听到萧若要起诉萧逸之后，萧父当时就皱紧了眉头。

“若若，你一定要这么做吗？”他问。

“当然，他害死了萧莘！”萧若毫不留情地说道。

“可是你要顾全大局啊，逸儿把莘儿害成这样是该死，不管你怎么对他我都没有意见，可是你不能把他往监狱里送啊。一旦萧逸入狱，萧家的颜面何在？”萧父不悦地说道。

萧若冷笑一声，眼神闪过一丝嘲讽的意味。世界上总有那么一种男人，为了所谓的面子不惜伤害自己最亲的人，没想到连父亲也不例外。

“可是爸爸，这不是小事，萧逸他害死了人，而且害死的还是您的儿子！”萧若反问，“萧逸是你的儿子，萧莘就不是了吗？他有错在先，为什么不能接受惩罚？”

“他也不是有心的，只是想弟弟出点儿事故，没想过要他的命。真正要谋害我儿子的人，是江晨那个混账小子！若若，给他一个改过自新的机会吧……我准备送他出国，再也不必回来了。”萧父叹了口气说道。

“出国？凭什么萧莘死了，他却可以在国外潇洒一辈子？”萧若的每句话都带着刺。

“若若，不要闹得这么不愉快。”萧父的语气略带警告。

萧若的神色微冷，忍了忍，到底没再说什么。

罢了，一直以来，父亲对她和弟弟都还不错，甚至把公司都交给了自己，她没必要与他闹得太僵。

只是，仅此一次，下不为例。

她可以看在父亲的面子上放过萧逸，但是凌星星和江晨二人，她是绝对不会轻易放过他们的！

开庭日，如约而至。

“开庭。”法官敲了敲桌子，周围一片寂静。

“原告，你将被告人凌星星、江晨告上法庭的原因是，他们损坏你弟弟萧莘的跑车安全装置，导致他失去安全保护最终车祸身亡，对不对？”法官问。

“对。”萧若冷静地回答。

“你有什么证据？”法官问。

“证据都在这里。”萧若将证据一并交给法官。

“被告，你们有什么话要说？”法官问江晨和凌星星。

“我没有在萧莘的跑车上动手脚，他出事纯属意外。”凌星星脸色涨红，矢口否认。

萧若在原告席上无声冷笑，眼神讥讽无比。

这件事情确实不是凌星星干的，她将她告上法庭，不过是想出一口恶气罢了，毕竟江晨是因为她才害死了萧莘！

“那么，另外一位被告呢？你怎么解释？”法官问。

“我认罪。”江晨的反应不像凌星星那么激烈，他不做任何辩解，坦然承认了自己的罪行。

但事情显然没有这么简单，紧接着他的辩护律师就拿出一张医院精神病证明交给了法官。

“法官大人，这是经法定程序鉴定确认的医院证明，我的当事人江晨是精神病患者。他与正常人有异，在犯病的时候会做出不理智的行为，他因为丧失民事行为能力，无法负刑事责任。”王律师目露精光，镇定地说道。

萧若没想到江晨会来这一出，顿时愣了一下。

最后，法官宣布：“萧莘被害一案，被告凌星星拒不认罪，且证据不足；被告江晨患有精神疾病不负刑事责任，因此此案择日再审。退庭！”

萧若万万没想到，最后的结果竟然会是这样。她原本以为这次肯定万无一失，定然能把江晨送进监狱，没想到最后却让他钻了法律的空子！

萧若气得全身发抖，但她很快又冷静下来了。

这事不急，既然不是当场宣判，那就总归还有翻盘的机会。江晨凭空捏造自己患有精神疾病，肯定会留下破绽，她只要找到证据，就能逐一击破。

想到萧莘死时的惨状，萧若的目光冰冷无比。

弟弟，你等着，姐姐一定会给你报仇的！

几场案件开庭下来，关于凌星星、江晨、萧莘等人的新闻传得沸沸扬扬，网上疯传着各种添油加醋的谣言，以及各种不着边际的八卦段子。

事情并没有到此结束。

凌星星是 HG 公司旗下的主播，因为故意伤害崔莹，HG 公司也被 GM 公司的袁子霄以“恶意竞争、伤害竞争对手女主播”的罪名告上了法庭。

袁子霄这个人，向来不放过任何可以炒作的机会。他告 HG 公司的同时，顺便也告了凌星星，算是给自己出了一口当年她们纷纷跳槽的恶气。不管这个官司成功与否，至少 GM 公司又会赢得一次免费曝光的机会。而且作为正义的一方，GM 公司很容易就获得了大众的认可，觉得他是在替崔莹打抱不平。

很快，凌星星又一次接到了法院寄给她的传票。

“上次开庭的风波还没平息，现在又被起诉了。”凌星星躲在家里，跟江晨抱怨。

“怕什么，不是都还没判决吗？真要坐牢的话，我陪你一起就是了。”江晨想告诉凌星星，他会一直陪着她。

这是他的承诺，也是他的责任。凌星星是他喜欢的女孩，他愿意为她付出一切。

而这句话在凌星星听来，却比任何情话来得都要生动。

“干吗这么看着我？不相信啊？”江晨看着怔怔的凌星星问。

“没有……我只是感动而已。”凌星星回过神来，眼角已经有了泪光。

“傻瓜，谁让你是我的女朋友呢。”江晨笑了笑，突然想起了些什么，疑惑地问道，“对了，你爸妈呢？出了这么大的事，他们怎么对你不理不睬？”

“正是因为出了这么大的事情，所以他们才不管我啊。”凌星星垂下眼睑说道。

“如果他们都过世了，这样做我没意见，要是活得好好的，还这样对你是不是太过分了？再怎么说，你也是他们的女儿啊！他们平时看起来那么宠你，难道都是假的？！”江晨的情绪有些激动。

“行了，你什么也别说了。他们不管就不管吧，反正到了这个地步，我也没指望过他们会管我。”凌星星扯了一下嘴角，表情有些苦涩。

从小到大，在父母的管制下，她和亲戚的孩子比、和同学比、和朋友比，她被逼要成为最优秀的孩子。直至最后，为了稳住在电竞圈的地位不让父母失望，她不惜鬼迷心窍地拿刀捅伤了崔莹。

而这一切，应该怪谁呢？

凌星星突然觉得心寒无比。

“他们多久没有消息了？”江晨问。

“很久了，就像凭空消失了一样。”凌星星再也忍不住哭了，哭得非常伤心。

其实就算现在天塌下来了，她也不怕，因为还有江晨帮她撑着。可是她依旧阻止不了自己的眼泪，因为爸爸妈妈根本不在乎她。

崔莹受伤的时候，她的父母那么关心她；萧莘去世时，他的姐姐那么伤心难过；许艺住院了，也有那么多人为她感到担忧。而她那么努力、那么辛苦，结果到头来却什么都没得到，反而变成了最凄惨落魄的人。

命运啊，为什么总是对她如此不公平？

“这个月底就要最后一次开庭了，你紧张吗？”江晨问凌星星。

“不紧张，什么结果我都接受。”她擦掉眼泪，面无表情地答道。

人被抛弃之后，心就会变得更加坚硬，凌星星就是这样。

月底，开庭日。

凌星星站在被告席上，她已经数不清自己是第几次站在这个位置上了，有种可笑的熟悉感。

原告席上站着的是 GM 公司的袁子霄，他的样子看起来非常有正义感，神色似乎带着神圣不可侵犯的庄严。

“开庭！”法官敲了一下桌子，喊道。

似乎每个法官都喜欢这么敲一下桌子，以示威严。

“原告，你将被告告上法庭的原因是，她恶意竞争、故意伤害竞争对手女主播崔莹，可有证据？”法官问。

“有。”袁子霄笃定地说，“当时电竞场馆外的星巴克咖啡馆安装了摄像头，我已经把录像调出来了，虽然距离比较远，但人脸是清晰的。”

“请呈上来。”法官说。

那段录像很快被拿上去在众目睽睽之下放映，正如袁子霄所说，录像里清清楚楚地显示，凌星星用锋利的匕首刺伤了崔莹。

“被告,你还有什么要说的吗？”法官看完录像后,看向凌星星问道。

“我认罪。”凌星星没有再反驳，直接承认了自己的罪行，因为袁子霄的临时加盟，之前的伪证显得很荒诞。

事到如今，任何反驳都没有意思了。

观众席的江晨听到凌星星的话早已目瞪口呆，他万万没想到，她到最后竟然放弃了挣扎和希望。

“那么，之前的案子你是否伪造了不在场证明？”法官问。

“是的，我确实伪造了证据。”凌星星面无表情地说，“我认了，所有罪行我都认。”

“不可以，星星！你怎么能这么轻易就认了呢？”江晨蓦然从观众席站起身，惊慌失措地大喊起来。

凌星星沉默地垂下眼睑，令人看不清她的神色。

“星星，你不要再胡说了好吗？！”江晨再也按捺不住，他的眼睛通红通红的，压着嗓子哀求道，“星星，你脑子清醒一点好不好？那些事明明都是我干的，你为什么要认？”

“肃静！”法官敲桌子。

因为凌星星的认罪，案件变得非常简单，法官不需要再浪费时间做过多的审理。

“把被告带下去。”法官说。

江晨从观众席冲下来想拉住凌星星，最后未果，她还是被带走了。

顾枫和许艺、李慕楠都在现场，李慕楠看到凌星星被警察带走的一幕，忍不住唏嘘了一句。

“凌星星终于得到报应了！”

许艺此刻内心里也是百感交集，不知道该说什么。

多行不义必自毙，这一切都是凌星星自作自受。但是，她明明可以不走到这一步的，为什么偏偏却执迷不悟呢？一个花样年华、前途光明的女主播，最后却被自己的嫉妒心毁了一生。

不但如此，她还害了对她一片痴心的江晨。

尽管尘埃落定，江晨还是不甘心，他想做些什么，可是他发现自己什么都做不了，连制造伪证的罪名，凌星星都一并帮他承担了。

“凌星星，你为什么要独自承担一切？”江晨泪流满面地喝着酒，不甘心地自言自语着，“你知不知道，我想帮你啊，可是你自己却要往绝路上跳……”

江晨咕咚咕咚地喝下一瓶酒。

“星星，你知不知道，我真的很想你！”他忍不住哭了。

江晨拿着酒瓶子摇摇晃晃地来到警察局，带着满身的酒气，以及满满的思念。

“我要见凌星星！让我进去……”江晨在警察局大喊大叫。

“你现在不能见她。”一个警察挡住他说。

“我就要见她。”江晨大叫道。

“你现在不能见她。”那个警察又说了一遍。

江晨把酒瓶子往地上一砸，酒溢了一地，整个屋子瞬间弥漫着酒精味。

“我说我要见凌星星，你们都聋了？”江晨开始闹。

几个警察没办法，只好把江晨抬出去，打电话让他家人来领。而在这段时间里，江晨又哭了。

“凌星星，你怎么这么命苦啊，那么多人针对你，连你父母都要抛弃你……现在我想来见你，他们也不让……”江晨开始哭闹。

“这孩子……真是的，随他去吧。”值班警察看他这样哭，也觉得他看起来挺可怜，最后也不知道该怎么办了。

“你们不让我见她就算了，能不能帮我带一句话给她，就一句……”江晨继续说，“请你们替我跟她说，我永远爱她，我会等她出来的！不管多久，我都会等她……”

“不带。”警察尽忠尽责地说，丝毫不给他面子。

江晨趴在台阶上痛哭，他低头看着手机，发现自己无意中打开了川穹大学的网络论坛，上面有一个置顶视频，标题是“故意伤人者的爸爸如是说……”。

他心思一动，打开了视频，结果发现里面的主人公竟是凌星星的父亲。

“请问凌先生，那个故意伤人的女主播凌星星是您的女儿吗？”

“她是我女儿，但不是亲生的，是我的养女。”

“那你面对凌星星这样的行为有何感想？”

“她干了这么多伤天害理的事情，已经没资格再做我的女儿，我们没有她这样的女儿。”凌星星的父亲显得很平静。

看着这个短短的视频，江晨心情复杂不已，酒也几乎醒了一半。

“真的假的？星星不是他的亲生女儿？我怎么从来没有听她说过……”江晨茫然了一会儿，最后仿佛想通了什么，突然笑了起来，自言自语道，“如果真的不是倒还好，至少星星不会难过。但如果是的话，那就太可悲了！连自己的亲爹都这么势利，选择在这种时候落井下石，这样的人有什么资格做星星的父亲？什么养女，不过是面子上过不去，不肯承认自己对女儿的教育失败，不肯在人前承认已经沦为众人笑柄的女儿罢了！”

视频里，凌星星的父亲衣着光鲜，文质彬彬，应该是在从事某种非常体面和有一定社会地位的工作。网络事件升级，谁都想保护自己，也许凌星星父亲别无选择。

但是，只有江晨知道，表面上被父母呵护备至的凌星星，其实极度缺乏正确引导。她的父母很少关心她的心灵成长，只注意物质供给，还会给她施加各种有形无形的压力，最后导致了她极端的性格。

江晨突然想起，以前凌星星其实过得并不幸福。她一个人的时候，经常会打电话给他，和他说自己孤独，害怕失去，害怕被父母嫌弃，害怕失去现在所有的东西……所以最后才会做出这么不理智的事情。

他也不难想象凌星星此刻在牢房里的样子，只怕会比以前更加害怕，更加孤独，可她却再也没有办法给自己打电话诉说……

想到这里，江晨突然下定了决心，他看向警察局，眼神渐渐变得坚定。

第五十三章　胜者为王

崔莹被匕首刺伤的地方靠近心脏，虽然不致命，但心脉还是受到了很大的创伤。经过好几轮的手术，她的病情仍旧在反复，按照医生的说法，这需要时间来恢复，但不会有生命危险。

只是，胜者为王的比赛她肯定没办法再继续参加了。

“莹莹，你要赶快好起来……还有好多事在等着你和我一起去做。”顾枫坐在病床旁边，垂着头把玩着崔莹的手指，低声说道，“等你醒来，我们去做其他情侣都做过的事好不好？我一直都想对你说，以后我会保护你一辈子，永远不会再让别人欺负你了……”

“好啊。”

突如其来的熟悉声音令顾枫浑身一颤，他愣了一瞬之后，倏然抬头看向病床，结果对上了一双亮晶晶的眼睛。

“莹莹，你醒了？”顾枫惊喜极了。

崔莹的伤口依然很痛，但她还是笑着说：“谢谢你，顾枫……谢谢你在我受伤昏迷的日子里，一直陪在我身边，我很开心。”

顾枫握紧了她的手，压抑不住激动的心情，有些慌乱地说道：“莹莹，你知不知道，我差点以为再也见不到你醒来了，那些话，我怕自己说得太晚了……”

“不晚，顾枫，我都听到了。就这么说定了好吗？你要保护我一辈子，不能反悔……”崔莹目光清澈地看着他，脸上带着幸福的笑意。

“其实我刚才在想，等你醒来，我一定要亲口对你说‘我爱你’，等你毕业了，就正式向你求婚，请你嫁给我。”顾枫怔怔地看着崔莹，说着看似不着边际的话。

然而说着说着，他的眼泪突然掉了下来。

“你哭了……”崔莹看着顾枫眼角的痕迹，怔怔地说道。

“没有。”顾枫倔强地回答。

“我看见了，你别哭……”崔莹睁大眼睛看着他泪流满面的模样，有些手足无措地说道。

顾枫伸出颤抖的手，静静地抚摸她的头发。

“我爱你，莹莹。”他说。

崔莹的眼泪也忍不住涌了出来，她知道，自己昏迷的这段时间里，顾枫一定很难过。在医院的这些天，不知道他是怎么熬过来的……

“你每天都在医院陪我吗？如果我一辈子都清醒不了怎么办……”崔莹吸了吸鼻子说。

“你这不是醒了吗？”顾枫揉了揉她的头发。

“如果呢？如果我不醒，你会怎么办啊？”崔莹露出微笑，调皮地问道。

“没有如果，你一定会醒的。”顾枫笃定地说道。

他不信老天爷会这么狠心，会让这么善良可爱的女孩永远醒不过来。并且，她一天不醒，他就一天等着她；她一辈子不醒，他就一辈子陪着她。

“真拿你没办法。”崔莹无可奈何地说。

顾枫果然是顾枫，永远都这么淡定。

“我去叫医生。”顾枫突然想起这件最为重要的事情。

没过多久，医生过来给崔莹做了一堆常规检查，见她说话流畅，精神状态似乎也不错，终于松了一口气笑道：“太好了，病情已经稳定下来了。”

顾枫闻言心里也高兴，追问道：“那她什么时候能完全康复？”

“我给她换一种药，刺激一下伤口修复，应该能尽快好起来。如果没什么问题，再观察一周左右就可以出院了。”医生让护士小姐走过来，给崔莹换了一种药，然后继续说道，“不过家属还是要好好照顾病人，最关键的就是要好好护理。”

“我明白，谢谢医生！”顾枫终于露出了一丝笑容。

许艺和李慕楠提着一大篮子水果来看崔莹，见到她有好转的迹象，两人的脸上也露出了久违的笑靥。

“莹莹，吃荔枝吗？这是我妈妈特地让我给你买的。”李慕楠拾起一颗新鲜的荔枝，剥了皮送到崔莹嘴边。

“谢谢。”崔莹没有拒绝，笑着吃掉了。

“是我们要谢谢你才对！当时如果不是你爸借钱给我，我家里人肯定都要遭很大的罪。你知道吗？其实我爸的生意并没有差到那种程度，只是临时需要周转……现在生意已经缓过来了，他准备把老家的房子卖掉，先还掉叔叔的钱。”李慕楠将家里的近况述说了一遍，最后笑着说道。

“那就好。”崔莹这下也放心了。

李慕楠又将凌星星认罪入狱跟她说了一遍，最后总结道：“……她干了这么多坏事，也算是罪有应得。还有她那个男朋友江晨也是一肚子坏水，害死了萧莘还伪造精神病证明，想借此逃避法律的制裁。幸好他最后幡然醒悟，选择自首进监狱陪凌星星了，否则萧若姐还要费一番心思去找证据呢！”李慕楠恨恨地说。

“过去的事情，就不要提了。”崔莹摇头说。

对于凌星星，她真的没有什么特别的感觉了，谈不上恨，也说不上原谅。一切都是她咎由自取，做了坏事就要承受后果，走错了路就要花时间接受惩罚，这是每个人成长都必须要付出的代价。

许艺一直默默地听着她们说话，她虽然嘴上什么都没说，其实心里也已经释然了。

毕竟做错事情的人都已经付出了代价，她们无须再去落井下石。

“凌星星和江晨都不能再伤害你们了，他们都受到了惩罚。”顾枫说。

听到他说“你们”，许艺抬眸对顾枫笑了一下。

经历了这么多事情，许艺对这段感情早已释然。她越来越明白自己对顾枫的感情并不是爱，只是一种依赖以及对强者的崇拜。“潮汐”在电竞圈的强大，高中时期他对自己的照顾，令她产生了错觉，误以为自己对他是男女之情。直到萧莘死后，她终于看清自己真正所爱的人是谁。

病房里的电视机正在播放节目，大家各自聊天，并没有留意屏幕上在播放什么。

崔莹无意间抬头的时候，突然看到一则视频广告，她集中精神看了看，发现竟然是《胜者为王》总决赛的宣传片。因为西南片区的团队远比其他地区优秀，所以决赛地点定在了川宫市。

决赛时间，就是今晚。

“你们看……”崔莹提醒他们说。

几人同时将目光转向电视机，然后又不约而同地转向崔莹，气氛有一瞬间陷入了凝滞。紧接着，许艺第一个反应了过来。

她看着崔莹说道：“没错，是决赛的宣传片，雷霆战队是入选决赛的十支队伍之一。”

“真的吗？”崔莹很开心，但随之而来的是落寞的神情，“但是我应该没办法参加了。”

许艺与顾枫两人相视一眼，交换了一个会心的眼神，两人瞬间明白了对方的意思，依然还是许艺开口了。

“莹莹，雷霆战队有很多优秀的选手，他们已经候补上了。不过，预赛的时候你的表现非常出色，给队伍做了很大的贡献。雷霆教练说了，不管这次的决赛你是否能参加，等你好起来，他一定会收你做徒弟。”

“是吗？”崔莹没想到，自己还能成为大名鼎鼎的雷霆教练的弟子，顿时一阵欣喜，却因为过于激动而引发了咳嗽，反而说不出话来了。

顾枫连忙拍她的背，等她缓和之后，才说："莹莹，你好好休息一下，我先回学校一趟，晚点再来看你。这里有许艺和慕楠陪着你，有什么事情让她们帮忙照看一下。"

"好。"崔莹乖巧地点头。

自从凌星星和江晨事件以后，整个西南电竞圈突然平静了许多，仿佛暴风雨之后的宁静一般。

就连以前最喜欢搞事情的GM公司袁子霄，也开始老实做人，之前和萧逸的暗中往来也全部中断，其他电竞公司好像也少有互相踩踏的事件了。

"对了，莹莹。"许艺想起萧若和她说的话，提醒崔莹说，"那个袁子霄与萧逸有勾结，估计也不是什么好人，你还是尽快从那边解约吧。"

"好。我们以后都不要再为钱去参加比赛吧？我也不想再签任何公司了。"崔莹说。

然而许艺却不置可否，轻描淡写地说道："到时候再看吧。"

崔莹有点诧异，不理解许艺的意思，倒是李慕楠更理解她的心态。

"莹莹，你的性格不适合明争暗斗，所以可以退出。但是许艺姐呢……"李慕楠笑嘻嘻地将一枚荔枝塞进嘴里，鼓着腮帮子说道，"我说了你可不要打我哦！许艺姐啊，天生就是适合做明星主播的人才，她需要鲜花和掌声，就这样默默无闻下去，未免太可惜了，不是吗？"

"可是……"崔莹觉得李慕楠的分析没错，但是许艺的手，不是已经……

许艺仿佛知道她在想什么，她莞尔一笑，拉过崔莹的手叠在自己手上，说道："没错，我的手的确没有以前灵活了，但是你的手没问题。你不喜欢抛头露面，而我不能操作，所以我们可以合作……你来操作，我来解说，我们一起玩儿，怎么样？"

"什么？"崔莹不禁一脸茫然，这、这不就是代打吗？

记得去年，凌星星就是这样诬陷许艺的，说她空有一副漂亮脸蛋和好口才，但是技术却完全不行，全靠代打出名，她现在竟然真的要这么做？

“当然不是代打啊。”李慕楠扶了扶眼镜，神秘地凑过来说，“你们俩的事情整个电竞圈都知道，所以我觉得许艺姐的想法很对，你们不如就做一个组合，叫‘电竞天使’！用谁的脸，谁的手，都没有关系，反正你们就公开告诉大家，你们就是这么玩的！”

“明白了？”许艺笑着问崔莹。

“明白了。”崔莹总算知道了她的真实打算，确实，这对她们俩而言，是一个非常好的办法。

有些人，天生就应该站在台上接受万人的瞩目，同时也能承受各种明枪暗箭的扫射。许艺的心理素质远远超过崔莹，这一点对她来说绝对不是问题。

而有些人，确实有天赋，但性格使然，天性纯良的她没有能力去抵抗荣耀和风光背后隐藏的锋芒，最后只会将自己弄得遍体鳞伤。这样的人，倒不如躲在幕后做自己喜欢的事情。

如此一来，电竞天使，可谓是各得其所。

这对她和许艺来说，是最好的安排。

“还有，我会给你们做一个隆重的策划，正式推出‘电竞天使’这个组合，让你们俩的粉丝全部重新回归，你们信不信？”李慕楠信心十足地说。

“真的吗？”崔莹确实有些不信。

“那就等着瞧好了。”李慕楠神秘一笑。

当晚八点，《胜者为王》的总决赛正在举行。

崔莹坚持要看现场直播，许艺和李慕楠拗不过她，只好将电视机和视频网站连接了起来。

崔莹认真地看着现场的一切，尽管她从来没有正式参加过一次大型的决赛，但她心里还是有一个梦想，希望有一天能够站在那个舞台上，与一群同样热爱电竞、技术水平又相当的同行们过招比赛。

胜者为王已经到了最后一场小组出线对决：5 号队与 8 号队的 PK。

雷霆战队就是 8 号。

崔莹目不转睛地盯着屏幕，她如愿以偿地看到了一个个熟悉的队友，有余雕雕、美女 MOBO 和林翻译官，以及雷霆。然而，当摄像机的镜头扫向最后一个戴着耳机的男生时，她却惊呆了。

是他？

竟然是他？

怎么会是他？

——顾枫！

难道，最后顶替她加入雷霆战队参加比赛的人，竟然是顾枫？

“没错，莹莹，一直都是他在替你参加比赛。潮汐为了你，又重出江湖了。”许艺轻叹了一口气。

“许艺姐，这么好的事情，你叹什么气呢？你知道不知道，有多少人是为了支持潮汐才支持雷霆战队的呀！”李慕楠噘着嘴，用夸张的表情说道，“哎呀，顾枫学长真的太帅了，老夫的少女心啊……”

崔莹看着屏幕上那个年轻帅气的脸庞，那娴熟而沉着老练的手法，不禁也露出了欣悦的微笑。

是了，她早该想到的。

除了潮汐，还有谁能在短短几天时间内熟练操作新游戏？还有谁能够轻松顶替许艺和崔莹，而不至于拖队友们的后腿？还有谁能够获得雷霆的青眼相看，毫无阻碍地成为雷霆战队的顶替队员？

王者永远是王者。

优秀的人做什么都是优秀的。

这个世界永远充满着变数，无论经历什么样的变化，一个心里有爱、有斗志的人，总会在适当的时候回归他热爱的事业。

潮汐复出，胜者为王。

今晚的决赛已不会有太大的悬念。

一个月后。

GM 公司的大楼底下一团乱，记者全都堵在门口，围得水泄不通。

“许艺和崔莹来了！”不知哪个记者大喊一声，所有人的注意力顿时都集中在她们身上。

“请问崔莹，对于这次代打事件你有什么要解释的吗？”

“请问崔莹，你应该怎么给粉丝们一个交代呢？”

“请问崔莹，你和许艺是什么关系呢？”

“请问崔莹，对于上次雷霆战队拿下胜者为王的冠军，你有何感想呢？听说你是中途退出的？”

“……”

一连串的问题砸向崔莹，她依旧不太习惯应对这样的场面，因此一句话都没说，事实上她也不想回答任何问题。

“请让一下好吗？”许艺瞪了那些记者一眼。

那些记者却一点儿都不识趣，还是围着崔莹问东问西。

“给我让开！”许艺提高了声音，拉着崔莹大踏步走进了GM 公司。

“哎哟，崔莹你来公司干什么啊，现在正在风头上，你还不避一避？”袁子霄火急火燎地问。

“我们是来澄清事实的。”许艺说。

“哎呦，你们这个时候来澄清，他们也不会听啊！”袁子霄急得跺脚。

“是啊，所以我们才来找你嘛。”崔莹说。

“你这话什么意思？”袁子霄难得有些蒙，傻乎乎地问。

“我们手里有一段视频，只要拿出来给那些记者看，一切都清楚了。”崔莹说。

“有视频你们怎么不早说？！真是的，害我白着急了好几天，视频在哪呢？”袁子霄喜出望外。

“要视频可以，你得答应我们一个条件。”许艺微微抬高下巴，将手里的U盘露给袁子霄看，“我们给你视频，洗清GM公司女主播代打的问题，但是这个事情解决之后，你要无条件和崔莹解约，同不同意？”

袁子霄当然不想同意，可是，他办公室的摄像装置看得清清楚楚，大批记者还堵在外面报道GM公司的最新情况呢！

“GM公司的女主播进行代打，是否老板袁子霄有意安排？听说之前GM公司与HG公司针锋相对，里面还有很多不为人知的内幕……”人群里有记者在大声报道。

“行不行？快点。”崔莹催促道。

“行行行，公司女主播多的是，不缺你一个。况且你这身体也不好，短期内也没办法参加什么大型活动了。”袁子霄想了想，最后忍痛答应了。

几分钟后，袁子霄打开门，把那些记者放了进来。

记者们蜂拥而上，举着话筒和摄像机对着他们，不断地刨根问底。

“袁总，请问这次的代打事件GM公司有什么要说的吗？我们只想知道真实情况，谢谢。”记者问。

“袁总，崔莹代打事件是否你一手安排的？GM公司在这件事情中充当什么样的角色？”

“发生了这么恶劣的代打事件，GM公司是否考虑和女主播崔莹解约？”

“……”

“安静一下，听我说。”袁子霄做出制止的手势。

记者们都大眼瞪小眼，不知道他要搞什么名堂。

“这是我们的女主播崔莹自己录制的视频，视频中可以清楚地看到，崔莹的手和脸以及她的电脑屏幕都是一致的！网上流传的图片都是假的，所以这次的代打事件，纯属一场误会。”袁子霄把这个视频放到大屏幕上，冷静地解释道。

视频拍得很清楚，记者们也看得很清楚。但是他们没挖到猛料，依旧不死心，追问道：“请问崔莹主播，你有什么要说的吗？”

“我什么都不想说，只希望大家看清楚真相，不要再怀疑我。我是靠实力赢的比赛，也是一个有实力的女主播。”崔莹义正词严地说。

“那网上的代打视频又是怎么回事呢？”记者问，“我们明明看得很清楚，那双手不是你的！”

“那双手是我的。”许艺站出来，带着自信的微笑，原本女神的气场终于又在她身上出现了。

“我这里还有一个视频。”崔莹笑了。

第二个视频也可以清楚地看到，是许艺本人在打。

“我这里也还有一个视频。”许艺又拿出一个。

第三个视频，与网上流传的恰恰相反，是许艺的脸，崔莹的手。

……

这一天，不仅记者们集体蒙圈，就连老奸巨猾的袁子霄也开始觉得，自己的智商是不是退步了？

然而，这一切都不重要。

重要的是，李慕楠的计划完全成功。“代打事件”的真相被公布，崔莹借此和GM公司解约获得了自由，也还了许艺当年的清白。两人的合作几乎天衣无缝，粉丝们纷纷回归，她们的人气也更高了。

崔莹最经典的一段话，吸引了很多的粉丝关注她。

“我从来不觉得自己有多么厉害，如果没有许艺，我根本不知道电竞是什么。无论我们怀着怎样的目的去做一件事，我都希望，人与人之间永远都不要丧失真诚，更不要忘记，合作才能彼此成就。”

春去夏至，又一轮期末考试结束了。川穹大学依然宁静，大学生们每天上课下课，一切仿佛没有变化。

“莹莹，中午有空吗？我想带你回去见我的养父母。”顾枫揉了揉崔莹的头，神色温柔地说道。

“这么突然？我还没准备好呢！”崔莹有些紧张。

“他们很慈祥，会喜欢你的。”顾枫低声笑道。

“可是我还是有点儿怕……”崔莹说出自己内心最真实的感受。

“别怕，自在一些，把他们当成自己的父母相处就行了。”顾枫安慰她道。

崔莹没再说话，她突然想起了崔国强和沈燕燕。她挺羡慕顾枫的，他很幸运，有这么爱他的养父养母，而她的家庭如今却是支离破碎。

“对不起，我忘了……”顾枫看到她的神色，才想起她的家庭情况，顿时有些愧疚。

“没事，这些事情也没什么可忌讳的。”崔莹收起坏情绪，转移话题道，“见你父母我需要注意什么吗？”

“没什么特别要注意的，做你自己就行。中午去我家吃一顿饭就结束了，很简单的。”顾枫笑着说道。

“好，我去宿舍换件衣服。”崔莹说。

女孩子换衣服都要花很长时间，崔莹也不例外。因为是第一次去顾枫家，所以她更加紧张，感觉穿哪件衣服都不适合，挑了半天都没有结果。

“莹莹，你好了没？”顾枫打来电话问，他有些等急了。

“快了，马上就好。”崔莹只好随手拿了一件米黄色的外套披上，然后匆忙跑下楼。

顾枫牵着崔莹的手，一路走到站台那里等车，崔莹东张西望的时候，看到一辆熟悉的车停在了他俩身边。

“莹莹！”沈燕燕从副驾驶座的车窗里探出头来，和女儿打招呼。

“妈……爸？你们怎么一起来了？”崔莹吓了一跳，开车的人竟然是老爸？这是太阳打西边出来了吗？要知道，这两人平时根本不能见面，见面就恨不得要打起来，今天这是怎么了？

崔国强看起来有些不自在，扭扭捏捏的，不怎么敢说话的样子。

“叔叔阿姨好。”顾枫礼貌地打着招呼。

沈燕燕倒是很开心，朝他挥了挥手，然后看向女儿说道：“怎么了？爸爸妈妈来接你不行吗？跟顾枫一起上车呀，我们送你们。”

“走吧。”顾枫搂住崔莹的肩膀，把人带进了车里。

崔莹莫名其妙地被塞进了车里，起初还有点怔怔的，但是当她看到顾枫笑脸的那一瞬间，却什么都明白了，于是也跟着露出了笑容。

崔国强发动了汽车。

崔莹将头转向窗外，看着逐渐远离的川穹大学，那一颗颗参天大树枝叶繁茂、绿意葱茏，透过枝叶的间隙，依稀可见头顶蔚蓝的天幕，宛如蓝宝石一样澄澈明净。

（全书完）

图书在版编目(CIP)数据

电竞天使 / 紫百合著.

—武汉：长江出版社，2018.5

ISBN 978-7-5492-5621-1

Ⅰ. ①电… Ⅱ. ①紫… Ⅲ. ①长篇小说－中国－当代 Ⅳ. ①I247.5

中国版本图书馆 CIP 数据核字(2017)第 328953 号

电竞天使 / 紫百合　著

出　　版	长江出版社
	（武汉市解放大道 1863 号）
选题策划	多乐图书编辑部
市场发行	长江出版社发行部
网　　址	http://www.cjpress.com.cn
责任编辑	朱　舒　李　恒
封面设计	青空工作室
装帧设计	汪　雪　彭　微
印　　刷	湖北卓冠印务有限公司
版　　次	2018 年 5 月第 1 版
印　　次	2018 年 5 月第 1 次印刷
开　　本	880mm×1230mm　1/32
印　　张	16.25
字　　数	400 千字
书　　号	ISBN 978-7-5492-5621-1
定　　价	48.00 元（全两册）